Het Cupcake Café

Jenny Colgan

Het Cupcake Café

Vertaald door Anna Visser

UITGEVERIJ LUITINGH–SIJTHOFF

© 2022 Nederlandse vertaling
Uitgeverij Luitingh-Sijthoff B.V., Amsterdam
Alle rechten voorbehouden
Oorspronkelijke titel: *Meet me at the Cupcake Café*
Vertaling: Anna Visser
Omslagontwerp: Studio Marlies Visser
Omslagillustratie: Anke Knapper
Opmaak binnenwerk: Crius Group, Hulshout

ISBN 978 90 245 9337 8
ISBN 978 90 245 9338 5 (e-book)
ISBN 978 90 245 9461 0 (luisterboek)
NUR 302

www.lsamsterdam.nl
www.boekenwereld.com

Uitgeverij Luitingh-Sijthoff vindt het belangrijk om op milieuvrien-
delijke en verantwoorde wijze met natuurlijke bronnen om te gaan.
Bij de productie van dit boek is daarom gebruikgemaakt van papier
waarvan het zeker is dat de productie niet tot bosvernietiging heeft
geleid.

Voor iedereen die ooit de lepel heeft afgelikt

Een woord vooraf van Jenny

Vlak voor mijn zeventiende verjaardag ging ik op mezelf wonen, en het idee om eerst te leren koken of bakken voor ik het huis verliet werd door mij begroet met het ophalen van schouders dat tieners zo eigen is. Als kind was ik een vreselijk lastige eter – ik at niet eens cheesecake – en tijdens mijn studententijd leefde ik op chips, bonen, chili con carne en *snakebite*.

Toen ik eenentwintig jaar was, kreeg ik een vriendje dat zo geschokt was dat ik totaal niet kon koken, dat hij me uit pure frustratie leerde om mijn eerste echte bechamelsaus te maken. Daarna was het een kwestie van vallen en opstaan: ik maakte uiensoep, maar had niet door dat je eerst iets met die uien moest doen voor je ze in kokend water donderde; ik bakte een citroencake, maar deed er te veel natriumbicarbonaat in, wat reageerde met het zuur van de citroenen, waardoor ik uiteindelijk iets kreeg dat qua scheikundige eigenschappen in de buurt kwam van kalk. Een terugkerend probleem is dat ik ongeveer negenduizend afgekeurde recepten voor scones heb: wat ik ook doe, of ik nu tonic, opgeklopte melk of wat anders op kamertemperatuur gebruik, het worden steevast ronde, harde, smakeloze schijfjes die onder in de bakvorm blijven liggen. Mijn moeder, die fantastisch kan bakken, waaronder ook scones, en die mij vroeger altijd op het aanrecht neerplantte en me gardes liet aflikken terwijl zij cakejes bakte, zegt dat ik het maar moet opgeven met die scones en gewoon een kant-en-klare bakmix moet kopen.

Zelfs zij is inmiddels overstag. Maar ik weiger op te geven.

Dus. Toen kreeg ik kinderen, en omdat ik heel graag wilde dat ze niet van die zielige kinderen zouden worden die niets lustten, wilde ik hen laten kennismaken met zo veel mogelijk verschillende smaken. En dus moest ik leren koken.

Sommige mensen zijn er van nature goed in. Mijn schoonzus is een buitengewoon goede kokkin. Geef haar tien minuten in een keuken en ze draait al proevend, keurend en corrigerend met niets iets heerlijks in elkaar. Zo iemand zal ik nooit worden. Ik word nog steeds een beetje verdrietig als mijn man iets met bieten kookt.*

Maar inmiddels kan ook ik eindelijk een lekkere en gezonde maaltijd klaarmaken voor mijn gezin (laten we het incident met de visseningewanden maar even negeren), en doordat ik tijd in de keuken doorbracht, ontdekte ik dat als je een mixer hebt, het helemaal niet zoveel tijd kost om even een chocoladecake of wat pindakaaskoekjes te bakken. Ik geloof heilig in het mantra van Jamie Oliver, namelijk dat het weinig uitmaakt wat je eet, zolang je maar zo min mogelijk ingrediënten gebruikt, en ik weet dat ook als ik het druk heb, een halfuur volstaat om met wat bloem, suiker, boter en een ei een lading te maken van het flexibelste recept dat er is – de cupcake natuurlijk – en me meteen een echte Nigella te wanen (helaas zonder die glanzende haardos en weelderige boezem). De kinderen nemen dat natuurlijk voor lief en vragen luidkeels wat we gaan eten, of ruziën over wie de mixer mag gebruiken, net zoals wij dat vroeger deden. Dat

---

* Kom op, zeg! Echt hoor, bieten zijn paardenvoer! Een van de ergste dingen ooit werd tegen me gezegd toen ik moe van een reis terugkwam. Ik werd door mijn wederhelft enthousiast begroet met de woorden: 'Je houdt toch niet van bieten? Nou, ik denk dat je ze zo wél lekker vindt!' Serieus, ik moest er bijna van huilen.

geeft allemaal niets. Ik bak omdat ik het leuk vind.

En opeens leek het alsof ik niet de enige was. Plotseling schoten de cupcakecafés als paddenstoelen uit de grond, was ik verslingerd aan *The Great British Bake Off* en in Londen werd er zelfs een cupcakefestival gehouden. Dit alles vormde de inspiratiebron voor Issy's verhaal, evenals het verlangen om iets lekkers te maken voor de mensen die je liefhebt.

Ik hoop dat jij het net zo leuk vindt als ik! Het maakt niet uit of je al bakt, het graag eens wilt proberen (zie het fantastische recept voor cupcakes van de Caked Crusader achter in dit boek), of dat je juist denkt: geen denken aan, daar begin ik niet aan – net als ik ooit, lang geleden – of dat je gewoon een tevreden consument bent. Kom, trek gezellig een stoel bij.

Met warme groet,

Jenny

Noot van de auteur

Ik heb alle recepten in dit boek gebakken (NB: houd er bij de oventijden rekening mee dat ik geen heteluchtoven gebruik), ze zijn allemaal gelukt en ze waren stuk voor stuk heerlijk. Behalve de 'Cupcakeverrassing met zemelen en wortel' van Caroline - daar kan ik niets over zeggen.

JC xx

1

Schotse pannenkoekjes

225 gram zelfrijzend bakmeel
30 gram fijne kristalsuiker. Mag van de lepel worden gelikt.
1 ei. Houd rekening met 4 eieren als je met een klein kind bakt.
285 milliliter volle melk voor het recept, plus een glas extra voor
bij het eindresultaat.
Een snufje zout. Dat is echt maar een piepklein beetje, Issy. Minder
dan er op je pink past. Nee, niet te veel! Oeps. Dat is te veel.
Geeft niets.

Doe de droge ingrediënten in een kom en roer ze goed door elkaar.
Maak in het midden een kuiltje. Net als vroeger in de zandbak.
Goed zo. Breek het ei boven het kuiltje. Hopsa! En nu de melk
erbij.
Klop alles goed door elkaar. Het beslag moet mooi romig zijn.
Voeg als dat nodig is wat extra melk toe.
Vet een zware koekenpan in met boter en laat de pan heet worden.
Opa tilt de pan wel voor je op. Probeer de pan niet zelf op te tillen.
Goed zo. Laat nu het beslag van de lepel af druipen. Rustig aan. Het
geeft niet als er wat spatten op de rand van de pan terechtkomen.
Laat opa de pannenkoekjes maar omdraaien, dan kan jij de pan
vasthouden. Heel goed. Bravo!
Dien op met de overgebleven melk, boter, jam, room en wat je
verder nog in de koelkast hebt staan. En tot slot een dikke smak-
kerd, omdat je zo'n slimme meid bent.

Issy Randall vouwde het papier weer dicht en glimlachte.

'Bent u er absoluut zeker van dat dit klopt?' vroeg ze aan de persoon in de luie stoel. 'Dit is het recept?' De oude man knikte driftig van ja en stak vervolgens zijn vinger in de lucht, een gebaar dat Issy onmiddellijk herkende als het startsein voor een preek.

'Weet je, Issy,' zei opa Joe, 'bakken... bakken is...'

'Leven', vulde Issy geduldig aan. Ze had deze preek al heel vaak gehoord. Haar grootvader was op zijn twaalfde begonnen met het aanvegen van de vloeren en had op een gegeven moment het familiebedrijf overgenomen en in Manchester drie grote bakkerijen gerund. Alles in haar opa's leven draaide om bakken.

'Bakken is leven. Brood is de staf des levens, brood is onze basis.'

'En niet bepaald caloriearm,' zei Issy met een zucht, en ze streek haar corduroy rok glad bij de heup. Haar opa had makkelijk praten. Dankzij een 'dieet' van extreem zwaar fysiek werk, dat al om vijf uur 's ochtends begon met het aanmaken van de ovens, was haar opa zijn hele leven al graatmager. Het was een heel ander verhaal als bakken je grootste passie was, maar je de hele dag op je krent op kantoor moest zitten om je rekeningen te kunnen betalen. Als je iets nieuws probeerde, was het altijd zó moeilijk om je in te houden! Issy's gedachten dwaalden af naar het nieuwe recept voor ananasroom dat ze die ochtend had uitgeprobeerd. De kunst was om er genoeg vruchtvlees door te doen om het geheel smaak te geven, maar niet zoveel dat de room een smoothie werd. Ze moest hem nog een keer maken. Issy haalde haar handen door haar bos donkere haar. Het paste goed bij haar groene ogen, maar als het regende was het één grote ramp.

'Dus als je beschrijft hoe je iets maakt, dan schrijf je over het leven, snap je? Het zijn niet alleen recepten... straks vertel je me nog dat je bent overgestapt op het metrisch stelsel!'

Issy beet op haar lip en nam zich voor om de volgende keer dat opa Joe op bezoek kwam haar grammenweegschaal te verstoppen. Hij zou zich er vreselijk over opwinden.

'Luister je wel naar me?'

'Ja, opa!'

Ze keken allebei uit het raam van haar opa's aanleunwoning in Noord-Londen. Toen bleek dat haar opa te verstrooid werd om nog op zichzelf te kunnen wonen, had Issy hem hier geïnstalleerd. Omdat hij zijn hele leven in het noorden van Engeland had gewoond, vond ze het vreselijk om haar opa naar het zuiden te verhuizen, maar als hij te ver weg woonde, kon ze niet naar hem toe. Joe had natuurlijk gemopperd, maar gemopperd had hij sowieso, aangezien de kans klein was dat hij ergens naartoe zou verhuizen waar hij, zoals in zijn eigen huis, om vijf uur kon opstaan om zijn deeg in vorm te slaan. Mopperend of niet, ze had hem liever in de buurt, dan kon ze tenminste een oogje in het zeil houden. Omdat niemand anders dat zou doen. De drie bakkerijen, met hun glanzende koperen deurknoppen en hun uithangborden met ELEKTRISCHE BAKKERIJ erop, waren allang verleden tijd: ze hadden het onderspit gedolven tegen supermarkten en ketens die liever goedkope witte pulp verkochten dan ambachtelijke, wat duurdere broden.

Opa Joe keek naar de winterse regendruppels die tegen de ruit tikten, zoals hij dat vaker deed, en las Issy's gedachten.

'Heb je de laatste tijd nog iets gehoord van... je moeder?' vroeg hij. Issy knikte. Het viel haar op hoe moeilijk hij het altijd vond om zijn dochter bij haar naam te noemen. Marian had zich nooit echt een bakkersdochter gevoeld. En Issy's oma was zo jong overleden, dat ze nooit een stabiele factor was geweest in het leven van haar moeder. Omdat opa Joe altijd aan het werk was, was Marian al rebels voor ze wist dat daar een woord voor was: ze ging als puber om met oudere jongens, had foute vrienden en werd op jonge leeftijd zwanger van een rondtrekkende *traveller*, aan wie Issy weliswaar haar mooie zwarte haar en dikke wenkbrauwen te danken had, maar meer ook niet. Marian was een zoeker, veel te rusteloos voor vastigheid, en in haar pogingen zichzelf te vinden had ze haar enige kind nogal eens achtergelaten.

Issy had het grootste gedeelte van haar jeugd in de bakkerij doorgebracht, toekijkend hoe haar grootvader met geweld het deeg bewerkte, of juist heel precies taarten en cakes met prachtig suikerwerk versierde. Hoewel hij voor iedere bakkerij bakkers opleidde, bleef hij zelf ook altijd de handen uit de mouwen steken – een van de redenen waarom Randall's ooit een van de populairste bakkers van Manchester was. Urenlang zat Issy naast de enorme ovens haar huiswerk te maken, en ze raakte er tot in haar poriën van doordrongen hoeveel tijd, kunde en moeite er nodig was om een meesterbakker te worden. Vergeleken met haar moeder was Issy nogal doorsnee: ze was dol op haar opa en voelde zich erg op haar gemak in de keukens, al wist ze natuurlijk wel dat zij anders was dan haar klasgenootjes, die na school terugkeerden naar een rijtjeshuis met een moeder erin, een vader die bij de gemeente werkte, een hond, en broertjes en zusjes, die aardappelrösti met ketchup aten terwijl ze *Neighbours* keken, en niet wisten hoe het was om voor de zon opkwam wakker te worden met de geur van vers brood in je neus.

Inmiddels was Issy eenendertig en had ze het haar getroebleerde, ontwortelde moeder bijna vergeven, al had juist zij moeten weten hoe het was om op te groeien zonder moeder. Dat haar moeder nooit naar uitjes en sportwedstrijden kwam kon haar niet schelen – iedereen kende haar opa, en die miste nooit iets – en Issy was een populair meisje: als er iets bijzonders was op school, bracht ze bijna altijd iets lekkers mee, een doos afgekeurde scones of taartjes, en haar verjaardagsfeestjes waren befaamd om het lekkere eten. Ze had wel graag iemand in haar leven gehad met wat meer stijlgevoel.

Het deed er niet toe hoe oud ze was, wat de mode was of welke maat ze had: ieder jaar kreeg ze van haar opa twee jurken voor kerst, een van katoen en een van wol, ook als alle andere kinderen rondliepen in beenwarmers en modieuze T-shirts. Haar moeder verkocht kleding op festivals en kwam eens in de zoveel tijd aanzetten met vreemde, hippieachtige kledingstukken van hennep of kriebelige lamawol, of iets anders compleet onpraktisch. Maar in de gezellige flat boven de bakkerij, waar zij en opa samen appeltaart aten en *Dad's Army* keken, had Issy nooit het gevoel gehad dat ze liefde tekortkwam. Zelfs Marian, die Issy tijdens haar bliksembezoeken streng op het hart drukte om niet met vreemde mannen mee te gaan, geen cider te drinken en altijd haar dromen na te jagen, was uiteindelijk een liefhebbende moeder. Toch voelde Issy bij het zien van gelukkige gezinnetjes in het park of kersverse ouders met een kindje op de arm een diepe hunkering naar alles wat traditioneel en veilig was, zo hevig dat het bijna pijn deed.

Het verraste niemand die Issy Randall en haar familie kende dat Issy opgroeide tot het braafste en gewoonste meisje dat je kon bedenken. Ze haalde goede cijfers, studeerde aan een goede universiteit en had een goede baan bij een gerespecteerd makelaarskantoor in de City. Tegen de tijd dat ze ging werken, waren haar opa's bakkerijen verkocht: haar opa werd te oud en tijden veranderden. Zij had tenminste een goede opleiding, had haar opa tegen haar gezegd. Helaas wel, dacht ze soms. Ze wilde toch zeker niet de rest van haar leven iedere dag voor dag en dauw opstaan om zwaar fysiek werk te doen? Nee, voor haar was een betere toekomst weggelegd.

Maar diep vanbinnen had Issy een grote passie voor alles wat uit de oven kwam: roomhoorntjes van licht, bros bladerdeeg met een knapperig laagje kristalheldere suiker erop en precies genoeg banketbakkersroom; typisch Britse *hot cross buns,* die bij Randall's, zoals het hoorde, echt alleen werden gebakken tijdens de vastenperiode, wanneer de hele straat geurde naar die opwindende plakkerige geur van kaneel, rozijnen en sinaasappelschil; en perfect gespoten rozetten van botercrème op superlichte, superfluffy citroencupcakes. Issy vond het allemaal prachtig. Vandaar ook haar project met opa Joe: ze wilde zo veel mogelijk van zijn recepten op papier zetten, voor het geval haar opa – al repten ze daar beiden met geen woord over – ze zou vergeten.

'Mam heeft me gemaild,' zei Issy. 'Ze is momenteel in Florida en ze is samen met een man die Brick heet. Echt. Brick. Zo heet hij van zijn achternaam.'

'Dit keer is het tenminste een man,' zei haar opa nuffig.

Issy keek hem aan. 'Nou, opa toch! Ze zei dat ze voor mijn verjaardag misschien naar huis komt. Van de zomer. Maar ja, dat zei ze met kerst ook, en toen kwam ze niet.'

Issy en haar opa hadden dit jaar Kerstmis in het verzorgingstehuis gevierd. Het personeel had zijn best gedaan, maar het was niet fantastisch.

'Hoe dan ook.' Issy probeerde een vrolijk gezicht te trekken. 'Ze klinkt gelukkig. Ze vindt het echt geweldig daar. En ze zei dat ik jou maar naar Florida moest sturen, om wat zon te vangen.'

Issy en opa Joe keken elkaar aan en barstten in lachen uit. Joe werd al moe van een enkeltje keuken.

'Ja,' zei opa, 'ik stap gewoon op het vliegtuig naar Florida. Taxi! Naar het vliegveld alstublieft!'

Issy stopte het papier met het recept erop in haar handtas en stond op.

'Ik moet ervandoor,' zei ze. 'Blijft u ze maar opschrijven, die recepten. Maar opa, houd ze maar zo normaal mogelijk.'

'Zo normaal mogelijk.'

Ze gaf hem een zoen op zijn voorhoofd. 'Tot volgende week!'

Issy stapte de bus uit. Het vroor en op de grond lag een vieze laag ijs die was blijven liggen nadat het vlak na de jaarwisseling een dagje had gesneeuwd. Eerst had het er mooi uitgezien, maar inmiddels werd het wat smerig, zeker achter de spijlen van het gietijzeren hek van het stadskantoor van Stoke Newington, het nogal statige gebouw aan het einde van haar straat. Toch was Issy, net als altijd, blij om uit te mogen stappen. Stoke Newington, de kleurrijke wijk waar ze in beland was toen ze naar het zuiden was verhuisd, voelde echt als thuis.

De shishalucht uit de kleine Turkse cafeetjes aan Stamford Road vermengde zich met de walm van wierookstokjes uit winkels waar alles één pond kostte, die om de aandacht streden met dure kinderwinkels, waar ze designerregenlaarsjes verkochten en exclusief houten speelgoed, dat werd bewonderd door winkelaars met orenlokken, hoofddoekjes of naveltruitjes, die al dan niet patois spraken, door jonge moeders met buggy's en oudere moeders met dubbele buggy's. Issy vond het allemaal schitterend, ook al had haar vriend Tobes bij wijze van grap een keer gezegd dat het net leek alsof ze in de bar van *Star Wars* woonde. Ze was dol op het zoete Jamaicaanse brood, de baklava met honing die in de supermarktjes overal naast de kassa stond, de Indiase gebakjes met gecondenseerde melk en de stoffige plakken Turks fruit. Ze hield ervan dat het naar exotisch eten rook als ze uit haar werk kwam, hield van de mix aan bouwstijlen, van een mooi pleintje met aantrekkelijke victoriaanse rijtjeshuizen tot flatgebouwen en rode bakstenen huisjes. Aan weerszijden van Albion Road bevonden zich bijzondere winkeltjes, tentjes waar je *fried chicken* kon kopen, taxibedrijven en grote, grijze huizen. Het was geen winkelstraat en ook geen woonstraat, maar iets ertussenin; Albion Road was een van die lange, kronkelende uitvalswegen die Londen ooit hadden verbonden met omringende dorpen die inmiddels buitenwijken waren geworden.

De grijze huizen waren statig, victoriaans en vermoedelijk erg duur. Sommige van die huizen waren nog onderverdeeld in appartementen, met voortuinen vol fietsen en klamme kliko's. Die huizen hadden meerdere deurbellen waar met stukken tape de namen van de bewoners waren opgeplakt, en de kratten oud papier en lege flessen stonden hoog opgestapeld op de stoep. Andere huizen waren opgeknapt en weer terug in één huis veranderd en hadden vintage eikenhouten voordeuren, buxusboompjes op hun trappen en dure gordijnen boven geboend hardhouten parket, minimalistische open haarden en grote spiegels. Issy hield van haar buurt omdat het een mix van nieuw en shabby was, van traditioneel, stoer en eenvoudig, van alternatief en hip. Ze hield van de torenflats van de City aan de horizon, de vervallen begraafplaats bij de kerk en de drukke trottoirs. Er woonden allerlei soorten mensen in haar buurt: Stokey was een soort miniatuurversie van Londen, een perfecte afspiegeling van de grote stad. En het was ook nog eens stukken goedkoper dan het hippe Islington.

Issy woonde er nu vier jaar, sinds ze Zuid-Londen had verlaten en de vastgoedladder had bestegen. Het enige nadeel was dat ze nu buiten bereik van het metronetwerk woonde. Ze had zichzelf wijsgemaakt dat ze dat niet erg vond, maar soms, op avonden als deze, wanneer de wind om de huizen gierde en de neuzen van mensen in rode, druppende brandkranen veranderden, wist ze het zo net nog niet. Een klein beetje erg dan. Voor de knappe, rijke mama's in hun dure grijze huizen maakte het weinig uit, die hadden toch allemaal een SUV. Soms, wanneer Issy hen over straat zag lopen met hun dure slagschepen van buggy's en hun kleine, chique lijfjes, vroeg ze zich af hoe oud die vrouwen eigenlijk waren. Jonger dan zij? Eenendertig was tegenwoordig niet oud meer. Maar af en toe, door die peuters, de highlights in hun haren en hun huizen, waarvan één muur standaard was beplakt met duur behang, vroeg ze het zich toch af. Af en toe wel.

Vlak achter de bushalte bevond zich een klein winkelstraatje, met gebouwen die nog van vóór het victoriaanse tijdperk stamden en waren blijven staan. Ooit hadden er waarschijnlijk stallen gezeten, of groenteboeren, kleurrijke zaakjes met een vreemd vloerplan. Er was een ijzerwarenwinkel waar oude kwasten aan de deur hingen en waar je verouderde broodroosters kon kopen tegen belachelijk hoge prijzen, waar al zolang Issy er de bus pakte een treurige oude wasmachine in de etalage stond; een internetcafé/telefoonwinkel met vreemde openingstijden waar je werd aangemoedigd om geld naar verre oorden te sturen, en een kiosk aan de grote weg waar Issy haar tijdschriften en haar Bounty's kocht.

Helemaal op het einde van het rijtje, weggestopt in de hoek, stond een gebouw dat eruitzag alsof het er later aan was vastgeplakt, alsof ze stenen over hadden gehad. Aan één kant liep het gebouw taps toe in een punt, een soort driehoekig glazen uitsteeksel, en daar waar het gebouw wijder uitliep stond een bankje en zat een deur, die uitkwam op een binnenplaatsje met een boom en kinderkopjes. Het pand zag eruit alsof het daar eigenlijk niet hoorde, een klein paradijsje aan een druk dorpsplein, alsof het uit een andere tijd kwam. Issy had een keer bedacht dat het wel een illustratie van Beatrix Potter leek. Het enige wat nog ontbrak waren ramen van melkglas.

Weer waaide er een windvlaag over de grote weg, en Issy sloeg de straat naar haar flat in. Eindelijk thuis.

Issy had haar flat gekocht toen de vastgoedbubbel op zijn hoogtepunt was. Voor iemand die in het vastgoed werkte, was dat niet bepaald slim. Ze had het donkerbruine vermoeden dat de prijzen een halfuur nadat ze de sleutels had gekregen weer waren gaan dalen. Dat was voor ze iets met Graeme kreeg, die ze via haar werk had leren kennen (en daarvoor al had gespot, maar dat gold voor alle vrouwen op kantoor) en die haar, zoals hij meerdere keren tegen haar had gezegd, zeker zou hebben geadviseerd om van de koop af te zien.

Toch wist ze niet of ze naar hem zou hebben geluisterd. Toen ze alle woningen in haar prijscategorie had afgespeurd, die allemaal even stom had gevonden en het al bijna had opgegeven, had ze Carmelite Avenue bezichtigd. Ze was meteen verkocht. Het ging om de bovenste twee verdiepingen van een van die mooie grijze huizen, met een eigen zijingang via de trap, waardoor het geheel eerder aanvoelde als een huisje dan als een appartement. Eén verdieping werd bijna geheel in beslag genomen door een open keuken annex eetkamer annex woonkamer. Issy had het zo knus mogelijk gemaakt, met twee enorme banken van verschoten lichtgrijs velours, een lange houten eettafel met houten banken en haar geliefde keuken. Die was nogal afgeprijsd geweest, hoogstwaarschijnlijk vanwege de zeer felle kleur roze. 'Niemand wil een roze keuken,' had de verkoper een tikje bedroefd gezegd. 'De mensen willen alleen maar rvs. Of een landelijke woonkeuken. En niets ertussenin.'

'Ik heb nog nooit een roze wasmachine gezien,' had Issy bemoedigend gezegd. Dat vond ze maar niets, een bedroefde verkoper.

'Nee hè? Blijkbaar worden sommige mensen een beetje misselijk als ze hun was in een van deze machines zien ronddraaien.'

'Dat zou wel een nadeel zijn.'

'Katie Price had er bijna een gekocht,' zei de man, iets vrolijker. 'Maar toen vond ze hem toch te roze.'

'Katie Price vond hem te roze?' vroeg Issy, die zichzelf nooit een bovengemiddeld roze of meisjesachtige persoon had gevonden. Maar deze kleur was zó aandoenlijk, zó Schiaparelli-roze. Het was een keuken die smeekte om liefde.

'En zit er echt zeventig procent korting op?' vroeg ze nogmaals. 'Inclusief plaatsing?'

De verkoper bekeek het knappe meisje met haar groene ogen en haar donkere bos haar. Hij hield van mollige meisjes. Die zagen eruit alsof ze ook echt zouden koken in zijn keukens. Die scherpe vrouwen, die een superstrakke keuken wilden om hun gin en hun gezichtscrème in te bewaren, vond hij meestal niet zo aardig. Hij vond dat keukens bedoeld waren om lekker in te koken en goede wijnen te schenken. Soms had hij een hekel aan zijn werk, maar het maakte zijn vrouw erg gelukkig dat ze ieder jaar met korting een nieuwe keuken mochten kopen, waar ze vervolgens de heerlijkste maaltijden in kookte, en dus ploeterde hij voort. Allebei werden ze moddervet.

'Yep, zeventig procent korting. Ze zullen deze keuken er wel uit gooien,' zei hij. 'Op de vuilnishoop. Kun je het je voorstellen?'

Issy kon het zich voorstellen. Dat zou erg verdrietig zijn. 'Dat zou zonde zijn,' zei ze ernstig.

De verkoper knikte, en bedacht alvast waar hij zijn bestelformulieren had gelaten.

'Kan het ook met vijfenzeventig procent korting?' vroeg Issy. 'Ik bedoel, eigenlijk doe ik aan liefdadigheid. Red de roze keuken!'

En zo was ze aan haar keuken gekomen. Ze had er zwartwit geblokt zeil en zwart-witte apparatuur bij uitgezocht, en hoewel haar gasten eerst hun ogen tot spleetjes knepen en er daarna in wreven, totdat ze geen sterretjes meer zagen, vonden ze die roze keuken tot hun verbazing eigenlijk best mooi, en vonden ze wat eruit kwam nog mooier.

Zelfs opa Joe had tijdens een van zijn zorgvuldig geplande bezoekjes laten blijken dat hij de keuken mooi vond: hij had goedkeurend geknikt bij het zien van haar gasfornuis (handig om te karamelliseren) en de elektrische oven (met een gelijkmatige warmteverdeling). Inmiddels was wel duidelijk dat Issy en haar suikerzoete keuken voor elkaar gemaakt waren.

Issy voelde zich erg thuis in haar keuken. Ze zette de radio aan en ging aan de slag, zocht haar vanillesuiker, de superfijne Franse bakkersbloem die ze bij een piepklein kruideniertje in Smithfield kocht en haar fijne zilveren zeef bij elkaar, en twijfelde welke van haar oude vertrouwde houten pollepels ze zou gebruiken om haar cakebeslag superluchtig mee te kloppen. Uiterst behendig brak Issy zonder te kijken twee eieren tegelijk boven een grote wit met blauwe keramieken mengkom, en ze mat op het oog precies de juiste hoeveelheid smeuïge roomboter uit Guernsey af, die ze áltijd buiten de koelkast bewaarde. Ze verbruikte nogal wat boter.

Issy beet stevig op haar lip, om te voorkomen dat ze te hard zou kloppen. Als je te veel lucht in het beslag sloeg, zakten de cakejes in de oven in. Ze bewoog haar arm wat langzamer en keek of het beslag pieken vormde. Dat deed het. Ze had een pomerans uitgeperst en wilde proberen om glazuur met marmelade te maken: dat werd óf heerlijk, óf een beetje vreemd.

De cupcakes stonden inmiddels in de oven en Issy was bezig aan haar derde poging om het glazuur goed te krijgen, toen haar huisgenote Helena de deur openduwde. De truc was om de smaken precies in balans te krijgen: niet te zuur, niet te zoet, maar precies goed. Ze schreef op hoeveel je van ieder ingrediënt moest gebruiken om dat fijne bittertje te krijgen.

Helena maakte nooit een subtiele entree. Daar was ze simpelweg niet toe in staat. Haar boezem kwam altijd als eerste. Daar kon ze niets aan doen; ze was niet dik, maar wel groot, en ze had een zeer weelderig jarenvijftigfiguur, met grote, romige borsten, een superslanke taille en forse billen en dijen, met als kers op de taart een massa rossig haar à la de Venus van Botticelli. In ieder ander tijdperk had men haar een echte schoonheid gevonden, behalve in de eenentwintigste eeuw, waarin een vrouw alleen mooi was als ze het figuur had van een magere zesjarige, aan wier borstkas om onverklaarbare redenen appelronde tieten waren ontsproten. Om die reden probeerde Helena voortdurend af te vallen – alsof die brede marmeren schouders en die weelderig gevormde dijen ooit zouden verdwijnen.

'Ik heb echt een vréselijke dag achter de rug,' verkondigde ze dramatisch. Haar oog viel op het bakrooster.

'Bijna klaar!' zei Issy gehaast, en ze legde haar spuitzak met glazuur neer.

De oven piepte. Issy had dolgraag een groot roze Aga-fornuis gewild, ook al zou zo'n ding nooit de trappen op komen en ook niet door het raam passen, had ze helemaal geen plek om zo'n ding neer te plonken, en kon de vloer zoveel gewicht niet dragen. En al had het gekund, dan zou ze de stookolie nergens kwijt kunnen, en zelfs als ze dat wel kon, dan waren Aga's totaal niet handig om cakes mee te bakken, want ze waren veel te onvoorspelbaar. Plus, ze kon zo'n ding helemaal niet betalen. Het weerhield Issy er echter niet van om een Aga-catalogus in haar boekenkast te verstoppen. In plaats van een Aga had ze nu een zeer efficiënte Duitse oven van Bosch, die precies zo heet werd als hij aangaf en altijd alles tot de seconde nauwkeurig timede, maar niet bepaald inspireerde tot grote toewijding.

Helena zag twee dozijn perfecte cakejes uit de oven tevoorschijn komen.

'Voor wie bak je, het Rode Leger? Geef me zo'n ding.'

'Ze zijn nog heet.'

'Ik wil een cupcake!'

Issy rolde met haar ogen en begon uiterst professioneel het glazuur op de cakejes te spuiten. Eigenlijk moest ze daar natuurlijk mee wachten tot de cakejes wat meer waren afgekoeld, zodat de botercrème niet zou smelten, maar ze concludeerde dat Helena zo lang niet kon wachten.

'Wat is er gebeurd dan?' vroeg ze, toen Helena zich op

haar chaise longue had geïnstalleerd (ze had haar eigen chaise longue meegenomen toen ze bij Issy kwam wonen. Dat paste bij haar. Helena besteedde nooit ergens meer energie aan dan absoluut noodzakelijk), met een soepkom thee en twee cupcakes op haar favoriete polkadotbordje. Issy was blij met haar cupcakes: ze waren mooi licht en lekker luchtig, hadden een subtiele sinaasappelroomsmaak en bedierven niet je eetlust. Ze realiseerde zich dat ze vergeten was iets voor het avondeten te kopen. Goed, dan werd dit dus het avondeten.

'Ik kreeg klappen,' zei Helena snuivend.

Issy spitste haar oren. 'Alweer?'

'Hij dacht blijkbaar dat ik een brandweerwagen was.'

'Wat doet een brandweerwagen nou weer op de spoedeisende hulp?' vroeg Issy zich hardop af.

'Goeie vraag,' antwoordde Helena. 'Nou ja, er komt daar van alles.'

Al vanaf dat ze acht was en alle kussenslopen in het hele huis had verzameld om er ziekenhuisbedjes voor haar knuffels van te maken, had Helena geweten dat ze verpleegster wilde worden. Toen ze tien jaar oud was, dwong ze haar familieleden om haar Florence noemde (Helena's drie jongere broertjes, die allemaal doodsbang voor haar waren, deden dat nog ook). Op haar zestiende ging ze van school en begon ze onmiddellijk aan haar opleiding, maar wel op de ouderwetse manier: op de afdeling en onder een zuster. Hoewel de overheid zich daar flink tegenaan had bemoeid, was ze nu hoofdverpleegkundige ('Noem me maar zuster,' had ze tegen de belegen specialisten gezegd, en dat deden ze maar al te graag), zwaaide ze zo'n beetje de scepter over de SEH van Hemel Park Hospital, en behandelde ze haar stagiairs alsof het 1955 was. Helena had nog bijna de krant gehaald, toen een van haar stagiairs stampij maakte vanwege een nagelinspectie. De meeste meisjes waren echter dol op haar, en hetzelfde gold voor de vele jonge dokters die ze door hun eerste maanden heen loodste, en voor haar patiënten. Als ze niet van het padje waren en haar klappen verkochten. Ook al verdiende ze meer geld, kon ze de hele dag zitten en had ze niet van die belachelijke ploegendiensten, Issy was met haar veilige kantoorbaan soms jaloers op Helena. Wat moest het fijn zijn om werk te hebben dat je leuk vond en waar je goed in was, ook al werkte je voor een hongerloontje en kreeg je af en toe klappen.

'Hoe gaat het met meneer Randall?' vroeg Helena. Ze was dol op de opa van Issy, die Helena een verdraaid mooie vrouw vond, haar ervan beschuldigde dat ze almaar langer werd, en van mening was dat ze niet zou misstaan op de kiel van een schip. Bovendien had ze haar professionele oordeel geveld over ieder verzorgingstehuis in de wijde omtrek, en daarom had Issy het gevoel dat ze voor eeuwig bij haar in het krijt stond.

'Goed!' zei Issy. 'Alleen, als het goed met hem gaat, dan wil hij zijn bed uit om te bakken, en dan krijgt hij het aan de stok met die dikke verpleegster.'

Helena knikte.

'Heb je Graeme al aan hem voorgesteld?'

Issy beet op haar lip. 'Nog niet,' zei ze. En dat wist Helena heel goed. 'Dat komt nog wel. Hij heeft het gewoon zó druk met alles.'

Het probleem was dat Helena vaak mannen aantrok die haar zagen als een soort godin, alleen vond ze dat zelf ontzettend irritant en viel ze steevast op sexy alfamannen, die op hun beurt louter geïnteresseerd waren in vrouwen met de BMI van een rillende chihuahua. Hoe dan ook, als je een gewone relatie wilde, of iets wat daarop leek, kon je nooit op tegen Helena's schare bewonderaars, die haar lange gedichten en kamers vol bloemen stuurden.

'Mmmm,' zei Helena, op exact dezelfde toon die ze gebruikte voor de puberende skaters met een gebroken sleutelbeen die ze nogal eens voor haar kiezen kreeg. Ze stopte nog een cakeje in haar mond. 'Deze dingen zijn echt goddelijk. Je zou er zo geld voor kunnen vragen. Weet je zéker dat hier niet een van mijn twee stuks fruit in zit?'

'Heel zeker.'

Helena zuchtte. 'Nou ja. Er moet iets te wensen overblijven. Zet snel de tv aan! Ik heb zin in Simon Cowell vandaag. Ik wil hem gemeen zien doen tegen iemand.'

'Wat jij nodig hebt is een lieve vent,' zei Issy, en ze pakte de afstandsbediening.

Jij anders ook, dacht Helena, maar dat hield ze voor zich.

2

Sinaasappelcupcakes met marmeladeglazuur voor een chagrijnige bui

Vermenigvuldig voor veel te veel cupcakes alle ingrediënten met vier.

2 hele sinaasappels, gepeld. Probeer geen pomeransen te kopen.
   Bloedsinaasappels zijn erg geschikt om je frustraties weg te knijpen.
225 gram boter, gesmolten. Kwaad? Witheet zelfs? Heel goed,
   dan heb je tenminste geen pan nodig om de boter te smelten.
3 eieren. En 3 extra, om therapeutisch tegen de muur te smijten.
225 gram suiker. Voeg meer suiker toe als je leven wel wat zoetigheid kan gebruiken.
225 gram zelfrijzend bakmeel – dat is goed voor het ego van je baksels.
3 eetlepels marmelade
3 eetlepels sinaasappelschil

Verwarm de (hetelucht)oven voor tot 175°C/gasoven stand 4. Vet
je bakvormen in met boter.
   Snijd een sinaasappel met schil en al fijn, doe dit in een kom en
meng met de gesmolten boter, eieren en suiker tot een mooi beslag.
Gebruik hiervoor een mixer en zet die op de hoogste stand. Lekker
herrie maken zal je goeddoen. Giet het mengsel in een kom, doe
de bloem erbij en bewerk het beslag met een houten pollepel tot je
tot bedaren bent gekomen.
   Bak de cupcakes 50 minuten in de oven. Laat ze eerst 5 minuten
in de vorm afkoelen en leg ze daarna op een rooster om ze helemaal
te laten afkoelen. Besmeer ze met marmelade. Zo word je weer
helemaal fris en fruitig. Of niet.

Issy vouwde de brief op en stopte hem hoofdschuddend terug in haar tas. Het was niet haar bedoeling geweest om haar opa's dag te verpesten. Het kwam vast doordat ze het over haar moeder hadden gehad. Kon ze maar... Ze had geprobeerd tegen Marian te zeggen dat Joe het fijn zou vinden om zo af en toe eens een brief van haar te krijgen. Maar dat had duidelijk niet geholpen. Tja, ze kon er weinig aan doen. Het was wel een geruststelling te weten dat haar opa ergens zat waar ze postzegels hadden en ze zijn brieven op de bus deden. De afgelopen maanden, waarin hij dikwijls om vijf uur 's ochtends de oven in zijn flat had aangezet, zonder te weten waarom, waren voor iedereen moeilijk geweest. En zij had zo haar eigen problemen, dacht Issy, en ze keek op haar horloge. Je had van die dagen waarop je geen zin had om weer aan het werk te gaan, en je had dagen zoals vandaag, dacht Issy, en ze keek langs de lange rij mensen om te kijken of ze de bus de bocht van Stoke Newington Road al om zag tuffen. Het was nogal een lomp ding, en de bus had altijd een paar pogingen nodig om de scherpe bocht te maken, waarbij bestelbusjes altijd begonnen te toeteren en fietsers te schreeuwen. Dit type bus zou binnenkort uit de roulatie worden genomen. Issy had een beetje medelijden met die gekke dingen.

De maandag na oud en nieuw moest wel een van de deprimerendste dagen van het jaar zijn. De wind blies guur in haar gezicht en trok aan de nieuwe rood met witte gebreide kerstmuts die ze had gekocht in de uitverkoop en waarvan ze hoopte dat hij jong, leuk en vlot zou staan. Nu vermoedde ze dat ze er eerder uitzag als Mevrouw Tassie, de vrouw die altijd een winkelwagen vol boodschappentassen voor zich uit duwde en dikwijls bij de bushalte rondhing, maar nooit een bus nam. Issy schonk haar meestal een voorzichtige glimlach, maar probeerde om nooit benedenwinds te staan, terwijl ze de grote trommel met cupcakes stevig vasthield.

Geen Mevrouw Tassie vandaag, zag Issy toen ze langs de rij mensen keek – dezelfde gezichten als altijd, in weer en wind, en heel soms zon. Zelfs een oud vrouwtje met een boodschappenkarretje had vandaag blijkbaar geen zin om op te staan. Sommige bekende gezichten knikte ze toe; anderen, zoals de boze jongeman die met zijn ene hand continu aan zijn telefoon zat en met zijn andere in zijn oor, of de oude vent die de hele tijd aan zijn schilferende hoofd pulkte en dacht dat het feit dat hij roos had hem op de een of andere manier onzichtbaar maakte, keurde ze geen blik waardig. Daar stonden ze dan, iedereen was er, zoals iedere dag, en allemaal stonden ze steevast op dezelfde plek te wachten tot hun krakkemikkige bus eraan kwam, benieuwd hoe vol hij deze keer zou zitten als het ding eindelijk kwam om hen naar hun winkels, kantoren, de City en Londens West End te brengen, hen uit te strooien langs Islington en Oxford Street, de slagaders van de stad, en hen 's avonds in de kou en het donker weer op te pikken, wanneer door de dampen van al die vermoeide lichamen de ramen besloegen, en de kinderen die laat uit school kwamen er gezichten op tekenden – en de pubers piemels.

'Hoi hoi,' zei ze tegen Linda, de vrouw van middelbare leeftijd die bij warenhuis John Lewis werkte en met wie ze af en toe een praatje maakte. 'De beste wensen!'

'Jij ook de beste wensen!' zei Linda. 'Heb je nog goede voornemens?'

Issy slaakte een zucht en liet haar vingers over haar wat te strakke tailleband glijden. Op de een of andere manier zorgden dit treurige weer en die korte, donkere dagen ervoor dat ze binnen wilde blijven en wilde bakken, in plaats van salades te eten en naar buiten te gaan voor wat beweging. Met kerst had ze ook nog eens ontzettend veel voor het ziekenhuis gebakken.

'Nou, hetzelfde als ieder jaar,' zei Issy. 'Wat afvallen...'

'Dat heb jij toch helemaal niet nodig!' zei Linda. 'Er is niets mis met jouw gewicht!' Linda had een middelbaar figuur, met één borst, brede heupen en de gemakkelijkste schoenen die er te vinden waren om een hele dag op de naaiafdeling te moeten staan. 'Je ziet er prima uit. En als je me niet gelooft: neem een foto van jezelf en pak die er over tien jaar nog eens bij. Je zult niet geloven hoe goed je eruitzag.' Ze kon zich er niet van weerhouden nieuwsgierig naar Issy's trommel te kijken. Issy zuchtte.

'Voor op kantoor,' zei ze.

'Tuurlijk,' zei Linda. De andere mensen in de rij kwamen met vragende blikken naderbij en informeerden naar Issy's vakantie. Ze kreunde.

'Vooruit dan, stelletje aasgieren!' Ze deed de trommel open. Op hun verkleumde gezichten brak een lach door en hun ogen lichtten op; iPod-oortjes werden uit oren gehaald en iedereen bij de bushalte viel vrolijk aan op Issy's marmelade-cupcakes. Zoals gewoonlijk had ze dubbel zoveel gemaakt als ze nodig dacht te hebben, zodat ze én de mensen op kantoor én de mensen bij de bushalte van cakejes kon voorzien.

'Echt superlekker!' zei de jongeman, met zijn mond vol kruimels. 'Weet je, jij zou bakker moeten worden.'

'Door jullie voelt het soms alsof ik dat al ben!' zei Issy, maar ze bloosde evengoed van genoegen terwijl iedereen zich om haar heen verzamelde. 'Gelukkig nieuwjaar allemaal!'

Iedereen in de rij begon met elkaar te kletsen en werd vrolijk. Linda deed zoals gewoonlijk niets anders dan zich zorgen maken over de bruiloft van haar dochter Leanne. Leanne werkte als podotherapeut, was de eerste in Linda's familie die gestudeerd had, en ging trouwen met een industrieel scheikundige. Linda was trots als een pauw en organiseerde het hele gebeuren. Ze had geen flauw benul hoe moeilijk het voor Issy was om te moeten luisteren naar een moeder die niets liever wilde dan korsetoogjes zetten voor de bruiloft van haar zesentwintigjarige dochter en haar fantastische vriend. Linda dacht dat Issy ook iets met een jongeman had, maar hield er niet van om te moeten vissen. Duurde het bij die carrièrevrouwen van tegenwoordig niet vaak wat langer? Ze zou voort moeten maken, dacht Linda, zo'n mooi meisje dat ook nog van wanten wist in de keuken, je zou denken dat iemand haar snel genoeg zou wegkapen. Maar nee, ze nam nog steeds in haar eentje de bus. Ze hoopte dat haar Leanne snel zwanger zou raken. Ze had zin om de kortingskaart van haar werk eens flink te laten wapperen - op de babyafdeling natuurlijk.

Terwijl Issy de trommel weer dichtdeed en de bus nog steeds in geen velden of wegen te bekennen was, keek ze over haar schouder naar Pear Tree Court. De vreemd gevormde winkel, waarvan de rolluiken nog stevig dichtzaten, zag er in het vale Londense ochtendlicht op deze grijze januaridag uit als een chagrijnige slapende man. De vuilniszakken op de stoep moesten nog worden opgehaald.

De afgelopen jaren hadden verschillende mensen geprobeerd er een zaak te beginnen, maar niemand was daarin geslaagd. Misschien zat de buurt niet genoeg in de lift, of misschien had het iets te maken met de nabijheid van de ijzerwarenwinkel, maar de kleine kinderboetiek met mooie maar buitensporig dure kleertjes van Tartine et Chocolat had het niet lang volgehouden, en de cadeauwinkel met buitenlandse edities van Monopoly en mokken van Penguin Classics ook niet. Hetzelfde gold voor de yogawinkel, die de hele winkelpui zogenaamd rustgevend roze had geschilderd, een kletterende boeddhafontein onder de boom had neergezet en ongelofelijk dure yogamatten en zachte harembroeken verkocht. Issy, die de winkel veel te intimiderend vond om er ook maar één voet over de drempel te willen zetten, had gedacht dat zo'n winkel het juist goed zou doen, gezien het grote aantal hippe mensen en knappe mamma's in de wijk, maar dat was niet het geval. En nu stond er alweer zo'n geel met zwart bord in de etalage met WINKELRUIMTE TE HUUR, dat vreselijk vloekte met al dat roze. De spetterende boeddha was spoorloos verdwenen.

'Dat is jammer,' zei Linda, die haar naar de gesloten winkel zag kijken. 'Hmm-hmmm', zei Issy. Iedere dag was Issy langs de yogawinkel gekomen, en de lenige jonge vrouwen met hun zwiepende paardenstaarten en hun honingkleurige huidjes die er werkten, hadden haar er alleen maar aan herinnerd dat het niet meer zo makkelijk was om maatje achtendertig te houden nu ze de dertig was gepasseerd – zeker niet met haar hobby. In het huis van haar opa kreeg ze vroeger de kans niet om een magere spriet te zijn. Als ze thuiskwam van school, nam haar opa, die na zo'n lange dag werken toch moe moest zijn, haar mee de keuken in. De andere bakkers gaven hen de ruimte en lachten het kleine meisje vriendelijk toe, en dat terwijl ze elkaar ruw afblaften. Ze schaamde zich dood, vooral wanneer haar opa riep: 'Nu begint je school pas echt!' Dan knikte ze, een stil kind met ronde ogen dat snel bloosde en verlegen werd; op de basisschool, waar de regels iedere week leken te veranderen en iedereen ze begreep behalve zij, voelde ze zich niet erg thuis.

'We gaan beginnen,' zei hij, 'met Schotse pannenkoekjes. Zelfs een kind van vijf kan Schotse pannenkoekjes maken!'

'Maar opa, ik ben zes!'

'Jij bent geen zes!'

'Wel waar! Ik ben zes!'

'Jij bent twee.'

'Ik ben zes!'

'Jij bent vier.'

'Zes!'

'Ik zal je het geheim voor goede pannenkoekjes verklappen,' zei hij ernstig, nadat hij Issy haar handen had laten wassen en geduldig de vier eierschalen had opgeraapt die op de grond waren gevallen. 'Het geheim is het vuur. Dat mag niet te hoog staan. Te hoog vuur is niet goed voor Schotse pannenkoekjes. Voorzichtig.'

Ze stond op het bruine keukentrapje, dat een beetje wiebelde omdat er een gat in het linoleum zat, stevig vastgehouden door haar opa, haar gezicht een en al concentratie terwijl ze het beslag voorzichtig van de houten lepel de pan in liet druppelen.

'En nu rustig afwachten,' zei hij. 'Deze dingen kun je niet snel maken. Verbrande pannenkoekjes smaken niet. En dit fornuis...'

Joe had al zijn energie in zijn geliefde kleindochter gestoken, had haar alle technieken en alle fijne kneepjes van het vak bijgebracht. Het was zijn schuld, dacht Issy. Ze zou echt minder gaan bakken dit jaar, en snel die paar kilo kwijtraken. Ze realiseerde zich dat ze, terwijl ze dit dacht, verstrooid de sinaasappelbotercrème van haar vingers likte. Echt waar!

De bus was nog steeds nergens te bekennen. Toen Issy om de hoek van de straat keek en een snelle blik op haar horloge wierp, voelde ze een dikke regendruppel op haar wang neerkomen. En toen nog een. De lucht was al zo lang grijs, en het leek alsof je daardoor onmogelijk kon inschatten wanneer het zou gaan regenen. Maar dit zou een flinke bui worden; de wolken waren zowat zwart. Uitgezonderd een stukje van drie centimeter, onder de goot van de kiosk achter hen, was er rondom de bushalte nergens plek om te schuilen, maar de eigenaar vond het vervelend als mensen tegen zijn raam aan stonden, en maakte daar geregeld een opmerking over als Issy haar ochtendkrant kwam kopen (en soms een snack). Het enige wat je kon doen was diep wegkruipen in je jas, je muts op je hoofd zetten en je afvragen, zoals Issy soms deed, waarom je niet in Toscane, Californië of Sydney woonde.

Uit het niets kwam een zwarte BMW X5 met piepende

remmen tot stilstand langs de gele lijn, waar dat niet mocht, en spatte daarbij het merendeel van mensen in de rij nat. Sommigen kreunden en anderen vloekten hartgrondig. Issy voelde een golf van blijdschap opkomen – en van schaamte. Zo maakte ze zich weinig geliefd bij haar maatjes van bus 73. Maar toch. De deur ging voor haar open.

'Dag mevrouw Graeme, wilt u toevallig een lift?' klonk het vanuit de auto.

Deed Issy dit maar niet, dacht Graeme. Hij wist dat ze hier altijd de bus pakte, maar ze zou niet zo de martelaar moeten uithangen. Het was een leuke meid en het was duidelijk dat hij haar graag om zich heen had en alles, maar hij had ook ruimte nodig, en het was gewoon niet zijn ding om naar bed te gaan met iemand van kantoor, met iemand met een lagere functie. Hij was dus blij dat ze begreep dat hij niet wilde blijven slapen – en daar had hij geluk mee, want hij zou er nu echt niet tegen kunnen om iets te hebben met iemand die daar onwijs moeilijk over deed – maar op weg naar zijn werk, als hij erg tevreden was met zichzelf, in zijn BMW X-serie, en nadacht over zakelijke strategieën, zat hij totaal niet te wachten op de aanblik van een zeiknatte Issy die met haar sjaal tot aan haar kin stond te wachten bij de bushalte. Daar kon hij zó slecht tegen; het was alsof ze hem naar beneden haalde door zo... nat te zijn.

Graeme was de knapste man van het hele bedrijf. Met afstand. Hij was lang, was gespierd door de sportschool, had doordringende blauwe ogen en zwart haar. Issy werkte er al drie jaar en zijn komst had nogal wat opschudding veroorzaakt. Graeme leek gemaakt voor de vastgoedbranche: zijn stijl was snel en autoritair en door zijn manier van doen straalde hij uit dat als je niet op zijn aanbod inging, je iets moois aan je neus voorbij liet gaan.

In eerste instantie had Issy naar hem gekeken zoals je naar een popster of een acteur kijkt: knap om te zien, maar *way out of her league*. Ze had genoeg leuke, aardige vriendjes gehad, en een of twee eikels, maar op de een of andere manier was het nooit echt iets geworden; het was óf niet de juiste man, óf niet het juiste moment. Wanhopig was Issy niet, maar diep vanbinnen wist ze dat ze er wel aan toe was om te settelen met een fijne vriend. Ze wilde niet het soort leven dat haar moeder leidde: altijd van de ene man naar de andere en nooit echt gelukkig. Ze wilde een thuis en een gezin. Ze wist dat ze wat dat betreft hopeloos burgerlijk was, maar dat was nou eenmaal wat ze wilde. Graeme was er niet bepaald het type naar om te settelen: ze had hem in zijn kleine sportauto bij kantoor weg zien rijden met slanke, bloedmooie vrouwen met lang, blond haar – nooit met dezelfde vrouw, hoewel ze er allemaal hetzelfde uitzagen. Dus zette ze hem uit haar hoofd, ook al kwamen alle jonge vrouwen binnen het bedrijf op hem af als vliegen op stroop.

En dus waren ze allebei verrast door wat er gebeurde, toen ze samen voor een trainingsdag naar het hoofdkantoor in Rotterdam werden gestuurd. Vanwege de harde hoosbuien, en omdat hun Nederlandse gastheren zich eerder terugtrokken voor de nacht dan verwacht, belandden ze samen in de bar van het hotel, en ze konden het veel beter met elkaar vinden dan verwacht. Graeme raakte geïntrigeerd door dit knappe meisje met haar enorme bos haar en haar mooie rondingen, dat altijd in een hoekje zat en nooit met hem flirtte of haar lippen tuitte als hij langsliep; ze bleek grappig en lief te zijn. Issy, bij wie de twee Jägermeisters enigszins naar het hoofd waren gestegen, kon niet ontkennen dat ze zijn sterke armen en bestoppelde kaaklijn zéér aantrekkelijk vond. Ze probeerde zichzelf wijs te maken dat het niets betekende, dat het iets eenmaligs was, gewoon een beetje lol, makkelijk te wijten aan de alcohol en makkelijk geheim te houden – alleen was hij wel vreselijk aantrekkelijk.

Graeme had haar deels verleid omdat hij niets beters te doen had, maar hij had niet verwacht dat ze zo zacht, zo lief zou zijn – een aangename verrassing. Ze was niet zo drammerig en scherp als andere vrouwen, liep niet de hele tijd te klagen over de hoeveelheid calorieën in iets en moest niet steeds haar make-up bijwerken. Tot zijn eigen verbazing had hij een van zijn gouden regels overtreden en had hij haar na terugkomst opgebeld. Issy was blij verrast en voelde zich gevleid. Ze was bij hem langsgegaan in zijn minimalistische nieuwbouwappartement in Notting Hill en had een uitstekende bruschetta voor hem klaargemaakt. Ze hadden allebei erg van die ervaring genoten.

Het was allemaal zo spannend. Acht maanden geleden. En zo langzamerhand begon Issy zich natuurlijk af te vragen – ze kon het gewoon niet helpen – of hij misschien toch serieus relatiemateriaal was. Of iemand die zo knap en ambitieus was misschien ook een zachte kant had. Hij praatte graag met haar over zijn werk (ze wist altijd waar het over ging), en voor haar was het iets nieuws om voor hem te koken, om een maaltijd te delen, en het bed.

De altijd praktische Helena kon natuurlijk niet nalaten te zeggen dat in de maanden dat ze nu samen waren, Graeme niet een keer bij Issy was blijven slapen, en dat hij Issy nogal eens vroeg om voor de ochtend te vertrekken, zodat hij goed zou kunnen slapen; dat ze wel naar restaurants gingen, maar dat ze nog nooit zijn vrienden had ontmoet, en ook zijn moeder niet; dat hij nooit met haar meeging om haar opa op te zoeken; dat hij haar nooit zijn vriendin noemde. En dat hoewel het leuk en aardig was dat Graeme zo nu en dan graag iets huiselijks deed met een meisje van kantoor, Issy op haar eenendertigste misschien meer wilde dan dat.

Dat was het moment waarop Issy meestal haar vingers in haar oren stak en 'LA-LA-LA-LA-LA!' begon te roepen. Ze kon het natuurlijk uitmaken, maar de geschikte kandidaten stonden niet bepaald voor haar in de rij, en er was zeker niemand in beeld die zo lekker was als Graeme. Wat ze ook kon doen, was zijn leven zó plezierig en fijn maken dat hij zou inzien dat een leven zonder haar vreselijk zou zijn, en haar een aanzoek zou doen. Helena vond dat plan véél te optimistisch, en dat hield ze bepaald niet voor zich.

Graeme grijnsde voor zich uit in zijn BMW en zette Jay-Z wat zachter om Issy op te pikken. Natuurlijk stopte hij als het regende. Hij was toch geen hufter?

Issy probeerde zich zo elegant mogelijk op de lage zitting van de auto te vouwen, wat niet erg goed lukte. Ze was zich ervan bewust dat de rij voor de bus zojuist recht in haar kruis had kunnen kijken. Voor ze kans had zich te installeren en haar gordel om te doen, drukte Graeme zich al tussen het verkeer, zonder de moeite te nemen om richting aan te geven.

'Kom op nou, stelletje zakkenwassers,' gromde hij, 'laat me ertussen.'

'Doe nou even rustig,' zei Issy.

Graeme keek haar aan en trok één wenkbrauw op. 'Ik kan je er ook weer uit laten als je dat liever hebt.'

De regen kletterde bij wijze van antwoord hard op de voorruit.

'Nee, dank je. Fijn dat je stopte.'

Graeme kreunde. Soms, dacht Issy, wilde hij echt niet aardig gevonden worden.

'Nou, we kunnen het niet echt officieel maken, vanwege kantoor,' zei Issy tegen Helena.

'Wat, nog steeds niet? Denk je niet dat iedereen het allang weet?' wierp Helena tegen. 'Zijn het zulke oelewappers?'

'Het is een vastgoedbedrijf.'

'Goed,' zei Helena, 'het zijn dus allemaal oelewappers. Maar dan snap ik nog steeds niet waarom hij niet af en toe hier blijft slapen.'

'Omdat hij niet tegelijk met mij naar kantoor wil komen,' zei Issy, alsof dat volstrekt logisch was. En dat was toch ook zo? Acht maanden was helemaal niet zo lang. Ze hadden tijd zat om het officieel te maken, te beslissen of ze iets serieuzers wilden. Dit was gewoon niet het juiste moment. Dat was alles.

Daarop had Helena haar neus opgetrokken, zoals alleen Helena dat kon.

Het verkeer de stad in was vreselijk druk en Graeme gromde en vloekte zachtjes, maar Issy vond dat niet erg – het was heerlijk om warm en droog in de auto te zitten, terwijl Kiss FM uit de speakers schalde.

'Wat ga jij vandaag doen?' vroeg ze vriendelijk. Normaal gesproken vond hij het prettig dat hij zijn stress en zorgen over zijn werk bij haar kwijt kon; hij kon er van op aan dat ze discreet was. Vandaag keek hij haar echter zijdelings aan.

'Niet veel,' zei hij. 'Weinig boeiends.'

Issy fronste haar wenkbrauwen. Graemes dagen waren nooit weinig boeiend, en waren hoofdzakelijk gevuld met ellebogenwerk en haantjesgedrag. De vastgoedsector moedigde dat aan. Dat was ook de reden dat ze af en toe aan haar vrienden moest uitleggen waarom Graeme soms een beetje... agressief overkwam. Dat was alleen de buitenkant, een façade die hij moest ophouden voor zijn werk. Onder die buitenkant, wist Issy uit hun vele middernachtelijke gesprekken, achter zijn buien en zijn sporadische uitbarstingen, zat een kwetsbare man, die gevoelig was voor de agressie op zijn werk, en die zich net als iedereen diep vanbinnen zorgen maakte om zijn status. Dat was de reden dat Issy zoveel meer vertrouwen in haar relatie met Graeme had dan haar vrienden. Issy kende zijn zachte kant. Haar vertrouwde hij zijn zorgen, zijn angsten en zijn dromen toe. En dus was het wél serieus, en deed het er niet toe waar ze 's ochtends wakker werd.

Ze legde haar hand op de zijne, die op de schakelpook lag. 'Het komt wel goed,' zei ze zacht. Bars schudde Graeme haar hand van zich af.

'Weet ik,' zei hij.

Toen ze de straat vlak bij Farringdon Road in draaiden waaraan zich de kantoren van Kalinga Deniki Property Management (kortweg KD) bevonden, begon het zo mogelijk nóg harder te regenen. Het kantoor was een modern, hoekig gevaarte van glas met zes verdiepingen, dat schril afstak bij de veel lagere rode bakstenen flats en kantoren eromheen. Graeme ging langzamer rijden.

'Zou je het heel erg vinden om...'

'Graeme, serieus?!'

'Toe nou! Wat moeten de partners wel niet van me denken als ik 's ochtends tegelijk met een van de secretaresses binnenkom?'

Toen zag hij Issy's gezicht.

'Sorry. Ik bedoel officemanager. Want dat ben je. Maar dat zouden ze toch vreemd vinden, of niet?' Hij gaf een kusje op haar wang. 'Sorry Issy, maar ik ben de baas, en als ik relaties op de werkvloer goedkeur... wordt het een grote puinzooi.'

Heel even maakte een triomfantelijk gevoel zich van Issy meester. Het was dus wél een relatie! Echt! Ze wist het wel. Ook al impliceerde Helena af en toe dat Issy een sukkel was, en dat het Graeme handig uitkwam om altijd een luisterend oor tot zijn beschikking te hebben.

Alsof hij haar gedachten kon lezen, glimlachte Graeme, bijna schuldbewust.

'Dat hoeft niet altijd zo te blijven,' zei hij. Maar hij kon niet ontkennen dat hij enige opluchting voelde toen ze uit zijn auto stapte.

41

Issy baande zich een weg door de plassen op straat. Het regende dat het goot en na een paar minuten door Britton Street te hebben gelopen was ze zo doorweekt dat het leek alsof ze nooit een lift had gekregen. Ze dook de hypermoderne damestoiletten op de begane grond in (zo modern dat gasten vaak niet snapten hoe je de kraan aankreeg of de wc doortrok), die meestal vrij waren. Meer dan een paar rondjes onder de handdroger kon ze niet opbrengen om haar haren te redden. Geweldig, zo werd het een en al pluis.

Als Issy er de tijd voor nam en haar haren netjes föhnde en allerlei dure producten gebruikte, had ze prachtige glanzende krullen die in strengetjes rond haar nek vielen. Deed ze dat niet, wat op de meeste dagen het geval was, dan liep ze het risico dat de boel ging pluizen, zeker bij nat weer. Ze bekeek zichzelf in de spiegel en slaakte een zucht. Haar haar zag eruit als een breiwerk. De koude wind had haar wangen wat kleur gegeven – ze moest om het minste geringste blozen, bloedirritant, maar dit stond best leuk – en dankzij een lading zwarte mascara zagen haar groene ogen er ook goed uit, maar haar krullen waren een drama. Ze rommelde in haar tas op zoek naar een klemmetje of een haarelastiekje, maar het enige wat ze kon vinden was een rood postelastiek dat de postbode had laten vallen. Zo moest het maar. Het rood paste niet bij haar jurk met bloemenprint, het strakke zwarte vestje, de bijpassende zwarte maillot en haar zwarte laarzen – maar zo moest het maar.

Ze was iets te laat. Ze zei goedemorgen tegen Jim, de portier, en nam de lift naar de tweede verdieping, naar de afdeling Accounts & Admin. De vertegenwoordigers en ontwikkelaars zaten een verdieping hoger, maar het atrium was helemaal van glas, waardoor je meteen zag wie er wel en niet was. Bij haar bureau aangekomen knikte ze haar collega's gedag, en toen realiseerde ze zich met een schok dat ze te laat was voor de vergadering van halftien die ze moest notuleren; de vergadering waarin Graeme zou vertellen over de gevolgen van de bestuursvergadering voor personeel dat lager op de ladder stond. Ze vloekte inwendig. Waarom had Graeme haar niet helpen herinneren? Geïrriteerd pakte ze haar laptop en ze rende de trap op.

In de vergaderzaal zat het Senior Sales Team al klaar aan de glazen vergadertafel, grappend en grollend. Ze keken ongeïnteresseerd op toen Issy binnenkwam en haar verontschuldigingen mompelde. Graeme was woest. Eigen schuld, dacht Issy opstandig. Als hij haar niet door die snertregen had laten lopen, was ze op tijd geweest.

'Latertje?' vroeg Billy Fanshaw snerend. Hij was een van de jongste en arrogantste verkopers en leek te denken dat alle vrouwen hem onweerstaanbaar vonden. Omdat hij zo zeker van zichzelf was, kwam dat meestal nog uit ook.

Issy schonk hem een zuinig lachje en ging meteen zitten, ook al snakte ze naar een kop koffie. Ze nam plaats naast Callie Mehta, de enige vrouw met een seniorfunctie binnen Kalinga Deniki. Ze was HR-manager, en maakte, net als altijd, een onberispelijke en onverstoorbare indruk.

'Goed,' zei Graeme, en hij schraapte zijn keel. 'Nu iedereen er eindelijk is, kunnen we denk ik van start.'

Issy werd zo rood als een boei. Ze verwachtte niet van Graeme dat hij haar zou matsen, natuurlijk niet, maar ze wilde ook niet dat hij dacht dat hij zomaar over haar heen kon walsen. Gelukkig had niemand het door.

'Gisteren heb ik overlegd met de partners,' zei Graeme. KD was een van oorsprong Nederlandse bedrijvengroep met vestigingen in bijna alle grote wereldsteden. Een aantal partners had Londen als uitvalsbasis, maar vloog het grootste deel van de tijd de wereld rond om vastgoed op te sporen. De partners waren ongrijpbaar, oppermachtig. Iedereen ging rechtop zitten en luisterde aandachtig.

'Zoals jullie weten, is het niet zo'n best jaar geweest...'

'Voor mij wel!' zei Billy, met de zelfvoldane gezichtsuit-drukking van iemand die zojuist zijn eerste Porsche heeft gekocht. Issy besloot zijn opmerking niet te notuleren.

'En ook in de VS en in het Midden-Oosten zijn we hard getroffen. De rest van Europa houdt stand, en Azië ook, maar desalniettemin...'

Iedereen hing aan Graemes lippen.

'... ziet het er niet naar uit dat we op dezelfde voet verder kunnen. We zullen moeten... bezuinigen.'

Naast haar zag Issy Callie Mehta knikken. Zij moest het al geweten hebben, dacht Issy, en ze voelde een golf van paniek opkomen. Als Callie van HR het wist, dan betekende dat dus dat er bezuinigd zou worden op personeel.

De schrik sloeg haar om het hart. Zij zou toch niet hoe-ven vertrekken? Maar gasten als Billy zouden er zeker niet uit vliegen, die waren veel te belangrijk. Maar financiële administratie, nou, daar kon je eigenlijk ook niet zonder...

Issy's gedachten sloegen op hol.

'Wat ik nu ga zeggen is strikt vertrouwelijk. En ik wil niet dat deze notulen worden rondgestuurd,' zei Graeme, en hij keek haar strak aan. 'Maar ik denk dat we hoe dan ook een personeelsbezuiniging van rond de vijf procent moeten nastreven.'

Paniekerig begon Issy te rekenen. Met tweehonderd perso-neelsleden moesten er dus minstens tien ontslagen vallen. Dat was niet eens zoveel, maar waar in het bedrijf kon er nog ge-sneden worden? De nieuwe persvoorlichter konden ze waar-schijnlijk wel missen, maar zouden de vertegenwoordigers het zonder hun p.a.'s moeten stellen? Of zouden er minder ver-tegenwoordigers komen? Nee, dat sloeg nergens op, minder vertegenwoordigers en dezelfde hoeveelheid administratieve ondersteuning - dat was een stompzinnig businessmodel. Ze besefte dat Graeme nog steeds aan het praten was.

'... maar ik denk dat we ze kunnen laten zien dat we beter kunnen, namelijk door te mikken op zeven, of zelfs acht procent. En dat we Rotterdam kunnen laten zien dat KD een modern, *lean & mean* eenentwintigste-eeuws bedrijf is.'

'Absoluut,' zei Billy.

'Prima,' zei iemand anders.

Maar stel dat zij daarbij zat, hoe moest ze haar hypotheek dan betalen? Waar moest ze van leven? Ze was eenendertig jaar oud, maar ze had nauwelijks spaargeld; het had haar jaren gekost om haar studieschuld af te betalen, en vervolgens had ze lekker van Londen willen genieten. Met enige spijt dacht ze terug aan al die avonden uit, de drankjes in cocktailbars, al dat geshop bij Topshop. Waarom had ze niet wat meer opzijgelegd? *Waarom?* Ze kon echt niet naar Florida om bij haar moeder te gaan wonen, no way. Waar moest ze naartoe? Wat kon ze doen? Opeens had Issy het gevoel dat ze ieder moment in huilen kon uitbarsten.

'Issy, schrijf je dit allemaal wel op?' blafte Graeme haar toe, terwijl Callie over regelingen en exitstrategieën begon. Ze keek naar hem op, zich nauwelijks bewust van waar ze was. Plotseling besefte ze dat Graeme haar aankeek als een wildvreemde.

3

Door de mensen bij de bushalte had Issy de dag ervoor niet genoeg cakejes over gehad voor op kantoor, en na wat haar tijdens de vergadering ter ore was gekomen zou het nogal hypocriet zijn geweest om ze heel parmantig uit te gaan lopen delen. Het hele team had zich echter om haar heen verzameld omdat ze iets lekkers wilden voor na de pauze, en ze waren hevig ontdaan.

'Chérie, jij bent de redèn dat ik naar mijn oewerk kom,' had François, de jonge reclameontwerper, gezegd. 'Jij, jij bakt als de patissiers van Toulon. *C'est vrai!*'

Daarop was Issy knalrood geworden en had ze de recepten die haar grootvader had opgestuurd nog eens doorgespit, op zoek naar iets nieuws om uit te proberen. En hoewel ze dat wel wat doortrapt vond, had ze haar mooiste en zakelijkste donkerblauwe jurk met zwierende zoom aangedaan, met een net jasje erop. Dan zag ze er in ieder geval uit als een professional.

Vandaag regende het iets minder hard, maar evengoed waaide de koude wind langs de rij wachtenden voor de bus. Issy's angstige gezichtsuitdrukking baarde Linda zorgen – het was haar opgevallen dat er zich tussen Issy's wenkbrauwen een kleine groef begon te vormen – en ze wilde Issy een crème adviseren, maar ze durfde niet. In plaats daarvan ratelde ze een eind weg over de naaiafdeling, waar het nog nooit zo druk was geweest – waarschijnlijk had het iets met de recessie te maken dat iedereen de broekriem aanhaalde en zijn eigen truien wilde breien – maar ze zag dat Issy nauwelijks luisterde. Issy keek naar een zeer elegante blonde vrouw, die van een van de makelaars uit de buurt een rondleiding kreeg door het leegstaande winkelpand. Hij kwam Issy bekend voor, van toen ze haar flat had gekocht.

De vrouw praatte nogal hard, en Issy ging iets dichterbij staan om te kunnen horen wat ze zei. Haar professionele interesse was gewekt.

'De mensen in deze wijk snappen niet wat ze nodig hebben!' zei de vrouw. Ze had een harde stem, die ver droeg. 'Er is te veel *fried chicken* en er zijn te weinig biologische producten. Wist u,' zei ze ernstig tegen de makelaar, die enthousiast knikte en het eens was met alles wat ze zei, 'dat we in Groot-Brittannië per hoofd van de bevolking meer suiker eten dan in ieder ander land ter wereld, behalve Amerika en Tonga?'

'Huh? Tonga?' zei de makelaar. Issy drukte de grote tupperwaredoos met cupcakes dichter tegen haar borst, voor het geval de vrouw haar laserscherpe blik op haar zou richten.

'Ik zie mezelf niet alleen als foodie,' zei de vrouw. 'Ik zie mezelf echt als een profeet, snapt u? Een profeet met een boodschap, namelijk dat volkoren en *raw cooking* de enige weg voorwaarts zijn.'

Raw cooking? dacht Issy.

'Ik zou het fornuis achter in die hoek neer zetten.' De vrouw wees bazig door de ruit in de richting van de verste hoek. 'Dat zullen we toch nauwelijks gebruiken.'

'O, zeker, dat lijkt me perfect,' zei de makelaar.

Helemaal niet perfect, dacht Issy meteen. Het fornuis moest juist dicht bij het raam staan, voor de ventilatie, en zodat mensen konden zien wat je aan het doen was en jij de winkel in de gaten kon houden. Achter in de hoek was juist een heel slechte plek voor een oven, want dan stond je de hele tijd met je rug naar alles toe. Nee, als je voor mensen wilde koken, dan moest je dat ergens doen waar ze je konden zien, zodat je ze vrolijk glimlachend kon verwelkomen, en...

Issy was zo aan het dagdromen, dat ze nauwelijks in de gaten had dat de bus kwam voorrijden, juist toen de vrouw zei: 'Desmond, nu we het toch over geld hebben...'

Hoeveel geld? vroeg Issy zich voor de grap af, terwijl ze via de achterdeur de bus binnenstapte en Linda maar bleef wauwelen over haar kruissteken.

In het koele ochtendlicht zag het spiegelende glas aan de buitenkant van het kantoorgebouw er blauwgrijs en koud uit. Issy herinnerde zich haar goede voornemen om iedere dag de twee trappen te beklimmen, kreunde inwendig en besloot dat wanneer je iets groots droeg (bijvoorbeeld negenentwintig cupcakes in een flinke tupperwaredoos), je de lift mocht pakken.

Toen ze de verdieping van de administratie betrad, en haar toegangspas ophield (waarop tot in de eeuwigheid haar extreem onflatteuze pasfoto gelamineerd was) om door de brede glazen deuren te gaan, was het merkwaardig stil op kantoor. Tess, de receptioniste, had wel hallo gezegd, maar verder niets, en dat terwijl ze normaal gesproken zo goed op de hoogte was van alle kantoorroddels. Sinds Issy iets met Graeme had, ging ze niet meer met haar collega's stappen, voor het geval ze een paar glazen wijn te veel dronk en per ongeluk uit de school zou klappen. Ze had niet het idee dat iemand iets doorhad. Soms vroeg ze zich af of haar collega's het überhaupt zouden geloven. Graeme was zo knap en zo'n womanizer. Issy was ook best knap, maar niet vergeleken bij Tess, die strakke minirokjes droeg en er evengoed mooi en lief en niet als een taart uitzag, vermoedelijk omdat ze pas tweeëntwintig was; of Orphy, die een meter tachtig lang was en door de gangen schreed alsof ze een prinses was in plaats van junior payrollassistent. Maar, zei Issy tegen zichzelf, dat deed er allemaal niet toe, want Graeme had voor haar gekozen – en daarmee uit. Ze zag het nog zo voor zich: hoe ze het hotel in Rotterdam uit kwamen rollen om aan de rest te ontsnappen, zogenaamd voor een sigaret, ook al rookten ze geen van beiden, en zich slap hadden gelachen. Hoe die fijne spanning tot hun eerste kus leidde; de schaduwen die zijn lange zwarte wimpers op zijn hoge jukbeenderen wierpen; zijn scherpe, frisse aftershave van Hugo Boss. Op de romantiek van die eerste avond had ze lang kunnen teren.

En ook al was er niemand die het zou geloven, toch was het zo: zij en Graeme hadden iets. Hij was absoluut haar vriend. En daar stond hij, aan de andere kant van de kantoortuin, vlak bij de deur naar de vergaderkamer, met een ernstig gezicht – overduidelijk de reden voor de stilte die over de achtentwintig bureaus was neergedaald.

Met een harde klap zette Issy de doos cupcakes neer. Haar hart bonsde al even hard.

'Ik vind dit echt heel vervelend,' zei Graeme toen iedereen binnen was. Hij had lang nagedacht over de juiste aanpak: hij wilde niet zo'n laffe baas zijn die zijn personeel niet vertelde wat er gaande was en mensen er via via achter liet komen. Hij wilde zijn bazen laten zien dat hij in staat was moeilijke beslissingen te nemen en wilde zijn personeel laten zien dat hij eerlijk tegen hen was. Ze zouden alsnog niet blij zijn, maar hij zou in ieder geval de waarheid spreken.

'Ik hoef jullie niet te vertellen hoe we ervoor staan,' zei Graeme, en hij probeerde redelijk te klinken. 'Jullie zien het zelf: aan de accounts, de sales, de omzet. Jullie zijn degenen die zich bezighouden met de basis, de details, de cijfers en vooruitzichten. En jullie weten allemaal hoe hard de vastgoedwereld is. Dus ook al heb ik een moeilijke boodschap, toch hoop ik dat jullie er begrip voor kunnen opbrengen, en het niet oneerlijk zullen vinden.'

Je had een speld kunnen horen vallen in de vergaderkamer. Issy slikte hoorbaar. Aan de ene kant was het goed dat Graeme open kaart speelde en het nieuws met iedereen deelde. Niets erger dan werken op een kantoor waar de leidinggevenden niet wilden zeggen wat er speelde en iedereen vol angst en spanning zat. Voor een stel makelaars waren ze hier opvallend open en eerlijk over.

Maar ze hadden toch wel even kunnen wachten? Heel even? Het nog iets langer kunnen aankijken, om te zien of de situatie volgende maand, of in de lente, beter zou zijn? Of een stemming, met alle partners? De moed zonk Issy in de schoenen toen ze zich realiseerde dat een beslissing als deze waarschijnlijk al maanden geleden was genomen, in Rotterdam, in Hamburg of in Seoul. Dit was slechts de implementatie, het gedeelte waar mensen bij betrokken waren.

'Ik kan dit niet leuker maken dan het is,' zei Graeme. 'Het komende halfuur krijgen jullie allemaal een e-mail waarin staat of je mag blijven of niet. Degenen die moeten vertrekken zullen we een zo redelijk en genereus mogelijk aanbod doen. Iedereen die niet mag blijven zie ik graag om elf uur in de boardroom.' Hij keek op zijn Montblanc-horloge.

Issy kreeg een visioen van Callie, het hoofd van HR, die met haar vinger boven de knop 'verzenden' hing, als een atleet die in de startblokken stond.

'En nogmaals,' zei Graeme, 'ik vind dit echt heel vervelend.'

Hij trok zich terug in de boardroom. Tussen de verticale streepjes van de lamellen door kon Issy zien hoe hij zijn knappe hoofd over zijn laptop boog.

Onmiddellijk stegen er allerlei paniekerige geluiden op. Iedereen startte zo snel mogelijk zijn computer op, om vervolgens om de seconde op de 'vernieuwen'-knop van Windows Mail te drukken. In de jaren negentig en de jaren nul kon je nog binnen twee dagen van de ene baan naar de andere hoppen: een vriendin van Issy had binnen anderhalf jaar twee ontslagvergoedingen gekregen. Het aantal beschikbare banen, het aantal overgebleven bedrijven – het leek allemaal alleen maar minder en minder te worden. Voor iedere vacature waren er meer en meer sollicitanten, als het al lukte om een vacature te vinden. Om nog maar te zwijgen over het aantal schoolverlaters en afgestudeerden dat iedere maand de arbeidsmarkt betrad... Issy zei tegen zichzelf dat ze niet in paniek moest raken, maar het was al te laat. Ze was al halverwege een van haar cupcakes en kruimelde achteloos haar hele toetsenbord onder. Adem in, adem uit. Ze moest rustig ademhalen. Twee nachten geleden had ze nog met Graeme onder zijn marineblauwe dekbed van Ralph Lauren gelegen, veilig en knus in hun eigen wereldje. Hen kon niets gebeuren. Helemaal niets. Naast haar was François als een bezetene aan het typen.

'Wat ben je aan het doen?' vroeg ze.

'Mijn cv aan het updaten,' zei hij. 'Kalinga Deniki, *c'est fini.*'

Issy slikte en nam nog een cakeje. Precies op dat moment hoorde ze een ping.

Geachte Mevrouw *Issy Randall*,
Het spijt ons u te moeten mededelen dat wij, directeuren van Kalinga Deniki CP, wegens tegenvallende economische groei en het naar verwachting uitblijven van groei in de aankoop van commercieel vastgoed binnen de City of London dit jaar, ons genoodzaakt zien om de positie Officemanager (schaal 4) in de vestiging Londen per onmiddellijk boventallig te verklaren. We verzoeken u om 11.00 uur aanwezig te zijn in Vergaderzaal C om uw mogelijkheden te bespreken met uw lijnmanager, *Graeme Denton*.
Met vriendelijke groet,
Jaap van de Bier
Human Resources Kalinga Deniki

'Het kwam,' zei Issy later, 'door de manier waarop ze overduidelijk een of ander macro hadden, waar ze alleen nog wat
gegevens op hoefden los te laten. Blijkbaar had niemand zin
om een persoonlijk bericht te schrijven. Iedereen over de
hele wereld heeft hetzelfde bericht gekregen. Je raakt dus je
baan en je hele leven kwijt, maar aan zo'n mededeling wordt
nog minder aandacht besteed dan aan de herinnering die je
van de tandarts krijgt.' Ze dacht even na. 'Ik moet trouwens
weer voor controle.'

'Eén voordeel,' zei Helena vriendelijk. 'De tandarts is gratis
als je werkloos bent.'

Het concept kantoortuin was dus echt de wreedste uitvin-
ding ooit, bedacht Issy ineens. Het was één grote vissenkom:
iedereen speelde gewoon de hele tijd toneel en deed alsof
er niets aan 't handje was, terwijl er juist van alles mis was
binnen het bedrijf. Als er meer kantoren met een deur waren
geweest, hadden mensen zich misschien niet groot hoeven
houden, zouden ze misschien zijn gaan huilen, en zouden ze
het vervolgens proberen op te lossen, in plaats van te doen
alsof er geen vuiltje aan de lucht was, totdat vijfentwintig
procent van het personeel zou zijn ontslagen! In het hele
kantoor waren kreten van verbazing en ontzetting te horen;
één persoon sprong van zijn stoel op en schreeuwde 'YES!',
keek daarop paniekerig om zich heen, en zei 'shit, sorry
mensen... mijn moeder zit in een verzorgingstehuis...' en liet
toen een ongemakkelijke stilte vallen. Er was ook iemand
die begon te huilen.

'Nondeju!' zei François, en hij hield op met het bijwerken
van zijn cv. Issy verstijfde. Ze staarde naar haar scherm en
probeerde de verleiding te weerstaan om nog één laatste keer
op F5 te drukken, alsof dat een ander resultaat zou opleveren.
Het ging haar niet alleen om haar baan – het was haar baan,
en je baan kwijtraken was natuurlijk een van de verdrietigste

en deprimerendste dingen die je konden gebeuren. Maar het idee dat Graeme... de gedachte dat, al die keren dat hij seks met haar had gehad, haar voor hem had laten koken, dat hij het al die tijd al had geweten... wist dat dit zou gebeuren. Wat bezielde die vent? Wat bezielde hem in godsnaam?

Zonder na te denken – als ze dat wel had gedaan, dan had haar verlegenheid haar bijna zeker tegengehouden – sprong Issy op van haar stoel en liep ze naar de boardroom. Mooi niet dat zij tot elf uur ging wachten! Ze wilde weten hoe het zat, en wel meteen. Ze overwoog nog om op de deur te kloppen, maar liep toen gewoon naar binnen. Graeme keek op, niet echt verbaasd. Ze zou vast wel begrijpen dat hij in een lastig parket zat, toch?

Issy was woedend.

'Het spijt me heel erg, Issy.'

'Het spijt je? Dat is je geraden ook! Waarom heb je me dit niet verteld?'

Hij keek haar verbaasd aan.

'Het is toch logisch dat ik het je niet kon vertellen? Zulke dingen zijn vertrouwelijk. Ze zouden me hebben aangeklaagd!'

'Maar ik zou toch tegen niemand zeggen dat ik het van jou had!' Issy kon nauwelijks geloven dat hij haar zelfs zoiets blijkbaar niet had willen toevertrouwen. 'Je had me toch kunnen waarschuwen? Dan had ik tenminste kunnen wennen aan het idee, mezelf erop voor kunnen bereiden.'

'Dat zou niet eerlijk zijn tegenover de rest,' zei Graeme. 'Dat zou iedereen wel willen.'

'Maar dat is toch niet hetzelfde?' riep Issy. 'Voor hen is het maar een baan. Voor mij is niet alleen mijn baan, maar ook het feit dat je me niets hebt verteld!'

Ze werd zich bewust van de grote groep mensen die achter haar samendromden en door de openstaande deur meeluisterden. Woest draaide Issy zich om.

'Ja. Dat wisten jullie niet, hè? Graeme en ik hebben een affaire. Die we voor iedereen op kantoor geheim hebben gehouden.'

Uit de menigte steeg wel wat gemompel op, maar, viel Issy op, ondanks dat ze nogal over haar toeren was, geen kreten van ontzetting, zoals ze verwacht had.

'Maar, dat oewist iedereen al,' zei François.

Issy staarde hem aan en zei: 'Hoe bedoel je, iedereen?'

De rest van haar collega's stond er wat schaapachtig bij.

'Iederéén wist het?' Ze keerde zich weer om naar Graeme. 'Wist je dat? Dat iedereen het al wist?'

Tot haar schrik keek Graeme al even schaapachtig als de rest.

'Nou, ik denk niet dat het goed is voor de moraal als mensen openlijk een relatie te hebben.'

'Dus jij wist dat?!'

'Het hoort bij mijn werk om te weten wat er leeft onder het personeel,' zei Graeme pedant. 'Anders zou ik mijn werk niet goed doen.'

Issy staarde hem met open mond aan. Als iedereen het al wist, waar was al dat rondsluipen en al die geheimzinnigheid dan voor nodig geweest?

'Maar... maar...'

'Issy, ga je zitten? Dan kunnen we aan de vergadering beginnen.'

Issy werd zich bewust van de aanwezigheid van vijf andere mensen die de boardroom waren binnengeschuifeld, en er zo te zien ook kapot van waren. François zat er niet tussen, maar Bob van marketing wel. Hij krabde aan wat een nieuwe plek psoriasis bleek, aan de zijkant van zijn hoofd, en plotseling had Issy een bloedhekel aan het hele bedrijf – aan Graeme, aan haar collega's, aan het vastgoedmanagement, aan het hele verdomde kapitalistische systeem. Ze draaide zich op haar hielen om, stormde het kantoor uit, nam de trommel cakejes op haar heup en strooide ze lukraak in het rond.

Issy had een luisterend oor nodig, en snel een beetje. Helena werkte gelukkig maar tien minuten bij haar vandaan. Ze vond het vast niet erg.

Helena was, niet bepaald met zachte hand, het hoofd van een jongeman aan het hechten.

'Au!' zei hij.

'Ik dacht dat ze tegenwoordig hechtingen met lijm zetten?' zei Issy toen ze was uitgesnotterd.

'Doen we ook,' zei Helena grimmig, en ze pakte haar naald stevig beet, 'behalve bij mensen die lijm snúíven en vervolgens denken dat ze over prikkeldraad heen kunnen vliegen. Die krijgen géén lijmhechtingen.'

'Het was geen lijm, het was aanstekervloeistof,' zei de jongeman, die bleek zag.

'Denk maar niet dat ik je dan wel lijmhechtingen geef,' zei Helena.

'Nee,' zei de man zielig.

'Het is toch niet te geloven, Lena?' zei Issy. 'Ik kan er gewoon met m'n hoofd niet bij dat die klootzak me zeiknat op m'n werk laat aankomen en dat hij punt één wist dat hij me zou gaan ontslaan, en punt twee dat iedereen wist dat we iets met elkaar hadden. Iedereen vindt hem vast een enorme eikel.'

'Hmm-mm,' zei Helena ontwijkend. Ze had de afgelopen jaren wel geleerd om Issy's mannen niet af te kraken; er kwam namelijk nogal eens een vervolg, en anders werd het voor iedereen zo ongemakkelijk.

'Hij klinkt inderdaad als een eikel,' zei de man.

'Zeg dat!' zei Issy. 'Jij snuift lijm en zelfs jij snapt dat het een eikel is.'

'Het was aanstekervloeistof, hoor.'

'Je bent beter af zonder,' zei Helena. 'Je zegt toch altijd dat je het helemaal niet leuk vindt om... geneeskunde te studeren?' voegde ze haastig toe, vanwege haar patiënt.

'Je bent alleen beter af zonder iets,' zei Issy, 'als je iets hebt wat ervoor in de plaats komt. Maar ik zit met de slechtste arbeidsmarkt in twintig jaar tijd: er zijn nul banen in mijn werkveld en zelfs als het wel goed ging met de economie, dan...' Ze barstte opnieuw in snikken uit. 'Lena, ik ben gewoon wéér single! Maar ik ben eenendertig!'

'Eenendertig is níét oud,' verzekerde Helena stellig.

'Kom op. Stel dat je nu achttien was, dan zou je dat óók oud vinden.'

'Dat is het ook,' zei de jongeman. 'Ik ben twintig.'

'En jij haalt de eenendertig niet eens als je niet kapt met die belachelijke verslavingen van je!' zei Helena streng. 'Dus zeg jij nou maar niks.'

'Ik zou jullie allebei zo doen, hoor,' zei hij. 'Jullie zijn nog niet over je houdbaarheidsdatum heen!'

Helena en Issy keken elkaar aan.

'Zie je?' zei Helena. 'Het kan erger.'

'Nou, fijn om te weten dat ik nog steeds opties heb.'

'En wat jou betreft,' zei Helena, terwijl ze zijn wond zeer professioneel met een gaasje en verband verbond, 'als jij niet stopt met die troep, krijg jij 'm straks niet eens meer omhoog. Voor mij niet, voor haar niet en voor Megan Fox niet. Begrepen?'

Voor het eerst leek de man te schrikken. 'Echt?'

'Echt waar. Je kunt net zo goed meteen je ballen eraf hakken, daar heb je dan ook niks meer aan.'

De jongeman slikte. 'Het wordt sowieso tijd dat ik met dat spul stop.'

'Dat denk ik ook, denk je niet?' Helena gaf hem een kaartje van de afkickkliniek in de buurt. 'En nou moven jij. Volgende!'

Een bezorgde jonge vrouw kwam binnen met een peuter die met zijn hoofd vastzat in een steelpan.

'Gebeurt dat vaker?' vroeg Issy.

'Reken maar,' zei Helena. 'Mevrouw Chakrabati, dit is Issy. Ze studeert geneeskunde, vindt u het goed als zij erbij blijft?' Mevrouw Chakrabati knikte van ja. Helena keek omlaag. 'Ravi, het is toch niet te geloven! Je bent géén piraat, begrijp je dat?'

'Ik. Ben. Pi-raat!

'Nou, het is in ieder geval niet zo erg als de kaasrasp, weet je nog?'

Mevrouw Chakrabati knikte instemmend, en Helena ging op zoek naar castorolie.

'Ik moest maar eens gaan, Lena.'

Helena keek haar meelevend aan. 'Zeker weten?'

Issy knikte. 'Ik ben zomaar naar buiten gestormd, maar ik moet wel... ik moet in ieder geval weten hoe het zit met mijn ontslagvergoeding en zo.'

Helena gaf haar een knuffel. 'Het komt wel goed. Echt.'

'Dat zeggen mensen altijd, ja,' zei Issy. 'Maar wat nou als het een keer níét goedkomt?'

'Dan ga ik tegen ze vechten met mijn piratenzwaard!' riep Ravi.

Issy ging op haar hurken zitten en richtte het woord tot de pan.

'Dank je, lieverd,' zei ze. 'Daar houd ik je aan.'

Het was voor Issy zowat ondraaglijk om het kantoor weer binnen te moeten lopen. Ze was vreselijk nerveus en ze schaamde zich dood.

'Hoi,' zei ze treurig tegen Jim, de portier.

'Ik heb het gehoord,' zei Jim. 'Ik vind het echt heel rot voor je.'

'Ik ook,' zei Issy. 'Ach ja.'

'Kop op, meis,' zei hij. 'Je vindt vast wel weer iets. Iets beters dan dit, dat weet ik zeker.'

'Mmm.'

'Ik zal je cakejes wel missen, hoor!'

'Dank je.'

Issy liep de tweede verdieping voorbij en liep meteen door naar boven, linea recta naar Human Resources. Ze dacht niet dat ze het aan zou kunnen om weer met Graeme te praten. Voor de negende keer checkte ze haar telefoon. Geen berichtjes. Geen mailtje. Waarom moest dit juist haar overkomen? Het leek wel een boze droom.

'Dag Issy,' zei Callie Mehta zacht. Ze zag er net als anders onberispelijk uit en droeg een zacht, reebruin pak. 'Sorry. Dit is het minst leuke gedeelte van mijn baan.'

'Ja, en van de mijne,' zei Issy stijfjes.

Callie haalde een mapje tevoorschijn. 'We hebben een zo genereus mogelijk pakket samengesteld. En omdat we aan het begin van het jaar zitten, dachten we dat je in plaats van je opzegtermijn vol te maken, misschien liever al je vakantiedagen zou willen opnemen. Doorbetaald.'

Issy moest toegeven dat dit heel genereus was. Toen vervloekte ze zichzelf dat ze hiervoor viel. Callie oefende waarschijnlijk voortdurend met dit soort gesprekken.

'En kijk... als je wilt, en dat is helemaal aan jou, dan betalen wij voor een re-integratiecursus.'

'Een re-integratiecursus? Dat klinkt heftig.'

'Het is een soort trainings- en adviestraject, om je te helpen... bij hoe je nu verder moet.'

'Nou, met deze arbeidsmarkt wordt dat een uitkering,' zei Issy strak.

'Issy,' zei Callie, vriendelijk maar streng. 'Ik kan je één ding vertellen: in mijn carrière ben ik een aantal keer boventallig verklaard. En dat was heel verdrietig, maar ik kan je verzekeren dat het niet het einde van de wereld is. Voor goede mensen is er altijd ergens plek, en jij bent een van die goede mensen.'

'Ja, en daarom heb ik nu geen baan meer,' zei Issy.

Callie fronste licht en legde haar vinger tegen haar voorhoofd.

'Issy, ik wil graag iets tegen je zeggen; van wat ik gezien heb... En misschien kun je dit niet waarderen, maar ik hoop dat je het niet erg vindt, voor het geval je er iets mee kunt.' Issy leunde achterover. Ze had het gevoel dat ze straf kreeg van de juffrouw. En tegelijkertijd geen eten meer kon kopen.

'Je bent me opgevallen. Je bent duidelijk intelligent, je hebt gestudeerd, en je bent aardig voor de mensen met wie je samenwerkt.'

Issy vroeg zich af waar dit heen ging.

'Waarom ben jij administratief medewerkster? Ik bedoel, als je kijkt naar de jongens van sales; die zijn jonger dan jij bent, maar zijn gedreven en gemotiveerd. Jij hebt zoveel talent en zoveel vaardigheden, maar ik zie niet hoe je die hebt ingezet door mensen achter de broek te zitten voor hun timesheets en hun onkostendeclaraties. Het is alsof je je wilde verstoppen en iets wilde doen wat vooral veilig en een beetje saai was, in de hoop dat niemand je zou zien.'

Ongemakkelijk haalde Issy haar schouders op. Callie Mehta had vast geen moeder die van hot naar her rende en de hele tijd aandacht van iedereen wilde.

'Weet je, het is echt niet te laat om het roer om te gooien. Jij denkt vast van wel, maar...' Callie keek op het papier dat voor haar lag. 'Eenendertig is niets. Je kunt nog alle kanten op. En één ding kan ik je wel vertellen: als jij voor iemand anders hetzelfde werk gaat doen, zal je daar waarschijnlijk net zo weinig voldoening uit halen als uit je baan hier. En vertel me alsjeblieft niet dat dat niet klopt. Ik werk al heel lang in HR en ik weet zeker dat een ontslag voor jou nu de juiste keus is. Je bent nog jong genoeg om te gaan doen wat je écht wilt. Maar wie weet is dit je laatste kans. Snap je waar ik heen wil?'

Issy's hele gezicht begon te gloeien. Het enige wat ze kon

doen was knikken, anders bestond de kans dat ze in huilen zou uitbarsten. Callie frunnikte aan haar trouwring.

'En Issy... sorry als ik nu mijn boekje te buiten ga, dat is heel onprofessioneel van me en dat weet ik, en ik wil niet dat me wordt verweten dat ik naar die kantoorroddels luister... maar ik zou heel graag iets tegen je zeggen, en dat vind je vast niet leuk om te horen. Het is een groot risico om te denken dat een man jou gaat redden, voor je gaat zorgen en alles voor je oplost. Misschien dat het wel gebeurt, en als dat is wat je wilt, dan hoop ik dat van harte. Maar als je iets kunt vinden wat je leuk vindt, wat je op jouw manier kunt doen... nou, zoiets is fijn om te hebben in je leven.'

Issy slikte hard. Zelfs haar oren gloeiden.

'Vind jij je werk leuk?' hoorde ze zichzelf vragen.

'Soms is mijn werk moeilijk,' zei Callie. 'Maar het is altijd uitdagend. En het is nooit, maar dan ook nooit saai. Zou jij hetzelfde kunnen zeggen?'

Callie schoof het vel papier over de tafel naar haar toe. Issy pakte het op en bekeek het. Bijna 20.000 pond. Dat was veel geld. Heel veel geld. Geld dat je leven kon veranderen. Dat was zeker.

'Geef het alsjeblieft niet allemaal uit aan lippenstift en schoenen,' zei Callie, die haar best deed om haar wat op te beuren.

'Een klein beetje, mag dat wel?' vroeg Issy, die het gebaar waardeerde – en Callies directheid. Hoewel, momenteel brandde die directheid nog in haar maag. Maar ze wist dat het goedbedoeld was.

'Vooruit,' zei Callie. 'Een klein beetje dan.'

En toen schudden ze elkaar de hand.

Het afscheidsfeestje in The Coins was eerder een wake dan een feestje. Aan de andere acht die boventallig waren verklaard was ook een doorbetaalde vakantie aangeboden, dus het had voor niemand zin om nog tot het einde van de week rond te blijven hangen op kantoor. Hierdoor werd de kwelling aanzienlijk verkort, en dat was wel een troost, vond Issy. De pub was altijd een warme en knusse plek, een fijn toevluchtsoord tussen al die glazen kantoorgebouwen en hypermoderne bedrijfsruimte die te huur stond. Door de vergeelde muren, die nog uit de tijd van voor het rookverbod stamden, het onpretentieuze bier op de tap, de zakjes chips, het drukke tapijt en de dikke hond van de uitbater, die een neus had voor lekkere hapjes, verschilde deze pub weinig van duizenden andere pubs in Londen, hoewel de pub, dacht Issy bij nader inzien, er ook een van een uitstervend ras was – een beetje zoals zijzelf. Ze had geprobeerd haar melancholieke bui van zich af te schudden. Het was eigenlijk best ontroerend, hoeveel collega's er waren gekomen. Geen Graeme natuurlijk. Ergens was ze daar wel blij mee. Ze wist niet hoe ze zou reageren als ze ooit weer een beleefd gesprek met hem zou moeten voeren. En dat was prima, aangezien hij niet eens de moeite had genomen om op te bellen om te horen hoe het ging.

Bob van marketing was om zeven uur al stomdronken, dus installeerde Issy hem in de hoek van een van de zitjes en liet hem in slaap vallen.

'Op Issy,' zei François, toen er geproost werd. 'En nu Issy ons gaat verlaten, heeft dat als enige positieve effect dat we nu eindelijk niet meer zullen aankomen!'

'Hear, hear!' riepen de anderen. Issy keek hen geschrokken aan. 'Hoe bedoelen jullie?'

'Als die cakejes van jou niet zo verschrikkelijk lekker waren,' zei Karen, de forse vrouw die de boekingen regelde en bijna nooit met haar praatte, 'zou ik niet zo verschrikkelijk dik zijn! Goed, oké, dan was ik alsnog dik, maar dan zou dik worden wel een stuk minder leuk zijn.'

'Bedoel je die malle cakejes van mij?' zei Issy. Ze had al

een stuk of vier glazen rosé op en alles begon een beetje wazig te worden.

'Et zijn kéén malle cakejes!' zei François. 'Dat mak je niet zeggen! Ze zijn net zo koed als die van Hortense Beusy, de beste patissière van Toulon. *C'est la verité,*' zei hij ernstig. Hij had ook al flink wat rosé op.

'Ach, nonsens,' zei Issy blozend. 'Dat zeggen jullie alleen maar omdat ik altijd gratis cakejes bij me heb. Al smaakten ze naar apenpoep, dan nog zou iedereen ze opvreten. Alles beter dan werken in die... gevangenis,' zei ze brutaal.

Iedereen schudde zijn hoofd.

'Het is echt waar,' zei Bob, en hij tilde zijn hoofd even op. 'Je bent veel beter in bakken dan in administratie.'

Er werd door meerdere mensen in de bar geknikt.

'Wil je daarmee zeggen dat je mij alleen maar tolereerde vanwege mijn overheerlijke cakejes?' zei Issy, gekwetst.

'Ja,' zei François. 'En ook omdat je het met de baas deed.'

Na die opmerking was Issy vrij snel weer nuchter geworden. Ze keek de kring nog één laatste keer rond, gaf iedereen een zoen, zelfs mensen die ze niet eens echt aardig had gevonden, en werd toen opeens bevangen door melancholie, alsof Kalinga Deniki haar familie was, in plaats van een stel koppensnellende vastgoedontwikkeleaars die snel rijk wilden worden. En The Coins? Daar zou ze nooit meer terugkomen, dat zou wel heel tragisch zijn, alsof ze opzettelijk probeerde haar oude collega's tegen te komen. En dus aaide ze met een brok in haar keel de oude hond, krabbelde hem achter zijn oren, wat hij bijna net zo lekker vond als chipjes, en zei het bedrijf vaarwel.

'Kom nog eens langs,' zei Karen.

'Met cakejes!' voegde iemand eraan toe.

Issy beloofde braaf dat ze dat zou doen. Ze wist nu al dat ze het niet zou doen. Ze kon het niet. Dat hoofdstuk van haar leven was voorgoed voorbij. Maar wat werd het volgende?

4

Niet-naar-je-werk-nutellakoekjes

225 gram zelfrijzend bakmeel
2 theelepels bakpoeder
100 gram zachte roomboter
100 gram fijne kristalsuiker
½ theelepel natriumbicarbonaat, opgelost in warm water
2 eetlepels warme golden syrup
6 theelepels Nutella
1 roddelblad
1 pyjama

Verwarm de oven voor op 200°C/gasoven stand 6.

Zeef de bloem en het bakpoeder boven een kom. Meng de boter erdoor en voeg suiker, natriumbicarbonaat, golden syrup en 2 theelepels Nutella toe.

Rol uit tot balletjes ter grootte van een walnoot en leg deze op een ingevette bakplaat. Duw ieder balletje vanuit het midden plat met je duim. Bak de koekjes 10 minuten in de oven.

Eet terwijl je wacht de overige 4 theelepels Nutella op.

Lees in je pyjama een roddelblad en eet ondertussen een hele bakplaat koekjes op.

Optionele garnering: tranen.

Godzijdank werkte Helena in ploegendiensten, waardoor ze 's ochtends vaak thuis was. Achteraf had Issy niet geweten wat ze die eerste paar weken met zichzelf aan had gemoeten zonder Helena. In het begin was het iets nieuws voor Issy om de wekker niet te hoeven zetten, maar ze raakte er snel genoeg aan gewend, en vervolgens viel ze niet in slaap en lag ze de hele nacht te piekeren. Ze kon natuurlijk haar ontslagvergoeding gebruiken om een deel van haar hypotheek af te betalen, dat zou de geldwolven wel een tijdje op afstand houden, maar daarmee had ze nog niet het onderliggende probleem opgelost, namelijk de vraag wat ze nu in godsnaam met haar leven moest doen. De vacaturebijlage van de krant was absoluut niet hoopgevend, aangezien er alleen vacatures in stonden voor branches waar ze niet in thuis was, of voor startersfuncties waar ze te oud voor was en waardoor Starbucks weer een luxe zou worden. Geen enkel vastgoedbedrijf leek personeel te zoeken, en als ze wel iemand zochten, wist Issy, hadden ze een enorme poel aan overbodig geworden specialisten om uit te kiezen. Ook goede mensen.

Helena en opa Joe moedigden haar aan en zeiden dat ze haar koppie niet moest laten hangen, dat ze wel iets zou vinden, maar zo voelde het voor Issy niet. Ze voelde zich verloren en ontworteld; ze had het gevoel dat ze ieder moment kon doordraaien (en dan hielp het niet bepaald dat mensen dingen zeiden als 'Waarom ga je niet een jaartje reizen?' alsof haar aanwezigheid compleet overbodig was). Ze deed er de hele dag over om naar de kiosk te gaan om een krant en wat Smarties voor een Smartiescake te kopen, en betrapte zichzelf erop dat ze zielige poppetjes van het glazuur maakte, en kleine suikerbloemetjes met rotte plekken erop. Geen goed teken. Ze wilde helemaal niks, wilde het huis niet uit en wilde ook niet scrabbelen met opa Joe. En geen Graeme natuurlijk. Dat stak haar ook, heel erg. Issy besefte dat ze veel meer in de relatie had geïnvesteerd dan ze ooit had durven toegeven.

Voor Helena was het evenmin leuk. Natuurlijk vond ze het vreselijk om haar vriendin zo verdrietig te zien. Maar het betekende vooral dat ze niet kon uitgaan en lachen met haar beste vriendin. Maar Helena had een groot hart, en ze begreep heel goed dat Issy moest rouwen om wat ze was kwijtgeraakt. Het was wel moeilijk in de flat; gedurende al die mistroostige dagen in januari en februari was het vreselijk om thuis te moeten komen in een koud en donker huis, met Issy die zich opsloot in haar slaapkamer en weigerde zich aan te kleden. De flat was altijd zo'n fijne plek geweest, en dat kwam vooral door Issy: ze zorgde dat het warm en troostrijk was en dat er altijd iets te proeven of te knabbelen was. Na een paar zware dagen op haar werk deed Helena niets liever dan zich opkrullen op de bank met een kop thee en een plak van een van Issy's baksels, om er samen eens lekker op los te roddelen. Dat miste ze. En dus besloot ze, niet geheel onbaatzuchtig, dat het zo niet langer kon, en dat Issy nodig eens streng doch liefdevol moest worden toegesproken.

Iemand streng doch liefdevol toespreken, dat kon ze wel, dacht Helena, toen ze op een ochtend haar dagcrème opsmeerde. Zelf kon ze ook wel wat liefde gebruiken, maar ze had geen tijd om zich daar nu druk om te maken. Gekleed in een auberginekleurig fluwelen topje waarin ze er, al zei ze het zelf, lekker gothic uitzag, marcheerde ze de woonkamer in. Daar zat Issy in het donker met haar varkentjespyjama aan droge cornflakes uit een kom te eten.

'Lieverd. Je moet echt de flat eens uit.'

'Het is toch mijn flat.'

'Ik meen het. Je moet iets dóén. Straks word je nog zo'n vrouw die niet meer naar buiten durft en de hele dag in haar slaapkamer loopt te janken en curry zit te eten.'

Issy pruilde. 'Ik zou niet weten waarom.'

'Omdat je iedere week een kilo zwaarder wordt?'

'En bedankt.'

'Ik bedoel, waarom ga je geen vrijwilligerswerk doen of zo?'

Issy keek haar boos aan. 'En hoe moet ik me hier precies beter door voelen?'

'Het gaat er niet om dat jij je beter moet voelen. Ik doe dit omdat ik je vriendin ben, het type vriendin dat jij nu nodig hebt.'

'Een bitch.'

'Ik ben bang dat je het daarmee zult moeten doen.'

Helena keek naar het roze-wit gestreepte transparante plastic zakje vol Smarties dat naast Issy lag.

'Ben je naar buiten geweest? Naar het winkeltje op de hoek?'

Issy haalde gegeneerd haar schouders op.

'Je bent in je pyjama naar de winkel gegaan?'

'Hmm-mm.'

'En wat nou als je John Cusack tegen was gekomen? Wat nou als John Cusack al de hele tijd in die winkel stond en dacht: ik ben al die Hollywoodactrices kotsbeu, waarom kan ik nergens een écht meisje vinden, dat een gezinnetje wil? Dat kan bakken? Iemand zoals zij daar, alleen dan niet in haar pyjama, want iemand die in een pyjama de deur uit gaat is natuurlijk een gekkie.'

Issy slikte. 'Gedraag je alsof je ieder moment John Cusack kunt tegenkomen' was aldoor al een van Helena's mantra's, en dus ging ze nooit de deur uit zonder dat haar kapsel en make-up absoluut perfect zaten en droeg ze altijd haar beste kleren. Issy wist dat protesteren geen zin had.

Helena keek haar aan. 'Graeme heeft zeker niet gebeld, hè?'

Ze wisten allebei best dat hij niet had gebeld. Dit ging om meer dan alleen haar baan. Het deed Issy zoveel pijn om de waarheid onder ogen te moeten zien: wat zij voor iets heel bijzonders had gehouden, echte liefde, was alles bij elkaar opgeteld gewoon... een ordinaire kantooraffaire.

Dat vond ze een vreselijke gedachte, ondraaglijk gewoon. 's Nachts deed ze nauwelijks een oog dicht. Hoe had ze zó dom kunnen zijn? Al die tijd had ze gedacht dat ze superprofessioneel bezig was, omdat ze iedere dag jurkjes en vestjes en nette schoenen naar haar werk droeg, dat ze werk en privé keurig netjes gescheiden hield, en hoe slim dat was. Terwijl ze in feite door iedereen achter haar rug om werd uitgelachen omdat ze het met de baas deed – en dat terwijl het klaarblijkelijk niet om een serieuze relatie ging. Die gedachte deed haar op haar vuisten bijten van verdriet. En dat niemand vond dat ze haar werk goed deed, dat ze gewoon een vrolijke clown was die goed kon bakken, god, dat was haast nog erger. Of nee, even erg. Het was allemáál erg. Ze zag er totaal het nut niet van in om zich aan te kleden. Alles was kut, en daarmee uit.

Geduld was één optie, dacht Helena, maar dan had je ook nog zoiets als onderwerping.

'Ze kunnen de kolere krijgen,' hoorde Helena zichzelf zeggen. 'Je leven is dus voorbij omdat je baas jouw persoonlijke hand- en spandiensten niet langer nodig heeft?'

'Zo was het helemaal niet,' zei Issy zachtjes. En zo was het toch ook niet, of wel? Issy probeerde zich tedere momenten voor de geest te halen, waarop hij iets liefs of iets aardigs voor haar had gedaan. Een bos bloemen, of een weekendje weg. Het enige wat ze verdorie kon bedenken, in al die acht maanden, was die ene avond dat hij vertelde dat ze maar niet moest komen, omdat hij moe was van het werken, en de keer dat hij vroeg of ze zijn managementrapporten voor hem wilde archiveren (ze herinnerde zich hoe blij ze was geweest om de last op zijn schouders wat te kunnen verlichten; dat leek haar precies de reden waarom zij dé perfecte vrouw voor hem was. Hemel, wat was ze stom geweest).

'Nou, hoe jullie relatie ook was,' zei Helena, 'dit duurt nu al weken, en eerlijk gezegd vind ik dat je nu wel lang genoeg hebt lopen zwelgen. Het is hoog tijd dat jij je plek in de wereld terug verovert.'

'Ik weet niet of de wereld mij wel wil,' zei Issy.

'Dat is echt de grootste bullshit ever en dat weet je donders goed,' zei Helena. 'Moet ik mijn lijst met Arme Zielen er weer eens bij pakken?'

Op haar Arme Zielen-lijst hield Helena de meest schrijnende gevallen bij die ze op de EHBO tegenkwam: mensen die écht verwaarloosd waren of écht waren verlaten; kinderen van wie nooit was gehouden, jongelui die hun hele leven nooit iets aardigs te horen hadden gekregen, en voor wie de zorg uiteindelijk opdraaide. Het was vreselijk om aan te moeten horen, en Helena voerde die lijst alleen in uitzonderlijke gevallen aan als argument. Het was gemeen dat ze die truc juist nu wilde inzetten.

'Nee!' zei Issy. 'Alsjeblieft niet. Alles liever dan dat! Dat verhaal over die wees met leukemie kan ik echt niet nog een keer aanhoren. Alsjeblieft.'

'Je bent gewaarschuwd,' zei Helena. 'Dus tel je zegeningen. En als je dan toch bezig bent, kom dan meteen van je luie reet af en ga die re-integratiecursus doen die ze je hebben beloofd. Dan kom je in ieder geval voor twaalven je bed uit.'

'Ten eerste is mijn kont half zo groot als de jouwe.'

'Ja, maar mijn kont is in proportie,' legde Helena geduldig uit.

'En ten tweede, de reden dat ik zo lang uitslaap is omdat ik 's nachts niet kan slapen.'

'Omdat je de hele dag slaapt.'

'Nee, omdat ik depressief ben.'

'Jij bent niet depressief. Je bent gewoon verdrietig. Depressief ben je als iemand bij aankomst in dit land je paspoort confisqueert en je gedwongen de prostitutie in moet, en...'

'LA-LA-LA-LA-LA!' zong Issy. 'Alsjeblieft, hou op. Ik ga al, oké? Ik ga al. IK GA AL!'

Vier dagen, een bezoek aan de kapper en wat strijkwerk later stond Issy bij haar oude vertrouwde bushalte te wachten. Ze voelde zich een indringer. Linda was blij haar te zien: Issy had haar niet meer gezien nadat ze was gestopt met werken, en in de weken daarop werd Linda ongerust, om vervolgens te concluderen dat Issy misschien een leuk autootje had gekocht, of was ingetrokken bij dat lekkere ding dat haar af en toe oppikte. In ieder geval iets positiefs.

'Ben je lekker lang op vakantie geweest? Wat heerlijk om er even tussenuit te kunnen in de winter, de winter is altijd zo naar!'

'Nee,' zei Issy verdrietig. 'Ik ben ontslagen.'

'O,' zei Linda. 'Ach jeetje, lieverd, wat erg voor je, wat rot! Maar jullie jongelui, jullie hebben altijd binnen vijf minuten iets nieuws gevonden, niet dan?'

Linda was erg trots op haar dochter, de podotherapeut. 'Zolang mensen voeten hebben,' zei ze vaak, 'is de kans klein dat Leanne ooit zonder werk komt te zitten.' Er was veel voor nodig om Issy het gevoel te geven dat ze liever podotherapeut was, maar vandaag leek het weer eens te lukken.

'Ik hoop het,' zei Issy. 'Ik hoop het echt.'

Haar aandacht werd afgeleid door iemand die achter haar stond. Het was die lange blonde vrouw weer, bij de leeg-staande roze winkel. Ze liep dezelfde, enigszins verslagen uitziende makelaar achterna.

'Des, ik denk niet dat deze plek een goede feng shui heeft,' zei de vrouw. 'Als je mensen een holistische, fysieke ervaring wilt bieden, is dat echt heel belangrijk, snap je?'

Nee, dat is het niet, dacht Issy opstandig. Het is wél be-langrijk om je oven op de juiste plek neer te zetten, zodat je verdomme de rest van je toko kunt runnen. Issy dacht aan opa Joe. Ze moest nodig bij hem op bezoek. Ze móést. Het viel niet goed te praten dat ze vrij was en niet de moeite nam om hem op te zoeken.

'Zorg dat het lekker ruikt, glimlach, en zorg dat iedereen je kan zien,' zei hij altijd. 'En geef ze de allerbeste cakejes van heel Manchester. Dat is ook belangrijk.'

Ze schoof nog iets dichterbij, zodat ze kon horen wat de vrouw allemaal zei.

'En twaalfhonderd per maand,' hoorde Issy haar zeggen, 'is echt veel te veel. Ik ga de allerbeste groenten van Londen gebruiken. Mensen hebben *raw food* nodig, en ik ga het ze leren.'

De vrouw had een strakke leren broek aan. Haar buik was zo plat dat het leek alsof ze op lucht leefde. De huid in haar gezicht was een vreemde mix van heel glad, en, daar waar de botox waarschijnlijk uitgewerkt raakte, rimpelig.

'En allemaal biologisch!' kraaide ze. 'Mensen willen geen enge chemische stoffen in hun lichaam!'

Behalve op hun voorhoofd, dacht Issy. Ze vroeg zich af waarom ze deze vrouw zo onsympathiek vond. Wat kon het haar schelen dat deze vrouw een stomme *raw juice bar* ging openen in haar winkeltje? Of nee, Issy corrigeerde zichzelf, hét winkeltje. Dit kleine, goed verstopte winkeltje, op het geheime pleintje, waar lang niet zo goed voor werd gezorgd en van gehouden werd als zou moeten. Natuurlijk begreep ze best dat eigenaar zijn van een winkel die moeilijk vind-baar was en enigszins verstopt lag niet bepaald ideaal was. Verre van.

Er begon Issy iets te dagen. Zelf had ze in het commercieel vastgoed gewerkt, waar een ruimte vijftig tot zestig pond per vierkante meter kostte. Ze liet haar oog over de winkel glijden, die volgens het bordje ook een kelder had, wat dus dubbel zoveel ruimte betekende. Issy deed een paar snelle rekensommetjes in haar hoofd en kwam uit op ongeveer veertien pond per vierkante meter. Goed, dit was natuur-lijk een buitenwijk van Londen, en niet per se een dure. Maar toch, twaalfhonderd per maand – of elfhonderd, als de vrouw gelijk had en een korting wist te bedingen, wat met de huidige markt zou moeten kunnen. Als ze een contract voor zes maanden kon aangaan, kon ze tenminste... iets doen. Bakken? Nu ze haar collega's van kantoor niet meer had om haar experimenten aan uit te delen, begon haar vriezer vol te raken en had ze bijna geen ruimte meer. Gisteravond had ze nog uitzonderlijk goede pindakaas-Nutellakoekjes gebakken, waarvan ze het recept zelf had bedacht, waardoor haar laatste overgebleven koekjestrommel, die van Cath Kidston, was overstroomd. Ze had moeten eten om hem dicht te krijgen.

Terwijl de bus de hoek om reed kneep Issy haar ogen dicht. Wat een idioot idee. Er kwam ontzettend veel kijken bij werken met eten, het was niet alleen een kwestie van de huur betalen. Je had de Arbo, de voedselveiligheid, de inspectie, haarnetjes en rubberhandschoenen, normen en arbeidswetgeving en bovendien was het compleet onmogelijk, een stom idee, en wilde ze niet eens in een café werken!

Linda knikte de vrouw toe die voor de deur van de winkel luidkeels een uiteenzetting hield over hoe goed bietjes waren voor je gezondheid.

'Ik snap niet waar ze het over heeft,' zei Linda terwijl ze samen in bus 73 stapten. 'Het enige wat ik 's ochtends wil is een lekker kopje koffie.'

'Mmm,' zei Issy.

De re-integratiecursus, die overigens niet zo werd genoemd en ook niet club-voor-oude-afgedankte-stakkers, werd gehouden in een diepe vergaderzaal in een onopvallend gebouw aan een zijstraat van Oxford Street, pal tegenover de flagshipstore van Topshop aan Oxford Circus. In deze situatie vond Issy dat nogal cru: een verleidelijke glimp van een leven dat inmiddels buiten bereik was.

Er waren een stuk of twaalf mensen aanwezig in de zaal, variërend van optimistisch tot kniezend: sommigen wekten de indruk dat ze deze cursus als een straf zagen, anderen leken doodsbang – en dan was er ook nog een man die in zijn aktetas groef en zijn das gladstreek op een manier die Issy deed vermoeden dat hij zijn gezin nog niet over zijn ontslag had verteld en deed alsof hij iedere dag nog gewoon naar zijn werk ging. Issy schonk iedereen een scheve grijns, maar er was niemand die vriendelijk terugkeek. Ze kwam tot de conclusie dat het leven makkelijker was wanneer je met een tupperwaredoos vol cakejes onder je arm rondliep. Dan was iedereen tenminste blij om je te zien.

Een vrouw van in de vijftig met een vermoeid maar ongeduldig gezicht arriveerde om klokslag halftien en stak direct zo fanatiek van wal, dat meteen duidelijk was dat trainers die re-integratiecursussen gaven als enigen overwerkt waren in het huidige economische klimaat.

'Nu deze nieuwe positieve fase van jullie leven aanbreekt,' begon ze, 'moeten jullie allereerst het zoeken naar een baan gaan zien als een baan op zich.'

'Die nog beroerder is dan de baan die je bent kwijtgeraakt,' zei een van de jongere mannen op provocerende toon. De trainer negeerde hem.

'Om te beginnen moet je ervoor zorgen dat jouw cv zich onderscheidt van de andere twee miljoen cv's die momenteel worden uitgestuurd.'

De trainer deed iets met haar mond, en Issy nam aan dat het een glimlach moest voorstellen.

'En dan overdrijf ik niet. Dat is het gemiddelde aantal cv's dat momenteel wordt verstuurd voor het totale aantal beschikbare vacatures.'

'Nou, ik voel me nu al geëmpowered,' mompelde het meisje dat naast Issy zat. Issy bekeek haar vanuit haar ooghoeken. Ze was glamoureus en misschien een tikje overdressed, met gitzwarte krullen, felrode lippenstift en een fuchsiakleurige trui van mohair, die bij lange na niet volstond om de enorme boezem eronder te verbloemen. Issy vroeg zich af of het zou klikken met Helena.

'Dus, hoe zorg je dat je cv eruit springt? Iemand?'

Een van de oudere heren stak zijn hand op. 'Is het aanvaardbaar om te liegen over je leeftijd?'

De trainer schudde streng haar hoofd. 'Het is nooit, om wat voor reden dan ook, toegestaan om te liegen op je cv.'

Het meisje naast Issy stak direct haar hand op. 'Maar dat is toch stom? Iedereen liegt op zijn cv. En iedereen gaat ervan uit dat mensen liegen op hun cv. Dus als je niet liegt op je cv, nemen mensen aan dat je dat wel doet, waardoor je nog slechter overkomt dan je al bent. Plus, als mensen erachter komen dat je nergens op je cv hebt gelogen, zullen ze denken dat je een beetje dom bent. Dus dat is een slecht idee.'

Rondom de tafel werd instemmend geknikt. De trainer trok zich er niets van aan en ploegde voort. 'Dus, je cv moet eruit springen. Sommige mensen gebruiken graag bijzondere lettertypes, en er zijn zelfs mensen die hun cv op rijm zetten om meer op te vallen.'

Issy stak haar hand op. 'Ik wilde even zeggen dat ik jarenlang personeel heb aangenomen en dat ik een hekel had aan flitsende cv's. Die gingen altijd meteen de prullenbak in. Als ik er een kreeg zonder spelfouten, nodigde ik zo iemand meteen uit voor een gesprek. Dat was vrij zeldzaam.'

'En, ging je ervan uit dat mensen logen op hun cv?' vroeg het meisje.

'Nou, in mijn hoofd stelde ik alle summa cum laudes die ik tegenkwam wat bij naar beneden, aangezien die nogal zeldzaam zijn, en stelde ik niet te veel vragen over iemands voorliefde voor arthousefilms,' zei Issy. 'Dus ja, ik denk van wel.'

'Precies,' zei het meisje.

De trainer had inmiddels een rood hoofd en haar mond stond strak. 'Nou, jullie kunnen zeggen wat jullie willen,' zei ze. 'Maar toch zitten jullie hier.'

Toen het tijd was voor de lunch sloegen Issy en het meisje met de krullen op de vlucht. 'Dat was echt de allerergste cursus die ik ooit heb gedaan,' zei het meisje, dat Pearl heette. 'Het was eigenlijk erger dan mijn ontslag.'

Issy glimlachte dankbaar. 'Ja hè?' Ze keek om zich heen. Waar ga jij lunchen? Ik wilde misschien naar Patisserie Valerie.'

Patisserie Valerie was een Londense keten waar je taartjes en thee kon kopen, die al heel lang bestond en waar het altijd lekker en gezellig druk was. Issy had gehoord dat ze nieuw vanilleglazuur hadden, en dat wilde ze erg graag proeven. Het meisje keek haar wat ongemakkelijk aan, en Issy realiseerde zich hoe prijzig het er was.

'Eh, ik trakteer!' zei ze snel. 'Ik heb goddank een vrij royale ontslagvergoeding gekregen.'

Pearl glimlachte, en vroeg zich af of ze de boterhammen in haar tas voor later kon bewaren. 'Oké!' zei ze. Ze wilde al heel lang naar zo'n winkel, vanwege de beeldschone bruidstaarten, die bedekt waren met talloze piepkleine roosjes van fondant, en omdat ze prachtige, hoge taarten met glazuur in de etalage hadden staan, maar het leek er altijd zo vol en druk en zo moeilijk om binnen te komen, en normaal gesproken vermeed ze dat soort plekken altijd.

Ze persten zich in een van de zitjes en terwijl de in het zwart geklede Franse serveersters kundig met *tarte au citron* en *millefeuille* boven hun hoofden langs hen heen manoeuvreerden, wisselden de twee vrouwen horrorverhalen uit. Pearl had gewerkt als receptionist bij een bouwbedrijf, waar de zaken steeds slechter gingen. De afgelopen twee maanden had ze niet eens betaald gekregen, en aangezien ze in haar eentje een kind grootbracht, werd de situatie inmiddels nijpend.

'Ik dacht dat dit misschien zou helpen,' zei ze. 'Mijn coach heeft me hiernaartoe gestuurd. Maar het is echt waardeloos, vind je niet?'

Issy knikte. 'Ja, vind ik ook.'

Dat weerhield Pearl er echter niet van om dapper op te staan en zich een weg te banen naar de manager van de winkel.

'Sorry, hebben jullie toevallig vacatures?'

'Het spijt me heel erg, maar nee,' zei de man uiterst vriendelijk. 'Helaas. En bovendien is het hier erg klein.'

Hij gebaarde naar de kleine tafels, die allemaal erg dicht op elkaar stonden. De slanke serveersters zigzagden er met gemak tussendoor. Eigenlijk maakte Pearl geen schijn van kans.

'Ik vind het echt heel jammer, sorry!'

'O god,' zei Pearl. 'Je hebt groot gelijk. Ik ben veel te dik om in een taartjeswinkel te werken. En door mij zou iedereen zich vast meteen schuldig voelen en een salade willen bestellen.'

Totaal niet uit het veld geslagen liep ze terug naar Issy, die de voorgaande drie minuten plaatsvervangend had zitten blozen.

'Dat is precies wat ze bij die budgetvliegmaatschappij ook zeiden: dat je niet breder mag zijn dan het gangpad.'

'Jij bent echt niet breder dan het gangpad van een vliegtuig!'

'Wel bij de nieuwe vliegtuigen die ze gaan kopen. Daarin moet iedereen staan, op elkaar gepakt als vee. Ze doen een riem om je nek en maken je vast aan de muur.'

'Dat kan niet kloppen,' zei Issy.

'Echt waar,' zei Pearl. 'Geloof me. Zodra die riemen de crashtestdummy's niet meer onthoofden, zul je de hele weg naar Malaga moeten staan. En met een beetje pech nog op één been ook, als je vergeet om voor je naar het vliegveld gaat je boardingpass uit te printen.'

'Nou, ik ga toch nooit meer op vakantie, dus het maakt niet echt uit,' zei Issy. En toen realiseerde ze zich dat ze belachelijk veel medelijden met zichzelf had, terwijl ze iemand tegenover zich had die in een huurflat woonde en die bovendien deelde met haar baby en ook, zo leek het, haar moeder. Ze veranderde van gespreksonderwerp.

'Zullen we maar weer teruggaan?'

Pearl zuchtte diep. 'Nou ja, het is óf dat óf flink shoppen in Bond Street en een snelle stop bij Tiffany & Co.'

Issy glimlachte flauwtjes. 'Nou, we hebben in ieder geval taart gegeten.'

'Dat zeker,' zei Pearl.

5

Peppermint creams

Voor jou, omdat je zo'n zoet meisje bent.

1 eiwit
450 gram poedersuiker
Pepermuntextract

Klop het eiwit tot het schuimig is. Klop niet te lang door. Ja, zo is het precies goed. Perfect. Ho maar.

Zeef de poedersuiker boven het eiwit en roer. Nu moet het mengsel stijf zijn. Ja, meisje, er is flink wat op de vloer beland. Dat komt later wel. Als je er maar niet in gaat staan. Niet... oké, je moeder zou razend worden.

Goed, dan nu een paar druppels pepermuntextract. Echt maar een paar, anders smaakt het naar tandpasta.

Oké, heb je schone handen? Nu kneed je er een pasta van. Het heeft iets weg van klei, ja. Nee, klei kun je inderdaad niet eten. Nu gaan we de pasta uitrollen en dan kun je rondjes uitsteken. Nou ja, je kunt ook dieren maken natuurlijk. Een pepermuntpaardje – waarom niet? Of een dinosaurus? Ja, dat kan natuurlijk ook... kijk eens aan. Nu moeten ze vierentwintig uur in de koelkast staan.

Goed dan, ééntje kunnen we er best proeven.

Vooruit, ze hoeven niet per se allemaal in de koelkast. Of, allemaal niet.

Liefs, opa

Als Issy haar ogen dichtdeed, kon ze de zoete *peppermint creams* al ruiken, smolten ze op haar tong.

Helena gaf haar een standje. 'Kom op nou!'

'Ik ben dapper,' probeerde Issy onder het tandenpoetsen tegen zichzelf in de spiegel te zeggen.

'Dat ben je,' zei Helena. 'En nu nog een keer.'

'O god,' zei Issy. Ze stond op het punt om de hele dag makelaarskantoren binnen te lopen en om werk te vragen – koude acquisitie. Straks ging ze nog over haar nek.

'Ik ben dapper.'

'Dat ben je.'

'Ik kan dit.'

'Je kunt dit.'

'Ik kan omgaan met onvermijdelijke en herhaaldelijke afwijzingen.'

'Dat zal je goed van pas komen.'

Issy draaide zich om. 'Jij hebt makkelijk praten, Lena. De wereld zit altijd te springen om verpleegsters. Ze zullen niet snel alle ziekenhuis sluiten.'

'Ja, ja, ja,' zei Helena. 'Hou maar op.'

'Wacht maar af,' zei Issy. 'Op een dag nemen robots alles over en dan heb jij geen baan meer en krijg je er spijt van dat je niet wat sympathieker bent geweest tegen mij, je beste vriendin.'

'Wat ik doe is veel beter dan sympathiek zijn!' beet Helena haar gekwetst toe. 'Dit is nuttig!'

Issy begon in de buurt van haar appartement. Als ze op loopafstand een baan kon vinden, zou dat helemaal mooi zijn. Dan hoefde ze 's morgens niet meer in die kloteregen bij Pear Tree Court te staan wachten om zich in bus 73 te persen – dat was alvast een fijne gedachte.

De deur van makelaardij Joe Golden klingelde en met bonkend hart stapte Issy naar binnen. Ze zei tegen zichzelf dat ze een kalme professional was, met ervaring in de vastgoedsector. Er bevond zich maar één persoon in het kantoor, dezelfde verstrooide en kalende kerel die ze eerder die vrouw had zien rondleiden in de winkel.

'Hallo!' zei Issy, die veel te verbaasd was om zich te herinneren wat ze kwam doen. 'U bent toch degene die Pear Tree Court verhuurt, of niet?'

Met een vermoeide blik in zijn ogen keek de man haar aan.

'Dat probeer ik, ja,' zei de man nors. 'Dat pand is echt een nachtmerrie.'

'Waarom dat?'

'Daarom,' zei hij. Toen besefte hij waar hij zich bevond, en schakelde hij over op zijn verkoopmodus. 'Het is een machtig mooi pand, boordevol karakter en met ontzettend veel potentie.'

'Is ieder bedrijf dat daar gezeten heeft niet over de kop gegaan?'

'Ja, maar dat komt omdat... omdat ze het niet op de goede manier aanpakken.'

Ik ga eerst vriendjes met hem worden, dacht Issy bij zichzelf, en dán vraag ik hem om een baan. Ik vraag hem om een baan... straks. Snel. Over een tijdje. Ja.

Maar wat er uit Issy's mond kwam, was: 'Ik kan er zeker niet even een kijkje nemen, of wel?'

Des van makelaardij Joe Golden was zijn baan helemaal zat. En dat niet alleen. Om eerlijk te zijn was hij zijn hele leven zat. Hij was de economie zat, hij was het zat om de hele dag in z'n uppie in een leeg kantoor te zitten, hij was het zat om eindeloos te moeten leuren met dat stomme pand aan Pear Tree Court, omdat de een na de ander dacht dat ze er iets van konden maken, maar het pand, hoe mooi ook, bleef commercieel vastgoed, dat zich bovendien niet aan de doorgaande weg bevond. Mensen hadden altijd een droom, en dan haalden ze zich dingen in hun hoofd die niets met zakendoen te maken hadden. Dit leek weer zo iemand.

Vervolgens moest hij weer naar huis om mee te voelen met zijn vrouw. Hij was stapeldol op hun baby'tje, dat was het probleem niet, maar hij wilde zo graag weer eens een nacht goed slapen. Hij wist zeker dat baby's van andere mensen met vijf maanden allang niet meer vier keer per nacht wakker werden. Het kon zijn dat Jamie een gevoelig kindje was. Maar dat verklaarde nog niet waarom Em sinds de geboorte niets anders dan een pyjama droeg. Het ging nu al een tijdje zo. Als hij er iets van zei, schreeuwde ze tegen hem dat hij totaal niet begreep hoe het was om een baby te krijgen, waarna Jamie het op een krijsen zette. Meestal was de moeder van Em er ook bij en zat ze op zijn plek op de bank, vanwaar ze hem vermoedelijk bekritiseerde. En dan brak er zo'n hels kabaal los dat hij soms wilde dat hij even vijf minuutjes naar zijn werk kon verdwijnen, voor wat rust. Hij had geen flauw idee wat hij eraan moest doen.

Voor het eerst in misschien wel weken tijd voelde Issy vanbinnen een sprankje nieuwsgierigheid opvlammen. Terwijl Des met enige tegenzin met drie verschillende sleutels de zware deur van het slot deed, keek Issy om zich heen, voor het geval die enge blonde vrouw achter haar bleek te staan en zou schreeuwen dat ze moest ophoepelen uit haar winkel.

Hoewel ze onmiddellijk zag dat het een pand was met allerlei gebreken (waarvan de ligging, niet aan de doorgaande weg, het meest in het oog sprong), had Pear Tree Court 4 ook een heleboel pluspunten.

De winkel had een groot raam op het westen, wat betekende dat er 's middags veel zonlicht naar binnen viel, waardoor het een fijn plekje was voor koffie met een taartje, op een vaak wat rustiger moment van de dag. Issy deed haar best om haar fantasie niet te veel op hol te laten slaan. Hoewel ze ook vuilnis en een oude fiets zag, lagen er kinderkopjes in het steegje en stond er naast de ijzerwarenwinkel een boom. Weliswaar een ongezond, stads exemplaar dat niet meer groeide, maar toch: een echte, levende boom. Dat was ook iets waard. Stond je eenmaal op het pleintje, dan leek het verkeersgeraas weg te sterven; het was alsof je terug in de tijd ging en in een rustiger, vriendelijker tijdperk belandde. Alle winkels in het rijtje stonden schots en scheef en hutjemutje in dat kleine steegje gepropt, wat haar aan Zweinstein deed denken. En door de lage houten deurpost, gekke hoekjes en de oude open haard was nummer 4 het liefste huisje van allemaal.

De winkelpui was verwaarloosd en helemaal stoffig, er lagen delen van oude kasten en de grond lag bezaaid met post van vorige eigenaren over yogaretraites, fairtrade-kinderkleding, homeopathische genootschappen en brieven van de gemeente. Issy waadde erdoorheen.

'O ja, dat had ik waarschijnlijk weg moeten halen,' mompelde Des een tikje gegeneerd. Dat had je zeker, dacht Issy. Als een van de makelaars van KD een pand liet zien dat er zo uitzag... Hij zag er trouwens wel erg moe uit.

'Doet de makelaardij goede zaken momenteel?' vroeg Issy nonchalant.

Des keek naar de grond en onderdrukte een gaap. 'Hmmm,' zei hij. 'Pasgeleden is er beslag gelegd op onze kleine, hippe autootjes.'

'Die kleine Mini's, met die plaatjes van rockbands erop?' vroeg Issy vol afschuw. Die autootjes waren symptomatisch voor het slechte parkeergedrag in Londen.

Des knikte. Zijn vrouw was woedend geweest.

'Maar afgezien daarvan, fantastisch,' zei hij, en hij probeerde zichzelf te herpakken. 'Er heeft zelfs iemand een bod gedaan op dit pand, dus als je het wilt hebben moet je snel zijn.'

Issy kneep haar ogen tot spleetjes.

'Waarom laat je het aan mij zien als iemand anders al een bod heeft gedaan?'

Des kromp ineen. 'Nou, we willen de markt gezond houden natuurlijk. En ik weet niet of het doorgaat.'

Issy dacht aan de blonde vrouw. Die leek erg zeker van haar zaak.

'De klant heeft momenteel wat eh, "persoonlijke problemen",' zei Des. 'En het gebeurt wel vaker dat klanten eerst erg enthousiast zijn over hun nieuwe plannen en op de een of andere manier... iets minder enthousiast wanneer ze de eerste termijn huur moeten betalen.'

Issy trok haar wenkbrauwen op.

'En wat zou jij ermee willen doen?' vroeg Des. 'Het pand heeft een horecavergunning.'

Issy keek om zich heen. Ze zag het al helemaal voor zich: allerlei verschillende tafeltjes en stoeltjes; een boekenkast zodat mensen boeken konden achterlaten en meenemen; een prachtige glazen toonbank, waarin ze mooie pastelkleurige cupcakes met verschillende smaken kon uitstallen, en tot slot zou ze natuurlijk etagères in de etalage zetten, om mensen naar binnen te lokken. Ze zou zelfs geschenkverpakkingen kunnen maken voor feestjes, misschien zelfs voor bruiloften... maar zou ze dat kunnen, cateren op zo grote schaal? Dat was nogal wat. Maar wie weet, als ze iemand in dienst nam...

Al dagdromend realiseerde Issy zich dat Des op antwoord wachtte.

'O, ik dacht aan een cafeetje,' zei ze, en ze voelde de alomtegenwoordige blos op haar wangen verschijnen. 'Gewoon iets kleins.'

'Wat een goed idee!' zei Des enthousiast.

Issy's hart maakte een sprongetje. Meende ze dit echt, serieus? Maar waarom stond ze hier anders?

'Een broodje gezond en een kop koffie voor één pond vijftig. Dat is perfect voor hier, met al die bouwvakkers, forenzen, ambtenaren en au pairs. Een scone met jam voor één pond.'

Zijn gezicht stond nu erg enthousiast.

'Eigenlijk dacht ik meer aan een soort bakkerij,' zei Issy.

Des trok een teleurgesteld gezicht. 'O,' zei hij. 'Zo'n chique tent waar je twee pond vijftig voor een kop koffie moet neertellen?'

'Met overheerlijke taartjes,' zei Issy.

'O, oké,' zei Des. 'De andere bieder wil ook een café openen. Net zoiets.'

Issy dacht terug aan de blonde vrouw. Wat zij wilde was helemaal niet net zoiets! dacht ze verontwaardigd. Haar café zou warm, knus en uitnodigend zijn, een plek waar je naartoe ging om jezelf op te vrolijken of te verwennen, en niet om het gevoel te krijgen dat je boete moest doen voor je slechte eetgedrag. Haar café zou een fijn trefpunt voor de gemeenschap worden, geen plek waar iedereen knagend op rauwe wortels typte op een Macbook. Ja. Precies!

'Ik neem het!' zei ze abrupt.

De makelaar keek haar verbaasd aan. 'Wil je niet eerst weten hoeveel het kost?' vroeg hij.

'O ja, natuurlijk,' zei Issy, die zich nu vreselijk opgewonden voelde. Wat bezielde haar in vredesnaam? Zou dit haar lukken? Het enige wat ze kon was cakejes bakken en dat was vast en zeker bij lange na niet genoeg. Maar, zei een stemmetje in haar hoofd, als je het niet probeert, hoe kom je er dan ooit achter? En zou je niet graag je eigen baas zijn? En een prachtig, opgeruimd, beeldschoon cafeetje op dit perfecte plekje runnen? Waar mensen van heinde en verre naartoe komen, speciaal voor jouw cupcakes? Om lekker een halfuurtje te ontspannen, de krant te lezen, een cadeautje te kopen, of te genieten van hun welverdiende rust? Zou het niet heerlijk zijn om dat iedere dag te doen: het leven van andere mensen wat zoeter maken, naar ze glimlachen, ze iets lekkers geven? En was dat niet wat ze haar hele leven eigenlijk al deed? Was het ergens niet heel logisch om dat naar een hoger plan te tillen? Ja, toch? Nu had ze zomaar opeens het geld. Was dit geen unieke kans?

'Sorry, sorry,' zei ze verward. 'Ik loop nogal op de zaken vooruit. Mag ik misschien gewoon een foldertje?'

'Hmmm,' zei Des. 'Ben je heel toevallig net gescheiden?'

'Dat mocht ik willen!' zei Issy.

Urenlang bestudeerde Issy de brochure. Ze downloadde formulieren van het internet, probeerde kostenramingen te maken op achterkanten van enveloppen. Ze sprak met een adviseur voor kleine ondernemers en vroeg zich af of ze een pas voor de groothandel wilde. Issy was zó opgewonden dat ze zich niet kon inhouden. Zo springlevend had ze zich in jaren niet gevoeld. En het stemmetje in haar hoofd zei aldoor hetzelfde: ik zou dit kunnen. Ik zou dit écht kunnen. Wat hield haar tegen?

De zaterdag daarop deed Issy haar voordeel met de lange busreis naar haar opa: ze werkte aan een aantal berekeningen en schema's in haar pas gekochte notitieboek en voelde een voorzichtige opwinding in zich opborrelen. Nee. Ze kon het beter niet doen. Het was een dom idee. Maar toch: wanneer zou ze ooit weer zo'n kans krijgen? Of zou het één grote ramp worden? Waarom zou het haar anders vergaan dan al die andere mensen die dat pand hadden gehuurd en zo faliekant hadden gefaald?

The Oaks was een streng uitziend voormalig landhuis. De leiding van het tehuis had haar best gedaan om het huiselijke karakter te bewaren; zo was de wapenzaal nog steeds intact. Toen opa Joe zijn bakkerijen had verkocht, bleef er geld over, en Helena had The Oaks aangeraden als het beste tehuis in zijn soort. Maar toch. Het huis had handsteunen, er hing een industriële schoonmaaklucht en ze hadden er oorfauteuils. Niks aan te doen.

De jonge, mollige verpleegster die Keavie heette nam Issy mee naar boven. Net als anders was ze erg aardig, maar ze leek een beetje uit haar doen. 'Wat is er aan de hand?' vroeg Issy.

Keavie friemelde met haar handen. 'Je moet weten,' zei ze, 'dat hij niet zo'n beste dag heeft vandaag.'

De moed zonk Issy in de schoenen. Sinds hij in het tehuis was komen wonen leek hij zich vrij goed te hebben aangepast, al had het een paar weken geduurd voor hij zijn draai had gevonden. De oude dametjes bemoeiden zich lekker met hem – heren waren er nauwelijks – en zelfs de creatieve therapie vond hij leuk. Het was de jonge, ernstig kijkende therapeut geweest die Joe ervan had overtuigd om zijn recepten op te schrijven voor Issy. En Issy was erg blij dat haar opa het warm genoeg had, dat hij veilig was, dat het er comfortabel was en dat hij goed te eten kreeg. Dus het was moeilijk om dit te horen. Ze zette zich schrap en stak haar hoofd om de hoek van de deur.

Joe zat rechtop in bed, met een kop koude thee naast zich. Haar opa was nooit dik geweest, en ze zag dat hij alweer was afgevallen; zijn vel hing steeds losser om zijn botten, alsof zijn huid ergens anders heen wilde. Joe was nooit kaal geworden, en hij had nu een klein wit wolkje boven op zijn hoofd, een beetje zoals een baby. Haar opa was nu ook een soort baby, dacht Issy verdrietig. Maar zonder de vrolijkheid, de hoop en de verwondering die daarbij hoorden: hij werd gevoed, verschoond en gedragen. Maar toch hield ze van hem. Ze gaf hem een liefdevolle zoen.

'Dag opa,' zei ze. 'Dank u wel voor de recepten.' Ze ging aan zijn voeteneinde zitten. 'Ik vind het erg leuk om post te krijgen.'

Dat was echt zo. Behalve kerstkaarten had niemand haar de afgelopen tien jaar handgeschreven brieven gestuurd. E-mail was heel handig, maar ze miste het blije gevoel dat post krijgen je gaf. Dat was waarschijnlijk ook de reden dat mensen tegenwoordig zo vaak dingen bestelden op internet, dacht Issy. Dan hadden ze een pakje om naar uit te kijken.

Issy bekeek haar opa. Het was eerder slecht met hem gegaan, vlak na de verhuizing, nadat hij nieuwe medicijnen had gekregen. Toen leek het vaak alsof hij niet helder was, maar het personeel had haar verzekerd dat hij haar wel hoorde praten, en dat de medicijnen waarschijnlijk goed werkten. In het begin had ze zich volslagen belachelijk gevoeld. Maar na een tijdje vond ze het eigenlijk wel rustgevend – een beetje zoals therapie moest zijn, dacht ze, het soort therapie waarbij de therapeut eigenlijk niet zoveel zegt, maar vooral veel knikt en opschrijft.

'En daarom,' hoorde ze zichzelf nu zeggen – alsof ze wilde uitproberen hoe het klonk, de woorden wilden proeven – 'denk ik erover om... Ik denk erover om iets anders te gaan doen. Om een cafeetje te beginnen. Mensen gaan tegenwoordig graag naar cafeetjes. Ze zijn al die grote ketens zat. Dat las ik tenminste in het magazine van de zondagskrant.

Aan mijn vrienden heb ik niet zoveel. Helena zegt de hele tijd dat ik rekening moet houden met de btw, ook al heeft ze geen flauw idee wat btw is. Ik denk dat ze zich voor probeert te doen als een van die enge gasten van tv die altijd de spot drijven met iemands bedrijfsconcept, want ze zegt het altijd op zo'n snauwerige toon, en dan snuift ze,' zei Issy en ze snoof, 'wanneer ik zeg dat ik nog niet over de btw heb nagedacht, alsof ze een of andere miljonair is, een magnaat of zo, en ik een of andere debiel ben, niet geschikt om een zaak te runnen.

Maar er zijn allerlei soorten ondernemers, toch, opa? Zoals u bijvoorbeeld, u heeft het jarenlang gedaan.'

Ze zuchtte diep.

'En daarom was ik natuurlijk zo slim om al mijn intelligente vragen aan u te stellen, toen u nog gezond genoeg was om ze te beantwoorden. Opa, waarom heb ik u nooit eerder gevraagd hoe je een bedrijf runt? Ik ben ook zo'n sufferd. Kunt u me alstublieft helpen?'

Het bleef stil. Weer zuchtte Issy.

'Ik bedoel, de man van de stomerij bij mij in de buurt heeft het IQ van een ballon en toch runt hij zijn eigen zaak. Zo moeilijk kan het toch niet zijn? Helena denkt dat hij niet in de spiegel kan kijken zonder iemand te zien die het op hem gemunt heeft.'

Ze glimlachte. 'Het is wel een waardeloze stomerij. Maar wanneer krijg ik ooit weer de kans om zoiets te doen? Wat als ik al dat geld in mijn hypotheek stop en na acht maanden nog steeds geen baan heb gevonden? Dan kan ik net zo goed... Ik bedoel, dan is het alsof er niets gebeurd is. Of ik kan op wereldreis gaan, maar ja, als ik daarna weer terug ben, zit ik nog steeds met mezelf opgescheept. Alleen ben ik dan een jaartje ouder, en met meer rimpels, door de zon.

Terwijl, als ik... Ik bedoel, je hebt natuurlijk de belasting, allerlei regels, de Arbo, sociale hygiëne, voedselveiligheid, brandveiligheid. Maar je kunt doen wat je wilt, zolang je je maar aan een rits strenge regels houdt over wat wel en niet mag. Dit is vast mijn stomste idee ooit. Gedoemd om te mislukken. Ik ga vast failliet.'

Issy keek uit het raam. Het was een koude, heldere dag en het terrein rond het huis lag er erg mooi bij. Ze zag een oude dame die over een klein bloembed gebogen stond en aan het tuinieren was. Ze ging er helemaal in op. Een verpleegster liep langs, vroeg of alles in orde was en vervolgde haar weg.

Issy herinnerde zich hoe ze een keer thuiskwam van school – haar vreselijk moderne middelbare school, met al die vreselijke meiden die haar uitlachten om haar pluizige haar – en in haar eentje een aardbeientaart had gebakken. De korst was vederlicht en het glazuur zo fijn en zoet als feeënkusjes. Met zijn vork in zijn hand was haar opa gaan zitten. Hij zei geen woord, at heel langzaam en genoot van iedere hap. Zij had aan de andere kant van de keuken gestaan, bij de achterdeur, met haar handen voor haar inmiddels veel te kleine schort

gevouwen. Toen hij het op had, had hij bedachtzaam en eerbiedig zijn vork neergelegd. Toen had hij haar aangekeken.
'Lieve schat,' zei hij, weloverwogen. 'Jij bent een natuur-
talent.'

'Klets niet,' had haar moeder gezegd, die die herfst thuis
was om een cursus tot yogadocent te volgen die ze nooit
had afgemaakt. 'Issy heeft hersens! Ze gaat studeren, zodat
ze een echte baan kan krijgen, en niet een waarvoor ze de
rest van haar leven midden in de nacht moet opstaan. Ik wil
dat ze een baan krijgt op een mooi kantoor, waar ze warm
en schoon blijft. En niet dat ze van top tot teen onder de
bloem zit en iedere dag om zes uur 's avonds uitgeput in een
stoel in slaap valt.'

Issy luisterde nauwelijks naar wat haar moeder zei. Maar
door de woorden van haar grootvader, die zo zelden complimentjes gaf, gloeide Issy van trots. Wanneer ze flink in de
put zat, vroeg Issy zich wel eens af of er ooit een man zoveel
van haar zou houden als haar opa.

'Ik bedoel, ik heb in mijn leven al zoveel administratie
gedaan, daar kom ik vast wel uit... maar toen ik Pear Tree
Court zag, toen realiseerde ik me dat ik het gewoon kan
proberen. Dat kan. Dat zou kunnen. Het is een kans om te
bakken voor andere mensen, om ze gelukkig te maken, om
mensen een fijne plek te bieden – ik weet dat ik dat zou
kunnen. U weet toch dat als ik een feestje geef, mensen nooit
terug naar huis willen?'

Dat was echt zo. Issy stond algemeen bekend als een ui-
termate gastvrije en veel te goede gastvrouw.

'Ik ga kijken of ik een huurcontract voor zes maanden kan
krijgen. Niet meteen al mijn geld erin pompen. Gewoon
proberen en kijken of het wat wordt. Niet meteen alles op
het spel zetten.'

Issy had het gevoel dat ze zichzelf probeerde tegen te
houden. Plotseling, zo plotseling dat Issy ervan schrok, ging

haar opa rechterop zitten. De aanblik van zijn waterige ogen, waarmee hij probeerde te focussen, deed haar ineenkrimpen. Ze kruiste haar vingers en hoopte dat hij haar zou herkennen.

'Marian?' zei hij eerst. Toen klaarde zijn gezicht op, alsof de zon achter de wolken vandaan kwam. 'Issy? Is dat mijn Issy?'

Een pak van haar hart.

'Ja!' zei ze. 'Ja, opa, ik ben het.'

'Heb je wat cake voor me meegebracht?' Hij leunde samenzweerderig naar haar toe. 'Dit is een prima hotel, maar ze hebben geen cake.'

Issy keek in haar tas. 'Natuurlijk! Kijk, ik heb een battenburgcake voor u gebakken.'

Joe glimlachte. 'Dat is lekker zacht, als ik mijn gebit niet in heb.'

'Precies.'

'Hoe gaat het met mijn meiske?' Hij keek om zich heen. 'Ik ben hier op vakantie, maar het is niet bepaald warm geweest. Het is hier niet echt warm.'

'Nee,' zei Issy. Het was snikheet in zijn kamer. 'Ik weet het. Maar u bent niet op vakantie. Dit is waar u nu woont.'

Een tijdlang keek haar opa om zich heen. Eindelijk zag ze dat het tot hem doordrong, en zijn gezicht leek te betrekken. Ze leunde naar hem toe en klopte hem op de hand, waarna hij de hare pakte en resoluut van onderwerp veranderde.

'En? Wat heb jij allemaal uitgespookt? Ik wil graag een achterkleindochter.'

'Niets van dat alles,' zei Issy. Ze besloot dat ze haar plan nog een keer hardop ging uitspreken. 'Maar eh... Ik denk erover om een bakkerij te beginnen.'

Op het gezicht van haar grootvader brak een brede grijns door. Hij was verrukt.

'Natuurlijk begin jij een bakkerij, Isabel!' zei hij, zachtjes hijgend. 'Het is me alleen een raadsel waarom het zo lang heeft geduurd!'

Issy glimlachte. 'Tja, opa, ik heb het erg druk gehad.'

'Dat zal,' zei haar opa. 'Nou, ik ben blij dat te horen. Erg blij. En ik kan je helpen. Ik zal je mijn recepten sturen.'

'Dat doet u al!' zei Issy. 'En ik gebruik ze ook nog!'

'Goed zo,' zei haar grootvader. 'Heel goed. Je moet wel doen wat er staat, hoor.'

'Dat probeer ik.'

'Ik zal naar je toe komen om je te helpen. O ja. Want ik voel me prima. Kiplekker. Maak je over mij maar geen zorgen!'

Issy zou willen dat ze dat kon beloven. Ze nam afscheid van haar grootvader en kuste hem op de wang.

'Jij vrolijkt hem altijd weer op,' zei Keavie, die met haar mee naar de deur liep.

'Ik zal proberen wat vaker te komen,' zei Issy.

Keavie snoof. 'Vergeleken met de meeste oude mensjes hier,' zei ze, 'mag hij zich in zijn handjes knijpen met jou.'

'Het is zo'n aardig meneertje,' voegde ze eraan toe terwijl Issy wegliep. 'We zijn erg op hem gesteld geraakt. Als we hem tenminste uit de keuken vandaan weten te houden.'

Issy glimlachte. 'Bedankt,' zei ze. 'Bedankt dat jullie zo goed voor hem zorgen.'

'Dat is ons werk,' zei Keavie, met de vanzelfsprekendheid van iemand die haar roeping had gevonden. Issy benijdde haar.

Vol goede moed marcheerde Issy haar flat binnen. Het was een druilerige zaterdagavond en ze had natuurlijk geen date en die eikel van een Graeme had ook niet gebeld, maar meestal spraken ze toch niet op zaterdagavond af, want dan ging hij vaak met z'n vrienden uit, of hij moest de volgende ochtend vroeg op om te squashen, dus ze maakte zichzelf wijs dat het weinig uitmaakte, al was ze zich er tegelijkertijd van bewust hoe erg ze hem miste. Nou, één ding was zeker: ze ging hem bellen. Hij had haar gewoon bij het grofvuil gezet. Ze slikte en liep de knusse woonkamer binnen op zoek naar Helena, die ook single was, alleen leek het haar een stuk minder te kunnen schelen.

Het kon Helena natuurlijk wél iets schelen, maar het leek haar niet bepaald nuttig om de last op Issy's schouders nog verder te verzwaren. Zij vond het net zomin leuk om op haar eenendertigste single te zijn als Issy, maar ze had weinig zin om zich daarover te beklagen, en Issy's gezicht stond al zo gespannen.

'Ik heb een beslissing genomen,' verklaarde Issy.

Helena trok haar wenkbrauwen op. 'Nou, vertel op.'

'Ik denk dat ik ervoor moet gaan. Voor het café. Mijn opa vindt het een heel goed idee.'

Helena glimlachte. 'Nou, dat had ik je ook wel kunnen vertellen.'

Helena vond het echt een goed idee: ze wist zeker dat Issy overheerlijke cakejes en taarten kon bakken en dat ze de juiste vaardigheden bezat om met mensen te werken. Ze maakte zich meer zorgen over de verantwoordelijkheid, of Issy het wel aankon om een eigen bedrijf hebben, en over de administratie, aangezien Issy liever naar *World's Goriest Operations* keek dan haar creditcardrekeningen open te maken. Dat baarde Helena wel zorgen. Maar alles was beter dan dat geknies.

'Het is maar voor zes maanden,' zei Issy, die haar jas uittrok en naar de keuken liep om popcorn met gesmolten chocolade te maken. 'En mocht het mislukken, dan ben ik niet meteen blut.'

'Goed zo, zo mag ik het horen,' zei Helena. 'En natuurlijk mislukt het niet! Jij kunt dit!'

Issy keek haar kant uit. 'Maar...'

'Maar wat?'

'Het klonk alsof je er nog een "maar" aan wilde toevoegen.'

'Dan ga ik dat dus niet doen,' zei Helena. 'Laten we een fles wijn opentrekken.'

'Kunnen we niet wat mensen uitnodigen?' vroeg Issy. Ze had haar vrienden de afgelopen tijd erg weinig gezien, en ze had zo het vermoeden dat het er de komende tijd niet veel beter op zou worden. Helena trok haar wenkbrauwen op.

'Nou,' zei ze, 'we hebben Tobes en Trinida, maar die zijn naar Brighton verhuisd. Tom en Carla willen mogelijk ook verhuizen. Janey is zwanger. En Brian en Lana, maar die kunnen niet weg vanwege de kinderen.'

'O ja,' zei Issy met een zucht. Ze dacht terug aan de tijd dat zij, Helena en de rest elkaar op de universiteit hadden leren kennen. Ze liepen voortdurend de deur bij elkaar plat om te ontbijten en te lunchen en voor dinertjes die de hele avond duurden, en gingen met z'n allen weekendjes weg. Nu was iedereen aan het settelen en gingen de gesprekken over IKEA, huizenprijzen, het schoolgeld en 'meer tijd met het gezin doorbrengen'. Niemand liep nog de deur bij iemand plat. Issy vond het maar niets dat nu ze allemaal de dertig waren gepasseerd, er twee richtingen leken te ontstaan, als de rails van een spoorlijn na een wissel: eerst hadden die rails parallel gelopen, maar nu liepen ze onverbiddelijk steeds verder uit elkaar.

'Ik trek hoe dan ook die fles wijn open,' zei Helena beslist, 'en we kunnen lachen om de tv. Heb je trouwens al een naam bedacht?'

'Nee, nog niet. Ik dacht misschien aan Opa Joe's.'

'Dat klinkt alsof je er alleen maar hotdogs kunt eten.'

'Denk je?'

'Ja.'

'Hmmm. De Stoke Newington Bakery dan?'

'Die bestaat al. Dat is dat hele kleine zaakje aan Church Street, waar je stoffige jamkoekjes en extra grote worstenbroodjes kunt kopen.'

'O.'

'Je gaat toch wel cupcakes verkopen?'

'Zeker weten,' zei Issy, met glimmende oogjes, terwijl de

popcorn in de pan begon te poppen. 'Grote en kleine. Want weet je, soms willen mensen geen groot stuk cake, maar iets wat heel klein en heel erg lekker is, met een delicate rozensmaak, bijvoorbeeld, of een smaakbommetje met lavendel, of een minicupcake die naar blauwebessenmuffin smaakt, met een enorme bes erin, die openbarst, en...'

'Ja, ja, ik begrijp waar je naartoe wilt,' zei Helena lachend. 'Nou, waarom noem je het dan niet gewoon Het Cupcake Café? Dan kunnen mensen zeggen "O, je weet wel, dat zaakje met al die cupcakes", of dan zeggen ze "Ik weet niet meer hoe het heet", en dan zegt een ander "het cupcakecafé" en dan zegt iedereen "O ja! Laten we daar afspreken!"'

Issy dacht erover na. Het was een makkelijke naam, weliswaar wat voor de hand liggend, maar wel passend.

'Klinkt goed,' zei ze. 'Maar er zijn heel veel mensen die helemaal niet van cupcakes houden. Wat dacht je van "Het Cupcake Café – ook voor hartig & meer"?'

'Weet je zeker dat je dit wilt?' vroeg Helena plagerig.

'Ik heb het hoofd van een zakenvrouw, maar het lichaam van een zondaar,' zei Issy. Toen keek ze omlaag, naar de kom popcorn op haar schoot. 'Helaas is de zonde in kwestie vraatzucht.'

Des probeerde zijn zoontje Jamie te kalmeren, die zogenaamd koliek zou hebben, maar vooral zijn rug kromde en hard schreeuwde om bij hem vandaan te komen. Toen Issy belde waren zijn vrouw en schoonmoeder naar de sauna vertrokken voor een verwendagje, en in eerste instantie had hij wat moeite om zich op het telefoongesprek te concentreren. O ja, die impulsieve vrouw die zomaar binnen was komen lopen. Hij had niet verwacht nog iets van haar te horen, dacht dat de vrouw zich gewoon had verveeld. Maar ja, die andere vrouw had óók teruggebeld... Shit! Zijn gedachten werden ruw onderbroken door Jamie, die hem hard in zijn duim beet. Hij wist heus wel dat baby's nog niet wraakzuchtig konden zijn, maar deze baby leek de uitzondering op de regel.

'O ja. Alleen heeft die andere mevrouw me intussen teruggebeld en een serieus bod gedaan.'

Issy werd overspoeld door een golf van teleurstelling. Nee toch zeker? Ze zag haar droom al aan diggelen worden geslagen voor ze goed en wel begonnen was.

'Ik heb wel een paar andere panden die ik je kan laten zien...'

'Nee!' zei Issy. 'Het moet dit pand zijn. Het moet echt dit pand zijn!'

Dus het was waar: Issy was verliefd.

'Nou,' zei Des, die de overwinning rook. 'Ze heeft wel minder geboden dan wat de eigenaar wil hebben.'

'Mag ik alsjeblieft ook een bod doen?' vroeg Issy smekend. 'Ik zal een keurige huurder zijn.'

Des ging voor het raam staan en hupste Jamie op en neer. De baby begon ervan te giechelen. Dat was tenminste iets. Eigenlijk, dacht Des, was het best een lief mannetje.

'Ja, maar dat zeiden de vorige vier huurders ook,' antwoordde hij. 'En die hielden er stuk voor stuk na drie maanden al mee op.'

'Nou, maar ik ben anders,' zei Issy. De baby lachte, waardoor Des opvrolijkte.

'Goed,' zei hij. 'Ik zal het met meneer Barstow overleggen.'

Issy hing op en voelde zich enigszins gerustgesteld. Helena liep naar haar slaapkamer en kwam terug met een plastic tas.

'Ik wilde het eigenlijk netjes voor je inpakken en het je later pas geven,' zei ze. 'Maar ik denk dat je het nu nodig hebt.'

Issy keek in de tas en haalde er een boek uit. Het was *Een eigen bedrijf starten voor Dummies.*

'Dank je wel!' zei ze.

Helena glimlachte. 'Je hebt alle hulp nodig die je krijgen kunt.'

'Weet ik,' zei Issy. 'Ik heb in ieder geval alvast jou.'

6

Ik-zal-krijgen-wat-ik-wil-citroencake

115 gram zelfrijzend bakmeel, gezeefd
1 theelepel bakpoeder
115 gram zachte boter
115 gram fijne kristalsuiker
2 grote eieren
Geraspte schil van 1 citroen
Sap van 1 citroen

Voor het glazuur:
115 gram poedersuiker
2 theelepels water
1 theelepel citroensap

Verwarm de oven voor op 160°C/gasoven stand 3. Zeef de bloem en het bakpoeder boven een kom, voeg alle overige ingrediënten toe en klop alles goed door elkaar, eventueel met een handmixer. Lepel het beslag in een cakevorm.

En dan nu het belangrijkste:
Bak de cake 20 minuten in de oven. Dat is net niet lang genoeg. De cake moet geel zijn, niet bruin, en vanbinnen vochtig. Iemand een salmonellavergiftiging geven is in de meeste gevallen niet wat je wilt.

Breng het glazuur aan wanneer de cake nog warm is. Als het goed is reageert het glazuur met de warme cake en schift het een beetje, waarna het in de poriën van de cake trekt. Het glazuur moet nog net niet doorzichtig zijn.

In alle gevallen zal je cake eruitzien als een lelijke mislukking. Mensen zullen spontaan medelijden met je krijgen bij het zien van jouw citroencake. Ze zullen je snerend uitlachen omdat je zo slecht in bakken bent en alleen uit medelijden een stukje nemen. Maar wanneer ze die zachte, sappige cake, die zich heeft volgezogen met glazuur, eenmaal proeven, springen hun ogen uit hun kassen van genot. En dan geven ze je alles wat je maar wilt.

Issy schudde haar hoofd. Haar opa leek terug in vorm. Het was niet eens zo'n slecht idee: laat iedereen denken dat je er niets van bakt en ze lopen er met open ogen in. Laat zien wat je in huis hebt. Ze zou er natuurlijk wel wat mooie versiersels op doen, van zelfgesponnen suiker. Ze bekeek haar gezicht in de spiegel, probeerde zichzelf ervan te overtuigen dat de vrouw die ze daar zag in staat was tot winkelmanagement en het runnen van een eigen zaak. Dat was ze. Ze kon het heus wel. Helena zag zich genoodzaakt op haar deur te kloppen.

'Ben je je duckface aan het oefenen?' brulde ze.

'Nee,' zei Issy, en ze herinnerde zich hoe Helena haar vroeger altijd plaagde wanneer ze er twee uur over deed om zich klaar te maken voor een date, omdat ze zo zenuwachtig was. 'Soort van. Nee. Dit is erger dan een date.'

'Nou, dit is toch eigenlijk ook een soort date?' zei Helena. 'Misschien is die huurbaas wel heel aantrekkelijk.'

Issy stak haar hoofd om de hoek van de deur en trok een fronsgezicht. 'Ophouden, jij!'

'Wat?'

'Laat me alsjeblieft één probleem in mijn leven tegelijk aanpakken, oké?

Helena haalde haar schouders op. 'Nou, als-ie niets voor jou is, schuif hem dan maar door naar mij!'

Dat bleek niet nodig. Voordat Issy eindelijk op pad ging om meneer Barstow te ontmoeten, de eigenaar van Pear Tree Court, had Helena haar nog een korte peptalk gegeven. Volgens haar kon Issy hem overtuigen door te laten zien hoe georganiseerd ze was en hoeveel research ze had gedaan. En anders kon ze hem strikken met haar geheime wapen: de cake van opa. Ze hadden beter in de buurt van het pand kunnen afspreken, maar, dacht Issy zelfgenoegzaam, daar waren natuurlijk geen leuke cafeetjes, en dus hadden ze bij Des op kantoor afgesproken. Des had een vreselijke nacht achter de rug met Jamie. Zijn vrouw weigerde inmiddels om eruit te gaan, en dus had hij urenlang met de kleine huilebalk in zijn armen gezeten, die met een knalrood hoofd en zijn beentjes tegen zijn borst getrokken de longen uit zijn lijf schreeuwde. Des aaide het manneke over zijn warme bolletje en wist hem in een friemelige, onrustige slaap te wiegen. Des had twee uur slaap gehad, als het niet minder was, en kon nauwelijks op z'n benen staan.

De blonde vrouw was er ook. Ze zag er zeer chic uit, met een spijkerbroek die tweehonderd pond had gekost, stilettohakken, en een leren jack dat er onwijs zacht uitzag. Issy kneep haar ogen tot spleetjes. Die vrouw hoefde heus de kost niet te verdienen. Haar highlights alleen al kostten waarschijnlijk meer dan Issy's oude maandsalaris.

'Caroline Hanford,' zei ze, en ze stak haar hand uit. Een glimlachje kon er niet af. 'Ik snap niet waarom we deze afspraak hebben. Ik heb als eerste een bod gedaan.'

'En wij hebben een tegenbod ontvangen,' zei Des, die smerige, kleverige koffie uit een automaat met knopjes in drie bekertjes liet stromen, waarvan hij het eerste in één keer achteroversloeg alsof het een medicijn was. 'En meneer Barstow wilde graag iedereen bijeen hebben om elk bod in detail te kunnen bespreken.'

'Hadden jullie hier vroeger niet cafetières?' zei Caroline

bruusk. Ze kon wel een goede kop koffie gebruiken; ze sliep slecht. Die peperdure homeopathische slaappillen die ze had gekocht leken niet zo goed te werken als haar was voorgespiegeld. Ze moest snel weer een afspraak met dokter Milton maken. Die was ook niet goedkoop. Ze trok een grimas.

'Bezuinigingen,' mompelde Des.

'Hoe dan ook, ik ben bereid het tegenbod te matchen,' zei Caroline, die Issy nauwelijks een blik waardig keurde. 'Wat het ook is. Ik wil deze zaak graag op goede voet beginnen.'

Een kleine kale man marcheerde het kantoor binnen en gromde iets tegen Des.

'Dit is meneer Barstow,' zei Des, geheel overbodig.

Caroline schonk hem een zeer brede glimlach met veel tand. Ze wilde dit duidelijk zo snel mogelijk achter de rug hebben. 'Hallo,' zei ze. 'Mag ik Max zeggen?'

Meneer Barstow gromde, waaruit niet viel op te maken of zijn antwoord positief dan wel negatief was. Issy vond hem er helemaal niet uitzien als een Max.

'Ik ben hier om je de best mogelijke deal te bieden,' zei Caroline. 'Heel fijn dat je me wilde ontmoeten.'

Wacht eens even! wilde Issy zeggen. Je bedoelt toch zeker 'ons wilde ontmoeten'? Helena zou waarschijnlijk hebben gezegd dat dit puur zakelijk was, dat Issy zich moest vermannen. In plaats daarvan zei ze alleen maar 'Hallo', en ze werd boos op zichzelf omdat ze niet assertief genoeg was. Ze drukte haar favoriete cakeblik, dat met de Union Jack erop, tegen zich aan.

Meneer Barstow keek hen allebei aan.

'Ik heb vijfendertig panden in deze stad,' zei hij, met een sterk Londens accent. 'Geen van m'n andere panden bezorgt me zo verdomd veel problemen. Het is verdorie de ene dameszaak na de andere.'

Issy schrok van zijn botheid, maar Caroline leek het niet

te deren. 'Vijfendertig?' kraaide ze. 'Wauw, dan ben je ook succesvol.'

'Ja, en het gaat me dus niet alleen om geld,' zei meneer Barstow. 'Waar het mij om gaat, is dat er verdomme niet om de haverklap mensen zonder waarschuwing vertrekken en mij met een huurachterstand laten zitten, begrijp je?'

Beide vrouwen knikten. Issy bladerde door haar aantekeningen. Ze had onderzocht wat een café goed maakte, hoe omliggende huizen door een leuk cafeetje meer waard werden, en hoeveel cakejes ze hopelijk per dag zou verkopen – dat laatste was eerlijk gezegd nattevingerwerk, maar toen ze al die getallen in een spreadsheet had geplakt, zag het er best goed uit. In het vastgoed had deze manier prima gewerkt, en ze kon zich niet voorstellen dat bakken zoveel anders was. Maar voordat Issy één woord kon uitbrengen, klapte Caroline een kleine, zilverkleurige laptop open, die Issy niet eerder was opgevallen.

Voordat Caroline trouwde – met die schijtvent – was ze senior marketing executive bij een bureau voor marktonderzoek. Ze was erg goed in haar werk. Maar toen de kinderen kwamen, leek het haar logischer om de perfecte partner voor haar zakenman te worden. Ze stak al haar energie in de buitenschoolse activiteiten van haar kinderen, deed vrijwilligerswerk voor het schoolbestuur en runde het huishouden als een militaire operatie. En had dat hem ervan weerhouden om met die stomme sloerie van het persbureau te rotzooien? Nee, dat had het zeker niet, dacht ze grimmig, en ze wachtte tot haar powerpointpresentatie was geladen. Na de geboorte van Achilles en Hermia was ze meteen weer gaan sporten en gezond gaan eten, om zo snel mogelijk haar oude figuur terug te krijgen. Was het hem überhaupt opgevallen? Hij werkte de klok rond, kwam zo uitgeput thuis dat hij tot weinig anders in staat was dan eten en in slaap vallen tijdens het journaal, maar nu bleek hij een vrouw van vijfentwintig te neuken, iemand die niet vijftien kattenkostuums voor het schooltoneel hoefde te naaien. Niet dat rancune aantrekkelijk was. Caroline beet op haar lip. Ze was goed in haar werk. En dit zou haar nieuwe werk worden, zodat ze het huis wat vaker uit kwam. Ze stak van wal. 'Ik heb deze presentatie voorbereid. Dus. Het uitgebreide marktonderzoek dat ik heb uitgevoerd wijst uit dat vijfenzeventig procent van de mensen het moeilijk vindt om aan drie ons groente en twee stuks fruit per dag te komen. Hiervan geeft vijfenzestig procent aan dat als het aanbod vers fruit en verse groenten toegankelijker en aantrekkelijk zou zijn, het vijftig procent waarschijnlijker zou zijn dat ze meer groenten en fruit zouden consumeren...'

Ze was genadeloos. Het ging maar door. Caroline was bij de mensen in, uit en rondom het huis geweest. Ze had postcodes gecategoriseerd, een website ontworpen en een producent gevonden die biologische wortels verbouwde op een volkstuin in Hackney Marshes. Niemand kon dit van haar winnen.

'Natuurlijk zullen we zo veel mogelijk lokale producten gebruiken,' zei ze met een geaffecteerd lachje. Meneer Barstow hoorde de hele presentatie zwijgend aan.

'En, hebben jullie nog vragen?' vroeg ze twintig minuten later met een uitdagende blik. Ze had het goed gedaan, dat wist ze. Dat zou hem leren. Ze zou een supersuccesvol bedrijf starten, en hij zou spijt krijgen als haren op zijn hoofd.

Issy kromp ineen. Een paar dagen googelen was duidelijk niet genoeg. Na deze goed voorbereide en vlekkeloos gepresenteerde presentatie kon zij die van haar echt niet doen. Ze zou een modderfiguur slaan. Meneer Barstow bekeek Caroline van top tot teen. Het was een zeer imponerende vrouw, dat moest Issy haar nageven.

'Dus jij wilt zeggen...' begon hij. Hij had nog steeds zijn zonnebril nog niet afgedaan, ook al was het februari. 'Dus jij wilt zeggen dat je de hele dag in een zijstraatje van Albion

Road gaat staan, driehonderd meter van de Stoke Newington High Street, om bietensap te verkopen?'

Caroline was niet te vermurwen.

'Ik denk dat ik met mijn uitgebreide en diepgaande *customer-based* statistische analyse, die is uitgevoerd in opdracht van een vooraanstaand marketingbureau...'

'En jij dan?' vroeg meneer Barstow, wijzend naar Issy.

'Eh...' Ineens leek al die haastig vergaarde kennis uit Issy's hoofd verdwenen. Ze wist eigenlijk helemaal niets van horeca, of van zakendoen. Dit was echt te stom voor woorden. Lange tijd bleef het stil. Koortsachtig dacht Issy na. Ze wist absoluut niet wat ze moest zeggen. Wat een nachtmerrie! Des trok zijn wenkbrauwen op. Caroline grijnsde boosaardig. Maar zij weet van niets! dacht Issy opeens. Niemand wist van haar geheime wapen.

'Eh,' zei Issy. 'Ik bak cakes.'

Meneer Barstow gromde. 'O ja? Heb je wat bij je?'

Daar had Issy al op gehoopt. Issy deed haar trommel open. Behalve de ik-zal-krijgen-wat-ik-wil-citroencake, die bijna iedereen wilde uitproberen, had ze er ook een selectie cupcakes in gestopt, bij wijze van assortiment: een cupcake met witte chocolade en gele bosbraam – het zuur van de bosbraam neutraliseerde de suikerzoete witte chocolade, tenminste, als het je lukte om de smaken in balans te krijgen, wat Issy, na een winter lang heel veel experimenteren, uiteindelijk was gelukt, een cupcake met kaneel en sinaasappelschil, kerstiger dan een tulband; en een onweerstaanbare friszoete lentecupcake met vanille, die ze had gedecoreerd met roosjes. Van iedere soort vier.

Issy zag Caroline haar wenkbrauwen optrekken bij het zien van haar citroencake, die er rommelig en gebarsten uitzag. Zoals ze had verwacht, stak meneer Barstow een dikke, harige hand uit naar de trommel en pakte een stuk cake en een vanillecupcake.

Voor iemand een vin had durven verroeren, nam hij van allebei een hap. Issy hield haar adem in. Hij kauwde langzaam en bedachtzaam, met gesloten ogen, als een sommelier die wijn van wereldklasse proeft. Eindelijk slikte de man.

'Goed,' zei hij, en hij wees Issy aan. 'Jij. En verpest het niet, meissie.'

Toen pakte hij zijn aktetas, draaide zich om en verliet het kantoor.

Voor Caroline was het de druppel die de emmer deed overlopen. Issy had geen hekel meer aan haar, maar had nu juist erg met haar te doen, ook omdat Caroline natuurlijk niet wist dat zij Issy op het idee had gebracht.

'Weet je, de kinderen gaan nu naar de peuterspeelzaal en naar school, die vent van me loopt me te bedonderen en ik... ik weet gewoon niet wat ik met mezelf aan moet,' zei Caroline snikkend. 'Ik woon in een van die grote huizen vlak achter de winkel, dus het leek me echt perfect. Ik dacht: ik zal hem een lesje leren. Mijn vriendinnen vonden het allemaal zo'n goed idee.'

'Wat fijn,' zei Issy. 'Mijn vrienden zeggen steeds dat het juist een heel slecht idee is.'

Caroline staarde haar aan alsof ze zich iets realiseerde. Er ging haar een lichtje op.

'Mijn vrienden liegen gewoon de hele tijd tegen me!' zei ze. 'Ze hebben niet eens tegen me gezegd dat die ploert een affaire had, terwijl ze dat wél wisten!' Caroline slikte gepijnigd. 'Weet je dat hij haar meeneemt naar lapdance-lessen? Samen met zijn collega's? Op kosten van de zaak?' Er ontsnapte haar een afgeknepen giechel. 'Sorry! Ik heb echt geen idee waarom ik jullie dit vertel. Ik ben overduidelijk saai.'

Dit laatste was voor Des bedoeld, die zojuist flink had gegaapt.

'Nee, nee, helemaal niet, eh, huilbaby,' stotterde Des. 'Dat, eh, dat is echt heel erg. Het spijt me, mevrouw Hanford, ik weet niet wat ik moet zeggen.'

Caroline slaakte een zucht. 'Wat dacht je van: ik ben een klunzige makelaar en ik heb een pand aan twee mensen tegelijk verhuurd?'

'Ehm, om juridische redenen kan ik niet...'

'Willen jullie misschien cake?' vroeg Issy, die niet wist wat ze anders moest zeggen.

Snuivend zei Caroline: 'Ik eet geen cake! Ik heb al veertien jaar geen cake gehad!'

'Oké,' zei Issy. 'Ook goed. Des, ik laat er een paar voor jou achter en ik neem de rest mee naar huis.'

Verlekkerd keek Caroline naar de trommel. 'Misschien vinden de kinderen ze wel lekker.'

'Voor als ze uit school komen,' zei Issy instemmend. 'Er zit alleen wel geraffineerde suiker in.'

'Dan mag hij de tandartsrekening lekker betalen,' grauwde Caroline.

'Oké,' zei Issy. 'Hoeveel wil je er?'

Caroline likte haar lippen. 'Mijn kinderen zijn best wel... hebberig.'

Met tegenzin gaf Issy haar de hele trommel.

'Dank je wel,' zei Caroline. 'Ik eh... ik kom de trommel wel langsbrengen in de winkel, goed?'

'Ja graag,' zei Issy. 'En... succes nog, met het vinden van een pand.'

'"Neem anders een baantje," zei hij tegen me, "dan heb je wat afleiding." Serieus! Dat is toch niet te geloven? De ploert!'

Issy gaf een klopje op haar hand. 'Wat rot.'

'Neem anders een baantje! Dag, Desmond.'

Bij het weggaan sloeg Caroline met de deur.

Des en Issy keken elkaar aan.

'Denk je dat ze iedereen nu plat gaat rijden met haar Range Rover?' vroeg Des.

'Ik maak me echt zorgen,' zei Issy. 'Ik denk dat ik even bij haar langs moet gaan.'

'Ik denk niet dat ze dat zou waarderen,' zei Des. 'Ik geef het een paar dagen, dan bel ik haar wel even.'

'Ga je dat echt doen?'

'Ja,' zei Des stoïcijns. 'En nu moeten wij ons door een flinke stapel papierwerk heen werken. Kom maar mee.'

Issy liep volgzaam achter hem aan naar de andere kant van het kantoor.

'Heeft ze echt die hele trommel cakejes meegenomen?' zei Des verdrietig. De citroencake vond hij er niet zo lekker uitzien, maar de rest leek hem heerlijk.

'Heel toevallig heb ik er nog eentje in mijn handtas zitten, in aluminiumfolie,' zei Issy, die de cupcake in haar tas had gestopt voor het geval er iets te vieren of te janken viel. 'Wil je die hebben?' vroeg ze.

Dat wilde hij wel.

Issy kwam terug met een fles champagne. Helena, die moe was thuisgekomen van haar dienst en allemaal hechtingen had gezet omdat er bij een uit de hand gelopen ruzie met flessen was gegooid, fleurde helemaal op. 'O mijn god!' riep ze. 'Het is je gelukt!'

'Komt door de cake van opa,' zei Issy geroerd. 'Ik heb hem in een tehuis gestopt en dan beloont hij me er ook nog voor, ongelofelijk!'

'Je hebt hem niet in een tehuis gestopt,' zei Helena geërgerd, omdat ze dit gesprek al zo vaak hadden gevoerd. 'Je hebt hem verhuisd naar een veilige en aangename plek. Zou je hem dan liever hier hebben, klooiend met jouw Bosch-oven?'

'Nee,' zei Issy schoorvoetend, 'maar...'

Helena gebaarde met haar handen dat het zo wel genoeg was. Soms, dacht Issy, was het heel geruststellend dat Helena zo bazig was en zo goed wist wat ze wilde.

'Proost, op opa Joe!' zei Helena, en ze hief haar glas. 'En op jou! Dat het Cupcake Café maar een groot succes mag worden! En dat er maar veel knappe mannen mogen komen. Komen er in taartenwinkels ook knappe mannen?'

'Ja,' zei Issy. 'Met hun man.'

De twee vriendinnen klonken hun glazen en gaven elkaar een dikke knuffel. Toen ging plotseling Issy's telefoon over. Ze maakte zich los om op te nemen.

'Misschien is het wel je eerste klant,' zei Helena. 'Of die verhuurder, dat klonk ook als een engerd. Misschien belt hij wel om te zeggen dat je met de zweep krijgt als het mislukt.'

Het was geen van beide. Issy staarde naar het nummer op haar telefoon, pakte een plukje haar en wond het om haar wijsvinger. Ze keek naar de telefoon, bijna alsof ze afwachtte wat het ding zou doen. Natuurlijk ging haar telefoon nog een keer over, en schrok ze net zo hard. Als aan de grond genageld stak Issy toch langzaam haar hand uit, tergend langzaam weliswaar, aangezien ze het idee dat hij een bericht zou achterlaten ondraaglijk vond. Helena zag de uitdrukking op Issy's gezicht – zowel doodsbang als verlangend – en wilde haar arm uitsteken om haar tegen te houden. Dat vreemde zesde zintuig dat je ontwikkelt als je hecht met iemand bevriend bent, vertelde Helena precies wie Issy belde. Maar het was al te laat.

'Graeme?' zei Issy schor.

Helena bedacht dat Issy haar ook heel vaak goede raad had gegeven over Imran. En hoelang had het geduurd voordat ze daar een punt achter had gezet? Achttien maanden. Toen was hij getrouwd. Ze zuchtte.

'Schatje, waar heb jij gezeten?' zei Graeme, alsof hij haar twee uur geleden voor het laatst gesproken had en haar in een winkelcentrum was kwijtgeraakt.

Het had Graeme meer moeite gekost de telefoon te pakken dan Issy kon bevroeden. In eerste instantie had hij tegen zichzelf gezegd dat er toch wel een einde aan was gekomen, dat hij er niet klaar voor was om zich te settelen, dat ze toch geen serieuze relatie hadden. En hij had het erg druk met zijn werk.

Maar naarmate de weken voorbijgleden en hij niets van haar hoorde, bekroop hem een onbekend gevoel. Hij miste haar. Hij miste haar zachtheid, haar oprechte interesse in hem en in wat hij deed, en natuurlijk haar kookkunsten. Hij was uit geweest met de boys, had een aantal erg lekkere chicks gescoord, maar toch... alles bij elkaar opgeteld ging het met Issy op de een of andere manier allemaal zo makkelijk, zo vanzelf. Ze deed nooit moeilijk, zeurde nooit aan zijn hoofd en was niet op zijn geld uit. Hij mocht haar gewoon erg graag. Zo simpel was het. Hoewel hij normaal gesproken nooit bleef hangen in het verleden, besloot hij haar toch te bellen. Alleen om haar te zien. Soms, als hij een lange dag had gehad, had ze het bad voor hem laten vollopen of hem een massage gegeven. Dat vond hij fijn. En wat er op kantoor was gebeurd... dat waren toch gewoon zaken? Hij had haar wel moeten ontslaan, zo was de situatie nu eenmaal. Inmiddels had ze vast wel een andere baan gevonden. Hij had een fantastische referentie voor haar geschreven, beter dan ze op grond van haar administratieve vaardigheden verdiende, en Cal Mehta had hetzelfde gedaan. Ze was er nu vast wel overheen. Toen hij eindelijk haar nummer intoetste, had Graeme zichzelf ervan weten te overtuigen dat alles koek en ei zou zijn.

Issy, die het opzettelijk vermeed om haar huisgenote aan te kijken, stond op en liep de kamer uit, met de telefoon in haar hand. Lange tijd lukte het haar niet om iets te zeggen – zo lang zelfs, dat Graeme zei: 'Hallo? Hallo? Ben je er nog?'

De afgelopen weken had ze 's nachts aldoor liggen woelen: de pijn en schaamte vanwege het verlies van haar baan werden steevast ingehaald door verdriet en frustratie omdat ze Graeme was kwijtgeraakt. Ondraaglijk was het. Verschrikkelijk gewoon. Ze haatte hem. Ze háátte hem. Hij had haar gebruikt, als een of ander stom kantoorartikel.

Dat had hij niet, zei een stemmetje in haar hoofd. Er was iets tussen hen geweest. Dat was zo. Iets echts. Hij had immers van alles met haar gedeeld...

Maar zou hij die dingen niet aan ieder luisterend oor hebben verteld? Was zij een veilige manier om van zich af te praten? En was dat niet verdraaid handig, je eigen vertrouwenspersoon, die ook nog eens voor je kookte en met je naar bed ging? Iets wat hem bij het bestijgen van de carrièreladder maar al te goed van pas kwam – hij was immers pas vijfendertig. Hij had nog jaren de tijd, voor hij na hoefde te gaan denken over het stichten van een gezinnetje. En waarom zou iemand die zo knap en intelligent was überhaupt in haar geïnteresseerd zijn? Dergelijke gedachten maalden er om vier uur 's nachts door haar hoofd, waardoor ze zich zo waardeloos en inadequaat voelde dat het bijna grappig was. Niet grappig, maar wel bijna.

En nu kreeg ze een café, alsof het lot het zo gewild had; perfect gewoon. Iets waar ze haar energie in kon steken, iets goeds, iets concreets; een nieuwe wending in haar leven. Een manier om al haar oude zorgen achter zich te laten. Een nieuw begin.

'Ben je er nog?'

Ze raakte in paniek. Moest ze *hard to get* spelen, doen alsof ze nauwelijks aan hem had gedacht? Terwijl ze dat wel deed, obsessief zelfs? Ze herinnerde zich weer hoe ze hevig gepikeerd het kantoor uit was gestormd. En ze herinnerde zich weer een aantal van de, ahum, ongepaste toosts die ze op hem had uitgebracht tijdens haar afscheidsborrel. En hoe ze de dagen daarna zeker had geweten dat hij zou bellen, honderd procent zeker, om te zeggen dat hij een enorme fout had gemaakt en dat hij van haar hield, en of ze alsjeblieft terug kon komen, omdat er zonder haar geen bal aan was. Dagen werden weken, meer dan een maand, en nu ze eindelijk een nieuw pad voor zichzelf had uitgestippeld, was er geen weg meer terug.

'Hallo?' zei ze ten slotte, met een afgeknepen fluisterstem.

'Kunnen we praten?' vroeg Graeme. Op de een of andere manier maakte dat haar kwaad. Waar dacht hij in godsnaam dat hij mee bezig was?

'Nee,' zei ze. 'Ik lig in bed met George Clooney en hij is net even opgestaan om nog wat champagne in de jacuzzi te gieten.'

Graeme moest lachen. 'O, Issy, ik heb je zo gemist.'

Uit het niets voelde Issy vanuit haar keel een snik opwellen, die ze wanhopig weg probeerde te slikken. Hij had haar níet gemist! Hij had haar verdomme helemaal niet gemist! Want als hij ooit maar één milliseconde aan haar had gedacht, had hij zich moeten realiseren dat de enige keer dat ze hem harder nodig had dan wie ook ter wereld, de enige keer ooit, was toen ze haar baan én haar vriendje was kwijtgeraakt – toen haar hele leven was ingestort. Toen haar vriend had besloten dat zij haar baan zou kwijtraken. En het had hem geen drol kunnen schelen.

'Nee, dat heb je niet,' wist ze ten slotte uit te brengen. 'Dat heb je verdomme helemaal niet. Aangezien je mij eruit hebt gegooid, weet je nog?'

Graeme zuchtte. 'Ik had niet verwacht dat je zó zou reageren.'

Issy beet hard op haar lip. 'Hoe moet ik dan reageren? Dankbaar?'

'Ja, nou, een beetje misschien? Dankbaar omdat je de kans hebt gekregen om iets van je leven te maken. Je weet dat je dat kunt, Issy. En trouwens, ik had toch niet eerder contact met je kunnen opnemen? Dat zou totaal ongepast zijn geweest, dat begrijp je toch wel?'

Issy zweeg. Ze wilde niet dat Graeme haar onredelijk vond.

'Luister,' zei hij eerlijk. 'Ik heb vaak aan je gedacht.'

'Goh, echt? Toen je eerst m'n baan dumpte en toen mij?'

'Ik heb je niet gedumpt!' zei Graeme geërgerd. 'Jouw baan is wegbezuinigd! Iedereens baan stond op de tocht! En ik probeerde je te beschermen tegen het feit dat jij en ik een relatie hadden, maar toen schreeuwde jij dat door het hele kantoor! Dat was echt ontzettend gênant, Issy.'

'Dat wist iedereen toch al,' zei Issy kniezend.

'Daar gaat het niet om. Jij riep dat waar iedereen bij was, en ik hoorde dat je in de pub ook nogal wat smakeloze opmerkingen over mij heb gemaakt.'

Niemand was tegenwoordig nog loyaal op kantoor, dacht Issy boos.

'Maar waarom bel je me dan?' vroeg ze.

Graeme verzachtte zijn toon. 'Nou, ik was gewoon benieuwd hoe het met je ging. Zo'n klootzak ben ik toch ook weer niet?'

Zou het? vroeg Issy zich af. Zou ze er echt zo erg naast zitten? Zij was tenslotte schreeuwend van woede zijn kantoor uitgestormd. Misschien was zij niet de enige gekwetste partij. Misschien was hij wel net zo gechoqueerd en verdrietig als zij. Misschien had hij wel al zijn moed bijeen moeten rapen om haar te bellen. Misschien was Graeme wel geen eikel; misschien was hij dan toch, zucht, de ware.

'Nou...' zei ze. Precies op dat moment marcheerde Helena zonder kloppen haar kamer binnen. Ze droeg een haastig in elkaar geflanst protestbord, gemaakt op de achterkant van een aanmaning van de gemeentebelasting, waar in grote, zwarte letters NEE! op stond geschreven.

Helena stompte met haar vuisten in de lucht alsof ze aan het demonstreren was, en articuleerde zeer nadrukkelijk de woorden NEE! NEE! NEE! in Issy's richting. Issy probeerde haar weg te wuiven, maar ze kwam alleen maar nóg dichterbij staan. Helena stak haar arm uit om de telefoon te grijpen.

'GA WEG!' zei Issy. 'KSSST!'

'Wat was dat?' zei Graeme.

'O, dat was mijn huisgenote maar,' zei Issy. 'Sorry.'

'Wat, die forse?'

Helaas schalde de stem van Graeme tamelijk hard uit de telefoon.

'Nou ja, zeg!' zei Helena, en ze deed een graai naar de telefoon.

'Nee!' piepte Issy. 'Laat me nou. Je hoeft me niet te redden, oké. Maar we moeten wel praten. Kun je nu alsjeblieft even oprotten en ons wat privacy gunnen?'

Ze bleef Helena net zolang boos aankijken, tot die zich terugtrok naar de woonkamer.

'Sorry daarvoor,' zei Issy ten slotte tegen Graeme, die op slag heel monter klonk.

'Dus het zit weer goed tussen ons? Het is weer goed,' zei hij, en hij klonk opgelucht. 'Wat fijn. Super.' Het bleef stil. 'Heb je zin om langs te komen?'

'Nee!' zei Issy.

'Je gaat níét!' zei Helena, die met haar armen over elkaar in de deuropening stond en naar Issy keek zoals ze ook naar dronken mensen keek die op zaterdag om halftwee 's nachts op de SEH kwamen aanzetten met een bloedend gat in hun hoofd. 'Echt niet.'

'Het was gewoon een misverstand,' zei Issy. 'Hij vond het ook vreselijk.'

'Zo vreselijk dat hij wekenlang zijn telefoon kwijt was zeker,' zei Helena. 'Issy, alsjeblieft. Zet er voor eens en altijd een punt achter.'

'Maar, Helena,' zei Issy opgewonden. Nadat ze had opgehangen had ze haar glas champagne in één keer achterovergeslagen, en nu kreeg ze in haar hele lijf een warm en gloeiend gevoel. Hij had haar gebeld! Hij had haar gebeld!

'Hij is... denk ik... Ik denk, ik denk echt dat Graeme misschien de ware voor mij is.'

'Nee. Hij is de baas op wie je een crush had. Je bent bijna tweeëndertig en je voelt het klokje tikken.'

'Dat... dat is het niet,' zei Issy, in een poging haar punt te maken. 'Dat is het niet. Jij was er niet bij, Helena.'

'Nee, inderdaad,' zei Helena. 'Ik ben hier, ik ben degene die jou 's avonds moet troosten, ik ben degene die jou bij elkaar moet rapen als hij je weer eens in de regen naar huis heeft laten lopen en ik ben degene die met je mee naar feestjes gaat als je partner, omdat hij niet met jou gezien wil worden!'

'Ja, maar dat was vanwege kantoor,' zei Issy.

'We zullen zien.'

'Ik weet zeker dat het nu anders wordt.'

Helena keek haar veelbetekenend aan.

'Nou,' zei Issy opstandig, 'ik ga er in ieder geval achter komen.'

'Ik vind het vooral leuk voor hem omdat hij hier niet eens zijn comfortabele woonkamer voor uit hoefde,' zei Helena tegen de lege kamer, toen Issy was vertrokken. Ze zuchtte diep. Luisterde er ooit iemand naar goede raad?

Graeme had ook een fles champagne opengetrokken. Zijn minimalistisch ingerichte appartement was net als anders brandschoon - een schril contrast met Issy's overvolle en kleurrijke huis. Het was er rustig en stil. Op de dure stereo-installatie stond 'Get lucky' van Robin Thicke op, en dat, vond Issy, was wel een tikje overdreven. Aan de andere kant: zelf had ze haar mooiste jurk aangetrokken, een zacht, grijs wollen exemplaar, en hakken. En ze had parfum van Agent Provocateur opgedaan.

'Hé,' zei hij toen hij de deur opendeed – hij woonde in een nogal chic, nieuw appartementencomplex, met tapijt in de gangen en vazen met bloemen in de foyer. Hij droeg een schoon wit overhemd, met het bovenste knoopje open, en op zijn wangen waren donkere stoppeltjes te zien. Hij zag er moe uit, een beetje gestrest ook, maar vooral erg knap en erg aantrekkelijk. Issy's hart maakte een sprongetje. Ze kon het niet helpen.

'Hé,' zei ze.

'Heel fijn... heel fijn dat je langs wilde komen.'

Ze zag er mooi uit, vond Graeme. Niet lekker, zoals die vrouwen in de discotheek, met hun ultrakorte rokjes en hun lange blonde haar. Die zagen er sexy uit, en heel erg heet, maar soms, als hij heel eerlijk was... soms vond hij ze er ook een beetje eng uitzien. Issy daarentegen – Issy zag er gewoon leuk uit. Prettig. Hij was graag bij haar.

Issy wist wel dat ze niet zo snel had moeten toehappen, dat ze beter over een paar dagen hadden kunnen afspreken, om te lunchen, dat ze zichzelf wat tijd moest gunnen.

Maar Issy wás happig. Dat wist ze. En dat wist hij ook. Om de hete brij heen draaien had geen zin. Of het was ja, of het was nee. Ze had de tijd niet om eerst nog maandenlang om elkaar heen te draaien.

Hij kuste haar lichtjes op de wang. Ze rook Fahrenheit, haar favoriete aftershave. Hij wist dat het haar lievelingsgeur was, dus hij deed het voor haar.

Ze nam een glas van hem aan en ging zitten op het randje van zijn zwartleren stoel, een nep-Le Corbusier. Het voelde net als die eerste keer: die mengeling van angst en opwinding omdat ze alleen in dit chique appartement was met deze zwoele, knappe man, die ze zó aantrekkelijk vond dat ze nauwelijks meer helder kon nadenken.

'Daar zijn we dan,' zei hij. 'Gek om niet vanachter een bureau naar je te kijken.'

'Ja. Haalt dat de spanning eraf?' zei Issy, en ze had er direct spijt van. Dit was niet het moment voor bijdehante opmerkingen.

'Ik heb je echt gemist, weet je dat,' zei Graeme, die haar vanonder zijn zwarte wenkbrauwen recht aankeek. 'Ik weet... ik denk... dat ik je voor lief nam.'

Ze wisten allebei dat dit nogal een understatement was.

'Dat weet ik wel zeker,' zei Issy. 'Dat je me voor lief nam.'

'Oké, oké,' zei Graeme. Hij legde zijn hand op haar arm. 'Het spijt me, oké?'

Issy haalde haar schouders op. 'Wat jij wilt.'

'Hoezo, wat jij wilt? Hoe oud ben je, Issy? Als je boos op me bent en je wilt iets tegen me zeggen, doe dat dan gewoon.'

Issy trok een pruillip. 'Oké. Ik ben boos op je.'

'En dat spijt me oprecht. Je weet dat het door die klotebaan komt.'

Graeme viel stil. Issy realiseerde zich dat het nu of nooit was. Dit was hét moment om iets te zeggen, om te vragen: wat beteken ik voor jou? Wees eens eerlijk? Waar gaat dit heen? Want als we de draad weer oppakken, moet het iets serieus zijn. Écht serieus. Want mijn tijd raakt op en wat ik wil is een relatie.

Dit was het moment om dat te zeggen. Ze wist dat het erg onwaarschijnlijk was dat ze Graeme ooit weer zo kwetsbaar zou meemaken. Dit was hét moment om de spelregels voor hun nieuwe relatie op te stellen, om hem die woorden te laten uitspreken.

Allebei bleven ze stil.

Issy deed het niet. Ze kon het niet. Ze voelde die oude vertrouwde blos op haar wangen verschijnen. Waarom was ze zo'n schijterd? Waarom was ze zo bang? Ze zou het hem vragen. Heus.

Graeme liep de woonkamer door. Voor Issy de kans kreeg om haar mond open te doen, stond hij voor haar neus en richtte hij zijn ogen, die sexy blauwe ogen, op haar.

'Moet je nou zien,' zei hij schor. 'Je bloost. Zo schattig.'

Zoals altijd als iemand tegen haar zei dat ze bloosde, werd het alleen maar erger. Issy opende haar mond om iets te zeggen, maar Graeme gebaarde dat ze stil moest zijn, boog zich heel langzaam naar haar toe en kuste haar vol en hard op de mond, precies zoals in haar herinnering, en in al die koortsachtige dromen van de afgelopen weken.

Eerst met tegenzin en toen vol overgave liet Issy zich kussen. Ze besefte hoe erg ze lichamelijk contact, dat gevoel van huid op huid, had gemist, dat ze al twee maanden lang door niemand was aangeraakt. Ze was vergeten hoe goed dat voelde, hoe goed hij voelde, hoe lekker hij rook. Ze kon het niet helpen; ze slaakte een diepe zucht.

'Ik heb je zo gemist,' fluisterde Graeme. En voor nu, re-aliseerde Issy zich, moest ze het daar maar mee doen, en ze vlijde zich weer tegen hem aan.

Pas de volgende ochtend, toen hij zich gehaast klaarmaakte voor zijn werk, na een zeer opwindende nacht, dacht Graeme eraan om te vragen wat ze nu deed.

Eerst voelde Issy vreemd genoeg tegenzin om hem dat te vertellen, om hun bubbel lek te prikken. Ze wilde niet dat hij haar zou uitlachen. Ze genoot van een prettige vermoeidheid, haar spieren waren los en ontspannen en ze koesterde zich in zijn grote bed. Ze deed iets waar ze zelden de kans toe kreeg: blijven liggen. Zalig. Straks zou ze opstaan en naar de High Street van Notting Hill kuieren, ergens koffiedrinken, met een krantje, misschien wel in de Starbucks... Nu zag ze in dat het ook voordelen had om doordeweeks vrij te zijn; het voelde een beetje als spijbelen.

Met een schok realiseerde ze zich dat spijbelen helemaal niet kon. Niet meer. Ze had van alles te doen. Ontzettend veel te doen zelfs. Ze had het huurcontract ondertekend, en bij dat huurcontract hoorden een winkel, verantwoordelijkheden en werk, en... In paniek ging ze kaarsrecht zitten. Ze had een afspraak met een zakelijk adviseur voor het kleinbedrijf; ze moest het pand in kwestie – haar café! – gaan bekijken en bedenken welke klussen absoluut noodzakelijk waren en wat eventueel kon wachten tot het café open was; een oven kopen, nadenken over personeel. Gisteravond had ze het vast gevierd: eerst met champagne en daarna nog met fantastische seks, met de man die nu gel in zijn haar stond te doen voor de spiegel van de badkamer en suite. Vanaf vandaag had ze een eigen bedrijf. Nu begon het allemaal.

'O jee,' zei ze. 'Ik moet me haasten. Ik moet ervandoor.'

Graeme keek onthutst, maar ook geamuseerd.

'Hoezo? Heb je een dringende afspraak bij de pedicure?'

En toen vertelde ze het hem.

Als Issy tegen hem had gezegd dat ze van plan was een dierentuin te openen, had Graeme niet verbaasder kunnen kijken. 'Wát ga je doen?'

Hij was de kleurige marineblauwe stropdas aan het omdoen die Issy hem had gegeven, omdat ze had gedacht dat de das zijn pauwachtige karakter zou aanspreken en goed bij zijn blauwe ogen zou passen – wat allebei klopte.

'Ja,' zei Issy onbekommerd, alsof dit exact was wat ze moest doen en het totaal geen verrassing kon zijn. 'Zeker.'

'Je gaat een eigen bedrijfje beginnen. De recessie ligt nét achter ons en jij gaat een zaak openen?'

'Dit is juist precies het goede moment,' zei Issy. 'De huren zijn laag, en er zijn allerlei mogelijkheden.'

'Ho, wacht even,' zei Graeme. Issy was zowel blij, omdat ze hem versteld had doen staan, als boos, omdat hij overduidelijk sceptisch was. 'Wat voor bedrijf dan?'

Issy keek hem aan. 'Cupcakes natuurlijk.'

'Een bedrijf in cupcakes?'

'Ja, cupcakes.'

'Je gaat een bedrijf beginnen dat alleen maar cakejes verkoopt?'

'Dat doen wel meer mensen.'

'Van die zoete dingen?'

'Die vinden mensen lekker.'

Graeme fronste. 'Maar jij weet helemaal niets over het runnen van een eigen zaak.'

'Wie wel, als je net begint?'

'Sowieso bijna iedereen die in de catering zit. Die hebben allemaal eerst jarenlang bij andere bakkers gewerkt, of ze hebben het met de paplepel ingegoten gekregen. Anders kan je het wel schudden. Waarom heb je geen werk bij een bakker gezocht, als je zo graag wilt bakken? Dan kun je tenminste eerst zien of het bij je past.'

Issy pruilde. Dit was precies wat dat stemmetje in haar achterhoofd ook steeds zei. Maar nu was deze winkel op haar pad gekomen! Haar winkel! Ze wist dat dit de juiste keus was.

'Nou, er kwam een winkelpand vrij dat denk ik echt perfect is, en...'

'In Stoke Newington?' snoof Graeme. 'Ze zagen je al aankomen.'

'Goed,' zei Issy. 'Als het zo moet. Ik heb straks in ieder geval een afspraak met een adviseur.'

'Nou, ik hoop dat hij de rest van de dag vrij heeft genomen,' zei Graeme.

Issy keek hem aan.

'Wat?' zei hij.

'Ik snap echt niet waarom je zo doet.'

'En ik snap niet waarom je die enorm genereuze ontslagvergoeding van Kalinga Deniki zomaar over de balk smijt, en ook nog aan zoiets onzinnigs. Zoiets doms. Waarom heb je niet gevraagd wat ik ervan vond?'

'Omdat jij het vertikte om mij te bellen, weet je nog?'

'Jezus christus, Issy! Kom op zeg! Ik zal wat voor je rondvragen. Volgens mij hebben ze bij Foxtons Commercial een vacature voor een administratieve functie. Ik weet zeker dat we iets voor je kunnen vinden.'

'Maar "iets" is niet wat ik wil,' zei Issy opstandig, en ze beet op haar lip. 'Ik wil dit.'

Vragend stak Graeme zijn beide handen in de lucht. 'Maar dat is belachelijk!'

'Dat vind jij.'

'Jij weet helemaal niets over zakendoen.'

'En jij weet helemaal niets over mij,' zei Issy. Ze had heus wel in de gaten hoe dramatisch en idioot dat klonk, maar het kon haar niet schelen. Zoekend naar haar andere schoen keek ze om zich heen. 'Ik moet echt gaan nu.'

Graeme keek haar hoofdschuddend aan. 'Oké.'

'Oké.'

'Dit wordt één grote ramp,' zei hij.

Issy raapte haar schoen op. Ze wilde het ding maar al te graag naar zijn hoofd slingeren. 'En bedankt voor je vertrouwen,' mompelde ze terwijl ze haar voet in haar schoen perste en de deur uit trippelde, kwaad op zichzelf omdat ze zich wederom idioot had gedragen.

Trillend haastte Issy zich naar huis. Het enige was ze wilde was die stomme kleren uittrekken. De flat was stil, maar er was wel iemand thuis. Ze voelde dat Helena ergens in huis moest zijn, want er dreef een golf van afkeuring (en Shalimar-parfum) op haar af. Nou, daar had ze nu geen tijd voor. Ze had een afspraak bij de bank, waarvoor ze intelligent en professioneel moest overkomen, en ze moest een businessplan maken, ook al had ze de halve nacht liggen rollebollen met de grootste eikel van Londen. Later die dag zou ze de sleutels krijgen, en ze zou een paar weken de tijd hebben om de boel wat op te knappen en klaar te maken zodat ze in de lente, zodra de slappe tijd voorbij was, de deuren kon openen. Dat leek Issy opeens nogal optimistisch. Shit. Shit! Wat moest ze aan? Ze deed haar kledingkast open en keek naar de onopvallende werkpakken die zich daar hadden verzameld. Haar grijze krijtstreep? Graeme had dat soort kleding altijd mooi gevonden; hij hield wel van die sexy-secretaresselook. Issy had maar wat graag een van die modieuze meisjes met een slanke taille en een rank bovenlijf willen zijn, meisjes die topjes aankonden zonder beha eronder en zonder verlaagde taille. Ze wist dat ze nooit zo'n meisje zou worden. Maar ze vond het ook niet prettig om met haar kleding haar figuur te benadrukken. Helena had dat juist tot een kunst verheven.

Issy trok een witte blouse uit de kast. Blouses leken haar nooit goed te zitten. Ze voelde dat er iemand achter haar stond en draaide zich om. Het was Helena, met twee koppen thee in haar handen.

'Vooral niet kloppen,' zei Issy. 'Het is toch maar mijn flat.'

Helena negeerde dat en vroeg: 'Wil je thee?'

'Nee,' zei Issy. 'Ik wil dat je niet meer zomaar mijn kamer binnenloopt.'

'Nou, dat klinkt alsof het héél romantisch was gisteravond.'

Issy zuchtte. 'Houd je kop.'

'O jee, was het zo erg? Issy toch.'

Je kon onmogelijk lang boos blijven op Helena.

'Het was best oké,' zei Issy en ze pakte de thee aan. 'Echt. En ik wil hem toch niet meer zien.'

'Oké.'

'Ik weet het, dat heb ik eerder gezegd.'

'Oké.'

'Maar deze keer meen ik het.'

'Mooi zo.'

'Ik voel me prima.'

'Mooi.'

'Oké.'

Helena bekeek haar. 'Ga je dat aantrekken naar je afspraak?'

'Ik heb nu m'n eigen bedrijf, dan kan ik er maar beter ook zo uitzien.'

'Maar dit past daar helemaal niet bij. Je bent nu bakker, een horecaprofessional, niet iemand die de hele dag met een map onder haar arm loopt en iedere vijf minuten haar Facebook checkt.'

'Dat is niet wat ik op mijn oude werk deed, hoor.'

'Daar gaat het me niet om.'

Helena keek in haar kast en haalde er een jurk met een fijne bloemetjesprint en een pastelkleurig vestje uit.

'Hier, probeer dit eens.'

Issy keek naar de grond. Haar hoofd was veel te vol om zich te kunnen concentreren.

'Vind je dat niet een beetje... truttig?'

'Lieverd, je bent de eigenaresse van een cupcakecafé. Ik denk dat je truttigheid zult moeten omarmen. En trouwens, ik vind het helemaal niet truttig. Ik vind het mooi en toegankelijk en ik denk dat het bij je past. Dat kan je van dat pornosecretaressepak niet zeggen.'

'Dit pak is geen p...'

Hoewel, dacht Issy, en ze bekeek zichzelf in de spiegel. Misschien werd het tijd om afscheid te nemen van dit pak. Tijd om dat stomme kantoor eens en voor altijd te dumpen. En die stomme vent ook. Ze probeerde haar gedachten bij dat onderwerp vandaan te houden en verkleedde zich.

In haar nieuwe outfit zag ze er inderdaad leuker uit – jonger en frisser. Het bracht een lach op haar gezicht.

'Kijk eens aan,' zei Helena. 'Dit is nou een passende outfit.'

Issy keek naar Helena, die een donkergroene top met ruches en een vierkante halslijn aanhad.

'En wat heb jij voor outfit dan?'

Helena pruilde. 'Die van een roodharige renaissancegodin natuurlijk. Zoals gewoonlijk. Dat weet je toch?'

Issy was vreselijk nerveus voor haar afspraak bij de bank. Ze had uitgelegd dat ze eerst een verkennend gesprek wilde en dat vonden ze prima, maar het voelde nog steeds een beetje alsof ze op het matje werd geroepen om haar bankschuld uit te leggen, net zoals ze dat had moeten doen toen ze nog studeerde. Graeme bekeek het liefst iedere maand zijn bankafschriften en belde meteen op als hij iets tegenkwam wat hem niet aanstond. Het gebeurde niet vaak dat zij daar zin in had.

'Eh, hallo,' zei ze bijna fluisterend, toen ze de bank binnenstapte, waar het erg stil was en er beigekleurig tapijt op de vloer lag. Het rook er naar schoonmaakproducten, en naar geld. Op dat moment had ze toch liever haar krijtstreeppak aangehad, als pantser.

'Ik heb een afspraak met meneer, eh...' Ze keek in haar aantekeningen. 'Meneer Tyler.'

Het jonge meisje achter de balie glimlachte afwezig, boog zich naar de telefoon toe en drukte op het knopje om haar door te laten. Het was enigszins verontrustend om nu door de beveiliging te zijn: ze bevond zich in een kantoortuin waar her en der bureaus stonden met mensen die naar hun computerschermen staarden. Issy keek om zich heen om te zien of er toevallig ergens goud blonk.

Ze zag niemand die eruitzag als een meneer Tyler, dus nam ze zenuwachtig plaats, pakte een tijdschrift over de bank, liet veel te nerveus om iets te lezen haar vingers over de pagina's glijden, in de hoop dat ze niet te lang hoefde te wachten, om het vervolgens weer terug te leggen.

Austin Tyler bevond zich in het kantoor van de directrice van de school. Hij had een déjà vu: het was precies dezelfde ruimte waar hij als kind nogal eens had gezeten en met zijn afgetrapte gymschoenen tegen de stoel trapte, als hij op zijn donder kreeg omdat hij weer eens door de bosjes had gerend of had gevochten met Duncan MacGuire. Er was een nieuwe directrice, een vrij jonge vrouw, die 'Noem me maar Kirsty' had gezegd, terwijl hij veel liever miss Dubose had gezegd, en die liever op het randje van haar bureau zat dan er keizerlijk achter te presideren, zoals meneer Stroan altijd deed. Austin gaf eerlijk gezegd de voorkeur aan de ouderwetse methode – dan wist je tenminste waar je aan toe was. Vanuit zijn ooghoeken keek hij naar Darny, en hij zuchtte. Darny keek boos naar de grond, met een bepaald soort glinstering in zijn ogen die Austin duidelijk maakte dat wat er ook gebeurde, Darny toch niet zou luisteren. Darny was tien, Darny was slim, en Darny was vastbesloten en er heilig van overtuigd dat het een grove schending van de mensenrechten was als iemand je vertelde wat je wel of niet mocht doen.

'Wat is het deze keer?' vroeg Austin. Hij wist nu al dat hij wéér te laat op zijn werk zou komen. Hij haalde zijn hand door zijn dikke bos eigenwijs roodbruin haar, dat steeds over zijn voorhoofd viel. Tijd voor de kapper, concludeerde hij. Alsof hij daar de tijd voor had.

'Goed,' begon de directrice, 'we zijn ons er allemaal van bewust dat er bij Darny sprake is van bijzondere omstandigheden.'

Austin trok zijn wenkbrauwen op en keerde zich naar Darny toe, wiens haar roder was dan dat van hem, maar op bijna precies dezelfde manier rechtovereind bleef staan, en wiens ogen ook grijs waren.

'Ja, dat klopt, maar die bijzondere omstandigheden, dat is nu zes jaar geleden, toch Darny? En die kun je niet altijd maar als excuus blijven gebruiken. Zeker niet voor het...'

'Het schieten met pijl-en-boog op kinderen uit groep 1.'

'Precies,' zei Austin, en hij keek Darny, die nu nog harder naar de grond staarde, afkeurend aan. 'Heb je daar nog iets aan toe te voegen?' vroeg hij de jongen.

'Jou heb ik geen trouw gezworen, sheriff.'

Kirsty bekeek deze lange man met zijn krullen en zijn licht gekreukte pak en wilde dat ze ergens anders waren, in een bar bijvoorbeeld. Ze kwam tot de conclusie, overigens niet voor het eerst, dat je met deze baan dus echt nóóit leuke mannen tegenkwam. Op basisscholen werkten alleen maar vrouwen, en het was echt not done om te flirten met vaders. Austin Tyler was technisch gezien geen vader. Zou het dan wel mogen?

Iedereen op school kende hun tragische verhaal. Wat Kirsty betrof maakte het die slungelige Austin, met die bril met schildpadmontuur die hij steeds maar op en af zette wanneer hij verstrooid was, alleen nog maar aantrekkelijker. Zes jaar geleden, toen Austin een PhD in mariene biologie deed aan de universiteit van Leeds, waren zijn ouders en zijn jongere broertje (tot ieders verbazing verwekt tijdens hun zilveren bruiloft) betrokken geraakt bij een vreselijk auto-ongeluk, waarbij een vrachtwagen op een heel drukke weg had gekeerd. Het jongetje van vier dat in het autostoeltje zat mankeerde niets, maar van voren was de auto total loss.

Hoewel Austin verlamd was door verdriet, was hij direct gestopt met zijn promotieonderzoek – een baan waarvoor je de wereld over moest reizen was onhoudbaar – en was hij naar huis gekomen, waarna hij allerlei verre tantes met goede bedoelingen en de sociale dienst van zich af had moeten slaan, een saaie baan bij een bank nam, en zo goed en zo kwaad als het kon probeerde om zijn kleine broertje op te voeden (wat een stuk beter zou gaan, dacht Kirsty bij zichzelf, als het kind, om maar eens iets te noemen, een sterke moederlijke invloed zou krijgen...) Inmiddels was Austin eenendertig en had hij zo'n hechte band met Darny dat geen enkele vrouw erin slaagde om tussen hen te komen, ook al waren er genoeg die het hadden geprobeerd. Kirsty vroeg zich af of Darny hen had afgeschrokken. Of wie weet had Austin de juiste vrouw gewoon nog niet ontmoet. Ze zou hem ook eens met een andere reden willen zien, niet alleen om hem op Darny's gedrag aan te spreken.

Ze zorgde dat zij die gesprekken altijd kon doen, in plaats van ze over te laten aan bijvoorbeeld de zeer capabele mevrouw Khan. Dat was het beste wat ze op dit moment kon doen.

'Zou je zeggen...' zei Kirsty, 'dat Darny thuis een vrouwelijk rolmodel heeft?'

Austin haalde nogmaals zijn hand door zijn haar. Waarom vergat hij toch altijd om naar de kapper te gaan? vroeg hij zich af. Wat houd ik toch van mannen met mooi haar, dacht Kirsty.

'Nou, hij heeft zo ongeveer negen miljoen goedbedoelende vrouwelijke familieleden,' zei hij. Hij beet op zijn lip en dacht aan de minachting die Darny koesterde voor iedereen die voet over de drempel van hun huis zette – dat, als hij eerlijk was, wel eens netter was geweest. Ze hadden wel een schoonmaakster, maar die weigerde hun troep op te ruimen, wat juist hard nodig was, wilde je een huis goed schoon krijgen. 'Maar geen vast iemand, nee.'

Kirsty trok een wenkbrauw op, wat flirterig bedoeld was, maar door Austin als afkeurend werd opgevat. Hij was er zich altijd erg van bewust wanneer mensen hem in het bijzijn van Darny bekritiseerden, en in de regel ging hij daar verstandig mee om. Darny was zeker geen engeltje, maar Austin deed zijn best, en hij wist zeker dat de jongen het elders veel slechter zou doen.

'Darny en ik doen ons best,' hield hij vol. Darny, die nog altijd naar de grond bleef staren, stak zijn hand uit en kneep zachtjes in die van Austin.

'Ik wilde niet... ik bedoelde alleen, meneer Tyler, eh... Austin. Geweld kunnen we op school niet tolereren. Dat kan echt niet.'

'Maar we willen erg graag op deze school blijven!' zei Austin. 'Hier zijn we opgegroeid. Dit is onze wijk! We willen niet verhuizen omdat we naar een andere school moeten.'

Austin voelde Darny's magere vingers zijn eigen lange vingers omklemmen en probeerde een lichte paniek te onderdrukken: het vasthouden aan hun ouderlijk huis, zijn oude school en Stoke Newington, de wijk waar ze altijd hadden gewoond... het was niet makkelijk geweest om de hypotheek af te betalen, maar voor zijn gevoel was dat gevoel van continuïteit zó belangrijk, en hij wilde niet dat Darny naast al het andere ook nog eens zijn huis zou kwijtraken. Hier blijven wonen betekende dat ze een gemeenschap van vrienden en buren om zich heen hadden, die zorgden dat ze altijd bij iemand konden blijven eten als dat nodig was, en dat Darny altijd ergens mocht logeren als Austin tot laat moest doorwerken. Hij hield zielsveel van deze wijk.

Kirsty stelde hem gerust. 'Niemand zegt dat jullie van school moeten veranderen. Ik wil alleen maar zeggen... geen pijl-en-boog meer, alsjeblieft.'

Darny schudde hard van nee.

'Ben je het met me eens, Darny? Geen pijl-en-boog meer?'

'Geen pijl-en-boog meer,' zei Darny haar na, en hij bleef stug naar de grond kijken.

'En?' zei Austin.

'En sorry,' zei Darny, en hij keek eindelijk op. 'Moet ik ook sorry zeggen tegen de kinderen van groep 1?'

'Ja, doe maar,' zei Austin. Kirsty schonk hem een dankbare glimlach. Ze was niet onknap, dacht Austin. Hypothetisch gezien. Voor een lerares dan.

Janet, Austins assistente, wachtte hem op bij de ingang van de bank.

'Je bent laat,' zei ze, en ze gaf hem zijn koffie (met melk en drie klontjes suiker – waar Austin in sommige opzichten heel snel volwassen had moeten worden, liep hij in andere opzichten nog een beetje achter).

'Ja, ik weet het. Sorry.'

'Had je weer problemen met Darny?'

Austin trok een gezicht.

'Maak je geen zorgen,' zei ze, en ze gaf hem een schouder-klopje, waarbij ze meteen een pluisje meepakte. 'Ze maken allemaal dezelfde fases door.'

'Met pijl-en-boog?'

Janet rolde met haar ogen. 'Dan mag je van geluk spreken. Die van mij greep naar de rotjes.'

Ietwat opgevrolijkt bekeek Austin zijn notities: hij kreeg iemand die een lening wilde voor een café. Met dit economische klimaat was dat erg onwaarschijnlijk, en kon het alleen onder zeer strenge voorwaarden. Iedereen vond banken hard, maar in werkelijkheid was geld lenen aan kleine bedrijven een ondankbare taak. Meer dan de helft van die bedrijfjes zou het nooit redden. Uitvissen welke helft, dat was zijn taak. Hij liep de hoek om naar een kleine wachtruimte.

'Hallo,' zei hij, en hij glimlachte naar een zenuwachtige vrouw met roze wangen en een opgestoken bos eigenwijs zwart haar die aan een tijdschrift zat te frunniken. 'Hadden wij om tien uur een afspraak?'

Issy sprong op en keek onbewust naar de grote klok op de muur tegenover haar.

'Ik weet het,' zei Austin, en hij trok opnieuw een gezicht. 'Sorry.' Hij overwoog om tegen haar te zeggen dat hij meestal niet zó erg te laat kwam, maar strikt genomen klopte dat niet. 'Zou je mij willen volgen?'

Issy volgde hem door nog een glazen deur, die toegang gaf tot de vergaderkamer, in feite een glazen doos in het midden van de kantoortuin. Het voelde nogal vreemd, alsof ze twee vissen in een vissenkom waren.

'Sorry. Hoi, eh... Austin Tyler.'

'Issy Randall.' Issy schudde zijn hand, die groot en droog was. Het viel Issy op dat zijn haar vrij rommelig zat, zeker voor een bankier. Hij had een leuke, wat afwezige glimlach en grijze ogen met dikke wimpers – misschien moest ze hem op haar lijstje voor Helena zetten. Zelf had ze de mannen na gisteravond voorgoed afgezworen. Ze voelde een gaap opkomen, maar wist die te onderdrukken. Focus, Issy, focus! Had ze maar wat meer dan drie uur slaap gehad...

Austin zocht zijn bureau af naar een pen en zag ondertussen dat zijn cliënt wat gestrest overkwam. Toen hij terugkwam uit Leeds, wist hij niet of bankier zijn wel bij hem paste. Het was totaal iets anders dan koraalonderzoek, maar het was de beste baan die hij op korte termijn had kunnen vinden, en bovendien had de bank hem de hypotheek van zijn ouders laten overnemen. Sinds hij bij de bank in dienst was gekomen, had hij zich steeds verder opgewerkt: hij bleek een goed zakelijk inzicht en gevoel voor verstandige investeringen te hebben, en zodra zijn klanten hem eenmaal kenden, vertrouwden ze hem blindelings en werden het hele loyale klanten.

Het senior management van de bank was er tamelijk zeker van dat er grootse dingen voor hem in het verschiet lagen, al vonden ook zij dat hij nodig naar de kapper moest.

'Goed,' zei hij, nadat hij een pen uit zijn zak had gevist en het pluis van een mee gewassen papieren zakdoekje eraf had geblazen. 'Wat kan deze bank voor jou betekenen?'

Hij keek naar het dossier en realiseerde zich tot zijn ontzetting dat het om een compleet ander café ging.

Hij deed zijn bril af. Dit was zeker weer zo'n dag.

'Eh, begin maar eens bij het begin,' improviseerde Austin.

Issy keek hem vorsend aan. Ze had direct in de gaten wat er gebeurd was. 'Heb je geen dossier of zo?'

'Ik hoor het altijd eerst graag van de klant zelf. Dan krijg ik een beter beeld.'

Issy's lip trilde. 'Echt waar?'

'Echt waar,' zei Austin beslist. Hij leunde naar voren en vouwde zijn handen over de voorkant van het dossier. En hoewel Issy uit de blik in zijn ogen opmaakte dat hij dit onderonsje wel grappig vond, voelde ze ook een sprankje opwinding, aangezien ze haar verhaal zou kunnen doen. Hoe dan ook: ze stond op het punt om erachter te komen of haar droom enige kans had om werkelijkheid te worden.

'Goed,' zei ze. 'Nou...'

En Issy vertelde hem haar verhaal – waarbij ze het naar bed gaan met haar baas maar even oversloeg – maar gaf er een iets andere draai aan, zei dat het café iets was wat ze altijd al had geambieerd, en onderbouwde dit alles met een solide financiële analyse. Hoe meer ze vertelde, des te echter en waarschijnlijker het allemaal klonk, realiseerde Issy zich, als een soort creatieve visualisatie. Ze had het gevoel dat ze die visualisatie waarmaakte.

'Ik heb wat cake voor je meegebracht,' zei ze tot slot, toen ze haar verhaal had gedaan.

Austin sloeg de cake af. 'Sorry, dat mag ik niet aannemen. Het zou kunnen worden opgevat als...'

'Omkoping? Met cake?' vroeg Issy verbaasd.

'Eh, ja, dat kan met cake, maar ook met gereedschap, wijn – eigenlijk met alles.'

'Goh.' Issy staarde naar de trommel op haar schoot. 'Zo had ik het nog niet bekeken.'

'Dus je hebt die cakejes niet meegebracht om me om te kopen?'

'Eh, nu je het zegt: ik denk van wel, ja.'

Ze glimlachten naar elkaar. Austin wreef over zijn warrige haardos. 'Pear Tree Court... help me even. Is dat niet dat kleine, goed verstopte zijstraatje van Albion Road?'

Issy knikte enthousiast. 'Je kent het!'

'Jawel, maar...' zei Austin, die iedere vierkante meter van de buurt kende. 'Maar dat is niet echt een winkelgebied, of wel?'

'Er zijn wel een paar winkels,' zei Issy. 'Maar je weet wat ze zeggen: "If you build it, they will come."'

Austin glimlachte. 'Normaal gesproken zou ik niet zeggen dat iets wat de geest van een honkballer zegt in een Amerikaanse film een goede bedrijfsstrategie is.'

Issy had bijna toegegeven aan de neiging om te zeggen hoe geweldig ze die film vond. Zou hij dat ook vinden? Voor een bankier was hij verrassend makkelijk om mee te praten. Ze had erg tegen deze afspraak opgezien, maar nu ze er toch was, viel het haar erg mee...

'Ik bedoel, ik weet niet zeker of... kun je me je berekeningen nog eens laten zien?'

Austin bestudeerde ze vrij zorgvuldig. De huur was zeker betaalbaar, en wat het bakken betrof: de grondstoffen waren niet duur. Als Issy degene was die alles bakte, zou personeel makkelijk te vinden zijn. Maar dan nog, de winstmarges waren pijnlijk, zeer minimaal. Voor heel hard ploeteren. Hij tuurde nogmaals naar de cijfers, keek toen weer naar Issy. Het hing allemaal van haar af. Als ze er al haar tijd in zou steken, haar hele leven zou wijden aan cakejes en aan niets anders, zou het misschien, héél misschien net lukken. Dat kon.

In het daaropvolgende uur vergat hij zijn tweede afspraak en loodste hij Issy stapje voor stapje langs alles wat je moest weten over het runnen van een bedrijf – van de sociale lasten tot de Arbo, de voedsel- en wareninspectie, de bank, marketing, bevoorrading, marges en portiegrootte – waardoor Issy het gevoel kreeg dat ze zojuist een jaar commerciële economie had gestudeerd. Terwijl hij praatte, waarbij hij zo nu en dan zijn bril afdeed om een punt te benadrukken, voelde Issy haar vage dromen in zijn handen steeds vastere, betekenisvollere vormen aannemen; hij leek de fundering te leggen voor haar luchtkasteel. Stap voor stap legde hij haar exact uit waar zij, en zij alleen, verantwoordelijk voor zou zijn, wat ze zou moeten doen. En niet één dag of één project lang, maar keer op keer op keer, zolang ze op deze manier haar brood wilde verdienen.

Vijfenvijftig minuten later leunde Austin achterover. Hij had een vaste act, die hij opvoerde voor iedereen die de bank binnenliep met het idee een eigen bedrijf te beginnen. Zijn collega's van het backoffice noemde dit zijn *good cop, bad cop*-act. Als je het idee van zo'n grote workload al niet aankon, was je welhaast gedoemd tot mislukken, nog voor je goed en wel begonnen was. Maar bij dit meisje pakte hij de zaken anders aan: hij trok alles uit de kast om haar te helpen, en om haar te laten zien welke valkuilen en mogelijkheden er waren. Hij vond dat hij dat haar schuldig was, aangezien hij zo ontzettend laat was en ook nog eens het verkeerde dossier bij zich had.

En hoewel ze in eerste instantie wat agressief overkwam en hem nog net niet had afgesnauwd, bleek ze, toen ze eenmaal in gesprek waren, heel aardig te zijn – en in haar mooie bloemetjesjurk zag ze er bovendien lief uit – dus wilde hij glashelder zijn over wat haar allemaal te wachten stond. De buurt waar ze het over had was hem zeer dierbaar: hij was om de hoek van Pear Tree Court opgegroeid en had zich er vaak verstopt toen de winkel nog vervallen was, onder de boom, om een boek te lezen. Het was een heerlijk plekje, ook al had hij niet verwacht dat iemand het zou kennen.

Een klein cafeetje leek hem zo'n slecht idee niet: dan kon je buiten zitten met een kop koffie en iets lekkers. Maar uiteindelijk stond of viel alles met Issy.

'Dus,' zei hij, en hij rondde met verve zijn verhaal af. 'Wat denk je ervan? Als de bank je zou steunen, zou je dit avontuur dan willen aangaan?'

Dit was normaal gesproken het moment waarop mensen 'Natuurlijk!' riepen, of zich gedroegen alsof ze meededen aan *The X-factor* en beloofden er 110 procent voor te gaan.

Met een peinzende blik in haar ogen leunde Issy achterover. Het was nu of nooit. Maar ze zou echt alles op alles moeten zetten – als de bank haar tenminste zou steunen – en dat haar hele leven lang, als het allemaal goed ging. Alle verantwoordelijkheid zou op haar schouders rusten. Gewoon de deur achter je dichttrekken en niet meer aan werk denken zou niet meer kunnen. Ze dacht aan opa Joe, die at, sliep en aan niets anders dacht dan aan zijn bakkerijen. Dat was zijn leven geweest. Zou dat ook het hare worden?

Maar als het een succes werd, zouden andere mensen haar misschien kunnen helpen en zou ze nog een café kunnen openen. Ook dat behoorde tot de mogelijkheden, wist Issy. Ze zou meer vrijheid hebben. De dingen op haar eigen manier kunnen doen, in haar eigen tijd, zonder ooit nog notulen voor iemand te hoeven maken.

Ergens diep vanbinnen zei een stemmetje heel zachtjes: 'Maar wat als je een baby wilt?' Maar naar dát stemmetje kon ze al helemaal niet luisteren, dacht Issy boos. Ze had geen baan. En ze had geen vriend. Dat was van later zorg.

'Mevrouw Randall?' Austin was blij dat ze aan het nadenken was. Dat betekende dat ze goed naar hem had geluisterd. Maar al te vaak had hij van die wijsneuzen tegenover zich die dachten dat ze alles al wisten, die niet luisterden en die over hem heen probeerde te praten. Die redden het meestal niet.

Issy keek hem aan. 'Dank je wel dat je open kaart hebt gespeeld,' zei ze.

'Heb ik je nu bang gemaakt?' vroeg Austin op verontschuldigende toon.

'Nee hoor, je hebt me niet bang gemaakt. Maar als de bank mij wil helpen... wil ik graag met jou zakendoen.'

Austin trok zijn wenkbrauwen op. 'Oké. Goed, oké. Prima. Daarvoor moet ik natuurlijk eerst nog wel even met wat mensen overleggen...'

Hij rommelde in zijn aktetas op zoek naar de formulieren

die ze moest invullen, maar haalde in plaats daarvan een appel en een katapult tevoorschijn.

'Zo ben je net Dennis the Menace,' zei Issy grinnikend. Ze nam zich voor om hem te schrappen van Helena's lijstje; hij droeg geen trouwring, maar hij had zeker kinderen.

'Ah, ja, deze gebruiken we voor mensen met een betalingsachterstand,' zei hij. Met een spijtig gezicht stopte hij de appel weer terug in zijn tas.

'Je ziet eruit alsof je honger hebt,' zei Issy.

'Dat klopt,' zei Austin, die zijn ontbijt had moeten overslaan in een poging om Darny het zijne te laten opeten.

'Weet je zéker dat je geen stukje cake wilt? Ik zal het aan niemand vertellen.'

'Maar dan weet ik ervan,' zei Austin zogenaamd streng. Hij drukte op het knopje van de intercom op zijn bureau. 'Janet, zou je even een set aanmeldingsformulieren voor nieuwe zakelijke klanten willen brengen?'

'Maar dat heb ik al...'

Austin haalde zijn vinger van de knop.

'Janet zal je wel helpen met die formulieren. Je kunt ze bij de receptie afgeven. Volgens mij is mijn afspraak voor elf uur er.'

'Jouw afspraak voor elf uur is er al een halfuur,' zei Janet, die in de deuropening was verschenen met een stapeltje formulieren. Ze keek Austin streng aan, alsof hij een ondeugend jongetje was. 'Ik zal hem zeggen dat je net klaar bent.' Ze beende weg.

Issy stond op. 'Dank je wel.'

'Succes,' zei Austin. Hij stond ook op, deed zijn bril af en stak zijn hand uit. Issy schudde die. 'Mocht je nog vragen hebben, dit is mijn kaartje. Hier, wil je misschien ook een mooie pen van de bank?'

'Die mag je houden,' zei Issy. 'Straks denkt iemand nog dat je me probeerde om te kopen!'

Hoewel het buiten nog steeds koud en grijs was, regende het in ieder geval niet. Ook al wist Issy dat ze meer dan genoeg taken had om aan te beginnen, ze had ook ontzettend veel om over na te denken. Ze stak de drukke Dalston Road over, waar ondanks de kou winkelaars samendromden, worstenbroodjes van de bakker aten, op weg waren naar de markt of de wasmanden bekeken die bij de huishoudwinkel op de stoep stonden. De Stoke Newington High Street was iets stiller, met moeders met buggy's op weg naar babyyoga, de bibliotheek, het falafeltentje of het kerkhof. Een speelgoedwinkel, een chique behangshowroom en een florerende onafhankelijke boekhandel streden om de aandacht.

Toen sloeg Issy opnieuw de hoek om, Albion Road op. De grote, grijze huizen keken haar koeltjes aan. Hier liepen nauwelijks voetgangers en had je alleen bus 73, de lange harmonicabus die bochten afsneed, waardoor de weg geblokkeerd werd. En daar op de hoek, nauwelijks zichtbaar, zag ze het piepkleine zijstraatje. Toen ze Pear Tree Court in liep en het bordje VERHUURD in de etalage zag staan, maakte Issy's hart een sprongetje. In de kou nam ze plaats op het bankje onder de boom. Ondanks het koude weer voelde ze een vredige rust over zich neerdalen. Precies op dat moment kwam de zon tevoorschijn. Een verdwaalde zonnestraal deed de lente doorbreken op een stukje van haar winterse, verkleumde gezicht en ze deed genietend haar ogen dicht. Ooit zou de winter voorbij zijn, echt waar. En hier ging zij een veilige haven creëren, midden in het hart van een van de drukste steden ter wereld. Zou het haar lukken?

Toen Des arriveerde voor de overdracht van de sleutels, trof hij Issy daar zo aan: dromerig op het bankje zittend, mijlenver weg. O jee, dacht hij ongerust. Dat was niet hoe de veronderstelde eigenaresse van een bedrijf eruit hoorde te zien. Dat was eerder hoe iemand met haar hoofd in de wolken eruitzag.

'Hé hallo,' zei hij, en hij ging pal in haar kleine straal zonlicht staan. 'Sorry dat ik zo laat ben. Mijn vrouw zou eigenlijk... Ach, laat ook maar.'

Issy keek naar hem op, haar ogen knijpend tegen de zon. 'Hoi! Sorry, dit is zo'n heerlijk rustgevend plekje. Het was een beetje laat gisteren...' Ze viel meteen stil. Toen sprong ze op, in een poging haar professionele houding te hervinden. 'Goed, laten we maar eens een kijkje gaan nemen!'

Omdat Issy jarenlang betrokken was geweest bij professionele bezichtigingen, had ze een goed oog voor wat er gedaan moest worden, en wist ze daar altijd een positieve draai aan te geven. Maar toen Des haar feestelijk de enorme bos sleutels had overhandigd, ze deze langzaam in de drie sloten stak om de krakende deur open te maken en ze zich aarzelend een weg naar binnen baande, drong tot haar door dat tegen cliënten zeggen wat er moest gebeuren iets heel anders was dan zélf plannen maken. Op de oude toonbank lag een dikke laag stof en het raam zat onder het vuil. De innerlijke rust van die yogi's was weliswaar bewonderenswaardig, maar hun schoonmaakpraktijken lieten te wensen over. Er waren kasten blijven staan die voor de nieuwe onderneming compleet nutteloos waren, en tegelijkertijd waren zaken die wél nuttig waren geweest, zoals een gootsteen op de bovenverdieping of voldoende stopcontacten, geheel afwezig.

Issy's hart begon sneller te kloppen. Was ze gek geworden? De open haard was mooi, prachtig zelfs, maar als de open haard aan was kon ze er geen tafeltjes en stoeltjes voor zetten. Ze was er 100 procent zeker van dat de brandveiligheids-inspecteur het niet goed zou vinden als ze een vuurtje zou maken. Die Austin was glashelder geweest over het al dan niet ingaan tegen wat een inspecteur zei. Het leek zo'n beetje even erg als ingaan tegen een Amerikaanse douanebeambte.

'Genoeg te doen!' zei Des joviaal in de hoop dit snel af te

handelen, zodat hij thuis zou zijn voordat zijn schoonmoeder Jamie wat je noemt een aantal ongemakkelijke waarheden zou gaan vertellen. 'Maar dat gaat vast en zeker goed komen.'

'Denk je?' zei Issy, die als een bezetene foto's aan het maken was met haar digitale camera. Eerder had het zo makkelijk geleken om het allemaal voor zich te zien: een mooie, frisgroene kleur verf op de muren; brandschone ramen waar het licht door naar binnen viel en prachtige pastelkleurige cakejes die verleidelijk op etagères waren uitgestald. Maar nu ze eenmaal in deze vieze, stoffige ruimte stond, was het allemaal opeens een stuk lastiger.

'En de benedenverdieping natuurlijk,' zei Des.

Issy had de kelder wel op de bouwtekeningen gezien, maar niet in het echt. Ze was niet eens beneden geweest. Dat had ze aan niemand verteld. Ze had maar niet laten doorschemeren dat ze een huurcontract had getekend zonder het pand eerst tot in alle hoeken en gaten te hebben geïnspecteerd. Ze zouden afkeurend met hun tong hebben geklakt.

Behoedzaam volgde ze Desmond de smalle, krakkemikkige trap af, die slechts door één kaal peertje werd verlicht. Halverwege de trap bevond zich een toilet, en onder aan de trap trof ze precies dat aan waar ze op had gehoopt: een grote, goed geventileerde ruimte met meer dan genoeg plek voor de industriële oven die ze hoe dan ook nodig zou hebben. Ze zag dat er standpijpen voor het loodgieterswerk waren, en er was ook een mooie plek voor een bureau om administratie aan te doen. Een klein raampje achterin keek uit op de kelder van het aangrenzende gebouw; het licht was niet geweldig, maar goed genoeg. Het zou hier beneden ook lekker warm worden, warm genoeg om de winkel te kunnen verwarmen. Met haar perfecte, supernauwkeurige industriële bakkersoven natuurlijk – zo een waar haar opa nog altijd van droomde.

'Fantastisch zeg!' riep ze uit, en ze draaide zich met een glinstering in haar ogen om naar Des.

Des kneep zijn ogen tot spleetjes. Hij vond het maar een vieze oude kelder, maar wat wist hij er nou van?

'Ja,' zei hij. 'Goed, dan heb ik hier nog een aantal zaken om te ondertekenen. Je zal wel veel handtekeningen moeten zetten?'

'Ja,' zei Issy, die met mappen vol papieren uit de bank vandaan was gekomen en nog in afwachting was van haar handelsvergunning. Er was al toestemming om van de winkel een café te maken, de vraag was alleen of het ook háár café zou worden, al had Austin haar verzekerd dat als haar aanvraag voor een lening was goedgekeurd, hij best al haar formulieren voor haar wilde controleren.

Toen ze de trap weer op waren geklauterd, stond de flauwe middagzon op de voorkant van het pand. De waterige stralen warm, gelig licht schenen door de smerige ramen en stofdeeltjes en beschenen de open haard. Ja, het was een bende, dacht Issy vol goede moed, en ja, het zou een hoop werk zijn. Maar werken kon ze. Ze kón dit. Ze ging Graeme laten zien dat ze het kon, zodat hij apetrots op haar zou zijn; ze zou opa Joe laten overkomen voor de opening – ze wist nog niet precies hoe, maar dat kwam vast wel goed; ze zou Helena en hun vrienden versteld doen staan; ze zou een nieuw publiek naar de straat trekken; in de *Metro* en de *Evening Standard* zouden ze haar café een verborgen pareltje noemen, en dan zouden er mensen komen, om koffie te drinken en een heerlijke cupcake te eten, en ze zouden helemaal blij worden van dat schattige binnenplaatsje en haar mooie winkel...

Des zag aan het gezicht van de vrouw dat ze weer stond weg te dromen.

'Goed!' zei hij, licht wanhopig. 'Zullen we gaan? Ik kan je ook hier achterlaten, de boel is nu van jou.'

Issy glimlachte. 'O nee, ik heb nog veel te doen en uit te zoeken. Ik ga wel met jou mee.'

Opgelucht glimlachte hij terug.

'Hoeveel kilo koffie denk je dat erdoorheen zal gaan?' vroeg hij losjes, terwijl Issy de sloten te lijf ging.

'Wat?' vroeg Issy.

Des grijnsde. Hij had verwacht dat ze wel een beetje thuis zou zijn in al dat koffiejargon. Het sprankje hoop dat in hem was opgeborreld toen ze in de kelder zo enthousiast was, verdampte alweer. Over drie maanden zou hij wéér bezichtigingen moeten houden voor dit pand. Maar ach, dat betekende alleen maar meer commissie, ook al werd meneer Barstow langzamerhand wel een beetje pissig op hem – en dat terwijl meneer Barstow alle huurders zelf had uitgekozen.

'Laat maar zitten,' zei Des, en hij haalde zijn autosleutels tevoorschijn.

'Oké,' zei Issy. 'Je komt wel even een bakkie doen als ik open ben, toch?'

Des dacht aan zijn bonus, die was wegbezuinigd. 'Zeker,' zei hij. 'Als ik de kans krijg.'

Hij ging er snel vandoor, om Jamie uit de scherpe klauwen van zijn oma te redden.

7

Double chocolate cupcakes (voor de verkoop)

Genoeg voor één ochtend.

2500 milliliter volvette slagroom
4500 gram pure chocolade van goede kwaliteit
50 eieren
1650 gram fijne kristalsuiker
1500 gram bloem
10 eetlepels cacaopoeder van goede kwaliteit
5 theelepels bakpoeder
Suikerbloemetjes, ter decoratie

chocoladesaus
1000 gram pure chocolade, in stukjes
800 milliliter kookroom

Laat in een steelpannetje de chocolade smelten met de slagroom tot je een glad mengsel hebt. Laat dit even afkoelen.

Doe de eieren en de suiker in de kom van je industriële mixer en mix op de hoogste stand tot een bleek en in volume verdubbeld mengsel. Roer voorzichtig het chocolademengsel erdoor.

Zeef de bloem, cacao en bakpoeder en vouw dit erdoorheen.

Verdeel het mengsel over de cakevormpjes. Bak 15 tot 20 minuten op 180°C/gasoven stand 4, tot een satéprikker er schoon uitkomt als je die in het midden van een cakeje prikt. Laat de cakejes afkoelen en haal ze uit hun vormpjes. Drink een groot glas water.

Maak nu de saus. Doe alle ingrediënten in een hittebestendige kom en hang die in een pan zacht kokend water (de kom mag het water niet aanraken). Blijf roeren tot de chocolade is gesmolten. Overweeg nu om je ex-vriend annex ex-baas te bellen, je aan zijn voeten te werpen en hem te smeken om jou je oude administratieve functie terug te geven.

Haal de kom van de pan en roer het geheel tot een gladde saus. Vraag je af hoeveel gewicht je door dit zware werk kwijtraakt. Proef die heerlijke chocoladesaus. Waarschijnlijk niet veel.

Laat de saus een beetje afkoelen. Dip de cakejes in de saus en serveer. Decoreer ze desgewenst met suikerbloemetjes. Stort nu als een zielig hoopje ter aarde, want op dagelijkse basis gaat dit never nooit niet werken.

'Mijn god.'

Issy zat tot over haar oren in een stapel papierwerk. Het in orde maken van de administratieve kant was niet zo makkelijk geweest als ze had gehoopt. In feite was het één en dezelfde klus, waarbij je tot in den treure steeds dezelfde gegevens moest invullen. Maar ze moest ook nog haar bewijs sociale hygiëne halen en van alles inkopen, en dat alles voor ze had besloten wat voor apparatuur ze in haar keuken wilde hebben. Ze had een aantal offertes binnen voor de bakkersoven die ze wilde hebben, maar die zou haar hele budget opslokken. Daarom ging ze op zoek naar een tweedehands exemplaar, maar zelfs die bleken vreselijk duur. En ook de inrichting die ze voor het café in gedachten had, tafeltjes en stoeltjes in vintagelook in lichte crèmekleuren en lindegroen, bleek prijzig; ze kon bijna nog beter op zoek gaan naar echte tweedehands tafels en stoelen. En ze had nog steeds niets van de bank gehoord. Waarom duurde alles zo lang? Tot ze een zakelijke rekening had kon Issy niemand inhuren, maar het leek eerder alsof de bank wilde wachten tot ze echt een bedrijf had, voordat ze haar een rekening wilden geven. Het was allemaal vreselijk frustrerend. En dan was ze nog niet eens begonnen met bakken.

Helena bleef voor Issy's deur staan. Ze wist dat de afgelopen week erg stressvol was geweest voor Issy. Iedere dag kwam de postbode dikke pakken papier brengen: brochures, formulieren voor de gemeente en belangrijk uitziende documenten in bruine enveloppen.

Helena had zelf ook een zware dag gehad. Er was een kind opgenomen dat vermoedelijk hersenvliesontsteking had, en dat was altijd erg naar. Ze hadden haar weten te redden, maar mogelijk raakte ze een voet kwijt. Helena nam zich voor om de volgende ochtend even bij haar te gaan kijken op de ziekenzaal. Dat was wel vaker het geval op de SEH: je wist nooit hoe het met je patiënten afliep. En nu liep Issy de hele tijd zuchtend en steunend rond, in plaats van te zien wat de dag haar bracht, zodat ze er gewoon haar tanden in kon zetten. Zoiets kon nogal frustrerend zijn.

'Hoi,' zei ze, en ze klopte op de deur. 'Hoe gaat het ermee?'

Issy stond tot aan haar enkels in stapels papier.

'Verdorie,' zei ze. 'Ik ben erachter gekomen wat mijn grootste fout is. Ik heb nog nooit in een winkel gewerkt.'

'Maar je hebt toch in de bakkerij van je opa gewerkt?'

'Ik kreeg altijd vijftig cent voor petitfourtjes, ja. Op zaterdagen. Zodat de klanten mij in m'n wangen konden knijpen en konden zeggen hoe gezond ik eruitzag. In de stad heet zoiets "dik". Waarom heb ik niet gewoon een opleiding tot accountant gedaan?' Ze pakte een ander formulier op. 'Of... bouwinspecteur?'

'Dus ik had toch wat valium voor je mee moeten pikken,' zei Helena.

Issy's lip trilde een beetje. 'Helena, het is toch niet te geloven dat ik dit zomaar in opwelling heb gedaan? Ik heb hulp nodig.' Ze keek haar vriendin smekend aan.

'Nou, dan moet je niet bij mij zijn, ik heb net een dienst

van twaalf uur achter de rug,' zei Helena. 'En behalve je EHBO-doos voor je vullen en je de heimlichgreep nog een keer uitleggen, heb ik geen idee waarmee ik je zou kunnen helpen.'

'Nee,' zei Issy met een zucht. 'Een vriend van me, Zac, heeft gezegd dat hij de menu's wel wil ontwerpen, maar dat is alles.'

'Nou, dat is toch een goed begin?' zei Helena troostend. 'Een EHBO-doos, een menukaart en een paar heerlijke cakejes. En verder moet je gewoon schoonmaken.'

'Ik voel me zo alleen,' zei Issy, die Graeme erger miste dan ze wilde toegeven. Dat het een shock was om hem eerst elke dag zien en daarna nooit meer te zien was één ding. Om het vervolgens goed te maken, en dan alles opnieuw te zien instorten... dat was wel een heel hard gelag.

Helena ging zitten. 'Maar op een gegeven moment zul je toch ook personeel nodig hebben, of niet? Ik bedoel, vroeg of laat moet je mensen gaan betalen voor hun werk. Misschien kun je iemand aannemen die je met al deze dingen kan helpen, en ook met de winkel, zodra die open is? Ken je iemand?'

Opeens moest Issy denken aan de slimme, vrolijke vrouw die ze op haar re-integratiecursus had leren kennen.

'Weet je,' zei ze, terwijl ze door haar telefoon scrolde op zoek naar het nummer van Pearl. Ze hadden meer uit beleefdheid nummers uitgewisseld en Issy had niet verwacht Pearls nummer ooit te gebruiken, 'misschien is al dat netwerken toch ergens goed voor. Volgens mij heeft ze horeca-ervaring.'

Ze wilde net op 'bellen' drukken toen Helena haar hand opstak. 'Vergeet je niet iets?'

Issy keek nerveus naar de stapels formulieren.

'Kun je niet beter wachten tot de bank je groen licht geeft en je rood kunt staan?'

Plotseling had Issy het gevoel dat ze niet meer tot morgen

kon wachten. Ze had nu al drie dagen formulieren ingevuld en met ambtenaren gepraat; ze móést het weten. De bank was echt gruwelijk traag. Ze haalde het kaartje van meneer Austin Tyler tevoorschijn en toetste zijn mobiele nummer in. Goed, het was al na zevenen, maar bankiers werkten toch zeker tot laat op de avond?

'Ik kwam een man tegen die je denk ik wel leuk vindt,' zei ze tegen Helena. 'Hij heeft wel een kind. Maar geen trouwring.'

'O geweldig, wel getrouwd maar doet alsof het niet zo is,' zei Helena snuivend. 'Echt mijn type. Ik ga naar m'n kamer om m'n posters van John Cusack kusjes te geven.'

Austin deed Darny in bad, al leek het eerder alsof hij een poging deed om een inktvis onder water te duwen en die inktvis met al zijn tentakels zwaaide en probeerde te ontsnappen. Austin overwoog juist om de inktvis los te laten zonder zijn haren te hebben gewassen, voor de negende dag op rij, toen zijn telefoon ging. Hij kreeg de telefoon te pakken en liet de overwinning voor nu aan Darny, die rechtop in bad ging staan, als een soldaat heen en weer paradeerde en vlokken schuim wegtrapte.

'Niet doen!' siste hij, waarna Darny twee keer zo fanatiek werd.

'Hallo?'

Issy hoorde een gepijnigde kreet van Darny, terwijl Austin hem tot zitten probeerde te manen.

'Sorry, bel ik ongelegen?'

'Eh, we zitten net in bad.'

'O, sorry!'

'Nee, niet ik, Darny!'

'Deze soldaat gaat niet zitten op jouw commando!' schalde het helder uit Issy's telefoon.

'Aha. Je doet een soldaat in bad,' zei Issy vriendelijk. Ze

had niet gedacht dat zijn kind al zo oud zou zijn, want Austin leek ongeveer van haar leeftijd. Maar, hielp ze zichzelf herinneren, zo jong was ze nou ook weer niet. 'Nou, dat is ook een zéér belangrijke taak.'

'Darny, ga zitten!'

'Jij bent mijn meerdere niet!'

'Jawel, ik ben wel degelijk jouw... Sorry hiervoor. Met wie spreek ik eigenlijk?'

'O sorry,' zei Issy beschaamd. 'Je spreekt met Isabel Randall. Van het Cupcake Café.'

Ze kon horen dat het Austin moeite kostte om zich te herinneren wie ze was. Wat een kwelling.

'O ja,' zei hij ten slotte. 'Eh, jaa. Waarmee kan ik je helpen?'

'Sorry! Ik bel duidelijk ongelegen!' zei Issy.

Normaal gesproken had Austin maar al te graag sarcastisch opgemerkt dat halfacht 's avonds op een doordeweekse dag altijd ongelegen was, voor iedere zakelijke vraag, maar iets in Issy's stem vertelde hem dat het haar oprecht speet, dat ze dit niet alleen uit beleefdheid zei, maar toch probeerde zijn aandacht te trekken. Hij tastte naar zijn bril, die beslagen was.

'Oké soldaat, op de plaats rust!' zei hij tegen Darny en hij gaf de jongen een legerkleurige spons, waarna hij zelf de badkamer ontvluchtte.

'Goed, wat is het probleem?' vroeg hij zo vrolijk als hij kon aan Issy, en hij liep onderwijl de overloop op. Het leek wel alsof er overal in huis stapels speelgoed en boeken lagen. Kon iemand het maar voor hem komen opruimen. Hij wist dat het zijn verantwoordelijkheid was, maar hij was altijd zo moe. Hij leek er gewoon nooit aan toe te komen. En in de weekenden hingen hij en Darny graag beneden op de bank om Formule 1 te kijken. Na een drukke week vonden ze allebei dat ze dat verdiend hadden.

'Heb je veel kinderen?' vroeg Issy, die oprecht geïnteresseerd was.

'O, nee,' zei Austin. Nu vond hij het pas echt vervelend dat ze hem thuis opbelde. Hij had dit riedeltje al duizend keer afgedraaid, maar hij deed het niet graag voor mensen die hij niet kende. 'Eh, Darny is mijn kleine broertje. Mijn... eh, nou, we zijn onze ouders verloren en eh... hij is nogal wat jonger, dus eh, daarom zorg ik voor hem. Alleen. Mannen onder elkaar! En we kunnen het best goed met elkaar vinden.'

Issy had meteen spijt van haar vraag. Austin klonk weliswaar opgewekt terwijl hij zijn riedeltje afdraaide, waarvan dit de ingekorte versie moest zijn, maar ze kon zich natuurlijk nauwelijks voorstellen hoeveel pijn er achter die woorden moest zitten. Het bleef even stil aan de telefoon.

'O,' zei Issy ten slotte, op hetzelfde moment dat Austin 'Dus' zei om de stilte te doorbreken. Ze moesten er allebei om grinniken.

'Sorry,' zei Issy. 'Dat gaat me ook helemaal niets aan.'

'Geeft niets, hoor,' zei Austin. 'Lijkt me een heel normale vraag. Sorry dat het antwoord een beetje vreemd is. Eerder zei ik altijd gewoon "Ja, dat is m'n zoontje."'

Austin had geen idee waarom hij haar dat vertelde. Merkwaardig, de toon van haar stem had iets warms, iets vriendelijks.

'Alleen, toen zeiden mensen de hele tijd dat hij zo op me leek en vroegen ze naar zijn moeder, en dat maakte het alleen nog maar ingewikkelder.'

'Misschien moet je het op je visitekaartje zetten,' zei Issy, en ze beet toen op haar tong, omdat ze bang was dat ze een flauwe opmerking had gemaakt.

'Ja, moet ik doen,' zei Austin glimlachend. 'Zeker. Austin Tyler, vader slash broer slash dierenworstelaar.'

Issy merkte dat ze glimlachte naar haar telefoon. 'Dat vindt de bank vast wel goed.'

Ze zwegen.

'Dus,' zei ze, zichzelf tot de orde roepend, 'ik weet dat ik de officiële brief moet afwachten en alles, maar ik heb de sleutel en ik wil heel graag personeel inhuren. Het is vast allemaal hartstikke vertrouwelijk en je mag vast helemaal niets zeggen, en dan heb ik je dus ook nog voor niets gestoord tijden het in bad doen van je broertje, maar...'

'En ga je nu weer sorry zeggen?' vroeg Austin geamuseerd.

'Eh, ja, dat was ik inderdaad van plan.'

'Kom op, zeg! Ben jij nou een gehaaide zakenvrouw?'

Issy glimlachte. Dit was bijna flirterig, zeker voor een bankier.

'Oké,' zei ze. 'Zou jij mij misschien een hint kunnen geven, zodat ik weet of de bank mij wil hebben als klant?'

Hij wist best dat hij dit niet hoorde te doen, en het was nog niet eens officieel, de stempel was nog niet gezet. Maar ze belde hem net op een lastig moment, en hij hoorde alweer een heleboel kabaal van achter de deur komen. En meisjes die zo vriendelijk klonken kon hij gewoon niet weerstaan.

'Nou,' zei hij. 'Het is absoluut niet de bedoeling dat ik je dit vertel, maar aangezien je het zo vriendelijk vraagt, kan ik je zeggen dat ik de bank inderdaad het advies heb gegeven om een rekening te openen, om zaken te kunnen doen met jouw zaak.'

Issy sprong op en neer en klapte in haar handen.

'De directie moet mijn advies nog wel opvolgen.'

Issy kwam tot bedaren. 'O. En, gaan ze dat ook doen?'

'Twijfel je nu aan me?'

Issy glimlachte in haar telefoon. 'Nee.'

'Goed zo. Gefeliciteerd, miss Randall. Het lijkt erop dat je zaken kunt gaan doen!'

Nadat ze duizendmaal bedankt had gezegd tegen Austin, hing Issy op en danste ze vol frisse moed door de kamer. Austin hing op en keek met enige verbazing naar zijn telefoon. Verbeeldde hij het zich nou, of had hij zojuist plezier gehad in een zakelijk telefoongesprek? Dat had hij anders nooit.

'Austin! Austin!!! Mijn infanteriesoldaat denkt dat hij misschien in bad moet plassen!'
'Ho! Wacht!'

Pearl zat met Louis onder de dekens. Buiten vroor het dat het kraakte. Het voorproefje van de lente van eind februari bleek een illusie. Het stormde behoorlijk: de wind joeg door de tunnels, gierde over de open vlaktes in de wijk en maakte verontrustend veel kabaal. Pearl was nogal geschrokken van de laatste energierekening, dus nu kropen ze maar dicht tegen elkaar aan voor het elektrische kacheltje. Louis had koorts. Hij werd ook zo snel ziek. Ze wist ook niet waarom. Hij was licht astmatisch en leek zonder uitzondering ieder virus op te pikken dat rondging. Als ze in een vrolijke bui was, weet ze dat aan het feit dat hij zo'n gezellig en sociaal kind was: hij wilde iedereen knuffelen en kreeg dan wat zij ook hadden. Op andere momenten vroeg ze zich af of hij wel genoeg gezonde voeding binnenkreeg, of hij wel genoeg in de frisse lucht en in de natuur kwam, om een goed immuunsysteem op te kunnen bouwen, of dat hij wellicht te veel binnen zat en te veel muffe lucht inademde. Ze had tegen haar moeder gezegd dat ze niet meer binnen moest roken, en haar moeder deed haar best, maar als het zo koud was als vandaag, vond ze het wel erg cru om haar moeder het stoepje op te sturen, waar ze een makkelijke prooi was voor de groepen tienerjongens die iedereen die alleen was en er ook maar enigszins kwetsbaar uitzag van alles naar het hoofd slingerden.

Haar telefoon ging: een onbekend nummer. Ze trok Louis' zweterige koppie naar zich toe om hem snel een kusje te geven, nam op en zette het geluid van de televisie zachter.

'Hallo, met Pearl,' zei ze, zo vrolijk als ze kon.

'Eh, hallo,' zei een verlegen stem aan de andere kant van de lijn. 'Met Issy. Ik weet niet of je nog weet wie ik ben...'

'Patisserie Valerie!' zei Pearl blij. 'Tuurlijk weet ik nog wie je bent! Van de cursus, die was echt verschrikkelijk. Ben je nog teruggegaan?'

'Nee,' zei Issy, die blij was omdat Pearl zo blij was om van haar te horen. 'Maar de cursus heeft wel iets opgeleverd. Het heeft me geïnspireerd om iets totaal anders te gaan doen, en ook, eh, om te netwerken. Dus eh, dat ben ik nu aan het doen. Netwerken.'

Het bleef een tijd stil.

'Pearl,' zei Issy, 'misschien is het een heel domme vraag. Maar ik dacht, ik kan het altijd proberen, je weet maar nooit. En ik ben echt aan 't eind van m'n Latijn, en eh, ik vroeg me dus af of je me misschien aan het antwoord op een vraag kunt helpen. Weet jij misschien hoeveel kilo koffie een koffiebar per week ongeveer gebruikt?'

Pearl wist niet alleen het antwoord op haar vraag ('Een kilo is ongeveer goed voor honderd kopjes, dus ik zou om te beginnen uitgaan van zes kilo per week, en later van acht'), maar was ook opgeleid tot barista door een van de grote koffieketens (die baan had ze moeten opgeven, aangezien de werktijden nogal afwijkend waren en ze geen oppas voor haar kind had kunnen vinden), en wist van alles en nog wat over koffie. Ze wist hoe je kon zien of koffie overrijp of verbrand was, welke bonen geschikt waren voor welk moment van de dag, hoelang je koffie kon bewaren en hoe, én ze had ook nog eens haar certificaat sociale hygiëne. Hoe langer Pearl aan het woord was – en praten kon Pearl zeker – des te enthousiaster Issy werd. Ze spraken af om elkaar de volgende dag te ontmoeten.

8

Dag, mijn lieve Issy. Het is niet altijd het moment voor een grote taart met alles erop en eraan. Soms wil je gewoon een klein beetje zoetigheid, zoiets als een zoen, of een vriendelijk woord tijdens een zware dag. En je weet toch hoe peren zijn? Ze zijn maar tien seconden rijp, en dat moment heb je zo gemist. Dit recept is erg geschikt voor peren waarbij je het moment voorbij hebt laten gaan, of voor van die harde, die helemaal poederachtig worden. Deze cake is zelfs voor echt slechte peren erg vergevingsgezind.

Omgekeerde perencake

3 peren, geschild, gehalveerd en het klokhuis verwijderd
200 gram boter
200 gram fijne kristalsuiker
3 eieren
200 gram zelfrijzend bakmeel, gezeefd
3 eetlepels melk
1 eetlepel poedersuiker

Verdeel de gehalveerde peren over de bodem van een ingevette ovenschaal. Pak een houten lepel (niét de mixer. Ik weet dat jij graag de mixer gebruikt, maar denk je dat ik mijn drie bakkerijen in Manchester runde met elektrische mixers? Uiteindelijk wel, ja. Maar we begonnen met houten pollepels, en dat zou jij ook moeten doen!) en klop de boter en de suiker in een grote kom tot een licht en luchtig mengsel.

Doe een voor een de eieren erbij, en klop ieder ei voorzichtig door het mengsel. Doe de bloem erbij en vouw die voorzichtig door je cakebeslag, en roer vervolgens de melk erdoorheen. Verdeel het cakebeslag over de peren en strijk het van boven netjes glad.

Bak de cake 45 minuten op 180°C/gasoven stand 4 in een voorverwarmde oven, of tot de bovenkant van de cake stevig is als je hem voorzichtig aanraakt en de cake al een beetje loskomt van de vorm.

Haal de cake uit de oven, laat hem vijf minuten afkoelen en keer hem dan om op een mooi bord. Bestuif de bovenkant van de cake royaal met poedersuiker en serveer direct. Geef de peren een complimentje: ze hebben het er goed vanaf gebracht!

Liefs, opa Joe

Issy was net opgestaan toen Helena thuiskwam van haar nachtdienst, moe maar ook een beetje hyper, omdat ze op de Spoedeisende Hulp alle vier de joyrijdende tieners hadden weten te redden die op de A10 een ongeluk hadden gehad.

'Hé,' zei ze, toen ze zag dat Issy verse bonen voor koffie aan het malen was. 'Je knapt weer een beetje op!'

'Wil je ook een kop?' vroeg Issy. 'Ik heb er zin in vandaag!'

'Nee dank je. Ik heb al moeite genoeg om na een nacht-dienst in slaap te komen.'

'Nou, haal maar wat slaap in dan. Ik denk dat ik een man heb gevonden voor op je lijstje.'

Helena trok haar wenkbrauwen op. 'Heeft hij bruine ogen, een doordringende blik en een bijzondere lach?'

'Nee, Helena. Dat heeft alleen John Cusack.'

'Zeker weten.'

'Hij heet Austin. Hij heeft roodbruin haar en hij werkt bij een bank. En...'

'Ho, stop, ho!' zei Helena. 'Twee roodharigen? Dat is vra-gen om problemen.' Ze glimlachte naar haar huisgenoot. 'Fijn om te zien dat je weer in vorm bent.'

'Ik heb die lening gekregen én ik heb vandaag afgesproken met een kandidaat-personeelslid.'

'Wauw, wat goed!' zei Helena. 'Doe maar net alsof je altijd zo vrolijk bent.'

Issy gaf haar een zoen op de wang en verliet de flat.

Aan de andere kant van de stad draaide Pearl McGregor zich nog een keer om in bed. Iets, of beter gezegd, iemand, was haar aan het schoppen. En hard ook. Het leek wel alsof ze geramd werd door een babyolifant.

'Wie is toch die olifant in mijn bed?'

Het was eigenlijk geen bed, maar een matras op de vloer. Ze hadden ook een bedbank in de kleine tweekamerflat staan – de andere kamer was van haar moeder – maar die was gewoon niet comfortabel genoeg, dus hadden ze een oude matras gekocht, die ze overdag tegen de muur zetten. Pearl had geprobeerd hem wat op te leuken met een zelf genaaide patchworkquilt en wat kussens. Louis hoorde bij haar moeder te slapen, maar trok 's nachts altijd naar haar toe, en werd 's morgens bij het krieken van de dag wakker.

'Coco Pops?' zei een zacht stemmetje diep onder de dekens. 'Coco Pops, mama!'

'Wat hoorde ik daar?' Pearl deed alsof ze het bed doorzocht. 'Ik dacht dat ik een stem hoorde, maar hoe kan er nou iemand in míjn bed liggen? Dat kan toch niet!'

Vanaf het voeteneinde klonk een ingehouden gegiechel.

'Nee, er ligt niemand bij mij in bed.'

Louis werd stil en ze hoorde alleen nog zijn opgewonden ademhaling.

'Oké, goed, dan ga ik weer slapen. Laat ik die olifant maar vergeten dan.'

'Neeee! Mam! Is Louis! Ikke Coco Pops!'

Louis wierp zich in haar armen en Pearl begroef haar gezicht in zijn nek, snoof zijn warme slaapgeur op. Het had een heleboel nadelen om een alleenstaande moeder te zijn, maar de wekker was er geen.

Toen de gordijnen open waren (ook handwerk van Pearl), Louis op een kruk aan de ontbijtbar was geïnstalleerd en haar moeder in bed van een kop thee genoot, keek Pearl in haar notitieboek. Haar moeder en Louis konden wel naar het buurtcentrum gaan terwijl zij de boodschappen deed. Het was ontzettend koud buiten, maar ze zou tegen haar moeder zeggen dat zij en Louis zolang als ze wilden in het buurtcentrum konden blijven, zodat ze de verwarming in de flat uit konden draaien. De thee kostte daar vijfentwintig cent, en dat konden ze wel missen. De diepvrieswinkel had een goede aanbieding voor worstjes, dus ze zou er zoveel kopen als ze kon. Ergens voelde ze zich schuldig omdat ze niet wat meer geld apart hield voor vers fruit voor Louis, wiens schattige babybuikje ze over de rand van zijn goedkope pyjamabroekje zag hangen. En voor luiers. Ze zag er altijd tegen op om luiers te kopen. Ze had geprobeerd om Louis zindelijk te krijgen, maar hij was pas twee en snapte er allemaal helemaal niets van. Zo gaf ze alleen maar meer geld uit in de wasserette, en dat sloeg nergens op. Daarna zou ze weer eens naar de Tesco gaan. Daar zouden ze vast snel iemand nodig hebben, toch? Ze had gehoord dat ze daar rekening konden houden met je oppas... Slaapdronken herinnerde ze zich plotseling iets. Het was vandaag. Vandaag had ze met dat verstrooide meisje afgesproken! En het had iets met een cafeetje te maken! Ze zette snel de douche aan, maar precies op dat moment legde Louis zijn handjes om haar nek.

'Kwuffel!' riep hij opgewekt. Zijn Coco Pops waren op en nu viel hij weer op haar aan. Pearl knuffelde hem.

'Jij bent echt te schattig voor woorden,' zei ze.

'Tv-kijken!' zei Louis blij. Hij wist wel hoe hij zijn moeder in een goed humeur kreeg.

'Niks ervan!' zei Pearl. 'Daarvoor hebben we veel te veel te doen vandaag!'

Toen Pearl en Issy elkaar voor het Cupcake Café ontmoetten was het een heldere, ijzige vrijdagochtend. Boven de papieren bekers vol dampende koffie, die ze vierhonderd meter verderop hadden moeten kopen, zagen ze hun adem. Pearl was gekleed in een grote tuniek en hield Louis bij zijn handje.

Louis was een beeldschoon jongetje: mollig en karamelkleurig, met grote, glinsterende ogen en een guitige lach. Hij pakte meteen het cakeje aan dat zijn liefhebbende moeder hem aanbood en ging met zijn twee raceautootjes onder de spichtige boom zitten.

Issy, die in zo'n goed humeur van huis was vertrokken, voelde zich ineens een beetje zenuwachtig: het was net alsof ze een blind date had. Als dit iets werd, dan zouden ze acht, negen of tien uur per dag met elkaar doorbrengen. Maar als het niets werd, was dat mogelijk een ramp. Beging ze een enorme fout door een zakelijke relatie aan te gaan met iemand die ze maar één keer eerder had ontmoet? Of moest ze gewoon op haar gevoel afgaan?

Toen ze haar de winkel liet zien en merkte dat Pearl overduidelijk enthousiast was, losten haar twijfels langzaam op. Pearl begreep absoluut wat Issy in het pand zag, kon voor zich zien hoe het zou worden. Ze stond er zelfs op om de kelder te bekijken. Hoezo wil je naar beneden? had Issy gevraagd, en toen had Pearl geantwoord dat voordat ze het ergens over eens werden, ze wel even moesten checken of ze wel door dat smalle trapgat paste, en Issy had gezegd: natuurlijk mag dat, zo groot ben je toch niet?, waarna Pearl goedmoedig had gesnoven. Toch nam Issy zich daarop voor om de toonbank iets ruimer op te zetten – voor het geval dat.

Hoe meer Pearl te zien kreeg, hoe mooier ze het vond. Deze plek had karakter. En Issy's perencake was ronduit verrukkelijk: superluchtig en barstensvol smaak. Als het lukte om de zaak van de grond te krijgen – en ze zou niet weten waarom niet, aangezien er hier in Noord-Londen genoeg mensen waren die zonder morren meer dan twee pond voor een kop koffie betaalden – zou ze hier heel graag werken. Issy leek haar aardig – in zakelijk opzicht nog wel wat naïef, maar dat viel te leren. En werken in een warm, knus, geurig cafeetje vol vriendelijke, hongerige mensen, met normale werktijden, leek haar absoluut stukken beter dan het gros van haar vorige banen.

Maar er was één probleem. Al hield ze zielsveel van hem, ze kon niet ontkennen dat hij een probleem was.

'Wat voor openingstijden had je in gedachten?' vroeg ze.

'Nou, ik zat te denken aan acht uur 's ochtends. Rond die tijd gaan de meeste mensen naar hun werk, en dan willen ze misschien wel een kop koffie voor onderweg,' zei Issy. 'En als het goed loopt, kunnen we misschien ook croissants gaan doen. Die zijn niet moeilijk te maken.'

Pearl trok haar wenkbrauwen op. 'Dus van hoe laat tot hoe laat zou het dan zijn?'

'Ik dacht om te beginnen van halfacht tot halfvijf?' antwoordde Issy. 'Dan gaan we na theetijd dicht.'

'En hoeveel dagen per week?' vroeg Pearl.

'Eh, ik dacht, misschien kunnen we kijken hoe het gaat? Als het goed gaat, zou ik het graag op vijf dagen per week houden,' zei Issy. 'Om te beginnen inclusief de zaterdagen.'

'En hoeveel personeel denk je te gaan hebben?'

Issy knipperde met haar ogen. 'Eh, nou, om te beginnen alleen wij tweeën, dacht ik zo.'

'Maar als een van ons dan ziek is, of op vakantie gaat, of vrij wil, of...'

Dat schoot Issy in het verkeerde keelgat: Pearl was nog niet eens begonnen en ze dacht nu al aan vrij nemen.

'Ja, dat klopt, maar ik dacht, daar komen we vast wel uit.'

Pearl fronste. Hier baalde ze van: dit was verreweg de leukste en interessantste vacature die ze in tijden was tegengekomen. Het zou leuk en spannend zijn om zo'n klein nieuw zaakje van de grond proberen te krijgen; ze zou zich vast wel nuttig kunnen maken en ze zou niets hoeven doen wat ze nog niet eerder had gedaan. Issy, daarentegen, was waarschijnlijk zo iemand die op een mooi kantoor haar Facebookstatus had zitten checken, en al dat harde werken zou best wel eens als een verrassing kunnen komen. Louis rende op de keldertrap af, keek angstig en verrukt tegelijk in het zwarte gat en huppelde weer terug naar de rokken van zijn moeder.

Issy keek haar gekweld aan. Toen ze op het idee kwam om Pearl te vragen, had dat de oplossing voor al haar problemen geleken. Maar nu was ze hier, en greep ze wat Issy een geweldige kans leek niet eens met beide handen aan. Issy slikte. Pearl had niet eens werk. Wat had ze dan nu te maren?

'Het... het spijt me, Issy,' zei Pearl. 'Maar ik denk niet dat ik het kan doen.'

'Waarom niet?' vroeg Issy geëmotioneerder dan haar bedoeling was. Dit was tenslotte háár droom.

Met pijn in het hart gebaarde Pearl naar Louis, die met zijn vingers de stofdeeltjes probeerde te grijpen.

'Ik kan hem niet iedere ochtend in zijn eentje bij mijn moeder achterlaten. Het gaat niet zo goed met haar, en dat zou niet eerlijk zijn, voor haar niet, voor mij niet en voor Louis niet. We wonen nogal ver weg, in Lewisham.'

Ook al was het onterecht, toch was Issy gekrenkt. Dat zoiets nou in de weg moest zitten! Hoe deden andere moeders dat? vroeg Issy zich af. Daar had ze nooit eerder over nagedacht. Al die leuke vrouwen die al om zeven uur 's ochtends bij Tesco achter de kassa stonden, kantoren schoonmaakten of op de metro werkten. Wat deden zij met hun kinderen? Zouden die vrouwen allemaal kinderen hebben? Hoe deed je dat? De moeders die bij KD werkten hadden er altijd erg gejaagd uitgezien, alsof ze iets in de bus hadden laten liggen; die probeerden er de dag voor de vakantie tussenuit te knijpen of sprongen drie meter de lucht in wanneer hun telefoon afging.

'O,' zei ze. Ze keek naar Louis, die zijn autootjes sporen in het stof liet trekken. 'Maar kun je hem niet gewoon meenemen? Dat is echt geen probleem. Voor een paar dagen in de week?'

Pearls hart maakte een sprongetje. Mee hiernaartoe, waar hij lekker kon spelen op het pleintje en het warm en veilig was, waar hij niet voor de tv zat... Nee, zeg. Wat een stom idee.

'Ik denk dat de arbeidsinspectie daar ook iets over te zeggen heeft,' zei ze, en ze glimlachte naar Issy om duidelijk te maken hoe jammer ze het vond.

'Nee, maar dat hoeven ze natuurlijk niet te weten!' zei Issy.

'Is dat de manier waarop jij je bedrijf wilt gaan runnen?' vroeg Pearl. 'Liegen tegen de arbeidsinspectie? En dan heb ik het nog niet eens over de...'

'Brandveiligheidsinspecteurs. Ja, ik weet het,' zei Issy. 'Dat moeten ontzettend nare mensen zijn.' Ze liet haar blik over het café glijden. 'Ik bedoel, de ovens komen beneden te staan, waar ze niet in de weg staan. En ik heb besloten de koffiemachine hier boven te zetten.'

'Met gloeiend hete stoom,' zei Pearl poeslief.

Issy glimlachte. 'O Pearl, ik zou jou zó goed kunnen gebruiken!'

Op hetzelfde moment ontstond er buiten voor de winkel wat commotie. Twee mannen in vieze overalls waren het straatje in komen lopen, waarna ze hun peuken oprookten en hen vragende blikken toewierpen.

'O shit, de bouwvakkers zijn er al,' zei Issy. Ze was nogal zenuwachtig. Haar budget liet het niet toe om een architect in te huren of om een professionele interieurbouwer in te schakelen, dus moest ze erop vertrouwen dat ze zelf duidelijk kon uitleggen hoe ze het hebben wilde. Toen ze de dag ervoor de stoute schoenen had aangetrokken en dit bedrijf had opgebeld, was ze ook al niet geheel overtuigd van haar eigen kunnen. Pearl trok haar wenkbrauwen op.

'Niet weggaan!' zei Issy smekend. 'Laten we straks anders nog even verder praten.'

Pearl sloeg haar armen over elkaar en deed een stapje naar achter, terwijl Issy de deur opendeed voor de bouwvakkers De mannen, die ze zich voorstelden als Phil en Andreas, bekeken Issy op een manier die niet bepaald bemoedigend was. Phil deed het woord, terwijl Issy hen rondleidde en probeerde uit te leggen wat ze wilde: alle oude planken moesten eruit, alle bedrading moest worden vervangen, de toonbank moest worden verplaatst en opengewerkt, er moesten koelkasten en vitrines worden geïnstalleerd en de ramen en de open haard moesten intact blijven, en ook beneden moesten er kasten komen, en een koelcel. Nu Issy het allemaal opsomde, leek het haar een ontzettende klus. Ze hadden nu een lening, en natuurlijk had ze haar ontslagvergoeding gekregen, maar dit was wel heel veel geld dat ze zouden uitgeven voor de boel goed en wel open was.

Phil keek om zich heen en zoog de hele tijd tussen zijn tanden door lucht naar binnen.

'Mmmm,' zei hij. 'Dit soort oude gebouwen zijn echt een nachtmerrie. Het is toch geen monument, hè?'

'Nee!' zei Issy, blij dat haar eindelijk een vraag werd gesteld die ze wél kon beantwoorden. 'Of, ik bedoel, ja, de buitenkant wel. Dat is een gemeentelijk monument. Maar de binnenkant is in orde, zolang we maar geen muren weslopen of neerzetten of de open haard dichtmetselen, maar dat gaan we toch niet doen.'

'Nou, het probleem is dat we de bedrading moeten wegwerken in de muren, dus dan moet er een heleboel opnieuw worden gepleisterd. En dan hebben we nog niet eens over de vloer gehad.'

'Wat is er mis met de vloer dan?'

Er lagen eenvoudige houten planken op de vloer, en Issy was van plan om die te laten liggen en ze alleen goed schoon te boenen.

'Nou, dat kan dus niet, snap je?' zei Phil. Issy snapte het helemaal niet. Ze voelde zich hoe langer hoe ongemakkelijker. Het was onprettig om in het gezelschap van mensen te verkeren die zoveel meer wisten dan zij over iets wat haar wel aanging. Ze had het donkerbruine vermoeden dat ze dit gevoel nog wel eens vaker zou gaan krijgen.

Phil stelde iets heel ingewikkelds voor, namelijk om de plinten te verhogen en daar de verwarmingsbuizen en bedrading onder te leggen en dan alle muren van onder tot boven opnieuw op te bouwen. Hulpeloos keek Issy hem aan. Dit ging haar de pet ver te boven en dus knikte ze maar wat, en bedacht dat ze liever een wat minder bekakt accent had gehad. Andreas zocht in zijn zak naar sigaretten. Phil haalde een camera en een notitieblok tevoorschijn en begon maten neer te pennen, totdat Pearl, die zich afzijdig had gehouden, het geen seconde langer kon aanzien.

'Sorry,' zei ze. Iedereen draaide zich om en keek haar vragend aan. 'Jij bent een goede bouwvakker, toch?' zei ze tegen Phil, die een wat gekwetst gezicht trok.

'Ik kan álles,' zei hij trots. 'Ik ben van alle markten thuis!'

'Dat is heel mooi,' zei Pearl. 'We zijn blij dat we jullie aan boord hebben. Maar ik ben bang dat we alleen kunnen betalen voor de klussen die mevrouw Randall zojuist heeft opgenoemd. Geen nieuwe vloeren, geen plinten en geen pleisterwerk. De kasten erin, en de boel mooi opknappen – als je begrijpt wat ik bedoel – en jullie krijgen meteen betaald als het af is, zonder gedoe. En als jullie ook maar één jota meer doen dan waar wij om hebben gevraagd, of te veel in rekening brengen – en jullie zijn onze vijfde offerte – dan is het heel jammer, maar dan hebben we het geld niet om jullie te betalen. Is dat duidelijk?'

Pearl keek Phil strak aan. Hij glimlachte nerveus en schraapte zijn keel. Er hadden een paar meiden zoals Pearl bij hem op school gezeten, en het was aan hen te danken dat hij nu een bedrijf had, en niet, zoals de helft van zijn vrienden, in de bak zat.

'Absoluut. Zeker weten. Geen probleem.'

Hij wendde zich weer tot een sprakeloze maar blije Issy. 'Wij gaan de boel hier lekker voor je opknappen, schat.'

'Super!' zei Issy. 'Eh, wil er iemand wat omgekeerde cake? Aangezien jullie de boel hier ook op z'n kop gaan zetten?'

'Jij was echt briljant!' zei Issy toen ze richting de bushalte liepen en elk een handje van Louis vasthielden. Hij zwaaide tussen hen in heen en weer, en iedere keer dat hij nog een keer wilde zwaaien riep hij: 'Eén-twee-dwieeee!'

'Welnee joh,' zei Pearl. 'Je moet gewoon duidelijk zeggen wat je wilt. Hij ging je heus niet opeten of zo. Verkopen hoort bij z'n vak.'

'Ik weet het,' zei Issy. 'Ik kan maar beter niet meer zo bang zijn, hè?'

'Niet als je wilt dat dit lukt,' zei Pearl bedachtzaam. Issy bekeek het gebouw nog eens. Zojuist had ze ermee ingestemd om een aanzienlijk deel van de grootste som geld die ze ooit had gehad, meer dan ze waarschijnlijk ooit nog zou hebben, in dit project te stoppen. Pearl had gelijk. Issy had het vermoeden dat Pearl iemand was die wel vaker gelijk had.

Ze waren bij de bushalte aangekomen. Issy wendde zich tot Pearl. 'Goed,' zei ze. 'Ik zal je zeggen wat ik wil. Ik wil jou. Ik wil dat je voor me komt werken. En samen bedenken we een oplossing voor Louis. Hij gaat binnenkort vast naar de peuterspeelzaal, of niet?'

Pearl knikte.

'Nou, kan hij dan niet naar een peuterspeelzaal in de buurt

van de winkel? Er zijn er genoeg in Stokey. Dan neem je hem 's ochtends voor we opengaan mee naar de winkel, zetten we alle taarten in de oven, breng je hem naar de crèche zodra we open zijn, en kom je daarna weer terug. Hij blijft in de buurt, en je kunt je lunchpauzes met hem doorbrengen. Hoe lijkt je dat?'

Pearl woog alle voors en tegens af. Er was geen enkele reden waarom Louis niet hier naar de peuterspeelzaal kon; wie weet was het zo slecht nog niet om hem ook te laten omgaan met mensen die níét in een achterstandswijk woonde, al voelde ze zich een beetje schuldig dat ze dat dacht. Dan werd zijn wereld iets groter. Dat zou best kunnen werken. Ze zou het met haar jobcoach overleggen.

'Mmmm,' zei Pearl.

'Is dat een goede mmm, of een slechte mmm?' vroeg Issy enthousiast.

Even bleef het stil.

'Goed dan, laten we het proberen!' zei Pearl. En toen schudden de twee vrouwen elkaar uiterst formeel de hand.

9

Vanaf dat moment ging het allemaal razendsnel. En hoewel Issy ervan uit was gegaan dat het maanden zou duren voor ze alle officiële documenten binnen zou hebben, kreeg ze de documenten voor de verzekering, vergunningen en de belasting veel sneller toegestuurd dan ze verwacht had – ondertekend en wel. Phil en Andreas waren zeer gemotiveerd, mede dankzij een dagelijkse dosis taart, dacht Issy, en dankzij Pearl, die hen constant achter de broek zat. Ze waren ontzettend goed bezig; de nieuwe online bestelde kastjes die waren bezorgd pasten perfect; ze hadden de muren in een zachte grijsbeige kleur geschilderd, en voor zichzelf en Pearl had ze twee schorten in jarenvijftigstijl besteld. Pearl naaide zelf een verlengstuk aan de schouderbanden van haar schort. Issy was groot fan van haar nieuwe industriële mixer en kon de neiging niet weerstaan om er steeds exotischere recepten mee te maken. Toen ze cupcakes met drop en Maltesers wilde gaan maken, had Helena haar een halt toegeroepen.

In de weken die volgden, leverden de mannen fantastisch werk. Met een paar dagen schrobben op handen en knieën lukte het Issy en Pearl, af en toe bijgestaan door een sputterende Helena, om de kelder weer schoon te krijgen, en ondertussen hamerden, boorden en zongen de mannen mee met de liedjes van Cheryl Cole op de radio en gaven ze het café een complete make-over. Waar eerst een kaal peertje aan het plafond bungelde, waren nu keurig ingebouwde halogeenspots die alles een zachte glans gaven. De tafeltjes en stoeltjes in gebroken wit kregen een dun laagje lak, zodat ze er mooi oud uitzagen (al hadden ze die brompot van een brandveiligheidsinspecteur moeten verzekeren dat ze dat niet waren, en dat de meubels met brandwerende verf waren beschilderd); de houten vloer werd geboend tot hij glom, en in de glimmende glazen vitrines, waarin de cakes goed uitkwamen, stonden etagères die zo op tafel konden worden gezet. De tweedehands koffiemachine was volgens iedereen het beste apparaat dat er te krijgen was, een Rancilio Classe 6, en stond vrolijk in een hoekje te zoemen. (Helaas had het apparaat een vreemde kleur oranje, maar ja, niet alles hoefde perfect bij elkaar te passen.) Op de schoorsteenmantel boven de open haard had Issy een rij boeken neergezet die mensen mochten lezen (niet te veel, had Pearl mopperend gezegd, we willen geen zwervers die de hele dag blijven plakken), en ze had mooie houten rekken voor kranten gekocht.

Voor het serviesgoed waren ze naar de uitverkoop van IKEA gegaan en zo hadden ze voor heel weinig geld een enorme berg servies gekocht: een verzameling mokken in grijsblauw, groenblauw en lindegroen, en espressokopjes met bijpassende schoteltjes die zo goedkoop waren dat ze er een paar konden kwijtraken aan grijpgrage kinderhandjes of te vette vingers. En beneden in de provisiekamer stonden industriële meelzakken en enorme bakken boter in horecaformaat, klaar voor de mixer.

Voor Issy was het echter vooral de sfeer van het café die zo goed klopte: de geur van overheerlijke, smeltende, zachte en gewillige met kaneel bestrooide brownies die erom smeekten zo snel mogelijk te worden opgepeuzeld als ze uit de oven kwamen (Louis gaf daar al te graag gehoor aan); de hemelse geur van de viooltjes die in de saus voor over de cheesecake met blauwe bessen gingen. De dag dat ze jams gingen proeven voor de *victoria sponge* nodigde Issy al haar vrienden uit. Toby en Trinida kwamen over uit Brighton, en ook Paul en John, die pas waren getrouwd, waren van de partij. Een aantal van haar vrienden had de uitnodiging moeten afslaan, omdat ze het te druk hadden met hun pasgeboren baby, verhuizing, schoonfamilie of een van de honderd-en-een overige gestoorde dingen die je als dertiger schijnbaar allemaal moest doen. Evengoed kwamen er heel wat mensen, en waren ze met z'n allen tamelijk plakkerig en giechelig en een beetje misselijk geworden. Ze besloten dat totdat ze het zich kon veroorloven om de jam zelf te maken, de frambozenjam van Bonne Maman de enige optie was. Het had wat moeite gekost om al die plakkerigheid van de muurtegels te krijgen, maar ze hadden zoveel lol gehad, dat Issy en Pearl besloten om een echt openingsfeest te geven, om alle producten te kunnen uittesten en iedereen die hen had geholpen te kunnen bedanken.

Het café was spic en span; ze hadden alles geïnspecteerd, afgekruist en genoteerd en waren klaar voor de show. De volgende ochtend zouden ze om acht uur opengaan. Issy had echter nog niets van marketing of promotie gepland; dit was de 'soft opening', een rustige eerste week om aan het café te wennen en hun draai te vinden. In haar hoofd herhaalde Issy dat steeds, zodat ze niet in paniek zouden raken als er niemand kwam.

Binnenkort zouden ze een extra personeelslid nodig hebben, een parttimer voor de pauzes en de vakanties. Issy hoopte een aardig iemand uit de buurt te vinden, misschien een jong meisje, of een student die af en toe wat wilde bijverdienen; iemand die het niet erg vond om het minimumloon te krijgen en die hopelijk wat flexibeler was en – ze vond het heel erg dat ze dat dacht – alleen voor zichzelf hoefde te zorgen.

Bij een kinderopvang in de buurt, Little Ted's, hadden ze een plekje voor Louis gevonden, en dat was heel goed nieuws. (Mogelijk had Issy ze op de mouw gespeld dat het Cupcake Café Louis' woonadres was.) Alleen ging de kinderopvang pas om halfnegen open, dus moest Louis eerst mee naar het café om daar te ontbijten. Issy hoopte dat hij zich zou vermaken met het houten speelgoed dat ze achter de toonbank bewaarde ter afleiding voor kinderen die alle suikerzakjes wilden leegeten, maar ze moesten maar zien hoe dat uitpakte.

En vanavond hoopte ze een echt feestje te geven, om iedereen te bedanken: Pearl, die haar koffie had leren maken – ze was nog steeds een beetje bang voor dat sissende stoompijpje, maar ze ging vooruit; Phil en Andreas, die uiteindelijk zulk mooi werk hadden afgeleverd; Des, de makelaar, en meneer Barstow, de verhuurder; Helena, die bezorgers achter de broek had gezeten en had geholpen bij het invullen van de formulieren voor de National Security toen ze uit frustratie bijna in de gordijnen was geklommen; Austin, die haar geduldig uitleg had gegeven over winstmarges, portionering, fiscale rekeningen en afschrijvingen en zijn uitleg toen ze glazig begon te kijken had herhaald, en voor de zekerheid toen nog een keer; mevrouw Prescott, een vrouw uit de buurt die in haar vrije tijd de boekhouding voor kleine ondernemers deed, en die zich niets liet wijsmaken. Zij en Austin hadden een blik van verstandhouding gewisseld.

'Wat vond je van haar?' had Issy na afloop nerveus aan Austin gevraagd.

'Wat een enge vrouw!' zei Austin. 'Maar volgens mij is ze supergoed. Ik wilde bijna naar het archief vluchten om dossiers op te ruimen.'

'Mooi zo,' zei Issy. 'En wat vind je van Helena?' Ze gebaarde naar de magnifieke roodharige vrouw, die de bouwvakkers nog één laatste keer achter de vodden zat.

'Erg... statig,' zei Austin beleefd, en hij dacht bij zichzelf dat de vrouw wier wangen rood waren door de ovens, wier zachte zwarte haar in de war zat en probeerde te ontsnappen uit een haastig gemaakte staart, wier ogen werden omkranst door zwarte wimpers en wier schort om haar mooie ronde vormen was geknoopt, namelijk Issy zelf, hier de vrouw was

162

waar hij het liefst naar keek. Een zakelijke klant, sprak hij zichzelf streng toe.

Issy keek nerveus om zich heen. Het had dit jaar zo lang geduurd voor de lente eindelijk kwam, dat ze op een gegeven moment zelfs had gedacht dat het er niet meer van zou komen. En toen was de lente er ineens, als een onverwachts cadeautje van de postbode; zomaar, uit het niets keek de zon op hen neer, alsof hij verbaasd was dat er nog mensen waren, en die mensen keken omhoog, alsof ze verbaasd waren om voor het eerst in maanden verder te kijken dan hun eigen neus lang was. Langzaam sijpelde de kleur terug in de wereld. Het was eind maart, het zachte, gefilterde avondlicht viel in bundels door de ramen van vlakglas naar binnen en bescheen de zachte kleuren en rustgevende tinten van het café aan Pear Tree Court. Issy's oude vriend Zac, een grafisch ontwerper die zonder werk zat, had na veel wikken en wegen besloten in kleine, witte, krullerige letters *Het Cupcake Café* op de grijsbruine gevel te zetten, en dat stond prachtig: mooi, maar ook bescheiden. Soms, als Issy 's morgens vroeg wakker werd, vroeg ze zich af of ze het allemaal niet iets te bescheiden hielden. Toen herinnerde ze zich weer wat voor gezicht mensen trokken wanneer ze een hap namen van het Cherry Bakewell-taartje dat haar opa haar had leren maken, en beet ze op haar lip. Zouden goede ingrediënten, scharreleieren en goede koffie genoeg zijn? (Samen met Pearl en Austin, die toevallig net die middag kwam aanwaaien, hadden ze een koffieproeverij gehouden met alle proefmonsters van de groothandel. Na vier espresso's waren ze allemaal springerig en wakker en een tikje hysterisch, en hadden ze uiteindelijk gekozen voor twee koffieblends: één toegankelijke koffie, een ronde Kailua Kona, en één sterkere koffie voor mensen die 's ochtends een flinke opkikker nodig handen, Selva Negra, plus een zoete decafé voor zwangere moeders en mensen die niet echt van koffie hielden, maar wel van de geur. Zou ze er de huur en de elektriciteitsrekening van kunnen betalen? Zou ze er überhaupt van kunnen leven? Zou ze ooit ophouden zich zorgen te maken?

Ze belde het tehuis nog een keer. Waren ze er klaar voor?

Een paar wijken verder zat Graeme in het kantoor van Kalinga Deniki peinzend achter zijn bureau. Het was totaal niet gegaan zoals hij verwacht had: hij had helemaal niets meer van Issy gehoord. Dan was haar bedrijf vast nog niet kopje-onder gegaan. Of misschien ook wel, maar had ze de moed niet hem dat te vertellen. Nou, dat zou ze heus nog wel doen. Echt. Afwezig dacht hij terug aan afgelopen zaterdagavond, toen hij in een club een heel fit blondje had opgepikt. Ze had er de hele avond over gedaan om hem te vertellen waarom vrouwen toch echt hun huid moesten borstelen en waarom Christina Aguilera zo'n ontzettend goed rolmodel was. Toen ze hem de volgende ochtend schatje had genoemd en om een wortelsmoothie had gevraagd, had hij haar het liefst zo snel mogelijk zijn appartement uit gewerkt. Dat was niets voor hem.

Hij kon zich maar beter op zijn werk concentreren. De zaken stonden er nog steeds slecht voor en hij had iets sappigs nodig, een groot project, om indruk te maken op zijn bazen in Nederland. Iets wat gaaf en hip en ultramodern was, iets wat kopers met een dikke portemonnee zou aantrekken, zoals hijzelf, en van alle moderne gemakken voorzien was. Hij staarde naar zijn kaart van Londen, waar hij voor ieder lopend project spelden in had geprikt. Zijn blik gleed omhoog van Farringdon naar de rotonde op Old Street, toen verder omhoog door Islington en verder langs Albion Road, waar een klein straatje liep waarvan hij de naam nauwelijks kon lezen: Pear Tree Court. Hij zou er natuurlijk ook gewoon een kijkje kunnen nemen. Waarom niet?

Issy streek haar nieuwe jurk glad, waar piepkleine bloemetjes op stonden. Eerst had ze de jurk vreselijk truttig gevonden, alsof ze figureerde in een Amerikaanse huisvrouwensoap uit de jaren vijftig, maar toen werd het opeens een trend en droeg iedereen jurkjes met bloemenprints, strakke lijfjes en klokkende rokken. Het voelde beter nu ze wist dat ze iets hips droeg, en trouwens, wat deed het er ook toe, ze bakte toch alleen maar cupcakes. De bloemenprints leken op de een of andere manier de juiste keus, net als de schattige schortjes en de verbleekte kussens met de Union Jack erop die ze had gekocht (en natuurlijk van boven tot onder had bespoten met meubelspray) voor de nieuwe grijze bank die ze achter in de winkel hadden neergezet; het was echt een topding, ontzettend slijtvast, maar tegelijkertijd ook zacht, oud en knus, precies zoals een bank hoorde te zijn.

Je kon je heerlijk opkrullen op de bank, kinderen konden erop klimmen en stelletjes konden naast elkaar zitten. Vanaf de bank kon je zien wat er allemaal in het café gebeurde, of je kon naar buiten kijken, naar de stille binnenplaats. Issy was er dolblij mee.

De bank stond dus tegen de achtermuur, recht onder een grote stationsklok. Aan de rechterzijde bevond zich de open haard, met boeken op de schoorsteenmantel, en ernaast een aantal kleine tafeltjes voor twee, met een ratjetoe aan lichtgrijze stoelen die gezellig dicht op elkaar stonden. De tafels waren vierkant, want Issy had een hekel aan van die wiebelige ronde tafels waar nauwelijks iets op paste. Dichter bij de kassa bevond zich een grotere ruimte: vroeger moesten het twee aparte ruimtes zijn geweest, want je kon nog steeds zien waar de muur had gestaan. Rondom de bar stonden de tafeltjes wat minder dicht op elkaar, zodat er een buggy langs zou kunnen en mensen (hopelijk) netjes in de rij zouden gaan staan, al was het evengoed vrij krap. Niet krap, knus! Er was één grote, lange tafel, voor grotere groepen, vlak bij de open haard, met aan het hoofd een grote oudroze leunstoel. Met een beetje fantasie zou je er een bestuursvergadering aan kunnen houden.

De toonbank was fraai, met een gerond, glimmend en smetteloos, glanzend marmeren blad met erbovenop een hoge stapel taartplateaus, klaar om de volgende ochtend te worden gevuld. De kleine ruitjes in de ramen aan deze kant vormden een mooi contrast met de manshoge ramen aan de kant waar de bank stond en waar bij zonnig weer heel veel licht door naar binnen zou stromen. De koffiemachine naast de kelderdeur achter de toonbank bubbelde en siste onvoorspelbaar, en het rook heerlijk naar versgebakken taart.

Issy liep door de winkel heen om gedag te zeggen tegen de brommerige brandveiligheidsinspecteur, meneer Hibbs, die zijn blik over de uitgang liet glijden, voor het geval hij was vergeten waar die zat, en de vertegenwoordiger van de keukenwinkel, wiens naam Norrie was, en die blij verrast was geweest de jongedame die de roze keuken had gekocht terug te zien omdat ze een industriële oven kwam kopen, al pingelde ze net zo hard als de vorige keer. (Issy kon haast niet geloven hoe geweldig ze die oven vond. Ze had er een foto van gemaakt en die naar haar opa gestuurd.) Norrie had zijn volslanke vrouw meegebracht en de twee lieten zich de cakejes en taartjes die overal waren neergezet om te proeven goed smaken. Austins secretaresse Janet was er ook, blozend en vrolijk. 'Ik krijg eigenlijk nooit zoveel mee van wat de bank nou precies doet,' vertrouwde ze Issy toe. 'Soms heb ik het gevoel dat ik alleen saaie administratie doe. Het is zo fijn om te zien dat het echt ergens toe leidt.' Ze gaf Issy een kneepje in haar arm, en Issy nam zich voor om haar niet meer van de goedkope, maar smakelijke bubbeltjeswijn in te schenken die Pearl had ingekocht. 'En niet alleen tot iets leidt, maar ook nog tot iets moois!'

'Dank je wel!' zei Issy, oprecht dankbaar, en ze liep verder om iedereen bij te schenken, met een schuin oog op de deur. En jawel, toen de klok zes uur sloeg, de laatste zonnestralen het pleintje beschenen en het, zoals hij een aantal keer had gezegd, bijna bedtijd was, kwam er een auto achteruit het steegje in rijden, hartstikke illegaal, en ging met een piepgeluid de grote, rolstoelvriendelijke achterdeur open. Keavie sprong van de voorstoel om te helpen en voilà! daar kwam opa Joe uit de auto.

Issy en Helena snelden toe om de deur voor hem open te houden, maar Joe gebaarde dat hij nog niet naar binnen wilde. Hij liet zijn rolstoel voor de winkel tot stilstand komen. Issy was bang dat de kou op zijn borst zou slaan, maar zag dat Keavie hem instopte met een geruite wollen deken, die in de auto voor het grijpen moest hebben gelegen. Lange tijd keek hij naar de winkelpui, waarbij zijn blauwe ogen waterig werden van de kou. Issy dacht althans dat het door de kou kwam.

'Wat vindt u ervan, opa?' vroeg Issy. Ze liep naar buiten, knielde bij hem neer en pakte zijn hand. Eerst keek hij omhoog, naar de kunstig geschilderde letters op de gevel, en toen naar binnen, naar het zacht verlichte en gezellige interieur, en de toonbank, waar weelderig versierde etagères op stonden die volgeladen waren met lekkernijen, naar de koffiemachine, die tevreden stoomde, en naar het ouderwetse lettertype boven de deur. Hij draaide zijn gezicht naar zijn kleindochter.

'Dit is... Dit is... Ik wou dat je grootmoeder dit had kunnen zien.'

Issy hield zijn hand steviger vast. 'Komt u maar mee naar binnen, dan geef ik u wat lekkers.'

'Heel graag,' zei hij. 'En stuur maar wat knappe dames op me af om met me te praten. Keavie is lang niet gek, maar wel wat fors.'

'Nou ja zeg!' riep Keavie, die helemaal niet beledigd was,

en al met een cupcake en een dampende latte in haar handen stond.

'Ik wachtte natuurlijk op jou, lieve schat,' zei hij tegen Helena, die hem een kus op zijn wang had gegeven toen hij naar binnen werd gereden. Issy zette zijn rolstoel neer naast de niet van echt te onderscheiden gaskachel waarvan de nepvlammen weerschenen in de originele haardtegels.

'Tjonge, tjonge, tjonge,' zei haar opa, terwijl hij om zich heen keek. 'Tjonge, tjonge, tjonge. Issy, er had een pietsje meer zout in deze petitfourtjes gemoeten.'

Vol liefdevolle irritatie keek Issy hem aan. 'Ja, echt hè? We zijn vanochtend vergeten zout te kopen. Waarom zit u eigenlijk in dat ding? Er mankeert u niets!'

Austin keek om zich heen en zocht Darny, om zeker te weten dat hij geen kattenkwaad uithaalde. Als hij zag hoe gelukkig andere gezinnen waren – al wist hij natuurlijk niets van Issy's familie – voelde hij zich altijd een beetje verloren. Tot zijn verbazing zat Darny naast een dikke tweejarige, die hij leerde hoe je moest bikkelen. De tweejarige was daar vanzelfsprekend ontzettend slecht in, maar amuseerde zich kostelijk.

'Geen gegok!' waarschuwde Austin hem.

Er was nog één belangrijk laatste puzzelstukje en daar wachtten ze nu op. Zacs werk was weer aangetrokken, dus hij was een beetje laat met alles, maar hij kon ieder moment...

Zac kwam binnenzetten met twee grote dozen in zijn handen. 'Hier zijn ze!'

Er ontstond een vlaag van opwinding en iedereen kwam kijken. Toen stapten ze opzij om Issy de dozen te laten openmaken.

'Mmmm, we zullen zien,' had Zac gezegd. 'Ik maak me wel zorgen om je. Maar ik kan ze zeker laten drukken!'

Issy scheurde het plastic omhulsel kapot. Ze hadden er eindeloos lang aan geschaafd, waren steeds opnieuw begon-

nen, hadden tig proeven gedaan, zich in het zweet gewerkt...
en nu was het zover. Uit de nieuwe en scherp naar inkt
ruikende doos haalde Issy langzaam en eerbiedig de eerste
menukaart tevoorschijn.

Vanbinnen had het menu dezelfde zachte pastelkleuren
als aan de buitenkant, hoofdzakelijk lindegroen en wit.Voor
de marges had Zac een fraai art-decorandje ontworpen met
de omtrek van perenbloesem erin verwerkt. Het lettertype
zag eruit alsof het handgedrukt was, oogde vriendelijk, was
makkelijk te lezen en was gedrukt op stevig, makkelijk te
vervangen en veranderen karton - zonder zo'n afgrijselijk
plasticlaagje tegen de vlekken.

Het Cupcake Café
Menu

———◆———

Versgebakken vanillecupcakes met citroenroom, gesuikerde
citroenschilletjes en eetbare zilvergarnering
Red velvet-cupcake met honing-karnemelkglazuur
Cupcake met Engelse aardbeien en gesuikerde viooltjes
Macarons van muskaatdruiven met een crème van viooltjes
Chocolademuffins met karamel, Yves Thuriès-chocolade met 70%
cacao en langzaam geroosterde hazelnoten

———◆———

Proeverij
(van alles een klein beetje – onweerstaanbaar)

———◆———

Koffie van de dag
Kailua-Kona slow roast – mild en zoet, koffie van
Hawaïaanse vulkaanhellingen
Selva Negra – friszure koffie met een medium body uit Nicaragua
Babycino

———◆———

Thee van de dag
Zwarte thee met rozenblaadjes
Franse verveine

Met betraande ogen keek Issy naar Zac.

'Ontzettend bedankt,' zei ze.

Zac stond er wat ongemakkelijk bij. 'Doe niet zo gek,' zei hij. 'Jij hebt dit allemaal voor elkaar gebokst. En het heeft me trouwens ontzettend geholpen. Ik heb dit als visitekaartje gebruikt en dat heeft meteen nieuwe opdrachten opgeleverd.'

En toen stelde Helena op luide toon voor om een toost uit te brengen op het Cupcake Café, hief iedereen het glas en gaf Issy een speech waarin ze zei dat ze eerst de bank zou proberen terug te betalen (daarop hief Austin zijn glas) voor ze een echt feest zou geven, en alle aanwezigen bedankte die nu alvast waren gekomen, waarop iedereen hartelijk applaudisseerde, ook al hadden ze hun mond vol cake en regende het dus kruimels. Opa Joe was met een aantal mensen lekker aan het kletsen, tot Keavie hem naar huis bracht.

Issy keek naar buiten. Aan het begin van het steegje zag ze een schaduw. Een schaduw die er precies uitzag als... Nee! Dat kon niet waar zijn. Door het licht van de lantaarns zag ze spoken. Er was gewoon iemand voorbijgekomen die een beetje op Graeme leek, dat was alles.

Graeme had zichzelf wijsgemaakt dat hij wilde gaan kijken bij een andere sportschool, waar hij direct na zijn werk zou kunnen sporten, maar het kwam niet echt als een verrassing dat zijn voeten als vanzelf Albion Road uitliepen. Wat hem wel verraste, was dat het café vol mensen stond. Achteraf realiseerde hij zich dat er een feestje moest zijn geweest, en hij verbaasde zich erover hoe gekwetst hij zich voelde omdat Issy een feestje gaf en hem niet had uitgenodigd. Het café zag er verbluffend af en professioneel uit. Het was mooi en uitnodigend, en door de ramen vielen bundels warm licht op de kinderkopjes van de binnenplaats. Hij keek om zich heen naar de andere gebouwen, waaraan moeilijk te zien was of ze bewoond waren of niet. Maar het café zag er solide uit, echt, en het was mooi gebouwd. Meestal zag Graeme alleen de variabelen oppervlakte, winst en verlies als hij naar een pand keek; het proces van opkopen, veilen en bieden, het overmaken van onzichtbare hoeveelheden geld van A naar B, en uiteindelijk ook wat naar zichzelf. Normaal gesproken dacht hij nooit na over wat mensen met een ruimte zouden kunnen doen als ze die eenmaal hadden, of ze er iets moois van zouden maken.

Uit het niets steeg er vanuit het café een luide schaterlach op, die hij direct herkende als die van Issy. Hij balde zijn vuisten in zijn zakken. Waarom had ze niet naar hem geluisterd? Dit werd vast en zeker een fiasco. Ze had het recht niet om zo vrolijk en zorgeloos te lachen. Hoe durfde ze? Om niet bij hem terug te komen om te vragen wat hij ervan vond? Hij beet op zijn lip en staarde omhoog naar de bakstenen van Pear Tree Court. Toen draaide hij zich op zijn hakken om en liep de straat uit, terug naar zijn sportauto.

Binnen werd de bubbeltjeswijn nog eens ingeschonken, werd door iedereen instemmend geknikt en gezegd dat het Cupcake Café absoluut een groot succes zou worden, en trok Pearl een wijsneuzig gezicht en zei dat zolang ze al hun gasten maar gratis alcohol bleven voeren, dat inderdaad vast uit zou komen. Issy slaagde erin om met iedereen te praten en iedereen afzonderlijk te bedanken, wat betekende dat ze zo opging in het feestgedruis dat ze de kans niet kreeg om langere tijd met mensen te praten. Toen Pearl een soezende Louis optilde en met een veelzeggende blik naar haar horloge wees, besefte Issy tot haar schrik wat ze daarmee bedoelde: *ga naar huis en ga slapen, morgen moet je hier weer om zes uur 's ochtends zijn.* Dus gaf ze iedereen een zoen, inclusief Austin van de bank, die daarop een nogal verrast maar niet bepaald geïrriteerd gezicht trok, waarna Helena haar wenkbrauwen optrok en vroeg of Issy dacht dat dit de manier was om vaker rood te mogen staan bij de bank. Maar Issy was de hele weg terug naar huis in de wolken, zelfs na alles te hebben opgeruimd en als allerlaatste te zijn vertrokken. Haar winkel, haar café, zo tot leven zien komen, mensen zien eten, kletsen en lachen, mensen plezier te zien hebben – daar had ze altijd al van gedroomd. En toen ze thuis waren en Helena haar naar bed had gestuurd, was ze klaarwakker, en stroomden haar hoofd en haar hart over van de dromen en ideeën en toekomstplannen, een toekomst die over... Argh. Ze keek naar haar wekker. Die over vier uur begon.

10

'Een-twee-dwiee!' riep Louis. En toen draaide Issy feestelijk het grappige bordje met 'OPEN/GESLOTEN' naar 'OPEN'. Ook dat kwam van Zac, die overal aan had gedacht. Issy had een stapel visitekaartjes bij de kassa gelegd, voor als iemand wilde weten wie die prachtige ontwerpen had gemaakt.

Pearl en Issy keken elkaar aan.

'Nou, laat ze maar komen!' zei Pearl, en vol verwachting namen ze allebei hun plek achter de toonbank in. Het café was spic en span, en alles wat ze die ochtend hadden gebakken lag uitgestald in taartdozen op hoge taartstandaarden. Het café rook naar koffie en vanille, met een vleugje bijenwas, waar de houten tafels mee waren opgepoetst. De zon danste een langzame wals op het grote raam, kroop langzaam van tafeltje naar tafeltje, maar bescheen als eerste de grote bank achterin.

Issy kon niet stil blijven staan. Ze moest steeds haar oven en haar planken met voorraden controleren: de grote zakken meel en de pakken natriumbicarbonaat die samen zo netjes op een rijtje stonden; bakpoeder, suiker, en rij na rij smaakmakers; een krat verse citroenen en de enorme koelcel, die helemaal vol lag met room en grote kuipen Engelse roomboter – alles van de beste kwaliteit. Issy had de financiële onderbouwing daarvoor aan Austin proberen uit te leggen. Ingrediënten om mee te bakken waren net als make-up: voor sommige make-up maakte het echt niet wat je kocht, oogpotlood of blusher bijvoorbeeld, dus dan kocht je het allergoedkoopste, maar bij andere make-up, zoals foundation of lippenstift, zag iedereen meteen van welke kwaliteit iets was. In zo'n geval moest je dus de beste kwaliteit kopen die je kon betalen. De boter voor cake en glazuur moest dus van blije koeien in vrolijke velden met sappig groen gras komen. En daarmee uit, had ze gezegd. Austin had van die analogie geen woord begrepen, maar was erg onder de indruk van haar passie. Het bakpoeder, daarentegen, zou ze nog kopen als het uit een Hongaarse kalkmijn kwam, als dat de kosten kon drukken, en dat vonden ze allebei prima. De voorraadkast van haar winkel gaf Issy een gevoel van orde en veiligheid, net als toen ze vroeger als klein meisje winkeltje had gespeeld. Gewoon naar alles kijken gaf haar ontzettend veel voldoening.

'Ben jij altijd zo, of doe je vandaag extra je best?' vroeg Pearl. Issy stond op haar tenen op en neer te wippen.

'Een beetje van allebei?' zei Issy voorzichtig. Soms wist ze niet precies hoe ze de woorden van haar medewerker moest opvatten.

'Oké, prima. Dan weet ik waar ik aan toe ben. Moet ik je trouwens baas noemen?'

'Dat zou ik vooral niet doen.'

'Oké.'

Issy glimlachte. 'Als we erg veel verkopen, vind ik Prinses Isabel misschien ook goed.'

Pearl schonk haar een vreemde blik, waar ongetwijfeld een glimlach achter school.

Om kwart voor acht stak een bouwvakker zijn hoofd om de hoek. 'Hebben jullie ook thee?'

Pearl glimlachte en knikte. 'Dat hebben we zeker! En onze cakes zijn de hele week voor de helft van de prijs.'

De bouwvakker kwam aarzelend binnen, veegde overdreven zijn voeten op de nieuwe deurmat met de Union Jack, die Issy van een vriendin met een winkel had gekocht, ook al viel het buiten het budget en was het dus erg stout.

'Dit is zeker zo'n chique tent, of niet?' zei hij. De man fronste. 'Hoeveel kost die thee?'

'Een pond veertig,' zei Pearl.

De bouwvakker beet op zijn lip. 'Echt?' zei hij. 'Wauw.'

'We hebben volgens de menukaart maar drie soorten,' vulde Issy behulpzaam aan. 'En je kunt ook een beetje cake proeven als je wilt.'

De man klopte met een spijtig gezicht op zijn buik. 'Nee, dan krijg ik op m'n donder van m'n vrouw. Je kunt zeker geen baconsandwich voor me maken, of wel?'

Pearl maakte de thee – het was haar opgevallen dat Issy nogal gespannen was en snel morste – deed er zonder te vragen wat hij erin had twee suikerklontjes en wat melk bij, deed een plastic deksel op de papieren beker en deed er een kartonnen houder omheen, aangezien de thee erg heet was. Glimlachend gaf ze de thee aan de bouwvakker.

'Top, dank je wel,' zei de man.

'Weet je zeker dat je niet wat cake wilt proeven?' vroeg Issy, iets te gretig. De bouwvakker keek zenuwachtig om zich heen.

'Nee, dank je, ik ben van mezelf al zoet genoeg,' Hij lachte zenuwachtig, betaalde en maakte zich uit de voeten.

Triomfantelijk liet Pearl de kassa rinkelen. 'Dat was onze eerste klant!' verklaarde ze.

Issy glimlachte. 'Ik denk dat ik hem heb weggejaagd.' Ze trok een peinzend gezicht. 'Wat als hij gelijk heeft? Wat als we te chic zijn voor deze buurt?'

'Nou, ik ben dat in ieder geval niet,' zei Pearl, terwijl ze een klein druppeltje melk van het glazen blad op de toonbank veegde. 'En om halfacht 's ochtends wil sowieso niemand cake.'

'Ik wel,' zei Issy. 'Dat wil toch iedereen? En muffins eten mensen wel. Een muffin is gewoon Amerikaans voor: "Ik ontbijt standaard met taart."'

Pearl keek haar een secondelang aan. 'God ja, daar heb je gelijk in. Nou, dat verklaart een hoop.'

'Hmm-mm,' zei Issy.

In het uur dat volgde kwam een aantal nieuwsgierige buurtbewoners voorbijgewandeld, die zich afvroegen wie er deze keer zo gek was om dat pand aan Pear Tree Court te huren. Sommige mensen liepen op het raam af, drukten hun neus tegen het glas, loerden brutaal naar binnen en liepen weer door.

'Nou, dat is ook niet aardig,' zei Issy.

'Iss,' zei Pearl, die al een zware ochtend achter de rug had, aangezien ze om kwart voor zes had moeten opstaan, en Louis naar z'n nieuwe opvang had moeten brengen. 'Dit is je huis niet. Ze oordelen heus niet.'

'Hoe kun je dat nou zeggen?' zei Issy, om zich heen kijkend in de lege winkel. 'Dit café is mijn ziel en zaligheid! Natuurlijk oordelen ze over mij!'

Om twee minuten voor negen liep er een kleine, donkere man langs de winkel met een ouderwetse pet op, die hij diep over zijn voorhoofd had getrokken. Hij was al bijna voorbij, bleef toen plotseling stilstaan, draaide zich een kwartslag om, en keek recht naar binnen. Hij keek hen allebei een moment lang dreigend recht in de ogen, draaide zich weer om en liep verder. Een paar seconden later hoorde ze het geratel van metalen rolluiken die opengingen.

'Dat was de man van de ijzerhandel!' siste Issy opgewonden. Ze had al eerder een poging ondernomen om haar nieuwe buurman te leren kennen, maar het kleine, krakkemikkige winkeltje met potten en pannen in het pand rechts naast hen leek er erg vreemde openingstijden op na te houden. Tot nu toe had ze er nog nooit iemand binnen gezien. 'Ik ga een kopje koffie bij hem langsbrengen om vrienden met hem te worden.'

'Ik zou maar oppassen,' zei Pearl. 'Je weet niet waarom al die andere zaken voor ons dicht moesten. Misschien heeft hij wel vreemde gewoontes. Of heeft hij iedereen vergiftigd.'

Issy staarde haar aan. 'Nou, als hij me iets te drinken aanbiedt zeg ik gewoon "Nee dank u, ik heb m'n eigen café",' zei ze.

Pearl trok een wenkbrauw op, maar ze zei niets.

'Misschien moet ik hem een paar dagen de tijd gunnen,' zei Issy ten slotte.

Om elf uur kwam er een vermoeide, afgedraaide vrouw binnen met een vermoeid, afgedraaid meisje. Alhoewel beide vrouwen zich over het kleine meisje ontfermden, gaf ze geen kik, en ze nam, na een blik op haar moeder te hebben geworpen, die gelaten met haar hand wuifde, zonder iets te zeggen een proefstukje cake aan.

'Mag ik een kleine zwarte koffie, alstublieft?' zei de vrouw, die de koffie aanpakte maar de proefstukjes cake afsloeg (Issy werd er zo onderhand paranoïde van) en haar geld neertelde. Ze ging samen met het kind op de grijze bank zitten, tussen de rekken met tijdschriften en kranten in, niet ver van de boeken. Maar de moeder had nergens aandacht voor. Ze nipte langzaam van haar koffie en staarde uit het raam, terwijl het kind stilletjes, heel stilletjes, met haar vingers speelde. Nu ze slechts met hun vieren waren, vonden Pearl en Issy het lastig om normaal met elkaar te praten.

'Ik zet wat muziek op,' zei Issy. Maar toen ze een cd van Corinne Bailey Rae in haar oude cd-speler stopte, die ze nu officieel aan het Cupcake Café had gedoneerd, op 'play' drukte en de lieflijke klanken de ruimte vulden, stond de vrouw op en ging subiet weg, alsof de muziek een wekker was, of iets wat extra kostte. Ze zei niets, geen tot ziens of dank je wel, en dat deed het kleine meisje ook niet. Issy keek naar Pearl.

'Dit is dag één,' zei Pearl. 'Luister, ik ga niet de hele tijd je handje vasthouden. Jij bent een keiharde zakenvrouw en daarmee uit.'

Maar toen begon het te regenen, en het kwam dagen achter elkaar met bakken uit de hemel. Met iedere nieuwe rustige dag klonken Pearls aanmoedigingen steeds holler. Vandaag was Pearls vrije dag en Issy, die vreselijk moe was, zat in het café de boekhouding te doen (dat was erg ingewikkeld, en de cijfers waren schrikbarend, al zei Pearl steeds dat Issy zich geen zorgen moest maken; dat deed ze wel, ze kon er niets aan doen, en het hield haar uit haar slaap). Ze had twee klanten, en dat was beter dan niets, dacht Issy. Om te beginnen was de vrouw met het kleine kindje teruggekomen, en daar was Issy wel een beetje van opgevrolijkt: ze was dus niet weggegaan omdat ze het zo verschrikkelijk had gevonden en nooit meer één voet over de drempel van het Cupcake Café had willen zetten. Had ze geen vriendinnen? Als ze die nu eens meebracht, samen met hun kindertjes met plakvingers? Die wilden vast graag iets lekkers voor ze naar Clissold Park gingen. Maar net als de vorige keer was de moeder een kleine zwarte koffie komen halen en was ze met haar stille kind op een hoekje van de bank gaan zitten, net alsof ze zat te wachten tot ze door het schoolhoofd op het matje was geroepen. Issy had vriendelijk naar haar geglimlacht en gevraagd hoe het met haar ging, maar de vrouw had alleen 'prima' gezegd, met een wat gejaagde gezichtsuitdrukking, en daarom had Issy verder maar geen vragen gesteld.

Issy had alle zaterdagkranten al doorgebladerd – ze had gedacht dat ze de benen uit haar lijf zou lopen, maar nu was ze ineens uitzonderlijk goed op de hoogte van het wel en wee van de wereld – toen ze het welkome geklingel hoorde van het kleine belletje dat ze boven de deur hadden geïnstalleerd. Ze keek op en zag een bekend gezicht.

Des had geen idee wat je met een baby hoorde te doen. Jamie hield maar niet op met huilen, tenzij je met hem ging lopen. Buiten was het nog steeds koud, en Jamie was alleen gelukkig als hij werd rondgereden of opgetild. De dokter had gezegd dat hij gewoon wat last van koliek had, en toen Des had gevraagd: 'Koliek? Wat is dat?', had de dokter meelevend geglimlacht en gezegd: 'Nou, dat is de term voor baby's die iedere dag urenlang huilen.' Des was zowel geschrokken als teleurgesteld geweest. Hij had gehoopt dat de dokter zou zeggen: 'Geef hem dit medicijn, dan houdt hij direct op en wordt je vrouw ook weer vrolijk.'

Toen hij weer door Albion Road liep, aangezien de muren in hun kleine rijtjeshuis inmiddels op hem af kwamen, had hij geen flauw idee wat hij moest doen − totdat Issy's café hem te binnen schoot. Hij kon best even binnenwippen om te kijken hoe het ging. Wie weet kon hij een gratis kop koffie scoren. En die cakejes waren trouwens ook niet mis.

'Des, hallo!' zei Issy gretig, om vervolgens te concluderen dat Des ten eerste waarschijnlijk verwachtte dat hij nu die gratis kop koffie kreeg (die hij eerlijk gezegd wel verdiende), en ten tweede dat hij een baby bij zich had die krijste alsof zijn leven ervan afhing. Daar kon Corinne Bailey Rae niet tegen op.

'O, wat een leuk...'

Issy wist nooit wat ze over baby's moest zeggen. Ze had nu een bepaalde leeftijd bereikt: als ze té enthousiast was nam iedereen aan dat ze rammelende eierstokken had en kregen ze spontaan medelijden met haar, maar als ze juist te weinig interesse toonde, vonden mensen haar verbitterd en jaloers en dachten ze dat ze stiekem vreselijk graag een baby wilde maar dat niet durfde te laten blijken. Het was een mijnenveld.

'Hé, hallo, kleine...' Ze keek vragend naar Des. De baby kneep zijn gezichtje samen en kromde zijn rug, ter voorbereiding op de volgende brul.

'Het is een jongetje, Jamie.'

'Dag, kleine Jamie. Wat lief! Welkom.'

Jamie nam een grote teug lucht en vulde zijn longen. Des zag de waarschuwingstekens ook.

'Eh, mag ik een latte alsjeblieft?'

Des haalde resoluut zijn portemonnee tevoorschijn. Hij was van gedachten veranderd over die gratis koffie; al die geluidsoverlast was al erg genoeg.

'En een cakeje,' wierp Issy hem toe.

'Eh, nee...'

'Je krijgt cake,' zei Issy, 'en daarmee uit.'

Toen ze dat zei, hief het meisje op de bank achterin haar verdrietige gezichtje op. Issy glimlachte naar haar.

'Sorry?' schreeuwde ze naar de moeder van het meisje, proberend boven Jamies harde gebrul uit te komen. 'Wil je dochtertje misschien wat lekkers? Gratis en voor niets, we zijn pas open.'

Onmiddellijk op haar hoede keek de vrouw op van haar tijdschrift. 'Eh, nee, hoeft niet, nee, dank je,' zei ze, en nu viel haar Oost-Europese accent ineens erg op; het was Issy niet eerder opgevallen.

'Geen zorgen!' riep Issy. 'Alleen vandaag.'

Het kleine meisje, dat een goedkoop en wat smoezelig roze shirtje droeg dat te dun leek voor dit weer, kwam naar de kassa gerend en zette grote ogen op. De moeder keek toe, al iets minder op haar hoede, en stak haar handen in de lucht, ten teken van onwillige toestemming.

'Welke wil je hebben?' vroeg Issy, en ze boog zich dichter naar het meisje aan de andere kant van de toonbank toe.

'Roze,' zei ze met een opgewonden stemmetje. Issy deed de cupcake op een bordje en bracht het plechtig naar hun tafeltje, en liet ondertussen de koffie van Des doorlopen.

Toen zijn koffie klaar was, ijsbeerde Des met de baby in zijn armen door de winkel. Klaarblijkelijk was constante beweging het enige wat hem stilhield.

'Maak je geen zorgen,' zei hij bij wijze van antwoord op

Issy's bezorgde blik. 'Ik neem gewoon om de drie rondjes een hap.'

'Goed hoor,' zei Issy. 'Hoe gaan de zaken?'

Des trok een grimas en ijsbeerde door de zaak.

'Niet geweldig,' zei hij. 'Deze wijk is al jaren in opkomst, maar er komt een moment dat het er gewoon niet meer van gaat komen, snap je?'

Had hij het soms over haar Cupcake Café? vroeg Issy zich verdrietig af, maar ze knikte maar, en glimlachte.

Na zo ongeveer het negende rondje (Issy wist zeker dat wat hij deed niet het beste was voor de baby, maar ze vond dat ze niet genoeg kennis bezat om haar mening te kunnen geven), keek de vrouw die op de bank zat en juist voorzichtig haar vinger in het glazuur van haar dochters cupcake had gedoopt, Des plotseling zeer vastberaden aan.

'Sorry?' zei ze. Des bleef stokstijf staan. Jamie stootte met een brul uit, die iets weg had van het opstijgen van een vliegtuig.

'Eh, ja?' zei hij, en hij nam een grote slok koffie. 'Issy, dit is echt goed spul,' zei hij, met halfopen mond.

'Geef me je baby,' zei de vrouw.

Des keek naar Issy. Het gezicht van de vrouw betrok.

'Ik ben geen enge vrouw. Geef me je baby. Ik help je.'

'Eh, ik weet niet of...'

En toen viel er ineens een vreselijk politiek incorrecte stilte, tot Des doorkreeg, wat onvermijdelijk leek, dat als hij haar de baby niet zou geven, het leek alsof hij de vrouw van iets vreselijks betichtte. En zoals het een echte Engelsman betaamt, werd het hem allemaal veel te pijnlijk wanneer een ander zich door zijn toedoen beledigd en beschaamd voelde. Issy glimlachte bemoedigend toen Des de krijsende baby aan de vrouw gaf, wier dochtertje direct kwam aangedribbeld en op haar tenen ging staan kijken. De vrouw zong een lied:

'Sa ziza zecob dela dalou'a
Boralea'e borale mi komi oula
Etawuae'o ela'o coralia wu'aila
Ilei pandera zel e' tomu pere no mo mai
Alatawuané icas imani'u'

Ze keek lief naar Jamie, die, verbaasd omdat hij in de armen van een vreemd iemand lag, even stilviel, alvorens met zijn grote blauwe ogen naar haar op te kijken. De vrouw gaf voorzichtig een kusje op zijn hoofd.

'Misschien is het wel een heks,' fluisterde Des tegen Issy.

'Sssst!' zei Issy, gefascineerd door wat de vrouw deed. Jamie opende juist zijn mond om zich op te maken voor zijn volgende brul, toen de vrouw de baby rustig en vol zelfvertrouwen omdraaide en hem op haar arm legde, zodat hij op zijn buik lag en zijn armpjes en beentjes omlaagbungelden. Heel even kronkelde Jamie over haar arm, waarna Des instinctief een stap dichterbij zette – aangezien het kindje zo vervaarlijk op één ledemaat balanceerde dat het leek te gaan vallen – maar toen gebeurde het onmogelijke: Jamie knipperde eenmaal met zijn grote, glazige blauwe ogen, en nog een keer, en daarna vond zijn kleine roze mondje op de een of andere manier zijn duim en werd hij rustig. Binnen een paar seconden werden zijn oogleden, net als in tekenfilms, zwaarder en zwaarder... en viel Jamie in een diepe slaap. Ze stonden erbij en keken ernaar.

Des schudde zijn hoofd.

'Hoe... hoe...? Heb je hem een pilletje gegeven of zo?'

Dat verstond de vrouw gelukkig niet.

'Hij is erg moe.' Ze keek naar Des. 'Jij bent ook erg moe,' zei ze vriendelijk.

Plotseling, en dat was heel ongewoon, dacht Des dat hij misschien wel moest huilen. Zelfs bij Jamies geboorte had hij niet gehuild; voor het laatst bij het overlijden van zijn vader. Maar op de een of andere manier...

'Ik ben best... een klein beetje moe, ja,' zei hij prompt, en hij plofte naast haar op de bank neer.

'Hoe krijg je dat voor elkaar?' vroeg Issy verbouwereerd. Het leek wel tovenarij.

'Eh...' zei de vrouw, zoekend naar woorden. 'Hmm. Even denken. Het is als een tijger in een boom.'

Ze keken haar aan.

'Als baby'tjes pijn in hun buik hebben... liggen ze graag als een tijger in een boom. Dat helpt tegen de buikpijn.'

En inderdaad, Jamie had wel iets weg van een slaperige kat die tevreden op een tak lag. Kundig legde de vrouw hem op zijn buik in de kinderwagen.

'Eh,' zei Des, die graag wilde laten zien dat hij wel íéts van opvoeden wist, 'je hoort ze niet op hun buik te leggen.'

De vrouw keek hem streng aan.

'Baby's met buikpijn slapen beter op hun buik. Kijk zelf maar. Hij is niet dood.'

Het moest gezegd dat Jamie er inderdaad gelukzalig bij lag, zoals alleen kleine baby'tjes in diepe slaap dat kunnen. Zijn volle, lichtroze mondje stond open, en het enige wat bewoog was zijn smalle ruggetje dat heel rustig op en neer ging. De vrouw pakte het dekentje en stopte hem stevig en strak in, zodat hij nauwelijks meer kon bewegen. Des, die gewend was Jamie in zijn slaap te zien worstelen en wurmen alsof hij een onzichtbare vijand te lijf ging, keek met open mond toe.

'Ik denk dat ik nog wel een kop koffie lust,' zei hij ongelovig. 'En eh... zou je mij misschien,' zei hij en hij nam vol verbazing een slok, 'de krant willen aangeven?'

Issy dacht er glimlachend aan terug. Natuurlijk had het uiteindelijk maar vier pond opgeleverd, maar Des en de vrouw, wier naam Mira bleek te zijn, hadden lekker gekletst en konden het goed met elkaar vinden, en voor even had het café zich gevuld met het geroezemoes waar Issy zo naar had verlangd. Toen was haar buurman de ijzerhandelaar weer langsgelopen en had hij een tijdlang – ondraaglijk lang – het menu op het raam staan bestuderen, om vervolgens weer door te lopen. Issy had 'hallo!' geroepen maar hij had niets teruggezegd. Ze begon een hartgrondige hekel te krijgen aan het tergend trage getik van de klok. Rond lunchtijd waren er twee tienermeisjes binnengekomen die precies genoeg geld hadden neergeteld om één plak chocoladegembercake te kunnen delen, met twee glazen water erbij, maar tegen de tijd dat de deur om halfvier opnieuw klingelde, waren die meisjes al weg. Het was Helena.

'Is het zo erg?' vroeg Helena.

Tot haar verbazing merkte Issy dat ze wat geïrriteerd was. Normaal gesproken irriteerde Helena haar nooit. Ze waren al zo lang vriendinnen. Maar Helena kwam precies op het moment dat ze zich het minst succesvol voelde, en dat was bijna gemeen.

'Hé,' zei Helena. 'Hoe gaat het?'

'Wil je een niet-verkochte cupcake?' vroeg Issy, iets bitser dan haar bedoeling was.

'Jawel,' zei Helena, en ze haalde haar portemonnee te-voorschijn.

'Doe die portemonnee weg,' zei Issy. 'Aan het eind van de dag moet ik toch alles weggooien, vanwege de voedsel-veiligheid.'

Helena trok haar wenkbrauwen op. 'Stil jij. Niks ervan. Ik zou dit ding niet eens moeten eten. Eén voordeel: ik ben wel een cupmaat omhooggegaan.'

'Een cupcake groter!' zei Issy. 'Ha! Ik ben in ieder geval nog steeds hilarisch.'

'Waarom ga je niet wat eerder dicht, dan gaan we naar huis om *Grosse Pointe Blank* te kijken en dan bellen we al onze oude vrienden op die ons nooit meer bellen om te zeggen dat wij morgen lekker gaan uitslapen, terwijl zij om vijf uur op moeten om flesjes op te warmen.'

'Verleidelijk,' zei Issy berouwvol. 'Maar dat kan niet. We zijn tot halfvijf open vandaag.'

'Wat is er gebeurd met "Ik ben mijn eigen baas en ik kan doen wat ik wil?" Ik dacht dat je daarom je eigen bedrijf was begonnen?'

'En,' zei Issy, 'ik moet ook nog de kas opmaken en de boekhouding voor deze week doen.'

'Nou, dat kan niet lang duren, toch?'

'Helena?'

'Te hard?'

'Ja.'

'Ik koop de wijn.'

'Prima.'

'Prima.' Precies op dat moment rinkelde het belletje opnieuw.

Vermoeid keek Austin om zich heen. Hij wist dat ze pas net open waren, maar toch was het fijn geweest om een paar klanten te zien, en om Issy de handen uit de mouwen te zien steken. Nu zat ze op de toonbank met haar vriendin te beppen.

Darny was naar apenkooien, en Austin had het vermoeden dat hij iets heel belangrijks vergeten was. Dat had hij vervelend genoeg wel vaker, maar hij had grote moeite zich te herinneren wat. Na het overlijden van hun ouders had de maatschappelijk werker die de voogdij had afgehandeld gezegd dat hij naar een therapeut moest. Die therapeut had gesuggereerd dat de chaos in zijn leven op een bepaalde manier een schreeuw om hulp was naar zijn ouders, om terug te komen en hem te helpen, en de therapeut had gezegd dat hij van een partner beter niet hetzelfde kon verwachten. Austin vermoedde dat het je reinste onzin was, maar dat maakte geen donder uit wanneer hij, zoals een halfuur daarvoor was gebeurd, tot de ontdekking kwam dat hij zijn kopie van de huurovereenkomst van de winkel kwijt was. En als hij die niet snel zou terugvinden, voor in het dossier, zou Janet hem er flink van langs geven.

'Eh, hallo daar,' zei hij.

Schuldbewust sprong Issy op. Het zou fijn zijn, dacht Issy, als mensen die iets met haar bedrijf te maken hadden, ook eens langs zouden komen op momenten dat het lekker druk was. Eerlijk gezegd had ze liever gehad dat Helena er niet was; het stond niet zo professioneel. Zeker niet als Helena haar een por gaf en als een vrouwelijke Groucho Marx haar wenkbrauwen optrok.

'Hallo!' zei ze. 'Wil je een cupcake, voor Darny?'

'Geef je ze weg?' zei Austin met een twinkeling in zijn ogen. 'Dat staat vast niet in het businessplan.'

'Dan heb je het niet goed gelezen,' zei Issy, die zich opeens opgewonden voelde. Het was die grijns van hem. Enorm afleidend, en totaal niet bankiersachtig.

'Klopt, dat heb ik ook niet,' zei Austin instemmend. 'Hoe gaat het?'

'Nou, dit is nog onze *soft launch*.' zei Issy. 'Het duurt natuurlijk even voor het allemaal goed loopt.'

'Ik heb het volste vertrouwen in je businessplan,' zei hij snel.

'Dat je niet gelezen hebt,' zei Issy.

Austin had breder geglimlacht als hij het daadwerkelijk gelezen had, maar hij was totaal op zijn instinct afgegaan, zoals hij dat bij leningen altijd deed. Meestal werkte dat in zijn voordeel. Hij mocht graag denken dat als Sherlock Holmes het op instinct redde, dat ook goed genoeg was voor een bankier.

'Weet je, ik ken iemand die marketingworkshops geeft,' zei hij, en hij schreef wat gegevens voor Issy op. Ze bestudeerde deze zorgvuldig en stelde een paar vragen. Hij leek oprecht geïnteresseerd te zijn. Hij moest natuurlijk zijn investering beschermen.

'Dank je,' zei Issy tegen Austin. Het was best vreemd om hem zulke nuttige dingen te horen zeggen, terwijl hij zelf zijn gestreepte trui binnenstebuiten aanhad. 'Je trui zit binnenstebuiten.'

Austin keek naar zijn trui.

'O, ja, weet ik. Darny vindt dat de merkjes van je kleren aan de buitenkant moeten zitten, want dan weet je tenminste dat je de juiste kleding draagt. En ik ben er niet in geslaagd om hem er op een logische manier van te overtuigen dat dat niet zo is, dus daarom dacht ik, weet je, ik speel het spelletje mee totdat hij er zelf achter komt. Dat stadium zou hij inmiddels waarschijnlijk ontgroeid moeten zijn, hè?'

'En hoe gaat hij er dan achter komen dat jij het mis hebt?' vroeg Issy glimlachend.

'Goed punt,' zei Austin, en hij trok in één moeite door zijn trui uit. Hij trok per ongeluk een stukje van een mosgroen T-shirt mee, waardoor zijn platte buik te zien was. Issy betrapte zich erop dat ze ernaar keek, en realiseerde zich dat Helena naar haar keek, met pretoogjes. Haar oude gewoonte stak weer eens de kop op: ze voelde haar wangen gloeien, en werd vreselijk rood.

'Geen idee,' zei Austin, die ondertussen gewoon doorpraatte. 'Ik probeerde hem alleen maar op tijd bij apenkooien te krijgen. Ik neem aan dat de andere kinderen nu vreselijke dingen tegen hem gaan zeggen en hem aan het huilen maken, net zolang tot hij zich aanpast, zijn individualiteit eruit stampt en in een mak schaap verandert.'

Hij deed zijn trui weer goed aan en keek om zich heen op zoek naar Issy, maar die was naar beneden gevlucht.

'Eh, ik zal dat huurcontract even voor je halen!' riep ze vanuit het trapgat. Helena glimlachte veelbetekenend.

'Blijf even een kop koffie drinken,' zei ze.

Boven de wastafel van het cateringgedeelte plensde Issy koud water in haar gezicht. Bespottelijk gewoon. Ze moest zichzelf nodig onder controle krijgen; ze moest nota bene met Austin samenwerken. Ze was toch geen twaalf meer!

'Alsjeblieft.' Ze kwam tevoorschijn, met slechts een lichte blos. 'Neem een cupcake mee voor Darny. Ik sta erop. Bij wijze van... hoe noemen jullie marketingmensen dat ook alweer? Sample.'

'Het uitdelen van samples aan mensen die één pond zakgeld per week krijgen zal waarschijnlijk niet door een kosten-batenanalyse komen,' zei Austin, 'maar toch bedankt.' Hij nam het cakeje van haar aan en merkte dat zijn vingers het net iets te lang bleven vasthouden, alsof hij de plek die Issy had aangeraakt niet wilde loslaten.

'En toen,' zei Helena, en ze schonk de fles wijn leeg, 'en toen sleepte je hem de trap af naar je voorraadkast en...'

Issy beet op haar lip. 'Hou op!' zei ze.

'En nam hij je in zijn mannelijke, rekenmachine-dragende armen...'

'Hou op!' zei Issy. 'Of ik smijt een kussen naar je hoofd.'

'Je kunt kussens gooien zoveel je wilt,' zei Helena. 'Maar ik vind hem nu al negenduizend procent leuker dan Graeme.'

Zoals altijd wanneer Graemes naam viel, werd Issy wat stil.

'O, Iss, kom op nou, ik plaag je maar. Wees nou niet zo gevoelig.'

'Ja, ja, ik weet het. Trouwens, Austin kwam alleen langs om dat huurcontract getekend te krijgen. En om me op m'n donder te geven omdat ik te weinig doe, dat stond zowat op z'n gezicht geschreven toen hij binnenkwam.'

'Op een zaterdag?'

'Het is een local. Hij woont hier vlakbij. Kent de buurt op z'n duimpje.'

'Ja, want zo slim en geweldig is hij namelijk. Kwijl kwijl kwijl!'

'Hou je kop!' Issy smeet een kussen naar Helena's hoofd.

'En ik moet vroeg naar bed vanavond. Ik heb van alles te doen morgen.'

'Kwijlen bijvoorbeeld?'

'Slaap lekker, Helena. Jij hebt echt een hobby nodig.'

'Maar dat ben jij!'

Die zondag zat de trein bomvol dagjesmensen: hordes mannen die de dag ervoor naar een wedstrijd waren geweest, luidruchtig uit hun blikjes dronken, en morsten, en naar hun vrienden aan de andere kant van het gangpad blèrden. Issy vond een rustig hoekje voor zichzelf en haar boek, staarde naar haar vermoeide spiegelbeeld in het raam van de trein, en dacht terug aan haar bezoek aan opa Joe.

'Nou, je wilt niet weten hoe goed dat feestje hem heeft gedaan,' zei Keavie toen ze binnenkwam. 'Al is hij sindsdien wel moe. En misschien een klein beetje... verstrooid.'

'Het komt zeker weer terug?' had Issy geschrokken geantwoord. 'Het zet door.'

Keavie trok een gekweld gezicht en legde haar hand op Issy's arm. 'Je weet dat... Ik bedoel, daarom is hij hier, dat weet je toch?' zei ze.

Issy knikte. 'Ja, ik weet het. Ik weet het. Het is alleen... het leek zo goed te gaan.'

'Ja, dat is ook zo, maar de wetenschap dat er voor ze gezorgd wordt, houdt mensen soms nog een paar maanden op de been.'

Issy keek terneergeslagen. 'Maar niet voor altijd.'

Keavie keek ook verdrietig. 'Issy...'

'Ja, ja, ik weet het. Het is een ongeneeslijke ziekte, een progressieve aandoening.'

'Hij heeft wel zijn momenten,' zei Keavie. 'De afgelopen paar dagen was hij trouwens heel goed te pas, dus misschien heb je geluk. En hij vindt het altijd fijn als jij op bezoek komt.'

Het kostte Issy flink wat wilskracht om, voor de tweede

keer in even zoveel dagen, haar gezicht terug in de plooi te krijgen. Ze marcheerde de kamer binnen.

'Dag opa!' zei ze luid. Joe deed zijn ogen een klein beetje open.

'Catherine!' zei hij. 'Margaret! Carmen! Issy!'

'Issy,' zei Issy dankbaar, en ze vroeg zich in een flits af wie Carmen was. Ze gaf hem een knuffel en voelde de behaarde huid, die iedere keer dat ze op bezoek kwam losser om zijn botten leek te hangen. 'Hoe gaat het met u, opa? Bent u veel buiten geweest? Geven ze u wel genoeg te eten?'

Joe maakte een afwerend gebaar met zijn handen. 'Nee, nee, nee,' zei hij. 'Nee. Dat is het niet.'

Hij leunde zo ver mogelijk naar Issy toe. Het kostte hem moeite en er steeg gereutel uit zijn borst op.

'Soms,' zei hij traag. 'Soms begrijp ik het allemaal niet meer zo goed, mijn lieve Issy.'

'Dat weet ik, opa,' zei Issy, en ze pakte zijn hand. 'Maar dat doet eigenlijk niemand.'

'Nee,' zei hij. 'Dat weet ik. Maar dat bedoelde ik niet...'

Hij leek de draad van zijn verhaal kwijt en keek door het raam naar buiten. Toen wist hij zich te herpakken.

'Ik... ik denk, Issy, dat ik soms dingen zeg die niet helemaal kloppen, dat ik sommige dingen alleen maar droom...'

'Vertelt u verder, opa.'

'Heb jij... heeft mijn kleine Issy tegenwoordig een bakkerij?'

Hij sprak het woord 'bakkerij' uit zoals je 'Gouden Hemelrijk' zou zeggen.

'Ja, opa! Die hebt u gezien, weet je nog? U was ook op dat feestje.'

Joe schudde zijn hoofd. 'De verpleegsters lezen me iedere ochtend die brieven voor,' zei hij, 'maar ik kan het allemaal niet onthouden.'

'Ik heb inderdaad een bakkerij, dat klopt,' zei Issy. 'Al is het meer een patisserie. Cakejes en taartjes. Ik bak geen brood.'

'Brood bakken is ook een mooi beroep,' zei Joe.

'Dat is waar. Dat is zeker waar. Dat van mij is eerder een café.'

Issy zag de ogen van haar opa waterig worden. Dat was niet de bedoeling, hij kon maar beter niet al te emotioneel worden.

'Mijn kleine Issy. Een bakker!'

'Goed hè? Maar weet u, ik heb alles van u geleerd.'

De oude man kneep hard in Issy's hand.

'En, gaat het goed? Kun je ervan leven?'

'Mmmm,' zei Issy. 'Nou, we zijn nog maar pas open. Weet u... om eerlijk te zijn vind ik het allemaal best lastig.'

'Dat is omdat je nu een zakenvrouw bent, Issy. Alle verantwoordelijkheid rust op jouw schouders... Heb je kinderen?'

'Nee, opa Joe. Nog niet,' zei Issy een beetje verdrietig.

'Nee, ik heb geen kinderen.'

'O. Dus je hoeft alleen voor jezelf te zorgen? Nou, dat scheelt.'

'Hmm-mm,' zei Issy. 'Maar ik moet wel zorgen dat ik klanten de drempel over krijg.'

'Nou, maar dat is niet zo moeilijk,' zei Joe. 'Een bakkerij hoeven mensen alleen maar te ruiken, dan komen ze vanzelf.'

'Dat is nou net het probleem,' zei Issy peinzend. 'De mensen kunnen ons niet ruiken. We zitten veel te ver weg van alles, te goed verstopt.'

'Dat is inderdaad een probleem,' zei Joe. 'Maar breng je jouw producten wel naar de mensen toe? Ga je er de straat mee op? Laat je de mensen wel zien wat je verkoopt?'

'Niet echt,' zei Issy. 'Ik ben vooral druk in de keuken. Zou dat niet een beetje... wanhopig overkomen, als ik mensen op straat eten onder hun neus duw? Ik weet zeker dat ik zelf niets zou aannemen als ik op straat iets aangeboden kreeg.'

Er kwam een verontruste uitdrukking op Joe's gezicht.

'Heb je dan niets van mij geleerd?' zei hij. 'Weet je, het is niet alleen een kwestie van roomhoorntjes en petitfourtjes maken!'

'Ik dacht, als de cupcakes maar groot genoeg zijn...'

'Toen ik in Manchester begon met werken, in 1938, vlak voor de oorlog, was iedereen doodsbang. Niemand had een cent te makken, laat staan geld voor chique taartjes.'

Issy had dit verhaal al vaker gehoord, maar ze vond het fijn om ernaar te luisteren. Ze leunde lui achterover in haar stoel, net als toen ze een klein meisje was en haar opa haar 's avonds kwam instoppen.

'Mijn vader was omgekomen in de Eerste Wereldoorlog, en in die tijd waren bakkerijen niet bepaald fijne plekken: zwart brood, muizenkeutels en god weet wat nog meer. Je was allang blij als je voor een prikkie kon krijgen wat je nodig had om je kroost te voeden. Het kon de mensen niets schelen. In dat deel van de wereld was er helemaal geen markt voor chique taartjes. Maar ik begon jong, en niemand was hongeriger dan ik. Ik stond om vier uur op, veegde de vloeren, zeefde meel, kneedde deeg. Kneden zeg je? Ik had armen als een bokser, echt waar, lieve Isabel. Mensen zeiden er vaak iets over. Vooral de dames.'

Joe zag eruit alsof hij zowat in slaap viel, dus Issy leunde wat dichter naar hem toe.

'Maar al dat harde werken, dat vroege opstaan en die grote zakken meel hadden één voordeel. Als het in de winter koud was - en dan bedoel ik écht koud.' Joe keek om zich heen. 'Hier is het nóóit koud. Ze pakken je hier altijd helemaal in met shawls en ochtendjassen, tot je het zo warm krijgt dat je zowat openbarst, als een worstje. Maar als het buiten bere-koud was en je 's ochtends binnenkwam – de ovens gingen nooit uit, weet je dat, ze bleven de hele nacht aan, zodat het brood altijd vers was, echt waar. Dus dan werd je wakker en man, in het huis van mijn moeder – jouw overgrootmoeder

Mabel – o man, stervenskoud was het daar! IJsbloemen op de dekens en de ramen. Er wilde daar niets drogen in de winter, dus hield je het maar aan. Als ik 's ochtends het vuur aanmaakte, kon ik de aanmaakhoutjes niet aansteken zonder te trillen. We hebben een aantal behoorlijk strenge winters gehad. Maar dan stapte je de bakkerij binnen, en dan voelde je ineens die warmte, tot diep in je botten, en die warmte trok meteen in je natte goed, in die klamme wol en je gekloofde handen. Er kwamen altijd kleine kindjes binnen, Isabel, en dan kon je aan hun gezichten zien hoe dol ze waren op die warmte en die geur. Toen waren de mensen nog écht arm, Issy, niet zoals tegenwoordig, nu zelfs arme mensen flatscreens hebben.'

Issy liet dit gaan en gaf een klopje op zijn hand.

'Een beetje wat de pub voor mij is, denk ik,' zei Joe. 'Warm, vriendelijk en met altijd iets te smikkelen. Zo hoort het. Gastvrij en verwelkomend.' Hij leunde naar voren.

'En als een vrouw thuis een baby had die ze nauwelijks kon voeden, als iemand een voedselbon tekortkwam, of gewoon te veel monden te voeden had – zoals bij de familie Flaherty, dat weet ik nog heel goed, die kregen ieder jaar een baby en het lukte Patrick nooit om dezelfde baan te houden. Nou, dan gaf je ze dus wat extra's. Een brood dat niet helemaal goed gelukt was, of bolletjes van een paar dagen oud. En dat vertelden de mensen aan elkaar door. Natuurlijk probeerden andere mensen ook iets gratis te krijgen. En sommigen kwamen gewoon terug omdat je goed voor ze was. Maar één ding kan ik je wel vertellen: ieder kind van de Flaherty's – en dat waren er minstens dertien, op een gegeven moment ben ik gestopt met tellen – ieder kind van de Flaherty's, en toen ze volwassen werden en banen kregen weer hun kinderen, en daar de kinderen weer van, die gingen studeren en alles – iedere Flaherty kocht zijn hele leven brood bij Randall's. Ik had die bakkerij ook kunnen runnen met alleen de Flaherty's als klanten. Zo gaat het als je een zaak hebt. Sommige mensen beroven je waar je bij staat, anderen geven je een trap na als het slecht gaat, maar je brengt warmte en gezelligheid, want daar houden de mensen van. *Aye.*'

Joe leunde achterover in zijn stoel. Hij zag er uitgeput uit.

'Opa,' zei Isabel, en ze leunde voorover en kuste hem recht op zijn neus. 'U bent briljant.'

De oude man keek met zijn waterige oogjes naar haar op. 'Wat is dit nu? Wie ben jij? Marian, ben jij dat?'

'Nee, opa. Ik ben het. Isabel.'

'Isabel? Mijn kleine meiske, Isabel?' Hij bekeek haar nog eens goed. 'Wat doe jij tegenwoordig, mijn lieve schat?'

11

Een hapje zonneschijn om met de wereld te delen:
cupcakes met aardbeienmeringue

Voor 24 cupcakes

250 gram ongezouten boter op kamertemperatuur
250 gram fijne kristalsuiker
4 eieren
250 gram zelfrijzend bakmeel
4 eetlepels melk (vol of halfvol maar niet mager)
6 tot 8 eetlepels aardbeienjam

Voor de botercrème van Zwitserse meringue

8 eiwitten
500 gram fijne kristalsuiker
500 gram ongezouten boter
4 theelepels vanille-extract
8 eetlepels aardbeienjam, zonder pitjes

Verwarm de oven voor op 190°C/heteluchtoven 170°C/gasoven stand 5.

Klop de boter en de suiker tot een bleek en luchtig beslag. Doe de eieren, het zelfrijzend bakmeel en de melk erbij en klop alles door elkaar tot een glad beslag. Verdeel het beslag met een lepel eerlijk over 24 papieren cakevormpjes.

Lepel op ieder cakeje een beetje jam en roer de jam met een cocktailprikker door het beslag.

Bak de cakejes 15 minuten, of totdat een satéprikker er schoon uit komt.

Zo maak je de botercrème van Zwitserse meringue

Doe de eiwitten met de suiker in een kom en zet die boven op een pan zacht kokend water. Blijf continu in de kom roeren zodat het eiwit niet stolt. Na 5 à 10 minuten moet de suiker helemaal zijn opgelost. Haal dan de kom van de pan kokend water af en blijf de meringue kloppen tot de eiwitten stijf zijn en het mengsel is afgekoeld.

Doe de boter en het vanille-extract bij de meringue en klop tot de boter helemaal is opgenomen. In het begin zal de crème er vreselijk uitzien, ingestort en geschift (haha), maar geen zorgen, het komt goed! Stop met kloppen zodra de crème glad, licht en fluffy is.

Klop de jam door de botercrème. Wil je dat de crème een fellere kleur roze wordt? Doe er dan een beetje voedselkleurstof door. Lepel de botercrème in een spuitzak en spuit op iedere cupcake een mooie rozet. Maak af met suikerhageltjes of andere versiersels.

Snijd de cakejes in vieren, doe de stukjes cake in kleine papiertjes en steek er een cocktailprikkertje in. Probeer voorbijgangers te paaien om ze te proeven, zodat ze versteld staan van hoe geniaal je bent, langskomen in je winkel, heel veel geld uitgeven en jou voor een faillissement behoeden.

'Eén, twee, dwie!' Louis, wiens handen ze grondig hadden gewassen, mocht de minicupcakes in hun speciale trommel doen. Het waren er aanzienlijk meer dan drie, maar verder dan dat kon hij nog niet tellen. Issy's zenuwen rezen die ochtend de pan uit, omdat ze voor iedereen die ze bedenken kon gratis samples aan het maken was.

'We veranderen compleet van strategie,' zei ze tegen Pearl.

'Dus in plaats van onze cupcakes aan het einde van de dag

weg te gooien, geven we ze weg aan de mensen?' had Pearl
gezegd. Ze wilde Issy's enthousiaste bui niet verpesten; een
flinke dosis positiviteit kwam hen in dit stadium goed van
pas. Issy had Zac opgebeld en hem net zolang complimentjes
over zijn kapsel gegeven tot hij een mooie flyer voor haar
had ontworpen, die ze om vijf uur 's ochtends, toen ze van
de opwinding niet meer kon slapen, had laten printen bij de
copyshop aan Liverpool Street.

Kom naar het Cupcake Café

Drukke dag? Gestrest?
Bent u toe aan rust,
hemelse cake en een goede kop koffie?
Kom dan naar Pear Tree Court 4,
op de hoek met Albion Road.
Gratis cupcake en ontspanning bij iedere kop koffie
op vertoon van deze flyer.

En op de achterkant had ze het menu laten afdrukken.
'Zorg dat je iedereen op het kinderdagverblijf een flyer
geeft,' zei Issy streng.
'Iss,' zei Louis.
'Eh, oké,' zei Pearl verwonderd. Het kinderdagverblijf was
heel anders dan ze verwacht had. Hoewel het officieel een
door de overheid gesubsidieerde crèche voor jonge kinderen
uit achterstandsgezinnen was – ze kon niet ontkennen dat
de opvang heel goede faciliteiten had, zoals schoon, nieuw
speelgoed en boeken zonder scheuren – barstte het er niet

bepaald van moeders zoals zij, die moeite hadden om de eindjes aan elkaar te knopen en misschien ook alleenstaand waren. Ze zag hordes knappe jonge moeders: welgestelde vrouwen die dubbel parkeerden, de weg blokkeerden met hun enorme terreinwagens, elkaar allemaal leken te kennen en op luide toon gesprekken voerden over interieurdesigners en het inhuren van entertainers voor de feestjes van hun kinderen.

Hun kinderen liepen er niet bij zoals Louis, van wie Pearl altijd had gedacht dat hij er heel leuk uitzag, met zijn trainingspakjes en zijn blinkend witte gympjes. Deze kinderen droegen klassieke gestreepte Bretonse truien en wijde korte broeken tot op de knie, hadden lang haar en zagen eruit als kinderen van heel vroeger. Dat kon toch niet praktisch zijn, dacht Pearl, aangezien kinderen altijd nogal vies werden. Die truien waren van katoen, dus daar zouden binnen de kortste keren gaten in komen, en wat een berg strijkwerk zou dat geven! Al zagen deze vrouwen er niet uit alsof ze zelf streken. Het viel Pearl ook op dat wanneer er uitnodigingen voor kinderfeestjes werden uitgedeeld, of kinderen met elkaar afspraken om te spelen, Louis – die met ieder kind zoet kon spelen, zijn speelgoed altijd deelde en de kinderleidster Jocelyn iedere dag een knuffel gaf, haar Louis, naar wie de andere vrouwen vriendelijk maar nietszeggend lachten en over wie ze clichéopmerkingen maakten als 'Is het geen schatje?' – nooit werd uitgenodigd. Haar knappe, mooie, lieve zoon.

En Pearl wist zeker dat het niets met zijn huidskleur te maken had, ook al zou haar jongere ik luidkeels hebben geroepen van wel. Er waren Chinese en Indiase kinderen, kinderen van gemengde afkomst, Afrikaanse kinderen, en alles ertussenin. De meisjes droegen topjes van gedessineerde mousseline op spierwitte linnen broekjes, met als het regende stippeltjeslaarzen eronder, en hadden lang glanzend haar of een leuk bobkapsel met een pony. De jongetjes zagen er gezond en blozend uit en waren gewend buiten rond te rennen of rugby te kijken met hun vaders – over vaders en zonen werd er op de opvang veel gesproken. Dat was in haar wijk in Lewisham wel anders.

Pearl wist dat het met haar te maken had: haar kleding, haar gewicht, haar stijl, haar stem. En dat bleef kleven aan Louis, haar perfecte zoon. En nu moest ze die verdomde flyers en die stomme gratis samples uitdelen aan al die perfecte vrouwen, alsof ze een verkoper van de straatkrant was, zodat ze alle vooroordelen kon bevestigen. Tamelijk boos stampte ze de miezerige lenteochtend in.

Issy had een veel makkelijkere taak: met een grote trommel onder haar arm kuierde ze naar haar oude bushalte, en ze liet haar opgewerkte humeur niet verpesten door een beetje regen. Op naar de bushalte. Het voelde bijna net als vroeger.

En ja hoor, daar zag ze, net als altijd, de rij bekende gezichten, allemaal op de uitkijk naar de grote rode bus: de boze jongeman die z'n iPod te hard had staan, de meneer met roos, en ook de mevrouw met de boodschappentassen kwam voorbij gesjokt. En Linda, op wier gezicht direct een lach doorbrak toen ze Issy zag.

'Dag meissie! Heb je al een baan? Echt zonde dat je nooit iets met voeten bent gaan doen, zoals mijn dochter Leanne. Dat bedacht ik laatst nog.'

'Nou,' zei Issy glimlachend. 'Ik heb wel iets gedaan. Ik heb een cafeetje geopend. Kijk, daar!'

Linda draaide zich om, en Issy genoot van haar verbazing.

'O wat héérlijk,' zei Linda. 'Hebben jullie ook baconsandwiches?'

'Nee,' zei Issy, en ze nam zich voor dat als de zaak ooit goed gingen lopen, ze moesten uitzoeken of ze niet toch die stomme baconsandwiches moesten gaan serveren waar iedereen steeds om vroeg. 'We zijn meer van de cake en de koffie.'

'Als hobby?' vroeg Linda.

Issy beet op haar lip. Ze had er een hekel aan als mensen haar bakkunsten een 'hobby' noemden, zeker nu.

'Nou, je weet wat ze zeggen, toch? Maak van je passie je werk,' zei ze glimlachend, met haar kiezen op elkaar. 'Hier, neem een cakeje, en een flyer.'

'Heel graag,' zei Linda. 'O, Issy, ik ben zo blij voor je! En hoe zit het met die leuke vent van je, met die mooie auto?'

'Hmm,' antwoordde Issy.

'Nou ja, binnenkort heb je geen hobby meer nodig, dan zie ik je op de naaiafdeling om voile te kopen voor een sluier.'

'Je moet echt een keer langskomen voor een kop koffie!' zei Issy, die de lach op haar gezicht probeerde te houden. 'Dat zou ik erg leuk vinden.'

'Ja hoor, heel graag. Voor zolang het duurt,' zei Linda. 'Fijn om zo'n hobby te hebben.'

Issy bedwong de neiging om met haar ogen te rollen en liep verder de rij langs, en toen de bus kwam pakte zelfs de jongeman die nooit zijn iPod uitzette een cakeje en zei 'dank je wel'. Ze stak haar hoofd naar binnen in de bus en bood de chauffeur ook een cakeje aan, maar die schudde driftig zijn hoofd, waarna Issy zich enigszins bedrukt terugtrok.

Nou ja, zei ze tegen zichzelf. Je moest ergens beginnen.

Issy zette haar tanden in een werkelijk hemelse cappuccinocupcake, waarvan ze het glazuur zo luchtig had geklopt dat het praktisch schuim was. Voortreffelijk. Of het was ook gewoon cake, dacht Issy.

Hobby m'n reet! zei ze boos in zichzelf. Ze liep langzaam terug richting de winkel en was net op tijd terug om twee schoolkinderen naar buiten te zien rennen, met allebei twee cupcakes in hun vieze klauwen.

'Rotjongens, wegwezen jullie!' schreeuwde ze, en ze was blij dat ze de kassa op slot had gedaan.

De man van de ijzerwarenwinkel kwam juist voorbijgelopen en keek haar bevreemd aan.

'Hallo!' zei Issy, en ze probeerde weer normaal te praten. Hij bleef staan.

'Hallo,' zei hij. Hij had een licht accent dat Issy niet kon plaatsen.

'Ik ben van de nieuwe winkel,' zei Issy, wellicht wat overbodig. 'Wilt u misschien een cakeje?'

Hij ging zeer netjes gekleed, zag Issy, in pak, met een smalle das, een overjas, een shawl en zelfs een chique hoed. Hij zag er erg ouderwets uit. Ze had hem eerder in een bruine overall verwacht.

Hij boog zich over haar caketrommel en koos de allermooiste cappuccinocupcake uit, die hij elegant met twee vingers oppakte.

'Ik ben Issy,' zei ze toen hij zijn keus had gemaakt.

'Aangenaam,' zei de man, en hij liep terug naar zijn winkel, waarvan de rolluiken zoals altijd potdicht waren. Vreemd.

'Ik geef niet op,' zwoer Issy, zelfs nadat Pearl Louis had weggebracht en verslagen terugkwam, wat niets voor haar was. Haar trommel was nog voor meer dan de helft vol. 'Joshua mag geen suiker,' rapporteerde ze, 'Tabitha heeft voedselintoleranties, en de moeder van Olly wilde weten of het meel wel fair trade is.'

'Alles is fair trade,' zei Issy geërgerd.

'Dat heb ik ook gezegd, maar ze zei toch maar nee, voor het geval dat,' zei Pearl mat.

'Geeft niet,' zei Issy. 'We bikkelen gewoon door.'

De volgende ochtend toog Issy naar de Stoke Newington High Street met het idee om in iedere winkel flyers en gratis cakejes achter te laten. Dat was niet zo makkelijk als het leek. In ieder winkeltje werd iedere beschikbare vierkante centimeter al in beslag genomen door flyers voor yogalessen, babygym of babymassage, een circusschool, jazzconcerten, tangolessen, huis-aan-huispakketten met biologische groenten, naaiclubjes, activiteiten in de bibliotheek, amateurtheater en natuurwandelingen. Het leek wel alsof de hele wereld met flyers was beplakt, dacht Issy, en het mooie en elegante ontwerp van Zac leek naast al dat neonoranje en felgeel opeens nogal saai en kleurloos. De mensen in al die winkeltjes kwamen tamelijk lusteloos en ongeïnteresseerd over, hoewel ze de cakejes natuurlijk wel aannamen. Issy maakte van de gelegenheid gebruik om hen eens goed te bestuderen. Het waren mensen met een droom, net als zij, die hadden besloten om ervoor te gaan. Maar wat keken ze allemaal ongelukkig en uitgeput!

Toen ze op ongeveer een derde van de straat was, kwam er een bozige vrouw met een tie-dye T-shirt, een rommelig kapsel en een laatdunkende uitdrukking op haar gezicht op haar af gestormd.

De vrouw viel meteen met de deur in huis: 'Waar denk je dat je mee bezig bent?'

'Ik deel samples uit voor mijn nieuwe café,' zei Issy dapper, en ze hield de vrouw haar trommel voor. 'Wilt u er ook een?'

De vrouw trok een gezicht. 'Vol geraffineerde suikers en transvetten, zodat we allemaal obesitas krijgen en tv-verslaafd worden? Dat dacht ik toch zeker niet!'

Ze was mensen tegengekomen die gewoon niet geïnteresseerd waren, maar Issy realiseerde zich dat er tot nu toe niemand openlijk vijandig op haar café gereageerd.

'Oké, dan niet,' zei ze, en ze deed de deksel weer dicht.

'Je kunt niet zomaar gratis dingen uitdelen,' zei de vrouw. 'Er zitten ook andere cafés in deze straat! En wij zitten hier al veel langer dan jij, dus ik zou maken dat ik wegkwam!'

Issy draaide zich om, en verdraaid als er in de deuropening van een aantal koffiebarretjes en tearooms niet mensen met een vijandige blik in hun ogen stonden te kijken wat er gaande was.

'We hebben trouwens onze eigen coöperatie,' zei de vrouwen. 'We werken met elkaar samen, in een partnerschap. Alles is gezond en alles is fair trade. Wij vergiftigen kinderen tenminste niet. En dat is precies wat de gemeenschap hier wil. Dus hoepel maar lekker een eind op!'

Issy voelde dat ze trilde van boosheid en ontzetting. Wat was dit voor stom rotmens, met haar vieze, vettige, grijze lange haar, die lelijke bril en dat afgrijselijke T-shirt?

'Ik denk dat er voor iedereen plek is,' wist ze met bibberende stem uit te brengen.

'Nee, dat is er niet,' zei de vrouw, die overduidelijk al haar hele leven lang tijdens allerlei bijeenkomsten haar zegje deed, of eigenlijk schreeuwde, en die hier, zover Issy kon zien, alleen maar ontzettend van genoot. 'Wij waren hier eerst. Wij helpen mensen in Afrika, en wat jij doet is voor helemaal niemand goed. Niemand wil jou hier hebben. Dus sodemieter alsjeblieft op, oké? Of vraag het de volgende keer tenminste eerst, voordat je mensen van hun levensonderhoud probeert te beroven.'

Ergens mompelde iemand vanuit zijn deuropening 'Hear, hear,' hard genoeg voor Issy om het te kunnen verstaan. Wankelend en zowat verblind door tranen liep ze weg, waarbij ze de ogen van de andere caféhouders in haar rug voelde branden – in die stomme bloemetjesjurk vonden ze haar vast een ongelofelijke tut. Issy was zich er nauwelijks van bewust waar ze naartoe liep, ze wist alleen dat ze niet opnieuw die menigte door wilde – ze had het gevoel dat ze nooit meer één voet in die straat kon zetten – en dus koerste ze recht op de hoofdweg af, waar ze tenminste kon opgaan in de bonte mensenmassa die zich langs Dalston Road voortbewoog, en waar niemand raar opkeek van een huilende vrouw in een vintagejurk.

Austin baande zich een weg richting de Pound Shop om te kijken of ze daar iets leuks hadden wat Darny aan kon naar een verkleedfeestje. Hij zou graag dat gespierde Spider-Mankostuum kopen dat Darny zo graag wilde hebben, maar nadat hij de naschoolse opvang had betaald, de hypotheek die zijn ouders voor hun overlijden stom genoeg niet hadden afgelost, de dagelijkse uitgaven en de aanmaningen op acceptgiro's die hij had willen omzetten naar automatische incasso's, wat hij steeds vergat, bleef er bar weinig geld over. En aangezien Darny zelden thuiskwam zonder grote scheuren in zijn vieze kleren, had het weinig zin om iets duurs te kopen. (Een paar jaar geleden had Darny een meisje dat al dan niet zijn vriendinnetje was nogal laten schrikken, toen hij de vraag 'Wat vind je leuk om te doen?' had beantwoord met 'Vechten!' en vervolgens boven op haar was gedoken en haar een mep had gegeven om te laten zien wat hij precies bedoelde. Austin had daarna weinig meer van Julia vernomen.) Toen hij bijna aan de overkant van de weg was, zag hij Isabel Randall bij het stopbord staan, maar niet oversteken.

'Hallo!' zei hij.

Issy keek naar hem op en probeerde haar tranen te bedwingen. Ze kon het niet helpen, ze was blij een bekend gezicht te zien. Maar ze durfde het niet aan om iets te zeggen, voor het geval ze in huilen zou uitbarsten.

'Hallo,' zei Austin nogmaals, bang dat ze hem niet had herkend. Issy slikte moeizaam en herinnerde zichzelf eraan dat je met huilen in het bijzijn van je bankadviseur mogelijk wel een heel slechte indruk maakte.

'Eh, ehm. Hallo,' wist ze ten slotte uit brengen, waarbij ze uit alle macht probeerde geen snotregen op hem af te vuren.

Austin was gewend langer te zijn dan andere mensen en constant omlaag te moeten kijken om mensen in hun gezicht te kunnen kijken, en hij vond het vervelend als mensen dachten dat hij naar hen staarde. Aan de andere kant: haar stem klonk erg raar. Hij bekeek haar gezicht. Haar ogen waren waterig en haar neus was rood. Bij Darny was dat zelden een goed teken.

'Alles oké?' vroeg hij.Vroeg hij het maar wat minder vriendelijk, dacht Issy. Dadelijk begon ze door hem weer opnieuw. Austin zag dat ze nogal wat moeite moest doen om zich groot te houden. Hij legde een hand op haar schouder. 'Heb je anders zin om ergens een kop koffie te drinken?'

Meteen toen hij het zei, kon hij zichzelf wel voor z'n kop slaan. Het was Issy's verdienste dat het haar lukte om niet weer in een grote huilbui uit te barsten, en dat er slechts één verdwaalde traan over haar wang biggelde, héél langzaam, niet te missen, en helemaal naar beneden.

'Nee, nee, nee, natuurlijk wil je dat niet... natuurlijk niet. Eh.'

Omdat er geen beter alternatief was, kwamen ze in een vreselijke pub terecht, die vol met alcoholisten zat. Issy bestelde een groene thee, waar ze met haar lepeltje het schuim af schepte. Austin keek nerveus om zich heen en bestelde een Fanta.

'Sorry. Sorry. Sorry,' zei Issy een aantal keer achter elkaar. Maar toen, en ze wist zeker dat ze daar spijt van zou krijgen, gooide ze zomaar het hele verhaal eruit. Hij was ook zó makkelijk om mee te praten. Austin kromp ineen.

'En nu ik je dit verteld heb,' concludeerde Issy, die bang was dat ze opnieuw zou gaan huilen, 'denk je vast dat ik er niets van bak en dat ik veel te slap ben voor een zakenvrouw, en denk je vast dat ik failliet ga, en wie weet ga ik dat ook wel. Austin, als die lui allemaal tegen mij samenspannen... dan is het toch net de maffia? Dan moet ik beschermingsgeld betalen, komen ze me thuis opzoeken en dan stoppen ze een paardenkop in m'n oven!'

'Ik denk dat het allemaal vegetariërs zijn,' zei Austin, die zijn Fanta achteroversloeg en daarbij knoeide op zijn overhemd. Issy slikte en probeerde een onzeker glimlachje.

'Je hebt een beetje gemorst,' merkte ze op.

'Ik weet het,' zei Austin, 'maar als ik met een rietje drink zie ik er heel debiel uit.'

Hij leunde naar haar toe. Plotseling viel het Issy op hoe lang zijn wimpers waren. Het voelde merkwaardig intiem, nu zijn gezicht onverwachts zo dicht bij het hare kwam.

'Luister, ik ken die lui daar wel. Ze kwamen bij ons langs en hadden als missie om ons ethischer zaken te laten doen, dus toen hebben wij uitgelegd dat banken nu eenmaal niet bijzonder ethisch zijn en dat we niet zwart-op-wit kunnen beloven dat een deel van onze investeringen niet in de wapenindustrie zit, aangezien dat momenteel de grootste industrie van Groot-Brittannië is. Toen begonnen ze tegen ons te schreeuwen, noemden ze ons fascisten en stormden ze de bank uit, om ons een tijdje later terug te bellen en alsnog een lening bij ons aan te vragen. Ze waren met z'n zestienen of zo. Een deel van hun businessplan bestond eruit dat ze iedere week vier uur lang wilden vergaderen over het nog eerlijker maken van hun coöperatie. Het schijnt dat het in die vergaderingen nogal eens tot een handgemeen komt.'

Issy glimlachte flauwtjes. Austin probeerde haar natuurlijk alleen maar op te vrolijken – dat zou hij bij iedereen hebben gedaan – en dat werkte wonderwel.

'En maak je over die "cafésolidariteit" maar geen zorgen. Ze hebben allemaal vreselijk de pest aan elkaar in die straat. Serieus, als een van die cafeetjes zou afbranden, zou de rest dolblij zijn. Je hoeft dus niet bang te zijn dat ze een blok vormen. Een blok vormen om hun eigen wc schoon te maken is namelijk al te veel gevraagd – dat viel me op toen ik met Darny een keer een noodgeval had. Te veel veganistisch eten is trouwens een ramp voor je darmen.'

Issy moest lachen.

'Dat lijkt er meer op.'

'Weet je,' zei Issy, 'ik ben niet altijd zo, hoor. Voor dit hele eigen-zaak-gebeuren was ik best een vrolijk persoon.'

'Echt?' zei Austin op ernstige toon. 'Misschien was het hiervoor juist veel erger en ben je nu aan het opvrolijken.'

Issy glimlachte opnieuw. 'O ja, je hebt gelijk, nu weet ik het weer. Eerst was ik een gothic, kwam ik nooit m'n huis uit, luisterde ik naar vreselijk zielige muziek en zuchtte ik de hele tijd.'

Issy zuchtte diep. Austin zuchtte ook.

'Dus toen dacht je, laat ik maar blije cakejes gaan maken...' zei hij.

'Die jij dus nooit eet.'

'Daar heb ik mijn redenen voor.'

'En ja, zo ben ik dus als ik extatisch ben,' zei Issy.

'Ik wíst het,' antwoordde Austin.

Issy voelde zich al iets beter.

'Goed dan,' zei Austin, en hij slaakte opnieuw een diepe zucht. 'Je hebt me overtuigd. Geef me dan maar een van die depressieve cupcakes.'

'Aaah!' zei Issy. 'Nee!'

'Hoe bedoel je, nee? Ik ben je bankadviseur. Geef me onmiddellijk zo'n cupcake.'

'Nee, dat kan ik niet,' zei Issy, met een schuin knikje naar de alcoholisten, die met hun rode neuzen en doorleefde gezichten 's ochtends al in de pub zaten. 'Toen jij net naar de plee ging heb ik ze uitgedeeld. Ze zagen er zo hongerig uit en ze waren er zo blij mee!'

Terwijl ze opstonden om weg te gaan en de rij oude mannen vrolijk op hen proostte, schudde Austin zijn hoofd.

'Je bent veel te goed voor deze wereld, mevrouw Randall.'

'Dat vat ik maar als een compliment op, meneer Tyler.'

'Nee,' zei Austin onverwacht fel terwijl hij de deur voor haar openhield. Hij schrok zelf van hoe graag hij haar wilde... nee, zo mocht hij niet denken. Hij wilde gewoon heel graag dat Issy succes zou hebben. Dat was alles. Ze was een leuk persoon met een leuk café, en hij wilde gewoon dat het balletje zou gaan rollen. Voor haar. Die onverklaarbare golf van tederheid die hem had overvallen toen hij die eenzame traan over haar wang zag rollen, was gewoon medeleven geweest. Tuurlijk.

Ondertussen keek Issy op naar zijn knappe, vriendelijke gezicht en betrapte ze zichzelf erop dat ze graag nog wat langer in 's werelds smerigste, stinkendste pub had willen blijven.

'Wat, nee?'

'Nee, Issy, wees niet te aardig. Niet als je zakendoet. Ga er gewoon van uit dat iedereen net zo'n kutwijf is als die vrouw. En, voor 't geval het je interesseert: haar naam is trouwens Rainbow Honeychurch, hoewel op haar geboorteakte staat dat ze Joan Milson heet...'

'Dat vind ik zeker interessant,' verklaarde Issy.

'En weet je, als de zaak gaat lopen, Issy, als het lukt, dan zul je echt harder moeten worden.'

Issy dacht terug aan de vermoeide, ontevreden gezichten van de winkeliers in de winkelstraat en vroeg zich af of dat was wat zij ook hadden gedaan: harder worden. Een lange adem hebben. Al die shit maar accepteren.

Toen Austin zichzelf die woorden hoorde zeggen, vroeg hij zich af of hij ze wel meende. Issy moest absoluut een dikkere huid krijgen – harder worden en voor haar bedrijf opkomen. Maar hij vroeg zich af of ze geen fijner, liever persoon zou zijn als ze bleef zoals ze was.

'Zal ik doen,' zei Issy, met een bezorgd gezicht.

'Goed zo,' zei Austin, en hij schudde ernstig haar kleine hand. Ze glimlachte en gaf een kneepje in zijn hand. Ineens wilden ze geen van beiden als eerste hun hand terugtrekken.

Gelukkig ging precies op dat moment Issy's telefoon – het was het nummer van het café: vast Pearl die wilde weten waar ze bleef – wat betekende dat zij, lichtelijk opgewonden, als eerste weg kon gaan.

'Eh,' zei ze. 'Vind je het goed als ik een andere weg terug neem naar het café? Voor deze ene keer? Ik wil niet dat ze dingen naar m'n hoofd gaan gooien.'

'Nee, pas maar op,' zei Austin. 'Hun haverkoeken zijn net bakstenen.'

12

Beterschapscake met cognac en Ovomaltine

Van een lekkere sterke beterschapscake knap je direct op! Weet je nog, die ene keer dat je thuiskwam na een vreselijke dag op school, het al donker werd, je het koud had in je blazer, de straat in liep, zag dat er thuis nog licht brandde, toen Marian er nog was, en dat ze je een knuffel en iets te eten gaf en jij je meteen een stuk beter voelde? Zo smaakt deze cake precies. Hij hoort niet te zwaar te zijn en is dus geschikt voor zieken. Stuur me alsjeblieft een lading op, Issy, zodat ik hier weg kan.

225 gram zachte boter
115 gram fijne kristalsuiker
5 eieren
½ blikje gecondenseerde melk
225 gram Ovomaltine
225 gram gewone bloem
½ theelepel vanille-extract
2 eetlepels cognac

Vet een klein vierkant bakblik in en bekleed het met bakpapier. Laat het bakpapier ongeveer 2,5 centimeter boven het bakblik uitsteken, Issy, als je die lagere bakvorm gebruikt.

Klop de boter met de suiker bleek en luchtig. Klop een voor een de eieren erdoor en zorg dat ze helemaal zijn opgenomen. Klop de gezoete gecondenseerde melk erdoor en zorg dat je alles goed mengt. Spatel nu de Ovomaltine en de bloem erdoor. Roer tot slot het vanille-extract en de cognac erdoor.

Giet het cakebeslag in de ingevette en beklede bakvorm (de vorm zal voor ongeveer 90 procent vol zijn, maar maak je geen zorgen, lieveling, deze cake rijst nauwelijks). Dek de bakvorm losjes af met een stuk aluminiumfolie.

Stoom de cake in 30 minuten op hoog vuur gaar in een stoompan. Vul de stoompan na die 30 minuten bij als er niet meer genoeg water in zit. Draai het vuur wat lager en laat de cake nog eens 60 minuten stomen, of totdat hij gaar is (desgewenst kun je de cake tot 4 uur laten stomen – de ervaring leert dat de cake dan 4 maanden goed blijft). Vergeet niet om de stoompan steeds als hij leegraakt bij te vullen.

Die week had Issy's accountant, mevrouw Prescott, haar de wind van voren gegeven over haar cashflow. Het was halverwege april en een zwak zonnetje piepte door de lamellen voor het kelderraam. Issy was doodop en ze kon zich niet eens herinneren waar de stoompan lag. Ze had pijn aan haar voeten omdat ze de hele dag had gestaan, voor het bedienen van wel zestien klanten, en ze had Pearl eerder weg laten gaan omdat de opvang had gebeld dat Louis verdrietig was.

'Dat komt door die stomme rotkinderen,' mopperde Pearl. 'Ze staren hem gewoon aan. En dan gaan ze van die stomme spelletjes doen die hij niet kent, zoals zakdoekje leggen, zodat hij niet mee kan doen.'

Dat verbaasde Issy.

'Stomme snobs,' zei Pearl.

'Maar hij kan zakdoekje leggen toch leren?' zei Issy. 'Als je wilt, kan ik het hem zo uitleggen.'

'Daar gaat het niet om,' zei Pearl. Ze begon zachter te praten. 'Ze pesten hem.'

Issy was geschokt. Het was haar wel opgevallen dat Louis 's ochtends steeds langer over zijn muffin deed, dat hij aan de toonbank bleef zitten en zachtjes treurige liedjes zong.

Jengelen deed hij niet en hij kreeg ook geen driftbuien, maar als het tijd werd om naar de kinderopvang te gaan, vloeide al zijn vrolijkheid langzaam uit hem weg.

Soms pakte Issy hem op en klampte hij zich als een klein berenjong aan haar vast. Dan wilde Issy ook niet dat hij naar de opvang ging.

'Wat zeggen ze dan?' vroeg Issy, verbaasd hoe kwaad het haar maakte.

Pearls stem brak. 'Dikbil, of vetzak.'

Issy beet op haar lip. 'O.'

'Wat?' zei Pearl gepikeerd. 'Er is niets mis met Louis! Hij is perfect! Het is gewoon een knappe, mollige peuter.'

'Het komt vast wel goed,' zei Issy. 'Hij moet vast nog wennen. De kinderopvang is een heel nieuwe wereld.'

Toch had ze Pearl de rest van de middag vrijaf gegeven. Ook al hadden ze nog niet zoveel klanten en werden veel tafels en stoelen nauwelijks gebruikt, toch maakte Pearl iedere dag de toiletten schoon, poetste ze de tafels glanzend schoon en boende ze de poten en armleuningen van de stoelen. Alles glom dat het blonk. Misschien was dat wel het probleem, dacht Issy op een onbewaakt ogenblik. En waren de mensen bang om iets vies te maken.

'Het probleem is,' zei mevrouw Prescott, 'dat je beter op je bevoorrading moet letten. Kijk eens wat je allemaal aan ingrediënten uitgeeft. Ik weet dat het eigenlijk niet mijn plaats is om commentaar te leveren op hoe jij je zaak runt, maar je productie is te hoog, en voor zover ik kan zien gooi je wat overblijft gewoon weg. Of je geeft het weg.'

Issy keek naar haar handen en mompelde: 'Ik weet het. Alleen, mijn grootvader... mijn grootvader zegt dat als je af en toe een goede daad verricht en dingen de wereld in brengt, het bij je terugkomt.'

'Ja, dat klopt, maar goede daden kun je moeilijk in je boeken zetten,' beet mevrouw Prescott haar toe. 'En je kunt er trouwens ook moeilijk je hypotheek mee betalen.'

Issy keek nog altijd naar haar handen. 'Mijn opa was succesvol,' zei ze, en ze beet op haar lip. 'Hij deed het best aardig.'

'In deze tijd is dat wellicht moeilijker,' zei mevrouw Prescott. 'Het leven is sneller, mensen hebben een kort geheugen, denk je niet?'

Issy haalde haar schouders op. 'Zou kunnen. Ik wil gewoon een goed café runnen, een fijne plek, meer niet.'

Mevrouw Prescott trok haar wenkbrauwen op en zweeg. Ze nam zich voor om op zoek te gaan naar nieuwe klanten.

Pearl was die avond nogal verdrietig thuisgekomen, en toen zag ze hem daar zitten, op het achtertrapje, heel nonchalant, alsof hij gewoon zijn sleutels was vergeten. Ze hield Louis aan de hand en ineens voelde ze zijn kleine handje trillen van opwinding. Het was maar goed dat hij nog een luier droeg, anders had hij zeker weten in zijn broek geplast. Ze wist dat hij eigenlijk dolblij op de man af wilde rennen, maar dat hij ook wist dat zijn moeder daar niet blij mee zou zijn. En dat die man hem soms een warm welkom gaf, met cadeautjes en beloftes, maar soms ook niet.

Pearl slikte hard. Het was een kwestie van tijd, dacht ze, voor het gerucht rondging dat zij weer geld verdiende. Daar wilde hij vast een graantje van meepikken.

Het was, dacht ze spijtig, nog steeds een heel knappe man. Zijn lieve glimlach had Louis van haar, maar de rest van zijn knappe gezicht, die lange wimpers en hoge jukbeenderen, had hij van zijn vader.

'Hé hallo,' zei Ben, alsof hij de afgelopen vijf maanden niet compleet van de radar was verdwenen en kerst niet gemist had.

Pearl gaf hem een van haar Pearl-blikken. Louis hield haar hand stevig vast.

'Dag mannetje!' zei Ben. 'Kijk nou hoe groot je al wordt!'

'Hij heeft zware botten,' zei Pearl automatisch.

'Het is een knapperd,' zei Ben. 'Lou, kom eens even hallo zeggen tegen je vader.'

Toen was het natuurlijk gaan regenen. Dus Pearl had weinig keus, en vroeg hem binnen voor een kop thee. Haar moeder zat op de bank en keek de soaps die in de vooravond altijd op televisie waren. Bij het zien van Benjamin trok ze slechts haar wenkbrauwen op en ze deed geen moeite om hem te begroeten. 'Dag mevrouw McGregor,' had Ben een tikje overdreven gezegd, nauwelijks verbaasd dat hij geen antwoord kreeg. In plaats daarvan hurkte hij neer bij Louis, die van verbazing nog steeds geen woord kon uitbrengen. Ben graaide in zijn broekzak. Pearl zette de waterkoker aan die op het kleine aanrecht in de hoek van de kamer stond en sloeg het paar aandachtig gade. Ze beet op haar lip. Reken maar dat ze een speech had klaarliggen voor de heer Benjamin Hunter, voor de volgende keer dat ze hem zag. Ze had veel nagedacht en had hem het een en ander te vertellen – en haar vrienden ook – over zijn gerotzooi, alle keren dat hij 's avonds lang wegbleef, haar geen cent gaf voor Louis, ook al had hij gewoon werk. Nog een goede baan ook. Ze zou hem een flinke preek geven, over zijn verantwoordelijkheden, aan haar en aan zijn zoon, zeggen dat hij in godsnaam volwassen moest worden, en Louis anders niet meer mocht lastigvallen.

Maar toen zag ze de ogen van Louis groot worden van verbazing en bewondering, bij het zien van de stuiterbal die zijn vader uit zijn zak haalde.

'Moet je kijken,' zei Ben, en hij liet de bal hard neerkomen op het goedkope linoleum. De bal stuiterde op, raakte het lage plafond, suisde omlaag en raakte toen nog twee keer het plafond. Louis kraaide het uit van plezier. 'Nog een keer, papa! Nog een keer!'

Ben gaf daar meteen gehoor aan, en in de vijf minuten

die volgden stuiterde de bal het hele flatje door en rolden en tuimelden de mannen erachteraan, waarbij ze Pearls moeder het zicht op haar televisieprogramma ontnamen, zich in haar sigarettenrook begaven en de slappe lach kregen. Eindelijk gingen ze erbij zitten om uit te hijgen. Pearl stond worstjes te bakken.

'Heb je genoeg voor een hongerige man?' vroeg Ben. Hij kietelde Louis op zijn buik. 'Wil je dat je pappa vanavond blijft eten, jongeman?'

'Jaaaa! Jaaaa!' brulde Louis.

Pearls gezicht betrok. 'Louis, ga maar even naast oma zitten. Ben, we moeten praten. Kom mee naar buiten.'

Ben volgde haar naar buiten en stak ondertussen een sigaret op. Geweldig, dacht Pearl. Ook al zo'n goed voorbeeld voor Louis.

Ze stonden naast de muur van het steegje, waarbij Pearl de blikken ontweek van buren die af en aan liepen en hen daar konden zien staan.

'Je ziet er goed uit,' zei Ben.

'Hou op,' zei Pearl. 'Kappen. Je kunt... Na vijf maanden kun je niet zomaar binnen komen lopen en doen alsof er niets gebeurd is. Dat kan écht niet. Dat kan gewoon niet, Ben.'

Ze had hem nog veel meer willen zeggen, maar ook al was ze nog zo sterk, toch voelde Pearl dat de woorden bleven steken in haar keel. Ben liet haar netjes uitpraten – wat niets voor hem was. Normaal schoot hij altijd meteen in de verdediging, was hij een en al smoesjes.

Met de nodige moeite raapte Pearl zichzelf bijeen.

'Het gaat me niet eens om mezelf,' zei ze. 'Het gaat niet om mij. Ik ben er klaar mee, Ben. Met mij gaat het hartstikke prima. Maar met hem... Zie je dan niet hoe pijnlijk dit is? Dat hij hartstikke blij is om je te zien, en dan kom je tijdenlang weer niet? Hij snapt er niets van, Ben. Hij denkt dat het zijn schuld is dat je weggaat, dat hij niet goed genoeg is.'

Ze viel stil, sprak toen zachtjes verder. 'Maar dat is hij wel. Het is een heerlijk kind, Ben. Je mist alles.'

Ben zuchtte. 'Weet je wat het is, ik... ik wilde me gewoon niet binden.'

'Nou, dat had je dan eerder moeten bedenken.'

'Jij anders ook,' zei Ben, en dat vond Pearl ergens wel terecht. Hij was gewoon zo knap, zo aardig... en hij had een baan, wat lang niet voor alle mannen gold die ze had ontmoet. Ze had zich veel te veel laten meeslepen. Ze kon hem niets kwalijk nemen. Maar dat betekende niet dat hij kon komen en gaan wanneer hij zin had.

'Ik bedoel, iets lijkt me beter dan niets, toch?'

'Dat weet ik zo net nog niet,' zei Pearl. 'Iets op vaste dagen ja, zodat hij weet wanneer je komt... ja, dat zou super zijn voor hem.'

Ben keek stuurs. 'Ja, maar zover kan ik niet altijd vooruit plannen.'

Waarom niet? dacht Pearl opstandig. Dat moest zij immers ook.

Ben rookte zijn sigaret op en drukte hem uit op de grote kliko. 'Dus, mag ik mee terug naar binnen, of niet?'

In haar hoofd woog Pearl haar opties af. Of ze ontnam Louis de kans op wat qualitytime met zijn vader, óf ze kon Ben een lesje leren, waar hij zich waarschijnlijk toch niets van zou aantrekken. Ze zuchtte.

'Oké,' zei ze.

Ben zette koers naar de deur. Hij glipte langs haar heen, maar drukte daarbij bruusk een envelop in haar handen.

'Wat is dit?' vroeg ze verbaasd. Ze voelde aan de envelop. Geld. Niet veel, maar zeker genoeg om voor Louis een paar nieuwe gympies te kopen.

Beschaamd haalde Ben zijn schouders op. 'Je moeder vertelde dat het café waar je werkt het waarschijnlijk nog geen maand gaat volhouden. Ik dacht, je kunt het vast wel gebruiken, tot je weer een uitkering hebt.'

Verbouwereerd bleef Pearl buiten achter, hield de envelop stevig in haar handen geklemd en luisterde hoe Louis brulde als een tijger, totdat de worstjes begonnen aan te branden. God, zelfs Ben wist dat het café gedoemd was te mislukken.

'Als je moest kiezen,' zei Austin de volgende dag, terwijl hij tegelijkertijd de e-mail aan zijn oma in Canada probeerde af te ronden en een nukkige Darny door een drukke straat te loodsen, 'als je moest kiezen, D, welke dingen vind je dan nu het tofst?'

Daar moest Darny even over nadenken. 'De geheimen van de jiujitsu-krijgskunst,' zei hij ten slotte. 'En de Spaanse Inquisitie.'

Austin zuchtte. 'Tja, maar dat kan ik oma niet schrijven, of wel? Kun je nog iets anders bedenken?'

Darny dacht dieper na en sleepte met zijn hakken over de stoep. 'Snowboarden.'

'Bedoel je skiën? Je bent nooit wezen snowboarden.'

'Alle kinderen op school zijn fan van snowboarden. Ze zeggen dat het supervet is. Dus ik dacht, dat is vast iets waarvan je zou willen dat ik het leuk vond. Dan schrijf je dat toch? Lekker boeiend.'

Austin keek hem argwanend aan. Darny zat op een goede school, en de wijk waar ze woonden was de afgelopen paar jaar merkbaar rijker geworden. Er waren steeds meer kinderen die meer hadden dan hij, en hoe ouder Darny werd, des te meer hem dat opviel.

'Je zou het denk ik best leuk vinden,' zei hij. 'We moeten het een keer proberen.'

'Nee man,' zei Darny. 'Punt één: we zouden toch nooit gaan wintersporten. Punt twee: ik zou het stom vinden. En punt drie: jij zou toch alleen maar van die debiele mutsen opzetten.' Debíéle, zei hij, duidelijk articulerend, voor het geval Austin zijn punt niet snapte.

'Oké,' zei Austin met een zucht, en hij typte maar gewoon 'skiën' in op zijn iPhone. Zijn oma kon toch niet langskomen om het te controleren. Ze was al oud, realiseerde Austin zich, en was er nog altijd kapot van dat ze haar enige zoon had verloren, maar sindsdien leek het wel alsof ze dacht dat de grootste tragedie van haar leven haar vrijstelde van al het andere: ze had nooit enige interesse getoond in de ontwikkeling van haar kleinkinderen, afgezien van zo nu en dan een terloopse vraag, of een cheque met kerst. Austin had zijn pogingen om het te begrijpen maar gestaakt. Families waren maar raar, of ze nu groot of klein waren. Hij kneep Darny in zijn zij.

'Hé!' zei Darny. Austin draaide zijn hoofd. 'Sirenes!' schreeuwde Darny. 'De brandweer! Ik denk dat we even moeten gaan kijken. Ik wil het zien!'

Austin glimlachte. Steeds als hij dacht dat Darny veel te snel in een chagrijnige puber veranderde, kwam de tienjarige naar boven. Maar net als altijd bleef Austin liever op afstand. Ooit, lang geleden, waren de sirenes voor zijn ouders geweest. Austin leefde voortdurend in de angst dat hij ooit hetzelfde bij iemand anders zou zien gebeuren.

'Beter van niet, D,' zei hij, en hij probeerde hem in de richting van de lokale snoepwinkel te duwen.

'Brandweerauto's,' zei Darny. 'Je kunt tegen oma zeggen dat ik brandweerauto's tof vind.'

Pearl, die diep in gedachten was verzonken, en Issy, voor wie hetzelfde gold, hoorden en voelden allebei het geluid van iets wat verkreukelde: een keihard geluid op de stille zaterdagochtend. Eerst het harde kabaal van verwringend indeukend metaal en barstend glas, en toen opeens geschreeuw, geloei van autoalarmen en driftig gepiep en getoeter.

Samen met hun twee klanten, twee jonge studiebollen die

hun laptops hadden ingeplugd en nu al drie kwartier hun voordeel deden met de gratis wifi en elektriciteit, de een op een kleine latte en de ander op een flesje Spa rood, renden Pearl en Issy naar buiten, naar het begin van het steegje.

'O nee,' zei Issy, en ze bleef stokstijf staan.

Pearl was blij dat Louis thuis bij haar moeder was, en voelde haar hand naar haar mond vliegen.

Zomaar op de weg gekwakt, alsof een kind dat zich verveelde het ding uit zijn hand had laten vallen, lag het lichaam van bus 73 – de reusachtige en onbeminde harmonicabus – op zijn zij, totaal in de kreukels. De bus blokkeerde de hele weg, en nu werd zichtbaar hoe groot het ding eigenlijk was, even breed als het café hoog was en half zo lang als de weg; de verwoeste motor stonk vreselijk en uit het onderstel, een wirwar van blootgelegde uitlaten en blootgelegd metaal, kwam rook.

Een taxi had een deuk in z'n dak en was in een gereserveerd parkeervak in een heel vreemde hoek tot stilstand gekomen. Achter de taxi was nog net een klein stukje van een vieze, witte Ford Escort te zien, die achter op de taxi was ingereden. Maar verreweg het engst om te zien was de verwrongen fiets die een paar meter voorbij de rechterbovenhoek van de bus lag, alsof de fiets daarnaartoe was geslingerd.

Issy voelde zich misselijk. Haar hart bonsde in haar keel. 'Jezus,' hoorde ze een van de laptopjongens zeggen. 'Jezus!'

Issy, die helemaal licht in haar hoofd was, tastte in de buidel van haar schort, op zoek naar haar mobiele telefoon. Vanuit haar ooghoeken zag ze dat Pearl haar voor was en 112 al intoetste.

'Kom!' zei de andere jongen. 'Schiet op! We moeten ze daar weghalen.'

Issy keek omhoog en zag, als in slow motion, dat de bus vol mensen zat – schreeuwende, zwaaiende, klauwende mensen. Uit alle hoeken en gaten – andere winkels, bushaltes en huizen – kwamen mensen toegesneld om te helpen. In de verte klonk het geluid van de eerste sirene.

Issy pakte nogmaals haar telefoon.

'Helena,' zei Issy hijgend. Ze wist dat haar huisgenoot een dag vrij had – een zeldzame vrije dag – maar zich slechts twee straten verderop bevond.

'Huh?' zei Helena, die nog half sliep. Binnen twee seconden was ze klaarwakker en hees ze zich in haar kleren.

Aan de ene kant van de bus hamerden de mensen op de binnenkant van het raam, dat maar niet leek te willen breken. Aangezien er rook uit het buizenwerk kwam vroeg Issy zich af, vroeg iedereen zich af, of de motor ging ontploffen. Vast niet. Toch waren er gevallen bekend van bussen die in brand waren gevlogen – dat wist iedereen. Er kon van alles gebeuren. Midden in de bus probeerde een lange man wanhopig van binnenuit de deuren boven zijn hoofd open te krijgen. Een van de jongens uit het café klauterde al omhoog via de zijkant van de bus – eerst het dak, maar nu de zijkant – en werd daarbij aangemoedigd door omstanders. Vanuit de bus hoorde Issy geschreeuw komen, en de buschauffeur zag eruit alsof hij bewusteloos was.

Een vrouw die iets verder op de weg stond schreeuwde. Een jongeman – met dat loeistrakke, inmiddels gescheurde fietspak en die enorme walkietalkie nog op zijn heup overduidelijk een fietskoerier – lag in de goot, met draaiende ogen en zijn arm in een zeer vreemde hoek gebogen. Issy keek over haar schouder en zag gelukkig dat Helena op volle snelheid kwam aanrennen over de weg.

'Hier, hier!' schreeuwde Issy, en ze maakte de weg vrij voor Helena. 'Hier komt een verpleegster aan!'

Onder het aanzwellende geluid van de sirenes rende Helena naar de jongen toe.

Een student die vanaf de stoeprand toekeek, zei: 'Ik studeer geneeskunde', en bood zijn hulp aan.

'Kom maar mee, vent,' zei Helena grimmig. 'Maar geen grote bek, graag.'

Issy keek om zich heen. Plotseling ontwaarde ze een uiterst kalme en rustige figuur. Terwijl iedereen óf in shock was óf als een kip zonder kop rondrende, kwam deze figuur met ferme tred aangelopen vanaf Pear Tree Court. Het was de vreemde man van de ijzerwarenwinkel; de man die niet eens de moeite had genomen om hen te begroeten toen ze het pand hadden betrokken. Hij droeg een enorme metalen kist. Het ding moest loodzwaar zijn, maar hij sjouwde het moeiteloos met zich mee.

Issy volgde hem met haar ogen terwijl hij op de bus toeliep, neerknielde bij de deur tegenover de chauffeursdeur, zijn kist opendeed en er een zware moker uit haalde. Hij gebaarde naar de paniekerige passagiers dat ze een flink stuk naar achteren moesten en sloeg een keer of drie, vier hard op het glas, totdat het brak. Vervolgens koos hij met zorg een tang uit, waarmee hij de grote, gevaarlijke glasscherven uit de rubberen rand van het busraam verwijderde. Toen, en geen seconde eerder, wenkte hij de mensen in de bus om naar voren te komen: als eerste een brullende baby, die de man doorgaf aan de persoon die het dichtst bij hem in de buurt stond – en dat was heel toevallig Issy.

'O!' zei Issy. 'Kom maar, schatje.'

De baby huilde en begroef haar warme, natte gezicht in Issy's schouder. De grote, pindavormige mond van de baby leek vreemd genoeg groter dan het hoofdje. Het baby'tje had dik, steil, zwart haar, dat Issy troostend aaide.

'Sssssst,' zei ze, en twee seconden later kwam de moeder van de baby naar buiten, met fladderende, uitgestrekte armen en achter haar aan de afgedankte en verdraaide buggy.

'Alsjeblieft,' zei Issy. De moeder kon van schrik bijna geen woord uitbrengen.

'Ik dacht dat ze... Ik dacht dat we...'

De baby, die nu weer in de vertrouwd ruikende armen van haar moeder lag, hikte, snakte naar adem, liet één experimentele brul horen, maar besloot toen dat het gevaar geweken was en begroef haar vochtige gezichtje in het holletje van haar moeders nek, om vervolgens met haar grote, donkere ogen naar Issy te kijken.

'Rustig maar,' zei Issy, en ze klopte de moeder op haar schouder. 'Het is al goed.'

En terwijl Issy toekeek hoe ook de andere mensen uit de bus klommen, van wie sommigen naar hun hoofd grepen en anderen scheuren in hun kleding hadden, maar die allemaal dezelfde geschrokken doch geamuseerde gezichtsuitdrukking hadden, dacht Issy dat het wellicht allemaal wel meeviel. Niemand leek ernstig gewond. Behalve de fietser. Ze keek over haar schouder, maar het enige wat ze kon zien was de brede gestalte van Helena, die over hem heen hing en naar de jonge geneeskundestudent gebaarde. Ze kreeg een brok in haar keel. Wie het ook was, die persoon moest 's ochtends onbezorgd van huis zijn vertrokken.

De buschauffeur lag nog steeds in een vreemde houding over zijn grote stuur heen.

'Allemaal weg bij de bus!' riep de ijzerhandelaar luid, op een toon die geen tegenspraak duldde. De omstanders en ramptoeristen bleven op de stoep rondhangen en staan kijken; niemand leek te weten wat er moest gebeuren met al die verwarde forenzen met een tand door de lip of een trillend ooglid.

'Misschien,' zei de ijzerhandelaar tegen Issy, 'kun je deze mensen iets warms te drinken aanbieden? Ik heb gehoord dat suiker ook goed is voor mensen die in shock zijn.'

'Natuurlijk!' zei Issy, verbijsterd dat ze daar niet eerder aan had gedacht. En toen rende ze zo snel mogelijk terug naar het café om de samowar op te warmen.

Vijf minuten nadat ze eindelijk waren begonnen met het uitdelen van thee en cake aan de slachtoffers, arriveerden de ambulance en de brandweerauto's; de politie drong iedereen bij de bus vandaan en zette de weg af. De mensen waren erg blij met de warme thee en de bolletjes die Issy en Pearl bij elkaar hadden gescharreld, en de buschauffeur, die weer tekenen van leven begon te vertonen, werd in de ambulance geladen.

Helena en de geneeskundestudent, wiens naam Ashok was, hadden de fietskoerier weten te stabiliseren, waarvoor ze de complimenten van de ambulancebroeders hadden gekregen, die een paar cakejes meepakten voor als ze hun patiënt bij de Spoedeisende Hulp hadden afgeleverd. De mensen die de crash hadden doorstaan waren al aan het *bonden*, wisselden verhalen uit over waar ze op weg naartoe waren geweest, en zeiden tegen elkaar dat iedereen altijd al had geweten dat die harmonicabussen een keer tot problemen zouden leiden. Omdat het een geluk bij een ongeluk was dat er waarschijnlijk niemand ernstig gewond was geraakt of was omgekomen, was iedereen nogal spraakzaam, zelfs een beetje hyper, net alsof ze op een borrel waren, en na afloop verzamelde iedereen zich rondom Issy om haar te bedanken. Een of twee mensen vertelden dat ze zo ongeveer om de hoek woonden en niet van het bestaan van het café wisten, dus toen er een fotograaf van het lokale sufferdje langskwam, nam die niet alleen vanuit alle hoeken foto's van het wrak van de bus (de ijzerhandelaar was net zo soepel verdwenen als hij was gekomen), maar ook een foto van een lachende Issy met alle buspassagiers. Toen de *Walthamstow Gazette* de week erop uitkwam stond er boven een van de stukken over de crash de kop CAKE UIT DE BUURT BLEEK BESTE MEDICIJN – en daarna kwam alles in een stroomversnelling.

Maar voor dat gebeurde, was er nog het simpele feit dat ze door hun hele voorraad heen waren. De ene helft hadden ze weggegeven aan gebutste, door elkaar geschudde en geschrokken passagiers, de andere helft hadden ze verkocht aan nieuwsgierige en geïnteresseerde omstanders. Hoe dan ook: alles werd tot de laatste kruimel opgegeten, alle melk was op, en de grote, dwarse koffiemachine kwam weer tot leven. Daar was hij ook voor gemaakt, dacht Issy achteraf, om continu gebruikt te worden. Het ding hield niet van hollen en stilstaan, en hoe kon het ook anders?

Uitgeput keek Issy naar Pearl, die de vloer aan het schrobben was.

'Zullen we ergens wat gaan drinken?' vroeg ze.

'Ja, waarom niet?' zei Pearl met een glimlach.

'Hé,' riep Issy naar Helena, die uit het raam staarde – iets wat ze normaal gesproken nooit deed. 'Kom je mee wat drinken?'

De drie dames gingen naar een leuke wijnbar en ontspanden onder het genot van een fles rosé. Pearl had nooit eerder rosé gedronken en vond het naar azijn smaken, maar nipte netjes mee en probeerde niet te letten op hoe snel de twee vrouwen hun glazen leegdronken.

'God man, wat een dag,' zei Issy. 'Zouden die mensen nog terugkomen?'

Helena hief haar glas naar Pearl. 'Je hebt inmiddels vast kennisgemaakt met de het-glas-is-altijd-halfleeg-houding van je baas, of niet?'

Pearl glimlachte.

'Hoe bedoel je?' zei Issy. 'Ik ben juist heel optimistisch!'

Helena en Pearl wisselden een blik van verstandhouding.

'Nou, je bent niet zozeer pessimistisch,' zei Helena. 'Maar wel... verlegen.'

'Ik ben mijn eigen bedrijf begonnen!' zei Issy. 'Dat vind ik toch behoorlijk optimistisch.'

'En je denkt ook nog steeds dat Graeme je een aanzoek gaat doen,' zei Helena, die aan haar tweede glas begon. 'Dat is inderdaad best wel optimistisch.'

Issy kreeg een kleur.

'Over wie hebben we het?' vroeg Pearl.

'Niemand,' zei Issy. 'Mijn ex.'

'Haar ex-baas,' legde Helena behulpzaam uit.

'Ai,' zei Pearl. 'Dat klinkt niet best.'

Issy zuchtte. 'Nou, ik ga gewoon verder met mijn leven.'

'Was het een leuke vriend?' vroeg Pearl, die vond dat het niet aan haar was om mensen te vertellen naar wie ze al dan niet moesten teruggaan.

'Nee,' zei Helena.

'Wel!' protesteerde Issy. 'Die kant van hem heb jij alleen nooit gezien. Hij had ook een gevoelige kant.'

'En die kwam vast tevoorschijn op de momenten dat hij je niet per taxi ontbood om midden in de nacht aan de andere kant van de stad noodles voor hem te komen klaarmaken,' zei Helena.

'Ik wist het! Dat verhaal over die noodles had ik je nooit moeten vertellen!'

'Juist wel,' zei Helena, die zichzelf aan een zakje chips hielp. 'Anders had ik nu misschien tegen je gezegd "O ja, hij is inderdaad gruwelijk knap, en aangezien hij het uiterlijk heeft van een man uit een scheermesjesreclame, moet je jezelf in een deurmat veranderen om hem terug te krijgen."'

'Hij ís ook knap,' zei Issy.

'En daarom kijkt hij in ieder glimmend oppervlak naar zijn spiegelbeeld,' zei Helena. 'Mooi dat je over hem heen bent.'

'Mmm,' zei Issy.

'En dat je nu die bankier hebt om bij weg te zwijmelen.'

Issy keek naar Pearl. 'Helena!' zei ze.

Pearl beantwoordde Helena's glimlach. 'O, dat wist ik al, hoor.'

'Dat heb ik niet!' zei Issy. 'En trouwens, dat ik niet de hele tijd over hem loop te miepen, betekent niet dat ik Graeme niet mis.'

Pearl klopte zachtjes op haar hand. 'Geen zorgen,' zei ze. 'Ik weet hoe moeilijk het kan zijn om over iemand heen te komen.'

'Jij?' zei Issy. 'Maar jij lijkt me juist iemand die zich nooit zorgen maakt over dat soort dingen!'

'Is dat zo?' zei Pearl snuivend. 'Ben ik compleet seksloos of zo?'

'Nee!' zei Issy. 'Maar je lijkt alles altijd zo goed voor elkaar te hebben.'

Pearls wenkbrauwen schoten omhoog. 'Tuurlijk, Issy. En o ja, kijk daar, de vader van Louis, Barack Obama, stuurt ons z'n helikopter voor een lift naar huis.'

'Is Louis' vader nog in beeld?' vroeg Helena, die er als altijd geen doekjes om wond.

Pearl moest haar best doen om niet toch een beetje te glimlachen. Ze moest sterk zijn. Als zelfs Issy die waardeloze vriend van haar de deur kon wijzen, dan zou ze Benjamin op zijn minst iets meer weerstand kunnen bieden. Maar was het moment daar wel naar?

'Nou, hij komt zijn zoon wel opzoeken,' zei ze, zich ervan bewust dat ze een beetje trots klonk.

'Wat is het voor man?' vroeg Issy, die het gespreksonderwerp heel graag op andermans liefdesleven wilde brengen.

'Nou,' zei Pearl peinzend, 'mijn moeder zei vroeger altijd dat mooie mannen nogal eens mooie praatjes hebben... alleen luisterde ik nooit zo goed naar mijn moeder.'

'Ik luisterde ook nooit naar die van mij,' zei Issy. 'Die zei altijd: "Je kunt je maar beter niet binden." Ik wil me juist heel graag binden.'

'Of laten vastbinden,' voegde Helena eraan toe.

'Maar dat wil niemand. Dus nu ben ik een Ongebonden

227

Vrouw.' Issy zuchtte en vroeg zich af of meer rosé zou helpen. Waarschijnlijk niet, maar gezien de omstandigheden viel het te proberen.

'Maar moet je jou nou eens zien, Issy: je hebt je eigen bedrijf, en vandaag heb je zelfs cupcakes verkocht,' zei Helena. 'Zonder hulp van een of andere idioot met een perfecte kaaklijn waar je het toevallig mee doet. Mannen zijn dol op vrouwen die kunnen bakken en er goed uitzien in een bloemetjesjurk: dan denken ze dat je een martini voor ze maakt, net als in de jaren vijftig. Geloof me, ze zullen echt bij bosjes voor je vallen.' Ze hief haar glas.

'Bij jou is het glas altijd halfvol,' zei Issy, maar ze voelde zich evengoed iets vrolijker.

'En, wat zei jouw moeder altijd tegen jou, Helena?' vroeg Pearl.

Prompt antwoordde Helena: 'Dat ik niet m'n neus in andermans zaken moet steken!'

Toen barstten de drie vrouwen in lachen uit, en ze klonken met hun glazen.

13

'Waar is onze kleine man?' vroeg Issy toen Pearl binnenkwam – aan de late kant, maar eerlijk gezegd was ze Pearl
zo dankbaar dat ze dat soort kleinigheden graag door de
vingers zag. 'Ik mis hem!'

Pearl glimlachte gespannen en haastte zich de stofzuiger
en mop te pakken, zodat ze snel haar rondje kon doen voor
ze opengingen.

'Hij vindt het gewoon zo fijn bij zijn oma,' zei ze, en ze
realiseerde zich dat ze een idyllisch, taarten bakkend, eendjes
voerend beeld van de werkelijkheid schetste, in plaats van
een vreugdeloos, bedompt flatje. 'Maar laat ik maar snel aan
de slag gaan, het is al bijna spitsuur.'

Daar glimlachten ze weliswaar allebei om, maar sinds het
ongeluk hadden ze een gestage stroom klanten: de ambulancebroeders, de omstanders, de moeder met haar schattige
baby'tje, en Ashok, die langs was gekomen en om Helena's
nummer had gevraagd, iets waar Issy's wenkbrauwen zo hard
van omhoog waren geschoten dat hij direct zijn verontschuldigingen aanbood. Issy had dat van hem maar aangenomen en
doorgegeven, in de volle overtuiging dat Helena het briefje
in de papierversnipperaar van het ziekenhuis zou gooien.

De gemeente had de langgerekte harmonicabussen vervangen door oude dubbeldekkers, die er weliswaar leuker
uitzagen wanneer ze de straat in kwamen rijden en een stuk
wendbaarder waren, maar plaats boden aan veel minder passagiers. Het gevolg was dat veel mensen tijdens de spits niet
meer in de bus pasten en langskwamen om koffie te halen
en de tijd te doden. Issy kocht inmiddels croissants in. Ze

had helaas moeten inzien dat ze handen tekortkwam, en dus niet anders kon dan croissants inkopen; bovendien was goede croissants bakken een vak apart, en in plaats van alles op alles te zetten om een nieuw doel te bereiken, had ze een supergoede *boulanger* gevonden, met dank aan François, die haar een bedrijf had aangeraden dat iedere ochtend om klokslag zeven uur een voortreffelijk pakket met chocoladebroodjes, croissants en gevulde amandelcroissants kon bezorgen; om negen uur waren die allemaal steevast uitverkocht.

Na de spits was het koffietijd: Mira was er, samen met de kleine Elise, in geslaagd om vriendschap te sluiten met een aantal andere moeders, met wie ze langskwam om luidkeels in het Roemeens te zitten kletsen op de grijze bank, die langzamerhand de zachte, gebruikte look kreeg waar Issy op had gehoopt. En ook een aantal jonge, knappe moeders van de kinderopvang vonden hun weg naar het café; als Pearl door een van hen werd herkend, glimlachte ze vluchtig, om zichzelf vervolgens bezig te houden (dat was inmiddels geen probleem meer) met het pakken van biologische limonades en sapjes. De lunch was altijd druk, maar daarna, in de middag, lag het tempo wat lager en kwamen er kantoormeisjes langs en vrouwen die kinderfeestjes organiseerden om een doos met zes of soms zelfs twaalf cupcakes te kopen; Issy overwoog om een bordje op te hangen voor gepersonaliseerde cakejes en speciale bestellingen. Tussen de bedrijven door serveerden ze eindeloos veel lattes, thee, frambozengebakjes, blauwebessencakejes met vanilleglazuur en grote stukken appeltaart, moesten ze uitruimen, schoonmaken, krabbels zetten voor leveranciers, post aannemen, ongelukjes opruimen, glimlachen naar kinderen, zwaaien naar vaste klanten en kletsen met voorbijgangers, en nieuwe dozen melk, boter en eieren openmaken. Tegen vieren hadden Issy en Pearl nogal eens zin om erbij te gaan liggen en streken ze vaak neer op de enorme zakken bloem in de provisiekamer, waarvan Pearl de hoeken onverschrokken uitschraapte met haar mop, zodat ze net zo brandschoon waren als het gedeelte van de winkel dat de mensen wel te zien kregen.

Het Cupcake Café was eindelijk uitgevaren en nu hadden ze de wind in de zeilen: soms wiebelden ze wat en soms was het alle hens aan dek, maar ze waren eindelijk vertrokken; het café voelde voor Issy als een levend ding, iets wat ademde, en wat net zo goed deel van haar was als haar linkerhand. En dat gevoel verdween nooit: 's avonds zat ze tot laat met mevrouw Prescott over de boeken gebogen, 's nachts droomde ze in botercrème en glazuur, en overdag dacht ze in sleutels, bezorgingen en suikerroosjes. Als vrienden haar belden scheepte ze hen af; Helena snoof en zei dat het leek alsof ze in de greep van een romance was. En ook al was ze moe – doodop – omdat ze zes lange dagen per week maakte, ook al snakte ze ernaar om uit te gaan en een paar drankjes te drinken zonder dat ze het de volgende dag zou moeten bezuren, en ook al zou ze dolgraag tv zitten kijken zonder ondertussen na te denken over voorraden, houdbaarheidsdata en wegwerphandschoenen, toch schudde ze ongelovig haar hoofd wanneer mensen het woord 'vakantie' in de mond namen. En toch, realiseerde Issy zich, was ze gelukkiger dan ze in jaren was geweest. En ze werd met de dag gelukkiger, eerst omdat ze haar huur bij elkaar had verdiend, daarna gas, water en licht, toen Pearls salaris, en ten slotte wat geld voor zichzelf – met iets wat ze met haar eigen handen had gemaakt, waar ze mensen mee verwende en vrolijk mee maakte.

Om twee uur 's middags kwam er een grote groep moeders binnen, eerst wat aarzelend en het merendeel met enorme driewielbuggy's. Het café was zo klein, dus Issy had ze liever gevraagd om de buggy's buiten te laten staan, zodat ze niet tegen de knieën van andere klanten aan zouden botsen, maar eigenlijk was ze een beetje bang voor deze vrouwen uit Stoke Newington, die allemaal fantastisch in vorm waren, terwijl ze toch allemaal twee kinderen hadden gebaard, perfecte kapsels hadden en loeistrakke spijkerbroeken droegen met torenhoge hakken eronder. Issy dacht soms dat het wel vermoeiend moest zijn om er precies hetzelfde uit te zien als al je vriendinnen. Tegelijkertijd was ze natuurlijk blij dat ze klanten had.

Ze glimlachte verwelkomend, maar de vrouwen keken allemaal langs haar heen en vestigden hun aandacht op Pearl, die nauwelijks blij leek om hen te zien.

'Eh, hallo,' zei Pearl tegen een van de moeders, die om zich heen keek.

'Zeg, waar is die allerschattigste zoon van jou?' vroeg ze. 'Meestal scharrelt hij hier wel ergens rond. Een taartjeswinkel lijkt me voor hem nou echt dé perfecte omgeving.'

Issy keek op. Ze kende die stem. En warempel, ze zag dat hij hoorde bij Caroline, de vrouw die het café in een gezondheidswinkel had willen veranderen. Ze kreeg meteen een beetje de zenuwen.

'Dag Caroline,' zei Pearl stoïcijns. Tegen een ernstig kijkend blond meisje en een jongetje in een buggy die aan de voet van de tafel stond, zette ze een aanmerkelijk zoeter stemmetje op. 'Dag Hermia! Dag Achilles!'

Issy sloop naderbij om hallo te zeggen, ook al leek Caroline haar compleet te negeren.

'O, luister maar niet naar hen,' zei Caroline. 'Ze zijn de hele ochtend al strontvervelend.'

Issy vond ze er niet strontvervelend uitzien. Hoogstens wat moe.

'Kate ken je, toch?'

'Wat is het hier enig!' zei Kate, die goedkeurend om zich heen keek. 'Mijn man en ik zijn dat grote huis aan de overkant van de straat aan het opknappen. Dit is precies wat we nodig hebben. Dan gaan de huizenprijzen tenminste de goede kant op, als je begrijpt wat ik bedoel. Ha!'

De vrouw stootte plotseling een hoestende lach uit, waar Issy door overvallen werd. De twee meisjes die samen op één stoel zaten en elkaars handje vasthielden, waren overduidelijk een tweeling. Het ene meisje had een kort bobkapsel en droeg een rode overgooier, het andere had lange, blonde krullen en droeg een roze rok met een petticoat eronder.

'Wat zijn jullie mooi!' riep Issy uit, en ze deed een stap naar voren. 'Ook hallo, Caroline.'

Caroline knikte haar koninklijk toe. 'Je café lijkt zowaar een succes,' snoof ze. 'Dus ik wilde wel eens zien waar iedereen het over had.'

'Tuurlijk!' zei Issy vrolijk, en ze boog zich voorover naar de kleintjes. 'Dag meisjes!'

Kate snoof. 'Ze zijn dan wel een tweeling, maar het zijn ook twee individuen. En het is trouwens heel gevaarlijk voor een tweeling om niet als twee verschillende mensen te worden behandeld. Ik moet erg m'n best doen om te zorgen dat ze allebei een eigen identiteit krijgen.'

Issy knikte geruststellend. 'Snap ik,' zei ze, ook al snapte ze er geen snars van.

'Dit is Serafina,' zei Kate, gebarend naar het meisje met de lange blonde krullen. 'En dit,' ze wees naar het andere meisje, 'is Jane.'

Serafina glimlachte lief. Jane fronste boos en verschool haar gezicht achter de schouder van haar zusje. Serafina klopte haar zusje moederlijk op de hand.

'Welkom!' zei Issy. 'Normaal gesproken bedienen we niet aan tafel, maar nu ik er toch ben: wat kan ik voor jullie doen?'

Pearl was inmiddels weer naar de andere kant van het café gelopen om daar achter de toonbank te staan, voor de leuke vlaggetjes die ze aan de muur hadden gehangen, wist Issy zeker, en tegen Helena zei ze later zelfs dat ze had durven zweren dat ze de ogen van Pearl had voelen rollen in hun kassen.

'Nou,' zei Kate, nadat ze een tijdlang het menu had bestudeerd, 'nou.' Serafina had Jane aangestoten en de twee meisjes, die een jaar of vier moesten zijn, waren naar de taartvitrine gelopen en stonden nu op hun teentjes, met hun neuzen tegen het glas gedrukt.

'Dametjes! Ik wil liever geen snot op het glas,' zei Pearl, streng maar vriendelijk, en de meisjes stapten direct giechelend naar achteren, maar hingen nog steeds zeer dicht boven het glas, zodat ze het glazuur uitgebreid konden bekijken. Hermia keek naar haar moeder.

'Mama, mag ik alsjeblieft...' probeerde ze.

'Nee,' zei Caroline. 'Netjes gaan zitten. *Assieds-toi!*'

Hermia keek verlangend naar haar vriendinnetjes.

'O, ben je Frans?' vroeg Issy.

'Nee,' zei Caroline, zichzelf fatsoenerend. 'Hoezo, zie ik er Frans uit?'

'Voor mij graag een verse muntthee,' zei Kate ten slotte. 'Hebben jullie ook salades?'

Issy kon zich er niet toe zetten om Pearl aan te kijken.

'Nee. Nee, momenteel serveren we geen salades,' zei ze. 'Vooral taart en cake.'

'En, eh, biologische haverkoeken, heb je die?'

'We hebben wel vruchtencake,' zei Issy.

'Met speltmeel?'

'Eh, nee, met gewoon meel,' zei Issy, die wilde dat het gesprek voorbij was.

'En noten?'

'Een klein beetje.'

Kate slaakte een diepe zucht, alsof ze het ongelofelijk vond dat ze dergelijke ellende op regelmatige basis moest doorstaan.

'Mogen we wat lekkers, mammie? Alsjeblieeeeeft?' vroeg Jane smekend van bij de toonbank.

'Mag ík alsjeblieft wat lekkers, Jane. Ik. Enkelvoud.'

'Mag ik wat lekkers dan, alsjeblieft?'

'Ik ook! Ik ook!' schreeuwde Serafina.

'Schatjes toch...'

Kate leek bijna voor de bijl te gaan. 'Jullie hebben zeker geen... jullie hebben toevallig niet van die kleine doosjes rozijntjes?'

'Eh,' zei Issy, 'nee.'

Kate zuchtte. 'Dat is jammer, zeg. Wat denk jij, Caroline?'

Caroline vertrok geen spier – haar wenkbrauwen waren nogal hoekig – maar toch had Issy het idee dat ze teleurgesteld was. Caroline zag Hermia naar haar vriendinnetjes kijken. Er biggelde een traan over de wang van het meisje. Achilles gaf de doorslag.

'Mammie! Cake! Nu! Mammie! Cake! Cake! Mammie!' Hij worstelde met het tuigje van de buggy en liep rood aan. 'Nuuuu!'

'Lieverd,' begon Caroline, 'je weet dat wij niet zo van cake houden.'

'Cake! Cake!'

'O jee,' zei Kate. 'Ik weet niet of we hier een volgende keer nog wel welkom zijn.'

'Cake! Cake!'

'Ze zeggen dat kinderen hyper worden van suiker.'

Issy had weinig zin om tegen haar te zeggen dat alles in haar winkel honderd procent natuurlijk was, en dat ze bovendien nog geen hap hadden gegeten.

'Goed dan,' zei Caroline, die er alles voor overhad om haar zoontje te laten stoppen met schreeuwen. 'Twee cakejes. Het kan me niet schelen welke. Hermia, kleine hapjes nemen. Je wilt niet zo dik worden als...' Caroline hield subiet haar mond.

'Ja!' brulde de tweeling vanuit de hoek.

'Ik wil een roze! Ik wil een roze!' riepen ze in koor, met stemmetjes die zoveel op elkaar leken dat Issy zich afvroeg wat precies het verschil was.

'Jullie mogen niet allebei een roze,' zei Kate verstrooid en ze pakte ondertussen de *Daily Mail*. 'Jane, neem jij die bruine maar.'

Even later kwam Caroline een praatje maken.

'Het heeft best karakter,' zei ze. 'Weet je, ik bak ook graag. Veel gezonder dan dit natuurlijk, en wij eten vooral rauw thuis, dus ik dacht, ik móét een keukeneiland hebben, voor al mijn experimenten. Ik denk trouwens,' zei ze en ze loerde door het trapgat naar beneden, 'dat mijn oven vast wel groter is dan die van jou! Mijn gewone oven bedoel ik, ik heb natuurlijk ook een stoomoven en een convectieoven. Maar geen magnetron. Afgrijselijke dingen!'

Issy glimlachte beleefd. Pearl snorkte.

'Ik heb het nu echt verschrikkelijk druk. Ik ben een heleboel liefdadigheidswerk gaan doen, aangezien mijn man altijd aan het werk is in de City, snap je... Anders kan ik wel een keer een van mijn recepten komen langsbrengen? Ja, ik bedenk ook recepten. Het valt niet mee, hè, om een creatieve kant te hebben, als je kinderen hebt?'

Ze keek Issy aan toen ze dat zei, en Issy probeerde haar klant beleefd aan te kijken, ook al was het volslagen belachelijk om te suggereren dat Issy er zo oud en afgedankt uitzag dat het leek alsof ze al een schare kinderen had gekregen. Caroline woog vast evenveel als een kind van veertien.

'Nou, ik ben heel benieuwd,' zei Pearl, voordat Issy's mond nog verder open kon vallen. 'Eh, Caroline, zie ik jouw zoon nou zijn luier afdoen en in jouw Hermès-tas stoppen?'

Caroline draaide zich om en slaakte een gil.

'Zijn alle kinderen zo?' vroeg Issy nadat ze waren vertrokken, Achilles schreeuwend en Hermia zachtjes huilend. De tweeling had hun cupcakes keurig in tweeën gesneden, elkaar ieder een helft gegeven en de cakejes weer aan elkaar geplakt, zodat ze tot Kates afgrijzen allebei precies hetzelfde cakeje hadden.

'O, nee hoor,' zei Pearl. 'De meeste zijn veel en veel erger. Ik ken iemand die zegt dat ze geen moeite doet om haar kind zindelijk te krijgen, totdat het uit zichzelf gaat.'

'Klinkt op zich heel logisch,' zei Issy. 'Lekker laten luieren tot het elf is. Scheelt vast een hoop tijd. Laat ze het kind ook eten koken?'

'O nee. "Orlando eet alleen rauwe groenten en dingen die ontkiemen",' zei Pearl. 'Behalve toen ik hem de Mars van Louis zag afpakken.'

Issy trok haar wenkbrauwen op maar zei verder niets. Ook niet over het feit dat Pearl er die dag duidelijk niet helemaal bij was met haar hoofd. Als Pearl haar iets wilde vertellen, deed ze dat vanzelf wel.

Na hun drukste week ooit, waren ze op vrijdag om halfvijf 's middags compleet uitgeteld. Issy deed de deur op slot en draaide het bordje op GESLOTEN. Toen gingen ze de trap af naar de kelder en haalde Issy een fles witte wijn uit de koelcel, wat op vrijdag na sluitingstijd inmiddels een ritueel was geworden. Op zaterdag was het altijd rustig – hoewel het ook op zaterdagen drukker begon te worden, vooral rond lunchtijd – en dus konden ze zichzelf op vrijdagen een beetje laten gaan, zonder daar al te veel spijt van te krijgen.

Wat ook een gewoonte was geworden, en waar de Arbo vast niet blij mee zou zijn als ze er ooit achter kwamen, was dat Issy en Pearl na het opmaken van de kas altijd neerploften op de enorme meelzakken in de kelder, die ze als zitzakken gebruikten.

Issy schonk Pearl een flink glas in.

'Dit,' zei ze, 'was onze beste week tot nu toe.'

Vermoeid hief Pearl haar glas. 'Dat denk ik ook.'

'We hebben natuurlijk nog niet veel vergelijkingsmateriaal,' zei Issy. 'Maar, als je 't als een prognose ziet...'

'O ja!' zei Pearl, 'dat ben ik helemaal vergeten te zeggen.'

Ik kwam jouw crush tegen bij de bank.' Pearl bracht altijd het geld naar de bank.

Issy's interesse was gewekt. 'O ja? Austin? Eh, ik bedoel, echt? Wie?'

Pearl keek haar aan zoals alleen Pearl dat kon.

Issy zuchtte. 'Oké. Hoe gaat het met hem?'

'Waarom vraag je dat?' vroeg Pearl.

Issy voelde dat haar gezicht een kleur kreeg, en begroef snel haar neus in haar glas. 'Gewoon, uit beleefdheid,' piepte ze.

Pearl snoof, en wachtte.

'Nou?' zei Issy na een minuut.

'Ha!' zei Pearl. 'Ik wist het! Als je het echt uit beleefdheid vroeg, had het je niets kunnen schelen.'

'Dat is niet waar,' zei Issy. 'Onze relatie is puur... zakelijk.'

'Dus het is een relatie?' vroeg Pearl plagerig.

'Pearl! Wat zei hij dan? Vroeg hij nog naar mij?'

'Hij was omringd door een stuk of vijftien fotomodellen en hij stapte net in een jacuzzi, dus dat is moeilijk te zeggen.'

Issy protesteerde luidkeels, tot Pearl toegaf.

'Hij zag er best netjes uit. En hij was naar de kapper geweest.'

'O, ik vond z'n haar juist zo leuk,' zei Issy.

'Ik vraag me af voor wie hij naar de kapper is geweest?' zei Pearl peinzend. 'Misschien wel voor jou!'

Issy deed alsof ze helemaal niet blij was om dat te horen, aangezien mannen zoals Austin altijd een vriendin hadden. Ze was vast heel erg knap, net als hij, en ook nog eens ontzettend aardig. Zo werkte dat nu eenmaal. Ze zuchtte. Ze moest zich er maar overheen zetten: ze was op het moment een carrièrevrouw. De rest was van later zorg. Toch jammer. Heel even, één seconde maar, droomde Issy weg, en ze fantaseerde hoe ze zijn nek zou strelen, daar waar een plukje haar was achtergebleven, en dan...

'En,' zei Pearl luid, toen ze zag dat Issy in een dagdroom was verzonken en de correcte conclusie trok dat ze vast aan het fantaseren was over die knappe, jonge bankadviseur, en niet voor het eerst, 'én hij zei dat hij een boodschap voor jou had.'

'Een wat?' zei Issy, die wakker schrok.

'Een boodschap. Speciaal voor jou.'

Issy kwam overeind en zat zomaar ineens kaarsrecht op haar zak meel. 'Wat dan?'

Pearl probeerde het precies goed na te vertellen. 'Wat zei hij ook alweer? Hij zei: "Je hebt 't ze laten zien."'

'Je hebt het ze laten zien? Wie heb ik wat laten zien? O,' zei Issy, toen tot haar doordrong dat hij de andere café-eigenaren van Stoke Newington moest hebben bedoeld. 'O!' zei ze, en ze werd rood. Hij had aan haar gedacht! Hij dacht aan haar! Goed, mogelijk alleen omdat het een zakelijke investering betrof, maar toch...

'Ach, wat aardig!' zei ze.

Pearl keek haar aan.

'O, dat is iets tussen mij en hem,' zei Issy.

'O, is dat zo?' zei Pearl. 'Nou, het goede nieuws is, denk ik, dat je hem in ieder geval zoet weet te houden.'

Issy keek Pearl aan. 'En, hoe zit het met jou?' vroeg ze. 'Hoe staat het met jouw liefdesleven?'

Pearl trok een grimas. 'Is het zo duidelijk?'

'Je hebt vandaag vier keer hetzelfde toilet schoongemaakt,' zei Issy. 'Niet dat ik daar niet blij mee ben, maar...'

'Ja, ja. Ik weet het,' zei Pearl. 'Ach. Tja, de vader van Louis... is weer in beeld.'

'O,' zei Issy. 'En is dat goed, slecht, prima, vreselijk, of al het bovenstaande?'

'Of optie F: dat weet ik niet,' zei Pearl. 'Ik denk optie F: dat weet ik niet.'

'O,' zei Issy. 'Is Louis blij?'

'Dolblij,' zei Pearl mopperig. 'Kunnen we het alsjeblieft over iets anders hebben?'

'Ja!' zei Issy. 'Eh, oké. Goed. Oké. Nou, nu we toch aan de wijn zijn, kan ik het je denk ik wel vragen. Misschien ligt het gevoelig, maar... ben je aan het afvallen?'

Pearl rolde met haar ogen.

'Zou kunnen,' zei ze, en ze voegde er tegendraads aan toe: 'Maar niet met opzet!'

'Ik vind het helemaal niet erg als je af en toe iets te eten pakt, hoor!' zei Issy, bang dat ze haar had beledigd.

'Weet je,' zei Pearl, 'en dit moet je maar niet aan de klanten vertellen, en jij bent echt een meesterbakker, maar...'

Issy keek haar aan. Er lag een ondeugende glinstering in Pearls ogen.

'Het lijkt wel... het lijkt wel alsof ik helemaal geen trek meer heb in zoetigheid! Issy, ik vind het echt heel erg! Sorry! Het ligt niet aan jou! Ontsla me alsjeblieft niet!'

Issy wilde iets terugzeggen, maar ze moest lachen. 'O god, nee, Pearl, alsjeblieft.'

'Wat?' zei Pearl.

'Ik heb al zes weken geen cake gehad.'

Ze trokken allebei een verschrikt gezicht en proestten het toen uit van het lachen.

'Wat zijn wij nou voor rare wijven?' zei Pearl, hulpeloos. 'Zullen we de volgende keer dan maar een friettent openen?'

'Absoluut,' zei Issy. 'Friet en chips.'

'Ik droom zelfs over dit café,' zei Pearl. 'Ik denk er iedere seconde van iedere dag aan. En ik zeg niet dat ik het niet leuk vind, Issy, eerlijk waar. Maar al die uren... dáár raak ik vol van.'

'Ik ook,' zei Issy. 'Ik ook. En toegeven dat ik geen trek meer heb in cake... dat is echt een totale ontkenning van wie ik ben. Van mijn persoonlijkheid.'

'Dat is echt niet goed!' zei Pearl. 'En het is vast slecht voor onze kwaliteitsbewaking.'

'Hmmm,' zei Issy. 'Misschien hebben we een nieuw personeelslid nodig.'

Onder de zak meel balde Pearl stilletjes haar vuist, bij wijze van overwinning.

'Hmmm,' zei ze onverschillig, alsof het haar weinig kon schelen.

Van alles wat ze moest regelen, had Issy verwacht dat een paar extra handen vinden het minst moeilijk zou zijn. Het was een lastige tijd en mensen zaten te springen om banen, toch? Issy dacht dat zodra ze een briefje op het raam had gehangen, alles binnen tien seconden geregeld zou zijn, en stiekem hoopte ze zelfs dat ze een toppatissier kon vinden, iemand die bij de grote hotels niet aan de bak kwam, niet 's avonds wilde werken, en, ahum, genoegen nam met het minimumloon plus fooien.

De vele mensen die op het briefje reageerden – en later op de advertentie in de *Stoke Newington Gazette*, waarin ze het succes van het café ophemelde en de gemeenschap met-een bedankte voor hun steun – waren echter stuk voor stuk ongeschikt. (Toen ze de advertentie schreef en dacht aan de andere cafés die hem zouden lezen, kregen Issy's ogen een wat wraakzuchtige glans. Ze realiseerde zich hoe gemeen dat was en probeerde het gevoel direct de kop in te drukken. Ze moest toegeven dat het een heel mooie, prachtig ontworpen advertentie was; ze moest Zac binnenkort nodig voor zijn werk gaan betalen.) Het vinden van een nieuw personeelslid was lang niet zo makkelijk als ze verwacht had. Sommige mensen kwamen langs voor een praatje en kraakten aan één stuk door hun vorige werkgevers af; één iemand gaf aan dat hij de dinsdag en donderdag vrij wilde, omdat hij dan naar zijn therapeut moest; een ander vroeg wanneer het salaris omhoog zou gaan en ten minste vier mensen hadden nooit van hun leven iets gebakken en dachten dat het niet al te moeilijk kon zijn.

'Het is ook niet moeilijk,' legde Issy uit aan Helena, die

haar make-up deed. 'Het probleem is dat ze niet eens de moeite nemen om te doen alsof ze van cake houden. Het is net alsof ik totaal niet cool ben als ik ook maar enige interesse verwacht. God, man, het duurt nu al weken!'

'Je klinkt alsof je vijfduizend jaar oud bent,' zei Helena, terwijl ze een glitterend, dik groengoud smeersel op haar oogleden aanbracht, waardoor ze eruitzag als een godin, en totaal niet als een taart. Ashok zou haar hoe dan ook als godin behandelen. Bizar genoeg was het Issy's drukke schema dat haar het laatste zetje zijn kant op had gegeven. Ze miste haar beste vriendin en ze miste iemand om mee uit te gaan. Het was prima om samen single te zijn, maar het was echt waardeloos om iedere avond in je eentje herhalingen van *America's Next Top Model* te moeten kijken.

Op een dag was Ashok, met onder zijn witte jas een roze overhemd, waardoor zijn grote, donkere ogen goed uitkwamen en hij er erg goed uitzag, heel casual op haar af komen wandelen op de Spoedeisende Hulp, waar ze net een hoopje kots aan het opruimen was. (Eigenlijk moesten de schoonmakers dat doen, maar om er een te vinden moest je de centrale dienst bellen, en dan werd je eerst een halfuur in de wacht gezet voor je werd doorverbonden met het team van uitbestede diensten, en eerlijk gezegd was het veel makkelijker om het zelf te doen, voordat iemand uitgleed en zijn staartbeen brak; bovendien gaf je zo het goede voorbeeld aan de juniorverplegers.) 'Je hebt vast al iets te doen op donderdagavond,' had hij gezegd. 'Maar mocht je je bedenken: ik ben zo vrij geweest een tafel te reserveren bij Hex, dus, laat maar weten.'

Helena had hem nagekeken toen hij de gang uit liep. Hex was het hipste nieuwe restaurant van heel Londen en stond iedere dag in de krant. Naar het scheen was het bijna onmogelijk om daar een reservering te krijgen. Maar hier kon ze natuurlijk niet op ingaan. Ze moest niets hebben van dat soort gesmeek. Niets.

'Je ziet er schitterend uit,' zei Issy, en ze richtte haar aandacht voor het eerst op haar vriendin. 'Hoe doe je dat toch, met je ogen? Bij mij zou het eruitzien alsof ik een ongelukje heb gehad in de glitterfabriek.'

Helena glimlachte als de Mona Lisa en ging door met *blenden*.

'Wat ga je eigenlijk doen? Waar ga je naartoe?'

'Uit,' zei Helena. 'Naar een plek die niet jouw huis is en ook niet jouw winkel. Ergens waar dingen gebeuren waar mensen over praten, de actualiteit en het openbare leven.'

Normaal gesproken had ze Issy meteen verteld wat ze ging doen. Maar nu zat ze in tweestrijd, enerzijds omdat ze vond dat daar een langer gesprek voor nodig was, anderzijds omdat ze niet geplaagd wilde worden met het feit dat ze tegen al haar geliefde principes in op een date ging met een nerveuze, onderbetaalde coassistent met zweethandjes. Over dat soort jonge dokters maakten ze samen al jarenlang grapjes. Ieder jaar arriveerden er twee lichtingen jonge dokters, groen als gras: de eerste in februari, de tweede in september. Als hun coschappen erop zaten, waren ze Helena altijd zó dankbaar voor haar goede adviezen, sterke leiderschap en magnifieke boezem, dat er altijd minstens één jonge dokter nog wekenlang met bloemen en gekwelde blikken achter haar aan bleef lopen. Helena gaf nooit toe. Nooit.

'Als je weer een leven hebt,' zei Helena, 'kom je er vanzelf achter.'

Issy werd rood.

'Och, niet blozen!' zei Helena, die oprecht verbaasd was dat ze haar vriendin van streek had gemaakt. 'Zo bedoelde ik het niet! Het is me de laatste tijd juist opgevallen hoeveel harder je geworden bent.'

'Rot toch op!'

'Nee, echt! Dat komt vast door dit hele je-eigen-bedrijf-runnen-gebeuren. Je loopt met je kin omhoog, mevrouw Randall. Je bent niet langer het meisje dat ik heb leren kennen, dat te bang was om naar de dokter te gaan voor een wrat op haar vinger.'

Issy moest glimlachen als ze eraan terugdacht. 'Ik dacht dat ik m'n onderbroek zou moeten uittrekken.'

'Maar als dat al zou moeten, dan was dat toch niets om bang voor te zijn?'

'Nee.'

'En moet je nu eens kijken! Ondernemer! Als je net iets irritanter en een heel stuk arroganter was, kon je zo meedoen aan *The Apprentice*, als ze daar iets met taart zouden doen. Deden ze maar iets met taart!'

Issy trok haar wenkbrauwen op. 'Dat zal ik maar semi-complimenteus opvatten – en voor jouw doen is dat heel wat. Maar je hebt gelijk, ik ben saai geworden. Ik denk gewoon nergens anders meer aan.'

'En die lekkere nonchalante vent van de bank dan, met die bril met schildpadmontuur?'

'Wat is daarmee?'

'Niets,' zei Helena. 'Goed om te weten dat je niet zit te wachten tot Graeme terugkomt.'

'Nee,' zei Issy abrupt, 'nee. Dat doe ik niet. Zeg, ik heb een idee. Als ik nou eens met jou meega?'

Helena bracht haar mascara aan. 'Eh, nee, dat kan niet.'

'Hoezo niet? Kan ik mijn werkdag mooi een beetje van me afschudden.'

'Helaas pindakaas.'

'Lena, heb je soms een date?'

Helena ging rustig door met het aanbrengen van meerdere lagen mascara.

'Je hebt een date! Met wie? Vertel!'

'Dat had ik gedaan,' zei Helena, 'als jij niet de hele tijd had doorgezaagd over het Cupcake Café. Ik ben al laat.'

En toen gaf ze Issy een dikke zoen op haar wang en vloog

ze de kamer uit in een wolk van Shalimar-parfum.

'Is het een groentje?' vroeg Issy, haar achternarennend.

'Toe nou. Vertel nou! Er moet een reden zijn waarom je niks wilt zeggen!'

'Laat me nou!' zei Helena.

'Dat is het! Het is zo'n jong broekie!'

'Gaat je geen bal aan.'

'Aardig van hem om jou mee uit te nemen, hij heeft het vast druk met het per ongeluk laten doodgaan van al die pensionado's.'

'Nou zeg!'

'Ik hoop dat hij de rekening wil splitten!'

'Hou je kop!'

'Ik hoop dat je een boek bij je hebt, voor als hij aan tafel in slaap valt.'

'Kappen nou!'

'Ik zal voor je opblijven!' brulde Issy tegen haar uit het zicht verdwijnende rug.

'Ik geloof er geen reet van!' klonk het antwoord, en inderdaad, halverwege *Location, Location, Location* begonnen Issy's ogen al dicht te vallen.

De volgende ochtend was de croissantpiek net zo'n beetje voorbij en was Pearl de nieuwe geschenkdozen in elkaar aan het zetten die ze hadden besteld. De dozen hadden zuurstokroze strepen, op de deksels stond met grote letters de naam van het café en er pasten precies twaalf cakejes in. En wanneer ze zo'n doos aan een klant gaven, deden ze er eerst nog een mooie roze strik omheen. De dozen waren echt prachtig, maar het kostte wat tijd om onder de knie te krijgen hoe je ze precies moest vouwen, en Pearl was alvast aan het oefenen, zodat ze het straks met haar ogen dicht zou kunnen.

De deurbel ging en Pearl keek omhoog naar de grote stationsklok: nog een paar minuten rust voor de suikergekte van elf uur losbarstte. Ze veegde het zweet van haar voorhoofd. Man, het was fantastisch dat ze het druk hadden, maar ook best zwaar. Issy was beneden en probeerde 's werelds allereerste cupcake met gemberbier te maken. De geur van kaneel, gember en bruine suiker vulde de winkel en het rook zalig, bedwelmend; mensen vroegen de hele tijd of ze er een mochten proeven, om vervolgens te horen te krijgen dat ze nog niet klaar waren, en dan bleven ze maar bij de trap rondhangen. Een paar mensen raakten met elkaar aan de praat, en daar was Pearl blij mee, maar ze moest nu toch echt alles opgeruimd zien te krijgen, zodat ze zich op de overgebleven vieze koffiekopjes kon storten. Omdat het drukker was geworden, hadden ze naast grijsblauw en groenblauw nu ook servies in een heel lichte kleur geel, en al die gele kopjes wilde ze graag in de vaatwasser stoppen. Er was net een bestelling verse eieren gebracht waar ze voor moest tekenen, rechtstreeks van de boerderij, met de veertjes er nog op, en die veertjes moesten er eerst af voor de eieren naar beneden konden. Tegelijkertijd moest ze ook nog de rij bedienen, maar dat kon niet, aangezien ze geen schone kopjes meer had, en dus riep ze: 'ISSY!' Van beneden klonk allerlei gerammel.

'Au! Heet, heet, heet!' schreeuwde Issy. 'Ik moet even mijn vinger onder de kraan houden!'

Pearl slaakte een zucht en probeerde geduldig over te komen op de twee tienermeisjes die steeds van gedachten bleven veranderen aangaande een zeer moeilijke cupcakegerelateerde beslissing.

Opeens knalde de deur open. Buiten regende het weliswaar, een gestage lentebui, maar toch deed de boom voorzichtig en nerveus een poging tot bloeien, en zaten er al een paar kleine knoppen aan de takken. Pearl smokkelde af en toe wat koffieprut naar buiten en spreidde dat uit rond de voet van de boom; ze had gehoord dat koffie goed was voor bomen, en deze boom wilde ze erg graag beschermen. Er kwam iemand de winkel binnengestormd, iemand die ze direct herkende, en van wie ze direct de rillingen kreeg. Het was Caroline, de gezondheisfreak van Louis' peuterspeelzaal en tevens de eerste bieder op hun pand.

Caroline beende rechtstreeks naar het begin van de rij. Toen ze dichterbij was, zag Pearl dat ze niet haar normale, onberispelijke zelf leek. Aan de haarwortels van haar blonde haren was grijs te zien. Ze droeg geen make-up. En ze was afgevallen, waardoor haar altijd zeer slanke figuur nu in de buurt van extreem mager kwam.

'Kan ik je baas spreken?' blafte ze.

'Dag Caroline,' zei Pearl, en ze deed haar best deze ongelofelijk onbeleefde vrouw het voordeel van de twijfel te gunnen, voor het geval ze haar niet herkende.

'Ja, hallo, eh...'

'Pearl.'

'Pearl. Kan ik je baas alsjeblieft even spreken?'

Caroline keek met opengesperde ogen om zich heen. Op de bank bivakkeerde een groepje jonge moeders die naar elkaars baby's kirden, maar die hun eigen baby duidelijk het leukst vonden; de tafel bij het raam, waar twee zakenmannen met laptops vergaderden, lag bezaaid met paperassen; een jonge student las een oude, grijze Penguin Classic, maar had moeite om zich te concentreren, en keek liever naar een studente, die bij de haard aantekeningen op een notitieblok kalkte, en met enige regelmaat, vermoedelijk bewust, haar lange, glanzende, krullende haren over haar schouder zwiepte.

'Issy!' brulde Pearl in het trapgat, zo hard dat Issy zich een hoedje schrok. Zuigend op haar vinger liep ze de trap op. Caroline stond tegen de muur geleund en tikte zenuwachtig met haar voet.

Ze boog zich naar Pearl toe. 'Weet je, mijn zoon begint in september op school. Ik sta op het punt om al zijn oude kleren weg te doen, maar misschien zit er iets bij voor dat kleine manneke van jou? Ik denk dat hij er de goede leeftijd voor heeft, en het is mooi spul – veel van White Company, Mini Boden en Petit Bateau.'

Achter de toonbank kromp Pearl ineen. 'Nee, dank je,' zei ze stijfjes. 'Ik kan mijn zoon prima zelf kleden.'

'O, oké,' zei de blonde vrouw, totaal niet uit het veld geslagen. 'Ik dacht, misschien scheelt me dat een tripje naar Oxfam! Geeft niets, hoor.'

'Ik ben geen goed doel,' zei Pearl, maar de vrouw had zich al omgedraaid naar Issy, die net de trap op kwam, en begon direct nerveus met haar handen te fladderen.

'O... o, hallo!'

Issy veegde argwanend haar handen af. Sinds die ene keer waren Caroline en Kate niet meer naar het café gekomen; Issy had dat nogal persoonlijk opgevat. Maar goed, ze waren allebei kleine ondernemers.

'Weet je nog,' zei Caroline. 'Eh, weet je nog dat ik het pand toen niet kreeg?'

Pearl ging verder met het bedienen van de rest van de klanten.

'Ja,' zei Issy. 'Heb je... heb je intussen iets anders gevonden?'

'Eh, ja, ik heb natuurlijk een heleboel aanbiedingen gekregen. En nu is het echt precies het goede moment...' zei Caroline, en ze viel stil.

'O. Juist.' Issy vroeg zich af waar dit heen ging. Ze moest terug naar beneden om te kijken hoe het met haar gemberbiercupcakes ging. 'Leuk je weer te zien,' zei ze. 'Heb je trek in koffie?'

'Trouwens.' Caroline begon zachter te praten, alsof ze een of ander vreselijk grappig geheimpje wilde vertellen. 'Nee. Eh, oké. Nou, eh, het zit zo. Haha, dit gaat dus echt hartstikke gestoord klinken en alles, maar...' Er leek iets te knappen in haar verwilderde maar nog altijd knappe gezicht. 'Die ploert!

Die ploert van een man van mij heeft me verlaten voor die stomme sloerie van de persafdeling – en hij heeft gezegd dat ik verdomme een báán moet gaan zoeken!'

'No way,' zei Pearl na afloop. 'Nee, nee, nee, nee en nog eens nee!'

Issy beet op haar lip. Het was wel wat onorthodox natuurlijk. Maar aan de andere kant: Caroline was zonder twijfel een slimme vrouw. Ze had een marketingopleiding gedaan en had daarna voor een prestigieus reclamebureau gewerkt, alvorens alles op te geven voor haar kinderen, en nu, had ze bitter geklaagd, lag haar man op een of andere twintigjarige persdame. Toen ze, na een halve liter thee en wat rocky road met hazelnoten, was opgehouden met janken, bleek ze ook nog ontzettend veel mensen te kennen in de buurt; Caroline kon het café omturnen tot een plek waar je cakejes voor babyshowers kon kopen, of glazuur voor op je verjaardagstaart; ze kon precies werken op de uren dat ze iemand nodig hadden, en ze woonde om de hoek...

'Maar het is een vreselijk mens!' verklaarde Pearl. 'Dat weegt toch ook mee?'

'Ze is denk ik iets te veel met zichzelf bezig nu,' zei Issy, die een goed hart had. 'Het is zo rot als iemand je verlaat,' zei ze en haar stem brak, 'of als iets niet werkt.'

'Ja, je wordt er vast enorm onbeleefd en egoïstisch van,' zei Pearl. 'Ze heeft het niet eens nodig. Deze baan moet naar iemand gaan die hem nodig heeft.'

'Maar ze zei dat ze wél een baan nodig heeft,' zei Issy. 'Blijkbaar heeft haar man tegen haar gezegd dat als ze zonder gedoe het huis wil houden, ze van haar luie reet moet komen en aan het werk moet.'

'Dus nu wil mevrouw hier rondwalsen en tegen iedereen de snob uithangen,' zei Pearl. 'En dan zul je zien dat ze ook nog volkorenmeel, rozijnen en tarwegras wil introduceren, over BMI's wil praten en de hele dag door blijft blaten.'

Issy zat in tweestrijd. 'Ja, maar we hebben niet bepaald bergen goede sollicitanten gehad,' pleitte ze. 'Van alle mensen die zijn gekomen was er helemaal niemand geschikt. En ze zou waarschijnlijk vooral werken wanneer jij vrij bent, dus je zou haar niet eens zo vaak hoeven zien.'

'Dit is een héél klein pand,' zei Pearl dreigend. Issy zuchtte en besloot de beslissing nog een tijdje voor zich uit te schuiven.

Het werd maar niet rustiger – wat fantastisch was, maar voor geheel nieuwe problemen zorgde. Nu rinkelden er constant telefoons, hadden ze lijsten, viel Issy tijdens het avondeten in slaap, was Helena de hele tijd op stap, had ze Janey niet meer gezien sinds de baby was geboren, waren Tom en Carla in hun nieuwe huis in Whitstable getrokken en het was haar niet eens gelukt om bij de housewarming te zijn. En als ze vijf minuten over had, god, dan miste ze Graeme nog steeds, of misschien miste ze gewoon iemand, wie dan ook, om af en toe haar hand vast te houden en tegen haar te zeggen dat het allemaal wel goed kwam – maar daar had ze geen tijd voor, ze had helemaal nergens tijd voor, en alles bleef zich maar opstapelen en opstapelen.

Ze stopte haar gevoelens diep weg en werkte nóg harder, maar op de dag dat Linda de deur openduwde, was Issy bijna ten einde raad.

Het was een heerlijke vrijdag aan het eind van de lente, en de warme lucht leek een voorbode van een zonnig Londens weekend. Er waren drommen vrolijke mensen op straat, en de lichte citroencupcakes met red velvet-glazuur en een boogje gekonfijte vruchten erop vlogen met dozen tegelijk de winkel uit; de mensen wilden graag iets van dat fijne lentegevoel hun kantoren binnenbrengen. Issy, die weliswaar zowat krom liep van vermoeidheid, was ook ontzettend trots als ze zag hoe de enorme stapel cupcakes die ze die ochtend in alle vroegte had gebakken – een berg zó groot dat ze aan het eind van de dag nooit allemaal verkocht konden zijn – gestaag met zes of twaalf stuks tegelijk steeds kleiner werd. Mensen kochten daarnaast meer gekoelde drankjes, waardoor er iets minder druk zat achter het koffie maken. En ook al kon Issy inmiddels snel, elegant en moeiteloos een flat white of een tall skinny latte maken (de eerste negentien keer had ze steeds iets gemorst), was dat nog altijd een stuk tijdrovender dan even snel wat vlierbloesemlimonade uit de koelkast pakken. (Issy had gekozen voor wat specialere drankjes, en niet voor frisdranken met prik. Dat vond ze beter bij de uitstraling van de winkel passen. En Austin had haar erop attent gemaakt dat de winstmarges bovendien veel gunstiger waren.)

Het beste van alles kwam om vier uur, toen ze net een beetje tot rust kwamen, de deur klingelend openging en Keavie voor de deur stond, met in een rolstoel haar opa. Issy stormde op hem af en vloog hem om de hals.

'Opa!'

'Ik denk niet,' zei de oude man zwaar, 'dat je helemaal weet wat je aan het doen bent met die meringue.'

'Zeker wel!' riep Issy beledigd uit. 'Proeft u dit maar eens.'

Ze zette hem een van haar nieuwe mini-citroenmeringuetaartjes voor, waarvan de vulling zo dik en zacht was dat hij meteen in de dunne deegkorst was neergezonken. Je kon het ding binnen een luttele twee seconden verorberen, maar je dacht er de hele dag nog aan.

'Die meringue is te knapperig,' verklaarde opa Joe.

'Dat zegt u omdat u geen tanden meer heeft!' zei Issy ongelovig.

'Geef me een kom. En een garde en wat eieren.'

Pearl maakte warme chocolademelk voor Keavie en ze keken toe hoe Joe en Issy de ingrediënten bij elkaar zochten en Issy op een krukje naast hem ging zitten. Nu ze Issy's hoofd met donkere krullen naast zijn hoofd met die paar haartjes zag, kon Pearl zich precies voorstellen hoe ze er samen moesten hebben uitgezien toen Issy nog klein was.

'Je doet het niet goed. Je moet vanuit je elleboog kloppen,' zei opa, die op zijn leeftijd nog met één hand en zonder te kijken eieren kon breken en ze binnen een oogwenk kon splitsen.

'Dat komt omdat...' Issy viel stil.

'Wat?' zei opa.

'Niks.'

'Wat?'

'Dat komt omdat ik een keukenmachine gebruik, opa,' zei Issy blozend.

Pearl moest hard lachen.

'Nou begrijp ik het!' zei opa. 'Geen wonder.'

'Maar het moet wel met de keukenmachine. Ik moet iedere dag tientallen van deze dingen bakken. Wat moet ik anders?'

Opa schudde zijn hoofd en ging door met kloppen. Precies op dat moment kwam de ijzerhandelaar hun raam voorbij-gelopen, en Joe wenkte hem binnen te komen.

'Weet u dat mijn kleindochter een keukenmachine ge-bruikt om haar meringues te maken? Ondanks alles wat ik haar geleerd heb!'

'Daarom eet ik hier ook nooit iets,' zei de ijzerhandelaar, en, toen hij Issy's geschrokken gezicht zag, voegde hij eraan toe: 'Excusez-moi, madame. Ik koop nooit iets omdat de cakejes uit uw overigens prachtige winkel helaas buiten mijn budget vallen.'

'Nou, dan geef ik u iets lekkers, van het huis,' zei Issy. 'Iets zonder meringue.'

Pearl hield de ijzerhandelaar keurig iets lekkers voor, maar hij wuifde het weg. 'Goed, dan niet,' zei Pearl, maar Issy bleef volhouden tot de man toegaf.

'Erg lekker,' zei hij, met zijn mond vol browniecupcake.

'Moet u zich voorstellen hoe goed het zou zijn als ze alles met de hand klopte,' zei opa.

Issy gaf hem voorzichtig een klapje op zijn hoofd. 'Dit is catering op industriële schaal, opa.'

Opa Joe glimlachte. 'Ik zeg het alleen maar.'

'Zegt u dan maar liever niets.'

Opa Joe gaf haar de kom aan, met daarin perfect opgeklopte eiwitten met suiker, in stijve, glanzende pieken. 'En nu doe je dit op wat vetvrij papier, vijfenveertig minuten op...'

'Ja, opa, weet ik.'

'Oké, ik dacht dat je het misschien in de magnetron zou doen of zoiets.'

Pearl grijnsde. 'U bent een strenge leermeester, meneer Randall,' zei ze, en ze boog zich naar zijn rolstoel toe.

'Weet ik,' fluisterde opa Joe hard. 'Waarom denk je dat ze anders zo briljant is?'

Later die middag, nadat ze de fantastische meringues van opa Joe hadden opgegeten, geserveerd met vers geklopte slagroom en een lepel frambozencoulis, had Keavie opa Joe weer in het busje teruggereden – vergezeld van een flinke doos cupcakes voor de andere bewoners – en hadden ze eindelijk alles opgeruimd.

Issy was hondsmoe, maar vanavond zouden ze wijn drinken en op zaterdag gingen ze pas om tien uur open, waardoor het voelde alsof ze enorm kon uitslapen. Op zaterdag gingen ze ook eerder dicht, en dan had ze de hele zondag vrij, en wie weet werd het warm genoeg om opa in zijn rolstoel door de tuin te duwen (ook al had hij het tegenwoordig altijd koud), dan kon zij op een kleedje gaan liggen en hem stukjes voorlezen uit de krant, en was Helena later op de dag thuis om gezellig samen curry te eten en te kletsen. Issy genoot van haar dagdroom en van de late middagzon die door de schone ruitjes van de kozijnen viel, het aanhoudende geklingel van de bel als er nieuwe klanten binnenkwamen, en de blije gezichten van mensen die bijna hun eerste hap namen, toen plotseling, voor de laatste keer die dag, de deur nogal paniekerig met een knal openging.

Issy keek op. In eerste instantie had ze de vrouw die het café kwam binnenvallen niet herkend. Toen realiseerde ze zich dat het Linda was, van de naaiafdeling, Linda, die er normaal gesproken zo keurig uitzag, wier leven nooit op zijn kop stond of chaotisch was.

'Hallo!' zei Issy, blij om haar te zien. 'Alles goed?'

Linda rolde met haar ogen. Ze keek om zich heen in de winkel en Issy realiseerde zich, enigszins geïrriteerd, dat dit de allereerste keer was dat Linda langskwam. Ze had iets meer steun verwacht van Linda, aangezien ze uit de buurt kwam en ze samen in weer en wind op de bus hadden staan wachten.

Issy's irritatie verdween echter als sneeuw voor de zon toen Linda diep ademhaalde en begon te praten. 'Och jeetje, wat is het hier leuk! Ik had geen idee, ik dacht dat je het er maar gewoon naast deed. Sorry! Had ik dat geweten!'

Pearl, die haar minstens drie keer een flyer had gegeven, schraapte haar keel, maar Issy gaf haar een por zodat ze daarmee stopte en verderging met het bedienen van de postbode, die na zijn rondes veel te vaak langskwam. (Issy was bang dat twee cupcakes per dag weinig goeds voor hem deed. Pearl vermoedde dat het hem om haar te doen was. Ze hadden het allebei bij het rechte eind.)

'Goed, maar je bent er nu,' zei ze. 'Welkom! Wat kan ik voor je doen?'

Linda zag er gestrest uit. 'Ik moet... ik moet... Kun jij me helpen?'

'Waarmee?'

'Morgen... morgen is de bruiloft... van Leanne. Maar haar taartleverancier... Een vriendin van haar had beloofd de taart te maken en die heeft het dus helemaal verprutst en Leanne

254

heeft honderden ponden betaald, maar nu heeft ze dus geen bruidstaart!'

Later realiseerde Issy zich hoeveel moeite het Linda moest hebben gekost om zoiets te zeggen over haar perfecte dochter, die nooit iets verkeerd kon doen. Ze zag eruit alsof ze ieder moment in tranen kon uitbarsten.

'Geen taart op haar trouwdag! En dan heb ik ook nog vijfhonderd andere dingen op mijn lijstje staan.'

Nu herinnerde Issy zich weer dat dit de bruiloft aller bruiloften moest worden, waar Linda het al anderhalf jaar over had.

'Oké, oké, rustig maar, ik kan je vast wel helpen,' zei ze. 'Om hoeveel mensen gaat het? Zeventig?'

'Eh...' zei Linda, en ze mompelde haar antwoord zo zachtjes dat Issy het niet kon verstaan.

'Wat zei je?'

'...' zei Linda nogmaals.

'Dat is gek,' zei Issy, 'want dat klonk toch echt als vierhonderd.'

Met roodomrande ogen keek Linda naar Issy op. 'Alles loopt helemaal in de soep! De bruiloft van mijn enige dochter! Het wordt één grote ramp!' En toen barstte ze in snikken uit.

Toen het halfacht was en ze pas de tweede lading cakejes in de oven hadden gezet, wist Issy dat ze het nooit zouden redden. Pearl was een godsgeschenk, een heldin en een ontzettende bikkel, en ze was zonder te klagen langer gebleven (en Issy wist dat een beetje overwerk ook geen kwaad kon). De cupcakes van die ochtend konden ze echt niet gebruiken. Ze moesten vanaf nul beginnen en ook nog een of andere stellage in de vorm van een bruidstaart fabriceren, om alle cupcakes op te zetten.

'Mijn arm doet pijn,' zei Pearl, die de ingrediënten in de

kom voor de mixer deed. 'Zullen we eerst wijn drinken en dan verdergaan?'

Issy schudde haar hoofd. 'Dat lijkt me niet verstandig,' zei ze. 'O god, kende ik maar iemand die ons zou willen...' Ze viel stil en keek naar Pearl. 'Ik zou haar natuurlijk kunnen bellen.'

Pearl wist direct wat ze bedoelde. 'Niet zij. Iedereen behalve zij.'

'We hebben niemand anders,' zei Issy. 'Noppes, nada. Ik heb iedereen al gebeld.'

Pearl zuchtte, keek toen weer naar haar kom.

'Hoe laat begint die bruiloft?'

'Tien uur.'

'Ik kan wel janken.'

'Ik ook,' zei Issy. 'Of ik kan iemand bellen die mogelijk wél verstand heeft van planning en efficiency.'

Pearl gaf het niet graag toe, maar Issy had gelijk. De magere, blonde vrouw was de winkel binnen gemarcheerd in een brandschone professionele koksbuis – ooit gekocht voor een kookcursus van een week in Toscane, een cadeau van haar ex-man, die haar afwezigheid had gevierd door de week door te brengen met zijn maîtresse – en stelde hen direct op in een productielijn die gelijkliep met het gerinkel van de oven.

Toen ze na een tijdje de smaak te pakken hadden, zette Pearl de radio aan en ineens stonden ze in een rijtje te dansen op Katy Perry, voegden ze boter en suiker toe, bakten en glazuurden ze bakplaat na bakplaat na bakplaat aan cupcakes, zonder ook maar één keer de tel kwijt te raken, en groeide de berg cakejes gestaag. Caroline draaide een taartstandaard in elkaar van oud verpakkingsmateriaal en bekleedde die met heel mooi bruidspapier dat ze kochten bij de kiosk, en vertelde ondertussen over de bruidstaart van negenhonderd pond die speciaal voor haar bruiloft door een Italiaanse patissier was gemaakt en waar ze uiteindelijk geen hap van had geproefd, omdat ze de hele dag met een van de vrienden van haar vader had moeten praten, die wilde weten hoe hij zijn dochter zover kreeg om iets met marketing te gaan doen, terwijl haar vreselijke ex ondertussen dronken werd met al zijn oude schoolvrienden, inclusief zijn ex-vriendin, en niet eens probeerde haar te redden.

'Ik had moeten weten dat ons huwelijk gedoemd was te mislukken,' zei ze.

'Waarom wist je dat dan niet?' vroeg Pearl nogal kortaf.

Caroline keek haar aan. 'Ach Pearl, als je ooit getrouwd was geweest zou je dat wel begrijpen.'

Toen gromde Pearl naar haar, heel zachtjes, vanachter de melkkoelkast.

Ze bedekten de cupcakes rijkelijk met puur, romig vanilleglazuur, door Issy schijnbaar moeiteloos perfect opgeklopt, en schreven er met zilveren balletjes de initialen op van Leanne en Scott, de aanstaande bruidengom. Dat was het vervelendste karweitje. Toen het inmiddels halftwaalf was, stak Pearl de balletjes lukraak in het glazuur en hield stellig vol dat er een L en een S stonden. Maar de cakejes bleven groeien in aantal, om ten slotte wiebelend en wel te veranderen in een schitterende bruidstaart, die ze bestrooiden met glitterende roze poedersuiker.

'Kom op, doorwerken!' riep Caroline. 'Roer alsof je leven ervan afhangt!'

Pearl keek Issy aan. 'Volgens mij denkt Caroline dat ze hier al werkt!'

'Dat denk ik ook,' zei Issy zachtjes.

Caroline straalde helemaal en zette de productielijn even stil. 'Oooh!' zei ze. 'Dank je wel! Dit is... dit is het beste wat me in tijden is overkomen.'

'Wat fijn!' zei Issy. 'Ik maakte me een beetje zorgen, je bent echt graatmager.'

'Oké, dat is het op één na beste,' zei Caroline.

Pearl rolde met haar ogen. Maar toen ze die avond vlak na middernacht eindelijk naar huis konden, zag Pearl in dat het zonder Caroline nooit was gelukt.

'Dank je wel,'zei Pearl met tegenzin.

'Graag gedaan,' zei Caroline.'Neem je een taxi terug naar huis?'

Pearl trok een grimas. 'Waar ik woon gaan geen taxi's naartoe.'

'O echt?' zei Caroline. 'Woon je op het platteland? Wat heerlijk.'

Issy liet Caroline maar snel uit, voor ze zichzelf verder in de nesten werkte, en vroeg haar of ze om te beginnen een uur tijdens de lunch kon komen, zodat Pearl en zijzelf een lang uur pauze hadden, en zei dat ze haar daarna meer kon inzetten, als het allemaal goed ging en naar ieders tevredenheid.

'Absoluut,' zei Caroline. 'Ik ga tegen mijn boekenclub zeggen dat we voortaan hier bijeen moeten komen. En tegen mijn naaiclubje ook. En mijn tupperwareparty's voor Jamie Oliver. En mijn Rotaryclub. En mijn studenten voor Italiaanse renaissancekunst.'

Issy gaf haar een knuffel. 'Was je zo eenzaam?'

'Ja, vreselijk.'

'Hopelijk voel je je snel wat beter.'

'Dank je wel.' En Caroline nam de grote zak cakejes aan die Issy haar in de handen drukte.

'Zeg, wil je niet zo naar me kijken?' zei Issy tegen Pearl, ook al stond Pearl achter haar. 'Ik geef toe dat jij meestal gelijk hebt. Maar meestal is niet hetzelfde als altijd.'

De volgende ochtend was het zalig weer, en besloot ze de winkel dicht te houden. Het leek wel alsof de stad zich speciaal voor de bruiloft in het groen had gestoken. Pearl en Issy bewogen zich langzaam per taxi door de stad, doodsbenauwd dat de boel uit elkaar zou hobbelen, maar hun creatie bleef heel. Ze zetten hun taart midden op een enorme tafel die bedekt was met roze sterretjes en ballonnen, als pronkstuk.

Linda en Leanne kwamen meteen aangesneld om hen te begroeten. Toen de bruid, die er in haar strapless jurk jong en roze uitzag, de honderden cupcakes in het vizier kreeg, bedekt met zacht, pastelkleurige glazuur en zorgvuldig bestrooid met poedersuiker, viel haar mond open en waren al haar pas gebleekte tanden te zien.

'O,' zei ze. 'Wat mooi! Wat móói! Wauw! Echt fantastisch! Bedankt! Ontzettend bedankt!' Ze gaf hen allebei een knuffel.

'Leanne!' brulde Linda. 'Het is toch niet te geloven, nu moeten we je oogmake-up wéér opnieuw doen! Weet je wel hoe duur die visagist is?'

Leanne depte driftig haar ogen. 'Sorry, sorry, ik heb de afgelopen vier uur niets anders gedaan dan in tranen uitbarsten. Alles, argh, het is één groot gekkenhuis. Maar jongens... jullie hebben dus echt mijn bruiloft gered.'

Een vrouw kwam de feestzaal in gesneld en begon aan Leannes haar te friemelen.

'De auto is onderweg,' zei iemand anders. 'Bruiloft: plusminus vijfenveertig minuten.'

Leannes mond ging open, een paniekerige stuiptrekking. 'O mijn god!' riep ze. 'O mijn god!' Ze greep Pearl en Issy beet. 'Blijven jullie? Alsjeblieft? Blijf!'

'Dat is heel aardig,' zei Issy, 'maar...'

'Ik moet terug naar m'n zoon,' zei Pearl beslist. 'Maar ik wens jullie heel veel succes!'

'Het wordt een prachtige dag, echt!' vulde Issy aan, en ze legde op tafel naast de taart een stapel visitekaartjes neer.

En toen sloot Linda hen allebei in haar armen. Daarna stonden ze weer buiten, boven aan de trappen. Het was heerlijk weer, de duiven van Londen zonnebaadden op het trottoir en er kwamen mensen voorbij die op weg waren om koffie te drinken, naar de markt te gaan, naar stof te zoeken voor sari's, vlees voor barbecues, bier voor bij het voetbal, geitenkaas voor etentjes, kranten voor in het park en ijsjes voor de kinderen. Leannes jonge en knappe vriendinnen verzamelden zich al op de trappen, met zorgvuldig gekapte haren en bontgekleurde jurken aan, met hooggehakte sandaaltjes en blote schouders – wellicht wat ambitieus voor een bruiloft in mei. Ze kirden van opwinding, gaven elkaar complimentjes over hun outfits en speelden nerveus met hun tasjes, sigaretten en de confetti.

Altijd de cateraar en nooit de bruid, dacht Issy een beetje spijtig.

'Zo, nu is het mooi geweest,' zei Pearl vrolijk, en ze ontdeed zich van haar schort. 'Ik ga mijn zoon een dikke knuffel geven en hem vertellen dat hij zijn moeder weer wat vaker kan zien, nu de Boze Heks uit het Westen voor ons komt werken.'

'Koest jij!' zei Issy plagend. 'Ze gaat het prima doen. En nu wegwezen jij!'

Pearl gaf haar een zoen op haar wang.

'Ga naar huis en rust lekker uit,' zei ze.

Maar Issy had helemaal geen zin om uit te rusten: het was een prachtige dag, en ze voelde zich ongedurig en onrustig. Ze was net aan het bedenken of ze op een willekeurige bus zou stappen of een eindje zou gaan wandelen, toen ze een bekende gestalte bij de bushalte zag staan. Hij stond voorovergebogen te klooien met de veters van een kleine, magere jongen met rechtopstaand rossig haar en een boos gezicht.

'Maar ik wil ze zo!' zei de jongen.

'Dat kan wel zijn, maar je maakt echt onmogelijke knopen en je struikelt er de hele tijd over!' De man klonk geïrriteerd.

'Ik wil ze zo.'

'Nou, probeer dan tenminste om over een stoeptegel te struikelen, dan kunnen we de gemeente nog voor de rechter slepen.'

Austin kwam overeind en was zo verbaasd om Issy te zien, dat hij zowat weer terug de weg op stapte.

'Hé, hallo!' zei hij.

'Hallo.' Issy probeerde niet rood te worden. 'O, hoi.'

'Hoi.' Het bleef stil.

'Wie ben jij ook alweer?' vroeg de kleine jongen onbeschoft.

'Hallo. Nou, ik ben Issy,' zei Issy. 'En wie ben jij?'

'Duh. Ik ben Darny,' zei Darny. 'Ga jij Austins nieuwe leeghoofdige vriendinnetje worden?'

'Darny!' zei Austin op waarschuwende toon.

'En ga je dan 's avonds langskomen en heel vies eten koken en een raar stemmetje opzetten en zeggen "O, zó tragisch voor die arme kleine Darny om zijn pappie en mammie te verliezen, laat mij maar voor je zorgen", kus kus kus, smak smak smak gaap, en dan tegen me zeggen hoe laat ik naar bed moet?'

Austin had het liefst met een luikje in de grond willen verdwijnen. Maar Issy keek niet beledigd; eerder alsof ze zou gaan lachen.

'Doen ze dat?' vroeg ze.

Darny knikte opstandig.

'Dat klinkt echt héél saai. Nee, zo ben ik helemaal niet. Ik werk samen met je vader en ik woon verderop in deze straat, dat is alles.'

'O,' zei Darny. 'Dat is denk ik wel oké.'

'Dat denk ik ook.' Ze glimlachte naar Austin. 'Alles goed met je?'

'Zodra ik dit joch chirurgisch heb later verwijderen wel, ja.'

'Ha-ha-ha-ha,' zei Darny. 'Ik lachte niet echt, hoor,' zei hij tegen Issy. 'Ik deed alsof ik lachte. Dat was sarcastisch bedoeld.'

'O,' zei Issy. 'Dat doe ik ook wel eens.'

'En wat ga je nu doen?' vroeg Austin.

'Ik heb de hele nacht doorgewerkt vannacht, goed hè?' zei

ze. 'Voor de catering voor een trouwerij in een stadhuis hier vlakbij. En ik heb een nieuw personeelslid aangenomen! Ze is echt geweldig. Een beetje een heks, maar alles bij elkaar...'

'O, wat fijn!' zei Austin, en er brak een grote grijns op zijn gezicht door. Issy realiseerde zich dat hij oprecht blij voor haar was. Niet omwille van de bank, maar om persoonlijke redenen.

'Nee, wat ga je nú doen?' zei Darny. 'Dat vroeg hij. Want wij gaan naar het aquarium. Wil je mee?'

Austin trok zijn wenkbrauwen op. Ongehoord! Darny vond alle volwassenen steevast onaardig en deed altijd heel onbeschoft tegen ze om te voorkomen dat ze hem gingen betuttelen. Dat hij spontaan iemand uitnodigde om ergens mee naartoe te gaan, dat was werkelijk ongekend.

'Nou,' zei Issy, 'ik wilde eigenlijk naar huis gaan en in m'n bed kruipen.'

'Terwijl het nog licht is?' vroeg Darny. 'Van wie moet dat?'

'Van niemand,' zei Issy.

'Oké,' zei Darny. 'Kom dan maar met ons mee.'

Issy keek Austin aan.

'Eh, ik zou eigenlijk moeten...'

Austin wist dat het niet professioneel was. Ze wilde waarschijnlijk niet eens mee. Maar hij kon het niet helpen. Hij vond haar leuk. Hij ging het haar vragen. En daarmee uit.

'Kom ook,' zei hij. 'Dan trakteer ik je op een frappuccino.'

'Omkoperij!' zei Issy glimlachend. 'Daarvoor wil ik best vissen kijken op mijn vrije zaterdag.'

Precies op dat moment kwam de bus de hoek om rijden, en een paar seconden later stapten ze er alle drie in.

Het was rustig in het aquarium – op de eerste warme zonnige dag van het jaar waren de meeste mensen liever buiten – en Darny werd totaal in beslag genomen door de vissen in hun tanks: kleine kwikzilveren visjes, maar ook enorme coelacanten, die wel overblijfselen uit het tijdperk der dinosauriërs leken. Austin en Issy praatten met elkaar, op gedempte toon, omdat de warme, donkere ondergrondse omgeving uitnodigde tot een zachter volume – en ook tot kleine onthullingen, omdat het op de een of andere manier makkelijker praatte in het halfdonker, waarin ze elkaar nauwelijks konden zien, Issy's krullen oplichtten tegen een achtergrond van stralende roze kwallen, en Austins brillenglazen het licht uit de tank met glinsterend fosforescerend licht weerkaatsten.

Issy merkte dat al haar zorgen om het café, die de afgelopen maanden zo zwaar op haar hadden gedrukt, op de een of andere manier werden verzacht door de vreemde rust van onder water. Austin maakte haar aan het lachen met zijn verhalen over alles wat Darny op school uitvrat, en vertelde haar zonder enig zelfmedelijden hoe moeilijk het was om een alleenstaande ouder te zijn, die niet eens een ouder was. Issy vertelde hem op haar beurt over haar eigen moeder, terwijl ze normaal gesproken als ze over haar familie praatte altijd alleen vertelde hoe bijzonder haar opa was, dat ze allemaal samen hadden gewoond, en dat dan heel gezellig liet klinken. Maar omdat ze met iemand praatte die wist hoe het voelde om onherroepelijk je ouders te verliezen, was het makkelijker om te praten over hoe haar moeder haar leven in en uit was gedanst en had geprobeerd zichzelf gelukkig te maken, maar uiteindelijk helemaal niemand gelukkig had gemaakt.

'Waren jouw ouders gelukkig?' vroeg ze.

Daar moest Austin over nadenken. 'Weet je, daar heb ik nooit bij stilgestaan. Je ouders zijn gewoon je ouders, toch? Tot je volwassen wordt, denk je helemaal niet na over wat voor ouders je hebt, of ze wel normaal zijn. Maar ik denk van wel. Ze raakten elkaar vaak aan, ze waren heel close, ze waren altijd in elkaars buurt, liepen vaak hand in hand, of ze zaten dicht tegen elkaar aan op de bank.'

Zonder erbij na te denken keek Issy omlaag naar haar

eigen hand. Het silhouet van haar hand, dicht bij die van Austin, tekende zich af tegen het vriendelijke licht van een aquarium vol wegschietende alen. Issy vroeg zich af hoe het zou voelen als ze ter plekke zijn hand in de hare nam. Zou hij zich terugtrekken? Haar vingers tintelden bijna van de spanning.

'En natuurlijk waren ze ook nog eens hartstikke bejaard en kregen ze een tweede kind terwijl al hun vrienden al opa of oma werden. Dus ja, ergens moet er zeker iets goed zijn gegaan. Natuurlijk vond ik het toentertijd ronduit walgelijk...'

Issy glimlachte. 'Ik wil wedden van niet. Ik weet zeker dat je meteen stapeldol op hem was.'

Austin keek naar Darny, wiens ogen groot als schoteltjes waren: compleet gehypnotiseerd keek Darny toe hoe de haai door zijn tank zwom.

'Natuurlijk was ik dat,' mompelde Austin, en hij draaide een beetje van haar weg, waarbij zijn hand zich verder van die van Issy bewoog, die zich ineens geneerde, alsof ze net iets te ver was gegaan.

'Sorry,' zei ze. 'Dat was misschien iets te persoonlijk.'

'Dat is het niet,' zei Austin, op gedempte toon. 'Het is meer... Ik had ze zo graag gekend, snap je? Als volwassene, niet als uit de kluiten gewassen tiener.'

'Door jou krijg ik zin om mijn moeder te bellen,' zei Issy.

'Moet je doen,' zei Austin.

Nu was het Issy's beurt om weg te kijken. 'Ze heeft haar nummer veranderd,' zei ze stilletjes.

En bijna zonder zich te realiseren wat hij deed, stak Austin zijn hand uit en pakte de hare, gaf er eerst alleen een zacht kneepje in, maar wilde toen ineens niet meer loslaten.

'IJsje!' riep een stem verderop hard. Meteen lieten ze elkaars hand los. Het was hier veel te donker, dacht Issy bij zichzelf, het leek wel een nachtclub.

'Ik heb met de haai gepraat,' zei Darny gewichtig tegen zijn broer. 'Hij zei dat ik later een heel goede maritiem bioloog zal worden en ook dat ik nu wel een ijsje mocht. Dat laatste vond hij zelfs best wel belangrijk. Dat ik een ijsje krijg. Nu.'

Austin keek Issy aan en probeerde haar gezichtsuitdrukking te lezen, maar dat was in het schemerduister onmogelijk. Opeens werd het allemaal vreselijk ongemakkelijk.

'Eh, ijsje?' vroeg hij.

'Ja, graag!' zei Issy.

Ze zaten met z'n drietjes bij de rivier te kijken hoe de boten voorbijvoeren en hoe het grote rad van de London Eye ronddraaide, en genoten nog steeds zo van elkaars gezelschap, dat Issy nauwelijks doorhad hoe snel de tijd ging. Toen Darny eindelijk van het hoge klimrek af kwam en bij het verlaten van het park met zijn plakkerige handje Issy's hand pakte, vond ze dat helemaal niet erg – nee, ze vond het juist leuk (en Austin was stomverbaasd). Bij wijze van hoge uitzondering besloten ze een taxi terug naar Stoke Newington te nemen, waarop Darny, nadat hij eerst alle knopjes had uitgeprobeerd, zich achter in de taxi opkrulde en met zijn hoofd op Issy's schouder in slaap viel. Toen Austin twee minuten later nog eens achteromkeek, terwijl de taxi langzaam door het drukke verkeer manoeuvreerde, zag hij dat ook Issy diep in slaap was, dat haar zwarte krullen verstrikt waren geraakt in Darny's stekeltjes, en dat haar wangen roze waren. De hele weg terug naar huis keek hij naar haar.

Issy kon niet geloven dat ze in de taxi naar huis in slaap was gevallen. Goed, ze had de nacht ervoor niet geslapen, maar toch. Had ze gekwijld? Gesnurkt? God, wat erg! Austin had alleen beleefd geglimlacht en haar gedag gezegd. O god, dan moest het haast wel, want anders had hij toch niet... anders had hij haar toch wel op een tweede date gevraagd? Hoewel, dit was toch geen date, of wel? Nee toch? Nee. Ja? Nee. Ze dacht weer terug aan het moment waarop hij haar hand had vastgehouden. Ze kon bijna niet geloven hoe graag ze had gewild dat hij haar hand was blijven vasthouden. Kreunend stak Issy haar sleutel in het slot. Helena wist vast wel wat ze moest doen.

In de krullerige spiegel die in het kleine halletje hing, met het gebloemde retro behang waar ze zo trots op was, ving Issy een glimp van zichzelf op. Ze kwam tot de ontdekking dat ze de hele dag moest hebben rondgelopen met een grote, witte streep bloem van de bruidstaart in haar haren.

'Helena?! Lena! Ik heb je nodig!' brulde ze, en ze beende de woonkamer door en marcheerde richting de koelkast, waar als het goed was nog een paar flessen rosé moesten liggen die ergens van waren overgebleven. Toen bleef ze staan en draaide ze zich om. En jawel hoor, daar, op de bank, zat Helena. En naast haar op de bank zat iemand die Issy bekend voorkwam. Hun houding was precies die van twee mensen die zich zojuist van elkaar hebben losgemaakt en proberen onschuldig over te komen.

'O!' zei ze.

'Hoi!' zei Helena.

Issy bekeek haar eens goed. Was ze nou aan het...? Nee, onmogelijk. Bloosde ze nou?

Ashok was juist blij. Het ontmoeten van een van Helena's vriendinnen was zeker een stap in de goede richting. Hij sprong meteen op. 'Hallo Isabel. Wat leuk je weer te zien,' zei hij beleefd, en hij schudde haar de hand. 'Ik ben...'

'Ashok. Ja, dat weet ik,' zei ze. Hij was veel knapper dan ze zich herinnerde. Over zijn hoofd keek ze, driftig met haar wenkbrauwen wiebelend, naar Helena, die deed alsof ze dat niet zag.

'Wat wilde je me nou vragen?' vroeg Helena, die van onderwerp probeerde te veranderen.

'O, laat maar zitten,' zei Issy, en ze liep door naar de koelkast. 'Wil er nog iemand wijn?'

'Je opa heeft trouwens gebeld,' zei Helena toen ze zich allemaal in de woonkamer hadden geïnstalleerd. Ashok was erg aangenaam gezelschap, merkte Issy: hij schonk wijn en leverde indien nodig commentaar.

'O, wat fijn,' zei Issy. 'Wat doet hij? Behalve in bed liggen natuurlijk.'

'Hij wilde weten of je zijn recept voor scones met cream soda hebt ontvangen.'

'Aha,' zei Issy. Dat had ze. Maar liefst vier keer, elke keer in hetzelfde bibberige handschrift. Dat was ze helemaal vergeten.

'En,' zei Helena, 'hij herkende mijn stem niet aan de telefoon.'

'O,' zei Issy.

'Hij kent mij vrij goed,' zei Helena.

'Ik weet het.'

'Ik hoef je niet te vertellen wat dat betekent.'

'Nee,' zei Issy beduusd. 'Gister leek hij nog zo goed.'

'Het komt in golven,' zei Helena. 'Dat weet je.'

'Wat rot,' zei Ashok. 'Mijn grootvader had het ook.'

'Is hij weer helemaal de oude geworden?' vroeg Issy. 'En was alles toen weer goed, zoals vroeger, toen je klein was?'

'Eh, nee, niet echt,' zei Ashok, en hij bood haar nog een beetje wijn aan. Issy werd echter overspoeld door een golf van vermoeidheid. Ze wenste hen allebei nog een fijne avond en kroop haar bed in.

'Ik ga het verzorgingstehuis bellen,' zei Issy de volgende ochtend, nadat ze lekker lang had uitgeslapen.

'Goed zo,' zei Helena. 'Wat wilde je me gisteren nou vragen?'

'Nou, eh,' zei Issy. En toen vertelde ze haar over haar dag met Austin.

Helena's grijns werd breder en breder.

'Hou op!' zei Issy. 'Pearl kijkt ook altijd zo, iedere keer dat hij ter sprake komt. Jullie twee spelen zeker onder één hoedje!'

'Het is een aantrekkelijke man...' zei Helena.

'Die ik enorm veel geld schuldig ben,' zei Issy. 'Dat is vast niet hoe het hoort.'

'Nou, jullie hebben toch niets verkeerds gedaan?' zei Helena.

'Nee...'

'Behalve kwijlen.'

'Ik heb heus niet gekwijld.'

'Laten we hopen dat hij kwijl helemaal het einde vindt.'

'Hou op!'

'Nou, hij heeft je tenminste al op je kwijlerigst gezien. Dat kan dus alleen nog maar beter worden!'

'Hou je kop!'

Helena grijnsde. 'Ik denk dat hij je wel gaat bellen.'

Issy voelde dat haar hart wat sneller begon te kloppen. Alleen al over hem praten was gewoon zo... fijn, gewoon fijn. 'Denk je?'

'Al is het maar om je de rekening van de stomerij te laten betalen.'

Austin belde inderdaad. Meteen op dinsdagochtend.

Maar het was niet het soort telefoongesprek waar hij naar uitkeek. Dat deed hij nooit bij dit soort gesprekken. Het feit dat Issy degene was die hij moest bellen, had hem eens en voor altijd doen inzien dat, ook al was ze nog zo lief, vond hij haar nog zo interessant en zag ze er nog zo mooi uit, dit soort dingen gewoon niet werkten, en dat hij zakelijk en privé gescheiden moest houden. En daarmee uit. En dat vond hij ontzettend vervelend, want hij moest haar evengoed bellen. Het hielp weinig dat Darny de hele tijd over haar liep te zeuren en vroeg wanneer ze haar weer zouden zien.

Iemand moest het doen. Hij zuchtte en pakte de telefoon.

'Goedemorgen,' zei hij.

'Hallo!' klonk direct haar warme stem. Ze klonk alsof ze heel blij was om van hem te horen. 'Hallo! Austin, ben jij dat? Wat fijn om van je te horen! Hoe is het met Darny? Kun je tegen hem zeggen dat ik geprobeerd heb om cakevormpjes in de vorm van vissen te vinden, maar dat niemand blijkbaar van vissenkoekjes houdt, en dat ik ze dus niet heb kunnen vinden? Nou ja, mensen houden wel van viskoekjes, als je begrijpt wat ik bedoel, maar dus niet... Trouwens, denk je dat dino's ook zouden werken? En...' Issy realiseerde zich dat ze maar doorratelde.

'Eh, goed. Ja, met Darny gaat het goed. Luister, Issy...'

De moed zonk haar in de schoenen. Ze kende de toon waarop hij sprak. Onmiddellijk begreep ze dat wat zij dacht dat er die zaterdag mogelijk was gebeurd, niet echt op de planning stond, dat hij van gedachten was veranderd – als hij überhaupt gedachten in die richting had gehad. Goed. Oké. Ze haalde diep adem en raapte zichzelf bij elkaar, legde haar pollepel weg en duwde haar haren uit haar gezicht. Het verbaasde haar dat ze zo teleurgesteld was: ze verkeerde in de veronderstelling dat ze nog steeds bezig was om over haar gebroken hart heen te komen, maar het leek wel alsof dit veel meer pijn deed dan de gedachte aan haar ex-baas.

'Ja?' zei ze vinnig.

Austin was kwaad op zichzelf en hij voelde zich dom. Waarom kon hij niet gewoon zeggen: luister, heb je zin om iets af te spreken, voor een drankje of zo? Ergens op een leuke plek? Ergens waar niemand 's ochtends vroeg moet opstaan en om zeven uur op haar werk moet zijn, en waar niemand nog in zijn bed plast na het kijken van *Doctor Who*, waardoor er op vreemde tijdstippen stapelbedden moeten worden verschoond; ergens waar ze een goed glas wijn zouden kunnen drinken, lachen en misschien wel dansen, en dan... god. Hij had zin om zichzelf op zijn hoofd te timmeren. Focus!

'Luister,' bracht hij uit. Hij zou het kort en krachtig houden, zorgen dat hij absoluut niets ongepasts zei. 'Ik heb mevrouw Prescott aan de lijn gehad...'

'En?' Issy was klaar voor het goede nieuws. Hun omzet ging gestaag omhoog, en ze was ervan overtuigd dat Caroline een groot verschil zou maken; wanneer ze niet in tranen uitbarstte of zich beklaagde over de boterbestelling, bleek ze het toonbeeld van efficiëntie te zijn.

'Ze zegt dat er... ze zegt dat ze iemand een factuur wil sturen, maar dat dat van jou niet mag.'

'Ja, dat heb ik mevrouw Prescott allemaal uitgelegd,' zei Issy stijfjes. 'Het was een vriendendienst voor de bruiloft van een vriendin.'

'Ze zegt dat dat nergens uit blijkt. En ze zegt dat er een grote hoeveelheid ingrediënten uit de boeken ontbreekt en dat het in totaal om zo'n vierhonderd cakejes gaat...'

'God, die vrouw is echt goed in haar werk,' zei Issy. 'Vierhonderdtien om precies te zijn, voor het geval er een paar werden geplet.'

'Dat is niet grappig, Issy! Dat is voor jou een weekomzet!'

'Maar het was een trouwcadeau! Voor een vriendin!'

'Dan nog had je wel een factuur moeten sturen, al was het maar met een heel hoge korting. Breng dan in ieder geval de kostprijs in rekening!'

'Niet als het een geschenk is,' zei Issy koppig. Hoe durfde hij! Eerst nam hij haar op zaterdag mee uit en was hij superaardig en gevoelig, en drie dagen later belde hij haar op om haar op haar falie te geven. Hij was al net zo erg als Graeme.

Austin was hevig getergd. 'Maar Issy! Zo kun je toch geen bedrijf runnen? Dat kan gewoon niet! Begrijp je dat dan niet? Je kunt niet zomaar onaangekondigd dichtgaan, en je kunt ook niet zomaar je producten weggeven! Apple deelt ook geen gratis iPods uit, dus dat kun jij ook niet doen. Dat is exact hetzelfde principe.'

'Maar het is nu veel drukker,' zei Issy.

'Ja, maar je hebt ook meer personeel aangenomen, en je betaalt voor overuren,' zei Austin. 'Al komen er een miljoen mensen naar je winkel, als er niet meer geld binnenkomt dan je uitgeeft, gaat je bedrijf over de kop, en dan is het einde verhaal. Je bent zaterdag niet eens open geweest!'

Nu ging hij te ver, dat wisten ze allebei.

'Daar heb je gelijk in,' zei Issy. 'Ik heb duidelijk een fout gemaakt, zaterdag.'

'Zo bedoelde ik het niet,' zei Austin.

'Dat denk ik wel,' zei Issy.

Ze zwegen. Toen zei Issy: 'Weet je, mijn opa... mijn opa runde op een gegeven moment drie bakkerijen. Hij voorzag Manchester van enorme hoeveelheden brood. Hij was succesvol, en hij kende iedereen. Natuurlijk is er van dat geld nu niets meer over, maar dat komt door het verpleegtehuis. Goede zorg is niet goedkoop, snap je.'

'Dat weet ik, ja,' zei Austin, en Issy hoorde direct de pijn in zijn stem, maar wilde niet met hem meevoelen.

'Mijn opa was dus beroemd toen ik klein was; iedereen kocht zijn brood bij hem. En als mensen ziek waren of hun brood een week niet konden betalen, dan hielp mijn opa ze, en als er een kind met honger langskwam, een ziekelijke moeder, of een oude soldaat, dan had hij altijd iets lekkers voor ze. Iedereen kende mijn opa. En hij was enorm succesvol. En zo wil ik ook zijn.'

'En dat vind ik heel mooi,' zei Austin. 'Je opa lijkt me een geweldige man.'

'Dat is hij ook,' zei Issy vurig.

'En zo ging het honderden jaren – maar toen kwamen de grote jongens, grote bedrijven die enorme winkels bouwden, buiten de stad, die alles veel goedkoper konden produceren en die centrale distributie uitvonden. En ook al gingen de mensen nog zo graag naar kleine winkeltjes waar ze de mensen kenden, toch gingen ze allemaal naar die grote winkels. Zo ging het nu eenmaal.'

Issy zweeg. Ze wist dat hij gelijk had. Dat tegen de tijd dat haar opa met pensioen ging, praktisch alle kleine winkeltjes waren verdwenen, dat het stadscentrum nagenoeg uitgestorven was. Mensen wilden geen praatjes meer maken als ze brood kochten, niet als dat per brood een paar cent extra kostte.

'Dus als jij je als kleine winkel wilt onderscheiden met persoonlijke service, met alle overheadkosten die horen bij het vermarkten van één enkel bedrijf, dan ben ik bang dat je iets harder zult moeten knokken dan je opa.'

'Niemand knokte harder dan hij,' zei Issy weerspannig.

'Goed zo. Ik ben blij dat je zijn vechtlust hebt meegekregen. Maar alsjeblieft, Issy, neem die mee naar de moderne tijd.'

'Bedankt voor je advies,' zei Issy.

'Graag gedaan,' zei Austin.

En toen hingen ze allebei op, allebei gefrustreerd en van streek, ieder in een ander deel van Stoke Newington.

Nadat ze zichzelf ervan had overtuigd dat het stom was geweest om te denken dat er dat ene weekend van alles had kunnen gebeuren, nam Issy Austins woorden ter harte. Ze dompelde zich helemaal onder in haar bedrijf, betaalde op tijd haar rekeningen, zorgde dat ze bijbleef met de administratie en gebruikte de uren die Caroline werkte om de zaak beter te organiseren en te stroomlijnen. Ze riskeerde al bijna een glimlach van mevrouw Prescott. Ze kwam vroeg binnen om de cupcakes te bakken – standaardfavorieten als sinaasappel-citroen, double chocolate en aardbei-vanille, en daarnaast een wisselend aanbod nieuwe creaties, zodat vaste klanten bleven terugkomen voor meer. De meeste daarvan werden uitgetest op Doti, de postbode, wiens bezoekjes inmiddels voor bijna iedereen gênant werden, behalve voor

Pearl, die naar hem glimlachte en hem plaagde, zoals ze dat deed bij iedereen die haar pad kruiste.

Caroline en Pearl bleven elkaar in de haren vliegen.

'Ik móét echt die ramen lappen,' mompelde Caroline op een dag tegen Issy toen ze naar huis ging.

Pearl rolde met haar ogen. 'Nou, dan doe ik het wel.'

'Nee, nee,' zei Caroline. 'Dat kan ik wel op mijn vrije dag doen.'

En toen werden de ramen natuurlijk direct gelapt, en wel door Pearl.

Of Caroline zei heel amicaal: 'Ik denk dat we even tegen Issy moeten zeggen dat er te veel kaneel in deze kaneel-broodjes zit, denk je niet?', en: 'Dat zal ik wel even doen.'

Zo voelde Pearl zich voortdurend op haar plaats gezet. Op een dag, toen Pearl alleen in de winkel stond, kwam Kate met haar tweeling de winkel in gemarcheerd. 'Ik kom voor de bestelling.'

Serafina droeg een roze tutu en Jane droeg een blauwe tuinbroek. Pearl probeerde zich te concentreren op wat Kate zei, maar ze werd afgeleid door Serafina, die ze de tailleband van haar tutu zag uitrekken, en Jane, die probeerde naar bin-nen te klimmen en tegelijkertijd een schouderband van haar tuinbroek over Serafina's schoudertje probeerde te schuiven.

'Sorry, wat zei je?' zei Pearl vriendelijk.

'Voor de cakejes met letters erop. Caroline vond het een briljant idee en zei dat ze jou meteen aan het werk zou zetten.'

'O ja, zei ze dat?' vroeg Pearl. De klassieke Pearl-snuif bleef Kate bespaard, aangezien de twee meisjes uit het niets omvielen.

'Serafina! Jane! Wat zijn jullie aan het doen?'

De meisje zaten helemaal verstrikt in elkaars kleren en rolde hysterisch over de grond.

'We zijn niet Jane en Sufine! We zijn Sufi-Jane!'

Ze begonnen alweer te giechelen, en ze knuffelden elkaar, met hun identieke blonde hoofdjes.

'Opstaan jullie!' schreeuwde Kate. 'Of jij moet op de trap staan, Serafina, en Jane in de hoek!'

De twee meisjes maakten zich langzaam en met hangende koppies van elkaar los.

'Echt hoor,' zei Kate, en ze keek hoofdschuddend naar Pearl.

'Wat een schatjes,' zei Pearl, die Louis miste. Het was moeilijk te geloven dat je iemand die je over een paar uur weer zou zien zo erg kon missen. Soms, als hij al sliep, ging ze 's nachts nog even bij hem kijken, omdat ze niet kon wachten tot de volgende ochtend om hem te zien.

'Hrmpf,' zei Kate. 'Dus, kun je dat doen?'

'Wat doen?' vroeg Pearl, die het maar niets vond dat Caroline namens haar voor onderaannemer speelde.

'Ik wil graag dat er letters op de cakejes worden gespoten.'

'O,' zei Pearl. Het zou een tijdrovend klusje zijn, maar daar konden ze vast wat extra voor in rekening brengen, dacht Pearl. Zou dat de moeite lonen?

'Ik wil dat het professioneel gedaan wordt,' zei Kate. 'Niet van dat amateuristische gepruts.'

Zou het ook de moeite lonen om het naar Kates maatstaven te doen?

'Mogen we een cakeje, mama?' vroeg Serafina lief. 'Dan delen we het.'

'We vinden delen leuk!' schreeuwde Jane.

'Nee, lieverds, dat is allemaal troep,' zei Kate afwezig.

Pearl zuchtte. Kate pleegde even snel een telefoontje, terwijl Pearl daar maar stond te staan, en inwendig Caroline en al haar vriendinnen vervloekte, totdat Kate haar telefoon ten slotte uitschakelde.

'Goed,' zei ze bruusk. 'Ik wil citroencupcakes met sinaasappelglazuur, met "G-E-F-E-L-I-C-I-T-E-E-R-D-M-

E-T-J-E-V-E-R-J-A-A-R-D-A-G-E-V-A-N-G-E-L-I-N-A" erop.'

Pearl schreef het op. 'Dat moet wel lukken denk ik,' zei ze. 'Mooi,' zei Kate. 'Ik hoop dat wat Caroline over jou zei klopt.'

Pearl hoopte stiekem van niet.

'Dag tweeling!' Ze zwaaide.

'Doe-hoeg!' riep de tweeling in koor.

'Het is Seraf...'

Maar Pearl was al naar beneden verdwenen om Issy het goede nieuws te vertellen.

Ze werkten allebei tot laat door om het af te krijgen en Helena kwam langs om gezellig bij te kletsen. Ze plaagden haar genadeloos met Ashok, maar ze weigerde hun vragen te beantwoorden, en kaatste de bal terug door Pearl herhaaldelijk te vragen naar Ben, vragen die ze kundig ontweek door zich tegen Issy te beklagen over Caroline, maar Issy was totaal niet in de stemming om dat aan te horen. Helena en Pearl vielen echter geleidelijk aan stil en keken toe hoe Issy werkte. Issy ging zó instinctief te werk: ze mat of woog helemaal niets af, gooide alle ingrediënten zomaar en zowat zonder nadenken in een kom, en mengde ze met losse, sierlijke bewegingen van haar arm door elkaar tot een cakebeslag, dat ze binnen een oogwenk met een spatel perfect gelijk verdeelde over de vierentwintig bakvormpjes die ze zonder te kijken had ingevet; ze klopte het suikerglazuur door elkaar, lepelde het op de cakejes en bracht het met een paletmes in vorm, zodat ieder cakeje een zalig en perfect klein kunstwerkje werd, en dan was ze nog niet eens begonnen met het opspuiten van alle letters – een echt precisiewerkje. Helena en Pearl wisselden een blik van verstandhouding.

'Dit is serieus best wel cool,' zei Helena uiteindelijk.

Issy, die helemaal opging in wat ze deed, keek verbaasd

op. 'Maar ik doe dit iedere dag!' zei ze. 'Net als dat jij armen hecht waar glas in heeft gezeten.'

'Daar ben ik inderdaad goed in,' bevestigde Helena. 'Maar dat ziet er niet half zo lekker uit als ik klaar ben.'

De cupcakes, die netjes op een rijtje lagen, waren schitterend. Issy was van plan ze op weg naar huis langs te brengen.

'Ze zijn veel mooier dan die mevrouw verdient,' zei Pearl bozig.

'Gedraag je!' zei Issy, en ze stak haar tong uit.

Toen ze op een ochtend kwam binnen gerend om de temperamentvolle koffiemachine op tijd opgewarmd te krijgen voor wat verdacht veel op een ochtendspits begon te lijken, realiseerde Pearl zich dat ze de post van de dag ervoor nog niet had opengemaakt. 'Een, twee, dwie, hop!' Ze zette Louis op een van de barkrukken die ze recent hadden aangeschaft en rond de schoorsteenmantel hadden gezet, voor extra zitruimte voor wanneer het druk was, gaf hem een chocoladebroodje en maakte de brief van de kinderopvang open. Vol ongeloof staarde ze naar de brief.

De deurbel klingelde. Issy zou die ochtend wat later komen omdat ze een afspraak had met een vertegenwoordiger in suiker, dus Caroline kwam opstarten.

'*Buens deez, Caline!*' schreeuwde Louis, die op de opvang leerde om in verschillende talen 'hallo' te zeggen en dat erg leuk vond.

'Goedemorgen, Louis,' zei Caroline, duidelijk articulerend, aangezien ze de dictie van Louis ronduit bedroevend vond en zij de enige was die kon voorkomen dat hij zijn leven lang als een dokwerker zou praten. Het zou fijn zijn als Pearl een beetje dankbaarheid aan de dag zou leggen - niet dat Caroline zich wat dat betrof illusies maakte: alles aan Pearl schreeuwde achterstandswijk. 'Goedemorgen, Pearl.'

Pearl zei geen woord. Nou, geweldig, dacht Caroline, ook

al was ze door de vreselijk moeilijke en enorm competitieve meisjesschool waar ze op had gezeten, en waar ze Hermia ooit ook het toelatingsexamen voor wilde laten doen, wel wat gewend wat betreft gekat van andere vrouwen. Op die school had ze zo'n beetje alles geleerd wat ze moest weten over ruziemaken met vrouwen. Ze kon kniezen als geen ander, en ze was niet van plan om zich hier druk over te maken. Ze lag verdorie in scheiding. Niemand gaf iets om haar.

Toen ze zich omdraaide om haar Burberry-regenjas op te hangen, zag ze op Pearls gezicht echter niet de gebruikelijke, wat schuldbewuste en achterdochtige uitdrukking. Nee, Pearl hield, starend in de verte, een brief in haar hand – en ze huilde.

Caroline voelde hetzelfde instinct in werking treden als wanneer een van haar honden ziek was. Ze doorkruiste direct het café. 'Lieverd, wat is er? Wat is er aan de hand?'

'Mama?' zei Louis in paniek. In zijn eentje lukte het hem niet om van de hoge kruk te komen (als hij er eenmaal op zat, had dat als voordeel dat hij nergens aan kon zitten met zijn vingertjes). 'Mama au?'

Met enige moeite wist Pearl zich te vermannen. Haar stem trilde maar een klein beetje toen ze zei: 'Nee, lieverd, mama heeft geen au.'

Caroline legde lichtjes een hand op haar schouder, maar Pearls handen trilden te veel, en het enige wat ze kon doen was de brief aan Caroline geven, waarna ze voor de toonbank langsliep om Louis van zijn kruk te tillen.

'Kom maar, schatje,' zei ze, en ze legde zijn gezicht tegen haar brede schouder, zodat hij haar ogen niet kon zien. 'Hupsakee!' kraaide ze. 'Niets aan 't handje.'

'Wil niet naar opvang,' zei Louis vastberaden. 'Ikke bij mamma blijf.'

Caroline las de brief, die was gestuurd door de North East London Strategic Health Authority.

Geachte mevrouw McGregor,
Uw zoon **Louis Kmbota McGregor** *heeft recent een medische test ondergaan in kinderdagverblijf* **Little Ted in Stoke Newington**, *Osbaldeston Road 13 te Londen. Uit de testresultaten is gebleken dat Louis met zijn leeftijd en lengte in de categorie Overgewicht tot Obees valt.*

Zelfs op heel jonge leeftijd kan **overgewicht of obesitas** *de gezondheid en fitheid van een kind op latere leeftijd ernstige schade toebrengen. Obesitas kan hart- en vaatziekten, kanker, vruchtbaarheidsproblemen, slaapproblemen, depressie en vroegtijdig sterven tot gevolg hebben.*

Er zijn slechts een paar simpele stappen nodig om het voedingspatroon van uw kind **Louis Kmbota** *te verbeteren en te zorgen dat hij meer lichaamsbeweging krijgt, zodat hij gezond opgroeit en zijn volledige potentieel benut. We hebben op 15 juni een afspraak voor u ingepland met voedingsdeskundige Neda Mahet, in het gezondheidscentrum van Stoke Newington...*

Caroline legde de brief neer. 'Wat een walgelijke brief, zeg,' verklaarde ze met opgetrokken neus. 'Stelletje gemene, bazige, betuttelende, socialistische idioten!'

Verbaasd keek Pearl haar aan. Caroline had bijna niets beters kunnen zeggen om haar op te vrolijken. 'Maar... dit is een officiële brief.'

'En ik vind hem dus officieel schandalig. Hoe durven ze? Kijk die schattige zoon van jou nou. Goed, hij is te zwaar, maar dat weet je zelf ook. Dat zijn hun zaken helemaal niet. Wil je dat ik hem voor je verscheur?'

Pearl keek Caroline aan, met iets wat grensde aan bewondering. 'Maar het is een officiële brief!'

Caroline haalde haar schouders op. 'Nou en? We betalen belasting, toch? Hoe minder bemoeials ze voor dit soort dingen inschakelen, hoe beter, toch? Mag ik?'

Gechoqueerd knikte Pearl van ja, en ze voelde zich stout. Normaal gesproken ging ze zeer zorgvuldig om met alles wat er ook maar enigszins officieel uitzag. In haar wereld deed je wat er in die brieven stond, anders liep het slecht met je af. Dan kortten ze je op je uitkering. Wezen ze je een andere woonplaats toe en moest je zomaar verhuizen, en soms nog naar een vreselijke plek ook. Ze kwamen bij je op bezoek, zaten aan je kinderen, en als ze niet tevreden waren, konden ze je kind zelfs meenemen. Dat wist Pearl zeker. Ze vroegen hoeveel je dronk, hoeveel je rookte, hoeveel uur je werkte en waar de vader van de baby was, en gaf je niet het goede antwoord of zei je iets verkeerds, dan kon je binnen afzienbare tijd niet eens meer een paar schoenen kopen. Nu ze Caroline die brief zag verscheuren, alsof het niets was – gewoon iets stoms wat je moest negeren – veranderde dat iets in haar. Ze was nog steeds boos op Caroline omdat zij zich geen zorgen hoefde te maken over dit soort dingen. Maar op een vreemde manier voelde het ook als een bevrijding.

'Dank je wel,' zei ze zachtjes tegen Caroline, met voorzichtige bewondering.

'Weet je,' zei Caroline, terwijl ze zwierig de papiersnippers opveegde, 'jij lijkt me niet het type vrouw dat over zich heen laat lopen.'

Pearl zette Louis terug op zijn barkruk. Was hij te zwaar? Hij had mooie, ronde babywangetjes en een schattig bol buikje, mooie ronde, hoge billetjes, stevige dijen en dikke worstenvingertjes. Hoe kon hij nou te dik zijn? Hij was perfect!

Ze keek naar haar zoon en zei: 'Je bent een knappie!' Louis knikte. Zijn moeder zei dat heel vaak tegen hem en hij wist precies hoe hij moest reageren om daar iets lekkers uit te slepen.

'Louis is een knappie,' zei hij vrolijk grijnzend, en hij liet al zijn tanden zien. 'Ja! Louis knappie! Nu lekkes!'

En toen stak hij vragend zijn mollige handje uit.

'Mmm! Mmm!' voegde hij er voor de duidelijkheid aan toe, voor het geval de boodschap nog niet overkwam. Hij likte zijn lippen en wreef over zijn buik. 'Louis mag lekkes.'

Caroline gedroeg zich zelden demonstratief, zelfs tegen haar eigen kinderen niet – trouwens, nu ze er zo bij stilstond zou ze haar eigen gedrag tegenover haar kinderen voornamelijk categoriseren als kriegelig – maar nu liep ze op Louis af, die haar wantrouwig aankeek. Hij was beslist welwillend, maar deze vrouw gaf hem nooit lekkers, zoveel wist hij wel.

Caroline prikte hem in zijn dikke buikje, en hij giechelde en wurmde gewillig.

'Je bent ook een knappie, Louis,' zei ze. 'Maar je gaat een beetje gezonder eten.'

'Het is gewoon babyvet!' protesteerde Pearl heftig.

'Nee, hij heeft vetrollen,' zei Caroline, wier kennis over menselijk lichaamsvet in al zijn facetten grensde aan het maniakale. 'En dat is niet gezond. Ik zie hem haast nooit zonder een stuk cake in zijn handjes.'

'Hij is in de groei,' zei Pearl, die in de verdediging schoot. 'En hij moet toch eten?'

'Dat klopt,' zei Caroline bedachtzaam. 'De vraag is alleen wat.'

Een klopje op de deur attendeerde hen op de komst van hun eerste klanten: de bouwvakkers die Kates huis aan Albion Road verbouwden. Volgens Kate waren de trage voortgang en vertraagde oplevering geheel te wijten aan Caroline, die de bouwvakkers de hele dag door koffie en cakejes verkocht en hen aanmoedigde om gezellig te blijven kletsen, in plaats van stevig door te werken en in vijf minuten een boterham met kaas van thuis naar binnen te proppen, onder de dakspanten, in hun eigen tijd. Het naaiclubje werd er niet gezelliger op.

Terwijl ze de ochtendpiek afhandelden en Louis vanaf zijn kruk vrolijk alle vaste klanten begroette, die het moeilijk konden weerstaan om hem bij het voorbijgaan in zijn plakkerige wangen te knijpen of over zijn zachte geschoren hoofdje te aaien, hield Pearl hem via de verschoten antieke spiegel aan de muur van het café voortdurend in de gaten. En ja hoor, daar was de oude mevrouw Hanowitz, die graag een enorme mok warme chocolademelk dronk en ondertussen een praatje maakte: ze kriebelde hem op zijn bolle buikje alsof hij een hond was en propte de marshmallow die boven op haar chocolademelk zat in zijn mond. En Fingus de loodgieter, met zijn enorme buik en zijn bouwvakkersdecolleté dat boven zijn witte werkbroek uitstak, gaf zijn kleine vriend een high five, en vroeg, zoals hij dat elke dag deed, of Louis zijn moersleutel nou al bij zich had, aangezien hij zijn leerling zou worden. Issy maakte het er niet veel beter op: na haar vroege afspraak haastte ze zich om te gaan bakken, maar niet voor ze Louis zijn ochtendknuffel had gegeven en op luide toon tegen hem had gezegd: 'Goeiemorgen, mijn kleine bollie-bollie!' Pearl fronste diep. Was dat Louis? Iedereens favoriete dikkige huisdier? Maar haar zoontje was geen huisdier. Hij was een mens, met dezelfde rechten als ieder ander.

Caroline zag haar kijken en beet op haar lip. Goed zo, dacht ze. Pearl wilde toch niet dat haar kind net zo zou worden als zij, of wel? Pearls wanhoop bracht haar op een idee...

'Misschien heeft ze een punt,' zei Ben, die tegen het aanrecht stond geleund. 'Ik weet het niet. Ik vind hem er prima uitzien.'

'Ik ook,' zei Pearl. Ben kwam op weg naar huis 'even aanwaaien', ook al werkte hij in Stratford, dat helemaal aan de andere kant van de stad lag. Pearl deed alsof hij toevallig langskwam en Ben deed alsof hij eigenlijk niet wilde blijven slapen – alleen haar kookkunsten al waren reden genoeg. Vreemd, dacht Pearl: als ze geen werk had, had ze weinig zin om te koken en leefden ze op kip en vissticks. Maar al kwam ze moe thuis, tegenwoordig vond ze het heerlijk om Louis op het aanrecht te zetten en iets lekkers te koken. Ze was tenslotte een goede kok.

En Louis? Die werd bijna gek van blijdschap.

Het jongetje dartelde langs hen heen en was van top tot teen in een deken gewikkeld.

'Hoi Louis!' zei zijn vader.

'Niet Louis. Ikke schilpad,' zei hij op gedempte toon.

Ben trok zijn wenkbrauwen op.

'Vraag me niet waarom,' zei Pearl. 'Hij speelt de hele dag al voor schildpad.'

Ben zette zijn mok thee neer en verhief zijn stem: 'Zijn er hier toevallig schildpadden die zin hebben om naar buiten te gaan om een potje te voetballen?'

'Jaaaaaa,' zei de schildpad, die opstond zonder zijn deken af te doen en zijn hoofd stootte aan het fornuis. 'Au!'

Pearl keek haar moeder verwonderd aan, terwijl Ben zijn zoontje mee naar buiten nam.

'Reken er maar niet op,' zei haar moeder. 'Hij blijft een tijdje en dan gaat hij weer. Zorg maar dat die jongen niet al te gek op hem wordt.'

Daar is het misschien al te laat voor, dacht Pearl bij zichzelf.

Cupcakeverrassing met zemelen en wortel
1½ kop volkorenbloem
½ theelepel natriumbicarbonaat
2¼ theelepel bakpoeder
¼ theelepel zout
¾ kop haver- of tarwezemelen

eivervanger voor 2 eieren
1 kop stremsel
½ kop bruine rijststroop
¼ kop appelmoes
¼ kop saffloerolie
1½ kop geraspte wortel
115-170 gram dadels
½ kop rozijnen
½ kop fijngehakte walnoten of pecannoten

'Ik wilde gewoon iets nieuws proberen,' zei Caroline, en ze probeerde daar gepast bescheiden en behulpzaam bij te kijken, toen ze de volgende ochtend binnenkwam met een tupperwaredoos. 'Ik had ze zo in elkaar gedraaid.'

'Wat is in vredesnaam bruine rijststroop?' zei Pearl, die het recept bekeek. 'Saffloerolie?'

'Allebei heel makkelijk te krijgen,' loog Caroline.

'Je moet zoiets nooit een "verrassing" noemen,' zei Issy, die over Pearls schouder meelas. 'Ieder kind weet dat "verrassing" betekent dat er ergens groente in verstopt zit. Dan kun je het beter "suiker-chocolade-toffee-verrassing" noemen.'

'Supersimpele, gezonde snacks,' zei Caroline, en ze trok haar beste Jamie Oliver-gezicht. In werkelijkheid had ze er vijf uur lang op staan zwoegen aan haar imitatie-antieke peperdure crèmekleurige landelijke keukentafel, en had ze wat af gevloekt, aangezien het niet meeviel om het beslag goed te krijgen en de cupcakes steeds uit elkaar vielen. Waarom zag het er zo verdomd makkelijk uit als Issy het deed? Die gooide gewoon wat ingrediënten bij elkaar, en dan werden het superlichte cakejes, die smolten op je tong. Nou ja, zij gebruikte natuurlijk ongezonde geraffineerde grondstoffen, waar je niet heel oud mee werd. Maar onder het mengen en bewerken van haar ingrediënten kreeg Caroline een visioen: haar gezonde traktaties zouden beter verkopen dan die gesuikerde dingen van Issy, ze zouden beroemd worden en zij, Caroline, zou het Cupcake Café naar de kroon steken met Caroline's Fresh Cooking; ze zou alle kinderen over de hele wereld bekeren tot een gezondere, slankere levensstijl... En mooi niet dat ze dan nog parttime personeelslid zou hoeven zijn!

Pearl en Issy keken elkaar aan. Hun handen bleven aarzelend voor hun mond hangen.

'En?' vroeg Caroline, die zich na een kort nachtje een halve zombie voelde. Haar schoonmaakster zou die ochtend flink moeten boenen. 'Geef Louis er ook maar een.'

'Alsjeblieft, Iss!' zei Louis.

Pearl liet haar hand zakken. 'Ja, zo meteen.'

Issy moest de neiging onderdrukken om de stukjes rauwe wortel van haar tong te schrapen. En wat was die vla-achtige nasmaak, die in de verte iets van broccoli had?

'Kijk eens, kleine man.' Caroline liep met de doos naar hem toe.

'Eh, hij heeft geen honger,' zei Pearl wanhopig. 'Ik probeer hem te laten minderen, snap je.'

Maar Louis stak zijn vette handje al vrolijk in de doos. 'Dank, Caline.'

'Het is dank je wel,' zei Caroline, die het niet kon helpen. 'Niet dank, maar dank je wel.'

'Ik denk dat hij geen van beide gaat zeggen,' mopperde Pearl tegen Issy, die heimelijk van haar koffie slurpte en het vocht liet rondwalsen in haar mond in een poging de smaak te neutraliseren. Pearl had simpelweg een exemplaar van Issy's nieuwste lading cupcakes met jam naar binnen gewerkt om van de smaak af te komen, wat Issy haar geen moment kwalijk kwam. Vol verwachting fixeerde Caroline haar blik op Louis.

'Dit is véél lekkerder dan die gekke cakejes die je normaal altijd krijgt,' zei ze stellig.

Louis nam vol vertrouwen een hap van het cupcakevormige object, maar al kauwend kwam er een verwarde, verdrietige uitdrukking op zijn gezicht, als van een hond die een plastic krant heeft gekregen.

'Toe maar, schatje,' zei ze bemoedigend. 'Dat is jammie, hè?'

Met een wanhopige blik in zijn ogen keek Louis naar zijn moeder, en toen, alsof hij er zelf niets mee te maken had, liet hij zijn onderkaak zakken, zodat wat er in zijn mond zat daar stukje bij beetje uit viel en op de vloer belandde.

'Louis!' krijste Pearl, en ze rende naar hem toe. 'Houd daar onmiddellijk mee op!'

'Jakkie bah, mammie! Jakkie! Bah, bah bah!' Louis begon driftig met zijn hand over zijn tong te wrijven om de overgebleven stukjes cake eraf te schrapen. 'Jakkie, mamma! Jakkie, Caline! Jak!' riep hij op beschuldigende toon, terwijl Pearl hem een beker melk te drinken gaf om hem wat te kalmeren en Issy een stoffer en blik haalde. Caroline stond erbij en keek ernaar, met een roze blos boven haar zeer hoge jukbeenderen.

'Nou,' zei ze, toen Louis tot bedaren gekomen was, 'zijn smaakpapillen zijn duidelijk compleet verpest door allerlei junkfood.'

'Hmm,' zei Pearl boos.

'Caline,' zei Louis ernstig, en hij leunde naar haar toe om zijn punt te maken. 'Vieze cake, Caline.'

'Nee, jammie cake, Louis,' zei Caroline stijfjes.

'Nee, Caline!' zei Louis.

Issy kwam haastig tussenbeide, voordat deze veertigjarige en tweejarige echt ruzie zouden krijgen. 'Caroline,' zei ze, 'dit was echt een briljant idee. Subliem.'

Caroline keek haar sluw aan. 'Maar ik heb wel patent op deze cupcakes.'

'Eh, tja...' zei Issy. 'Dat lijkt mij ook, ja. Natuurlijk. We kunnen ze ook Carolines cupcakes noemen, helpt dat?'

Caroline gaf haar met enige tegenzin de rest van de cakejes. (Ze wilde niet dat Caroline ze stiekem klanten zou aansmeren; als het op geld, voorraden of de huur aankwam kon ze blindelings van haar op aan, maar als het ging om wat klanten lekker vonden, vertrouwde ze haar voor geen meter.) Issy hield vol dat ze de cakejes nodig had voor een experiment, en vooruit, ook omdat ze inderdaad wat makkelijker uit elkaar vielen dan Caroline had gehoopt. Stremsel was toch niet zo geschikt voor het maken van verrukkelijke stevige cakejes als het gezonde kookboek haar had doen geloven. Issy wist niet eens of de cakejes wel bij het groenafval mochten, dat ze al een tijdje doneerde aan de Hackney City Farm, maar wist er toch op een subtiele manier van af te komen.

Het voorval had direct twee positieve gevolgen. Om te beginnen had Caroline absoluut gelijk en was er wel degelijk een markt voor 'gezonde' cupcakes.

'Cupcakes van Caroline', minimuffins met appelmoes, rozijnen en cranberry's naar verbeterd recept van Issy en geserveerd in kleine papiertjes met brandweerauto's of roze parasolletjes erop, waren direct een hit bij moeders die liever niet hadden dat hun kinderen iedere dag hun tanden in een laag glazuur zetten, en Issy zette iedere week een kilo wortels op de bestellijst, waarvan ze er iedere avond een paar mee naar huis nam. Caroline geloofde echt dat de wortels in de cakejes gingen. Helena en Ashok, die zo ongeveer bij hen leek te zijn ingetrokken (Helena had uitgelegd dat de eenpersoonskamer van de dokter zelfs voor een hond, fret of rat te wensen overliet), aten dus heel veel soep. Issy kon niets bedenken om met het stremsel te doen.

Het tweede positieve gevolg was dat Louis alle cupcakes in de winkel nu verdacht vond en een tweede ontbijt weigerde. Dat deed hem beslist geen kwaad, en aangezien Caroline meer uren kreeg en Louis iedere ochtend met zijn moeder naar de bushalte hinkelde, verliep zijn tweede weging op de kinderopvang zonder problemen. Niet dat dit Pearl en Caroline ook maar iets kon schelen – en dus verscheurden ze net zo vrolijk ook de tweede brief van de Strategic Health Authority.

Drie weken later stond Caroline toen Pearl binnenkwam stokstijf over de toonbank heen gebogen.

'Wat is er?'

Caroline kon geen woord uitbrengen. Ze was zo stijf als een plank.

'Wat is er aan de hand, lieverd?'

'Niks... helemaal niks,' stotterde Caroline.

Pearl draaide haar voorzichtig maar ferm om. 'Wat is er gebeurd?'

Carolines gezicht, dat gewoonlijk perfect was opgemaakt, was betraand, en met haar uitgelopen mascara zag ze er tragisch uit.

'Wat is er nou?' vroeg Pearl, die wist hoe het was om verlaten te zijn, hoe de pijn je in het gezicht kon slaan op momenten dat je het totaal niet verwachtte, wanneer je juist al dagen niet aan hem had gedacht. Zo was ze een keer met een bus langs Clapham Common gereden, en herinnerde ze zich weer hoe ze daar een keer hadden gepicknickt, toen ze net zwanger was van Louis en het heerlijk had gevonden om er zwanger uit te zien, in plaats van alleen maar fors, ook al had ze daardoor wel gigantische tieten (die Ben mooi vond). Ze hadden samen kip gegeten, Ben praatte over wat zijn toekomstige zoon voor werk zou doen, hoe hij volwassen zou worden, en zij keek naar de blauwe lucht en voelde zich veiliger en gelukkiger dan ooit. Nu ging ze nooit meer naar Clapham Common.

Caroline hikte en wees naar de rits van haar broek. Ze had een zeer strakke broek aan, die erg duur moest zijn geweest. De rits van de broek was echter kapotgegaan en tot overmaat van ramp was de knoop er ook nog af gevallen.

'Kijk!' zei ze zielig. 'Kijk nou!'

Pearl kneep haar ogen tot spleetjes en bestudeerde de rits. 'Je bent uit je rits geknald. Eet je soms stiekem gemberkoekjes als wij niet kijken?

'Nee!' zei Caroline nadrukkelijk. 'Nee, echt niet. Ik ben blijven haken achter een deur.'

'Als jij het zegt,' zei Pearl, die het best grappig vond dat Caroline zo obsessief bezig was zichzelf dingen te ontzeggen. 'Dus, wat is dan het probleem?'

'Deze broek komt uit de Cruise Collectie van Dolce & Gabbana,' zei Caroline, een zin waar Pearl absoluut niets mee kon. 'Ik... Ik bedoel, hij heeft me honderden ponden gekost.'

Pearl dacht dat ze voor een tientje bij de Primark makkelijk een nieuwe zou kunnen kopen, maar dat zei ze maar niet.

'En nu... nu kan ik dus ook geen nieuwe meer kopen. Het is afgelopen. Die ploert van mij zegt dat hij niet meer voor mijn dure lifestyle gaat betalen.' Haar praten ging over in snikken.

'En dan moet ik dus kleren aan... van H&M!' Caroline ging steeds harder huilen. 'En mijn eigen haar verven!' Ze sloeg haar handen voor haar ogen.

Pearl snapte niet wat het probleem was. 'Nou, daar is toch niks mis mee? Je weet wat ze zeggen: zolang je een dak boven je hoofd hebt, en genoeg te eten...'

'Ik heb nooit genoeg te eten,' zei Caroline strijdlustig.

'Laat eens kijken,' zei Pearl. 'Alleen de rits is kapot. Kun je die niet maken met je naaigroepje?'

'Haha!' zei Caroline. 'Nee. Dat is alleen om te patchworken en te roddelen, niet voor echt naaiwerk.'

'Ik wil hem best voor je maken,' zei Pearl.

Caroline knipperde met haar grote, blauwe ogen. 'Echt? Zou je dat voor me willen doen?'

'Wat zou je er anders mee doen?'

Caroline haalde haar schouders op. 'Ik denk... een nieuwe kopen. Dat had ik vroeger gedaan. En deze zou ik natuurlijk naar de kringloop brengen.'

'Tuurlijk,' zei Pearl hoofdschuddend. Honderden ponden voor een broek betalen en hem dan weggooien omdat de rits kapot was. Dat sloeg echt nergens op.

De deurbel klingelde en Doti de postbode kwam binnen, hoopvol glimlachend als altijd. 'Dag dames,' zei hij beleefd. 'Wat is er gebeurd?'

'Caroline is uit haar broek geknald,' zei Pearl. Dat floepte er zomaar uit.

'O, mooi zo,' zei Doti.

'Hoezo, mooi zo?' sputterde Caroline.

'Jij kunt wel wat meer vlees op je botten gebruiken,' zei Doti. 'Magere vrouwen zien er altijd zo... triest uit. Je zou wat meer van die heerlijke cupcakes moeten eten.'

Caroline rolde met haar ogen. 'Ik zie er niet triest uit. Vind je Cheryl Cole er ook triest uitzien? En Jennifer Aniston?'

'Ja,' zei Pearl.

'Die ken ik niet,' zei Doti.

'Ik ben gewoon in vorm, dat is alles.'

'Nou, jij ziet er wel goed uit, hoor,' zei Doti.

'Dank je wel,' zei Caroline. 'Al weet ik niet of kledingadvies aan een postbode vragen nou zo'n goed idee is.'

'Wij postbodes missen weinig, hoor!' zei Doti, die totaal niet beledigd was en een paar brieven op de toonbank legde, terwijl Pearl hem tegelijkertijd zijn espresso aangaf. Ze glimlachten naar elkaar.

'Jij, daarentegen,' zei Doti, en hij sloeg zijn espresso achterover alsof hij zichzelf moed in wilde drinken. 'Jij bent dus echt bééldschoon.'

Pearl glimlachte en bedankte Doti, die weer wegging.

Carolines mond viel open.

'Wat?' zei Pearl, die veel te blij was met Doti's complimentje om zich te ergeren aan Carolines weinig flatteuze verbazing. 'Of denk je soms dat hij het niet meende?'

Caroline bekeek haar van top tot teen en, wist Pearl, liet haar ogen over haar ronde heupen en haar grote boezem glijden, de kromming van haar rug en heupen.

'Nee,' zei ze, nederiger dan Pearl haar ooit had horen praten. 'Nee. Je bent juist heel mooi. Wat stom. Dat was me totaal niet opgevallen. Er is wel meer,' voegde ze eraan toe, op steeds berouwvollere toon, 'er is wel meer wat mij niet opvalt.'

En dus nam Pearl de broek van Caroline mee naar huis, verving de rits, en de knoop, zette een losgeraakte zoom vast en was enigszins teleurgesteld in het slechte naaiwerk van de broek, die toch honderden ponden had gekost. Caroline was haar zo dankbaar dat ze hem die week twee keer aantrok, wat een record was, want zo vaak droeg ze haar kledingstukken anders nooit, en ze viel Louis vier dagen lang niet meer lastig over zijn uitspraak – totdat hij 'hun hebben' zei en ze zich niet langer kon inhouden.

14

De beste verjaardagstaart ooit

115 gram zachte ongezouten boter
225 gram fijne witte kristalsuiker, gezeefd
4 verse grote scharreleieren, geklutst
170 gram zelfrijzend bakmeel
170 gram bloem
1 kopje verse melk
1 theelepel vanille-extract

Glazuur

115 gram zachte ongezouten boter
455 gram poedersuiker
1 theelepel vanille-extract
55 milliliter melk
2 theelepels rozenwater

Vet drie kleine taartvormen in. Klop de boter tot hij zacht is als een kinderwang.

Voeg de suiker beetje bij beetje toe. Niet alles er in één keer in laten ploffen zoals je altijd doet, Issy. Het moet luchtig worden, écht luchtig. Voeg al kloppend met een garde korrel voor korrel de suiker toe.

Voeg langzaam de eieren toe. Blijf de hele tijd goed kloppen.

Zeef het bakmeel en de bloem en meng ze door elkaar. Voeg een klein beetje melk en een klein beetje vanille toe. Dan weer een beetje bloem, dan weer wat melk en vanille, en zo verder. Haast je niet. Dit wordt jouw verjaardagstaart, en jij bent erg bijzonder. Daar mag je best de tijd voor nemen.

Bak de cakes 20 minuten op 175° C/gasoven stand 4.

Doe voor het glazuur de helft van de poedersuiker bij de boter. Voeg de melk, het vanille-extract en het rozenwater toe. Klop alles goed door elkaar en voeg dan beetje bij beetje steeds wat poeder-suiker toe, tot het glazuur de gewenste dikte heeft.

Besmeer de verschillende lagen en de bovenkant van de cake met glazuur. Voeg kaarsjes toe. Maar niet te veel.

Voeg vrienden toe. Zo veel mogelijk.

Doe een wens en blaas de kaarsjes uit. Vertel niemand a) wat je wens was, en b) wat het recept was. Sommige dingen zijn bijzonder, schattebout. Jij bijvoorbeeld.

Liefs, opa

Issy zette de verjaardagskaart op de vensterbank. De zon scheen op deze 21 juni zo fel de winkel in dat Issy zichzelf zowat roze voelde worden en zich afvroeg of je bruin kon worden achter glas. Ongetwijfeld de enige manier waarop ze dit jaar een kleurtje zou kunnen krijgen.

'De zomer is ineens losgebarsten, zonder dat ik het door-had,' zei ze.

'Hmm,' zei Pearl. 'Ik heb het altijd door. Ik haat tempera-turen waarbij ik geen panty kan dragen. Dan weten al mijn stukjes drilpudding niet meer wat ze doen en bewegen ze alle kanten uit. Ik hoop dat we weer zo'n koude zomer krijgen.'

'Nee! Hoe kun je dat nou zeggen?' zei Issy ontsteld. 'We willen juist naar buiten, zodat al onze klanten nog eeuwen blijven zitten. Zo jammer dat we geen drankvergunning kunnen krijgen.'

'Dan krijgen we zuipschuiten en suikerverslaafden,' zei Pearl. 'Hmm. Dat kan echt niet.' Ze gebaarde naar de tafel bij het raam, waaraan momenteel vier oude mannetjes zaten.

'O ja!' zei Issy giechelend. Het was hoogst merkwaardig. Op een dag, vrij laat op de middag, waren er twee oude mannetjes naar binnen gesloft. Eerlijk gezegd hadden ze nogal wat weg van twee dronken zwervers. Ze hadden al een zwerver uit de buurt, Berlioz, die bijna iedere dag langskwam als het rustig was, om het een of ander te snoepen en een kop thee te drinken (Pearl had hem ook het collectebusje van de dierenbescherming bij de kassa laten omkeren, daar wist Issy niets van, maar Pearl had het opgebiecht aan haar pastoor en ze hadden besloten erover te zwijgen), maar deze mannetjes waren iets nieuws.

Er kwam er een naar de kassa geschuifeld. 'Eh, twee koffie alstublieft,' vroeg hij met een krakerige, doorrookte stem.

'Natuurlijk,' zei Issy. 'Wilt u daar nog iets bij?'

De man trok een gloednieuw briefje van tien uit zijn portemonnee, waar ook Austins kaartje uit viel.

'Nee,' zei hij. 'O ja, we moesten zeggen dat Austin ons gestuurd heeft.'

Issy kneep peinzend haar ogen tot spleetjes, maar toen wist ze het weer. Dit waren die mannetjes die altijd de hele dag zaten te drinken in de pub waar Austin haar mee naartoe had genomen.

'O!' zei ze verrast. Ze had Austin de afgelopen tijd ontlopen en schaamde zich nog steeds dood, omdat ze had gedacht dat hij in haar geïnteresseerd was, in plaats van in haar bedrijf, maar aangezien de zaken nu veel beter gingen, had de bank geen reden tot klagen. Soms dacht ze aan hem en vroeg ze zich af hoe het met Darny ging. Ze had de dinosaurusvormpjes nog steeds niet gebruikt. En ze wist niet zeker wat ze van haar nieuwe klanten moest denken.

Vanaf dat moment kwamen ze drie keer in de week, in gezelschap van een groeiend aantal schimmige types. Toen ze op een dag in hun buurt aan het schoonmaken was, realiseerde Pearl zich dat het informele AA-achtige bijeenkomsten waren. Issy had haar hoofd geschud en zich afgevraagd hoe Austin ze had weten over te halen. Ze zwoer om nooit meer langs die pub te lopen. Ze vermoedde dat de uitbater niet zo blij met haar was. Dat was nu al de vijfde plek waar ze zich niet meer durfde te vertonen. Wat Issy niet wist, was dat de mensen die naar Stoke Newington kwamen om cupcakes te kopen daarna vaak langs de andere winkels en cafeetjes in de hoofdstraat slenterden. En de kroegbaas was maar wat blij om van al die oude sponzen verlost te zijn: hij had wifi geïnstalleerd, gooide de luiken voortaan open en deed goede zaken met zijn hartige ontbijtjes en bekers thee voor één pond; het publiek zat veel liever in een lichte, naar toast ruikende pub waar 's ochtends geen schimmige alcoholisten rondwaarden. Toch bleef Issy er uit de buurt.

'Als het gras twee kontjes hoog is, helahi, helahop!' zong een van de oude mannetjes. Hij hijgde even uit en zong verder: 'Als het gras twee kontjes hoog is, meisje pas dan goed op!' De anderen moesten hartelijk om hem lachen, al zong hij het vieze rijmpje niet af, en iemand mompelde iets over midzomer.

'Is dat vandaag?' vroeg Issy, en ze keek op haar horloge. Toen het einde van het boekjaar, een belangrijke datum, eenmaal achter hen lag, was ze de kalender een beetje uit het oog verloren; het Cupcake Café leek nu eindelijk in rustiger vaarwater te zijn gekomen en goed te draaien. Het leek er zelfs op dat Issy zichzelf, naast het geld dat naar haar hypotheek ging, eindelijk een salaris zou kunnen uitbetalen. Issy zag er de ironie wel van in: ze was zo gefocust op haar café, dat ze al maanden niet meer voor zichzelf had gewinkeld. En alles wat ze droeg zat de hele dag achter een schort verstopt, dus wat ze aanhad deed er weinig toe. Ze moest wel nodig haar uitgroei laten bijwerken, dacht ze toen ze een glimp van haar eigen spiegelbeeld zag in een van de spiegelende randen van de cakevitrine. Tien jaar terug was haar in verschillende tinten dat een beetje rommelig zat nog hip geweest, de sexy beach babe-look, maar nu liep je met zulk haar het risico dat je eruitzag als een gestoord oud wijf. Ze trok een gezicht en keek weer in die lachspiegel. Waar kwam die diepe groef tussen haar wenkbrauwen vandaan? Had ze die altijd al gehad? Soms leek ze de gezichtsuitdrukking te hebben van een vrouw die te veel aan haar hoofd had, altijd achter de feiten aan liep. Ze streek haar huid glad met haar vingertoppen, maar de kleine rimpeltjes die de groef had achtergelaten zaten er nog steeds; verontrust zag ze hoe haar gezicht precies dezelfde uitdrukking aannam als daarvoor. Ze zuchtte.

'Wat is er?' vroeg Pearl, die mallen aan het uitknippen was voor het cacaopoeder op de cappuccino's. Ze snapte niet waarom de klanten zo graag bloemetjes op hun schuim wilden, maar dat was nou eenmaal zo, en ze gaf ze graag hun zin.

'Mmm. Niks,' zei Issy. 'Ik, eh... ik ben binnenkort jarig, dat is alles.'

'O, belangrijke verjaardag?' vroeg Pearl.

Issy keek haar aan. Bedoelde ze dertig? Of veertig?

'Hoe oud denk je dat ik ben?' vroeg ze.

Pearl zuchtte. 'Daar kan ik geen antwoord op geven. Ik kan nooit zien hoe oud mensen zijn. Sorry. Dan zeg ik het verkeerd en dan beledig ik je.'

'Tenzij je heel laag mikt,' zei Issy.

'Ja, maar dat zou toch ook beledigend zijn, of niet? Als jij denkt dat ik wel achtentwintig moest zeggen, alleen om jou te vleien?'

'Dus ik kan niet meer voor achtentwintig door?' zei Issy verdrietig.

Pearl stak haar beide handen in de lucht. 'Wat moet ik doen om onder dit gesprek uit te komen?'

Issy zuchtte. Pearl keek haar aan. Niets voor Issy om down te zijn.

'Wat?'

Issy haalde haar schouders op. 'O, niets. Het is alleen...Weet je. Ik ben bijna jarig. Donderdag al. Ik weet niet, maar... het overvalt me ineens zo. Normaal gesproken vergeet ik nooit mijn eigen verjaardag.'

Issy belde Helena op.

'Eh, Lena. Je weet toch dat ik donderdag jarig ben?'

Het bleef stil.

'Issy! Dat is al over drie dagen!'

'Ja, dat weet ik. Ik was het vergeten.'

'Ik denk eerder dat je het niet wilde weten.'

'Jaja, hou maar op.'

'Oké, goed. Maar, zullen we dan in het weekend iets leuks doen? Ik heb donderdag nachtdienst en ik heb al een keer geruild, dus dat kan ik niet nog een keer doen. Sorry, lieverd.'

'Geeft niet,' zei Issy, maar ze voelde zich teleurgesteld.

'Zullen we dan op zondag iets doen? Ashok is dan ook vrij.'

'Op zondag is het misschien niet meer zulk lekker weer,' zei Issy, en ze realiseerde zich hoe zeurderig dat klonk. Plus: wat had ze dan verwacht? Ze had haar vrienden maandenlang verwaarloosd omdat ze bezig was het café draaiende te krijgen, dus dan kon ze moeilijk klagen dat niemand op korte termijn alles uit zijn handen liet vallen om deze speciale dag met haar te vieren – terwijl zij er niet eens aan dacht om kaartjes te sturen voor de geboorte van een eerste kind of een nieuw huis.

Ze zei iets scherper dan gewoonlijk 'nee' tegen Felipe, die zoals hij dat iedere week deed, binnenkwam om heel beleefd te vragen of hij haar klanten een serenade mocht brengen op zijn viool. Stoke Newington was best een beetje bohemien en exotisch, maar toch was Issy er niet van overtuigd dat het een goed idee was om een rondtrekkende troubadour op te dringen aan mensen die genoten van hun rust, cake en krantje. Felipe leek nooit beledigd of verontrust, maar speelde gewoon een paar noten en trok weer verder, en nam bij het weggaan zijn zwarte hoed voor haar af.

'Soms,' zei Pearl, terwijl ze hem weg zagen gaan, met zijn vrolijke hond in zijn kielzog, 'soms vind ik dit echt een heel vreemde buurt. En je moest eens weten waar ik vandaan kom.'

Op donderdagochtend scheen de zon nog steeds, wat fijn was. Issy slikte: ze kon er niets aan doen, maar ze moest denken aan een jaar geleden. Ze waren na het werk met z'n allen naar de pub gegaan en hadden de grootste lol gehad: zij en Graeme deden steeds alsof ze naar buiten glipten om een sigaretje te roken, ook al rookten ze geen van beiden, en hadden als tieners in de steeg staan tongen. Het was niets voor Graeme om zo romantisch en losjes te zijn, totaal niets voor hem. Het was een geweldige avond geweest. Het idee het hof te worden gemaakt door de baas had haar zó gelukkig gemaakt, en ze herinnerde zich hoe ze vol plannen had gezeten. Hoe ze had gedacht dat hij dit jaar misschien wel met een ring zou komen. Nu leek dat totaal belachelijk. Dom. Eén ding was zeker: op dit moment dacht hij er zeker niet aan.

Ze wist wanneer Graeme jarig was: op 17 september. Net als iedereen had ze haar naam op zijn verjaardagskaart gezet, maar ze hoopte dat alle x-jes die ze onder zijn naam had geschreven voor hem iets bijzonders betekenden; of dat hij in ieder geval zou snappen wat die kusjes betekenden. Zijn sterrenbeeld was Maagd, met kieskeurige gewoontes en perfectionistische trekjes; dit leek Issy allemaal perfect te kloppen. Ze vond het leuk om zijn horoscoop te lezen: dan voelde ze zich beschermend ten opzichte van hem, alsof hij iets van haar was. Haar sterrenbeeld zou hij nooit onthouden. Hij had zelfs een keer tegen haar gezegd dat vrouwen echt totaal geen cadeautjes en dergelijke konden kopen. Zelfs als ze nog bij elkaar waren geweest, had het hem niets kunnen schelen. Ze zuchtte.

Opeens wilde ze dat ze er tegen niemand iets over had gezegd en haar verjaardag gewoon voorbij had laten gaan. Ze geneerde zich tegenover Helena en Ashok, alsof ze geen andere vrienden had; en bovendien herinnerde het haar eraan dat, hoe hard ze ook werkte, en wat voor nieuwe gezichtscrèmes ze ook kocht, de tijd gewoon doortikte ook al winkelde ze nog steeds bij Topshop. Vreselijk. Ze beet op haar lip. Nee. Zo mocht ze niet denken. Tweeëndertig was niks. Echt helemaal niks. Helena maakte zich totaal geen zorgen om haar leeftijd, en die was al tijden drieëndertig. *So what* als sommige van haar vriendinnen zo nodig de hele tijd hun dikke buiken moesten showen, en als al die knappe moeders uit Stoke Newington met hun geliefde kroost, hun Olivia's en hun Finns niet ouder leken dan zij? Ze was druk bezig haar leven op de rails te krijgen: ze stond er sowieso stukken beter voor dan vorig jaar, had nu een echte baan. Het Cupcake Café maakte haar tenminste gelukkig. De telefoon rinkelde. Eén fladderende vlinderseconde lang vroeg ze zich af of het soms Graeme was.

'Hallo?' zei een oude stem aan de andere kant van de lijn, een beetje krakerig. 'Hallo?'

Issy glimlachte voor zich uit. 'Opa!'

'Maak je er een fijne verjaardag van, liefje?' hoorde ze haar grootvader zeggen. Zijn stem klonk zwakker dan eerst, zuchtend, alsof hij lichter en lichter werd, losraakte van zichzelf.

Issy herinnerde zich haar verjaardagen boven de bakkerij. Opa maakte altijd een speciale taart voor haar, een reusachtige taart die veel te groot was voor haar en het handjevol vrienden dat op bezoek kwam, die vroegen waar haar moeder was, of, als haar moeder er wel was, waarom haar moeder takjes in haar haren had en doodstil in de lotushouding zat – dat was het jaar van Issy's vreselijke negende verjaardag, toen haar moeder hevig geïnteresseerd was in transcendentale meditatie en tegen Issy had gezegd dat als ze maar hard genoeg oefende, ze kon leren vliegen.

Toch waren het vooral fijne herinneringen: het roze gla-zuur, de kaarsjes, het gedimde licht, de tafel vol lekkers van haar opa – geen wonder dat ze zo'n mollig kind was geweest – en alle mensen uit de bakkerij die hun neus om de hoek kwamen steken om haar te feliciteren, omdat haar trotse grootvader hen van tevoren had ingelicht. Ze kreeg altijd veel cadeautjes – geen grote dingen, maar viltstiften, schriftjes en meer – waardoor ze zich de koning te rijk voelde. Als iemand haar toen verteld had dat er ook mensen bestonden die zich eenzaam voelden op hun verjaardag, had ze er niets van geloofd. Maar nu wel.

Issy haalde diep adem.

'Ja, opa,' loog ze dapper. 'Ik geef in een heel leuk restau-rant een groot feest voor al m'n vrienden; we gaan met z'n allen uit eten en ze hebben met de hele club een heel mooi cadeau voor me gekocht.' Ze deed haar best om haar stem niet te laten trillen – omdat ze gewoon naar haar werk zou gaan, om vervolgens het café te openen, te bakken, klanten te helpen, de kas op te maken, de boel op slot te doen, naar huis te gaan, wortelsoep te eten, tv te kijken en naar bed te gaan. O nee... Ze hoorde geklop op de deur en wist meteen dat het de pakketbezorger was, die net als ieder jaar een doos Californische wijn van haar moeder kwam brengen. Het werd dus nog erger: voor ze naar bed ging zou ze eerst wijn drinken, waardoor ze zichzelf naast al het andere ook nog met een kater opzadelde.

'Opa, er belt iemand aan,' zei ze. 'Ik moet ophangen. Maar ik zal zondag op tijd opstaan, zodat ik je kan komen opzoe-ken.'

'Hallo? Hallo?' zei haar opa in de telefoon. Hij klonk alsof hij nu met een totaal ander nummer belde. 'Hallo? Hoort u mij? Met wie spreek ik?'

'Met Issy, opa.'

'Aha, Issy. Ja. Goed,' zei hij.

Issy voelde hoe de schrik haar om het hart sloeg. De deur zoemde nogmaals, en hard. Als ze nu niet opendeed, zou de man weggaan en zou ze haar pakket moeten ophalen bij het pakketpunt, en dat zou tijd kosten die ze tegenwoordig niet kon missen.

'Ik moet gaan. Ik hou van je, opa!'

'Ja. Mmm. Goed. Ja.'

Issy trok haar lelijke maar lekker zittende ochtendjas aan en deed de deur open. Yep, het was de pakketbezorger met haar doos wijn. Heel even maar, een fractie van een seconde, dacht ze dat Graeme... bloemen... Nee. Trouwens, iedereen wist dat ze de hele dag in het café stond. Ze tekende voor de doos wijn en gluurde naar binnen. Yep, weer Californische rode wijn. Zou haar moeder echt niet, ergens in haar achterhoofd, hebben onthouden dat Issy alleen witte wijn en rosé dronk? En dat ze nooit rode wijn bestelde als ze uitging, omdat ze er hoofdpijn van kreeg? Misschien was het haar moeders manier om haar aan te moedigen om niet te veel te drinken. Misschien was het haar manier om te laten merken dat ze om haar dochter gaf.

Meer dan vijfhonderd kilometer verderop werd Graeme wakker in het Malmaison Hotel in Edinburgh, en hij nam een besluit. Hij had er een tijd over nagedacht, maar nu wist hij het zeker. Hij was een vastberaden man, een sterke man, zei hij tegen zichzelf, en nu werd het tijd dat hij kreeg wat hij wilde.

In het café vrolijkte Louis haar een beetje op door haar een dikke knuffel en een kaart te geven die hij had gemaakt en die onder de oranje klodders zat.

'Dank je wel, lieverd,' zei ze dankbaar, en ze genoot van het gevoel van die kleine armpjes om haar nek. Hij gaf haar een natte plakzoen.

'Gefeliteerd, tante Issy,' zei hij. 'Ikke vijf!'

'Jij bent geen vijf,' zei Pearl toegeeflijk. 'Jij bent twee.'

Louis keek Issy ondeugend aan, alsof ze hun eigen kleine geheimpje hadden. 'Ikke vijf,' zei hij, en hij knikte nadrukkelijk.

'Nou, ik ben íétsje ouder dan vijf,' zei Issy, terwijl ze de kaart bewonderde en hem in het café ophing.

'Gefeliciteerd, Issy,' zei Pearl. 'Ik had kunnen aanbieden een taart voor je te bakken, alleen...'

'Ja, ja, ik weet het,' zei Issy, en ze bond haar schort voor.

'Dus...' zei Pearl. Ze draaide zich om, reikte in haar tas en haalde er een tupperwaredoos uit.

Issy deed de doos open, slaakte een kreet van blijdschap en sloeg haar hand voor haar mond. 'Dit kunnen we echt aan níémand laten zien,' zei ze.

'Nee,' zei Pearl glimlachend. 'Dan vliegt-ie weg.'

In de doos zat een klein, taartvormig ding dat ternauwernood aan elkaar bleef hangen. Maar in plaats van een taart, was het geheel gemaakt van in elkaar grijpende chipjes: een nest van Nibb-it-sticks op een voet van vierkante Hamka's, met erbovenop een toren van Ringlings en een mini-frietje als vlag.

'De mensen keken me wel een beetje vreemd aan in de bus!' zei Pearl. 'Het zit aan elkaar geplakt met Marmite.'

Issy sloeg haar armen om Pearl heen. 'Dank je wel,' zei ze, uit de grond van haar hart, en ze voelde dat ze een brok in haar keel kreeg. 'Voor alles. Ik weet niet... Ik weet niet hoe ik het zonder jou had gered.'

'O, zonder mij hadden jij en Caroline inmiddels uitgebreid tot in Tokio,' zei Pearl, en ze klopte haar op de rug.

'Wat is er met mij?' zei Caroline, die net binnen kwam marcheren. De vrouwen draaiden zich om en keken haar aan. Caroline hoefde er pas tegen de lunch te zijn, en vergat nooit wanneer haar diensten begonnen.

'Ja, ja, ik weet het, ik ben te vroeg. Ben je jarig?' vroeg ze aan een stomverbaasde Issy. 'Oké, dan is dit mijn cadeautje voor jou. Een ochtend vrij. Die rotkinderen van mij heb ik uitbesteed.'

'Je bedoelt dat ze naar school zijn?' vroeg Issy.

'Ja,' zei Caroline. 'De Paarlen Poorten en ik kunnen het fort wel bewaken, toch Pearl?'

Issy begreep dat het vriendelijk bedoeld was, maar zo te merken streek Caroline Pearl eerder tegen de haren in. Iedereen wist dat de Paarlen Poorten gigantisch waren.

'Weten jullie dat zeker?'

'Tuurlijk kunnen wij het fort bewaken!' zei Pearl. 'Hup, wegwezen jij!'

'Maar ik weet helemaal niet wat ik met mezelf aan moet!' zei Issy. 'Tijd voor mezelf, ik weet niet eens...'

'Nou, je hebt tot halftwee. Dan heb ik mijn reikisessie,' zei Caroline. 'Dus ik zou maar opschieten als ik jou was.'

De zon brandde al op haar rug toen ze over straat liep, en Issy voelde zich merkwaardig licht en vrij – niemand wist waar ze was! Ze kon gewoon de bus naar Oxford Street nemen en lekker gaan shoppen! Hmm, mogelijk had ze niet eens genoeg geld om te winkelen, dat moest ze maar eens aan Austin vragen. Ze had geen idee hoe haar financiën ervoor stonden. Ze vond het ontzettend ongemakkelijk om hem daarnaar te moeten vragen. Hij zou haar waarschijnlijk alleen maar weer op haar donder geven. Maar wat kon haar dat nou schelen? Ze hadden geen persoonlijke relatie, dus waar maakte ze zich druk om? Ze kon hem best een beroepsmatige vraag stellen. Hij had voor de volle honderd procent duidelijk gemaakt dat het wat hem betrof ook zo hoorde, en het kon haar toch niks schelen. Ze zag er wel tegen op om langs de andere cafés aan de hoofdstraat van Stoke Newington te moeten lopen. Ze was nog niet vergeten wat er de vorige keer gebeurd was.

Dat was echt verschrikkelijk, maar sindsdien was er niemand meer langsgekomen om haar lastig te vallen.

Nou, die lui konden ook de pot op; vandaag ging ze zich nergens druk om maken. Ze was jarig, en als zij zin had om langs alle andere cafés aan de winkelstraat te lopen, dan deed ze dat. Met haar kin omhoog, en hopend dat ze zichzelf onherkenbaar wist te maken, schreed ze de straat door, en ze deed daarbij haar uiterste best om iedere vorm van oogcontact te vermijden. Ze voelde zich wat nerveus, maar ook strijdbaar. Of andere mensen het nu leuk vonden of niet, zij was onderdeel van de gemeenschap, en daarmee uit. Ze hoorde erbij.

Bij de pub tegenover de bank ging ze aan een van de nieuwe tafels op het terras zitten. Ze zou er op een gegeven moment ook een paar voor het café kunnen bestellen: er had nog niemand geklaagd omdat haar klanten onder de boom zaten, maar het voelde wat ongepast en de ijzerhandelaar wierp hun altijd boze blikken toe wanneer hij zich op vreemde tijdstippen voorbijhaastte. Ze bestelde koffie. Het smaakte naar slootwater, maar kostte dan ook maar een pond vijftig. Daar kon Issy mee leven. Om tien over negen verscheen hij, even gehaast als altijd: zijn overhemd was losgeraakt en hing uit zijn broek, waarin hij, en Issy kon er ook niets aan doen dat ze dat zag, best een lekker kontje had. Het kwam vast door de zon. Normaal gesproken keek ze nooit naar iemands billen. Die van Graeme waren getraind door de sportschool, en Issy vond dat hij er soms onaangenaam trots op was. Trouwens, ze keek helemaal niet naar Austins billen. Ze kwam hem een beroepsmatige vraag stellen, dat was alles. Ze wilde heus niet naar hem kijken, ook al kleurde zijn blauwe overhemd nog zo mooi bij zijn ogen. Echt niet.

'Austin!' riep ze weifelend, en ze zwaaide met haar krant. Hij draaide zich om, zag haar, keek eerst heel blij, en daarna een fractie van een seconde juist vrij ongemakkelijk. Daar werd Issy pissig van. Hij hoefde niet naar haar te kijken alsof ze een of andere enge stalker was.

Austin stak de weg over. Hij baalde van zichzelf omdat hij zó blij was haar te zien. Het ging vast weer om iets zakelijks.

'Niet zo geschrokken kijken, het gaat alleen om iets zakelijks,' zei Issy. Ze had het luchtig bedoeld, maar nu ze het zichzelf hoorde zeggen klonk het alleen maar heel vreemd.

'Hoera!' zei hij, en hij ging erbij zitten.

Issy voelde zich teleurgesteld. 'Oké. Als we nou eens een kop koffie drinken, is het dan een zakelijk gesprek?'

Issy keek toe hoe Austin Janet opbelde. 'Ja, dat ben ik vergeten te zeggen... echt? Heb ik een dubbele afspraak? O, nou, wil je zeggen dat ik het heel vervelend voor ze vind?'

Issy schudde haar hoofd. 'Hoe houdt Janet het toch met je uit?'

'Nou, ze kijkt ongeveer zo,' zei Austin, en hij trok een griezelig streng gezicht. 'Ik heb haar gezegd dat het tij vanzelf wel zal keren, maar daar luistert ze niet naar. Niemand luistert naar mij.'

Austins koffie werd gebracht. 'Dit zaakje is erop vooruitgegaan.'

'Echt?' vroeg Issy, terwijl ze het laatste beetje van de bittere "koffie" opdronk, die overduidelijk uit een zakje kwam.

'O god ja, dit is super-de-luxe vergeleken met wat je hier eerst kreeg.'

'Dat geloof ik meteen,' zei Issy. Ze was blij dat er in ieder geval niets ongemakkelijks in de lucht hing; hij verdiende het eigenlijk niet dat ze zo aardig tegen hem deed, dacht Issy. Ze vroeg maar niet naar Darny. Te persoonlijk.

'Nou, wat ik wilde weten is: heb ik geld?'

'Dat hangt ervan af,' zei Austin, die vier suikerklontjes door zijn koffie roerde. Toen hij merkte dat Issy daarnaar staarde, stak hij zijn tong naar haar uit en deed er nog een klontje bij. Soms kon hij zich gewoon niet inhouden als hij met Issy was.

'Jij bent echt een heel vreemde bankadviseur,' zei Issy met een zucht.

'Welnee. De rest golft allemaal, snap jij dat nou? Hoe raar is dat? Golf!'

'Waar hangt dat van af dan?' vroeg Issy.

'Of je geld hebt? Hangt ervan af wat je ermee wilt doen. Ben je van plan om je koffers te pakken om in Zuid-Amerika te gaan rentenieren?'

'Kan dat?'

'Nee. Dat was maar een voorbeeld. Maar dat kan in ieder geval niet.'

'Oké,' zei Issy. 'Ik vroeg me af: kan ik wel winkelen?'

Kort nadat het café was opengegaan, had Issy haar privé-bankrekening naar de bank van Austin verhuisd; aangezien ze het café voor zo'n groot deel zelf financierde, leek het logisch om alles onder hetzelfde dak te hebben. Het was een gek idee dat Austin zoveel persoonlijke dingen wist over de status van haar bankrekening, terwijl ze het er op de een of andere manier over eens leken te zijn dat ze niet meer persoonlijk met elkaar om zouden gaan.

'Waarvoor?'

Opeens geneerde Issy zich een beetje.

'Nou, het probleem is... ik ben jarig vandaag.'

Even verbaasd als schuldbewust keek Austin haar aan. 'Wat een verrassing!' zei hij. 'Gefeliciteerd! O, wacht even, dat klonk wel erg suf. Dat wist ik. Het staat op al je aanmeldingsformulieren,' zei hij, en hij voelde dat hij een beetje rood werd. 'Ik, eh, die was ik toevallig laatst aan het archiveren. Dus, ik wist het. Soort van. Maar ik wilde er geen heisa van maken, voor het geval je het niet wilde vieren, snap je? Maar je viert het natuurlijk wel, dus, bij dezen: gefeliciteerd met je verjaardag!'

Hij glimlachte flauwtjes, en niet helemaal overtuigend.

'Ik had het ook beter niet kunnen vieren,' gaf Issy toe.

'Eerlijk waar. Het is een beetje een stomme verjaardag. Nou ja, behalve op m'n werk dan. Dat was wel leuk. Alleen, dat betekent,' zei ze vurig, 'dat mijn werk mijn leven is geworden, in plaats van dat ik een balans tussen werk en privé heb weten te vinden! En dat ik al mijn emotionele voeding uit mijn werk haal en dat ik nooit over...'

'Ik denk dat het betekent dat je iets te veel zelfhulpboeken hebt gelezen,' zei Austin.

'O ja,' zei Issy, en ze kwam tot bedaren. 'Dat zou goed kunnen.'

'Je zou juist hartstikke trots op jezelf moeten zijn,' zei Austin. 'Moet je jou nou eens kijken: je bent een zakenvrouw met een goedlopende zaak!'

'Ik weet het,' zei Issy.

'Wat heb je op je vorige verjaardag gedaan?'

'Nou, toen ben ik uit geweest met wat mensen van kantoor.'

Austin rolde met zijn ogen. 'Wat zei ik?'

'En jij, wat heb jij vorig jaar op je verjaardag gedaan?' vroeg Issy.

'Nou, toen ging ik met Darny naar een hotdogfestival,' zei Austin.

'Wiens idee was dat?'

'Mogelijk dat van Darny.'

'Aha. En hoe pakte dat uit?'

Austin kreeg de rillingen als hij eraan terugdacht. 'Nou, eh, goed. Laten we zeggen dat we sommige van die hotdogs nog een keer hebben teruggezien. In een plasje op de stoep.' Hij glimlachte. 'Maar volgens Darny was dat het allemaal waard. En de kaart die hij me gegeven heeft heb ik nog steeds, kijk maar.'

Austin liet zijn hand in de binnenzak van zijn jasje glijden en tastte rond. Hij haalde achtereenvolgens wat bonnen van de stomerij, een kleine plastic cowboy en een stembiljet uit zijn zak.

'Ik had hem daarin gestopt,' zei hij tegen zichzelf. 'Hè, laatst had ik hem nog. Het was echt een briljante kaart. Darny had een tekening gemaakt waarop hij en ik samen tegen een reusachtig poepmonster vechten. En afgezien van dat gekots was het een hele leuke dag. We hebben de misselijkheid genezen met een ijsje.'

'Was dat wijs?' vroeg Issy, glimlachend.

'Het helpt beter dan je zou denken,' zei Austin. 'Je leert het een en ander, als surrogaatouder.'

Pardoes nam Issy een besluit. Goed, ze was al een keer afgescheept. Ze had gezworen dat ze het niet zou doen. En toch waren haar voeten hiernaartoe gelopen. Ze had even makkelijk via haar bankapp kunnen kijken wat het saldo van haar rekeningen was. Maar dat had ze niet gedaan, of wel? Ze ging het doen. Ze ging het hem vragen. Issy slikte.

'Eh,' zei ze, 'zou je misschien... en Darny kan misschien, of, misschien kun je een babysitter regelen? Of misschien ook niet, nee, wacht, dit is duidelijk een stom idee. Laat maar zitten.'

'Wat?' zei Austin, die zijn oren voelde prikken en ineens wat nerveus werd.

'Eh, doet er niet toe,' zei Issy, die zich ervan bewust was dat haar diepe blos weer terug was, en met gloeiende wangen bedacht hoelang ze dat al niet had gedaan. Ging ze vooruit?

'Wat?' Austin moest weten wat ze had willen zeggen. Al dat om elkaar heen draaien was zo frustrerend! Maar meende ze het ook? En wat wilde ze nou eigenlijk? Inmiddels keek Issy met een gefolterde blik naar de grond.

'Nou... Ik wilde je vragen of je misschien zin had om iets te drinken vanavond, maar dat was een heel stom idee, dus luister maar niet naar mij. Ik gedraag me als een idioot, want ik had het natuurlijk gewoon aan m'n vrienden moeten vragen – ik heb trouwens echt bergen vrienden...'

'Dat is fijn om te horen,' merkte Austin op.

'... maar goed, het doet er niet toe. Laat maar.' Issy staarde naar haar knieën en voelde zich ellendig.

'Oké,' zei Austin. 'Het had me namelijk heel leuk geleken. Alleen heb ik vanavond al iets anders.'

'O,' zei Issy, zonder op te kijken.

Ze vielen stil. Issy voelde zich vreselijk beschaamd – wat bezielde haar in vredesnaam? Vroeg ze nou haar bankadviseur mee uit voor een drankje? Terwijl hij al had laten blijken dat hij geen interesse had? En alsof dat nog niet erg genoeg was, had hij haar dus afgewezen, en dat terwijl ze nog tijdenlang zouden moeten samenwerken, en nu dacht hij dat ze hotel-debotel op hem was. Geweldig. Haar dag kon echt niet meer stuk. De leukste verjaardag ooit.

'Nou, ik moest maar eens gaan,' zei Issy stilletjes.

'Oké,' zei Austin. Toen stonden ze allebei tegelijkertijd op, wat erg ongemakkelijk was, en maakten ze aanstalten om de weg over te steken.

'Eh, dag,' zei Issy.

'Dag,' zei Austin. Toen stak hij klungelig zijn armen uit, alsof hij haar wilde vastpakken om haar op de wang te kussen, en leunde Issy al even klunzig naar hem toe, alvorens te bedenken dat Austin dat misschien helemaal niet van plan was, en weer naar achteren te leunen. Maar het was al te laat: Austin realiseerde zich dat Issy blijkbaar afstevende op een van die sociaal gewenste zoenen, die hij ontzettend ongemakke-lijk vond, en dus probeerde hij te doen wat er van hem werd verwacht en leunde hij naar voren om haar wang te kussen, precies op het moment dat zij hem ontweek en zich terug probeerde te trekken, waardoor zijn zoen per abuis op haar mondhoek terechtkwam.

Issy sprong achteruit en plakte om haar ontzetting te ver-hullen een grote nepglimlach op haar gezicht, en Austins hand vloog per ongeluk eventjes naar zijn mond.

'Dag!' zei Issy nog een keer vrolijk, en ze voelde haar

gezicht gloeien als de zon – en ook heel kort maar heel prikkelend, zijn verrassend zachte lippen op de hare.

Tijdens de vergadering die ochtend was Austin nog verstrooider dan anders. God, wat een vrouw.

Issy ging uiteindelijk toch maar niet winkelen. In plaats daarvan kocht ze een bagel met roomkaas en gerookte zalm en een klein flesje champagne met een rietje – wat 's ochtends wellicht wat vreemd was, dacht Issy, maar dat kon haar weinig schelen – en een tijdschrift, en ze ging in een park in de zon zitten. Ze probeerde te genieten van het geschreeuw van de blije kinderen van andere mensen die de eendjes voerden en het wat duizelige, onvaste gevoel dat ze kreeg als ze terugdacht aan Austins onbedoelde bijna-kus.

Veel van haar vrienden stuurden via Facebook digitale felicitaties, en hoewel ze zich realiseerde dat het minder leuk was dan wanneer iedereen het met haar was komen vieren, was het beter dan niets, en pingelde haar telefoon vrolijk bij iedere nieuwe verjaardagswens. Na haar bagel kocht ze ook nog een ijsje, ging languit naar de wolken liggen kijken en kwam tot de slotsom dat ze vergeleken met vorig jaar veel had bereikt, echt ontzettend veel. Dat ze niet zo chagrijnig moest zijn, het allemaal wat positiever moest inzien en... nee. Het hielp niet. Ze was draaierig van de champagne en voelde zich midden in dat drukke park, tussen al die lawaaiige mensen, plotseling ontzettend eenzaam.

'Kop op, lieverd,' zei een van de bouwvakkers van Kate.

Issy draaide zich om naar Pearl. Ze was terug in de winkel; ze had Caroline weggestuurd, maar had nog net opgevangen hoe Caroline aan Pearl tussen het helpen van de klanten door een warrig verhaal vertelde over haar vakantie naar de Dominicaanse Republiek. Issy kon zien dat Caroline bizar genoeg dacht dat Pearl onder de indruk zou zijn en haar aardiger zou vinden – wat geen van beide het geval was.

'Negen keer,' zei Issy.

'Negen keer wat?' vroeg de bouwvakker, die al bezig was de Smarties van zijn kaneelcupcake af te likken. 'Mmm, deze zijn echt lekker.'

'Er is al negen keer iemand binnengekomen die "Kop op, lieverd" heeft gezegd.'

'En drie keer "Zo erg kan het toch niet zijn",' vulde Pearl behulpzaam aan.

Issy keek om zich heen. Het was gezellig druk in het café: ze had op de terugweg van het park spontaan drie bossen lelies gekocht om zichzelf op te vrolijken, en het hele café was doordrongen van de geur; met de ramen open en de deur wagenwijd open (Pearl had haar erop gewezen dat dit in strijd was met de brandveiligheidsregels, maar Issy vond de zomer al kort genoeg) deed het café fris en zomers aan, en vulde het zich met het gekletter van servies en andere levenslustige geluiden. Ze had een aantal nieuwe borden met bloemendessins gekocht, waarop de bleke citroen- en sinaasappelcupcakes met gekonfijte schil, die het op warmere dagen zo goed deden, mooi zouden uitkomen. Het stond inderdaad prachtig. Issy zag dat de twee studenten die de hele regenachtige lente lang van de gratis wifi gebruik hadden gemaakt om hun scriptie af te maken knus tegen elkaar aan zaten, en beurtelings typten en kusten. Ze deelden inmiddels waarschijnlijk meer dan alleen haar wifi. Nou, mooi dat sommige mensen op haar verjaardag in ieder geval niet eenzaam waren, dacht Issy treurig.

'Wat is er dan?' vroeg de bouwvakker, die langzaam een slokje van zijn cappuccino nam.

Issy beet op haar lip. Kate zou laaiend worden als ze 't wist. Ze had Caroline gevraagd, 'als haar vriendin', om de mannen geen cappuccino's meer te serveren. Caroline had uitgelegd dat het een kwestie van kosten en baten was, en dat geen enkele serieuze marketingexpert op die manier een zaak zou runnen, maar toen was Kate ontploft en had ze verteld dat ze, voor ze haar hele leven had opgegeven om voor twee *verschillende* ondankbare kinderen te zorgen, toevallig wel een MBA had behaald, dat Caroline haar dus niets hoefde te vertellen, en dat ze echt niet zat te wachten op een preek van een of andere ex-vrouw. En toen had Issy tussenbeide moeten komen, voor Kate voortaan ergens anders zou gaan zitten met haar naaiclubje en ze broodnodige inkomsten zouden kwijtraken. Ze deelde echter wel Carolines mening en vond dat je iedereen moest helpen die een voet over de drempel zette, wat een ander ook vond dat zo iemand op dat moment aan het doen hoorde te zijn.

'Te veel van het goede?' ging de bouwvakker verder.

'Nee. Al mijn directe familieleden hebben het loodje gelegd, nou goed?' zei Issy, veel bitser dan gewoonlijk. Serieus, ze had er zo'n hekel aan als mensen dat zeiden. De bouwvakker keek gekwetst.

'Ach sorry, zo bedoelde ik het niet,' zei Issy. 'Maar vandaag – vandaag is mijn verjaardag. En ik ben single, al mijn vrienden konden niet en ik voel me een beetje eenzaam, dat is alles.'

'Echt waar?' zei de bouwvakker, die een jaar of achtentwintig was en wel iets leuks kwajongensachtigs had. 'Je kunt wel met mij en de jongens mee als je dat leuk vindt. We gaan een borrel drinken.'

Issy kon zich nog net inhouden om te zeggen 'Op een donderdag? Kate zal woest zijn!' en glimlachte maar wat.

'Wat, ik met een stel bouwvakkers?'

'Sommige vrouwen zouden dat anders best leuk vinden,' zei de bouwvakker.

'Vandaag is je geluksdag!' zei Pearl. 'Mannen, wegwezen! Hup, de winkel uit! Jullie maken mijn mooie schone vloer vies.'

'Jaag ons nou niet de winkel uit!' zei de bouwvakker smekend. 'Toe nou!'

Maar Pearl dwong hem al in de achteruit. 'Als jullie het huis van die aardige mevrouw af hebben, verkopen we jullie weer cakejes, begrepen?'

'Ze is helemaal niet aardig!' zei de bouwvakker. Issy was geneigd het met hem eens te zijn, aangezien ze Kate meer dan eens doelbewust voor het café heen en weer had zien ijsberen, ongeduldig met haar voet had zien tikken of diep had horen zuchten wanneer ze vond dat de mannen te lang bleven plakken.

'Daar gaat het niet om,' zei Pearl. 'Jullie worden voor dat werk betaald, dus doe het dan ook. Dan krijgen jullie daarna weer cake. En nu wegwezen.'

De bouwvakker gaf Issy een knipoog. 'Het is maar goed dat die cakejes zo lekker zijn, want de bediening hier is niet bepaald vriendelijk.'

'Hup, wegwezen!' zei Issy. 'En lief zijn.'

'We gaan naar de Fox and Horses!' riep de bouwvakker bij wijze van afscheidsgroet. 'Om halfvijf!'

Pearl schudde haar hoofd en draaide zich om zodat ze het meisje van het uitzendbureau verderop in de straat kon helpen. 'Ik meen het, de volgende keer komen ze er niet meer in.'

Issy zuchtte. 'Het is toch niet te geloven dat dat het beste aanbod was dat ik vandaag gekregen heb?' Ze wendde zich tot Pearl. 'Maar bedankt. Ik heb liever dat Kate en consorten hier wel klant blijven.'

'Gefeliciteerd,' zei het meisje van het uitzendbureau, dat er altijd uitzag alsof ze maar twee uur geslapen had en bij alles wat ze kocht om een extra shot cafeïne vroeg, dus ook bij de koffiecake. 'Verjaardagen zijn stom. Op mijn vorige verjaardag heb ik de *Ghost Hunters*-marathon gekeken op Living. Ik kon niet slapen,' voegde ze eraan toe. 'Ik lijd aan slapeloosheid.'

'Ik zou ook last hebben van slapeloosheid als ik *Ghost Hunters* keek,' zei Pearl.

'Nee!' zei Issy, die wanhopig probeerde te bedenken wat ze die avond kon doen, behalve tv-kijken.'Met een extra shot?'

'Ja, graag. Fijne verjaardag nog!'

Issy had niet eens zo'n haast om af te sluiten aan het einde van de dag; ze joeg de achterblijvers met hun laptops niet op en maakte geen aanstalten om de kranten voor het oud papier te verzamelen. Ze nam de tijd en maakte alles netjes voor de volgende dag.

Pearl keek haar aan. 'Ik moet Louis gaan ophalen, goed?'

'Oké.'

'Wil je... wil je anders bij ons komen eten?'

Issy kon het niet uitstaan dat Pearl medelijden met haar had. Dat sierde haar niet, realiseerde ze zich, want dat betekende dat ze eigenlijk vond dat zij medelijden met Pearl hoorde te hebben. Maar zo zat het nu eenmaal.

'Nee, nee... nou, dat lijkt me hartstikke gezellig,' voegde ze er haastig aan toe.'Graag. Maar weet je, alleen niet vanavond.'

Pearl knikte. 'Prima. Nou, doeg!'

De bel klingelde, en toen was ze verdwenen. Het was nog steeds een heerlijke dag, maar de schaduwen werden al langer. Godsamme, dacht Issy, en ze draaide het bordje op GESLOTEN en deed de deur op slot. Dit was belachelijk. Ze had de hele dag alleen maar lopen mokken. Nou, nu was het welletjes. Bijna zonder nadenken joeg ze zichzelf de winkel uit en, voor de tweede keer die dag, de winkelstraat in. Er was een nieuw boetiekje dat werd gerund door een vriendin van Caroline. Ook al werd Issy nog steeds wat nerveus van de hoofdstraat, toch ging ze er een kijkje nemen. En daarmee uit.

De winkel, die 44 heette, hing tjokvol kleding, en het rook er heerlijk, en duur. Issy probeerde niet geïntimideerd te raken door de elegante, blonde verkoopster met de perfecte rode lippenstift en jarenvijftigzonnebril die achter de kassa zat.

'Hallo,' zei ze. 'Ik ben op zoek naar een... een jurk.'

'Dan ben je hier aan het juiste adres,' zei de vrouw, en ze bekeek haar van top tot teen, als een echte vakvrouw. 'Avondkledij? Of iets wat gewoon een beetje netjes is, maar niet te over de top?'

'Ja. Precies.' Issy keek om zich heen. 'En graag niet al te duur.'

De vrouw trok één prachtig geëpileerde wenkbrauw op. 'Prima. Maar je ziet de kwaliteit er wel aan af, hoor.'

Issy voelde haar gezicht weer een beetje rood worden, maar de vrouw haastte zich al naar het magazijn. 'Blijf daar!' riep de verkoopster. Issy verroerde geen vin en keek om zich heen in deze grot van Aladdin: er hingen prachtige cocktail-jurken van chiffon in donkerroze en dieprood aan de muur, die eruitzagen alsof ze graag gehuld werden in een wolk parfum en mee uit dansen genomen wilden worden; tasjes met lakleren strikken die net groot genoeg waren voor een uitnodiging en een lippenstift; uitzonderlijk mooie schoenen. Het was allemaal zo mooi, dat Issy besefte hoelang geleden het was dat ze zich mooi had aangekleed voor iets, of iemand.

De vrouw kwam terug, met maar één kledingstuk in haar handen. 'Kom maar mee.' Ze duwde Issy richting het piep-kleine pashokje. 'Heb je een fatsoenlijke bh aan? Nee, dat dacht ik al.'

'Je bent net zo bazig als Caroline,' zei Issy.

'Caroline? Ach, die vrouw is een doetje,' zei de eigenaresse. 'Buig eens voorover.'

Dat deed Issy. En toen ze weer rechtovereind stond, viel de zachte, mosgroene jerseystof van de jurk als een water-val langs haar heen en zat de zijden onderjurk haar als een tweede huid.

De jurk viel mooi langs haar rondingen en gaf haar een superslanke taille, de volle rok liep wijd uit en danste bij iedere beweging mee. Het groen benadrukte haar ogen en contrasteerde fraai met haar zwarte haar; de boothals liet een stukje van haar witte schouders bloot en de mouwtjes tot aan haar ellebogen pasten perfect. Het was een droomjurk.

'O,' zei Issy, terwijl ze in de spiegel keek, en ze draaide een rondje. 'Wauw, wat mooi!'

'Ja, ik dacht wel dat deze je zou staan,' zei de vrouw, en ze keek over haar brillenglazen heen. 'Prima.'

Issy glimlachte. 'Wat kost-ie?'

De vrouw noemde een getal dat bijna, maar nog nét niet meer was dan wat Issy ooit voor een jurk zou durven betalen. Maar toen Issy zich omdraaide en over haar schouder nog eens naar zichzelf keek, wist ze het zeker: deze werd van haar. Ja, het was een prachtjurk, en iedere cent die ze nodig had om ervoor te kunnen betalen kwam niet uit haar salaris, van een creditcard, of een ander abstract iets. Dit was háár geld, dat ze zelf bij elkaar had gewerkt, cent voor cent eerlijk had verdiend.

'Ik neem hem,' zei Issy.

Daarna ging ze weer terug naar het café, aangezien ze zonder op te ruimen de deur was uit gerend - al was ze erg blij dat ze dat gedaan had. Ze liet zichzelf binnen, zette de koffiemachine nog één keer aan en maakte een grote latte met veel schuim voor zichzelf, strooide die vol chocoladepoeder, koos een van de overgebleven cupcakes uit – eentje met chilipeper en chocolade, wellicht iets te apart voor hun clientèle, maar evengoed een wonder – pakte de avondkrant en plofte op de bank neer, waarbij ze haar hoofd laag hield en haar rug naar het raam toe, zodat niemand haar over de leuning van de bank heen zou zien zitten en zou denken dat ze nog open was. Ze had niets te doen en niemand om iets mee te doen, dus ze hoefde ook niet snel ergens heen. Ze zou lekker even een paar minuutjes gaan zitten. Het lag daar erg comfortabel.

Ze had het behoorlijk druk gehad, en vanavond had ze ook nog van alles te doen, ze moest haar verzekeringspapieren nog ondertekenen en de voorraden tellen, zien of er niet toevallig toch iemand bloemen voor haar had laten bezorgen, en misschien zou ze wel in bad gaan en een glas van die vreselijke wijn van haar moeder nemen, en...

Toen Issy wakker werd, waren de schaduwen op de binnenplaats nog langer geworden en viel de schaduw van de boom precies over de winkel. Ze knipperde met haar ogen, wist even niet meer waar ze was. Ze hoorde ook een geluid, dat haar bekend voorkwam – ja, dat was Felipe die vioolspeelde. Maar waarom speelde hij nu, op dit tijdstip, als alles al dicht was? Het was toch nog geen ochtend? Ze keek op haar horloge. Nee, ze had maar anderhalf uur geslapen. Maar wat was dan al dat kabaal? Ze draaide zich op haar zij, strekte slaperig haar armen uit, en...

'Verrassing!'

Eerst dacht Issy dat ze weer in slaap was gevallen. Nee, onmogelijk. Buiten, in het licht van de ondergaande zon, zag ze dat de takken van de boom behangen waren met een snoer lichtjes. De lampjes waren aan en deden haar aan de lantaarn van Narnia denken. Maar wat zich bij die lampjes bevond, was een nóg grotere verrassing: daar stond Felipe, gekleed in een wat sjofel jasje, mét vlinderstrikje. Hij speelde 'Someday', en om hem heen stond... iedereen!

Helena was er, natuurlijk met Ashok, die zijn arm om haar schouders had geslagen en haar toonde als een kostbaar stuk porselein. Ashok was er heilig van overtuigd dat zijn toewijding de reden was dat hij was toegelaten tot zijn studie geneeskunde en de zware ploegendiensten wist te doorstaan, en dat diezelfde toewijding op een dag een topchirurg van hem zou maken. Toewijding was het enige wat telde. En met Helena had hij het op dezelfde manier aangepakt, wat eindelijk zijn vruchten leek af te werpen. Hij deed zijn best om niet te grijnzen als de Cheshire Cat, maar stiekem was hij bijzonder in zijn nopjes. Zac was er, met zijn vriendin Noriko. En Pearl en Louis natuurlijk, die zich rot lachten, en Hermia en Achilles, die naast Caroline opgewonden op en neer stuiterden. Maar al haar andere vrienden, haar echte vrienden, waren er ook: Tobes en Trinida die ze kende van haar studie waren helemaal uit Brighton gekomen, en Tom en Carla uit Whitstable. En Janey, die er doodmoe uitzag, en met wie ze sinds een rampzalig toneelstuk tijdens de kennismakingsweek op de universiteit bevriend was, had zich van haar pasgeboren baby weten los te weken. Paul en John, de twee tortelduifjes, waren er ook, en Brian en Lena, van wie ze zich er al bij neer had gelegd dat ze alleen op Facebook vrienden zouden blijven, als dat al lukte; en zelfs François en Orphy van haar oude werk waren er. Issy's hart stroomde over van blijdschap. Ze rende naar buiten, realiseerde zich vervolgens dat ze de deur van de winkel in het slot had laten vallen en ging op zoek naar haar sleutels. Iedereen die nog buiten stond moest er hartelijk om lachen, en toen ze hen eindelijk binnenliet, begonnen ze luidkeels 'Happy Birthday' voor haar te zingen, waarna de tranen Issy in de ogen sprongen, en datzelfde gebeurde bij het in ontvangst nemen van alle fijne en attente cadeaus, en de knuffels en zoenen waarmee ze werd begroet.

'Dit is je laatste kans om je leven te beteren,' zei Zac met een scheve grijns. 'En je vrienden niet meer zo te verwaarlozen.'

'Begrepen,' zei Issy, en ze knikte nadrukkelijk. Iedereen die nog niet eerder in het café was geweest kwam kijken en 'oeh' en 'aah' zeggen, en Helena liet de kratten champagne aanrukken die ze van huis naar het café hadden gesjouwd, toen ze, nadat ze zich eerst drie kwartier lang in de kast hadden verstopt, hadden geconcludeerd dat Issy niet naar huis kwam. Bij Pearl viel het kwartje als eerste. Pearl had Helena opgebeld, en toen waren ze met z'n allen een voor een vrolijk giechelend het pleintje op geslopen. En nu was het tijd voor een feestje! En Issy had zelfs een perfecte nieuwe jurk!

Terwijl haar vrienden en familie, klanten en willekeurige mensen (Berlioz kwam langs om van het eten te snoepen) met elkaar kletsten, speelde Felipe de sterren van de hemel. Het was een heerlijk warme avond, het zachte licht dat uit het Cupcake Café kwam mengde zich met dat van de lampjes in de boom, en de kaarsen die Helena had meegebracht wierpen een toverachtige gloed over Pear Tree Court, waardoor het pleintje iets sprookjesachtigs kreeg, en het een besloten paradijsje werd, gevuld met lachende vrienden, vrolijke toosts, verjaardagstaart, kruidcake, tulband, Parijse cake en alle denkbare soorten cupcakes. Louis danste met iedereen die bij hem in de buurt kwam en geluiden van kameraadschap en vrolijkheid weerklonken tussen de bakstenen huizen; iemand die voorbij het straatje liep zou verwonderd hebben gekeken naar deze kleine oase, met zijn glinsterende lichtjes onder de donkerende hemel.

Zoals wel vaker het geval is wanneer oude vrienden samenkomen, werd iedereen vrij snel tamelijk aangeschoten, dus tegen de tijd dat Austin de oppas eindelijk met Darny had geïnstalleerd en klaar was om het huis te verlaten (hij hield zijn hart vast aangezien hij de oppas was vergeten te zeggen dat tenzij ze een PhD in dinosaurussen had, het wellicht een zware avond zou worden), had Issy een rood hoofd, was ze vol opwinding en praatte ze met iedereen die in haar buurt kwam over baby's, oude vrienden, vroeger en het café, ongeacht waar ze hen van kende. Pearl had Austin opgebeld en had streng volgehouden dat hij móést komen, en hij wilde zich natuurlijk niet de woede van Pearl op de hals halen. Meteen toen hij kwam zag hij dat iedereen al een flinke slok ophad. Dat betekende dat hij weer de verstandige bankadviseur moest uithangen. Hij zuchtte.

'Austin!' brulde Issy toen ze hem zag, met een glas champagne of twee achter de kiezen. Wel heb ik ooit, dacht ze. Goed, hij vond haar niet leuk, maar dat deed er niet toe. Hij was er! En Graeme was er niet; zijn naam was niet één keer gevallen. Het was tenslotte haar verjaardag. Ze zag er prachtig uit in haar groene jurk, en opeens voelde ze zich helemaal fantastisch en stroomde ze over van blijdschap en liefde. Dit was het feest dat haar opa haar toewenste, en ze wilde het met iedereen delen.

Ze zwierde op hem af. 'Jij wist dit!' zei ze op beschuldigende toon. Austin bedacht hoe knap ze eruitzag met haar volle bos krullen en haar wangen en lippen die rood van opwinding waren. 'Jij wist hiervan!'

'Ja, natuurlijk wist ik hiervan,' zei hij mild, en hij liet enigszins verbaasd toe dat ze haar armen om hem heen sloeg. Hij wist vrij zeker dat er in de handleiding voor bankiers stond dat je klanten niet te dichtbij moest laten komen. Niet dat hij die handleiding ooit had gelezen. Hij dacht terug aan de bijna-kus van die ochtend en keek om zich heen. Een graatmagere blonde vrouw stond hongerig naar hem te kijken.

'Wie is dát?' zei Caroline, en ze liet in een reflex het handje van Achilles los, die het direct op een schreeuwen zette.

'Afblijven,' gromde Pearl.

Caroline grinnikte. 'Wat, hij en Issy...?'

Een waarschuwende blik van Pearl weerhield haar ervan verder te praten, maar Caroline liet zich niet uit het veld slaan.

Austin glimlachte. 'Pearl had het me verteld. Maar als ik zeg verteld, bedoel ik eigenlijk dat het een bevel was. En als Pearl tegen je zegt dat je iets moet doen...'

Issy knikte gretig. 'O, ja. Tenminste, wel als je weet wat goed voor je is.'

Pearl, die aan de andere kant stond te kletsen met Issy's vrienden, die haar mogelijk iets meer vertelden over de darmledigingen van hun baby dan waar ze om had gevraagd, keek haar kant uit. Het licht van de lampjes weerscheen in het haar van Issy, die op haar tenen ging staan om Austin goed te kunnen verstaan; hij was zo lang, zag er zo slordig uit. Wat Austin ook zei, het was in ieder geval grappig, want Issy greep hem bij de arm en begon luidkeels te lachen. Pearl glimlachte voor zich uit. Vooruit, dacht ze. Dit exemplaar zag er inderdaad uit als een goeie vent.

'Ahum,' zei Helena, die opeens naast Issy was komen staan. Issy sprong bij Austin vandaan, wat enigszins verdacht was.

'Ja?' zei ze. En toen: 'O, Lena. Ik kan bijna niet geloven... Ik kan bijna niet geloven dat je dit allemaal hebt geregeld. Ik ben zo, zo, zó...'

'Ja, ja,' zei Helena snel. 'Je werkt zó hard, en ik wist dat je graag mensen wilde zien, dus...'

'Dit is echt zó lief!'

Helena keek nadrukkelijk naar Austin.

'O.' Issy voelde een blos opkomen. 'Dit is...'

'Ben jij Austin?' vroeg Helena, om het nog eens extra gênant te maken. O geweldig, dacht Issy, nu weet hij dat ik over hem heb verteld. 'Hallo daar!'

'Hallo,' zei Austin ernstig. Helena vond dat Issy te veel over zijn rossige haar had gezegd en te weinig over die mooie grijze ogen en zijn brede schouders. Deze kerel was honderd keer knapper dan Graeme. Maar ze wilde niet dat Issy zich aan zijn voeten wierp en weer werd afgewezen. Twee keer in één jaar was wel erg pittig.

'Je moet wel met iedereen kletsen, hoor,' zei Helena tegen een blozende Issy. 'Al deze mensen komen van ver. Hij werkt aan de overkant van de straat!'

Issy glimlachte verontschuldigend naar Austin. 'O ja, ik denk dat ik maar eens...'

'Ga nog eens wat te drinken halen voor Issy,' beval Helena Ashok, die zich haastte om haar orders op te volgen.

'Je hebt hem goed onder de duim,' zei Issy vol bewondering. 'Ik dacht dat je een man wilde die de leiding nam, een soort Simon Cowell, maar dan knapper?'

'Maar Simon Cowell is knap!' zei Helena boos, met het air van een vrouw die het zat was zichzelf te moeten herhalen. 'En dat dacht ik inderdaad, ja,' ging ze verder.

Ashok keek haar aan vanuit het café. Hij hield wel van een vrouw die wist wat ze wilde.

'Maar je weet zelf niet altijd wat goed voor je is.' Helena ging op gedempte, haast verontschuldigende toon verder en zei, bijna fluisterend: 'Ik ben nog nooit zó gelukkig geweest.'

Issy gaf haar een knuffel. 'Dank je wel,' zei ze. 'Dank je. Je bent mijn allerliefste vriendin. Dit is echt geweldig. Super. En ik ben zo blij dat je gelukkig bent.'

En Issy haastte zich om te kletsen met haar vrienden, die lang hadden gereisd en lang waren verwaarloosd, terwijl Austin in de schaduw stond te mokken en praatte met Des de makelaar. Zo had hij zich dit feestje niet voorgesteld, maar ach, de oppas had nog niet gebeld en daarmee was vanavond een nieuw record.

Om halftien was er opeens een boel kabaal. Helena had wel verwacht dat de buren op een gegeven moment zouden gaan klagen en dat ze het feestje dan naar de flat moesten verplaatsen, maar dit was het bekende geluid van winkelrolluiken die luid ratelend opengingen. De ijzerhandelaar. Maar dat kon toch niet? dacht Issy. Hij kon hier toch niet zo laat op de avond nog zijn? Maar toch was het zo. Met dezelfde plechtigheid en snelheid als een begrafenisstoet kwam de ijzerhandelaar uit zijn winkel, waar het pikkedonker was, en hij schreed op Issy af. Issy, die 'm inmiddels goed voelde zitten, kreeg een visioen van de ijzerhandelaar met een hoge hoed op, net als in de verhalen van Dickens. Hij droeg geen hoed, maar wel een donker driedelig pak en een zakhorloge. Ze glimlachte hem verwelkomend toe en bood hem een glas bubbels aan, dat hij afsloeg. Hij ging voor haar staan.

'Van harte proficiat, Issy,' zei hij, en hij gaf haar een klein pakje. Toen knikte hij haar toe. Hij had eigenlijk tegen zijn hoed moeten tikken, dacht Issy aangeschoten. Hoog tegen zijn hoge hoed moeten tikken. O jee, ze moest echt stoppen met drinken. Vervolgens verdween hij het steegje uit, de nacht in.

Iedereen kwam om haar heen staan terwijl Issy het pakje openmaakte, dat was ingepakt in bruin papier. In het pakje zat een klein kartonnen doosje, dat Issy met licht trillende, opgewonden vingers openmaakte. Onder bewonderende uitroepen haalde ze er een piepkleine metalen sleutelhanger uit in de vorm van het logo van het Cupcake Café, heel fijntjes, met naast het logo een exacte replica van de perenboom waar ze onder stonden. Het was een beeldschone sleutelhanger.

'O!' zei Issy, die zich plotseling wat slapjes voelde.

'Laat eens kijken! Laat eens kijken!' zei Zac, die deze 3D-uitvoering van zijn ontwerp heel graag wilde vasthouden. De hanger was een fijn staaltje vakmanschap, erg mooi gemaakt.

'Dit is veel te mooi voor een sleutelhanger,' zei Pearl direct, en Issy knikte.

'Vind ik ook,' zei ze. 'Echt prachtig. Ik denk dat ik hem voor het raam ga hangen.'

En hoewel ze de cadeautjes van de anderen – geurtjes van Jo Malone, shawls van Madeleine Hamilton, caketrommels van Cath Kidston – ook zou koesteren, wist Issy op de een of andere manier dat de sleutelhanger verreweg het bijzonderste cadeau was. Het had iets te maken met het feit dat de hanger van metaal was – en niet van cake, die één dag goed bleef, of van papier zoals de menu's, die een paar weken mooi bleven. Deze sleutelhanger zou jaren meegaan. En het café misschien ook wel, dacht Issy.

Er ontbrak nog iemand. Ze wist het, je kon er niet omheen. Ze wist dat als het goed met hem ging, niets hem weg had kunnen houden. En in al die gelukzaligheid voelde Issy plotseling een koude rilling over haar rug lopen.

Hoewel het die avond nog lang warm bleef, keerden veel mensen daarop huiswaarts: vrienden die van ver kwamen en late treinen moesten halen, vrienden die naar huis moesten voor de oppas en de volgende ochtend moesten forenzen, en Pearl met Louis, die onder de boom diep in slaap was gevallen. Op een gegeven moment draaide Issy zich om en realiseerde ze zich dat de meeste mensen naar huis waren, en dat ze nog maar met een klein, tamelijk dronken clubje waren, dat zich over het pleintje had verspreid. Felipe speelde alvast een wat rustiger liedje.

Ze keek op en realiseerde zich ten eerste dat ze tegenover Austin stond, en ten tweede dat ze tamelijk bezopen was. Tamelijk bezopen en tamelijk gelukkig, concludeerde Issy. Was dat omdat Austin voor haar neus stond? Had het daar iets mee te maken? Het was waar dat ze zich altijd blijer leek te voelen wanneer ze hem had gezien. Of was dat omdat hij haar geld leende? Ze vond het allemaal maar verwarrend.

Austin beet op zijn lip en keek naar Issy. Ze zag er zo mooi uit, zo lief, alleen was ze zo te zien nogal dronken, dus werd het nu echt tijd om naar huis te gaan. Hij was best populair bij de vrouwen: sommigen waren geïntrigeerd door de overvloed aan Batman-merchandise die ze bij hem thuis aantroffen, en sommigen juist niet; of ze wilden meteen bij hem intrekken en huisje-boompje-beestje spelen, of ze wisten niet hoe snel ze weg moesten komen. Op zijn zeldzame vrije avonden vond Austin het best leuk om een beetje op jacht te gaan, maar hij was vastbesloten om niet nog meer onrust in Darny's leven te brengen, tot die jongen iets... tot Darny iets stabieler was. Toch weerhield het hem er niet van om af en toe iemand om zich heen te willen hebben. Een korte affaire was zo geregeld, zeker als er gedronken werd. Maar soms had hij het gevoel dat hij klaar was voor iets serieuzers; hij was tenslotte de dertig gepasseerd. Meestal vond hij zijn leven al volwassen genoeg en vond hij dat hij daar niet ook nog eens een volwassen relatie bij hoefde. Maar soms – zoals nu – leek het hem juist fijn.

'Hoi,' zei Issy.

Maar door Issy, dacht Austin bij zichzelf, vergat hij meteen al die andere avonden. Issy was... Issy was onder zijn huid gaan zitten. Dat kon hij niet ontkennen. Het was haar enthousiaste gezicht; die wat gepijnigde blik die ze trok als ze dacht dat iemand problemen had; haar optimistische roze geglazuurde cakejes, en al die uren die ze had gezwoegd om de winkel tot een succes te maken – dat vond hij leuk. Hij moest eerlijk zijn tegen zichzelf. Hij vond het allemaal leuk. Hij vond háár leuk. En daar stond ze dan, met haar blozende gezicht aarzelend naar hem opgeheven. De lichtjes in de boom schenen zacht, de sterren in de lucht fonkelden fel, en na haar 'hoi' zeiden ze allebei geen woord meer – dat leek nergens voor nodig. Issy keek naar hem op en beet op haar lip. Heel langzaam, bijna zonder na te denken, tilde hij zijn grote hand op en streek voorzichtig, licht als een veertje, langs haar kaaklijn.

Issy trilde onder zijn aanraking en hij zag haar ogen groot worden. Hij tilde zijn hand op en legde die om haar gezicht, steviger nu, en bleef haar recht in haar grote, groene ogen kijken. Issy voelde haar hart bonken van opwinding, alsof ze zojuist een stroomstoot van een defibrillator had gekregen. Voor de eerste keer in misschien wel maanden, begon haar bloed sneller door haar aderen te stromen. Ze leunde met haar gezicht tegen zijn warme, droge hand, voelde de hand op haar huid, keek hem aan en gaf een zeer duidelijk signaal af: ja.

Graeme stapte de taxi uit. Hij kwam pas laat terug uit Edinburgh, maar dat kon hem niets schelen; hij had geen tijd te verliezen. Het was heel goed mogelijk dat Issy nog steeds in die stomme winkel van haar rondhing en bolletjes aan het glazuren was, of wat ze daar ook deed, en mocht ze daar niet zijn, dan kon hij rechtstreeks naar haar flat rijden. Hij sloeg de taxideur achter zich dicht, maar vergat niet om de chauffeur om een bon te vragen. Hij kon zien dat er buiten bij het café mensen stonden, al was het in het halfduister moeilijk te zien. Issy moest daar ook tussen zitten. Hij stapte uit de schaduw en voegde zich bij de menigte. Vrienden die Graeme kenden vielen direct stil.

Issy, die gevangen werd door Austins ogen, voelde aan de lucht dat er iets was. Ze draaide haar hoofd en zag Graeme staan, in het licht van een straatlantaarn, nog altijd even knap en goedgekleed.

'Issy,' zei hij zacht. Als door een wesp gestoken sprong Issy bij Austin vandaan.

Austin keek op. Hoewel ze elkaar nooit eerder hadden ontmoet, wierp Austin één blik op Graeme en besloot hij onmiddellijk te vertrekken.

Graeme had veel nagedacht in Edinburgh. Op de een of andere manier nodigde die stad daartoe uit. Veel duur vastgoed ook. Er leek absoluut iets in de lucht te hangen, de boel trok weer aan. Die stad was ook zo verdomd pittoresk; overal kleine steegjes, geheime pleintjes, kinderkopjes en achterafstraatjes. De mensen waren er dol op. Dat kon je aan ze zien, aan de toeristen, de studenten, de mensen die gewoon een kijkje kwamen nemen, of mensen die er graag wilden wonen. Tegenwoordig draaide het allemaal om karakter. De mensen wilden geen wolkenkrabber, loft met bakstenen muren of hippe schoenendoos om in te wonen, al snapte Graeme niet waarom − zelf vond hij dat soort gebouwen, inclusief airconditioning en veiligheidscodes, veel beter dan die oude panden. Maar niet iedereen was het met hem eens. Mensen wilden in een bijzonder oud pand met 'karakter' wonen. Graeme vond dat gelul – mensen moesten kiezen voor dingen die werkten en gebouwen die comfortabel waren. Maar aan de andere kant, als ze bereid waren daar extra voor te betalen – concludeerde hij in de prijzige torenkamer van zijn prijzige boetiekhotel – als ze bereid waren meer te betalen voor vastgoed dat er schattig uitzag, wie was Graeme dan om hen daarbij in de weg te staan?

En zo was hij op het briljante idee gekomen. Hij was echt onder de indruk van zichzelf. Bovendien zou het voor iedereen een goede deal zijn. Zijn idee was zelfs zó briljant, dat hij meteen terug naar Londen moest: het Pear Tree-appartementencomplex.

Hij wist dat 'appartement' gewoon een ander woord voor 'flat' was, maar het klonk chiquer, en hoe chiquer, hoe beter. Woon-werkruimte aan een pittoreske oude binnenplaats op loopafstand van de Stoke Newington High Street, op een mooie, rustige plek en niet aan de doorgaande weg. Maar het slimste was nog – echt superslim – dat de appartementen er oud zouden uitzien, maar dat in werkelijkheid alleen de buitenkant oud zou zijn. Ze zouden het pand helemaal opknappen. Al die stomme kleine raampjes met dat glas waar je niet doorheen kon kijken en die tochtige oude houten deuren gingen eruit, en zouden worden vervangen door nette kunststof raamkozijnen en metalen deuren met toegang via vingerafdrukken (de jongens uit de City waren daar dol op) met beveiligingscamera's erboven – van dat laatste was zijn hart pas echt sneller gaan kloppen. Misschien konden ze zelfs een hek in het steegje laten neerzetten, zodat het leek alsof je privéterrein had! Dat zou pas echt gaaf zijn! En de boom zouden ze omhakken, zodat je op de binnenplaats kon parkeren. Dat zou tof zijn. Het zou er uiterst schattig uitzien, maar ondertussen zijn voorzien van de nieuwste technische snufjes: airco, een wijnkast, en natuurlijk een state-of-the-art home-entertainmentsysteem.

Het beste van alles, en dat had hij echt goed bedacht, was dat hij Issy ook van de deal kon laten profiteren. Dat was wel zo eerlijk: zij had het gebied tenslotte onder zijn aandacht gebracht, dus ze verdiende een vindersloon. Ze kon bij hem terugkomen en voor hem gaan werken – niet meer als notulist, maar als makelaar, als ze dat wilde. Dat zou een flinke stap vooruit zijn voor Issy. Én hij zou... hij kon haast niet geloven dat hij dat echt ging doen. Als iemand tegen hem had gezegd: Graeme, jij zacht ei, dadelijk word je nog een huismus die onder de plak zit, dan had hij er geen woord van geloofd.

Sinds ze uit elkaar waren was hij tot de conclusie gekomen dat Issy ook veel pluspunten had – als ze tenminste geen eelt op haar handen kreeg van dat stomme café. Haar kookkunsten. Haar oprechte interesse in hem. Ze maakte zijn leven net een beetje zachter, makkelijker en liever als hij de hele dag moest vechten als een tijger. Daar hield hij van en dat wilde hij graag om zich heen hebben. En daarom was hij bereid het grootst mogelijke offer te brengen. Bovendien zou hij háár leven ook onmetelijk veel beter maken: ze zou nooit meer om zes uur hoeven opstaan, en als klap op de vuurpijl zou hij ook nog eens een enorme smak geld verdienen. Het was zo klaar als een klontje. Dit was dé oplossing, voor alles. Op kantoor zou hij weer het alfamannetje zijn. Zijn maten zouden hem vast pesten omdat hij zich ging settelen met een vrouw die er, eerlijk was eerlijk, niet bepaald uitzag als een Zweeds lingeriemodel met maatje zesendertig. Dat kon hij wel hebben. Hij wist wat hij wilde. En natuurlijk wilde zij dat ook.

'Issy,' zei hij weer, en ze keek hem aan. Hij realiseerde zich dat ze een tikkeltje nerveus leek. Ze was vast opgewonden en benieuwd, had vast door dat er iets was. Hij zou haar finaal van haar sokken blazen.

'Iss... ik ben zó stom geweest. Ik ben zo'n idioot dat ik jou heb laten gaan. Ik heb je zo gemist! Wil je het nog een kans geven?'

Issy's gedachten waren één grote warboel. Helena schudde haar hoofd. Graeme stapte naar voren, zag in een flits de stapel kaarten en cadeautjes liggen en trok de juiste conclusie. Nou, nog beter!

'Gefeliciteerd met je verjaardag, schatje,' zei hij. 'Heb je me gemist?'

Met grote passen liep Austin naar huis, boos op zichzelf. Leerde hij het nou nooit? Boos deed hij zijn voordeur van het slot, bevrijdde de oppas uit de piratengevangenis die Darny onder de tafel had gebouwd, betaalde haar zoals gewoonlijk twee keer zoveel en hield lusteloos een taxi voor haar aan. Verdomme.

Als aan de grond genageld bleef Issy staan. Ze geloofde haar ogen niet. Hier had ze van gedroomd, om gehuild. Dit wilde ze liever dan wat dan ook: Graeme, hier, die smeekte om vergiffenis, een tweede kans.

Graeme graaide in zijn tas en haalde zijn taxfree aankoop tevoorschijn.

'Eh, alsjeblieft,' zei hij.

Graeme die haar een cadeau gaf! De wonderen waren de wereld nog niet uit! Issy voelde Helena's ogen in haar rug branden. Nog altijd sprakeloos haalde ze het cadeau uit de plastic zak. Het was een fles whisky.

'Single malt,' zei Graeme. 'Normaal gesproken kost-ie tweehonderd piek.'

Issy dwong haar lippen tot een glimlach. 'Ik drink geen whisky,' zei ze.

'Weet ik,' zei Graeme. 'Ik dacht, misschien kun je het in je cakejes stoppen of zo. Voor je superbelangrijke en super-succesvolle bedrijf.'

Issy keek hem aan.

'Sorry,' zei hij weer. 'Dat ik je niet serieus nam. Ik had het mis. Hoe kan ik het goedmaken?'

Issy sloeg haar armen om zichzelf heen. Het leek alsof er een windje opstak, en het begon nu echt af te koelen. Graeme keek door de ramen van het donkere Cupcake Café naar binnen, en keek vervolgens naar de leegstaande panden eromheen. Hij liep heel Pear Tree Court rond en tikte daarbij meditatief met zijn vingers tegen zijn slaap.

'Weet je,' zei hij, 'ik heb altijd geweten dat het goed zou komen.'

'Je liegt dat je barst!' zei Issy, voor ze zichzelf had kunnen bedwingen. 'Jij dacht dat ik zou verhongeren!'

'Hmm. Omgekeerde psychologie,' zei Graeme. 'Dat zal het zijn.'

'Zou je denken?' zei Issy.

'En het is toch ook goed gekomen? Mooi toch.'

'Mooi voor Issy, ja!' zei Helena hard, en ze hief haar glas, waarop de paar overgebleven feestgangers ook hun glazen hieven, en daarna voelde het alsof het feestje wel zo'n beetje was afgelopen, en wist Issy niet wat ze moest doen. Aan Helena had ze weinig, want die ging richting huis met Ashok, wat betekende dat Issy Graeme liever niet mee naar huis nam, aangezien de muren niet zo... en alles.

'We moeten praten,' zei ze tegen Graeme, om tijd te winnen.

'Dat moeten we zeker!' zei Graeme vrolijk. Hij hield een taxi aan om hen naar Notting Hill te brengen, en liet stille-tjes en vol zelfvertrouwen een Smintje in zijn mond glijden.

15

Helena's geheime donutrecept

Koop verse gember. Die ziet eruit als een knoestige wortel. Kom je er niet uit? Vraag dan iemand om hulp. Maar niet die fruitverkoper die altijd vraagt of je nog meloenen wilt kopen. Dat is een smeerlap. Goed, oké, jat nu op je werk zo'n ding waar je medicijnen mee afmeet. Ik weet dat dat de enige zijn waar jij iets mee kunt. Ze moeten wel in centiliters gaan. Zo een dus. Oké, rasp nu de gember.

Niet de hele tijd in de spiegel op de afzuigkap kijken. Echt, je bent een lekker ding, maar als je nu niet blijft roeren, wordt de boel hard en heb je straks gemberkoekjes.

Goed, en nu komt het. Het antwoord is lime curd. Van het merk Mrs Darlington's, uit Penrith. Dat zou je nooit van je leven hebben geraden.

900 gram bloem, plus extra voor het bestuiven
4 theelepels bakpoeder
2 theelepels natriumbicarbonaat
1½ theelepel zout
1½ theelepel geraspte gember
55 gram gekonfijte gember, grof gehakt
500 gram karnemelk, goed geschud
60 gram ongezouten boter, gesmolten en iets afgekoeld
2 grote eieren
1 eetlepel zonnebloemolie
1 grote pot lime curd

Meng in een grote kom de bloem met het bakpoeder, het natrium-bicarbonaat, zout en ¾ theelepel geraspte gember. Meng in een kleinere kom 300 gram suiker met de resterende ¾ theelepel geraspte gember. Meng de overgebleven 100 gram suiker met de gekonfijte gember in een foodprocessor tot de gember goed is fijngehakt. Hevel de gember over naar een kom en klop de karnemelk, boter, en eieren erdoor zodat je een glad beslag krijgt. Doe het karnemelkmengsel bij het bloemmengsel en roer tot een (plakkerig) deeg. Leg het deeg op een met bloem bestoven werkblad en kneed het voorzichtig zo'n tien tot twaalf keer, tot het net aan één geheel vormt, en rol het vervolgens met een deegroller uit tot een cirkel van 33 cm doorsnede en krap 1 cm dik. Steek rondjes uit met een met bloem bestoven steker en leg deze op een lichtjes met bloem bestoven vel bakpapier. Veeg de restjes deeg bij elkaar, kneed en steek er nog een aantal rondjes uit. (Doe dit maar één keer.) Laat in een pan met een dikke bodem de olie heet genoeg worden om derdegraads brandwonden van de spatten te kunnen krijgen. Laat de rondjes voorzichtig in de olie glijden en bak steeds zeven à acht stuks tegelijk goudbruin. Draai ze één keer om. Bak iedere lading in totaal ongeveer tweeënhalve minuut. Laat de donuts uitlekken op keukenpapier. Laat ze een beetje afkoelen en wentel ze door de gembersuiker. Snijd de donuts voorzichtig doormidden, besmeer de onderste helft met lime curd en leg de bovenkant er weer bovenop. Leg een stuk of drie donuts op een bordje en serveer met wat plakjes gekonfijte gember.

'Nou, daar hoefde je nog geen vijf seconden over na te denken,' zei Helena.

'Hou op,' zei Issy, en ze keek naar Pearl voor bijval.

'Ja,' zei Pearl. 'Eerder vier.'

'Als je met hangende pootjes bij ze terugkomt verliezen mannen hun respect voor je,' zei Caroline. 'Ik heb de ploert al maanden niet gesproken.'

'Hoe gaat dat nu?' vroeg Pearl.

'Prima, dank je, Pearl,' zei Caroline luid snuivend. 'Eigenlijk zien de kinderen hem nu vaker dan toen we nog bij elkaar waren. Om de week op zaterdagmiddag. Hij vindt het vreselijk, dat weet ik zeker, en hij heeft ze al drie keer mee naar de dierentuin genomen. Lekker voor hem.'

'Nou, fijn om te weten wat ik kan verwachten,' zei Issy, die had verwacht dat mensen ietsje positiever zouden zijn over het feit dat ze weer een vriend had.

'Hoe zit het met die knappe man van de bank?' zei Helena.

'Dat is strikt zakelijk,' loog Issy. Maar Austin was sneller dan het licht uit beeld verdwenen. Ze wist dat hij geen relatie wilde, en bovendien had hij Darny. Het was gewoon stom om te fantaseren over dingen die ze toch niet kon krijgen, een beetje als zwijmelen over een popster. Graeme was daarentegen bij haar teruggekomen.

'En bovendien heb ik hem al in het vizier,' zei Caroline.

'Wat, als oppaskind?' zei Helena.

'Sorry, werk jij hier?' zei Caroline. 'Ik ben hier alleen omdat ik daarvoor betaald krijg.'

'Nou, ik vind het best bijzonder dat hij zich heeft gerealiseerd dat hij een fout heeft gemaakt en met hangende pootjes is teruggekomen,' zei Issy. 'Niet dan? Nee, niemand?'

De andere drie vrouwen keken elkaar aan.

'Nou, als dat jou gelukkig maakt,' zei Pearl bemoedigend. 'Het is een aardige vent, die man van de bank.'

'Hou toch op over die man van de bank!' zei Issy. 'O, sorry. Ik weet niet waarom ik schreeuw. Maar... het is gewoon zo'n eenzaam bestaan, snappen jullie? Zelfs met jullie erbij. Alles in m'n uppie op poten zetten en alles in m'n eentje uitzoeken en dan alleen thuis zijn omdat Helena rollebolt met een dokter...'

'Die mij op handen draagt,' vulde Helena aan.

'... en nu is hij terug, en wil hij wel iets serieus, en dat heb ik altijd gewild.'

Het bleef stil.

'En toch: vijf seconden,' zei Helena.

Issy stak haar tong uit. Ze wist wat ze deed. Toch?

Een paar dagen later zat Issy met haar armen om haar knieën geslagen op bed, terwijl Graeme zich klaarmaakte voor een vroege squashwedstrijd. 'Is er wat, Iss?' vroeg hij glimlachend. Ze kon nog steeds nauwelijks geloven hoe knap hij was, met die fraai gevormde borstkas, dat kleine bosje donker borsthaar, die brede schouders en die mooie mond vol witte tanden. Hij knipoogde toen hij merkte dat ze naar hem keek. Sinds ze die avond met hem mee naar huis was gegaan, leek hij wel een compleet andere man: hij was romantisch en attent, en stelde allerlei vragen over de bakkerij, over Pear Tree Court en hoe ze het daar vond.

Toch was Issy ergens kwaad op zichzelf. Ze was zijn slaafje niet! Ze was niet bij hem terug omdat het toevallig zo uitkwam. Ze had Helena niet eens teruggebeld, die haar al elf berichtjes had gestuurd om te vragen of ze a) terugkwam, b) wilde terugbellen, en c) haar kamer aan Helena wilde geven. Issy haatte het idee dat hij maar met zijn wenkbrauwen hoefde te wiebelen om haar in bed te krijgen.

Ze had het zo gemist. Menselijk contact en kameraadschap, dat er thuis iemand op je wachtte aan het eind van de dag. Dat miste ze. Ze was verdorie zo eenzaam geworden dat ze zichzelf bijna voor paal had gezet tegenover haar bankadviseur. Gênant gewoon. Ze werd al rood als ze eraan dacht. Ze was nog net geen oude vrijster geworden. En als ze zag hoe gelukkig Helena en Ashok waren, of Zac en Noriko, of Paul en John, of hun andere vrienden, die stuk voor stuk iemand hadden en op haar feestje allemaal zo gelukkig waren (zo leek het tenminste) – nou, waarom zij dan niet? Konden ze haar nu maar zien zitten, zo schattig en verliefd, net als in een tandpastareclame. Graeme, bedacht ze dromerig, zou waarschijnlijk zo in een tandpastareclame mogen meespelen.

'Niks,' zei ze. 'Ik wou dat we vandaag in bed konden blijven.'

Graeme boog zich naar Issy toe en gaf een kusje op haar neus, die was bedekt met lichte sproetjes. Alles leek heel goed te gaan. En hoewel hij erg blij was dat ze bij hem terug was gekomen, had het hem weinig verbaasd. Daarom was het nu tijd voor de volgende stap van zijn plan de campagne. Tegen de tijd dat hij haar zover had dat ze de bakkerij wilde opgeven, zou hij een heel dankbaar vriendinnetje hebben. En heel veel geld, en meer aanzien op kantoor. Geen wonder dat hij zo vrolijk was.

'Ik wilde je iets vragen,' zei hij.

Issy glimlachte vrolijk. 'O ja?'

'Eh... Nou. Eh.'

Issy keek naar hem op. Het was niets voor Graeme om zo afwachtend te zijn. In de regel was hij niet iemand die ehmde.

Graeme deed natuurlijk alleen alsof. Een dosis verlegenheid deed het bij Issy vast goed.

'Nou, ik dacht,' ging hij verder. 'Ik bedoel, we lijken het goed met elkaar te kunnen vinden, toch?'

'De afgelopen vijf dagen wel, dus ik denk van wel, ja,' zei Issy.

'Ik wilde zeggen dat ik het erg fijn vind dat je er bent,' zei Graeme.

'Ik vind het ook fijn om hier te zijn,' zei Issy, en terwijl ze probeerde te begrijpen waar hij naartoe wilde, bekroop haar een vreemd gevoel – een mix van blijdschap en nervositeit.

'Nou, wat ik wilde zeggen... en ik heb dit nog nooit eerder aan iemand gevraagd...'

'Ja?'

'Wil je met mij samenwonen, hier, bij mij?'

Geschrokken staarde Issy Graeme aan. En toen schrok ze

omdat ze zo geschrokken was. Dit was immers alles waar ze van had gedroomd – samenwonen met haar droomman, in zijn mooie appartement, zijn leven met hem delen, voor hem koken, tijd met hem doorbrengen, samen chillen in de weekends, hun toekomst uitstippelen – uit het niets. Ze knipperde met haar ogen.

'Wat zei je?' vroeg ze nog een keer. Het voelde verkeerd. Ze zou euforisch moeten zijn, een gat in de lucht moeten springen. Waarom maakte haar hart dan geen sprongetje? Ze was tweeëndertig en ze hield verdorie van Graeme, dat deed ze echt. Natuurlijk hield ze van hem. En ze zag aan zijn gezicht dat hij het heel spannend vond; ook hij was zenuwachtig. Ze ving een glimp op, zoals dat maar zelden gebeurde, van hoe hij als klein jongetje moest zijn geweest.

Maar toch las ze ook enige verwarring van zijn gezicht af, alsof hij had verwacht (wat inderdaad zo was) dat ze hem uitgelaten in de armen zou vallen.

'Eh, ik zei,' zei Graeme, nu werkelijk licht stotterend, aangezien hij niet de verwachte reactie had gekregen. 'Ik zei: wat zou je ervan vinden om hier te komen wonen? Ik weet niet, misschien kun je je flat verkopen of verhuren of zoiets?'

Issy realiseerde zich dat ze daar nog niet eens aan had gedacht. Haar flat! Met haar roze keuken! Goed, de afgelopen dagen was ze er nauwelijks geweest, maar toch. Al die fijne momenten met Helena, al die gezellige avondjes, de al dan niet geslaagde bakexperimenten, alle keren dat ze ieder ieniemienie signaal van Graeme had zitten analyseren – en nu voelde ze opnieuw een steek in haar hart, omdat het er niet van was gekomen om exact hetzelfde te doen bij Helena en Ashok, omdat het café haar had opgeslokt – de pizza-avonden, de grote fles vol met centjes in de gang, waarvan Issy op een gegeven moment had gevreesd dat ze hem kapot zou moeten slaan om de bouwverzekering van het Cupcake Café te kunnen betalen... dat alles. Voorgoed verleden tijd.

'Of we kunnen het eerst een tijdje op proef proberen...'

Dit had Graeme niet verwacht. Hij had uitzinnige dankbaarheid verwacht; opgewonden plannen maken; hij had zich
erop voorbereid tegen haar te moeten zeggen dat ze niet te
hard van stapel moest lopen, nog geen maten voor nieuwe
gordijnen moest opnemen, niet te veel aan trouwen moest
denken; dat hij dankbaar zou worden verwend in bed, alvorens uit te leggen dat hij haar ook nog eens rijk zou maken
en haar zou bevrijden uit de ketens van haar winkeltje, en
ook daarna verwachtte hij dankbare seks. Dit geschrokken
gezicht en deze verstrooidheid waren niet bepaald wat hij
in gedachten had. Dus besloot hij de gekwetste geliefde uit
te hangen.

'Sorry,' zei hij, en hij knipperde zielig met zijn ogen. 'Sorry, misschien zie ik het verkeerd, maar ik dacht dat dit vrij
serieus aan het worden was.'

Issy kon het niet verdragen om hem, haar Graeme, treurig
te zien. Wat was er met haar aan de hand? Dit was echt belachelijk! Graeme, op wie ze verliefd was; Graeme, van wie ze
zo lang had gedroomd; haar hunk, haar crush. Hij bood haar
alles op een presenteerblaadje aan, en nu deed zij zo stom en
raar; wie dacht ze wel dat ze was? Issy snelde op hem af en
wierp zich in zijn armen.

'Sorry!' zei ze. 'Sorry! Ik was gewoon – ik was gewoon
zo verrast dat ik even niet wist wat ik ervan moest denken!'

Wacht maar af tot je hoort wat ik nog meer voor je in
petto heb, dacht Graeme, blij dat zijn tactiek had gewerkt.
Gretig beantwoordde hij haar omhelzing.

'Kunnen we niet...? En hoe zit het met...?' probeerde Issy.

Graeme snoerde haar de mond met een kus. 'Ik moet
squashen,' zei hij. 'Laten we het morgen over de details hebben,' voegde hij er gladjes aan toe, alsof ze een dralende
klant was.

Pearl en Ben lachten samen terwijl Louis voor hen uit rende en ze van de bushalte naar huis liepen. Pearl zag een klein stukje van Bens dichte, krullende borsthaar boven zijn shirt uitsteken. Haar moeder had weer aan haar hoofd lopen zeuren, en had gezegd dat ze wel bij haar zus introk tot Pearl haar vent terug had, zodat hij langs kon komen wanneer hij zin had. Ging hij zich nu eindelijk eens als een volwassen vent gedragen?

'Wat zou je ervan vinden,' zei ze, zo losjes als ze kon, 'om weer bij ons te komen wonen?'

Ben maakte een nietszeggend geluidje en veranderde direct van gespreksonderwerp, waarna hij haar beleefd naar de deur bracht en een kusje op haar wang gaf. Niet helemaal waar ze op had gehoopt.

'Mammie vedietig, Caline,' verklaarde Louis vrijpostig toen Pearl op haar werk was.

'Soms zijn mammies wel eens verdrietig, Louis,' zei Caroline, en ze keek haar meelevend aan, wat niet erg gewenst was, maar beter dan niets, dacht Pearl.

'Niet vedietig zijn, mammie! Mammie vedietig!' riep Louis tegen Doti, die binnenkwam met de post.

'Is dat zo?' zei Doti, en hij ging door de knieën, zodat hij zich op ooghoogte van Louis bevond. 'Heb je al geprobeerd om haar een van jouw speciale kusjes te geven?'

Louis knikte ernstig en fluisterde toen op luide toon: 'Louis kusjes geven. Mammie nog steeds verdietig!'

Doti schudde zijn hoofd. 'Nou, dat is me ook een raadsel.' Hij ging weer rechtop staan. 'Misschien kan ik je mammie opvrolijken en haar een keer mee uit nemen voor een kop koffie?'

Bits antwoordde Pearl: 'Mocht het je nog niet opgevallen zijn: ik ben hier omringd door koffie.'

'Ik ga al!' zei Caroline, waarna haar hand naar haar mond

vloog. 'Eh, ik bedoel, ik ga wel even rustig daar werken.'

Allebei negeerden ze haar.

'Een drankje?'

'Misschien,' zei Pearl.

'Ik ben vroeg klaar.'

'Ik niet.'

'Lunch dan?' pareerde Doti. 'Volgende week dinsdag?'

Pearl deed alsof ze uit het raam keek.

Issy, die er niet meer tegen kon, stak haar hoofd om de hoek van het trapgat. 'Ze zegt ja!' brulde ze.

Issy ging na haar werk direct door naar de flat. Helena was thuis, en Ashok ook. Hij werd door Helena onmiddellijk op pad gestuurd voor koffie. Issy kreunde. 'Nee! Geen koffie meer voor mij alsjeblieft. Kun je wat Fanta voor me meenemen? En een zakje Hoola Hoops?'

'Wat ben jij slécht, zeg,' zei Helena, en ze zette water op. 'Dus, hoe bevalt je nieuwe leven met je oude vlam? Hebben jullie het gezellig samen?'

Issy sloeg haar armen om zichzelf heen. 'Ontzettend bedankt voor het feestje,' zei ze. 'Het was echt fantastisch. Ik kan je niet genoeg bedanken!'

'O jawel hoor,' zei Helena. 'Op de avond zelf heb je me ook al vierhonderd keer bedankt.'

'Goed, oké. Maar luister, drie keer raden wat er gebeurd is.'

Helena trok een extreem strak geëpileerde wenkbrauw op. Zoiets als dit had ze wel verwacht, maar ze maakte zich zorgen omdat Issy zo gespannen leek. Na alle moeite die ze had gedaan, en nadat ze had gezorgd dat Austin zeker weten naar het feest zou komen, was uitgerekend Graeme komen aankakken. Ze hoopte maar dat Issy niet dacht dat zij Graeme had uitgenodigd. Al moest Helena helaas toegeven dat zelfs een eikel als Graeme vroeg of laat zou inzien dat Issy goede eigenschappen had.

'Nou, vertel op,' zei ze.

'Graeme heeft me gevraagd om bij hem in te trekken!'

Dit verbaasde zelfs Helena. Ze dacht dat hij had gezegd dat hij van haar hield, had aangeboden om haar zijn ouders te laten ontmoeten, of had gevraagd om officieel zijn vriendin te worden. Samenwonen was een grote stap, en ook al kenden ze elkaar al een tijdje, toch leek het geen heel serieuze relatie, en Helena vond Graeme gewoon niet het type man dat van nature warm en gastvrij was. Maar van Ashok had ze ook gedacht dat hij van het verlegen, teruggetrokken type was, in plaats van de geweldigste man ooit, dus wat wist zij er nou van?

'Zozo!' zei ze, en ze deed haar best om niet nep te klinken.

'Dat is goed nieuws!'

Helena keek ook naar het gezicht van haar vriendin. De toon van haar stem was positief, maar... was dat oprecht? Was ze écht in de wolken? Drie maanden eerder zou ze nog zowat flauwgevallen zijn van vreugde, maar nu leek ze...

'En, ben je blij?' vroeg Helena, en ze huiverde inwendig omdat het er scherper uit kwam dan de bedoeling was.

'Waarom zou ik niet blij zijn dan?' zei Issy, vissend. 'Ik bedoel, we hebben het wel over Graeme. Ik ben al ik weet niet hoelang verliefd op hem, en nu heeft hij me gevraagd om bij hem in te trekken.'

Helena zweeg om de thee in te kunnen schenken. Ze bleven allebei een tijd stil en gingen zenuwachtig met kopjes en schoteltjes in de weer, totdat Helena hun zwijgen verbrak.

'Weet je, het móét niet. Niet als het niet goed voelt. Jullie hebben tijd zat.'

'Maar ik wil wél!' zei Issy, en het klonk geagiteerd, alsof ze zichzelf probeerde te overtuigen. 'En zoveel tijd hebben we niet, Lena, dus je moet niet doen alsof dat wel zo is. Ik ben tweeëndertig. Ik ben geen kind meer. Ik bedoel, iedereen is aan het settelen, ik moet laatst wel negenduizend babyfoto's hebben bekeken. Dat wil ik ook, Lena. Dat wil ik ook. Een goede vent die van me houdt en zijn leven met me wil delen. Ik ben toch geen slecht persoon als ik dat ook wil, of wel?'

'Natuurlijk niet,' zei Helena. Issy had gelijk: die leuke kerel van de bank, tja, die kon zijn onderbroek waarschijnlijk niet eens goed aantrekken, laat staan voor haar zorgen. Bovendien had Austin een kind om voor te zorgen. Graeme verdiende goed, was knap en had geen bagage – wat hem naar de gangbare maatstaven natuurlijk een goede vangst maakte.

Bovendien had Issy gelijk. Helena had het al duizend keer zien gebeuren. Omdat iemand niet honderd procent perfect was, zetten mensen hun partner bij het grofvuil, en dachten ze dat ze morgen iets beters zouden vinden, terwijl dat lang niet altijd het geval was. Zo werkte het leven gewoon niet. Ze kende iets te veel vrienden en collega's die op hun eenenveertigste klemzaten, doodsbang waren, en spijt hadden als haren op hun hoofd omdat ze meneer leuk-maar-net-niet-perfect op hun eenendertigste aan de kant hadden gezet. Goed, het had een tijdje geduurd voordat hij Issy serieus nam, maar daarom was het nog geen slechte vent, of wel?

'Dit is echt fijn,' zei Helena. 'En ik zou erop hebben geproost, als ik niet vond dat je deze week al genoeg hebt gezopen.'

'Betuttel me niet zo.'

'We hadden laatst een vrouw, jonger dan jij, en die was helemaal geel geworden. Leverfalen.'

'Van een fles wijn delen met Graeme krijg ik geen leverfalen.'

'Ik zeg het alleen maar.'

Vreemd genoeg voelde het fijner om weer te bekvechten. Evengoed dronken ze zwijgend hun thee op. Issy voelde zich lichtelijk beschaamd en terneergeslagen. Ze had verwacht dat Helena er zoals gewoonlijk enthousiast bovenop zou duiken en zou zeggen: 'Ben je gek geworden, natuurlijk ga je niet bij Graeme wonen!' Zou zeggen dat ze hier moest blijven wonen, dat er niets zou veranderen, dat het allemaal wel goed zou komen, dat er nog een miljoen andere fantastische mannen waren en nog miljoenen fantastische dingen zouden gebeuren, sneller dan Issy dacht. Maar dat deed ze niet. Totaal niet. En dus was Issy gewoon een stomme idioot; natuurlijk was dit de juiste beslissing! Het was goed nieuws. En diep vanbinnen was ze heus wel blij, natuurlijk wel. Het was logisch dat ze een beetje nerveus was.

Helena schonk haar een hoopvolle glimlach. 'En, weet je... als het allemaal toch iets te plotseling is of zo, dan kun je alsnog nee zeggen, maar...'

'Voor de draad ermee!' zei Issy. Niets voor Helena om zo zenuwachtig te lopen doen.

'Nou,' zei Helena, 'Ik ken misschien wel iemand die jouw kamer zou willen huren.'

Issy trok haar wenkbrauwen op. 'Is dat heel toevallig... een dokter?'

Helena werd rood. 'De doktersverblijven zijn echt verschrikkelijk! Hij was op zoek naar een flat, maar jouw huis is zo mooi en...'

Issy stak haar handen omhoog. 'Jij hebt dit gewoon zo bekokstoofd!'

'Nee, echt niet, ik zweer het!' Helena beet op haar lip om een opkomende grijns te onderdrukken.

'Je denkt toch niet dat ik echte liefde in de weg zou staan?' zei Issy.

'Meen je dat serieus?' zei Helena. 'O mijn god! Dit is geniaal! Aaaaah! Ik ga hem meteen bellen! Aaaaah! Moet je ons nou zien!' riep ze uit. 'Twee hokkende dertigers! O mijn god!'

Ze gaf haar huisgenote een zoen en haastte zich naar de telefoon.

Onwillekeurig vergeleek Issy de ongelofelijk blije reactie

van Helena met haar eigen getwijfel. Ze had het gevoel dat er, haast onmerkbaar, iets tussen hun vriendschap kwam in te staan, als een haarscheurtje dat steeds groter werd. Ze wist hoe dat ging. Als je vriendinnen een vriend hadden, was het prima om over zijn pluspunten en tekortkomingen te praten, maar zodra de relatie serieuzer werd, was het daar te laat voor. Dan moest je doen alsof ze voor elkaar gemaakt waren, voor het geval ze gingen trouwen, en hoewel het fijn was om je vrienden gelukkig te zien, veranderde het de dynamiek. Issy was zielsblij om Helena zo gelukkig te zien, echt waar. Maar de dynamiek was absoluut veranderd. Het leven ging door, zei Issy tegen zichzelf, dat was alles.

Ze spraken af die avond iets te gaan drinken, zodat Issy wat spullen kon inpakken, en 's avonds gingen ze uit en dronken ze een paar glazen wijn, tegen de kater, en deden ze alsof alles net als vroeger was, maar toen de tweede fles openging, speelde Helena eindelijk open kaart.

'Waarom?' vroeg ze. 'Waarom ben je zo snel naar hem teruggegaan?'

Issy keek op van haar telefoon, die ze voortdurend in de gaten hield. Ze had een berichtje gestuurd dat ze wat later kwam, maar hij liet niets van zich horen. Ze voelde haar gezicht verstijven. 'Nou, omdat hij een geweldige man is, omdat hij vrij is en omdat ik hem leuk vind, heel erg leuk. Dat weet je toch?' zei ze.

'Maar hij pakt je op en legt je weer weg als een stuk speelgoed. En nu is hij zomaar weer terug in je leven. Ik bedoel, je weet helemaal niet wat hij van plan is!'

'Hoezo moet hij iets van plan zijn?' zei Issy, wier gezicht begon te gloeien.

'Nou, weet je, met Ashok...'

'O ja, met jou en Ashok gaat het goed, die perfecte Ashok van jou, oooooh, kijk die knappe, lekkere dokter van mij eens, die iedereen aardig vindt en mij adoreert! Ik ben zó verliefd op hem, bla-bla-bla. Maar als ik iets over Graeme zeg, doe je hartstikke bitchy.'

'Ik doe niet bitchy. Ik zeg alleen, hij heeft je ontzettend gekwetst en...'

'En ik ben niet goed genoeg om iemand te hebben die van mij houdt, zoals Ashok van jou houdt. Is dat wat je zegt? Dat het zó onwaarschijnlijk is dat een man mij wil, dat hij wel een of andere bijbedoeling moet hebben?'

Het was niets voor Issy om zo over haar toeren te raken.

'Zo bedoelde ik het helemaal niet.'

'O nee? Zo klonk het anders wel. Of dacht je soms: die oude Issy gaat toch niet tegen me in. Is dat het? Denk je dat ik totaal geen ruggengraat heb?'

'Nee!'

'Nou, dan heb je tenminste één ding goed gezien. Ik heb wél ruggengraat.'

En toen stond ze op en liep ze de bar uit.

Aan de andere kant van de stad keek Pearl naar Ben.

'Dit is niet eerlijk,' zei ze.

'Hoezo?' vroeg hij. Aan zijn voeten was Louis vrolijk met zijn treintjes aan het spelen. 'Ik kom alleen even langs zodat je moeder een knoop voor me kan aannaaien.'

'Hmm,' zei Pearl. Het feit dat Ben daar zo zat, zonder shirt aan, in het licht van de nieuwe leeslamp die haar moeder gebruikte voor haar naaiklusjes, terwijl Bens eigen moeder het ook makkelijk voor hem had kunnen doen, of hijzelf, als hij niet zo verdomd lui was geweest... Ze wist precies wat voor spelletje hij speelde.

'Waarom gaan jullie niet even ergens iets drinken met z'n tweeën? Dan maak ik dit intussen af,' zei Pearls moeder, die het voor elkaar kreeg om tegelijkertijd een sigaret te roken en een overhemd te naaien. Best een prestatie. 'Louis redt zich wel.'

'Louis mee dwinken,' zei Louis, met een van zijn overdreven knikjes.

'Bedtijd!' riep Pearl. Hoewel ze het in geen miljoen jaar zou willen toegeven, was ze geschrokken van hoe ontzet Caroline was geweest toen ze haar vertelde dat Louis meestal op dezelfde tijd naar bed ging als zij, en deed ze haar best om verbetering in de zaak te brengen.

'Nee, nee, nee, nee,' zei Louis. 'Nee, nee, nee, nee.' En, bij wijze van nagedachte: 'Dank. Niet naar bed, mammie.'

'Ga maar,' zei haar moeder. Als ze nog langer bleven, terwijl hij stilletjes in een hoekje moest liggen, zou hij nog wel eens een driftbui kunnen krijgen. 'Ik breng hem wel naar bed.'

'Ik heb een T-shirt in mijn tas,' zei Ben. 'Maar ik kan ook gewoon zo gaan.'

'Jij weet echt niet wat je wilt! Ik heb ook nog andere opties, hoor!'

'Dat weet ik,' zei Ben. 'Trek anders die rode jurk aan. Daar komen je heupen mooi in uit.'

'Geen denken aan,' zei Pearl. De laatste keer dat ze uit was met Ben en die jurk aanhad... één extra mond om te voeden vond ze wel genoeg.

Bij het verlaten van het kleine flatje bood Ben haar zijn arm aan. Pearls moeder hield haar ogen onafgebroken op hen gericht, terwijl Louis ondertussen luidkeels duidelijk maakte waarom hij vond dat zijn ouders niet zonder hem moesten weggaan. Pearl was zich nergens van bewust.

'Wat is er aan de hand, prinses?' vroeg Graeme toen Issy thuiskwam. Issy keek naar de grond.

'O, vrouwendingen,' zei ze.

'O,' zei Graeme, die geen flauw idee had wat je met vrouwendingen aan moest, en het kon hem ook weinig schelen. 'Het komt vast wel goed. Kom naar bed, voor wat mannendingen.'

'Oké,' zei Issy, ook al vond ze het heel erg dat haar vriendin nu terug naar huis ging en dat ze ruzie hadden gemaakt. Graeme streelde haar donkere krullen.

'Kop op,' zei hij. 'O, en ik dacht... nu we samenwonen en alles... hoe zou je het vinden om mijn moeder te ontmoeten?'

Dus het laatste wat Issy dacht voor ze in slaap viel was: Graeme hield wél van haar. Hij gaf om haar. Ze woonde met hem samen, en ze ging zijn familie ontmoeten. Helena had het mis.

Graeme lag iets langer wakker. Hij had haar vanavond over zijn plannen willen vertellen: die dag had hij het project gepitcht op kantoor en iedereen was razend enthousiast. Een enthousiaste verhuurder die kennelijk oog had voor een goede deal, en geen lastige huurders – het leek allemaal perfect uit pakken. Té makkelijk.

Dit gaat té makkelijk, dacht Pearl, toen Ben tijdens de korte wandeling van de pub naar huis met zijn hand langs de hare streek. Veel te makkelijk. Daardoor was ze eerder ook al zo in de problemen gekomen.

'Laat me nou blijven,' zei Ben op flemerige toon.

'Nee,' zei Pearl. 'We hebben maar één slaapkamer, en die is voor mijn moeder. Het kan niet.'

'Nou, kom dan mee naar mijn huis. We kunnen ook een hotel nemen.'

Pearl bekeek hem. In het licht van de straatlantaarn zag hij er nog knapper uit dan in haar herinnering. Zijn brede schouders, zijn prachtige krullende haar, zijn knappe gezicht. Louis zou erg op hem gaan lijken. Het was de vader van haar kind: hij zou het middelpunt van hun gezin moeten zijn. Onder de straatlantaarns leunde hij heel voorzichtig naar haar toe, en kuste haar, en zij deed haar ogen dicht en stond het toe. Het voelde zó vertrouwd en ook zó vreemd; het was even geleden dat een man haar had aangeraakt.

De volgende morgen rolde Issy met de zon uit bed en begon in het wilde weg kleding uit tassen te trekken.

'Schatje, waarom zo'n haast?' zei Graeme slaperig.

Issy wierp hem een steelse blik toe. 'Ik moet naar m'n werk,' zei ze. 'Die cupcakes bakken zichzelf niet.'

Ze onderdrukte een gaap.

'Oké, maar kom nog wel even knuffelen.'

Issy nestelde zich knus tegen zijn haarloze borst. 'Mmm,' zei ze, en ze ging in gedachten na hoeveel tijd ze nog had, nu ze eerst Noord-Londen moest doorkruisen om bij haar café te komen.

'Waarom blijf je niet een dagje thuis?' zei Graeme. 'Je werkt veel te hard.'

Issy glimlachte. 'Moet je horen wie het zegt!'

'Ja, maar zou je het niet liever wat rustiger aan doen? Wat minder gaan werken? Weer op een gezellig klein kantoor, met een dik salaris, lunchpauzes en kantoorfeestjes? En dat iemand anders al die administratie doet?'

Issy rolde zich op haar buik en vouwde haar handen onder haar kin.

'Weet je,' zei ze. 'Ik denk het niet. Ik denk niet dat ik ooit nog voor een baas wil werken, voor geen goud. Zelfs niet voor jou!'

Vol ontzetting keek Graeme haar aan. Hij vertelde het later wel, dacht hij. Alwéér.

Pearl liep zowaar te neuriën toen ze binnenkwam.

'Wat heb jij nou?' vroeg Caroline achterdochtig. 'Wat ben jij vrolijk, zeg! Vreemd, hoor.'

'Mag ik niet vrolijk zijn dan?' vroeg Pearl, die haar bezem tevoorschijn haalde terwijl Caroline het temperamentvolle espressoapparaat oppoetste. 'Of mogen alleen mensen uit de middenklasse vrolijk zijn?'

'Eerder het tegenovergestelde,' zei Caroline, die bij de

post die ochtend een tamelijk nare brief van de advocaat had gevonden.

'Het tegenovergestelde van wat?' vroeg Issy, die de trap op kwam gelopen om Pearl te begroeten en koffie te pakken. Haar wenkbrauwen zaten onder de bloem.

'Pearl denkt dat mensen uit de middenklasse altijd blij zijn.'

'Nou, nu niet meer,' zei Pearl, en ze stak haar vinger uit om hem in Issy's kom te dopen.

'Niet doen!' zei Issy. 'Als de inspecteur dat ziet, ontploft hij.'

'Ik heb mijn plastic handschoenen aan!' zei Pearl, en ze stak haar handen op. 'Trouwens, alle koks proeven van hun eten. Hoe weten ze anders hoe het smaakt?'

Pearl proefde van Issy's brouwsel. Het werd een sinaasappel-kokoscake: zacht, mild en niet te zoet.

'Dit smaakt naar een piña colada,' zei ze. 'Wauw. Echt superlekker!'

Issy staarde haar aan, en keek toen naar Caroline.

'Caroline heeft gelijk,' zei ze. 'Wat heb jij vandaag? Gister was je nog verdrietig en vandaag ben je opeens een blij ei!'

'Ik mag toch wel een keer gelukkig zijn?' zei Pearl. 'Ook al woon ik niet in de buurt en moet ik met de bus?'

'Nou zeg,' zei Issy. 'Ik ben anders ervaringsdeskundige met bussen.'

'En ik zal naar een andere buurt moeten verhuizen,' zei Caroline. Ze klonk erg somber, en de andere twee vrouwen keken met verbazing toe hoe ook zij haar vinger in Issy's kom doopte.

'Jemig,' zei Issy geërgerd. 'Zal ik deze lading dan maar weggooien en opnieuw beginnen?'

Pearl en Caroline vatten dit op als een uitnodiging om nu echt op het beslag aan te vallen, en met een zucht zette Issy de kom neer, trok een stoel bij en ging erbij zitten.

'Wat is er aan de hand?' vroeg Pearl.

'O, het is die nare ex-man van me,' zei Caroline. 'Hij wil

347

het huis verkopen. Het huis dat ik, trouwens, zowat in m'n eentje heb gerenoveerd; ik heb alle elf kamers ingericht, inclusief zijn werkkamer, de aanbouw van de glazen achterpui geregeld én de bouw van een keuken van vijftienduizend pond overzien, en dat was niet bepaald een makkie.'

'Nou, gelukkig is je keuken nu van alle gemakken voorzien!' zei Pearl, alvorens Carolines gezicht te zien en zich te realiseren dat dit niet het moment voor grapjes was. 'Sorry,' zei ze, maar Caroline had nauwelijks gehoord wat ze zei.

'Ik dacht als ik nou een baan neem en me welwillend opstel... Maar nu zegt hij dat ik duidelijk aan werk kan komen, dus dat ik mezelf wel kan redden! Zo oneerlijk! Met wat ik hier verdien kan ik nooit mijn personeel, het huis en alles aanhouden! Dit is nauwelijks genoeg voor mijn pedicures!'

Issy en Pearl concentreerden zich op het cakebeslag.

'Sorry, maar dat is echt zo. Ik weet echt niet meer wat ik nu zou moeten doen!'

'Hij kan jou en de kinderen toch zeker niet dwingen om te verhuizen, of wel?' zei Issy.

'In mijn wijk is nog wel ruimte voor je,' zei Pearl, en Caroline smoorde een snik.

'Sorry,' zei ze. 'Niet lullig bedoeld.'

'O, geeft niets, hoor,' zei Pearl. 'Ik zou ook liever in dat huis van jou willen wonen. Of misschien alleen in je keuken.'

'Nou, in de brief staat "mogelijk volgen er juridische stappen",' zei Caroline. 'O god.'

'Maar hij ziet toch dat jij je best doet?' zei Issy. 'Dat is toch ook wat waard?'

'Hij wil niet dat ik m'n best doe,' siste Caroline. 'Hij wil dat ik voor eeuwig uit zijn leven verdwijn. Zodat hij kan blijven wippen met Annabel Johnston-fucking-Smythe.'

'Zou dat wel op haar creditcard passen?' vroeg Pearl zich af.

'Maar goed, laten we het over iets anders hebben,' zei Caroline korzelig. 'Waarom ben jij zo vrolijk, Pearl?'

Pearl trok een beschaamd gezicht en toen ze zei dat een echte dame nooit uit de school klapte, gilden ze allebei van de lach, zo erg dat Pearl nogal boos werd, en nog bozer toen Doti de postbode binnenkwam en zei dat ze er vanochtend nog mooier uitzag dan anders, en ze zich realiseerden dat er een rij zenuwachtige, hongerige klanten voor de deur stond, die de dames niet wilden storen tijdens hun theekransje.

'Ik heb werk te doen,' zei Pearl en ze stond op om weg te lopen.

'Nou, doe rustig aan, hoor,' zei Issy, die haastig de trap af liep, terwijl de eerste klant van de dag vroeg om de ko-kos-sinaasappelcake die ze al op het bord met specialiteiten had gekalkt.

'Bijna-bijna-bijna klaar!' zei ze tegen de klant.

'Bezorgen jullie niet?' vroeg de vrouw.

De meiden keken elkaar aan.

'Nee, maar dat zou wel een goed idee zijn!' zei Pearl.

'Ik zet het op de lijst,' zei Issy.

Ze werd vrolijk van Pearls goede humeur; het feit dat Pearl niets over de identiteit van de kerel wilde zeggen, deed Issy vermoeden dat het wellicht om Louis' vader ging, maar zoiets persoonlijks zou ze nooit durven vragen. Ze maakte zich zorgen om Carolines scheiding, deels omwille van Caroline, en deels uit eigenbelang, omdat ze Caroline niet kwijt wilde. Ze was weliswaar stekelig en snobistisch, maar ze werkte hard en ze kon de cakejes op de mooiste manieren etaleren; bovendien had ze, heel subtiel, de inrichting verbeterd, met drijvende kaarsjes die na zonsondergang tevoorschijn kwa-men, en gezellige kussens in lastige hoekjes, waardoor het knusser werd. Ze had er oog voor, dat was inmiddels wel duidelijk.

Maar tijdens het bakken van een nieuwe lading cakejes, waar ze met lichte hand kokos doorheen strooide en voor een diepere smaak de witte suiker door bruine verving, moest

Issy toch aan Helena denken. Ze hadden nog nooit ruzie gehad, niet eens die keer dat ze Helena had gevraagd een duif met één poot te redden. Het ging gewoon altijd goed; het idee dat ze het nieuws van Pearl en alle andere roddels niet met haar kon delen was ondraaglijk. Issy overwoog om haar te bellen, maar ze kon Helena niet op haar werk bellen, dat was niet handig, want dan had ze vast net haar hand in iemands achterste of hield ze juist een afgehakte teen vast. Nee, ze ging naar haar toe. Met een cadeautje.

Issy kwam Helena onderweg al tegen.

'Ik was net op weg naar jou...' zei Helena. 'Het spijt me echt heel heel...'

'Het spijt mij ook,' zei Issy.

'Ik ben echt wel blij voor je,' zei Helena. 'Ik wil gewoon dat je gelukkig bent.'

'Precies!' zei Issy. 'Laten we alsjeblieft geen ruzie meer maken.'

'Nee,' zei Helena. Midden op straat vielen de twee vrouwen elkaar om de hals.

'Hier,' zei Issy, en ze gaf haar het papier dat ze al de hele dag bij zich droeg.

'Wat is dit?' vroeg Helena. Toen ze wat beter keek, zag ze wat het was. 'Het recept! No way! O mijn god!'

'Nou,' zei Issy. 'Nu heb je alles wat je hartje verlangt.'

Helena glimlachte. 'Kom mee,' zei ze. 'Kom mee, dan drinken we een kop thee. Het is nog steeds jouw flat.'

'Ik moet naar huis,' zei Issy. 'Naar m'n vent, snap je?'

Helena knikte. Ze begreep het wel. Maar dat maakte het niet minder vreemd dat de vrouwen, nadat ze met nog een dikke knuffel afscheid hadden genomen, alle twee een andere kant uit liepen om naar huis te gaan.

Ze had van Helena ook haar post gekregen. Met een bang gemoed maakte Issy de post open: meer recepten, maar het waren recepten die ze al had, of er was geen touw aan vast te knopen. Ze had Keavie opgebeld, en die had gezegd dat haar opa de laatste keer weliswaar een goede dag had gehad, maar dat het niet zo goed ging, en dat ze moest komen wanneer ze kon, wat Issy de volgende dag meteen deed.

Tot haar verbazing was er al iemand in zijn kamer; een kleine man met een hoed op zijn knie zat op de stoel naast het bed en kletste een eind weg. Toen de man zich omdraaide herkende Issy zijn gezicht, maar ze wist even niet waarvan. Toen viel het kwartje: het was de ijzerhandelaar.

'Wat doet u hier nou?' vroeg ze, en ze haastte zich haar opa een kus te geven, omdat ze blij was om hem te zien.

'Wat een lieve meid!' zei opa. 'Ik denk dat ik weet welke, maar zeker weten doe ik het niet. Deze aardige meneer heeft me gezelschap gehouden.'

Issy wierp de ijzerhandelaar een doordringende blik toe. 'Nou, dat is aardig van u.'

'Geen probleem,' zei de man. Hij stak zijn hand uit. 'Chester.'

'Issy. Dank u wel voor de sleutelhanger,' zei ze, plotseling verlegen. De man glimlachte verlegen terug.

'Ik heb je grootvader leren kennen in jouw café. We zijn goede vrienden geworden.'

'Opa?' zei Issy.

Haar opa glimlachte flauwtjes. 'Ik heb hem gevraagd een oogje in het zeil te houden.'

'U hebt hem gevraagd om mij te bespioneren!'

'Jij gebruikt een magnetron! Wie weet ook wel margarine!'

'Nooit van m'n leven!' zei Issy fel.

'Dat klopt,' zei Chester. 'Er is nooit margarine bij haar bezorgd.'

'Houdt u alstublieft op mij te bespioneren.'

'Goed,' zei Chester. Zijn accent had iets Midden-Europees, dat ze moeilijk kon plaatsen. 'Maar dat gaat niet.'

'Of... als het dan echt moet,' zei Issy, die het wel een prettig idee vond dat er voor de verandering eens iemand op haar lette, 'kom dan op z'n minst even binnen om een cakeje te proeven.'

De man knikte. 'Je grootvader heeft tegen me gezegd dat ik niet je winst mag opeten. En dat je veel te aardig bent om me ergens voor te laten betalen, en dat ik dus nergens om mag vragen.'

'Zaken zijn zaken,' zei opa Joe zwakjes vanuit zijn bed.

Keavie stak haar hoofd om de hoek. 'Hoi, Issy! Hoe gaat het met je liefdesleven?'

'Jij weet ook al alles!' zei Issy gekrenkt.

'Ach joh! En trouwens, hij doet je grootvader ontzettend veel goed. Hij fleurt altijd helemaal op.'

'Hmm,' zei Issy.

'En ik doe het graag,' zei de ijzerhandelaar. 'Moersleutels verkopen is een eenzaam bestaan.'

'En we komen allebei uit de detailhandel.'

'Goed, goed,' zei Issy. Ze was er zo aan gewend dat zij de enige was die haar opa had, dat ze niet wist of een vriend wel zo'n goed idee was. Nu keek haar opa opeens verward om zich heen.

'Waar ben ik?' vroeg hij. 'Isabel? Isabel?'

'Hier ben ik, opa,' zei Issy, terwijl Chester afscheid nam en wegging. Ze pakte haar opa's hand.

'Nee,' zei hij. 'Niet jij. Niet Isabel. Dat bedoelde ik niet. Jou bedoelde ik helemaal niet!'

Hij werd steeds onrustiger en kneep steeds harder in Issy's hand, totdat Keavie binnenkwam met een mannelijke verpleger, die hem zover kreeg een medicijn op te drinken.

'Zo kalmeert hij weer,' zei Keavie, terwijl ze Issy recht aankeek. 'Je begrijpt,' ging ze verder, 'dat hem kalmeren, het hem gemakkelijk maken, het enige is wat we...'

'Je bedoelt te zeggen dat hij niet meer beter wordt,' zei Issy verdrietig.

'Laat ik het zo zeggen: zijn heldere momenten zullen steeds verder uit elkaar liggen,' zei Keavie. 'Daar moet je je op voorbereiden.'

Ze keken toe hoe de oude heer zich weer in de kussens liet zakken.

'Hij weet het zelf ook,' fluisterde Keavie. 'Zelfs patiënten met dementie... Iedereen hier is erg op je opa gesteld. Echt waar.'

Dankbaar gaf Issy een kneepje in haar hand.

Twee zaterdagen later stak Des, de makelaar, zijn hoofd om de hoek. Jamie schreeuwde moord en brand.

'Sorry,' zei hij tegen Issy, die lekker de uitagenda van de *Guardian* aan het lezen was voor het lunchtijd werd en alle zaterdagse winkelaars zouden binnenstromen. Haar sleutelhanger van het Cupcake Café glinsterde in de zomerzon die door de gelapte ramen naar binnen viel.

'Geeft niets!' zei Issy, en ze sprong op. 'Ik genoot nog even van de rust. Vertel, wat kan ik voor je doen?'

'Heb jij Mira toevallig nog gezien?' vroeg Des.

Issy keek naar de bank. 'Eh, ja, normaal gesproken komt ze altijd rond deze tijd,' zei ze. 'Ze kan er ieder moment zijn. Ze hebben nu een echte flat, en ze heeft een baan.'

'Wat goed, zeg!'

'Ja toch? Ik probeer haar over te halen om Elise naar dezelfde kinderopvang als Louis te sturen, maar daar wil ze niets van weten, ze houdt hem liever op de Roemeense crèche.'

'Ik wist niet eens dat die bestond,' zei Des.

'In Stoke Newington vind je alles... Aha!' zei Issy toen Mira en Elise arriveerden. 'Als je 't over de duivel hebt.'

Mira nam Jamie onmiddellijk van Des over en net als altijd

stopte het jochie meteen met brullen en keek haar aan met zijn grote, ronde oogjes.

'Em heeft me het huis uit geschopt... voor een paar uur,' voegde Des er haastig aan toe, voor het geval ze dachten dat hij eens en voor altijd bedoelde. (Het was vrij zorgelijk, dacht Issy, als je op die manier moest corrigeren hoe mensen over je huwelijk dachten.) 'Sinds hij over die koliek heen is, is het een zonnetje, Mira, echt fantastisch, het is zo'n heerlijk manneke.' Terwijl hij naar zijn zoon keek, kreeg hij een lichte brok in zijn keel. 'Ja,' zei hij, 'maar goed. Alleen de afgelopen paar dagen ging het dus echt verschrikkelijk, een ramp gewoon.'

Mira trok haar wenkbrauwen op.

'De dokter zegt dat er niets aan de hand is, dat het gewoon tandjes zijn.'

'En nu heb je hem meegenomen naar de babyfluisteraar!' zei Issy vrolijk, en ze zette thee, een babycino voor Elise en een grote cappuccino met flink wat geraspte chocolade neer. Jamie, die eerst zo tevreden leek, deed zijn mond wagenwijd open, ter voorbereiding op een enorme brul. Mira prikte met haar vingers in zijn zachte tandvlees.

Des stond er wat schaapachtig bij. 'Eh, zoiets ja.'

Toen Jamie het op een schreeuwen zette, keek Mira hem streng aan.

'In dit land vindt iedereen het grappig dat niemand iets van baby's weet, en zeggen de oma's "Ach, laat ik me maar niet met baby bemoeien" en zeggen de tantes "O, maar ik heb het veel te druk om baby te helpen". Iedereen negeert baby en koopt stomme boeken over baby en kijkt stomme programma's over baby,' zei ze fel. 'Alle baby's altijd hetzelfde. Volwassenen niet echt. Geef me een mes.'

Issy en Des keken elkaar aan.

'Hè, wat?' zei Issy.

'Een mes. Ik heb een mes nodig.'

Des stak zijn handen in de lucht. 'Serieus, we kunnen er

bijna niet meer tegen thuis. Em slaapt nu bij haar moeder. Ik word er compleet gestoord van. Ik begin vanuit mijn ooghoeken al spoken te zien.'

'Jou geef ik sowieso geen mes!' zei Issy. Ietwat nerveus gaf ze Mira een kartelmes aan. Bliksemsnel legde Mira Jamie plat op zijn rug op de bank, fixeerde zijn armen en zette met het mes twee kleine sneetjes in zijn mond. Jamie schreeuwde de longen uit zijn lijf.

'Wat... wat heb je gedaan?' zei Des. Hij pakte Jamie van de bank en nam hem in zijn armen. Mira haalde haar schouders op. Des keek haar boos aan, maar merkte vervolgens dat Jamie, toen hij van de schrik bekomen was en de pijn weg was, geleidelijk aan kalmeerde. De enorme teugen lucht die hij inademde volgden elkaar steeds langzamer op en zijn gespannen, boze lijfje ontspande. Hij nestelde zich beminnelijk tegen de borst van zijn vader aan, en ook nu, na vast een heleboel pijnlijke en slapeloze nachten, werden zijn oogleden zwaar.

'Jeetje,' zei Des. 'Jeetje zeg.'

Issy schudde haar hoofd. 'Mira, wat heb je gedaan? Hoe krijg je dat voor elkaar?'

Mira haalde opnieuw haar schouders op. 'Zijn tandjes komen door. Die moeten door het tandvlees. Doet pijn. Ik heb in het tandvlees gesneden. Nu zijn de tanden door. Geen zeer meer. Is echt niet ingewikkeld.'

'Dat heb ik nooit eerder gehoord,' zei Des, zachtjes, om zijn inmiddels soezende zoontje niet wakker te maken.

'Niemand weet hier iets,' zei Mira.

'Je zou een babyboek moeten schrijven,' zei Issy vol bewondering.

'Met één pagina,' zei Mira. 'En op die pagina: vraag het aan je oma. Babyboeken heb je niets aan. Dank je wel.'

Ze nam de thee aan, en Elise, die stilletjes in een hoekje zat met een boek, mompelde een bedankje voor de babycino. Des trok meteen zijn portemonnee.

'Dit heeft mijn leven gered,' zei hij. 'Kun je die van mij misschien in een beker doen? Ik ga meteen naar huis, kijken of ik een dutje kan doen.'

'Natuurlijk,' zei Issy.

Des keek om zich heen. 'Dus, ahum... ik heb via via iets opgevangen.'

'O ja? Wat dan?' vroeg Issy vriendelijk, en ze toetste het bedrag in op de kassa.

'Over dit pand... maar dan klopt het vast niet.'

'Wat dan?'

'Ik hoorde iemand zeggen dat je de boel gaat verkopen... dus toen dacht ik dat je iets groters had gevonden.' Des keek goedkeurend om zich heen. 'Je hebt echt iets moois neergezet hier, absoluut.'

Issy gaf hem zijn wisselgeld. 'Nou, dat heb je dan echt verkeerd verstaan,' zei ze. 'Wij gaan nergens heen!'

'Gelukkig,' zei Des. 'Dan mankeert er iets aan mijn oren. Vast slaaptekort. Goed, oké, nogmaals bedankt!'

Plotseling hoorden ze buiten een heel hard geschraap. Issy rende naar buiten; Des bleef binnen voor het geval Jamie wakker zou worden. In het felle zomerse zonlicht sleepte de ijzerhandelaar twee gietijzeren stoelen voorbij de boom. Onder de boom stond een prachtige tafel, pasgeverfd in een mooie crèmekleur. Issy stond paf.

'Wat ontzettend mooi!' zei ze. Doti kwam de hoek om lopen, nog altijd teleurgesteld aangezien Pearl niet was komen opdagen voor de lunch. Zolang Ben niet wist wat hij wilde, had Pearl aan Issy uitgelegd, wilde ze de boel niet nóg ingewikkelder maken. Issy snelde toe om te helpen de meubels naar de juiste plek te slepen. Het waren twee tafels met elk drie stoelen, met twee zware kettingen eraan, zodat ze 's nachts niet gestolen zouden worden. De meubels waren werkelijk wonderschoon.

'Je grootvader heeft me aan het werk gezet,' zei Chester,

die zijn handen in de lucht stak, terwijl Issy hem een knuffel gaf. 'En geen zorgen, hij heeft er ook voor betaald. Hij dacht dat je ze wel kon gebruiken.'

'Dat is ook zo,' zei Issy hoofdschuddend. 'We boffen maar met u, bewaker én slotenmaker!'

Chester glimlachte. 'Je moet elkaar een beetje helpen in de grote stad,' zei hij. 'En hij heeft gezegd dat het niet mocht, maar...'

'Koffie en cake?'

'Lijkt me heerlijk!'

Pearl kwam naar buiten met een dienblad vol lekkers, glimlachte verlegen naar Doti, en ging zitten om van het nieuwe uitzicht te genieten.

'Perfect!' zei ze.

Louis schoot onder haar stoel. 'Ik ben een leeuw in een kooi!' gromde hij. Grrrr!'

'We kunnen best een waakleeuw houden, voor het geval we iemand niet zo lief vinden,' zei Issy.

'Ik iedeween lief,' riep de waakleeuw van onder de tafel.

'Dat is ook mijn probleem,' zei Pearl, en ze bracht de lege kopjes naar binnen.

Het zou nu vast niet lang meer duren, dacht Issy. Het zou vast niet lang meer duren of ze zou zich geen gast in het huis van een ander meer voelen. Niet meer als een muisje door het huis hoeven sluipen, omdat ze doodsbenauwd was om troep te maken. Ze had zich niet gerealiseerd dat Graeme zó overtuigd minimalistisch was.

Goed, hij had een mooi appartement, maar alles was er superstrak. De banken zaten niet lekker, de televisie/Bluray/stereocombinatie was verdraaid lastig te bedienen, en de piepkleine, verdekt opgestelde oven was van ondergeschikt belang in deze hightech vrijgezellenflat, die duidelijk niet was ontworpen om in te koken - al was die kraan waar kokend water uit kwam best handig, althans, na die eerste paar pijnlijke blaren. Het zat hem meer in de gewoonten: ze moest zich aanleren om altijd haar schoenen uit te doen, nooit ergens iets neer te leggen, niet eens een jas, nog geen seconde. Om geen tijdschriften rond te laten slingeren en de afstandsbediening netjes neer te leggen. Ze moest ergens een hoekje zien te vinden om een ladekastje neer te zetten voor haar kleren, aangezien die van Graeme allemaal hingen, in het plastic van de stomerij. In het kastje in de badkamer stond alles wat je kon bedenken, ieder denkbaar product voor huid en haar, en alles onberispelijk schoon.

De schoonmaakster sloop twee keer per week het appartement binnen om het van onder tot boven schoon te maken, en als Issy toevallig thuis was, durfde ze na afloop niets aan te raken. Toast behoorde voortaan tot het verleden, want dan kwamen er te veel kruimels op de glanzende glazen oppervlakken in de keuken, en ze aten voornamelijk gemakkelijke wokmaaltijden die voor weinig afwas zorgden. Issy ergerde zich wel een beetje aan een keuken die wel voorzien was van een kraan met kokend water, een wokpit en een wijnkast, maar verdorie niet eens een fatsoenlijke oven had om iets in te bakken. Zou dit ooit als thuis voelen?

Graeme, daarentegen, had het gevoel dat hij hier wel aan kon wennen. Hij moest haar alleen wel steeds verwijtend aankijken als ze weer eens spullen op de vloer liet rondslingeren – waarom maakten vrouwen toch altijd zo'n troep? En waarom hadden ze tassen nodig om hun spullen in te bewaren? Hij had haar een ladekast gegeven, maar het viel hem op dat haar shampoos en haarserums zijn zwart betegelde badkamer waren binnengeslopen. Allemaal van slechte merken, wat een geldverspilling. Hij moest haar daarop aanspreken.

Afgezien daarvan was het fijn dat er iemand voor hem was aan het eind van de dag – Issy was veel eerder klaar dan hij. Het was fijn dat iemand hem vroeg hoe zijn dag was en hem een zelfgemaakte maaltijd voorzette, in plaats van de kant-en-klaarmaaltijden van Marks & Spencer waar hij normaliter meestal op leefde; iemand die een glas wijn voor hem inschonk en zijn dagelijkse klaagzang aanhoorde. Heel fijn zelfs, en daarom verbaasde het hem dat hij dit niet eerder had bedacht. Ze had gevraagd of ze haar boeken kon meenemen, en daarop had hij nee moeten zeggen; hij had geen boekenkast, en het zou de inrichting van zijn extra hoge zitkamer verpesten; en haar kitscherige kookgerei wilde hij al helemaal niet in huis hebben. Dat leek ze niet erg te vinden, dus dat was prima.

Maar hij zat nog met iets anders in zijn maag. Het kantoor in Londen was intussen dolenthousiast en wilde dat hij volle kracht vooruit ging met zijn plannen voor Pear Tree Court. Ze zagen het als een overstap van het verhuren van alleen kantoorruimte naar het verkopen van een heuse lifestyle, en als het allemaal goed ging, wachtte hem een mooie toekomst in lifestyle development. Grootse plannen.

Maar intussen was hem duidelijk geworden dat Issy, dat gekke mens, het oprecht heel leuk vond om dat stomme café te runnen, voor dag en dauw op te staan en constant ieders sloofje te zijn. Hoe meer ze verkocht, hoe harder ze moest werken en hoe gelukkiger ze was. Maar het leverde nog steeds belachelijk weinig op. Als hij het haar allemaal uitlegde, zou ze vast wel bijdraaien...

Graeme keek zichzelf boos aan en draaide nogmaals zijn hoofd om er zeker van te zijn dat zijn wangen perfect geschoren waren. Nadat hij zich in allerlei houdingen had gewrongen en zijn spiegelbeeld van alle kanten had bekeken, was hij tevreden. Toch was hij er niet zeker van dat dit gedoe met Issy zich zo makkelijk liet oplossen als hij had verwacht.

Naarmate de zomer vorderde, leek het niet bepaald minder druk te worden. Eerder het tegenovergestelde. Issy nam zich voor om volgend jaar te kijken of ze een paar soorten goed, huisgemaakt, biologisch ijs konden inkopen - dat zou vast lopen als een trein. Dan konden ze buiten een kar neerzetten, voor voorbijgangers. Wie weet wilde Felipe daar wel achter staan, en als het rustig was kon hij vioolspelen. Dat betekende nóg meer formulieren, voor de gemeente, namelijk een vergunning om buiten voedsel te mogen verkopen; ze stuurde ze maar alvast op. Verbazingwekkend, dacht ze, hoe al die administratie, die eerst zo intimiderend had geleken, nu zo makkelijk was geworden. Met een schok realiseerde Issy zich dat ze – afgezien van die avond toen Graeme opeens voor haar neus had gestaan, terwijl zij met Austin bezig was (ze had besloten daar nooit meer aan te denken en nooit meer voet te zetten in de bank, hoewel ze er op een gegeven moment natuurlijk wel heen moest, aangezien ze een lening afloste, maar tot het absoluut noodzakelijk was, mocht Pearl dat doen) – ze ook minder vaak moest blozen. Wat een vreemde bijwerking van haar nieuwe carrière als patissier!

Toen ze terugkwam van een korte pauze in het park (compleet met ijsje), kon ze Pearl en Caroline horen bekvechten. O-o. De laatste tijd leken ze best goed door één deur te kunnen; Pearl was vooral vrolijk, en Caroline was piepkleine topjes gaan dragen die iemand van twintig jaar jonger leuk zouden staan, maar die bij Caroline alleen maar haar uitstekende sleutelbeenderen en Madonna-achtige armen benadrukten. Issy merkte wel dat de bouwvakkers grove opmerkingen maakten over haar en Pearl, maar die negeerden ze. Pearl zag er honderd keer beter uit: door simpelweg iedere dag naar haar werk te gaan, was ze een aantal kledingmaten kwijtgeraakt, waardoor ze in Issy's ogen nu precies het figuur had dat ze hoorde te hebben en perfect in proportie was.

'We nodigen al zijn tantes uit, iedereen brengt een fles mee, en dat is meer dan genoeg,' zei Pearl koppig.

'Een fles? Naar de derde verjaardag van je kind? Nee, dat is helemaal niet goed genoeg!' zei Caroline. 'Hij moet een echt feestje krijgen, net als iedereen.'

Pearl beet op haar lip. Door zijn doodgoeie karakter en het verlangen van andere moeders om inclusief en niet-bevooroordeeld over te komen, kreeg Louis inmiddels ook af en toe een uitnodiging voor een kinderfeestje, maar Pearl had ze bezorgd bekeken en afgezegd. Al die feestjes leken op heel dure plekken te worden gehouden, zoals de dierentuin of het Natural History Museum, en ze wist niet of ze daar genoeg geld voor had. Nu het beter ging met de winkel, had Issy haar salaris verhoogd (tegen het advies van mevrouw Prescott in, wist Pearl), maar dat geld gebruikte ze om grote hoeveelheden spullen te betalen die ze wel écht nodig had – een fatsoenlijk bed voor Louis, nieuwe lakens en hand-doeken – en niet voor dure cadeautjes en dure feestjes. Ze wist niet dat de ouders van de jarige voor alle feestgangers betaalden, en ze was nóg gechoqueerder geweest als ze dat wél had geweten. Het lukte haar om Louis af te leiden, maar hij werd ouder, er kwam een tijd dat hij het zou begrijpen, door zou krijgen dat hij anders was, en Pearl wilde niet dat dat moment sneller kwam dan nodig.

En trouwens, als hij over ruim een jaar naar school ging, zou hij niet langer anders zijn. Soms kreeg Pearl de rillingen als ze dacht aan de dichtstbijzijnde basisschool in haar wijk. De gemeente deed zijn best, maar de school zat nog altijd onder de graffiti, boven op de hoge hekken zat prikkeldraad, en sinds de vorige verkiezingen was de school merkbaar achteruitgegaan. Haar vrienden uit de buurt spraken over pestgedrag en ontevreden leerkrachten, maar gaven met te-genzin toe dat de school wel erg zijn best deed. Pearl wist niet of hard je best doen goed genoeg was voor Louis. Ze voelde zich dan wel ongemakkelijk op de opvang, maar het was overduidelijk dat hij daar helemaal opbloeide; hij kon tot twintig tellen, kon legpuzzels leggen, kon liedjes zingen die niet uit reclames kwamen en fietsen op een driewieler, en hij wilde meer boeken van de bibliotheek lezen dan ze mocht lenen. Af en toe bekroop haar de angst dat het er allemaal uit zou worden gepest zodra hij naar school ging. Aan de andere kant, ze wilde ook geen papkind grootbrengen dat verjaardagsfeestjes met een thema gaf en rijke vriendjes had, en om die redenen tot moes zou worden geslagen.

'Het wordt heus een echt feestje,' zei ze. Bovendien gaf ze niet graag toe dat Caroline het bij het rechte eind had. 'Met meer dan genoeg cadeautjes.'

'Waarom nodig je zijn vriendjes niet uit?' hield Caroline vol, met die irritante kortzichtige manier van doen van haar. 'Nodig er gewoon een stuk of tien uit.'

Pearl probeerde zich voor te stellen hoe tien Henry's, Liddies, Alices en Arthurs over de zitslaapbank van haar moeder zouden klauteren, en slaagde daar niet in.

'Waar hebben jullie het over?' vroeg Issy vrolijk. Ze was voor Graeme naar de stomerij geweest. Het was veel logischer dat zij dat regelde, ook al had hij een auto.

'We plannen een verjaardagsfeestje voor Louis,' zei Caroline monter.

Pearl keek haar boos aan. 'Misschien, ja.'

'Nou, anders vraag ik wel aan hem of hij graag een echt feestje wil,' zei Caroline.

Met een wanhopig gezicht keek Pearl naar Issy. Opeens had Issy een idee. 'Ik loop hier al een tijdje over na te denken,' zei ze. 'Het is toch altijd zo rustig op zaterdag? Eerst dacht ik erover om 's ochtends dicht te gaan, maar dan zou mevrouw Prescott ons vermoorden en zou Austin ons vermoorden, enzovoorts. Maar, wat we misschien wel zouden kunnen doen... is kinderfeestjes organiseren, met een cupcakethema. Vooral voor kleine meisjes. Maar het idee is dat de kinderen langskomen, dat ze dan hun eigen cakejes mogen bakken en versieren, en dat wij schortjes en beslagkommen voor ze hebben, en dat we geld rekenen voor het gebruik van de ruimte. Dat zou wel eens een mooie melkkoe kunnen zijn. En het is ook goed voor de kinderen: niemand leert tegenwoordig nog bakken.'

Issy had niet in de gaten dat ze net haar opa was toen ze dat zei.

'Briljant!' zei Caroline. 'Ik zal het meteen aan alle meiden vertellen en zeggen dat ze moeten boeken. En dan serveren we de volwassenen thee. Hoewel,' voegde ze er peinzend aan toe, 'persoonlijk heb ik nooit een van die verschrikkelijke kinderfeestjes kunnen uitzitten zonder een flinke borrel, of twee. Door al dat geschreeuw.'

'We gaan geen vergunning aanvragen,' zei Pearl. 'Dat heb ik mijn pastoor beloofd.'

'Nee, nee, natuurlijk niet,' zei Caroline, die evengoed een spijtig gezicht trok.

'Je kunt doen wat prins Charles ook altijd doet, en een heupfles meenemen,' zei Issy. 'Dus, Pearl, we kunnen Louis en zijn vriendjes als testcase gebruiken om te kijken of het werkt. Een paar leuke foto's maken, je weet wel, dat ze onder de bloem zitten, en die als publiciteit gebruiken. Zoiets.'

'Dus dat wordt net als iedere werkdag, alleen dan nog erger,' zei Pearl.

'Ach man, alle kinderfeestjes zijn zo,' zei Caroline. 'Een hel!'

Graeme deed zijn best om zich net zo zelfverzekerd te voelen als hij eruitzag – vlak voor hij uit zijn auto stapte had hij nog even snel in het spiegeltje van zijn BMW gekeken, en het kind dat voorbijliep en hem beschimpte genegeerd. En toch, waar hij zich normaal gesproken tijdens vergaderingen een tijger voelde, agressief en in het volste vertrouwen dat hij de overhand hand, had hij vandaag de zenuwen. Serieus de zenuwen. Belachelijk gewoon. Hij was Graeme Denton.

Vrouwen brachten hem nooit van zijn stuk. En hij had Issy nog steeds niet over zijn plan verteld. Maar iedere dag wilde Kalinga Deniki weten hoe het ervoor stond, en alle aanvragen voor vergunningen waren al onderweg. De voorbereidende taxatierapporten hadden ze al binnen, en nu had hij een afspraak met meneer Barstow, de eigenaar van het merendeel van de panden aan Pear Tree Court.

Bij binnenkomst liet meneer Barstow de formaliteiten achterwege. Hij stak zijn kleine, dikke hand uit en gromde wat. Graeme knikte en gaf zijn nieuwe assistent, Dermot, de opdracht om de powerpointpresentatie te starten. Dermot, die negen jaar jonger was dan hij, geen bal voorstelde, zich kleedde als een zwendelaar en steeds Graemes projecten probeerde in te pikken, deed Graeme denken aan hemzelf toen hij net begonnen was. Graeme begon aan zijn presentatie en vertelde dat het in één keer uitkopen van zowel de verhuurders als de lege ruimte in het voordeel van meneer Barstow zou zijn, en dat het KD een bulkkorting zou opleveren. Toen hij bij de derde grafiek was aanbeland, begon meneer Barstow glazig te kijken. Hij wuifde naar Graeme.

'Oké, oké. Schrijf maar op een papiertje wat je in gedachten had.'

Graeme zweeg en besloot de daad bij het woord te voegen. Meneer Barstow wierp er een minachtende blik op en schudde zijn hoofd. 'Nope. Trouwens, ik heb iemand in nummer vier zitten, die een klein cafeetje runt. Draait lang niet slecht. En ze zorgt dat prijzen hier omhooggaan.'

Graeme rolde in gedachten met zijn ogen. Dat kon er ook nog wel bij: dat Issy het hem moeilijk maakte.

'Maar zij zit wel bijna aan het einde van haar huurcontract van zes maanden. U zult er geen spijt van krijgen.'

Even knaagde er iets aan Graeme. Hij hoorde niet te weten wanneer Issy's contract afliep, maar dat wist hij wel. Meneer Barstow trok zijn wenkbrauwen op. 'Dus je hebt het met haar besproken? Nou, in dat geval, als ze ervoor openstaat...'

Graeme vertrok geen spier, om niet te laten blijken of hij al dan niet met haar gesproken had. Dat ging meneer Barstow niets aan.

De verhuurder dacht hardop na. 'Ik weet alleen niet hoe ik die ijzerhandelaar eruit krijg. Die zit er langer dan ik.' Hij wreef over een van zijn kinnen. 'Geen idee hoe die man z'n centen verdient.'

Graeme kon het überhaupt niets schelen. 'We kunnen hem vast een aantrekkelijk aanbod doen. Iets wat hij niet kan weigeren.'

Meneer Barstow leek opnieuw weinig overtuigd. 'Ik denk dat je nog even door moet blijven schrijven op die envelop, kerel.'

16

Een paar scones. Scones, Issy. Scones.

7370 gram patentbloem
115 gram bloem
handje bloem
1420 gram witte suiker
170 gram bruine suiker
170 gram zout

Issy legde de brief weg en zuchtte. Het was hartverscheurend. Vreselijk. Ze was onderweg die kant op met iets wat ze zelf had bedacht; misschien zou de aanblik van versgebakken cakejes helpen. Issy wist dat het lastig zou zijn om het allemaal mee te sjouwen in de bus, maar dat kon haar niets schelen. Het tehuis telde zevenenveertig bewoners (dit aantal wisselde geregeld, wist Issy) en dertig personeelsleden, en voor ieder van hen had ze een cupcake mee, en daarmee uit. Ze had Graeme willen vragen haar met de auto te brengen, en dan kon hij meteen haar opa ontmoeten, maar toen ze de woonkamer in liep had hij op de computer meteen zijn scherm afgesloten en was hij zo kortaf geweest, dat ze zich direct had teruggetrokken. Ze was nog altijd te gast in wat inmiddels ook haar huis had moeten zijn. Als Graeme niet de hele tijd zo chagrijnig was, had ze wellicht voorgesteld om samen op zoek te gaan naar iets nieuws. Aan de andere kant: zij bracht niet bepaald een grote zak geld mee, dus een enorme upgrade zat er niet in. Ook was ze er lang niet zeker van dat ze haar oude stek wilde verkopen, al had ze zo'n vermoeden dat als het zover kwam, Helena geen seconde zou hoeven nadenken om het van haar te kopen.

Wanneer ze over haar sores nadacht, was het net alsof het de problemen van iemand anders waren. Het leek zo'n ver-van-haar-bed-show: haar flat verkopen, iets nieuws zoeken. Aan de andere kant, ze was wél verhuisd. Issy dacht terug aan afgelopen zondag, toen ze eindelijk Graemes moeder had ontmoet. Zijn ouders waren gescheiden toen hij nog heel klein was – hij was enig kind – en ze was erg benieuwd naar zijn moeder, zeker na het telefoontje dat ze van haar eigen moeder had gekregen.

'Issy!' had Marian gebruld, alsof ze vanuit Florida tegen haar praatte, maar dan zonder telefoon. 'Isabel! Luister! Ik weet niet of het wel goed gaat met je grootvader! Kun je even bij hem langsgaan?'

Issy had alles wat ze had kunnen zeggen ingeslikt: dat ze iedere zondag naar hem toe ging, dat ze haar moeder al wekenlang e-mailde om te waarschuwen dat Joe helemaal niet zichzelf was.

'Ik ben bij hem langs geweest, mam,' had ze in plaats daarvan gezegd.

'O, fijn. Mooi zo. Wat fijn.'

'Ik denk... Ik denk dat hij je heel graag wil zien. Kom je nog terug? Binnenkort?' Issy probeerde niet sarcastisch te klinken, ook al was sarcasme sowieso niet aan haar moeder besteed.

'O, ik weet het niet, schat, Brick heeft het zó druk op zijn werk...' Haar moeder viel stil. 'En hoe gaat het met jou, lieverd?'

'Prima,' zei Issy. 'Ik ben bij Graeme ingetrokken.'

Marian had Graeme nog nooit ontmoet. Issy bedacht dat ze dat zo lang mogelijk zo wilde houden.

'Wat fijn, lieverd! Goed, oké, wees voorzichtig, hè. Daaag!'

Geen wonder dat Issy ernaar had uitgekeken haar potentiële schoonmoeder te ontmoeten. Ze zag een aardige, wat ronde, welwillende mevrouw voor zich, met hetzelfde mooie donkere haar en dezelfde glinstering in haar ogen als haar zoon, met wie ze recepten zou uitwisselen en een band zou opbouwen. Misschien had ze wel dolgraag een dochter in haar leven gewild. Issy had zich in ieder geval enigszins opgewonden aangekleed, in een mooie zomerse jurk, en had haar luchtigste victoria sponge voor haar meegebracht.

Mevrouw Denton woonde in een onberispelijk, stads, modern appartementencomplex in een buurtje dat er exact uitzag als Canary Wharf. Het was een klein huis met lage plafonds, maar van alle gemakken voorzien – Graeme had een mooi nieuwbouwproject voor haar gevonden.

'Hallo!' zei Issy warm, en ze keek langs haar heen de brandschone gang in. Ze zag geen foto's aan de muren hangen, uitgezonderd één enorme foto van Graeme als schooljongen, en zijn moeder had nergens frutsels staan. 'Aha! Ik kan wel zien van wie Graeme zijn netheid heeft!'

Graemes moeder glimlachte, maar leek in gedachten verzonken.

'Ik heb een taart voor u meegebracht,' ging Issy opgewekt verder. 'Heeft Graeme u verteld dat ik banketbakker ben?'

Als bevroren bleef Carole staan. Ze had hier zó naar uitgekeken; dit was het eerste meisje dat Graeme mee naar huis bracht in vier of vijf jaar tijd. Ze was trots dat hij het zo goed deed – hij had naam gemaakt in de vastgoedwereld, zoals ze graag tegen al haar vrienden zei. Zonder het met zoveel woorden te zeggen, liet ze dan doorschemeren dat hij dit huis voor haar had gekocht. De laatste paar meisjes, nou, die waren allemaal vreselijk knap geweest, vooral die ene met dat heel lange blonde haar. Logisch dat het beeldschone vrouwen waren, met die knappe zoon van haar. Ze snapte wel dat het toen niet serieus zou worden. Graeme moest natuurlijk eerst carrière zien te maken en had helemaal geen tijd om zich te settelen.

Maar de afgelopen tijd hadden haar vriendinnen meer recht tot opscheppen, aangezien ze de bruiloften van hun kinderen bespraken – hoe groot de feesttent was, hoeveel gasten er kwamen, de hoeveelheid cadeautjes. En nog erger, zij moest ook naar die bruiloften toe, moest vrolijk lachen, haar vriendinnen complimentjes geven dat ze zo'n goede smaak hadden, ook al smaakte de koude zalm naar niks en hadden ze van die lawaaiige disco's met een dj. Ten slotte was het ergst denkbare gebeurd: Carole was van haar troon gestoten, en uitgerekend door Lilian Johnson, die sneue, kleine, muizige Lilian Johnson, wier dochter Shelley helemaal vol van zichzelf naar de universiteit was gegaan, om vervolgens terug te komen en maatschappelijk werker te worden – en iedereen wist hoe waardeloos die waren. Maar Shelley was getrouwd. De kip die werd geserveerd tijdens de receptie was teleurstellend, maar ach, als je van dat soort eten hield, was het lang niet slecht, en Lilian had er in het mauve best aardig uitgezien. En nu was Shelley dus zwanger. En werd Lilian oma. En dat kon Carole natuurlijk niet uitstaan. Ze vond al een tijdje dat Graeme maar eens in actie moest komen.

Ze dacht dat het misschien zo'n fragiel, knap meisje zou worden, een Gwyneth Paltrow-typje: natuurlijk heel intelligent, maar ook bereid om haar carrière op te geven en voor haar zoon te zorgen, en dus wanhopig op zoek naar advies, van haar natuurlijk, over waar Graeme wel en niet van hield, hoe je zijn lievelingseten maakte, wat hij mooi vond. Ze stelde zich voor hoe ze samen naar John Lewis zouden gaan, en dat het meisje dan zou zeggen: 'Echt, Carole, jij kent hem beter dan wie dan ook', en dat ze dan misschien samen spullen voor de kinderkamer zouden uitzoeken, en dat het meisje zou zeggen: 'Carole! Ik weet echt niets over kinderen krijgen, dus wil je mij alles vertellen?' En dat Graeme dan zou zeggen: 'Nou, een kopie van jou kon ik niet vinden, mam, dus hier moet ik het maar mee doen.' Niet dat Graeme er de persoon naar was om dat soort dingen te zeggen, maar ze beeldde zich graag in dat hij ze wel dacht.

Dus ja, dat was wat ze verwacht had, nadat Graeme haar had opgebeld en tamelijk bruusk had gezegd dat hij met 'Issy' op de thee zou komen. Issy – dat klonk best als een chique naam, niet bepaald gewoontjes. Niet dat haar Graeme ooit voor een gewoon iemand zou kiezen natuurlijk. Hij had smaak, net als zij.

Toen ze de deur opendeed, zag ze een kleine, ronde, blozende brunette, die minstens, wat zou het zijn, vierendertig, vijfendertig jaar oud moest zijn? Kon ze eigenlijk nog wel kinderen krijgen? Wat bezielde Graeme in vredesnaam? Toen dacht ze dat dit meisje het niet kon zijn. Graeme was zó knap, dat zei iedereen. Al sinds hij klein was. De waarheid was dat haar ex een ontzettende eikel was geweest, maar wel een knappe eikel, dus dat had haar zoon helemaal van hem. En zo stijlvol ook, met zijn mooie auto, zijn mooie pakken en zijn mooie flat. Dit kon toch zeker niet... Misschien was ze niet zijn vriendin? Of misschien... Carole klampte zich vast aan strohalmen. Misschien had ze een verblijfsvergunning nodig om in het land te mogen blijven. Misschien was ze een vriendin van een vriendin die toevallig in Londen moest zijn en was Graeme zo vriendelijk om haar bij hem in zijn flat te laten logeren. Maar... waarom bracht hij haar dan mee? Dat kon toch niet?

'Taart!' zei Issy nogmaals. 'Eh, ik weet niet of u van taart houdt?'

Issy voelde de welbekende blos op haar wangen verschijnen, kreeg het warm en werd boos op zichzelf. Ze voelde zich dom, en stom ook, alsof ze niet aan Caroles verwachtingen voldeed. Snel keek ze naar Graeme, die zijn onnozele moeder normaal gesproken negeerde, maar nu zag zelfs hij dat haar gedrag wellicht vrij onbeleefd overkwam. Hij gaf Issy vlug een kneepje in haar hand.

'Issy is mijn vriendin,' zei hij, waarvoor Issy hem dankbaar was. 'Eh, mam, mogen we binnenkomen?'

'Natuurlijk,' zei Carole zwakjes, en ze deed een stap achteruit om hen over de drempel te laten stappen op het hoogpolige crèmekleurige tapijt. Issy liep meteen door, maar bevroor toen ze doorkreeg dat Graeme zich achter haar vooroverboog en zijn schoenen uitdeed. Natuurlijk.

'Aha,' zei Issy, en ze trok haar sandalen uit en realiseerde zich dat ze wel een pedicure kon gebruiken – maar wanneer had ze daar nou tijd voor? Ze merkte dat Carole ook naar haar voeten keek.

'Zal ik de taart in de keuken zetten?' vroeg Issy opgewekt. Carole gebaarde dat ze rechtdoor moest lopen. De keuken was brandschoon. Op het aanrecht stonden drie keurige kommen met voorverpakte salade, een klein stapeltje sandwiches met ham, de korstjes er netjes afgesneden, en ernaast een kan limonade.

Met een zucht zette Issy de taart neer. Dit kon nog wel eens een lange middag worden.

'Werkt u nog?' vroeg Issy toen ze voor de lunch aan de ronde tafel waren gaan zitten, die blijkbaar zelden werd gebruikt. Het was een heerlijke dag, en Issy had verlangend naar de keurig verzorgde tuin gekeken, maar Carole had op luide toon verklaard dat ze doodsbang was voor wespen en vliegende insecten en dus never nooit buiten zat. Issy had Carole een complimentje gegeven over haar huid, dat ze compleet had genegeerd, en nu zaten ze alle drie binnen met de ramen dicht en stond de televisie aan, zodat Graeme voetbal kon kijken.

Carole keek verbaasd toen ze het vroeg, maar Issy had Graeme zelden naar zijn moeder gevraagd; eerst was hun relatie veel te casual voor dat soort vragen, en de laatste tijd had ze aangevoeld dat hij het onderwerp liever vermeed. Carole kon niet geloven dat hij zijn meisje niets over haar had verteld. Eerder een vrouw, een meisje kon je haar niet echt noemen. Misschien was hun relatie toch niet zo serieus?

'Graeme heeft je vast verteld dat ik liefdadigheidswerk doe?' zei Carole stijfjes. 'En ik ben natuurlijk druk met de Rose Growers Association. Hoewel ik daar vooral administratie voor doe. Vanwege de insecten, snap je. Ze lijken me nooit erg dankbaar te zijn.'

'Wie? De insecten?'

'De rozenkwekers.' Carole snoof. 'Ik ploeter me suf op die notulen.'

'Ja, ik weet hoe dat voelt,' zei Issy meelevend, maar Carole leek haar niet te horen.

'Zijn ze nog steeds zo dol op je op kantoor, lieverd?' kirde ze tegen Graeme. Graeme gromde iets en gebaarde dat hij televisie probeerde te kijken. 'Hij is heel populair op kantoor,' zei ze tegen Issy.

'Dat weet ik,' zei Issy. 'Daar hebben we elkaar leren kennen.'

Carole trok haar wenkbrauwen op. 'Ik dacht dat je zei dat je in een winkel werkte?'

'Ik heb mijn eigen zaak,' zei Issy. 'Ik ben banketbakker. Ik maak taart en cake en dergelijke.'

'Ik kan niet tegen taart,' zei Carole. 'Dan raakt mijn spijsvertering van streek.'

Met enige spijt dacht Issy aan de heerlijk lichte taart die in de keuken stond. Ze hadden de hamsandwiches gegeten, die binnen twee minuten op waren, en nu voelde ze zich opgesloten en onvoldaan, en zaten ze nog altijd aan tafel, te wachten tot de thee afkoelde.

'Dus, eh,' zei Issy, die wanhopig probeerde het gesprek niet te laten ontsporen. Graeme juichte omdat er gescoord werd; Issy had geen flauw idee wie er speelden. De kans bestond dat ze nu tegenover haar toekomstige schoonmoeder zat. Mogelijks zelfs de oma van... Issy verbood het zichzelf aan dat soort dingen te denken. Daar was het nog veel te vroeg voor, en veel te pril. Ze besloot op zo veilig mogelijk terrein te blijven.

'Ja, Graeme was het populairst van iedereen op kantoor. En volgens mij doet hij het nog steeds fantastisch daar. U zult vast heel trots op hem zijn.'

Heel even stond Carole op het punt om te verzachten, alvorens zichzelf eraan te herinneren dat deze oudere, mollige harpij die ze tegenover zich had zitten het lef had om een taart mee brengen, implicerend dat zij, Carole, niets kon bakken voor haar eigen zoon, en met haar schoenen aan was binnengestapt, alsof het haar eigen flat was.

'Ach ja, vroeger koos mijn zoon altijd alleen voor het beste,' zei ze, waarbij ze de opmerking van zo veel mogelijk dubbele lading voorzag. Issy wist niet wat haar overkwam.

Daarop was er weer een lange, ongemakkelijke stilte gevallen, die alleen werd doorbroken wanneer Graeme zijn voetbalteam aanmoedigde of met de tribune meezong.

'Ze haat me,' zei Issy in de auto op weg naar huis klaaglijk.

'Ze haat je heus niet,' zei Graeme, die chagrijnig was omdat zijn team alweer verloren had. Carole had hem zelfs apart genomen in de keuken en hem op niet mis te verstane wijze gezegd dat ze er niet blij mee was. Was Issy niet veel te oud? En wat moest hij met een banketbakker? Graeme, die niet gewend was dat zijn moeder zijn oordeel in twijfel trok, had haar laten begaan. Hij wilde niet dat Issy ook nog eens aan zijn hoofd ging zeuren. Hoewel Issy niet voor luistervink had gespeeld, was ze wel tot de conclusie gekomen dat het feit dat Carole het nodig vond om onder vier ogen in de keuken met Graeme te praten waarschijnlijk al genoeg zei.

'Ze vindt je alleen een beetje te oud.'

Graeme zette Radio 5 Live aan. Issy keek naar buiten

door het raam van de auto, naar de regenbui die vanuit het oosten hun kant op kwam en boven Canary Wharf hing. Het begon hard te regenen, er kletterden dikke regendruppels tegen de ramen.

'Is dat wat ze zei?' vroeg Issy stilletjes.

'Hmm-mm,' zei Graeme.

'Vind jij me ook een beetje te oud?'

'Voor wat?' vroeg Graeme. Hij had het donkerbruine vermoeden dat dit een gesprek was dat hij niet wilde voeren, maar hij zat gevangen in zijn auto en gevangen in dit gesprek, en dus ontkwam hij er niet aan.

Issy kneep haar ogen stijf dicht. Ze was zó dichtbij, dacht ze. Zó dichtbij. Dus ze kon het hem net zo goed gewoon vragen. Was dit haar 'en ze leefden nog lang en gelukkig'? Ze kon het maar beter zeker weten. Zodat het niet meer als een zwaard van Damocles boven haar hoofd bleef hangen. Maar wat als ze het vroeg en het antwoord 'nee' was? Wat als ze het vroeg en het antwoord 'ja' was?

Als ze van allebei de antwoorden ongelukkig werd, wat betekende dat dan? Wat was zij dan? Plotseling zag ze hoe de jaren zich voor haar uitstrekten... hoe Graeme volle kracht vooruit ging met zijn carrière, hoe zij zijn klankbord zou zijn wanneer hij stoom moest afblazen, maar verder vooral een soort algehele slaaf, die hij negeerde om tv te kunnen kijken, net zoals hij dat bij zijn moeder deed. Een deurmat, makkelijk en niet veeleisend.

Goed, misschien was ze dat ook geweest – ze wist zeker dat Helena het daarmee eens zou zijn. Maar ze was veranderd. Het café had haar veranderd. Ten goede. En deze keer zou ze het niet hysterisch op een schreeuwen zetten, of een pleisterplaats voor warme maaltijden worden.

Nee, deze keer zou ze het goed doen.

'Graeme...' zei ze, en ze keerde zich in de natgeregende auto naar hem toe.

'Hoe bedoel je?' had Graeme gezegd. Hij was bozer dan Issy verwacht had, maar Issy wist ook niet welke gevolgen dit voor zijn werk zouden hebben.

'Ik denk niet... ik denk niet dat dit gaat werken, jij wel?' zei Issy, zo rustig als ze kon, en ze bestudeerde zijn knappe profiel en gespannen kaaklijn, terwijl hij bij het verlaten van een rotonde een andere auto afsneed. Na herhaaldelijk te hebben gevloekt, was hij als een mossel dichtgeklapt en had hij niets meer tegen haar willen zeggen. Zo gauw als op een legale manier kon, zette hij de auto stil langs de kant van de weg en liet hij haar uitstappen. Issy keek hoe de sportauto wegstoof en vond het vreemd genoeg een passend einde, om hem op deze manier zijn kinderachtige overwinning te gunnen. Het was trouwens helemaal niet koud in de regen, ze vond het niet eens zo erg, maar toen er een taxi voorbijrolde, waarvan de gele koplampen haar vriendelijk tegemoet schenen, stak ze haar hand uit om zich naar huis te laten brengen.

Helena slaakte een gilletje toen ze binnenkwam en wilde meteen alles weten over haar rampzalige bezoek aan de moeder van Graeme.

'Het is me duidelijk geworden,' zei Issy, 'dat, wat er ook zou gebeuren... tja, dat het me gewoon geen goed deed. Maar,' zei ze, met bibberige bravoure, 'ik had wel graag een kind gekregen.'

'Je krijgt heus nog wel een kind,' zei Helena bemoedigend. 'Je kunt voor de zekerheid een paar eitjes laten invriezen.'

'Dank je, Lena,' zei Issy, en toen nam haar vriendin haar in haar armen en gaf ze Issy een lange, bemoedigende knuffel.

Na een nachtje goed slapen voelde Issy zich een stuk beter. Nadat ze al het lekkers had uitgedeeld – dat met aanzienlijk meer enthousiasme werd ontvangen dan haar victoria sponge de dag ervoor – liet ze zich neerploffen op haar opa's bed, alsof zij het harder nodig had dan hij.

'Dag, opa.'

Haar grootvader had zo'n leesbrilletje op met van die halvemaanvormige glazen. Toen ze klein was had hij ook zo'n bril gedragen. Ze vroeg zich af of het dezelfde bril was. Hij had de oorlog meegemaakt en was van het type dat dingen niet veranderde, alleen omdat hij ze zat was, of omdat ze uit de mode raakten. Als je iets kocht of met iemand trouwde, dan bleef je erbij.

'Ik ben een recept aan het opschrijven voor mijn kleindochter in Londen,' verklaarde hij. 'Ze moet weten hoe dit moet.'

'Geweldig!' zei Issy. 'Opa, dat ben ik! Ik ben Issy! Wat is het voor recept?'

Joe knipperde een aantal keer met zijn ogen, en toen werd zijn blik helder en herkende hij haar. 'Issy,' zei hij. 'Mijn meiske.' En ze omhelsde hem.

'Geeft u me de brief maar niet mee,' zei ze. 'U hebt geen idee hoe vrolijk het me maakt als ik een brief van u in de brievenbus vind. Mijn adres is alleen wel weer veranderd – ik zal het doorgeven aan de verpleegster.'

Maar Joe wilde per se haar nieuwe adres noteren; uit zijn nachtkastje haalde hij een oud, versleten leren adresboekje, waarvan Issy wist dat het jaren en jaren op het tafeltje in de hal naast hun oude, groene telefoon met draaischijf had gelegen. Ze keek toe hoe hij erdoorheen bladerde. Bladzijde na bladzijde vol met namen, oude adressen die telkens weer waren doorgestreept, telefoonnummers die eerst kort waren – Sheffield 4439 of Lancaster 1133 – en steeds langer en ingewikkelder waren geworden. Het document ademde nostalgie, en daarbij begon haar grootvader ook nog eens te mompelen.

'Die is er niet meer,' zei hij. 'En zij ook niet – allebei niet. Zijn een maand na elkaar overleden. Ik weet niet eens meer wie dit is.' Hij schudde zijn broze hoofd.

'Opa,' zei Issy snel, om hem op te vrolijken, 'vertelt u nog eens over oma.'

Toen ze klein was, vond ze niets mooier dan luisteren naar verhalen over haar glamoureuze oma, maar voor haar moeder was dat te pijnlijk, en dus had haar opa gewacht tot ze met z'n tweetjes waren.

'Nou,' begon Joe, en zijn gerimpelde gezicht ontspande een beetje terwijl hij aan het bekende verhaal begon. 'Nou, ik werkte dus in de bakkerij, en op een dag kwam ze langs voor een roomhoorntje.'

Hij wachtte op goedkeurend gelach, waar Issy gewillig voor zorgde. Een van de verpleegsters die voorbij kwam lopen, stak haar hoofd om de deur en bleef staan luisteren.

'En ik wist natuurlijk wie ze was – vroeger kende iedereen elkaar. Ze was de jongste dochter van de hoefsmid, best rijk dus, snap je? Iemand die een simpele bakkersknecht als ik normaal gesproken geen blik waardig zou gunnen.'

'Mmm.'

'Maar ik kreeg in de smiezen dat ze steeds vaker langskwam. Zowat iedere dag, en dat terwijl mensen vroeger meestal nog een meid hadden die zoiets voor ze deed. Nu was het zo dat ik af en toe iets extra's bij haar bestelling stopte. Een stukje van een jamtaartje dat ik overhad, of een paar koffiebroodjes. En toen begon het me op te vallen – och, dat was echt machtig mooi! Ik bedoel, in die tijd waren de vrouwen nog klein en tenger, niet van die grote stalpaarden zoals hier dag en nacht door de hallen stampen,' ging hij vurig verder.

Issy zei: 'Shht! Opa!' en de verpleegster, die nogal groot van stuk was, schudde haar hoofd en grinnikte.

'Maar ze kreeg langzaam iets meer vlees op de botten – een klein beetje maar, en precies op de goede plekken, snap je? Aan de bovenkant, en rond haar derrière. En toen dacht ik bij mezelf: dat komt door mijn cakejes, ze is zich voor mij rond aan het eten! En zo wist ik dat ze geïnteresseerd was. Als er een andere kerel in beeld was geweest, had ze wel op haar lijn gelet.'

Hij glimlachte tevreden. 'Dus ik zeg tegen haar: "Zeg, ik heb een oogje op jou." En toen keek ze me aan, best wel brutaal, en zei ze: "Nou, dat is maar goed ook!" en liep ze heupwiegend als Rita Hayworth de winkel uit. En zo wist ik het. Dus toen ik haar op een zaterdagavond op het bal van de RAF zag, helemaal opgedirkt, mijn vrienden en ik hingen daar wat rond, we zochten de nieuwe winkelmeisjes, snap je, en toen ik haar daar zag lachen met al haar knappe vriendinnen, met een paar rijke jongens erbij, nou, toen zei ik tegen mijn vrienden: ik ga haar vragen. In de danszalen waar wij altijd naartoe gingen was ik haar nooit tegengekomen. Nee, nee. Dus ik had mazzel die avond. Ik stapte op haar af, en ze zei...'

'"Ik dacht dat je wit haar had",' vulde Issy aan, die het verhaal al honderd keer gehoord had.

'Toen stak ze haar hand uit en raakte ze m'n haar aan. Ik denk dat ik het toen zeker wist.'

Issy had wel eens foto's gezien van de bruiloft van haar grootouders. Haar opa was vroeger een knappe man, lang, met een grote bos krullen en een verlegen glimlach. En haar oma was een echte spetter.

'En toen zei ik: "Nou, hoe heet je?", ook al wist ik dat allang. En toen zei ze...'

'Isabel,' zei Issy.

'Isabel,' zei haar grootvader.

Issy zat als een klein meisje aan haar rok te friemelen.

'Maar wist u het gewoon?' vroeg ze geforceerd. 'Ik bedoel, wist u dat echt meteen? Dat u verliefd op haar zou worden, dat u met haar zou trouwen, dat jullie kinderen zouden krijgen, dat u voor altijd en eeuwig van haar zou houden en dat alles goed zou komen? Nou ja, ik bedoel, totdat...'

'We hebben twintig prachtige jaren gehad,' zei Joe, en hij gaf Issy een klopje op haar hand. Issy had haar naamgenote nooit gekend; haar oma was overleden toen haar moeder vijftien was. 'Prachtige, gelukkige jaren. Een heleboel mensen hier zijn zestig jaar getrouwd geweest met iemand die ze niet konden uitstaan. Ik ken mensen hier die opgelucht waren toen hun echtgenoot of echtgenote stierf. Kun je het je voorstellen?'

Issy zei niets. Ze wilde het zich niet voorstellen.

'Het was een geweldige vrouw. Altijd ondeugend, weet je dat. En vol zelfvertrouwen, terwijl ik juist een beetje verlegen was. Behalve die ene avond. Ik weet nog steeds niet waar ik de moed vandaan haalde om op haar af te stappen. En ja, ik wist het meteen.'

De herinnering maakte hem aan het grinniken. 'Het duurde wel een tijdje voor die oude vader van haar overstag was. Och, dat was me toch een moeilijke man! Toen ik de derde winkel opende ontdooide hij eindelijk wat, dat weet ik nog heel goed.'

Joe legde zijn hand op Issy's wang. 'Ze zou stapeldol op je zijn geweest.'

Issy hield zijn oude hand tegen haar gezicht. 'Dank u wel.'

'Geef me maar eens zo'n cakeje dan.'

Issy trok haar wenkbrauwen op naar de verpleegster. Keavie was er niet vandaag. De verpleegster liep met haar mee naar de deur.

'Waarom is niemand tegenwoordig meer romantisch?' zei de verpleegster mijmerend. 'Zo zou het tegenwoordig niet meer gaan. Hij zou haar mee naar huis nemen en de dag erna niet meer bellen. Dat zou je opa nooit doen,' voegde ze er haastig aan toe. 'Ik bedoel, een man. Iedere willekeurige man. Ik denk niet dat er in de discotheek ooit een vent op me gaat afstappen die denkt: laten wij maar eens trouwen en kinderen krijgen. En mocht dat wel zo zijn, dan kan hij maar beter opschieten!'

Issy glimlachte eensgezind.

'Succes. Wil je nog een cupcake?'

'Vooruit dan.'

17

Graeme keek naar de envelop en slaakte een zucht. Hij wilde het ding niet eens openmaken. Hij had dit al vaker meegemaakt: het was een grote envelop, volgestopt met foldertjes en informatie. In de ontwerpfase was een grote envelop goed. Een kleine envelop was slecht, want dat betekende een 'nee'. Een grote envelop betekende 'Vult u voor de vervolgstappen alstublieft al deze formulieren in'. Het betekende dat hij briefjes moest uitprinten om aan de lantaarnpalen rond Pear Tree Court op te hangen. Hij hoefde de envelop niet eens open te maken om te weten wat erin zat. Hij hoefde alleen nog maar de daad bij het woord te voegen. Graeme zuchtte.

Er piepte een blond hoofd om de hoek van de deur. Het was het hoofd van Marcus Boekhoorn, de Nederlandse eigenaar van Kalinga Deniki – en tevens van honderden andere bedrijven – die een rondgang maakte langs al zijn vestigingen in het Verenigd Koninkrijk.

'Onze rijzende ster!' zei hij, en hij schreed het kantoor binnen. Marcus deed alles snel. Net als een haai bleef hij altijd in beweging.

Graeme sprong direct op. 'Ja, meneer Boekhoorn.' Hij was blij dat hij zijn slank gesneden pak van Paul Smith droeg. Marcus was goed in vorm, en het gerucht ging dat hij graag had dat zijn adjudanten slank en hongerig waren.

'Ik ben wel te spreken over dit lokale project,' zei Marcus, en hij tikte tegen zijn tanden met zijn Montblanc-pen. 'Dit is denk ik precies waar we met dit bedrijf naartoe moeten. Lokale bedrijven, lokale klanten, lokale financiering, lokale architecten. Iedereen blij. Snap je?'

Graeme knikte.

'Als dit je lukt, wacht je een grote toekomst. Dan kun je overal heen waar je maar wilt. *Local development.* Je van het. Ik ben hier erg blij mee.'

Hij keek wat er op Graemes bureau lag. Zelfs onderste-boven en in een andere taal herkende ook hij onmiddellijk de envelop.

'Het lijkt er wel op,' zei Graeme, en hij probeerde cool en relaxed over te komen.

'Kijk, zo hoort het,' zei Marcus, en hij klopte hem op de schouder. 'Mooi gedaan.'

Toen de baas naar de heliport in Battersea was vertrok-ken, kwam Billy, de brutale vertegenwoordiger, naar binnen gesneld.

'Je hebt indruk gemaakt,' zei hij, duidelijk niet blij. Kalinga Deniki was niet het soort bedrijf waar collegialiteit werd aangemoedigd. Dit spel kende louter winnaars en verliezers.

Toen hij opkeek en Billy daar zag staan, met zijn opzichtige loafers, zijn gouden zegelring en die zorgvuldig getrimde stoppels op zijn geprononceerde kin, voelde Graeme dat hij kwaad werd.

'Mmm,' zei Graeme, die weinig zin had om informatie te delen met dit vervelende mannetje, die deze toch alleen maar in zijn eigen voordeel zou gebruiken.

'Erg gaaf, die lokale projecten,' zei Billy peinzend. 'Maar je moest wel bij de lokale bank uitzoeken hoe het zit met de hypotheek. Die huurcontracten daar zijn altijd een zootje, en je moet je geld daar weg zien te krijgen.'

'Weet ik,' zei Graeme, met gespeelde nonchalance, ook al vond hij het stomvervelend dat hij voor dit project geen zaken kon doen met de grote handelsbanken, zoals anders.

'Goed zo,' zei Billy. 'Alleen, ik weet het niet, hoor, maar je lijkt niet bepaald enthousiast over dit project. Alsof je hart er niet ligt. Ik dacht, misschien is dat vanwege al dat voorwerk?

Dus, mocht je iemand zoeken om het van je over te nemen...
ik bedoel, ik weet dat je nogal overwerkt bent.'

Graeme kneep zijn ogen tot spleetjes. 'Blijf met je vieze
klauwen van mijn project af,' zei hij. Hij had het heel losjes
willen zeggen, maar het kwam er scherper uit dan zijn bedoeling was.

'Oei, wat heb jij lange tenen!' zei Billy, en hij stak zijn
handen in de lucht. 'Goed, goed. Rustig maar, ik wil alleen
niet dat je te veel hooi op je vork neemt.'

'Bedankt voor je bezorgdheid,' zei Graeme en hij keek
Billy ijskoud aan, tot hij het kantoor verliet en de deur achter
zich dichtdeed. Toen hij weg was, smeet Graeme de envelop
geïrriteerd tegen de muur.

18

Cupcakes voor een kinderfeestje

150 gram zachte boter
150 gram fijne kristalsuiker
175 gram zelfrijzend bakmeel
3 eieren
1 theelepel vanille-extract
Glazuur, marshmallows, chocolade buttons, hagelslag, eetbare sterretjes, kleurstof (in alle kleuren), eetbaar goud- en zilverfolie, snoepvoetballen, smarties, suikerbloemetjes, Engelse drop, gemalen amandelen, karamelsaus, chocoladesaus, dropveters, aardbeienveters, et cetera.

Verwarm de oven voor op 180°C/gasoven stand 4.

Doe 12 cakebakjes voor cupcakes in een bakblik voor 12 cupcakes.

Breek de eieren boven een kopje en kluts ze lichtjes met een vork.

Doe alle ingrediënten bij elkaar in een grote mengkom en mix twee minuten met de elektrische mixer tot een licht en romig beslag. Verdeel het beslag eerlijk over de 12 vormpjes.

Bak de cakejes 18 tot 20 minuten in de oven, tot ze goed zijn gerezen en stevig aanvoelen. Laat ze een paar minuten afkoelen in de vorm en leg ze daarna op een rooster. En dan... versieren maar!

Terwijl Issy zich in haar werk begroef om te dealen met de mengeling van verdriet en opluchting na de break-up met Graeme, Graeme een strategie probeerde te verzinnen om Issy's vertrouwen terug te winnen, in ieder geval tot de deal rond was, Pearl een eerlijk antwoord uit Ben probeerde te krijgen over zijn bedoelingen, en Helena op zoek ging naar koopappartementen, bleef Austin juist dralen. Hij las het voorstel steeds opnieuw. Er was geen twijfel over mogelijk: Kalinga Deniki probeerde de ingewikkelde kluwen van financiële constructies te ontwarren en nog een lening te krijgen om de boel helemaal te herbouwen. Weg met de ijzerhandelaar en de kiosk. Austin dacht terug aan het verjaardagscadeau dat Issy van haar grappige buurmannetje had gekregen. Ze had oprecht gelukkig geleken, zo ontroerd en blij om door de gemeenschap te worden geaccepteerd. Maar waarom? Die achterbaksheid, daar stond hij echt versteld van. Ze had zo'n echt, eerlijk en rechtdoorzee persoon geleken. En nu hij doorhad dat ze niet was wie hij dacht dat ze was, realiseerde hij zich hoe leuk hij die persoon had gevonden.

Eindelijk was het tijd voor Louis' verjaardag.

'Wat ben jij vrolijk vanmorgen!' constateerde Pearl, terwijl ze servetjes vouwde met Buzz Lightyear erop.

'Natuurlijk ben ik dat!' zei Issy. 'Vandaag is de verjaardag van onze knappe Louis!'

'Mij fejaadag,' verklaarde Louis, die op de vloer zat te spelen en zijn nieuwe knuffels Issy Piggle en Tombliboo (gekregen van Issy) elkaar kusjes liet geven en denkbeeldige cupcakes liet bakken. 'Vijf zijn finnik leuk.'

'Je bent geen...' begon Issy, maar toen besloot ze dat er die dag geen dromen meer aan diggelen geslagen zouden worden. 'Vijf is een heel mooie leeftijd,' zei ze instemmend. 'En weet je wat ik vooral leuk vind? Dat je iedereen heel veel kusjes en knuffels geeft als je een grote jongen van vijf bent.'

Louis kreeg in de smiezen dat ze hem voor de gek hield, maar het was zo'n goedzak dat hij dat niet erg vond.

'Ik geef jóú kusjes en kwuffels, Issy.'

'Dank je, Louis,' zei Issy, en ze sloeg haar armen om hem heen. Als Louis voorlopig haar enige kans was om een klein wezentje om zich heen te hebben, moest ze daar maar optimaal van genieten.

'En, geef je ook een verjaardagsfeestje vandaag?'

'Iss. Al mijn fwiendes komen na het fweestje van Louis.'

Issy keek vanuit haar ooghoeken naar Pearl, die knikte. 'Tja, ze hebben allemaal ja gezegd,' zei ze, met een lichtelijk verbaasde blik.

'Waarom zouden ze niet ja zeggen?' vroeg Issy.

Pearl haalde haar schouders op. Ze voelde zich nog steeds onder druk gezet om dit te doen. Het was één ding om de kinderen van de opvang uit te nodigen in Issy's veilige, bekende cupcakewinkel, die dicht in de buurt zat. Als ze de kinderen bij haar thuis had uitgenodigd, was het een heel ander verhaal geweest. Dan waren er smoesjes over zwemles gekomen, of gemompel over bezoekjes aan opa's en oma's die al heel lang gepland stonden. Om het eerste kind uit de buurt te zijn met exclusieve toegang tot een bakfeestje was één ding. Om er voor Louis heen te gaan, was iets heel anders.

'Wie komt er nog meer?' vroeg Issy. Het idee om een kei in kinderfeestjes te worden stond haar wel aan.

'Mijn moeder,' zei Pearl. 'De pastoor. En een paar mensen van de kerk.'

Pearl zei niet dat ze nauwelijks vrienden had uitgenodigd. Niet omdat ze zich schaamde voor waar ze werkte, of omdat Louis met andere mensen omging. Veel van haar vriendinnen konden überhaupt niet werken; ze hadden meerdere kinderen, of ze hadden niemand die hen kon helpen, terwijl zij haar moeder had. Ze moesten niet denken dat ze wilde opscheppen, dat ze een groot extravagant feestje voor Louis gaf, omdat ze de McDonald's te min vond voor haar zoon (dat vond ze helemaal niet), en ze wilde niet dat iemand zou denken dat ze naast haar schoenen liep. Louis zou immers binnenkort naar school moeten, en waar zij vandaan kwam was het leven al moeilijk genoeg.

Maar ze zei vooral niets over Ben. Ze kon het niet. En toch: hij was zo lief geweest. Zo geweldig. Ze hadden elkaar zo vaak gezien. Ze begon zelfs te... Nou, hij was zich aan het opwerken. Bij een of ander groot bouwproject. Hij verdiende goed. Haar moeder kon in hun sociale huurwoning blijven wonen, maar niets weerhield hen ervan om... nou, om misschien samen iets te huren. Gewoon iets kleins, hier in de buurt. Niet te ver van Bens werk vandaan, maar dichtbij genoeg om Louis op dezelfde opvang te kunnen houden, en wie weet kon hij volgend jaar dan naar een van die geweldige scholen hier in de buurt, met allemaal licht, kunst en blije kinderen in mooie uniforms. Ze had die scholen gezien. Alles bij elkaar genomen, dacht Pearl, was dat toch niet te veel gevraagd? Meer dan waar ze een jaar terug van had durven dromen. En ze was doodsbang om het te verpesten. Maar Ben wist waar het feestje was. En hij had beloofd dat hij zou komen.

'Het wordt echt fantastisch,' zei Issy, die de basisingrediënten over kleine kommetjes verdeelde. Ze had geïnvesteerd in een dozijn kleine schortjes, waar ze verrukt en zuchtend mee in haar handen had gestaan. Pearl keek haar onderzoekend aan. Er klopte iets niet.

'Is mij fjaadag!' riep Louis hard, aangezien niemand er de afgelopen drie minuten iets over had gezegd.

'O ja, kleine man, is dat zo?' zei Doti, die juist binnenliep. 'Nou dat is maar goed ook, want ik heb een paar kaarten voor jou.'

En hij deed zijn tas open en onthulde een half dozijn felgekleurde enveloppen. De vrouwen en Louis kwamen om hem heen staan. Sommige waren alleen aan hem geadresseerd, op andere stond simpelweg 'voor het jongetje van het Cupcake Café'. Pearl kneep haar ogen tot spleetjes.

Issy tilde hem op. 'Heb je aan iedereen verteld dat je vandaag jarig bent?' vroeg ze plechtig.

Louis knikte. 'Zatedag. Mij fjaadag zatedag. Ik heb gezegd: kom ook na mij fjaadagsfeestje zatedag. Mijn fjaadagsfeestje is in de winkel.'

Ietwat ongerust keken Pearl en Issy elkaar aan.

'Maar ik doe de winkel al dicht voor een stuk of twaalf peuters!' zei Issy.

Pearl hield haar hoofd vlak naast dat van Louis.

'Lieverd, wie heb je allemaal voor je verjaardag uitgenodigd?' vroeg ze vriendelijk.

'Nou, om te beginnen mij,' zei Doti. 'Ik was van plan na mijn ronde even langs te komen. Ik heb een heel mooi cadeautje voor jou, jongeman.'

'Jeeej!' zei Louis, en hij rende op de postbode af en sloeg zijn kleine armpjes om diens knieën. 'Ik hou van cadeautjes, meneer postbode.'

'Goed zo.' Doti keek in zijn tas. 'O, ik heb er nog een paar.'

'O god.' Pearl rolde met haar ogen. 'Hij heeft de halve stad uitgenodigd!'

'Ben jij een onvermoeibaar sociaal dier?' zei Issy tegen Louis, en ze wreef over zijn neusje.

'Ja, ik ben een sociodier!' zei Louis enthousiast knikkend. Pearl keek hen allebei veelbetekenend aan, waardoor ze bijna niet merkte dat de postbode naar haar toe leunde.

'Zware tas vanochtend,' zei hij. 'Misschien moet ik eerst even een kop koffie drinken. Met een van jullie overheerlijke cakejes.'

Pearl keek hem zoals gewoonlijk geamuseerd aan. 'Wat dacht je van groene thee?' zei ze. 'Misschien kom ik hem dan wel met je opdrinken. Omdat je zulke goede vrienden met mijn zoontje bent.'

Het gezicht van de postbode klaarde op, en hij zette direct zijn tas neer. 'Nou, heel graag,' zei hij, net toen er een liedje van Owl City op de radio kwam. Het was ook zo'n prachtige ochtend. Pearl en de postbode gingen erbij zitten en Issy danste in het rond met Louis in haar armen, voelde zijn hartje kloppen, dicht tegen het hare. Ze knuffelde hem zo hard dat ze de lucht bijna uit hem perste.

'Hiep hiep hoera!' riep Louis.

'Verdomme! Au. Au. Au! Dar-ny!' Austin stortte neer.

'Nou, je bleef ook niet stilstaan,' zei het kleine stemmetje kwaad.

'Dat deed ik verdomme wel,' zei Austin, en hij haalde zijn hand van zijn voorhoofd. Zoals hij al dacht, zat er bloed aan.

'Voortaan speel jij weer met je beren!'

'Als ik niet mag oefenen van jou, word ik nooit zo goed als Robin Hood!' zei Darny mopperend. 'Maar Grote Beer heeft gezegd geen pijlen meer.'

'En waarom denk je dat Grote Beer dat zei?' vroeg Austin, en hij beende de trap op, naar de badkamer.

'Eh, omdat eh... hij pijn heeft,' zei Darny, en toen hield hij zijn mond maar.

'Precies!'

Austin bekeek zichzelf in de badkamerspiegel, die, zag hij nu pas, onder de vette vegen zat. Hij had ongeveer net genoeg geld om zich een schoonmaakster te kunnen veroorloven, maar niet genoeg voor een goede. Zuchtend veegde hij de spiegel schoon met een handdoek. Zoals hij al dacht, had hij een prachtig gat in zijn voorhoofd – het bloedde niet hard, maar was diep genoeg voor een litteken. Hij kreunde. Hij had Darny ook niet met pijl-en-boog op zich moeten laten schieten, maar het was maar speelgoed, en Darny was zó vasthoudend geweest. Hij wreef over de pijnlijke plek. Soms was de leercurve nogal steil als je voor ouder speelde. Hij depte de wond met een tissue en ging weer naar beneden. Hij had nog steeds een enorme berg post, die hij de vorige avond bij het verlaten van de bank in zijn tas had gegooid. Hij moest er nodig naar kijken, want – zoals hij vaak zei tegen klanten die rood stonden – die berg post ging nergens heen.

'Oké,' zei hij, toen hij weer beneden kwam en de deur van de woonkamer opendeed. 'Je kunt naar dat hysterische Japanse tv-programma kijken. Ik moet aan het werk.'

'En we hebben vanmiddag een feestje,' zei Darny laconiek. Achterdochtig keek Austin hem aan. Darny werd niet vaak voor feestjes uitgenodigd. Darny had hem uitgelegd dat het kwam doordat hij trainingsbroeken droeg, maar hij had ook gezegd dat het hem niets kon schelen, aangezien een trainingsbroek een stomme reden was om iemand niet aardig te vinden. Ze waren trouwens wel voor een aantal feestjes uitgenodigd, maar Austin had zich al snel gerealiseerd dat het geen toeval was dat alle alleenstaande moeders, ongeacht of hun zoon of dochter bij Darny in de klas zat, steeds vroegen of hij ook meekwam. Darny klaagde steen en been en haatte het, zoals hij zei, om 'Austins pooier te zijn'.

'Het probleem is,' had zijn groepsleerkracht, mevrouw Khan, gezegd, 'dat hij voor zijn leeftijd een nogal grote woordenschat heeft. Wat zowel positief als negatief is.'

'Wiens feestje?' vroeg Austin vertwijfeld. 'O, en geen pijlen meer schieten in huis graag.'

'Je bent de baas niet,' zei Darny.

'Voor de duizendste keer: ik ben hier wel de baas,' zei Austin. 'En nu ophouden, of we gaan niet naar dat feestje. Wiens feestje is het?'

'Van Louis,' zei Darny, en hij vuurde een pijl op de fitting van de lamp af. De pijl bleef zitten. Austin en Darny bleven er gebiologeerd naar zitten kijken.

'Hmm,' zei Darny.

'Ik snap het niet,' zei Austin. 'Wie is Louis?'

'Dat jochie van het café,' zei Darny.

Austin kneep zijn ogen tot spleetjes. 'Wat, kleine Louis? Die baby?'

'Wat ben jij bekrompen, zeg,' zei Darny. 'Ik zou het heel stom vinden om alleen maar vrienden van mijn eigen leeftijd te hebben.'

'Is Louis vandaag jarig? En hij heeft jou uitgenodigd voor zijn feestje?'

'Ja,' zei Darny. 'Toen jij naar binnen ging met de geldtassen.'

Austin was vorige week even langsgegaan. Na het feestje had hij Issy graag willen zien, al was het maar om er zeker van te zijn dat het goed zat tussen hen, zodat het niet ongemakkelijk werd. En, toegegeven, ook omdat hij haar miste. Iedere keer dat hij langs de nu florerende oudemannenpub kwam, dacht hij terug aan hun ontbijt daar, aan hoe verdrietig ze was geweest, of hoe opgewonden, of gewoon emotioneel. Hij kon er niet omheen dat hij graag tijd met haar doorbracht. Of beter gezegd: had doorgebracht. Daar kwam nu vast een einde aan, dacht hij: ze kwam daar in ieder geval niet meer ontbijten.

Hoe dan ook, toen hij op een dag na schooltijd langs het café was gegaan, was ze er niet. Hij zag alleen Pearl en die enge vrouw met die prominente kaaklijn, die een raar hees stemmetje opzette toen ze hem bediende en hem diep in de ogen had gekeken, wat vast sexy bedoeld was, of ze had gewoon honger, dat kon ook. Toen hadden Darny en Louis inderdaad samen op de vloer zitten spelen. Louis had gezegd dat hij een muis had gezien, en toen schaamde Pearl zich dood – blijkbaar hadden ze op de opvang een verhaaltje over een muis voorgelezen, maar 'Muis! Muis!' schreeuwen in een horecagelegenheid was eerlijk gezegd nogal slecht voor de zaken. En dus had Darny de eerstvolgende vijf keer dat ze ergens hadden gezeten, in ieder café en ieder fastfoodrestaurant waar ze waren geweest 'Muis! Muis!' geschreeuwd, en inderdaad - niemand vond het leuk.

'Hmm,' zei Austin. Tja, het was een heerlijke zomerse dag, en hij had nog geen plannen voor die middag.

'Je haar moet geknipt,' zei hij tegen Darny.

'Nee!' zei Darny, die steeds met zijn hoofd moest zwiepen om iets te kunnen zien.

Austin slaakte een zucht. 'Ik ga naar de voorkamer om te werken, goed? Zet de muziek niet te hard, alsjeblieft.'

'Muis! Muis!' zei Darny mokkend.

Toen hij de eerste envelop van de stapel werkpost openmaakte die hij in alle haast mee naar huis had genomen, vroeg Austin zich bezorgd af of hij wel tijd zou hebben om een cadeautje voor Louis te kopen. Hij moest eerst een aantal minuten naar de brief staren voordat hij kon bevatten wat er stond. In de envelop zat een aanvraag voor een lening van een projectontwikkelaarsorganisatie genaamd Kalinga Deniki, helemaal netjes ingevuld en alles up-to-date. Hij bekeek het adres. En bekeek het opnieuw. Dat kon niet waar zijn. Dat kon niet kloppen. Pear Tree Court. Niet één huisnummer, maar de hele straat. *Een nieuw werk- & lifestyleconcept, gunstig gelegen in het hart van het bruisende Stoke Newington*, stond er op het formulier.

Austin schudde zijn hoofd. Dat klonk echt verschrikkelijk. Toen keek hij naar de naam die onder aan het papier stond en sloot hij vol ontzetting zijn ogen. Dat kon niet waar zijn! Maar dat was het wel. Het stond er echt: Graeme Denton.

Totaal in shock liet Austin het papier zakken. Dat kon toch zeker niet? Dit was toch niet de Graeme van Issy? Maar natuurlijk wel. Graeme. En dat, zoals hij zo duidelijk op haar verjaardagsfeestje had gezien, betekende Issy en Graeme. Samen.

Ze moesten alles van tevoren hebben gepland. Hun geheime plan. Eerst de vastgoedprijzen opdrijven met een klein, chic cupcakecafé, om vervolgens een flinke klapper te kunnen maken. Hij moest toegeven dat het erg slim was. Het café had cachet, wat de waarde van de panden zeker zou opdrijven. Eerst zouden ze met z'n tweetjes de winst opstrijken, om hetzelfde kunstje elders nog eens te herhalen. Ongelofelijk. Hij was er bijna van onder de indruk. Hij wierp een blik op de tekeningen van de architect die bij de aanvraag waren gevoegd. Daar stond het: een groot hek aan het begin van Pear Tree Court, waardoor de hele straat privéterrein zou worden en dat prachtige binnenplaatsje en de boom voor iedereen behalve de bewoners werd afgesloten. Austin dacht terug aan hoe het er een paar weken terug had uitgezien, toen er lichtjes in de boom hadden gehangen en Felipe viool had gespeeld. Toen leek het nog zo'n fijne plek. Hij vroeg zich af hoe ze de ijzerhandelaar hadden weten over te halen om te verhuizen. Tja, voor zulke meedogenloze mensen was niets te gek.

Toch dacht hij ook terug aan hoe enthousiast en gemotiveerd Issy had geleken om haar bedrijf te laten slagen; hoe hard ze werkte en hoe overtuigend ze was. Hij was er als een blok voor gevallen. Ze vond hem vast een enorme oelewapper.

Austin realiseerde zich dat hij door de kamer liep te ijsberen. Dit was belachelijk. Belachelijk! Ze was gewoon iemand die een lening van de bank nodig had gehad, en ze was al een heel eind op weg met terugbetalen, en nu hadden ze er nog een nodig. Ze hadden een goed onderpand en een goede dekking. Het was een simpel zakelijk voorstel, dat hij technisch gezien zou moeten steunen. Graeme werkte voor een respectabel bedrijf, en geld ophalen bij een lokale bank in plaats van een megabank in de City was voor iedereen voordelig, en de planologen zouden er zeker van onder de indruk zijn.

Hij kon niet geloven dat hij Issy zó verkeerd had ingeschat. Hij begon enorm aan zichzelf te twijfelen. Aan zijn instinct.

Ze was totaal niet wie hij had gedacht dat ze was. Niet eens een beetje. Ongelofelijk.

'Oké, dus we hebben Amelia, Celia, Ophelia, Jack 1, Jack 2, Jack 3, Jacob, Joshua 1, Joshua 2, Oliver 1 en Oliver 2,' zei Issy, met haar lijst in de hand. 'Henry komt niet.'

'Henry heeft waterpokken,' zei Louis.

Pearl rolde met haar ogen. Dan kon je er donder op zeggen dat ze het over een week allemaal hadden.

'Met waterpokken ijsje kopen,' zei Louis gewichtig tegen Issy.

'Nou, als jij de waterpokken hebt, krijg je frozen yoghurt,' zei Issy, en ze gaf een kusje op zijn hoofd.

'Iss yoghurt,' zei Louis. Buiten was het een prachtige dag, en Issy en Louis hadden al een tijdlang rondjes om de boom gerend, onder toeziend oog van Pearl. Issy had haar verteld wat er allemaal gebeurd was. Dat leek haar wel het beste. Graeme was zo'n nukkige, onvolwassen man. En aangezien er al zoveel kinderen kwamen, hoefde er niet nog eentje bij.

Pearl had haar gedachten kort over Ben laten gaan. Een mens kon veranderen. Dat wist ze heel zeker. Natuurlijk. Jongens werden volwassenen, werden mannen. En dan deden ze wat je als man hoorde te doen. Toch dacht ze dat het in het geval van Issy zo waarschijnlijk beter was.

Pearl klemde haar kaken op elkaar. En zelfs zonder Ben – ze keek hoe Issy Louis op zijn buik kietelde – soms moest je het maar doen met de familie die je elders vond. Maar toch. Ze slaakte een zucht. Die leuke, slordige man van de bank. Goed, hij was een beetje raar, maar dát was tenminste een echte man. Een man die wist hoe hij voor zijn gezin moest zorgen.

'Oké!' zei Issy, toen ze de eerste terreinwagen Albion Road zag opdraaien en er een licht nerveuze, perfect gekapte jonge moeder uitstapte, met een onberispelijk gekleed kind in overhemd en pantalon dat een groot cadeau vasthad. Louis rende naar buiten om hen te begroeten.

'Jack! Hoi, Jack!'

'Hawwo, Louis!' brulde Jack.

Louis keek verwachtingsvol naar het cadeau.

'Geef het cadeau maar aan Louis,' zei de moeder ferm. Jack keek naar het cadeau. Louis keek naar het cadeau.

'Geef maar aan Louis, Jack,' zei de moeder, met strakgespannen kaken. 'Weet je nog? Vandaag is Louis jarig.'

'Mij fjaadag!' zei Jack, en hij begroef zijn gezicht in het cadeau.

'Vandaag is niet jouw verjaardag, Jack,' zei de moeder. 'Geef maar aan Louis, alsjeblieft.'

'Mij fjaadag.'

'Mij fjaadag!' viel Louis hem bij. Jacks lip trilde. Issy en Pearl renden naar buiten.

'Hallo, hallo!' zei Pearl. 'Wat leuk dat jullie er zijn!'

'Kijk eens wat ik voor jullie heb,' zei Issy, en ze boog zich voorover naar Jack en Louis met twee kleine schortjes in haar handen. 'Willen jullie meesterbakker worden en met mij cakejes komen bakken?'

'Gaan we cakejes eten?' vroeg Jack achterdochtig.

'Jazeker! Eerst gaan we cakejes maken, en dan gaan we ze opeten,' zei Issy.

Met tegenzin liet Jack zich bij de hand pakken. Achter hem arriveerden stukje bij beetje de andere kinderen. Maar niet alleen kinderen: mevrouw Hanowitz kwam ook, met een chique paarse hoed op; de drie bouwvakkers, die elk hun kinderen meebrachten; natuurlijk Mira met Elise; Des, de makelaar, met Jamie; de twee studenten die aan hun scriptie hadden moeten werken maar liever werk van elkaar hadden gemaakt; twee brandweermannen, en tot slot Zac, Helena en Ashok.

'Heeft Louis jullie uitgenodigd?' zei Issy, blij hen te zien. Ashok en Helena waren innig verstrengeld.

'Dat heeft hij zeker,' zei Helena. 'We hebben een dokterstas voor hem meegenomen. Het is een echte dokterskit, minus alle scherpe voorwerpen.'

'Ik dacht dat de zorg geld tekort kwam,' zei Issy terwijl ze de koffiemachine aanzette. Ze hadden alle tafeltjes tegen elkaar geschoven zodat ze nu één lange werkbank hadden, en toen iedereen er was, Oliver niet meer in een hoekje zat te huilen en zijn moeder ophield met zeggen dat hij niet in een hoekje moest zitten huilen, gingen ze van start.

Graeme was die ochtend om vijf uur wakker geworden, was rechtovereind in bed gaan zitten en had daarna met een bonkend hart naar het plafond liggen staren. Wat bezielde hem? Wat had hij gedaan? Dit was een ramp! Een regelrechte ramp. Waarom had hij Issy het nu al laten uitmaken? Als de deal rond was, kon ze doen wat ze maar wilde.

Hij cancelde zijn squashwedstrijd, want het vooruitzicht om met Rob grappen te maken over hoe sexy of koe-achtig de vrouwen die in de sportschool voorbijliepen waren kon hij nu echt niet aan. Misschien kon hij een rondje gaan hardlopen, om alles uit zijn systeem te krijgen?

Zwetend kwam hij terug bij zijn appartement – deels van het hardlopen en deels omdat hij de zenuwen had. Hij had een nieuw bericht in zijn inbox. Het bericht was afkomstig van de bank waar ze de lening hadden aangevraagd, met een verzoek tot een afspraak op maandag. Fuck. Fuck, fuck, fuck. Ze gingen nog ja zeggen ook. Natuurlijk zouden ze ja zeggen. Je hele leven probeerde je dingen gedaan te krijgen, was iedereen gruwelijk traag en zat er nooit schot in de zaak, en juist wanneer je wilt dat iets niet gedaan wordt, is het in een vloek en een zucht geregeld. Graeme was al onderweg naar de douche, toen hij iets zag waar hij koude rillingen van kreeg. De naam onder die e-mail... Waar kende hij die naam van?

Austin Tyler.

Hij schudde zijn hoofd. Fuck. Dat was die slungelige vriend van Issy. Dezelfde kerel. Sjezus, dit hoorde natuurlijk vertrouwelijk te blijven... maar hij was op haar verjaardagsfeestje geweest, hij had hem gezien. Als die twee bevriend waren... Als Austin de aanvraag had gelezen, zou hij Issy er vast over vertellen. Hij deed toch haar bankzaken? Het zou vreemd zijn als hij het níét zou vertellen. Maar als ze het van iemand anders hoorde dan van hem... De rillingen liepen Graeme over het lijf. Daar zou ze vast niet blij mee zijn. Totaal niet blij. En de gevolgen voor hem, en voor zijn baan, als Issy het niet zou pikken...

Graeme douchte zich twee keer zo snel als anders, trok de eerste de beste kleren aan die hij kon vinden – niets voor hem – en rende naar zijn auto.

'Oké,' zei Issy, toen iedereen eindelijk koffie had. Achter in de winkel stonden de mensen zelfs tegen de muur gedrukt. Het was echt bizar druk. Zelfs de juffen van de kinderopvang van Louis waren er; Issy kon nauwelijks geloven dat ze uit eigen beweging op een zaterdag langskwamen, nadat ze die kinderen al vijf dagen gezien hadden, maar toch waren ze er. Eigenlijk best bijzonder, als je erover nadacht. Echt een fijne opvang. Het was de andere moeders ook opgevallen, en nu vroegen ze zich af waarom zij er niet aan hadden gedacht om het personeel van de opvang uit te nodigen. Dit riekte naar voortrekkerij. En daar haalden ze hun neus voor op.

Pearl haalde haar neus op voor alle moeders bij elkaar. Natuurlijk was het voortrekkerij. Want wie zou haar stralende Louis niet verkiezen boven bijvoorbeeld Oliver, die inmiddels in zijn broek én op de vloer had geplast, en wiens moeder de hysterie even nabij was als haar zoontje? Ze keek om zich heen. Eén persoon ontbrak.

'Goed,' zei Issy, en iedereen viel stil. Ze zette zelfs het favoriete feestbandje van Louis zachter, dat knalhard aanstond en waar 'Cotton Eye Joe' negen keer achter elkaar op stond.

'Voor we beginnen: heeft iedereen zijn handen gewassen?'

'Ja-a!' zeiden alle kleintjes in koor, alhoewel de hoeveelheid snot die te zien was deed vermoeden dat de cakejes meer dan sappig genoeg zouden worden.

'Goed, als eerste pakken we de bloem...'

Klootzak, schold Graeme in zichzelf, omdat een wit busje hem er niet tussen liet toen hij vanaf de Westway probeerde in te voegen. Iedere dag zo'n kloterreis door half Londen maken was echt volslagen belachelijk, dan was je als forens toch niet goed bij je hoofd? Het verkeer was een nachtmerrie, en door het zonnige weer was iedereen op straat, staken mensen over bij voetgangersovergangen of hingen ze rond op straathoeken, waardoor de boel helemaal dichtslibde. Hij had goddomme haast.

'Austin!'

'Nee.'

'Ik wil naar dat feestje!'

'Ik zei nee.'

'Maar ik heb me hartstikke goed gedragen!'

'Je hebt me beschoten met pijl-en-boog.'

'Dan ga ik wel alleen,' zei Darny. 'Je kunt me niet tegenhouden. Ik ben tien.'

Darny ging zitten en begon zijn veters te strikken. Dat kon even duren, maar toch. Austin wist nooit wat hij moest doen als Darny zo koppig deed. Hij had zijn jongere broertje nog nooit fysiek gestraft. Nooit, niet één keer, zelfs niet toen Darny zijn portemonnee boven het toilet had gehouden en die langzaam, pasje voor pasje, had leeggemaakt, en hem daarbij strak bleef aankijken. En Darny had gelijk: hij had zich prima gedragen, in ieder geval niet slechter dan normaal, en daarom verdiende hij geen straf. Maar Austin had er weinig trek in om Issy te zien. Hij was kwaad: hij was teleurgesteld in haar, voelde zich belazerd, ook al besefte hij dat hij het recht niet had om zich zo te voelen. Ze had hem nooit iets beloofd. Maar ze had zich een klein stukje van de buurt waar hij was opgegroeid toegeëigend, een buurt waar hij van hield, en daar had ze echt iets moois van gemaakt: ze had bloemen op het pleintje gezet, een gekleurde luifel opgehangen en mooie tafeltjes neergezet. Het was een fijne plek om naartoe te gaan, om andere mensen te zien genieten van een beetje rust of een goed gesprek, onder het genot van bijvoorbeeld een stuk overheerlijke kersentaart. En nu ging ze de tent sluiten, gooide ze de boel dicht. En dat alles voor een beetje poen. Hij was totaal niet in de stemming voor een kinderfeestje. Ze gingen niet, en daarmee uit.

Hij werd uit zijn gedachten opgeschrikt door het dichtslaan van de deur.

'Goed,' zei Issy. 'Nu komt het moeilijkste gedeelte. Zouden de mama's alsjeblieft kunnen helpen met de eieren?'

'Neeee!' zeiden een hele hoop stemmetjes tegelijkertijd. 'Zelluf doen!'

De moeders keken elkaar aan.

Issy trok haar wenkbrauwen op. 'Nou, ik heb heel veel extra eieren gekocht. En als een andere mamma jullie nu eens helpt? Alle mamma's één plekje doorschuiven alsjeblieft!'

En verdomd, de peuters vonden het prima om geholpen te worden door iemand die niet hun moeder was. Issy maakte er een mental note van voor toekomstige kinderfeestjes. Een bundel zonlicht viel door een van de ramen en belichtte een vrolijk tafereel: de volwassenen, die in en om het café stonden te kletsen en nieuwe vrienden maakten, en de jongetjes en meisjes, die allemaal op een rijtje stonden en zich concentreerden op hun houten lepels en beslagkommen. Aan het hoofd van de tafel stond Louis met een verjaardagskoksmuts op vrolijk te bonken met een pollepel en commentaar te geven op het werk van de anderen – 'Goed zo, Alice. Goede cake' – als de ware café-autoriteit die hij, zo vermoedde Issy, inmiddels waarschijnlijk was.

De tweeling van Kate probeerde twee identieke cakejes te maken door alles op hetzelfde moment te mengen, maar Kate haalde ze uit elkaar en maakte er over hun hoofden heen een zootje van, terwijl ze op bijtende toon zei: 'Natuurlijk zouden we nu cakes in onze eigen keuken staan bakken als we niet van die waardeloze, nutteloze bouwvakkers hadden.'

'Let op je woorden, schat,' zei de voorman, wiens eigen drie jaar oude zoontje naast de tweeling als een bezetene stond te kloppen. Serafina ging op haar tenen staan en gaf het jongetje een kusje. Kates mond viel open. Als haar wenkbrauwen nog hadden kunnen bewegen, waren ze de lucht in gevlogen. Toen kwam Jane aan de andere kant van het jongetje staan, ging op haar tenen staan en kuste zijn wang.

'Ik vind je lief, Ned,' zei ze, en de bouwvakker straalde, terwijl Kate deed alsof ze uit het raam keek en buiten iets nieuws en interessants zag.

'Achilles, lieverd,' riep een trillende stem van achter de toonbank. 'Rechtop staan! Want een goede houding is de sleutel tot een goede gezondheid!'

De schouders van de kleine Achilles verstijfden, maar hij draaide zich niet om. Issy gaf hem een aai over zijn bol toen ze langsliep. Hermia stond verlegen langs de kant.

'Dag, lieverd,' zei Issy en ze boog zich voorover. 'Hoe gaat het op school?'

'Ze doet 't geweldig!' schalde Caroline. 'Ze denken erover om haar in de topklas te plaatsen. En ze speelt fantastisch fluit!'

'Echt?' zei Issy. 'Ik was vreselijk slecht in muziek. Wat een slimmerd ben jij!'

Het kleine meisje wenkte Issy dat ze op haar hoogte moest komen met haar hoofd en fluisterde in haar oor: 'Ik ben er ook heel slecht in.'

'Geeft niks' zei Issy. 'Er zijn nog een heleboel andere dingen die je kunt doen. Maak je geen zorgen. Wil je ook een cakeje maken? Daar ben je vast goed in!'

Hermia glimlachte blij, ging naast Elise staan, en stroopte vrolijk haar mouwen op.

Issy maakte een rondje om er zeker van te zijn dat iedereen iets te drinken had. Luisterend naar het gerinkel van kopjes, de flarden van gesprekken en het gekraai en gesnuffel van de kinderen, voelde ze plotseling, heel diep vanbinnen, een diepe rust, een vervulling, omdat ze met haar eigen blote handen uit het niets iets had opgebouwd. Dit heb ík gemaakt, dacht ze. Plotseling was ze zo blij dat ze wel kon janken; ze wilde Pearl, Helena en iedereen knuffelen die haar had geholpen om haar droom werkelijkheid te maken, waardoor ze nu het voorrecht had haar geld te verdienen met zichzelf onder het meel smeren op het feestje van een driejarige.

'Goed zo, jongens, jullie zijn heel goed aan het kloppen!' zei ze, en ze beet op haar lip. 'Heel goed!'

Darny kwam de winkel binnenvallen met een rood hoofd, deels vanwege het rennen, en deels omdat hij de weg was overgestoken zonder op Austin te wachten, die uit zijn vel zou springen van woede. Darny rekende erop dat hij niet uit zijn vel zou willen springen waar alle mensen in het café bij waren. Het kon zijn dat hij het voor later bewaarde, maar dit was Austin, en die kon het ook gewoon vergeten. Het was het risico waard.

'Hoi, Louis,' verkondigde hij vrolijk.

'Dannie!' zei Louis vol adoratie, en wierp zich op Darny, maar zonder eerst het cakebeslag van zich af te vegen, waardoor het toch al vieze T-shirt van Darny onder de bloem kwam te zitten.

'Gefeliciteerd met je verjaardag!' zei Darny. 'Ik heb mijn beste pijl-en-boog voor je meegenomen.'

Plechtig gaf hij Louis zijn pijl-en-boog.

'Wauw!' zei Louis. Pearl en Issy wisselden een blik van verstandhouding.

'Ik zal hem veilig opbergen,' zei Pearl. Ze tilde de pijl-en-boog slinks uit de handen van Louis en legde deze op dezelfde plank als de fruitthee – buiten bereik van kinderhandjes.

'Hoi, Darny,' zei Issy verwelkomend. 'Wil je ook bakken?'

'Eh ja, is goed,' zei Darny.

'Oké dan,' zei Issy. 'Waar is je broer?'

Darny keek naar de grond. 'Eh, die komt eraan...'

Net toen Issy wilde doorvragen, rinkelde de deurbel. Austin kwam binnen, ook met een rood hoofd. 'Wat had ik nou gezegd?'

Theatraal draaide Darny zich om en hij gebaarde naar het café vol mensen. Het harde geluid van Austins stem zorgde ervoor dat Oliver zich opnieuw oprolde tot een balletje en weer begon te huilen.

'Oké, mee naar buiten jij,' zei Austin. Hij zag er gestrest uit.

'Kan hij echt niet blijven?' vroeg Issy, zonder nadenken. 'We gingen net iets bakken...'

Austin keek haar aan. Het was haast niet te geloven. Daar stond ze, met haar bloemetjesschort, roze wangen en een glinstering in haar ogen, cupcakes te bakken met een stelletje deugnieten. Ze zag er totaal niet uit als een boosaardige vastgoedontwikkelaar. Hij rukte zijn blik van haar los.

'Ik had tegen hem gezegd dat het niet mocht,' prevelde Austin, die zich de boeman voelde, nu alle ogen op hem waren gericht.

'Ik heb mijn vwiend Dannie voor mij feestje gevwaagd,'

sprak een klein stemmetje ter hoogte van zijn knieën. Austin keek omlaag. O geweldig, dat kon er ook nog wel bij. Niemand was in staat om Louis iets te weigeren.

'Is mij fjaadag. Ikke drie, niet vijf!' zei Louis. 'Niet vijf, nee,' zei hij opnieuw, verwonderd, alsof hij zichzelf nauwelijks kon geloven. Toen voegde hij daaraan toe: 'Dannie mij pijl boog gegeven.'

Austin knipperde met zijn ogen terwijl hij dit vertaalde. Toen keek hij met enige verbazing naar Darny. 'Heb je hem je pijl-en-boog gegeven?' vroeg hij verbaasd.

Darny haalde zijn schouders op. 'Je weet toch, hij is mijn vriend!'

'Geen "je weet toch" zeggen, graag,' zei Austin automatisch. 'Nou, goed gedaan. Heel goed.'

'Betekent dat dat hij mag blijven?' vroeg Caroline van achter de toonbank. 'Mooi zo! Dag Austin, schat, hallo! Kan ik je iets te drinken aanbieden?'

Darny huppelde naar het andere eind van de lange tafel, waar Pearl iedereen hielp om het cakebeslag in de cakevormpjes te lepelen.

'Nu gaan jullie naar buiten om zakdoekje leggen te doen rond de boom,' legde ze uit, 'en als jullie klaar zijn met spelletjes doen en weer binnenkomen, zijn de cakejes klaar!'

'Jaaaa!' riepen de kleintjes.

'Nee, dank je,' zei Austin, maar toen veranderde hij van gedachten. 'Ja, doe maar een latte alsjeblieft. Dit is mijn laatste kans op een fatsoenlijke kop koffie de komende tijd.'

Issy was verbaasd hoe erg ze daar van schrok. 'Hoezo?' vroeg ze. 'Ga je weg?'

Austin staarde haar aan. 'Nee,' zei hij. 'Maar jij wel.'

'Hoe bedoel je?' zei Issy, zich ervan bewust dat aan het andere eind van de tafel een van de kinderen zijn cakebeslag had laten vallen en dat Oliver het als een hond oplikte. Ze had wel met Olivers moeder te doen.

Ze richtte haar aandacht weer op Austin. 'Dus je gaat nergens heen?'

Wat een opluchting. Waarom was ze daar zo blij om? En waarom keek Austin haar op die manier aan? Het was een vreemde blik, vol nieuwsgierigheid, maar met ook iets wat op minachting leek. Ze beantwoordde zijn blik. Gek eigenlijk, dacht ze, hoe slecht ze hem had bekeken toen ze elkaar de eerste keer hadden ontmoet – ze had vooral gezien hoe slordig hij eruitzag, maar daar was ze inmiddels wel aan gewend. Maar nu hij er een tikkeltje woest uitzag, viel haar op wat ze al die tijd had gemist: hij was echt superknap. Niet knap zoals mannen in scheermesjesreclames, zoals Graeme, met alleen maar scherpe lijnen, een kaaklijn als Action Man en een perfect gelkapsel, maar knap op een open, eerlijke, vriendelijke en vrolijke manier, met een breed voorhoofd, en die schrandere grijze ogen die zich altijd vernauwden, alsof hij steeds binnenpretjes had; die brede grijns, die kuiltjes in zijn wangen; het warrige, jongensachtige haar. Vreemd dat je dat soort dingen niet altijd zag, niet meteen. Nou ja, logisch. Geen wonder dat ze hem op haar feestje bijna had gekust.

'Niet te geloven,' zei Austin, en hij draaide zich om. 'Laat die koffie maar zitten, eh...'

'Caroline!' kraaide Caroline.

'Ja, dat dus. Darny, over een uur kom ik terug om je op te halen. Ik wacht buiten.'

Afwezig zwaaide Darny terug. Hij was net zo opgewonden als alle driejarigen over de enorme oven waar Pearl hen mee naartoe nam, vergezeld van een heleboel strenge waarschuwingen wat er zou gebeuren als ze het ding ook maar met één vinger zouden aanraken.

'Die man,' hijgde Caroline in haar linkeroor terwijl Austin zich richting de deur bewoog, 'is echt een ongelofelijk lekker ding. Fucking lekker.'

'Fucking lekker?' zei Issy boos. 'Heb je weer televisieprogramma's over cougars zitten kijken of zo? Guess what: cougars bestaan niet!'

'Ik ben geen cougar!' zei Caroline gekwetst. 'Ik ben een moderne vrouw die weet wat ze wil. En je kunt zeggen wat je wilt, maar hij is wel bankier. Dat doet het goed op feestjes!'

'Nou, je hebt het allemaal goed op een rijtje,' zei Issy wat verstrooid, omdat ze ondertussen probeerde te bedenken waarom Austin zo boos was. Omdat hij haar met Graeme had gezien? Haar ego vond het stiekem best fijn dat hij haar écht leuk vond, dat het meer was dan een dronken flirt op een verjaardagsfeestje. Maar als dat waar was, wat moest ze dan nu doen? Ze kon hem niet eeuwig blijven ontlopen.

Net toen ze dit dacht, werd de deur opengeduwd, bijna in het gezicht van Austin, die achteruit moest springen. Graeme kwam het café binnengestormd, en keurde hem nauwelijks een blik waardig.

Graeme keek verward om zich heen. Wie waren al deze mensen? Normaal gesproken was er hier op zaterdagmiddag helemaal niemand. Hij keek naar Issy, die het verschrikkelijk leek te vinden om hem te zien. Austin raakte ingesloten tussen de deur en een slang kindertjes met schortjes om die door Pearl en de postbode als schaapjes naar buiten de zon in werden geleid om zakdoekje leggen rond de boom te spelen. Toen Graeme Issy met die kinderen zag, wist hij weer wat zijn missie was. Maar toen viel zijn oog op Austin.

'Jij,' zei hij.

Austin duwde de deur dicht. 'Onze afspraak is maandag pas,' zei hij zacht.

'Welke afspraak?' vroeg Issy. 'Waar hebben jullie het over?'

Austin draaide zich naar Issy toe. Het hele café keek gespannen toe wat er gebeurde.

'Je weet wel,' zei hij. 'De afspraak, maandag. Dan komen jullie geld lenen voor het project.'

'Welk project? Waar hebben jullie het in godsnaam over?'

Een tijdlang keek Austin haar aan. Issy was in paniek en in de war.

'Wat is er aan de hand?'

'Weet je dat dan niet?

'Nee, dat weet ik niet! Moet ik mensen hier soms cakejes naar hun hoofd gooien voor ik antwoorden krijg?'

Austin keek weer naar Graeme. Deze man was een nog grotere klootzak dan hij al dacht. Ongelofelijk. Hij schudde zijn hoofd. 'Heb je het haar niet verteld?'

'Mij wát verteld?'

Het werd stil in het café.

'Eh,' zei Graeme, 'kunnen we even naar een rustig plekje gaan om hierover te praten?'

'Om waarover te praten?' zei Issy. Ze merkte dat ze stond te trillen. Graeme keek haar heel raar aan – dat deden beide mannen. 'Vertel. Nu meteen. Waar gaat dit over?'

Graeme wreef nerveus over de achterkant van zijn hoofd, waardoor zijn haar rechtovereind bleef staan. Dat deed het altijd, tenzij hij een heleboel gel gebruikte. Hij wist niet dat Issy het zo juist leuker vond zitten.

'Eh, Issy. Ik heb juist heel goed nieuws. Voor ons. We hebben toestemming van de gemeente gekregen om van Pear Tree Court een appartementencomplex te maken!'

'Hoe bedoel je "we"?' zei Issy, wier bloed begon te koken van woede. 'Er is geen "we".'

'Nou, jij, ik en Kalinga Deniki dan,' zei Graeme, die sneller begon te praten. 'Deze hele plek gaat een fantastisch flagshipproject voor Stoke Newington worden.'

'Wij willen geen flagshipproject!' zei iemand achterin. 'Wij willen een café!'

Issy deed een stap naar Graeme toe. 'Je bedoelt dat jij iets wilde doen waarbij… het café gesloten gaat worden? Zonder het mij te vertellen?'

'Maar schatje, luister,' zei Graeme, en hij leunde dichter naar haar toe en keek naar haar op zijn speciale Graeme-manier, met van die lachrimpeltjes rond zijn ogen, waar de stagiaires altijd extra uren door wilden maken. Hij ging zachter praten, zodat de rest van het café hem niet kon horen – al kreeg Austin de essentie wel zo ongeveer mee. 'Luister. Het leek mij echt een goed idee dat jij en ik samen die deal zouden sluiten. We waren zo'n goed team, en dat kunnen we weer zijn. Wij kunnen samen heel veel geld verdienen. Een groter huis kopen. Dan hoef je niet meer iedere ochtend om zes uur op te staan of de hele avond administratie te doen, te onderhandelen met leveranciers, of de wind van voren te krijgen van die accountantmevrouw. Toch?'

Issy keek naar hem op. 'Maar...' stamelde ze. 'Maar...'

'Je hebt hier echt heel goed werk geleverd. Dit café zal ons financieel onafhankelijk maken. Ons een goede basis geven. En dan kun jij iets makkelijkers gaan doen, toch?'

Issy staarde hem aan, met stomheid geslagen, maar ook woedend. Niet op Graeme – dat was een roofdier, en dit was gewoon zijn werk. Maar op zichzelf. Omdat ze nog zo lang bij hem was gebleven, omdat ze deze gluiperd in haar leven had toegelaten, omdat ze zo stom was geweest te denken dat hij zou veranderen, en dacht dat de man die ze had leren kennen – scherp, egoïstisch, aantrekkelijk en niet geïnteresseerd in vastigheid – van de ene op de andere dag was veranderd in het type man waar zij naar verlangde, louter en alleen omdat zij dat wilde. Hoe had ze dit ooit kunnen laten gebeuren? Het sloeg helemaal nergens op. Ze was ook zo'n domme doos!

'Maar dat kan helemaal niet!' zei ze plotseling. 'Ik heb een huurcontract! Ik huur dit pand!'

Graeme trok een berouwvol gezicht. 'Meneer Barstow... wil het ons maar al te graag verkopen. Ik heb hem al gesproken. Je zit bijna aan het eind van je zes maanden.'

'En je moet toestemming...'

'Dat proces is al in werking gezet. Dit is niet bepaald een beschermd stadsgezicht of zo.'

'Dat is het verdomme wel!' zei Issy. Frustrerend genoeg voelde ze haar ogen nat worden van de tranen en kreeg ze een enorme brok in haar keel; buiten zag ze de kinderen lachen en spelen rondom hun geliefde, knoestige, kronkelende, niet-zo-mooie boom.

'Begrijp je het dan niet?' zei Graeme, die wanhopig werd. 'Dit is voor ons! Lieverd, ik heb dit voor ons gedaan! We kunnen het toch weer goedmaken?'

Kwaad keek Issy hem aan. 'Maar... begrijp jíj het dan niet? Ik hou ervan om om zes uur 's ochtends op te staan. Ik hou ervan om administratie te doen. En ik hou zelfs van die gekke mevrouw Prescott. Waarom? Omdat dit van mij is, daarom. Niet van jou, niet van iemand anders en goddomme al helemaal niet van Kalinga Deniki!'

'Dit is niet van jou,' zei Graeme zachtjes. 'Dit pand is van de bank.'

Hierop wendde Issy zich tot Austin. Hij had zijn handen naar haar uitgestrekt en schrok van de woede in haar gezicht.

'Jij wist hiervan?' riep ze tegen hem. 'Jij wist hiervan, en je hebt niks tegen me gezegd!'

'Ik dacht dat je het wist!' protesteerde Austin, geschokt door haar kwaadheid. 'Ik dacht dat dat jullie geheime plan was! De boel eerst opknappen en het dan doorverkopen aan een van die snelle jongens uit de City!'

Toen ze dat hoorde, knapte er iets bij Issy. Ze wist niet hoeveel langer ze de stortvloed van tranen nog kon tegenhouden.

'Dacht je echt dat ik dat zou doen?' zei ze, waarbij alle kwaadheid uit haar stem verdween en plaatsmaakte voor pure droefheid. 'Je dacht dat ik dat zou doen?'

Nu was het Austins beurt om zich verschrikkelijk te voelen. Hij had toch op zijn instinct moeten vertrouwen. Hij liep naar haar toe.

'Blijf uit mijn buurt!' riep Issy. 'Blijf uit mijn buurt. Ga weg. Jullie allebei. Hoepel op!'

Austin en Graeme keken elkaar vol walging aan, waarna Austin de kleinere man voor liet gaan.

'Wacht!' riep Issy toen. 'Hoelang... hoelang heb ik?'

Graeme haalde zijn schouders op. Die kleine, dikke, blozende Issy, die hij goddomme uit de secretaressepoel had geplukt, durfde te beweren dat hij niet goed genoeg voor haar was. Domme koe. Hoe durfde ze hem te dumpen! Hoe durfde ze zijn plannen te dwarsbomen! Plotseling voelde hij een kille woede opkomen: hoe durfde ze zo tegen hem in te gaan.

'Morgen dien ik de aanvraag voor het bestemmingsplan in,' zei hij. 'Je hebt nog een maand.'

Er daalde een stilte over het café neer. De oven piepte. De cakejes van Louis waren klaar.

Terwijl ze de kleintjes terug naar binnen leidde, keek Pearl hoe de tranen over Issy's wangen stroomden en zich een menigte bezorgde omstanders om haar heen verzamelde, en besloot ze dat het tijd was om de witte wijn voor noodgevallen aan te spreken, vergunning of niet. Twee moeders, die het wel spannend vonden om deelgenoot van dit drama te zijn, ontfermden zich over de cakejes van de kinderen, die zodra ze wat waren afgekoeld konden worden versierd: met blauw of roze glazuur, spikkeltjes en kleine zilveren balletjes. Er waren ook bakjes klaargezet met gesneden fruit, sesamzaadjes, stukjes wortel, hummus en zoute stengels. Dit gedeelte van de catering was geregeld door Caroline, 'als cadeautje voor die lieve Louis'. Toen Louis zag wat er in de aanbieding was, had hij haar een van zijn Boze Blikken toegeworpen. Ze hielden dat eten apart van de rest.

Pearl en Helena loodsten Issy naar beneden.

'Gaat het wel?' vroeg Pearl bezorgd.

'Die rat!' schreeuwde Issy. 'Ik doe hem wat! Ik ga hem een lesje leren! We richten gewoon een steunfonds op! We gaan campagne tegen hem voeren, met flyers! Ik graaf zijn graf! Je gaat me wel helpen, toch Helena? Vecht je met ons mee?'

Issy wendde zich tot Helena, die er opeens nogal verstrooid uitzag en op haar lip beet, omdat ze Ashok boven had achtergelaten. Issy legde het allemaal nog een keer uit, waarbij ze een klein beetje moest huilen, vooral op het moment dat ze vertelde dat Austin dacht dat ze het allemaal expres had gedaan. Pearl schudde haar hoofd.

'Ik bedoel,' protesteerde Issy, 'dat kunnen ze toch niet maken? Ze kunnen hier toch niet zomaar binnenvallen, of wel? Kan hij dat?'

Pearl haalde haar schouders op. 'Tja, het pand is eigendom van meneer Barstow.'

'Je vindt wel een ander pand,' zei Helena.

'Niet zoals dit,' zei Issy, om zich heen kijkend naar haar smetteloze voorraadkamer, het kleine raampje dat uitzicht bood op de kinderkopjes van de steeg; haar mooie, perfecte oven. 'Niet zoals hier.'

'Misschien wel beter dan dit,' zei Helena. 'Ga op zoek naar iets groters. Je weet dat je dat kunt. Misschien wordt het tijd om uit te breiden. Nu staan ze hier buiten in de rij!'

Issy stak haar onderlip naar voren. 'Maar ik ben hier gelukkig. En het gaat om het principe.'

Helena snoof. 'Nou, het is niet alsof je ooit naar me hebt geluisterd toen ik tegen je zei dat Graeme een lul was.'

'Ik weet het,' zei Issy. 'Ik weet het. Waarom luister ik ook nooit naar jou?'

'Joost mag het weten.'

'Ze luistert ook nooit naar mij,' zei Pearl.

Helena hief veelbetekenend haar kin.

'En ik wil hem wat laten zien,' zei Issy. 'Ik wil hem laten zien dat je niet zomaar mensen kunt afkopen en kopen omdat jij dat wilt. Je kunt niet zomaar tegen mensen zeggen dat ze weg moeten. O,' zei ze, 'Lena. Vind je het echt niet erg als we nog wat langer samenwonen? Het kan wel even duren voor dit opgelost is.'

'Nou,' zei Helena, die voor haar doen ongewoon zenuwachtig leek, 'nee, ik denk dat we echt zullen moeten gaan verhuizen.'

'Hoezo?'

Helena leek zenuwachtig en opgewonden en keek zoekend in de richting van de trap, naar Ashok.

'Nou,' begon ze, 'het is iets sneller dan gepland, maar...'

Issy staarde haar aan, compleet in verwarring. Pearl was blij en raadde het meteen. 'Jullie krijgen een baby!'

Helena knikte, en zag er voor het eerst van haar leven preuts uit. Het zou nog wel even duren voor dit wende, dacht ze.

Issy schraapte al haar moed bijeen. Ze was er bijna. Het lukte bijna om haar lippen tot de glimlach te plooien die ze zo graag wilde laten zien, die Helena zo ontzettend hard verdiende. Maar helemaal op het laatste nippertje, brak ze. Ze kreeg een brok in haar keel en haar ogen prikten.

'Gefeli...' stotterde ze. En toen gingen de sluizen weer wagenwijd open. Zij had niets en Helena had alles. Dat was zó moeilijk, zó oneerlijk.

'Ach Issy... wat is er nou? Sorry, ik dacht dat je blij zou zijn,' zei Helena, die op haar vriendin toesnelde. 'Ach lieverd toch. Sorry. Natuurlijk moeten we op zoek naar een nieuwe plek, maar we laten je echt niet alleen achter, hoor! Het was een ongelukje, maar we zijn er allebei zó blij mee, en...'

'Lieve Lena,' zei Issy. 'Ik ben hartstikke blij voor jullie.' En weer knuffelden de vrouwen elkaar.

'Natuurlijk ben je dat,' zei Helena. 'Jij wordt de beste peettante ooit! Dan kun je hem mooi leren bakken!'

'En jullie kunnen de geboorte nog zelf doen ook!' zei Issy.

'O god, mag ik alsjeblieft een zakdoek van iemand?'

Er verscheen een moeder boven aan de trap.

'Eh, zullen we "Happy Birthday" zingen voor Louis?'

'Mijn schattebout!' zei Pearl. 'Ik kom, ik kom, ik kom eraan!'

En ook Issy kwam de kelder uit om mee te doen aan het enthousiaste gezang voor een stralende Louis, die naar zijn drie kaarsjes keek en zei: 'ikke vijf kaasjes', waarop Pearl glom van trots: haar kleine jongen, pas drie en hij kon nu al tellen. En toen werd Issy omringd door een menigte mensen die haar vertelden hoe erg ze het vonden van de winkel, hun hulp aanboden en dreigden het planbureau van de stad te schrijven, een demonstratie te houden, of de makelaar te boycotten. (Issy wist niet zeker hoeveel zin dat laatste zou hebben.) Het was hartverwarmend.

'Dank jullie wel allemaal!' zei Pearl ten slotte. Ze sprak het café toe: 'We zullen... tja, we weten nog niet precies hoe, maar we zullen er echt alles aan doen om het café open te houden, dat beloof ik. En laten we nu van Louis' feestje genieten!'

Ze zette de muziek weer harder en keek toe hoe de kinderen, die zich nergens van bewust waren, in het rond dansten, met plakkerige gezichtjes die straalden van geluk, en met Louis als stralend middelpunt. Pearl wilde ook niet dat hier een eind aan zou komen. Dit was niet zomaar een baan. Dit was hun leven. Ze had deze plek hard nodig.

Het was een ware marteling voor Issy om te moeten wachten tot het laatste kind naar huis ging, met een stuiterbal en een extra stukje cake in een zakje, om beleefd klanten en vrienden uit te zwaaien, ze te bedanken voor hun bezorgdheid, om al het afval te verzamelen en de rotzooi op te ruimen, en om alle overgebleven snacks van Caroline in te pakken voor Berlioz. Ze wist het allemaal nauwelijks te doorstaan. Maar wat nog moest komen was erger. Pearl zag het aan haar gezicht.

'Moet je dat echt nu doen?' vroeg ze aan Issy. 'Lieverd, er verandert niets als je die spullen later ophaalt.'

'Ja,' zei Issy. Ze had het gevoel dat ze een enorme steen in haar maag had, ze zat helemaal in de knoop en voelde zich angstig en verkrampt. 'Ja, maar als ik alles bij Graeme laat staan, blijf ik er alleen maar als een berg tegen opzien. Ik moet het meteen doen. Gewoon naar binnen gaan. Ik heb daar toch nauwelijks iets staan. Hij deed altijd nogal moeilijk over meer kastruimte. Had erg veel ruimte nodig voor zijn gel.'

'Zo mag ik het horen,' zei Pearl. Ze keken naar Louis, die op de grond vrolijk met zijn cadeautjes zat te spelen.

'Weet je,' zei Pearl, 'ik zou echt niets aan mijn leven willen veranderen, zelfs niet iets heel kleins. Maar soms... nou, laat ik het zo zeggen: het is makkelijker om ervóór uit elkaar te gaan. En niet erna. Als je begrijpt wat ik bedoel.'

Issy knikte langzaam. 'Maar Pearl... Ik ben tweeëndertig. Wat als dat mijn laatste kans op een baby was? Wat als ik hier weg moet en ergens anders moet gaan werken, hoe kom ik dan ooit iemand tegen? Als ik ergens achter in de keuken van een ander sta, of voor een keten moet werken... Zoiets als dit kan ik niet nog een keer opbouwen, Pearl. Dat kan ik echt niet. Ik heb dit café alles gegeven.'

'Tuurlijk kun je dat wel!' zei Pearl bemoedigend. 'Het moeilijkste heb je al achter de rug. Alle fouten heb je al gemaakt. De volgende wordt een makkie. En tweeëndertig is tegenwoordig jong. Je komt heus wel iemand tegen. En hoe zit het met die knappe bankadviseur? Ik denk dat die veel beter bij je zou passen.'

'Austin?' Issy's gezicht verstrakte. 'Dat denk ik niet. Ik snap echt niet dat hij dacht dat ík hier allemaal achter zat, en dat ik de tent na vijf minuten al zou verkopen. Ik dacht dat hij me leuk vond.'

'Hij vindt je ook leuk,' zei Pearl. 'Zie je wel? Je komt heus wel iemand tegen. Ik weet dat het er nu een beetje somber uitziet, maar...'

Ze keken elkaar aan. En toen moesten ze stom genoeg allebei lachen. Issy werd zelfs een beetje hysterisch, de tranen sprongen haar in de ogen.

'Ja,' zei ze hijgend, toen ze weer op adem was gekomen. 'Dat kun je wel zeggen, ja. Een béétje somber.'

'Ach, je weet best wat ik bedoel,' protesteerde Pearl.

'Ja, gewoon een béétje een slechte dag.'

Pearl moest weer lachen. 'Ja, we hebben wel eens betere dagen gehad.'

'Ja,' zei Issy. 'Zelfs mijn laatste uitstrijkje was leuker dan dit.'

Louis kwam naar hen toe gewaggeld, omdat hij wilde weten waarom ze zo hard hadden moeten lachen. Issy keek hem berouwvol aan. 'Dag, poepie!'

Louis strekte zijn handen naar zijn moeder uit. 'Leukste fjaadag,' zei hij trots. 'Louis' leukste fjaadag.' Toen ging hij wat zachter praten. 'Mama, waa is papa?'

Ben was toch niet komen opdagen. Pearl trok een uitge-streken gezicht.

Het appartement van Graeme had aan de straatkant geen ramen, dus Issy kon met geen mogelijkheid weten of hij thuis was of niet, behalve door gewoon op de intercom te drukken, maar ze was niet plan om met hem te praten, tenzij strikt noodzakelijk. Ze slikte moeizaam, en stapte met tegenzin uit de taxi.

'Alles in orde, meissie?' vroeg de taxichauffeur, waarna ze hem bijna het hele verhaal had toevertrouwd, maar toen toch maar uitstapte. Het was niet echt warm meer, maar zacht genoeg voor alleen een vestje.

'Ja,' zei ze, en ze bedacht dat dit de laatste keer was dat ze hier ooit zou uitstappen. Hij was vast niet thuis. Het was tenslotte zaterdagavond. Hij was vast uit met zijn maten om een paar biertjes te drinken en in een club een nieuwe chick te versieren. Hij zou het weglachen, zeggen dat hij eindelijk zijn vrijheid terug had, opscheppen over hoeveel geld hij met deze deal ging verdienen. Ze slikte nog eens. Hij gaf geen bal om haar. Dat had hij nooit gedaan. Het ging hem al die tijd om geld. Alleen om geld. Hij had haar tijden aan het lijntje gehouden, en ze was er ook nog als een blok voor gevallen.

Issy was er dusdanig van overtuigd dat hij zich die avond vermaakte in een cocktailbar en waarschijnlijk net een of ander blondje had veroverd, dat ze totaal niet verwacht had Graeme te zien, nadat ze via de schaars verlichte hal was binnengekomen. Sterker nog, ze zag hem bijna over het hoofd. Hij zat in zijn kamerjas – Issy wist niet eens dat hij een kamerjas had – in zijn nep-Le Corbusier-fauteuil met een glas in zijn hand uit het raam te staren, naar de minimalistische tuin op de binnenplaats waar nooit iemand kwam. Toen ze binnenkwam schrok hij op, maar draaide zich niet om. Daar stond Issy. Haar hart bonkte pijnlijk hard.

'Ik kom m'n spullen halen,' verkondigde ze op luide toon. Na alle drukte die dag was het in de flat doodstil. Graeme pakte zijn glas wat steviger beet. Zelfs nu nog, realiseerde Issy zich, wachtte ze op een teken – iets waaruit bleek dat hij gek op haar was geweest, dat ze iets voor hem had betekend, hem gelukkig had gemaakt. Dat ze meer was dan zomaar een meisje van kantoor dat toevallig goed van pas kwam. Iemand die hij had gebruikt om te krijgen wat hij wilde.

'Je doet je best maar,' zei Graeme, zonder haar aan te kijken. Issy pakte al haar spulletjes in een koffertje. Veel was het niet. Graeme vertrok al die tijd geen spier. Toen beende Issy de keuken in, waar ze een flinke voorraad had aangelegd. Ze pakte 250 gram bloem, vijf eieren, een vol blikje suikerstroop en een klein zakje discodip en roerde alles met een pollepel goed door elkaar.

Toen droeg ze het kleverige mengsel de woonkamer in, waar ze het, met een geroutineerde polsbeweging, uitgoot over Graemes nietsvermoedende hoofd.

Het voelde anders in de flat. Issy kon er de vinger niet op leggen. Het kwam niet alleen doordat er een aantal weken een nieuwe persoon bij hen woonde – Ashok was interessant, serieus en ontzettend charmant – maar ook door de veranderde dynamiek. Er lagen stapels brochures van makelaars in de flat, en ook een boek over zwangerschap.

Issy had het gevoel dat de hele wereld verderging met het leven, behalve zij. Daardoor voelde ze zich slecht op haar gemak wanneer ze haar roze keuken binnenliep en op de enorme piepende zitbank neerplofte. Ze voelde zich een vreemde in haar eigen huis. Ze wist dat dat belachelijk was. Het ergst van alles was de schaamte die ze voelde, omdat haar eerste en enige poging tot samenwonen zó snel zó slecht was afgelopen.

Helena begreep ook wel dat Issy uitleggen dat Graeme altijd al een rotte appel was geweest niet bijzonder nuttig was, en er voor Issy zijn wel, dus deed ze haar best, ook al had ze de neiging iedere vijf minuten in slaap te vallen.

'En, wat ga je nu doen?' vroeg Helena, praktisch als ze was. Issy zat televisie te kijken, zonder iets te zien.

'Nou, maandagochtend ga ik weer open... maar wat ik daarna ga doen weet ik nog niet precies.'

'Het is je één keer gelukt,' zei Helena. 'Dus je kunt het ook een tweede keer.'

'Ik ben alleen zo moe,' zei Issy. 'Zo ontzettend moe.'

Helena stuurde haar naar bed, ook al dacht Issy dat ze geen oog dicht zou doen. Evengoed sliep ze bijna de halve zondag. Toen ze zag hoe de zon door haar gordijnen piepte, voelde zich ietsje optimischer. Een ietsiepietsie.

'Ik kan ergens werk proberen te vinden als bakker,' zei ze.

'Maar het probleem is dat ik dan nóg vroeger moet beginnen dan nu, en er zijn al een miljoen briljante patissiers in Londen, en...'

'Ho maar,' zei Helena.

'Misschien had iedereen al die tijd gelijk,' zei Issy. 'Misschien had ik toch podotherapeut moeten worden.'

Op maandagochtend raapte ze een envelop van de deurmat. Ja, dit was 'm. Een kennisgeving om te sluiten zodra haar huurcontract afliep. Aan de lantaarnpalen rondom het pleintje waren met wit touw gelamineerde overzichten van de bouwvergunning opgehangen. Issy kon het nauwelijks verdragen ze beter te bekijken. Op de automatische piloot begon ze aan al het bakwerk voor die dag en zette ze haar eerste kop koffie; ze deed alles wat ze normaal ook deed, in de hoop dat de paniek die ze voelde opborrelen zou zakken. Het kwam vast wel goed. Ze vond vast wel iets. Ze zou met Des praten, die wist wel iets. In haar verwarring had Issy zijn nummer al ingetoetst, voordat ze zich realiseerde dat het pas zeven uur 's ochtends was. Hij nam direct op.

'O, sorry,' zei Issy.

'Geeft niet,' zei Des. 'Tanden. Ik ben al uren wakker.'

'O jee,' zei Issy. 'Heb je de tandarts gebeld?'

'Eh, tandjes, van Jamie. Eerder tandjes.'

'O ja, natuurlijk.' Issy schudde haar hoofd. 'Eh...'

'Sorry,' zei Des meteen. 'Sorry! Belde je op om tegen me te kunnen schreeuwen?'

'Hoezo dat?' zei Issy.

'Omdat wij mogelijk de verkoop van de appartementen gaan regelen. Sorry. Het was niet mijn keus, het is puur...'

Daar had Issy nog helemaal niet aan gedacht. Ze belde alleen om hem naar vrijstaande panden te vragen. Natuurlijk.

'... zakelijk,' zei ze mat.

'Ja,' zei Des. 'Ik dacht dat je het wist.'

'Nee,' zei Issy mat. 'Ik wist van niks.'

'Sorry,' zei Des, en het klonk alsof hij het echt meende. 'Ben je op zoek naar een nieuw pand? Wil je dat ik wat telefoontjes voor je doe? Ik zal iedereen bellen, oké? Ik ga mijn best doen om iets moois voor je te vinden, goed? Dat is wel het minste wat ik kan doen. Maar weet je, heel vaak lopen dit soort speculatieve projecten op niets uit. Ik wilde je niet nodeloos aan het schrikken maken. Het spijt me echt.'

Jamie begon in de telefoon te brullen.

'Het spijt Jamie ook.'

'Geeft niet,' zei Issy. 'Het is al goed. Het is niet jouw schuld. En ja, mocht je iets vinden... heel graag.'

'Oké,' zei Des. 'Oké. Sorry. Goed. Ja.'

Toen Issy de telefoon ophing, was hij zich nog steeds aan het verontschuldigen.

Pearl was in een sombere bui. 'Kop op,' zei Caroline. 'Je vindt vast wel iets anders.'

'Dat is het niet,' zei Pearl. Ben was twee dagen niet thuisgekomen. Hij was uitgegaan met zijn vrienden, van het een was het ander gekomen en ze hadden de grootste lol gehad, en Ben begreep niet wat het probleem was; Louis zou nog veel vaker jarig zijn, en hij had zelfs een cadeau bij zich (namelijk een enorme racebaan met speelgoedautootjes die niet in het appartement zou passen). Pearl had hem eerst zijn zegje laten doen en toen de deur in zijn gezicht dichtgeslagen.

'Het is toch niet te geloven dat hij niet bij de verjaardag van zijn kind was?' legde ze Caroline uit, die daarop haar keel schraapte.

'Dat is nog niks,' zei ze. 'Mijn ex heeft alle verjaardagen, kooroptredens, schoolmusicals gemist... alles. "Werken",' snoof ze. 'M'n reet.'

'Ja, precies,' zei Pearl. 'Maar daarom is het ook je ex.'

'Daarom is het niet mijn ex,' zei Caroline. 'Geen enkele

vader hier doet dat soort dingen. Ze zijn allemaal veel te hard aan het werk om die grote chique huizen te kunnen betalen. Die kinderen hier hebben geen idee hoe hun vaders eruitzien. Ik heb hem gedumpt omdat hij het met die vreselijke del deed. Daaruit bleek wel hoe weinig smaak hij heeft. Ha, als elke vrouw haar man zou dumpen vanwege het verwaarlozen van zijn kinderen...'

De deur klingelde. Het was de bouwvakker, die ene die zijn zoon had meegebracht naar Louis' feestje.

'Kop op, schat,' zei hij, inmiddels zijn vaste begroeting.

Caroline bekeek hem van top tot teen en liet goedkeurend haar blik over zijn gespierde borst, zijn ondeugende grijns en zijn ringloze vinger glijden.

'Daar zorg jij wel voor,' zei ze en ze leunde over de toonbank naar hem toe, en bood hem een inkijkje in haar niet-bestaande decolleté. 'Een keer per dag worden opgevrolijkt, mmm... daar houd ik wel van.'

'Chique dame,' mompelde de bouwvakker zachtjes, en hij glimlachte vrolijk. 'Geef me nog eens een beetje schuim, schat.'

Pearl rolde met haar ogen.

Nu ze erover nadacht, waren er vooral veel nanny's op het feestje geweest, een paar opgedirkte moeders, en Austin natuurlijk, maar geen vaders, niet echt. Ze zuchtte.

'Is hij al met een van je vriendinnen naar bed geweest?' vroeg Caroline, toen de bouwvakker met een knipoog en een telefoonnummer in zijn handen wegliep.

'Nee, nog niet,' gaf Pearl toe.

'Kijk eens aan,' zei Caroline. 'Dan zou ik hem nog niet afschrijven.' Ze zwaaide met een brief. 'Je gelooft nooit wat ik vanochtend heb gekregen.'

'Wat dan?'

'Van zijn advocaten. Blijkbaar had ik het huis kunnen houden als ik mijn baan hier had kunnen garanderen, omdat ik zo dichtbij woon dat ik geen nanny nodig heb om de kids op te kunnen halen.' Caroline schudde haar hoofd. 'Nu ben ik weer terug bij af. Geen baan, maar ik heb bewezen dat ik werk kan vinden, en dus moet ik werken. En dus moet ik verhuizen. God, man! Geen wonder dat ik behoefte heb aan wat geflirt.' Ze zuchtte.

'Hmmm,' gromde Pearl, en ze boog zich weer over haar velletjes papier.

'Wat ben je aan het doen?' vroeg Issy, die de trap op kwam lopen.

'De gemeente aanschrijven natuurlijk.'

'O,' zei Issy.

'Lijkt je dat geen goed idee?'

'Erg onwaarschijnlijk. Plus, ik ken Kalinga Deniki. Ze doen dit soort projecten alleen als ze denken dat het kat in 't bakkie is.'

'En dus doe je niets,' zei Pearl, en ze ging verder met schrijven. Het was het rustigste moment van de ochtend, na de ochtendspits maar voor de komst van het clubje moeders halverwege de morgen.

Issy staarde nog maar eens uit het raam en slaakte een zucht.

'En houd op met dat gezucht de hele tijd, ik krijg er koppijn van.'

'En ik niet van jou, met dat gesnuif, elke vijf minuten?'

'Ik snuif helemaal niet!'

Issy trok haar wenkbrauwen op, pakte haar koffiekopje, liep ermee het pleintje op en bekeek de winkel eens kritisch. Sinds de komst van het warme weer hadden ze het café een upgrade gegeven. Ze hadden een roze met wit gestreepte luifel opgehangen, die er in het zonlicht mooi en fris uitzag, en goed paste bij de tafels en stoelen die ze van haar opa had gekregen. Vanuit de zon zag de schaduw onder de luifel er ontzettend uitnodigend uit, en de planten die Pearl aan beide kanten van de deur had neergezet versterkten dat effect nog eens. De sleutelhanger glinsterde in het zonlicht. Issy knipperde haar tranen weg. Ze kon niet meer huilen. Maar ze kon zich de kleine oase die ze had gecreëerd nergens anders voorstellen; dit was haar plekje in de wereld, haar domein. En nu werd het gesloten, in mootjes gehakt en veranderd in een of andere stomme garage voor een stel stomme, veel te dure appartementen.

Issy kuierde richting de winkel van de ijzerhandelaar. Hoe zou hij het aanpakken? Hadden ze hem ook weg weten te krijgen, of had hij de dans op de een of andere manier weten te ontspringen? Ze wist niet eens of meneer Barstow ook zijn huurbaas was.

De metalen rolluiken waren nog steeds dicht, en dat om tien uur 's ochtends. Issy kneep haar ogen tot spleetjes en probeerde door het rooster heen te kijken. Wat bevond zich daar binnen? Er zaten weliswaar kleine gaatjes in, maar door het felle zonlicht kon ze weinig zien. Ze bleef staan om naar binnen te turen. Haar ogen wenden aan het donker, en aan de andere kant van het glas ontwaarde ze nu donkere contouren. Plotseling zag ze een bleke schim bewegen.

Issy slaakte een gilletje en sprong bij het rooster vandaan. Met veel kabaal gingen de rolluiken automatisch omhoog. Er moest daar iemand binnen zijn, waarschijnlijk de persoon die ze zojuist had gezien. Ze slikte moeizaam.

Nadat het rooster helemaal was ingerold, werd de deur van binnenuit naar haar toe opengedaan. Daar stond de ijzerhandelaar. In zijn pyjama. Issy stond paf. Het duurde even eer ze van haar verbazing was bekomen.

'U... u woont hier?' vroeg ze verbouwereerd. Chester knikte plechtig, zoals hij dat vaker deed. Hij nodigde haar uit om binnen te komen.

Voor het eerst betrad Issy zijn winkel. Ze kon haar ogen nauwelijks geloven. Voor in de winkel bevonden zich de potten, pannen, moppen en schroevendraaiers. Maar achter in de winkel lag een beeldschoon Perzisch tapijt, waar een hemelbed van Balinees houtsnijwerk op stond. Ernaast een klein nachtkastje met een flinke stapel boeken, een Tiffany-lamp en een grote houten kledingkast met spiegel. Issy knipperde twee keer met haar ogen.

'O wauw!' zei ze, en toen, voor de tweede keer: 'U... u woont hier.'

Chester keek beschaamd. 'Eh, ja. Ja, dat klopt. Normaal gesproken hang ik hier overdag een gordijntje voor... of ik doe de winkel dicht als iemand iets lijkt te willen kopen. Koffie?'

Achter hem zag Issy een kleine maar onberispelijke kombuiskeuken. Op het gasfornuis pruttelde een dure vintage percolator van Gaggia. Het rook verrukkelijk.

'Eh, ja graag,' zei Issy, ook al had ze die ochtend al veel te veel cafeïne op. Deze grot van Aladdin had iets heel onwerkelijks. De man leidde haar naar een met bloemetjesstof beklede fauteuil.

'Ga zitten. Je hebt het me knap lastig gemaakt, weet je dat?'

Issy schudde haar hoofd. 'Maar ik kom al jaren in dit straatje, en dit winkeltje heeft hier altijd al gezeten!'

'O ja,' zei de man. 'Zeker. Ik zit hier al negenentwintig jaar.'

'U woont hier al negenentwintig jaar?'

'Niemand heeft me ooit eerder lastiggevallen,' zei de man. 'Dat is het mooie aan Londen.'

Nu ze hem zo hoorde praten, viel het Issy opnieuw op dat hij een accent had.

'Niemand die zich met je bemoeit. En zo heb ik het graag. Totdat jij kwam natuurlijk. Steeds erin en eruit, je laat cakejes achter, wilt me dingen vragen. En klanten! Je bent de eerste die mensen naar dit steegje heeft gebracht.'

'En nu...'

'En nu moeten we hier weg, ja.' De man keek naar de opzeggingsovereenkomst die hij in zijn hand hield. 'Ach, het moest er toch een keer van komen. Hoe gaat het met je grootvader?'

'Ik was eigenlijk van plan hem dat zelf te vragen.'

'Goed zo. Is hij goed genoeg om een gesprek te kunnen voeren dan?'

'Niet echt,' zei Issy. 'Maar ik voel me er altijd beter door. Egoïstisch, ik weet het.'

Chester schudde zijn hoofd. 'Dat is het helemaal niet, weet je dat.'

'Het spijt me echt heel erg!' zei Issy. 'Ik heb die projectontwikkelaars hierheen gebracht. Dat was niet mijn bedoeling, maar het is wel gebeurd.'

Chester schudde zijn hoofd. 'Nee, dat heb je niet,' zei hij. 'Weet je, Stoke Newington was vanuit Londen altijd een halve dag rijden. Een prachtig dorp, lekker ver van de stad. Zelfs toen ik hier kwam, was het al een beetje shabby en verlopen, maar je kon hier je gang gaan. De dingen op je eigen manier doen. Een beetje anders zijn en van de gebaande paden afwijken.'

Chester serveerde de koffie met melk, in twee verfijnde, piepkleine porseleinen kop-en-schotels.

'Maar de boel wordt schoongeveegd, opgeknapt. Vooral plekken met karakter, zoals hier. Eigenlijk is er niet zoveel meer over van het oude Londen.'

Issy sloeg haar ogen neer.

'Meisje, dat geeft niet. Het moderne Londen heeft veel goeds te bieden. Moet je jou nou zien, jij komt er wel, hoor!'

'De vraag is alleen waar.'

'Hmm, dat geldt voor ons allebei.'

'Maar wacht even, kraakt u dit?' zei Issy. 'Kunt u niet gewoon aantonen dat u hier woont?'

'Nee,' zei Chester. 'Als het goed is heb ik hier ergens het huurcontract liggen... ergens.'

Ze nipten van hun koffie.

'Er moet toch iets zijn wat ik kan doen?' zei Issy.

'De vooruitgang houd je niet tegen,' zei Chester, en hij legde met zacht gerinkel zijn koffielepeltje neer. 'Geloof me, ik kan het weten.'

Austin was voor de verandering een keer op tijd. En ook nog netjes gekleed, of zo netjes als mogelijk was zonder dat Darny doorkreeg waar hij het strijkijzer bewaarde. Hij haalde nerveus een hand door zijn dikke bos haar. Hij kon nauwelijks geloven wat hij ging doen. Hij zette alles op het spel. En waarvoor? Voor een of ander stom bedrijf dat waarschijnlijk toch zou verhuizen. Voor een of andere meid die hem toch niet zag staan.

Janet was er natuurlijk al, even slim en efficiënt als altijd. Zij was ook op het verjaardagsfeestje en ze wist wat hij in zijn agenda had staan. Ze keek hem aan.

'Verschrikkelijk gewoon!' zei ze, ongewoon fel. 'Echt verschrikkelijk, wat die man van plan is.'

Austin keek haar aan.

'Dat leuke meisje en die prachtige winkel, om daar een zielloos ding voor stomme zakenmannen van te maken. Echt verschrikkelijk. Zo. Dat moest ik even kwijt.'

Austin trok met zijn mond. 'Dank je wel, Janet. Dat is erg nuttig.'

'En je ziet er goed uit.'

'Janet, je bent mijn moeder niet.'

'Je moet dat meisje bellen.'

'Ik ga haar niet bellen,' zei Austin. Met een zucht dacht hij dat Issy hem met geen vinger zou willen aanraken, en dat ze daar alle reden toe had.

'Dat zou ik wel doen.'

Austin dacht erover na, en dronk ondertussen van de koffie die Janet helemaal bij het Cupcake Café voor hem was gaan halen. De koffie was inmiddels koud, maar hij verbeeldde zich dat hij op de een of andere manier nog een zweem van

Issy's zachte geur rook. Nadat hij had gecheckt of niemand zijn kantoor kon binnenkijken, snoof hij diep en sloot hij heel eventjes zijn ogen.

Janet klopte op de deur.

'Hij is er,' zei ze, en ze liet Graeme binnen. Ze deed voor haar doen ongewoon ijzig.

Graeme merkte daar niets van. Hij wilde dit het liefst zo snel mogelijk achter de rug hebben. Die stomme lokale financiering ook. Het zakendoen met lokale banken en al dat gebakkelei over pietepeuterige hypotheken vond hij verreweg het vervelendste aan zijn werk.

Vooruit. Goed, hij moest zorgen dat hij snel de benodigde stempels voor dit geld binnenhaalde, zodat hij meneer Boekhoorn kon bellen, en dan moest hij maken dat hij wegkwam. Misschien wat vakantiedagen opnemen. Een tripje met zijn maten, dat was wat hij nodig had. Zijn vrienden waren niet al te aardig geweest toen hij had verteld dat hij weer single was. Veel van hen leken juist bezig om zich te settelen en om samen met hun vriendinnen in saaie huismussen te veranderen. Nou, ze konden de pot op! Hij wilde ergens heen waar ze cocktails hadden, en meisjes in bikini, die respect hadden voor een zakenman.

'Hallo,' zei hij stuurs terwijl hij Austin de hand schudde.

'Hoi,' zei Austin.

'Zullen we het kort houden?' zei Graeme. 'Jullie hebben de bestaande hypotheken op de overgebleven panden in handen. Die moeten worden samengevoegd, en dan kun jij voor die samengestelde lening een nieuwe rente berekenen. Laten we gewoon kijken wat er mogelijk is, oké?'

Haastig las Austin alle documenten door. Daarna leunde hij achterover en slaakte hij een diepe zucht. Op hoop van zegen. Als zijn bazen het te weten kwamen, kon dit hem zijn carrière kosten. Eigenlijk zou het hem weinig moeten uitmaken dat zijn stukje van de wereld steeds zakelijker en homogener en zo wit als sneeuw werd. Maar dat deed het wel. Dat deed het. Hij vond het prettig dat Darny allerlei verschillende soorten vriendjes had, en niet alleen maar jongetjes die Felix heetten. Hij vond het fijn dat hij cupcakes kon kopen als hij daar zin in had – of voor zijn part falafel, hummus, kulfi of een bagel. Hij hield van de mengelmoes van shishalounges, afrohaarwinkels, kinderwinkels vol houten speelgoed en de dieseldampen die samen zijn buurt vormden. Hij wilde niet dat zijn stekkie werd overgenomen door mannen met gesteven boorden, door het snelle geld en de Graemes van deze wereld.

Maar wat hij vooral niet uit zijn hoofd kon zetten, was Issy's sprankelende, blozende, blije gezicht in het licht van de lampjes. Toen hij dacht dat zij ook bij die snelle wereld hoorde, ook iemand was die alleen aan zichzelf dacht, was hij zó boos geweest. Maar nu hij wist dat zij net als hij was, dat ze in dezelfde dingen geloofde als hij... nu hij zich eindelijk had gerealiseerd dat zaken en privé gescheiden houden juist het laatste was wat hij wilde doen, was het allemaal te laat.

Ach, fuck it, dacht Austin bij zichzelf. Dit was het enige wat hij voor haar kon doen. Hij leunde over zijn bureau naar voren.

'Het spijt me zeer, meneer Denton,' zei hij, en hij probeerde niet al te pompeus te klinken. 'Deze bank heeft een aantal investeringsrichtlijnen voor de lokale gemeenschap.' (Die hadden ze echt, al deed niemand er iets mee.) 'Ik ben bang dat uw plan daartegen indruist. Ik vrees dat we de hypotheken daarom niet kunnen samenvoegen.'

Graeme keek alsof hij zijn oren niet kon geloven.

'Maar we hebben de vergunning al binnen,' zei hij knorrig. 'Dus dit project is duidelijk in het belang van de gemeenschap.'

'Deze bank vindt van niet,' zei Austin, en hij kruiste in gedachten zijn vingers, hopend dat de bank er nooit achter zou komen dat hij een zeer gezonde investering afwees. 'Sorry. We zullen de hypotheken houden zoals ze zijn.'

Graeme bleef hem een tijdlang aanstaren.

'Wat is dit verdomme nou weer?' brandde hij opeens los. 'Probeer je me er nou gewoon bij te naaien? Of ben je soms verliefd op m'n vriendin?'

Austin probeerde te kijken alsof hij geen flauw idee had waar Graeme het over had.

'Helemaal niet!' zei hij, alsof hij beledigd was. 'Dat is nu eenmaal het beleid van de bank. Sorry. U begrijpt vast dat met het huidige economische klimaat...'

Graeme leunde naar hem toe. 'Vertel. Mij. Niets,' zei hij, heel duidelijk articulerend, 'Over. Het. Huidige. Economische. Klimaat.'

'Goed, meneer,' zei Austin. Er viel een stilte, die Austin niet wilde doorbreken. Graeme stak zijn handen in de lucht.

'En daarmee wil je dus zeggen dat ik hier geen lening kan krijgen?'

'Inderdaad, meneer.'

'En dat ik er een andere bank bij moet halen, die ik commissie moet betalen om al die stomme leningen van jullie uit elkaar te trekken, die jullie waarschijnlijk met een heleboel rotzooi in een pakket hebben gestopt en hebben doorverkocht aan een of andere niet te traceren partij?'

'Yep.'

Graeme stond op. 'Wat een bullshit! Gelul.'

'Trouwens, ik heb gehoord dat er nogal wat weerstand tegen deze plannen is. Mogelijk zelfs genoeg om de toestemming weer in te trekken.'

'Dat kunnen ze niet maken.'

'Planologen kunnen doen wat ze willen.'

Graeme liep rood aan, zo kwaad was hij. 'Ik krijg dat geld

heus wel. Wacht maar af. En dan zullen we wel eens zien wie er bij zijn bazen voor lul staat.'

Peinzend bedacht Austin dat hij dat al stond, wat hem tot zijn verbazing maar weinig kon schelen. Misschien deed het er niet altijd toe wat je bazen van je vonden, dacht hij. Hij vroeg zich af van wie hij dat geleerd had.

Graeme keek hem nog één keer aan voor hij wegging. 'Ze kiest nooit voor jou,' snauwde hij. 'Je bent haar type niet.'

Nou, jij anders ook niet, dacht Austin mild, en hij archiveerde het papierwerk – in de prullenbak welteverstaan. Toch bezorgde het hem een knagend, verdrietig gevoel.

Daar had hij nu echt geen tijd voor. Hij greep de telefoon en draaide het nummer dat hij voor zich op zijn bureau had liggen. Zodra hij verbinding had, gaf hij zijn instructies door. Van de andere kant van de lijn klonk een flinke scheldkanonnade. Toen bleef het stil, hoorde hij een diepe zucht, en werd hem toegeblaft dat hij vijftien minuten had om van zijn luie reet te komen om zijn tijd aan belangrijker zaken te besteden.

Nu moest hij nog een ander telefoontje plegen. Hij gebruikte de telefoon van de bank om Issy's nummer te bellen. Dan moest ze wel opnemen. Op hoop van zegen.

Met een bonzend hart toetste hij haar nummer in... en realiseerde zich dat hij dat uit zijn hoofd had geleerd. Wat een mafketel was hij ook. Issy nam meteen op.

'Hallo?' zei ze, met een stem die onzeker en nerveus klonk.

'Issy!' zei Austin met een nogal geknepen stem. 'Eh, niet ophangen alsjeblieft. Luister, ik weet dat je boos bent en alles, en ik weet, ik snap dat ik het allemaal een beetje heb verkloot, maar ik denk... ik denk dat ik misschien iets voor je kan doen. Voor het café, bedoel ik, niet voor jou natuurlijk. Maar ik denk... shit, ik heb hier eigenlijk helemaal geen tijd voor. Maar luister, je moet nu naar buiten lopen, de straat op.'

'Maar dat kan ik niet,' zei Issy paniekerig.

Ze herkende de oude man op het bed bijna niet, haar opa was nog maar een schim van zichzelf. Haar lieve opa, die zó sterk was als hij met zijn grote handen enorme hompen deeg bewerkte, kneedde en modelleerde, maar o zo precies als hij roosjes van suikerwerk maakte, en o zo behendig als hij een grote lading battenbergcakes stond te maken. Joe was als een vader en een moeder voor haar geweest, was er altijd als ze hem nodig had. Haar veilige haven.

En juist nu Issy aan de grond zat en ze al haar dromen door haar vingers voelde glippen, stond haar opa machteloos. Terwijl zij haar verhaal vertelde en hij op bed lag, had hij zijn ogen opengesperd en geprobeerd rechtop te gaan zitten, waar Issy zich diep in haar hart vreselijk schuldig over voelde.

'Nee, opa, niet doen!' had ze doodsbang tegen hem gezegd. 'Niet doen, alstublieft, niet doen! Het komt wel goed.'

'Je kunt het, lieverd,' zei haar opa, maar hij ademde reutelend en zwaar, zijn ogen waren waterig en bloeddoorlopen en hij zag vreselijk bleek.

'Opa, alstublieft!' Issy drukte op het knopje voor de zuster, deed haar uiterste best om haar opa erbij te houden en probeerde hem te kalmeren. Keavie kwam binnen, wierp één blik op Joe en vroeg direct om versterking, waarbij haar anders onbewogen gezicht gespannen stond. Er kwamen twee mannen met een zuurstoftank, die het zuurstofmasker met moeite over zijn gezicht kregen.

'Het spijt me echt heel erg! Sorry!' zei Issy, waarna ze zonder haar verder werkten. Dat was het moment dat haar mobiele telefoon overging en Keavie haar naar buiten stuurde, waarna ze moesten vechten om hem weer stabiel te krijgen.

Nadat Austin had opgehangen ging Issy terug de kamer in, en ze had het bijna niet meer, maar kijk, daar lag haar opa, met het masker op, en hij ademde een stuk rustiger.

'Het spijt me zo!' zei Issy opgejaagd. 'Het spijt me echt heel erg!'

'Sst,' zei Keavie. 'Dit was niet jouw schuld. Af en toe heeft hij van die aanvallen.'

Ze pakte Issy zeer stevig bij de arm en bleef trekken tot ze tegenover elkaar stonden.

'Je moet wel beseffen, Issy,' begon ze, op vriendelijke doch ferme toon. Issy had Helena op die manier horen praten als ze slecht nieuws moest brengen. 'Dit is normaal. Het hoort bij het proces.'

Issy onderdrukte een snik, liep op haar opa af en pakte zijn hand. Hij had weer wat kleur op zijn wangen en was in staat om zijn masker af te zetten.

'Wie belde er? Was dat je moeder?'

'Eh, nee opa,' zei Issy. 'Het was... iemand van de bank. Ze denken dat ze een manier weten om het café te redden, maar dat moest direct gebeuren, en nu hebben we de boot vast gemist...'

Issy voelde hoe de hand van haar grootvader haar zeer stevig vastpakte. 'Ga jij maar!' zei hij streng. 'Ga, nu meteen, en red je café! Nu! Ik meen het, Isabel! Ga, en vecht voor je bedrijf!'

'Zo laat ik u niet achter!' zei Issy.

'Jawel!' zei opa Joe. 'Verdorie! Keavie, vertel jij het haar eens.'

En toen liet hij haar los en keerde zijn gezicht naar de muur toe. 'Ga!'

'Kun je het café dan echt redden?' vroeg Keavie. 'Met al die prachtige cakejes?'

Issy haalde haar schouders op. 'Ik weet het niet. Waarschijnlijk is het al te laat.'

'Ga!' zei Keavie. 'Hup, wegwezen!'

Issy rende de weg af naar het station, en voor deze ene keer, en echt alleen vandaag, stonden de wereld en het openbaar vervoer van Londen aan haar kant, en stond de stoptrein die haar naar Blackhorse Road kon brengen al klaar. Ze wierp zichzelf in de trein en belde Austin.

'Ik ben aan het rekken,' zei Austin bars, die niet wilde laten merken hoeveel risico hij had genomen. 'Kom zo snel als je kunt.'

'Dat doe ik.'

'Hoe... hoe gaat het met je opa?'

'Nou, hij was goed genoeg om boos op me te kunnen zijn,' zei Issy.

'Dat lijkt me een goed teken,' zei Austin.

'We rijden nu het station binnen!'

'Ren de benen uit je lijf! En wat hij ook aanbiedt, zeg ja! Eén jaar, twee jaar, maakt niet uit!'

Issy deed een wedstrijdje met de nieuwe, glimmende dubbeldekkerbussen die over Albion Road voorbijgleden. In een van de bussen zag ze Linda zitten, boven in de bus. Ze zwaaide, en Linda zwaaide enthousiast terug. En toen kwam er een grote, zwarte auto tot stilstand, pal voor haar neus. Ze keek ernaar. Was dit wat Austin bedoelde? Door de getinte ramen kon je met geen mogelijkheid naar binnen kijken, maar heel langzaam ging er één zwart raam omlaag. Issy boog zich voorover, moest met haar ogen knijpen tegen het felle zonlicht.

'Jij! Meisje van die cakejes! Geef me cake!' klonk het bars. Issy gaf hem automatisch het honingbloesemcakeje met poedersuiker dat ze nog altijd in haar hand had. Meneer Barstow pakte het met zijn vette hand aan, en een paar seconden lang was het enige wat Issy hoorde zijn tevreden gekauw. Toen stak hij zijn hoofd naar buiten en keek haar aan van achter zijn grote, zwarte zonnebril.

'Ik hoorde dat de projectontwikkelaars wat moeite hebben om het geld bijeen te krijgen,' zei hij. 'Nou, daar heb ik geen trek in. Ik wil gewoon mijn geld. Hier. Tekenen maar!'

Hij gaf haar een contract aan. De huur werd verhoogd – maar wat hij vroeg was niet onmogelijk. En het contract werd verlengd, met achttien maanden. Achttien maanden! Haar hart maakte een sprongetje. Daarmee was het pand nog niet van haar, maar, het was lang genoeg om in rustiger vaarwater te komen. En als het goed ging... wie weet kon ze dan aan het eind van die achttien maanden op zoek naar een groter pand. Tenzij...

'Blijf hier!' zei ze. Ze rende met een wapperend schort het pleintje over en bonkte op de deur van de ijzerhandelaar. Ze sleepte hem mee naar de auto.

'Hij ook,' zei ze, en ze schoof hem naar voren. 'Ik teken ook voor hem. Of hij tekent voor mij.'

Meneer Barstow zuchtte en stak een sigaret op.

'Ik kan hier niet blijven,' protesteerde Chester. 'Voor mij is het voorbij.'

'Nee,' zei Issy. 'Begrijpt u het dan niet? Ik kan uw pand erbij nemen. Kijk dan, we hebben ruimte nodig om uit te breiden!' Ze gebaarde naar het Cupcake Café, waar de rij buiten doorliep en er op het warme pleintje allemaal hongerige, lachende klanten stonden te wachten, die maar wat graag Issy's zoete traktaties wilden inslaan, voor het geval ze zouden verdwijnen.

'Ik heb al vier boekingen binnen voor nog meer kinderfeestjes. En als ik meer ruimte had, zou ik meer cadeauartikelen kunnen verkopen. En als we nou allebei...' Ze ging zachter praten. 'Ik denk dat we een nachtportier nodig hebben. Aangezien we geen toegangshek hebben. Iemand die de boel 's nachts een beetje in de gaten kan houden. Het zou natuurlijk niet al te best betalen, maar...'

Chester zette opgewonden krabbels op de papierhandel. Tien seconden later stonden ze naast elkaar op de stoep en keken ze de chique zwarte auto na, die zich tussen het drukker wordende verkeer voegde. Vol ongeloof keken ze elkaar aan.

'U gaat zich niet meer verstoppen,' zei Issy. 'Wat dacht u daarvan?'

'Je grootvader had gelijk over jou,' zei de oude man.

'Aaaaah!' schreeuwde Issy opeens, omdat ze zich realiseerde wat er zojuist was gebeurd. Ze rende het café binnen. 'Pearl! We zijn gered! We zijn gered!'

Pearl zette grote ogen op. 'Wat bedoel je?'

Issy liet haar de contracten zien. 'We hebben verlenging gekregen! Graeme heeft zijn lening niet gekregen.'

Pearls mond viel open van verbazing, en ze hield op met wat ze aan het doen was.

'Je maakt een grapje zeker?'

Issy schudde haar hoofd. 'Achttien maanden. We hebben er achttien maanden bij gekregen!'

Pearl had nogal haar best gedaan om voor Issy te verbergen hoeveel deze baan voor haar betekende. Hoe moeilijk het zou zijn om iets anders te vinden; hoe vreselijk ze het zou vinden om Louis van een kinderopvang te halen waar hij gelukkig was, en zelfs, moest ze met tegenzin toegeven, populair. Ze had al haar zorgen, haar angst voor het naderend onheil zo lang opgekropt, dat ze niets anders kon dan op een krukje achter de toonbank gaan zitten huilen.

'En,' zei Issy, 'we gaan uitbreiden! We nemen het pand van de ijzerhandelaar erbij! En jij gaat het andere gedeelte van het Cupcake Café runnen, waar we geschenken en catering en alles gaan doen. Dus je krijgt een promotie. Soort van.'

Pearl droogde haar tranen met een van de roze-wit gestreepte theedoeken.

'Het is toch niet te geloven, dat je zo gehecht kunt raken aan een baan!' zei ze hoofdschuddend. Issy keek om zich heen naar de wat beduusde klanten. Caroline deed een stapje naar voren.

'Ik wist dat het je zou lukken,' zei ze. 'En ik mag blijven!

Ik mag blijven! O god, ik had echt niet kunnen leven met maar drie badkamers. Goddank!'

De drie vrouwen vielen elkaar om de hals. Eindelijk keek Issy op.

'Sorry, iedereen,' zei ze. 'We dachten dat we dicht moesten. Maar we zijn er zojuist achter gekomen dat dat niet hoeft!'

Overal in de hele rij trokken mensen blije gezichten.

'Dus daarom denk ik dat het tijd is voor... dit heb ik dus altijd al willen zeggen...' zei Issy, en ze haalde diep adem, met de armen van Pearl en Caroline om haar schouders: 'Gratis cupcakes voor iedereen!'

De bewondering op het gezicht van Janet alleen al was het waard, dacht Austin. Bijna dan.

'Voor nu heb ik hem afgeschud,' zei hij. 'Niet voor lang natuurlijk. Waarschijnlijk herpakt hij zich en komt hij sterker terug dan ooit. Zo werken kakkerlakken nu eenmaal.'

'Je hebt er goed aan gedaan,' zei Janet. Ze fronste. 'Geef het papierwerk maar aan mij. Ik zal proberen de boel wat glad te strijken bij de bazen. En doe nu maar snel vijfhonderd supergoede investeringen om hun aandacht af te leiden.'

'Ja, maar niet nu,' zei Austin. 'Ik zit barstensvol mannelijkheid en adrenaline. Dus ik ga Darny van school halen om te lunchen en we gaan naar het park om te brullen.'

'Zal ik dat ook tegen je afspraak van twaalf uur zeggen?' zei Janet liefdevol.

'Heel graag,' zei Austin.

Het verbaasde hem dat Issy hem niet had teruggebeld. Alhoewel, ze kwam net uit een relatie, was met haar bedrijf door het oog van de naald gekropen, en was dat nu vast in het café aan het vieren, of ze probeerde alles op een rijtje te zetten, of... nou ja, ze had vrij duidelijk gezegd dat ze niets met hem te maken wilde hebben. Dus. Goed. Laat ook maar.

Bij het winkeltje op de hoek kocht hij sandwiches en chips en daarna ging hij de school binnen om zijn broertje op te halen.

Soms, dacht hij, werden al die agressie, al dat geschreeuw, de discussies, de beperkingen voor zijn sociale leven en zijn seksleven, voortdurend zijn plannen moeten bijstellen... soms werd het allemaal goedgemaakt door het verrukte gezicht van een jochie van tien bij het zien van zijn oudere broer, die had besloten hem te verrassen met een picknick in het park.

Darny grijnsde van oor tot oor. 'Auuusssttttiiinnnnnn!'

'Kom mee, vent. Jouw grote broer is trouwens een enorme held, weet je dat?'

'Dus jij bent een goedzak?'

'Ja!'

'Meneer Tyler, kan ik u even spreken?' zei de directrice toen hij wegging.

'Liever niet nu,' zei Austin. 'Binnenkort?'

Kirsty keek toe hoe hij de school uit liep. Toen ze hem zag aankomen, had ze besloten om het heft in eigen handen te nemen en hem mee uit te vragen. Alleen zag hij er nu zo gespannen en verstrooid uit, dat het haar beter leek om te wachten tot later. 'Na de lunch?' zei ze.

'Prima,' zei Austin, die zag dat ze naast leerkracht ook behoorlijk aantrekkelijk was. Misschien werd het tijd om op zoek te gaan naar een leuke vrouw die hem wel leuk vond en niet met van die eikels uitging. Misschien, als hij de vrouw die hij écht wilde nooit zou krijgen, dat hij maar weer eens moest gaan daten. Ooit. Wie weet.

'Maar eerst,' begon Darny, 'gaan wij wat leeuwen doden! We steken ze recht in hun hart, dan halen we hun hart eruit, dan roosteren we het boven een vuurtje en dan eten we het...'

'Darny, naar buiten jij!' Kirsty keek hoe hij de speelplaats overstak.

435

In het hete zonlicht deed Austin zijn jasje uit en maakte hij zijn toch al slecht geknoopte stropdas los. Het was een schitterende dag. In Clissold Park stonden de ijscowagens als wachters bij de hekken gestationeerd en zag hij kletsende gezinnen, zonnebadend kantoorpersoneel en blije oude mensjes die de warmte van de zon in hun botten wilden voelen. Darny en Austin volgden de stoet mensen richting het hek. Maar juist toen ze bij het hek kwamen, hoorde Austin iemand zijn naam roepen.

'Austin! Austin!'

Hij draaide zich om. Het was Issy, met een rood hoofd en een grote doos in haar handen.

'Je bent best wel rood,' zei Austin.

Issy kneep haar ogen dicht. Dit was echt een heel dom idee. Ze moest natuurlijk weer blozen. En waarschijnlijk zat ze ook nog onder het zweet. Echt superstom. Ze volgde hen het park in. Darny was recht op haar af gelopen en had meteen haar hand gepakt. Ze had er een kneepje in gegeven, want ze kon wel wat support gebruiken.

'Ik vind het wel leuk,' zei Austin. 'Rood staat je goed.'

Hij kon zichzelf wel voor zijn kop slaan. Waarom zei hij dat nou? Ze bleven elkaar een tijdje aankijken. Zenuwachtig vestigde Austin zijn aandacht op de doos. 'Zijn die voor mij? Want je weet dat ik geen...'

'Stil jij,' zei Issy. 'Ik wilde alleen maar dank je wel zeggen. Dank je wel. Dank je wel. Ik kan niet... trouwens, ze zijn ook niet voor jou, Darny mag ze allemaal opeten. Ze zijn trouwens niet helemaal goed gelukt, ze zijn best wel lelijk, en...'

Zonder nadenken en zonder te kijken wat er in de doos zat, pakte Austin de doos en smeet hem zo ver weg als hij kon. De doos vloog uit zijn lange vingers, recht in een plukje bomen dat vlakbij stond. Het roze lint zwierde door de felblauwe lucht en vloog voor het groen van de bomen langs, maar de doos bleef dicht.

'Darny,' zei Austin, 'dat was een enorme doos cakejes. Als je 'm vindt, zijn ze allemaal voor jou!'

Als een pijl uit een boog stoof Darny ervandoor.

Ontsteld keek Issy keek hem na. 'Dat waren mijn cakejes! En er stond iets op!'

En toen pakte Austin haar beide handen, plotseling, en dringend, want hij had het gevoel dat hij weinig tijd had.

'Je kunt altijd meer cakejes maken. Maar Issy, als je een boodschap voor me hebt... alsjeblieft, vertel me wat het is.'

Issy voelde de warme, ferme druk van zijn handen op de hare; merkte dat ze naar hem opkeek, naar zijn sterke, knappe gezicht. En opeens, zomaar opeens, misschien wel voor de eerste keer in haar leven, voelde ze al haar zenuwen oplossen. Ze voelde zich heel rustig en tevreden. Het kon haar niets schelen wat hij dacht, hoe ze eruitzag, hoe ze zich gedroeg of wat andere mensen van haar zouden denken. Ze was zich bewust van niets anders dan een allesoverstijgend verlangen om te worden aangeraakt door deze man. Ze haalde diep adem en deed haar ogen dicht, waarna Austin haar gezicht naar het zijne toe draaide en ze zich helemaal overgaf aan de perfecte, gepassioneerde kus die volgde, midden in een druk park, midden op een drukke dag, midden in een van de drukste steden ter wereld.

'Ik ziek?' zei een stem ergens ver weg bozig. 'Hoezo ben jij ziek? Wie is er ziek?'

Met tegenzin, en tamelijk roze en bezweet, sprongen Austin en Issy uit elkaar en zagen een beduusde Darny staan.

'Dat stond er op die cakejes.'

Hij hield de ingedeukte en beschadigde doos omhoog, met daarin de overblijfselen van vijf cakejes. Er ontbrak er één. Hij had ze zo neergelegd dat er I-Z-I-E-K stond.

'Is dat de boodschap die je aan me wilde overbrengen?' vroeg Austin.

'Eh, nee, niet echt,' zei Issy, die duizelig en licht in haar hoofd was en dacht dat ze ging flauwvallen.

'Oké,' zei Austin, met een grote glimlach. 'Oké, Darny. Wij gaan onze lunch opeten, dan gaan we vijf minuten brullen, en daarna moeten Issy en ik het een en ander regelen, goed?'

'Kom jij ook mee lunchen?' vroeg Darny, alvorens er als een haas vandoor te gaan om achter de duiven aan te rennen.

'Cool!'

Ze bleven staan en keken hem glimlachend na.

Met grote ogen keek Issy Austin aan.

'Wow,' zei ze.

'Eh, dank je,' zei Austin, met een gegeneerde blik. Opnieuw keek hij haar aan. 'Jezus,' zei hij dwingend, 'kom eens hier. Voor m'n gevoel heb ik echt een eeuwigheid op jou moeten wachten.'

Hij kuste haar hard op de mond en keek haar toen zo hartstochtelijk aan, dat ze dacht dat haar hart zou ontploffen.

'Blijf,' zei hij vurig. 'Blijf alsjeblieft zo lief.'

19

Platte cake

170 gram boter
170 gram bruine basterdsuiker
3 eieren, geklutst
170 gram bloem
Snufje zout
1 theelepel speculaaskruiden (optioneel)
340 gram rozijnen, krenten en sultana's
55 gram fijngehakte sukade
Schil van 1 citroen
1 à 2 eetlepels abrikozenjam
1 ei, geklutst, voor het bestrijken

Koop je marsepein in de supermarkt. Zelf maken kan ook, maar dat doen alleen gekken.

Kneed het marsepein ongeveer een minuut lang, tot het glad en plooibaar is. Rol het uit tot een cirkel van 18 cm doorsnede.

Verwarm de oven voor op 140°C/gasoven stand 1. Vet een rond bakblik van 18 cm doorsnede in en bekleed het met bakpapier.

Klop voor de cake de boter met de suiker tot een bleek en luchtig geheel. Klop een voor een voorzichtig de eieren door het beslag totdat ze allemaal zijn opgenomen en zeef dan beetje bij beetje de bloem, het zout en de speculaaskruiden boven de kom en spatel door het beslag. Roer tot slot ook de rozijnenmix, de sukade en de citroenrasp erdoor.

Doe de helft van het cakebeslag in de ingevette en beklede bakvorm. Maak de bovenkant glad en bedek deze met de cirkel van marsepein. Voeg de rest van het cakebeslag toe en strijk het glad, maar maak in het midden een klein kuiltje, zodat de cake goed kan rijzen. Bak de cake een uur en drie kwartier in een voorverwarmde oven. Test met een satéprikker of de cake gaar is. Als de prikker er schoon uitkomt als je hem in het midden van de cake steekt, is de cake gaar. Haal de cake uit de oven en laat hem afkoelen op een rooster. Dek de cake tot slot af met nog een laagje marsepein.

'Hij is er slechter aan toe dan eerst,' fluisterde de verpleegster; maar dat had Issy al geweten – ze had geen brieven en geen recepten meer gekregen. Al weken niet.

'Geeft niet,' zei Issy, ook al gaf het verdorie wel. Het was zó oneerlijk. Haar opa was al zo lang blijven leven, hij was alles voor haar, dan verdiende hij het toch zeker om haar gelukkig te zien?

Het was stil in de kamer, en in een hoekje tikten een stuk of twee machines. Opa Joe was nog meer afgevallen, al leek dat nagenoeg onmogelijk. Er was nauwelijks iets van hem over, slechts een dun laagje huid op een bleek, haarloos skelet. Austin had natuurlijk mee gewild; gedurende een van de avonden waarop ze tot laat wijn en ervaringen hadden gedeeld, tijdens een gesprek dat niet leek te willen stoppen, had hij haar verteld over zijn vader en moeder en het auto-ongeluk dat een einde had gemaakt aan zijn makkelijke, luie, studentikoze leventje, en waardoor hij voogd werd van een brutaal vier jaar oud jochie, dat weliswaar ontzettend lief was, maar er ook voor had gezorgd dat Austin zich iets eerder in een overhemd en stropdas had moeten hijsen dan goed voor hem was.

Ze had de grootste moeite om het niet meteen te zeggen. Hoe beter ze hem leerde kennen, realiseerde Issy zich, des te meer ze... goed, oké, het magische L-woord zou ze nog niet in de mond nemen. Dat was niet gepast. Maar wat ze wel wist, was dat alle andere mannen die ze had gekend schril bij hem afstaken. Stuk voor stuk. En nu ze het zeker wist, wilde ze het dolgraag van de daken schreeuwen. Wanneer de tijd er rijp voor was. Maar nu wist ze niet eens of die tijd haar wel was gegund.

'Opa,' fluisterde Issy. 'Opa! Ik ben het, Isabel!'

Niets.

'Ik heb cake voor u meegebracht.' Ze ritselde met het papier. Voor deze ene keer had ze niet haar lievelingstaart gemaakt, maar die van hem: de harde, platte cake die zijn moeder altijd voor hem bakte toen hij klein was, tientallen jaren geleden.

Ze omhelsde haar opa, praatte tegen hem en vertelde hem al haar fantastische nieuws, maar hij reageerde niet op haar stem of op haar aanrakingen, of als ze zich door de kamer bewoog. Hij leek wel te ademen, maar nog maar heel lichtjes.

Keavie legde haar hand op Issy's arm. 'Ik denk dat het bijna zover is,' zei ze.

'Ik wilde... dit klinkt vast heel suf, maar ik had hem zo graag aan m'n nieuwe vriend willen voorstellen,' zei Issy. 'Hij had hem heel leuk gevonden, denk ik.'

De verpleegster moest lachen.

'Dat is ook toevallig,' zei ze, 'ik wilde hem ook voorstellen aan mijn nieuwe vriend. Hij zou vast wel door de keuring komen.'

'Wat is het voor type?' vroeg Issy.

'Nou, hij is sterk. Een goede vent, bepaald geen doetje. Laat niet met zich sollen, hij is ontzettend grappig en echt superaantrekkelijk, en iedere keer dat ik zijn naam op het scherm van mijn telefoon zie plas ik zowat in mijn broek, zo spannend vind ik het!' zei de verpleegster. 'O shit, sorry. Dat was echt totaal ongepast.'

'Welnee,' zei Issy. 'Ik ben zó blij dat ik eindelijk iemand heb gevonden bij wie ik dat ook heb.'

De twee vrouwen glimlachten naar elkaar.

'Het is het wachten waard, hè?' zei Keavie.

Issy beet op haar lip. 'Zeker,' zei ze.

De verpleegster wierp een schuin oog op opa Joe.

'Ik weet zeker dat hij het doorheeft.Vertel hem maar niet dat die van mij slager is.'

'De mijne is bankadviseur!' zei Issy. 'Nog erger.'

'Dat is inderdaad erger!' zei de verpleegster, waarna ze er snel vandoor moest omdat haar pieper afging.

Issy herschikte de bloemen die ze had meegebracht, ging weer zitten, wist niet wat te doen. Plotseling ging de deur krakend open. Issy keek op. Daar stond een vrouw die haar vertrouwd was, maar tegelijkertijd ook vreemd. Ze had lang grijs haar, wat een ander gek zou staan, maar waardoor zij op Joni Mitchell leek, en droeg een lange jas. Ze had een sereen gezicht, maar Issy zag ook diepe rimpels, die getuigden van veel zon en lange, zware dagen. Toch was het een vriendelijk gezicht.

'Mam!' zei ze, zo zachtjes dat ze het bijna zuchtte.

Daar zaten ze dan, met zijn drietjes, maar praten deden ze nauwelijks. Op een gegeven moment pakte haar moeder haar opa's hand en zei ze tegen hem dat ze altijd van hem had gehouden en hoezeer het haar speet, waarop Issy tegen haar moeder zei dat ze echt nergens spijt van hoefde te hebben, en dat het uiteindelijk toch allemaal goed was gekomen. Moeder en dochter wisten zeker dat Joe hen daarop allebei een kneepje in hun hand gaf. Iedere keer dat ze tergend lang moest wachten tot hij weer ademhaalde, voelde Issy haar keel dichtknijpen.

'Wat is dit?' vroeg haar moeder zachtjes, en ze pakte het tasje met de simpele, plat gebakken cake erin. Ze stak haar neus in de zak.

'O Issy,' zei ze, 'mijn oma bakte dit altijd voor me toen ik klein was. Het rook net als dit. Precies hetzelfde! Opa was hier dol op, bergen at hij ervan. Het was zijn lievelingstaart.'

Dat wist Issy al. Ze wist alleen niet dat haar moeder de taart ook kende.

'Och jeetje, wat heb ik hier goede herinneringen aan.'

Haar moeder moest ervan huilen, de tranen liepen over haar gerimpelde gezicht. Ze deed een stapje vooruit, ging op het bed zitten, en deed de zak open. Ze hield de zak helemaal over Joe's neus, zodat hij de kruidige geur kon opsnuiven. Issy had ergens gelezen dat wanneer alle andere zintuigen het niet meer deden, de reukzin overbleef, en dat er een rechtstreekse verbinding bestond tussen de neus en het hart van het bewustzijn – je emoties, kindertijd en herinneringen. Maar hoeveel was er nog van haar opa over?

De vrouwen hoorde hem diep en reutelend inademen. En toen, met een schok, vlogen zijn ogen plotseling open. Ze stonden zwak en waterig, en over de pupil lag een waas. Hij ademde nogmaals in, rook aan de cake, en toen nog een keer, maar dan dieper, alsof hij de smaak probeerde in te ademen. Hij knipperde een paar keer met zijn ogen en probeerde ergens op scherp te stellen, maar dat lukte niet. Maar toen waren zijn ogen ineens wél gefocust – hij keek recht vooruit, naar iets wat Issy niet kon zien.

'Ze is er!' zei hij, op een vriendelijke, kinderlijk verbaasde toon. 'Ze is er!' Toen glimlachte hij zwakjes en sloot hij zijn ogen weer, en wisten ze dat hij er niet meer was.

Epiloog

Februari

'Ik zou nooit hebben geloofd dat jouw tieten nóg groter konden worden dan ze al waren,' zei Pearl tegen Helena.'Als je bij het raam gaat staan, kan er niemand meer naar binnen kijken. Ze zijn dikker dan die van mij!'

De bleke middagzon bescheen de ramen van het Cupcake Café – toen het herfst werd, was het koud en winderig geworden en hadden ze de luifel maar weggehaald – en viel in zachte bundels op de tafels en op de taartplateaus, waarop roze en blauwe cupcakes hoog lagen opgestapeld, en op het inpakpapier, de kaarten en de babycadeautjes waarmee de vloer was bezaaid. Helena zat erbij als een enorm koninklijk schip met opbollende zeilen, met haar nauwsluitende bruine jurk onbeschaamd strak over haar grote buik en majesteitelijke boezem en haar rode haar hing als een waterval over haar schouders. Vergeleken met Helena was Ashok een dwerg. Hij zag eruit alsof hij zowat uit elkaar spatte van trots. Issy vond haar vriendin mooier dan ooit.

Buiten rende Ben in het rond met Louis. Je kreeg niet altijd wat je wilde, dacht Pearl. Maar dit jongetje hield wel ontzettend veel van zijn vader... die er niet altijd was. Maar als Ben er wel was, straalde Louis en bloeide hij op, en ze zou nooit iets doen wat dat in de weg stond. Niet als het aan haar lag. Ze ving een glimp op van Doti, die voorbij de ingang van de steeg liep. Een tijdlang keken ze elkaar aan. Toen sloegen ze allebei hun ogen neer.

Vergenoegd klopte Helena op haar buik.

'Lieve baby, ik vind je heel lief,' zei ze. 'Maar je mag er nu wel uit komen. Ik kan niet meer opstaan.'

'Dat hoeft ook niet!' zei Issy, en ze sprong op. 'Wat heb je nodig?'

'De plee,' zei Helena. 'Alweer.'

'O. Oké. Ik weet niet of ik je daarbij kan helpen.' Issy bood toch maar een arm aan, die Helena dankbaar beetpakte.

Pearl stak het pleintje over met nog meer cakejes. Ze hadden het tweede pand binnen no time ingericht als winkel, en nu deed Pearl goede zaken, geholpen door Felipe de violist, die wanneer hij niet aan het vioolspelen was op het pleintje behoorlijk handig in de keuken bleek te zijn. Zelfs Marian was in de weekenden een aantal keer bijgesprongen, tot ze reiskriebels kreeg en was vertrokken om Brick te zien – maar niet voor ze veel met haar dochter had gepraat, en Issy haar had geleerd hoe ze moest e-mailen.

Intussen had Issy twee jonge, vrolijke tegenpolen in dienst genomen, die het samen met Caroline in het café supergoed deden, en runde het bedrijf zowat zichzelf. Kort daarop betrapte Issy zichzelf erop dat ze zich afvroeg of er niet toevallig ergens ruimte was voor nog een café... misschien een klein en goed verstopt plekje in Archway? Ze dacht er zeker over na.

Em, de vrouw van Des, wier gezicht en rok allebei strak stonden, moedigde Jamie aan om zonder haar hulp tegen de bank aan rechtop te staan, en overlaadde Helena intussen met advies. Helena, die meer baby's in haar armen had gehad dan Em warme maaltijden (Em zag eruit alsof ze überhaupt nooit warm at), knikte afwezig. Louis stond tussen de benen van Helena in en fluisterde zachtjes tegen zichzelf, Helena's buik en een kleine plastic dinosaurus die hij stevig in zijn handjes hield geklemd.

'Maar jij bent lieve dino,' legde hij uit. 'Deze dino eet geen baby's.'

445

'Ik wil baby etuh!' zei de dinosaurus.

'Nee,' zei Louis streng. 'Stoute dinosauwus.'

Vertederd keek Pearl naar hem toen ze de winkel binnenkwam. Ze had het Issy niet willen vertellen en ze zat zeker niet te wachten op de 'Ik zei het toch'-blik die ze ongetwijfeld van Caroline zou krijgen, maar vroeg of laat zou het er toch van moeten komen, dacht Pearl.

'Dus, eh, ik heb een brief op de post gedaan,' zei ze. 'Het ziet ernaar uit dat we misschien gaan verhuizen.'

'Verhuizen, waarheen?' vroeg Issy blij.

Pearl haalde haar schouders op. 'Nou, nu ik manager ben, lijkt het erop dat ik weg kan uit mijn sociale huurwoning en we dachten... Nou, Ben en ik dachten dat we misschien...'

'Dus het is officieel?' vroeg Caroline opgewekt.

'Het is wat het is,' zei Pearl zwaar. 'Het is wat het is.'

'Maar wat is het dan?' zei Issy. 'Wat doen jullie dan?'

Caroline, die er blozend uitzag na alweer een nacht in het gezelschap van een nogal goede bouwvakker die nogal goed met zijn handen was – haar ex was niet bepaald blij met wie er nu in zijn voorkamer sliep, en het was dé roddel van het schoolplein – raadde het meteen.

'Je verhuist hierheen.' En toen zei ze: 'Nee... nee', en ze bracht als een waarzegster haar hand naar haar voorhoofd. 'Je gaat verhuizen naar Dynevor Road. Of daar in de buurt.'

Pearl keek zeer geïrriteerd. 'Nou,' zei ze. 'Nou...'

'Wat?! Wat zit er in Dynevor Road?' vroeg Issy, die haar geduld verloor.

'William Patten, de beste school van Stoke Newington,' zei Caroline zelfvoldaan. 'Moeders vechten elkaar de tent uit om hun kinderen op die school te krijgen. Ze hebben daar een pottenbakkersschuur en een kunstcentrum.'

Caroline keek naar Louis, die zijn dinosaurus nu heel lief de buik van Helena liet kussen.

'Hij komt het gesprek vast wel door,' zei ze.

'Maar dat is toch goed!' zei Issy. 'Wat is het probleem? Je verraadt heus je afkomst niet als je je kind naar een goede school stuurt.'

'Nee,' zei Pearl, weinig overtuigd. 'Het probleem met Louis is, weet je, ik denk dat hij misschien speciaal is, en speciale hulp nodig heeft of zo, en dat is op andere scholen niet altijd beschikbaar...'

Caroline sloeg haar arm om Pearls schouder. 'Moet je jou nou eens horen!' zei ze, glimmend van trots. 'Je klinkt al als een echte Stoke Newington-moeder.'

Helena riep iedereen bij elkaar.

'Ik kan niet meer wachten op Austin,' kondigde ze aan. 'Die komt altijd te laat. Dank jullie wel voor alle prachtige cadeaus, daar zijn we ontzettend blij mee, en heel erg bedankt, Issy, dat we de babyshower hier mochten houden.'

Issy wapperde bescheiden met een theedoek.

'We hebben ook iets voor jou. Het heeft een eeuwigheid geduurd, omdat Zac bergen werk had.'

'Dankzij jou,' zei Zac, en hij streek over zijn hanenkam, die momenteel felgroen was. 'Maar goed, we hebben dus een cadeautje voor je.'

Issy deed een stap naar voren en Helena overhandigde haar een groot plat pak. Vol verwondering maakte Issy het open. Er zat een boek in, met het welbekende roze perenboom-motief op de kaft. Het enige wat erop stond was *Recepten*. Bladzijde na bladzijde vol instructies voor iedere cupcake of taart in het repertoire van het Cupcake Café, samengesteld uit alle vodjes, brieven, uitgetypte aantekeningen, achterkanten van enveloppen, en alles wat opa Joe haar ooit had gestuurd keurig uitgetypt en gezet, en met in de marge Zacs fraaie bloemenprints.

'Dan hoef je ze niet meer door de hele flat te laten rond-slingeren,' legde Helena behulpzaam uit, en ze gaf haar met-een alle originele recepten terug.

'O,' zei Issy, te ontroerd om iets te kunnen zeggen. 'O. Dat had hij echt gewéldig gevonden! En dat vind ik ook!'

Het feestje ging tot laat in de avond door; Austin kwam pas laat. (Daar had Janet Issy voor gewaarschuwd, toen ze al Austins slechte eigenschappen had opgesomd; als zijn personal assistent vond ze dat haar plicht, maar ze deed Issy eerder denken aan een trotse schoonmoeder.) Ze hadden een mooi babywiegje gekocht dat ze samen aan Helena wilden geven. Issy had zich een ontzettende bedrieger gevoeld toen ze door John Lewis liepen op zoek naar iets moois, maar toen ze er eenmaal aan gewend was dat mensen steeds vroegen of dat haar zoon was die ergens bovenop klom, vond ze het eigenlijk best leuk. Ze realiseerde zich dat ze het arm in arm met Austin altijd naar haar zin had, waar ze ook was. Zelfs toen Darny zijn tetanusprikken moest halen hadden ze lol gehad. Ongeduldig bedacht ze dat ze hem miste. Ze miste hem altijd, aan het einde van de dag, maar ook meteen nadat hij 's ochtends vertrok. Ze wilde hem haar prachtige boek laten zien.

Toen de maan al boven de huizen klom, kreeg ze eindelijk zijn lange, slordige silhouet in het vizier, waarna haar hart zoals altijd overliep van liefde.

'Austin!' riep ze, en ze rende op hem af. Darny kwam hem achternagerend, brulde hallo tegen Issy, en stoof toen naar binnen om Louis te begroeten.

'Dag, lief,' zei Austin wat verstrooid, terwijl hij haar dicht tegen zich aan drukte en haar haren kuste.

'Waar bleef je nou? Ik wil je iets laten zien!'

'Ah, ja,' zei hij. 'Ik heb ook nieuws.'

Hij hield het wiegje omhoog, dat hij zo te zien in het donker had ingepakt. 'Zullen we eerst het cadeau geven?'

'Nee!' zei Issy, en ze vergat spontaan wat ze zelf had gekregen. 'Nieuws is nieuws!'

De timer die Austin had ingesteld deed zijn werk, en de lampjes sprongen aan. Chester stond op om de gordijnen van de winkel dicht te doen en zwaaide. Ze zwaaiden terug. De knoestige kleine boom begon prachtig te stralen.

'De bank,' zei Austin. 'Ze hebben gezegd... blijkbaar doe ik m'n werk de laatste tijd nogal goed.'

Dat was echt zo. Soms leek het wel alsof het afpoeieren van Graeme en het bemachtigen van de vrouw van zijn dromen Austin had wakker geschud; hij had zich gerealiseerd dat hij niet meer wilde slaapwandelen, maar iets van zijn leven wilde maken, iets wilde bereiken, voor het te laat was. Dat, en enige subtiele en minder subtiele veranderingen die waren aangebracht door Issy. Ze had het graag netjes en knus in huis, en was in feite bij hem ingetrokken, al was het nog niet officieel. Door dat alles zat hij stukken beter in zijn vel, en had hij opeens grote behoefte aan nieuwe deals en nieuwe mogelijkheden.

'Eh... goed, hier komt het. Ze wilden weten of ik, eh, of ik weg zou willen. Naar het buitenland.'

'Weg?' zei Issy, met een bang gemoed. 'Waarheen?'

Austin haalde zijn schouders op. 'Weet ik niet. Ze hadden het alleen over een "overzeese positie". Ergens waar ze een goede school hebben voor Darny.'

'En een Spoedeisende Hulp,' zei Issy. 'O jee. Jeetje zeg!'

'Weet je,' zei Austin, 'ik heb nooit veel gereisd.' Hij keek haar verwachtingsvol aan.

Issy keek ernstig, fronste licht haar wenkbrauwen.

'Nou, ik denk dat...' zei Issy ten slotte. 'Misschien is het tijd om het cupcake-imperium uit te breiden... internationaal?'

Austins hart maakte een sprongetje. 'Denk je?' zei hij verrukt. 'Wauw!'

'Ergens,' zei Issy peinzend, 'waar de bankadviseurs makkelijk om te kopen zijn.'

Ze lachten naar elkaar. Issy's ogen glansden. 'Mijn god,

Austin. Maar dat is fantastisch! Eng, maar ook fantastisch!'

'Helpt het,' zei Austin, 'als ik zeg dat ik van je hou?'

'Kun je me kussen onder de lichtjes als je dat zegt?' fluisterde Issy. 'Dan denk ik dat ik je overal zou volgen. Als het maar niet naar Jemen is.'

'Ik ben dol op Stokey,' merkte Austin kort daarna op. 'Maar weet je, ik denk dat ik me overal thuis kan voelen, zolang ik jou en Darny maar heb.'

En hij kuste haar hard op de mond, onder de gloeiende takken van de perenboom die al droomde van de lente.

Bak je eerste cupcake met The Caked Crusader

Gefeliciteerd! Je hebt dit prachtboek uit, en behalve dat je denkt: goh, nu wil alle boeken van Jenny Colgan lezen, denk je misschien ook: ik wil cupcakes bakken! Gefeliciteerd! We nemen je mee op reis. De eindbestemming? Plezier – en overheerlijke cupcakes natuurlijk.

Om te beginnen zal ik je een geheimpje verklappen, waarvan alle cupcakebakkerijen zouden willen dat ik het onder de pet houd: cupcakes bakken is makkelijk, snel én goedkoop. Je kunt thuis de heerlijkste cupcakes bakken – zelfs bij je eerste poging, dat beloof ik – die beter smaken en er beter uitzien dan cupcakes uit een fabriek.

Het leuke aan cupcakes bakken is dat je er weinig spullen voor nodig hebt. De kans is groot dat er in een van je keukenkastjes al een cupcakebakblik rondzwerft (zo'n ding met 12 gaten). Mocht je toevallig fan zijn van de Engelse *sunday roasts*, dan kun je zo'n bakblik ook voor je Yorkshire puddings gebruiken. Voor minder dan een tientje tik je er al een op de kop, en soms vind je ze zelfs in de supermarkt. Het enige wat je verder nog nodig hebt, is een pak papieren cupcakevormpjes. Ook die vind je op de bakafdeling van je supermarkt.

Voor we in een recept voor vanillecupcakes duiken, is het van belang dat je eerst goed de onderstaande vier tips doorleest, die ik persoonlijk als de vier basisprincipes van het bakken beschouw (dat klinkt een stuk gewichtiger dan het in werkelijkheid is!).

- Laat alle ingrediënten (in het bijzonder de boter) voor je begint op kamertemperatuur komen. Dit zorgt niet alleen voor de beste cupcakes, het maakt de ingrediënten ook een stuk makkelijker te verwerken, en waarom zou je het jezelf niet wat makkelijker maken?
- Zorg dat je de oven voorverwarmt. Dat wil zeggen: stel je oven 20 à 30 minuten voordat je cakejes erin gaan vast in op de juiste temperatuur. Dan krijgt het cakebeslag namelijk direct de goede temperatuur en treden alle processen meteen in werking, waardoor de cakejes mooi luchtig worden. Gelukkig hoef je al die processen niet te snappen om goede cupcakes te bakken!
- Weeg al je ingrediënten netjes af op een weegschaal en zorg dat je niets vergeet. Bakken is heel anders dan koken: je kunt niets gokken, en je kunt een bepaald ingrediënt niet door iets anders vervangen en verwachten dat het een succes wordt. Als je een ovenschotel maakt waar twee wortels in moeten en je besluit er toch drie te gebruiken, is de kans groot dat het resultaat even lekker is (wellicht wat worteliger); maar als er in een cakerecept staat dat er twee eieren in moeten en jij gebruikt er drie, dan krijg je geen lichte, luchtige cake, maar een ei-achtige deeghomp. Dat klinkt misschien beperkend, maar het is juist fijn: al het denkwerk is al voor je gedaan, maar jij krijgt alle lof, aangezien jij die verrukkelijke cupcakes hebt gebakken!
- Gebruik ingrediënten van goede kwaliteit. Als je roomboter op je brood smeert, waarom zou je dan margarine voor je cakejes gebruiken? En als je van goede chocolade houdt, waarom zou je dan couverture in je cakejes doen? Wat je bakt wordt zo lekker als de ingrediënten die erin gaan.

Dit is mijn recept voor vanillecupcakes met vanillebotercrème. Dit recept mislukt NOOIT. Genoeg voor 12 cupcakes.

Ingrediënten:

Voor de cupcakes

125 gram ongezouten boter, op kamertemperatuur
125 gram fijne kristalsuiker
2 grote eieren, op kamertemperatuur
125 gram zelfrijzend bakmeel, gezeefd met een zeef
2 theelepels vanille-extract (NB: 'extract' en 'aroma' zijn niet hetzelfde. Een extract is een natuurlijk product, in een aroma zitten chemische stoffen en vanille-aroma is vies.)
2 eetlepels melk (je kunt volle of halfvolle melk gebruiken, maar geen magere, want die smaakt nergens naar)

Voor de botercrème:

125 gram ongezouten roomboter, op kamertemperatuur
250 gram poedersuiker, gezeefd
1 theelepel vanille-extract
Scheutje melk – en daarmee bedoel ik: begin met een eetlepel, klop die door het beslag, kijk of de botercrème de gewenste dikte heeft, en zo niet, voeg dan nog een eetlepel toe, enzovoorts

Bereidingswijze:

Verwarm de oven voor op 190°C/heteluchtoven 170°C/gasoven stand 5. Leg de papieren cakevormpjes in het bakblik. Dit recept is genoeg voor 12 cupcakes.

Klop de boter met de suiker tot een bleek, glad en luchtig beslag. Dit zal een paar minuten duren, ook als de boter zacht is. In dit stadium kun je beter niet smokkelen, aangezien je nu lucht in het beslag klopt. Hoe je het beslag klopt is aan jou. Toen ik net begon met bakken gebruikte ik een houten pollepel, daarna ben ik overgestapt op een elektrische handmixer en nu gebruik ik een keukenmachine. Ze leveren allemaal hetzelfde resultaat op, maar als je een pollepel gebruikt, krijgt je bovenarm een goede work-out – wie zegt dat cake ongezond is?

Voeg de eieren, het zelfrijzend bakmeel, de vanille en de melk toe en klop het geheel tot een glad beslag. Volgens sommige recepten moet je deze ingrediënten een voor een toevoegen, maar je hoeft je daar bij dit recept niet druk om te maken. De juiste consistentie is er eentje waarbij 'druppelvorming' ontstaat: dat betekent dat wanneer je zachtjes tegen een lepel cakebeslag tikt, het beslag er in druppels af valt. Valt het beslag niet van de lepel, klop het dan nog wat langer. Valt het beslag daarna nog steeds niet van de lepel? Voeg dan een extra eetlepel melk toe.

Lepel het beslag in de vormpjes. Je hoeft het beslag niet glad te strijken, dat gebeurt door de hitte van de oven vanzelf. Zet het bakblik in de bovenste helft van je oven. Doe de oven niet open tot de cakejes er 12 minuten in hebben gestaan, en controleer dan pas of ze gaar zijn, door met een houten satéprikker in het midden van de cakejes te prikken. Als de prikker er schoon uit komt, zijn de cakejes gaar en kun je ze uit de oven halen. Als er rauw beslag aan de prikker blijft kleven, moet je de cakejes nog een paar minuten terug in de oven zetten. Aangezien cupcakes maar klein zijn, kunnen ze in een mum van tijd veranderen van niet gaar in te gaar, dus houd ze goed in de gaten! Maak je geen zorgen als je cakejes wat langer in de oven moeten dan in het recept staat – iedere oven is anders.

Haal de cupcakes nadat je ze uit de oven hebt gehaald meteen uit de vorm en zet ze op een rooster. Als je ze in het bakblik laat zitten, blijven ze namelijk doorgaren (omdat het blik nogal heet is) en kunnen de papieren bakvormpjes bovendien loslaten van de cake, wat er lelijk uitziet. Nadat je de cakejes op het rooster hebt gezet, zullen ze snel afkoelen – dat duurt pakweg een halfuur.

Maak intussen de botercrème: klop in een kom de boter, tot deze superzacht is. De boter lijkt dan bijna op slagroom. In deze fase van het proces zorg je dat je botercrème verrukkelijk en lekker licht wordt.

Voeg de poedersuiker toe en klopt het glazuur licht en luchtig. Klop in het begin heel voorzichtig, anders maak je een poedersuikerwolk en zit je hele keuken onder het witte poeder! Blijf kloppen tot de boter en de suiker goed zijn vermengd en je een gladde crème hebt. De beste manier om dit te testen is door een klein beetje glazuur op je tong te leggen en het tegen je verhemelte aan te drukken. Als het korrelig aanvoelt moet je het nog wat beter kloppen. Voelt het glad aan? Dan kun je door naar de volgende stap.

Klop de vanille en de melk door het glazuur. Als de botercrème niet zo zacht is als je zou willen, kun je een klein beetje extra melk toevoegen. Maar pas op! Je botercrème moet ook weer niet te vloeibaar worden.

Spuit of smeer de botercrème op je cupcakes. Smeren is makkelijker en je hebt er geen extra keukengerei voor nodig, maar als je wilt dat je cupcakes er superfancy uitzien, loont het wellicht de moeite om een spuitzak en een stervormig spuitstuk aan te schaffen. Er zijn ook spuitzakken voor eenmalig gebruik te koop, dat scheelt weer in de afwas.

Versier de cakejes met wat jij leuk vindt en gebruik je creativiteit. Ik heb tot nu toe van alles gebruikt: eetbare suikerbloemetjes, discodip, Maltesers, eetbare glitters, hageltjes, nootjes en een verkruimelde Bros... de mogelijkheden zijn eindeloos!

En dan is het nu tijd om de show te stelen met je creaties.

Eet smakelijk!

De bruiloft van Charles & Diana

In 1981, ten tijde van de bruiloft van prins Charles en lady Diana Spencer, was ik negen jaar oud. Dit was de échte Royal Wedding – die van William en Kate stelde niet zoveel voor. Het was dé tijd om met een wijduitstaande jurk aan prinsesje te spelen. (Dat was toen. Vandaag de dag hebben alle kids van negen jaar volgens de tabloids een tattoo en drinken ze Bacardi Breezers; toen was het allemaal nog wat onschuldiger.)

Alison Woodall, Judi Taylor en ik vonden de bruiloft fantastisch, en wisten onze ontwerptalenten zo goed te ontwikkelen, dat ik de jurk die ik toen heb bedacht nog steeds met m'n ogen dicht zou kunnen tekenen: mouwen met ruches, middenvoor een grote strik en haar dat veel te kort is.

Ik heb het hele festijn gevolgd op de tv ('s ochtends televisiekijken was een noviteit), inclusief dat ontzettend lange bruidsontbijt, wat mij dus oersaai leek. Dat bleek te kloppen: tenzij je naast een aardig iemand zit, kunnen bruidsdiners vreselijk lang duren. Kun je je voorstellen dat je de hele tijd naast iemand als de douairière gravin van Chessingham moet zitten?

Ik ben opgegroeid in een deel van de wereld waar voornamelijk republikeinen wonen (de katholieke westkust van Schotland), maar toch was er een straatfeest, en ik kan me levendig herinneren dat ik tegen mijn moeder zei: 'God zou een heleboel gelovigen zijn kwijtgeraakt als de zon vandaag niet had geschenen, toch mam?' (het was die dag mooi weer), waarop mijn moeder slechts antwoordde met 'hmmm,' (ik was een ontzettende wijsneus).

Een van mijn vriendinnen, die erg jong trouwde, in het laatste jaar van de universiteit, behoort tot de generatie die we kennen van familiefoto's uit de jaren tachtig: zij was een van de laatste vrouwen die trouwde in een echte Diana-jurk, inclusief die enorme pofmouwen en al dat kant en al die strikjes. Behalve dat zij er op die foto's, net als Diana, uitziet als een klein kind dat in een berg kanten ondergoed is beland, was die jurk stiekem toch erg mooi.

Toen mijn man en ik een jaar of vier geleden op doorreis waren in Las Vegas, besloten we onze trouwgeloften te hernieuwen, en wel in het bijzijn van Elvis (want zo hoort dat). Mijn man en oudste zoon droegen allebei een witte smoking, en ik heb eindelijk al mijn weggestopte trauma's omtrent de Royal Wedding verwerkt door de grootste, wijdst uitstaande en reusachtigste jurk met bloemenborduursels te dragen die er te huur was. De sleep van het ding was meterslang en kwam vast te zitten tussen de liftdeuren. Het was *fan-tas-tisch*. Ik denk zelfs dat ik deze jurk stiekem veel leuker vond dan de zeer stijlvolle, subtiele, dure Grace Kelly-achtige trouwjurk waarin ik de eerste keer ben getrouwd. Briljant gewoon.

En ook al kun je nauwelijks kijken naar die beroemde foto van een lachende Diana, die met allemaal kleine bruidsmeisjes om zich heen in een soort enorme pavlova door de knieen gaat, zonder er weemoedig van te worden, toch was de bruiloft van Charles en Diana één grote vrolijke happening, en je moest welhaast een slecht mens zijn, wilde je jaren later haar zoon en wat een heel aardig meisje lijkt niet het allerbeste wensen.

Maar de bruiloft van William en Kate was vooral een nationale feestdag, en daarmee een uitstekend excuus voor een straatfeest. En voor cupcakes, natuurlijk! Mijn dochtertje was toen pas één, en was helaas nog niet oud genoeg om iets mee te krijgen van de bruidsjurkenmanie, maar de kans was sowieso groot dat Kate zou kiezen voor iets eenvoudigs (ze ging inderdaad voor simpel en stijlvol), en dat vond ik toch best jammer voor al die kleine negenjarige modeontwerpers in de dop. Hopelijk is deze iets volwassener prinses, die weet wat ze wil, voor de Britse koninklijke familie het startsein van een mooi nieuw tijdperk.

Kijk voor het tegenovergestelde van stijlvol en simpel op de volgende bladzijde, voor het recept van fantastisch grote en verrukkelijke cupcakes. Gebruik voor mooi weelderig glazuur een spuitzak of een glazuurkit, spuit vanuit het midden (als een slakkenhuis) en spuit het glazuur zo hoog mogelijk op!

Jenny xxx

Rood-wit-blauwe cupcakes voor een koninklijke bruiloft

Witte cakebasis:

170 gram boter
170 gram fijne kristalsuiker
3 eieren (biologisch natuurlijk)
170 gram zelfrijzend bakmeel
Scheutje melk
1 theelepel vanille

Zo maak je het: klop de boter en de suiker tot een licht en luchtig mengsel. Voeg zodra de boter lijkt te schiften de eieren en een lepel zelfrijzend bakmeel toe, klop deze erdoor en roer dan de rest van het zelfrijzend bakmeel erdoor. Voeg een klein beetje melk toe, zoveel als nodig voor de juiste consistentie (beslag dat van de lepel druppelt). Vul twaalf cakevormpjes voor twee derde en bak de cupcakes 12 tot 15 minuten op 180°C.

Rood glazuur met roomkaas

225 gram roomkaas
5 eetlepels boter
225 gram poedersuiker (of naar smaak)
Een paar druppels rozenwater
Rode kleurstof

Zo maak je het: klop alles door elkaar. Versier met blauwe suikerbloemen. Smikkelen maar, en proost op het bruidspaar!

Dankwoord

Mijn dank gaat uit naar Ali Gunn en Jo Dickinson, en naar Ursula Mackenzie, David Shelley, Manpreet Grewal, Tamsin Kitson, Kate Webster, Rob Manser, Frances Doyle, Adrian Foxman, Andy Coles, Fabia Ma, Sara Talbot, Robert Mackenzie, Gill Midgley, Alan Scollan, Nick Hammick, Andrew Hally, Alison Emery, Richard Barker, Nigel Andrews en het fantastische team van Little, Brown. En Deborah Adams, bedankt voor je redactiewerk.

Ook bedank ik de fantastische Caked Crusader van www.thecakedcrusader.blogspot.com, wiens ware identiteit NOOIT mag worden onthuld, Patisserie Zambetti, waar ik me met enige regelmaat door het hele assortiment heen heb gegeten en waar ze op een druilerige dag altijd voor je klaarstaan met een vriendelijke glimlach, een kop koffie en een *vanilla slice* (pardon: millefeuille). Geri en Marina, Mads voor die ene lunch, en Lise, het beste werkmaatje ter wereld; als altijd het bestuur, en leden van de families Waring, Dingle, Lee-Elliott en McCarthy voor jullie hartelijkheid en vriendschap. En tot slot dank aan meneer B en mijn drie kleine B's: ik houd zielsveel van jullie en vind jullie helemaal het einde. En nee, je mag niet nog een cupcake, dan heb je straks geen trek meer in het avondeten. Zelfs jij niet, grote yin.

Lees binnenkort ook het tweede deel van de *Cupcake Café*-serie…

Issy Randall is verliefd en gelukkiger dan ooit. Haar nieuwe bedrijf bloeit en ze is omringd door goede vrienden. Maar wanneer haar vriend Austin een baan krijgt aangeboden in New York en de kerstdrukte in het café zijn tol begint te eisen, moet Issy beslissen wat haar het dierbaarst is.

Scan de QR-code en lees nu alvast het eerste hoofdstuk van *Kerstmis in het Cupcake Café*.

En de andere boeken van Jenny Colgan, zoals de *Café Zon & Zee*-serie...

Lees mee hoe Flora haar vertrouwde Londen verruilt voor het Schotse eiland Mure en daar aan de kade bij de haven haar Café Zon & Zee runt. Het is een geliefde plek voor toeristen (heerlijk eten) en bewoners (de laatste nieuwtjes).

De kleine bakkerij-serie...

Lees en leef mee met Polly die tegen wil en dank vriendschap sluit met de lokale bevolking, met vallen en opstaan haar leven weer richting geeft en bovendien valt voor een wel heel schattige huisgenoot die door het raam naar binnen komt waaien: de papegaaiduiker Neil.

En de *Happy Ever After*-serie!

Lees hoe Nina, Zoë en Lissa hun weg vinden in een klein dorpje in Schotland in de buurt van Loch Ness. Zullen ze zich daar allemaal thuis gaan voelen?